Et … d'un prix littéraire ?

C'est possible grâce à la 2e édition du

SÉLECTION 2011
PRIX DU MEILLEUR POLAR
des lecteurs de
POINTS

Après le succès de l'édition 2010 qui a récompensé ***Fakirs*** d'**Antonin Varenne**, les éditions POINTS vous proposent d'élire un roman policier, roman noir ou thriller parmi la sélection de nouveautés de l'année. Au total, neuf livres que vous recevrez chez vous en exclusivité et pour lesquels un avis critique et personnel vous sera demandé. Neuf livres parmi lesquels vous devrez choisir un seul et unique lauréat à la fin de l'année 2011.

Pour rejoindre le jury du Prix du Meilleur Polar des lecteurs de Points, présentez votre candidature jusqu'au 10 mars 2011 sur : **www.meilleurpolar.com**

Bryan Gruley est né en 1957 dans le Michigan. Il travaille aujourd'hui à Chicago pour le *Wall Street Journal*.

Bryan Gruley

UN MORT À STARVATION LAKE

ROMAN

Traduit de l'anglais (États-Unis) par Benjamin Legrand

Le Cherche Midi

Une première édition de cet ouvrage a paru au Cherche Midi,
sous le titre *Starvation Lake*, en 2009.

TEXTE INTÉGRAL

TITRE ORIGINAL
Starvation Lake
ÉDITEUR ORIGINAL
Simon & Schuster, Touchstone

ISBN 978-2-7578-1523-6
(ISBN 978-2-7491-1530-6, 1re publication)

Pour pjn

PROLOGUE

La rambarde en fer oscilla dangereusement dans sa main quand il grimpa les marches du perron. Il manqua tomber. Après trois essais, il décréta que la sonnette ne fonctionnait pas. La porte grillagée ne voulait pas s'ouvrir, alors il ôta un gant et frappa sur le cadre en aluminium. De la peinture couleur de soupe aux pois cassés s'écaillait sur la surface de la porte d'entrée.

Une goutte de pluie glaciale tomba de l'auvent sur sa tête et coula le long de sa nuque. Il s'essuya d'une main, regarda vers le haut et reçut une autre grosse goutte sur la joue. « Merde », dit-il. Il recula d'un pas en resserrant sa veste de camouflage autour du paquet qu'elle protégeait.

Il examina la rue. Personne en vue. Deux Ford, une Chrysler, et son pick-up Chevrolet garés le long du trottoir. Sous un porche, une unique lampe tremblotait tristement dans la pénombre. Deux portes plus loin, un incendie avait noirci de suie le flanc d'une maison et le vent agitait des rideaux là où il y avait eu une fenêtre. Il regarda à ses pieds. Des taches brunâtres constellaient le perron de béton, descendaient les trois marches jusqu'à la petite allée cimentée menant à la rue. Les taches semblaient devenir de plus en plus grosses en se rapprochant du trottoir. Il espéra que ce n'était pas du sang.

Il frappa de nouveau. Bon sang, se dit-il, je savais que j'aurais dû me contenter de l'expédier comme d'habitude. Quatre heures pour descendre dans cette ville de merde, et maintenant je dois poireauter, en plus ? Comment ce mec fait pour travailler dans ce trou ? Il a une chambre noire là-dedans ? Il regarda sa montre. S'il arrivait à régler ça dans l'heure qui suivait, il aurait encore le temps de se rendre dans l'un des clubs de Windsor avant de rentrer chez lui.

Il entendit quelque chose remuer à l'intérieur, puis des pas de l'autre côté de la porte. Il déglutit avec difficulté et recula. C'est rien qu'une livraison, se dit-il. Tu laisses le truc et tu t'en vas.

La porte grinça en s'entrouvrant à peine. Il sentit une odeur de chou et de cigarettes. Le visage pâle et rond d'une femme apparut au-dessus de la main qui tenait la porte. Elle semblait ne rien porter d'autre qu'une chemise de flanelle qui lui tombait jusqu'aux genoux.

« Qu'est-ce que c'est ? dit-elle.

– Riddle. J'ai quelque chose pour Charley. »

Il sortit l'épaisse enveloppe kraft de sous son manteau.

« Riddle ? Z'êtes un blagueur[1] ? »

Elle avait un accent qu'il n'arrivait pas à identifier. Mon Dieu, songea-t-il, est-ce qu'elle va au moins comprendre un mot de ce que je dis ?

« C'est mon nom. Est-ce que Charley est là ? »

L'enveloppe était entourée de bande adhésive et d'élastiques. Elle la regarda avec dédain.

« Y a pas de Charley. On veut pas d'livraison.

– C'est l'adresse qu'il m'a donnée. »

Il regarda le numéro sur la plaque clouée dans la brique.

1. Jeu de mots sur le nom du personnage : *Riddle*, en anglais, signifie « devinette », « énigme », « blague ». *(N.d.T.)*

« Cecil Avenue, c'est bien ça ? »

De l'intérieur, une voix d'homme appela : « Magda ! »

Elle lui cria quelque chose dans sa langue. Il aboya quelque chose, se rapprocha, et la femme disparut subitement, laissant la porte entrebâillée. L'homme l'ouvrit en grand. Pieds nus, il portait un pantalon de survêtement taché de peinture et un tee-shirt gris où on pouvait lire : « Property of Detroit Lions ». Un sourcil continu surplombait ses yeux caves et noirs. Il tenait la porte d'une main et gardait l'autre derrière son dos.

« Vous voulez quoi ?

– Normalement, je dois livrer ça à Charley.

– Charley ? »

L'homme faillit sourire, puis décida de ne pas le faire.

« Jarek.

– Jarek ? »

Riddle gloussa nerveusement.

« Jarek. Charley. Pigé. Je peux laisser ça pour lui ? »

L'homme fit passer son poids de son pied gauche vers le droit, gardant toujours une main cachée dans son dos. Riddle essayait de ne pas la regarder.

« Vous venir du Nord ? demanda le type.

– Oui, m'sieur. À quatre heures de route. »

L'homme fixa Riddle pendant un moment.

« Pourquoi vous porter veste de l'armée ? demanda-t-il. Vous militaire ? »

Riddle se surprit à regarder sa veste de camouflage.

« Oh, non, m'sieur. C'est pour la chasse. Daims, lièvres, vous savez...

– Aha. Vous être tueur, alors. Vous amener fusil ?

– Mon fusil ? Oh, non, m'sieur. Il est dans une armoire chez moi. »

L'homme releva légèrement la tête.

« Vous entrer ?

– Merci, mais non, il faut vraiment que je parte. J'ai un long trajet de retour. D'autres livraisons à faire, vous voyez. Désolé.

– Autres livraisons ? »

L'homme se pencha en avant.

« Quelles autres livraisons ? »

Riddle jeta de nouveau un coup d'œil vers la rue. Toujours pas une âme en vue. L'après-midi touchait à sa fin.

« Rien, dit-il. Il faut juste que je rentre.

– Jarek pas là.

– Non ?

– Non. Plus ici.

– Je vois. Bien. »

Riddle tenta ce qu'il imaginait être un sourire commercial.

« Vous savez où je peux le trouver ? »

À la seconde où cette question franchissait ses lèvres, il souhaita ne pas l'avoir posée.

« Jarek reviendra pas. Vous pouvoir me laisser enveloppe. »

L'homme poussa la porte grillagée avec la main qu'il dissimulait. Elle ne tenait qu'une cigarette. Riddle lui donna l'enveloppe.

« OK, alors, dit Riddle, vous la renverrez à l'adresse habituelle ? »

L'homme claqua la porte sans ajouter un mot.

Février 1998

1

Il ne faut jamais les regarder dans les yeux. Pas une fois. Pas une demi-seconde. Pas si vous êtes gardien, comme moi. Parce que le mec qui va frapper le palet veut précisément que vous regardiez ses yeux. Et alors il va regarder d'un côté, et tirer de l'autre, ou alors il va attirer votre regard juste à l'instant où il fera filer le palet entre vos jambes. Ou bien il va le bloquer juste assez longtemps pour vous rappeler qu'il sait exactement ce qu'il va faire et pas vous, vous qui ne faites que souhaiter et espérer que vous allez deviner correctement. Alors que vous ne contrôlez absolument rien.

Et juste après, vous êtes mort.

Il n'était pas loin de minuit. Je gardais ma cage du côté sud de la patinoire Memorial John D. Blackburn. Et je criais à l'aide. Soupy[1] pédalait en marche arrière pour m'en apporter. Il semblait qu'il allait arriver juste à temps pour couper la route de l'ailier de l'autre équipe, quand la lame de son patin chopa un accroc dans la glace et qu'il s'envola. Son casque, un vieux Cooper en trois parties maintenues par des lacets et du chatterton, tomba de sa tête et partit valser sur le sol.

« Putain de merde ! » hurla-t-il.

Boynton évita Soupy et le casque, et vira vers le centre de la glace, fonçant vers moi, seul. Il était grand

1. Surnom signifiant : « sentimental », voire « larmoyant ». *(N.d.T.)*

et mince, entièrement vêtu de noir, et gardait la tête haute en passant la ligne bleue, cherchant mon regard. Je me concentrai sur le palet, qu'il faisait glisser d'un côté à l'autre, de l'arrière de sa crosse jusqu'à l'avant. Mon équipe menait, 2 à 1. Plus qu'une minute à jouer dans le dernier tiers-temps. Ma main gauche, bouillante dans ma mitaine, vint cogner une fois contre mon ventre, involontairement, avant de repartir sur le côté, ouverte et prête. Mon bras droit pressait le bas de ma crosse de gardien contre le papier de verre de la glace. Je me ramassai sur moi-même de quelques centimètres, enfonçai l'intérieur de mon patin droit dans la glace et glissai en arrière de 20, 30 centimètres. J'enfonçai ma tête dans mes épaules. La fine couche de sueur sous mon masque me piquait les joues. Je plissai les yeux, fort.

J'aurais voulu ne pas être là. Dans une patinoire de hockey ouverte à tous les vents et puant le réfrigérant. Très tard le soir. Dans une ville à deux feux rouges, accrochée à l'extrémité sud-est d'un lac gelé, dans la partie nord du bas Michigan. J'avais quitté cet endroit des années auparavant sur un échec, avec l'intention de ne jamais y revenir. Et maintenant j'étais de retour, contre ma faible volonté, et après avoir misérablement échoué, ailleurs. Le jour, j'étais rédacteur en chef adjoint du *Pine County Pilot*, 4 733 abonnés, paraissant tous les jours sauf le dimanche. La nuit, je gardais les buts de la Ligue des vétérans de minuit, entouré d'hommes que j'avais connus enfants. Entre les deux, j'attendais que quelque chose vienne changer ma vie, vienne me sortir à nouveau de Starvation Lake. C'est ce que font les gardiens. Ils attendent.

Quand Boynton fut à 5 mètres, je sentis qu'il laissait tomber son épaule droite comme s'il allait tirer. Juste à cet instant, le palet rebondit sur quelque chose – une excroissance de glace, un éclat de bois – et se mit à tourner sur la tranche. Le temps d'un clin d'œil, j'aperçus un logo peint en écarlate sous le palet. Je me laissai tomber sur un genou et balançai ma crosse en avant, touchant juste assez le palet titubant pour le faire passer au-dessus de la crosse de Boynton. Il disparut derrière lui et Soupy, tête nue, déboula et l'emporta au loin.

Mais Boynton continuait à glisser. J'essayais de me remettre sur pied quand sa crosse vint me frapper sous l'oreille gauche, juste au bord du casque. La douleur me déchira la mâchoire et descendit jusque dans mon cou. Le genou de Boynton éperonna ma poitrine et je m'écrasai en arrière, ma tête venant rebondir sur la glace pendant qu'il me dégringolait dessus. Des odeurs de tabac, de bière, de sueur et de sparadrap emplirent mes narines. J'entendais l'arbitre siffler, encore et encore. Je rouvris les yeux. Le visage de Boynton était à 10 centimètres du mien, tout sourire, me fixant de ses yeux sombres.

« Putain de veinard », cracha-t-il avant que je ne m'évanouisse.

Mon attente était finie.

L'aiguille trouait ma peau le long de la mâchoire, et j'enfonçais mes doigts dans le bois tendre de l'établi de Leo pendant qu'il me recousait. J'avais essayé d'engourdir le côté gauche de mon visage avec une poignée de neige, mais les points de suture piquaient quand même. Il en fallut six pour refermer la coupure.

« Merci, Leo », dis-je. Dans le grand abri d'acier derrière la Blackburn Arena, l'air était empreint d'une douce odeur de gasoil. Je bus une gorgée de bière, assis sous le cercle de lumière que répandait une ampoule suspendue au plafond. Leo passa dans la pénombre pour jeter son aiguille dans une poubelle.

Elle fit *pling* en rebondissant sur l'une de ses cannettes de 7Up vides.

« Essaye de faire plus attention, dit Leo, en émergeant de nouveau dans la lumière. Vous, les garçons, vous n'êtes plus des gamins. »

Pendant quelque chose comme trente ans, Leo Redpath s'était occupé de la maintenance du compresseur de la patinoire, des racloirs à glace et de la machine Zamboni qui fabriquait la glace. Il s'occupait de la menuiserie, de la plomberie et de tout ce qui permettait aux vestiaires, au snack-bar et aux toilettes de fonctionner correctement. La plupart du temps, il restait dans son coin, se contentant de bricoler dans sa remise et de veiller sur la Zamboni qu'il appelait affectueusement Ethel. Et même si Leo n'était pas médecin, son établi se transformait parfois en table d'opération pour des joueurs qui ne voulaient pas s'embêter à aller à la clinique locale. Il faisait ça depuis si longtemps qu'il ne laissait quasiment plus de cicatrices visibles.

« T'as regardé la partie ce soir ? demandai-je.

– Je ne regarde jamais », dit Leo.

Son mensonge me fit sourire. Les points de suture me tiraient le menton. Je distinguais sa large silhouette penchée comme un bossu évoluant dans l'ombre autour d'Ethel.

« C'est pas souvent qu'on voit du hockey comme ça à Starvation Lake.

– Je suis certain qu'aucune parole aussi vraie n'a jamais été prononcée, dit-il.

– C'est cette vitesse trompeuse, hein, Trap ? »

La voix venait de l'autre bout de l'abri. Soupy entra avec une bière à la main et deux de plus sous le bras, vestiges d'un pack de six.

« On est même plus lent qu'on n'en a l'air. »

C'était une de ses répliques favorites, et il en rigola tout seul.

Leo sortit de derrière Ethel.

« Tiens, mais voilà Sonja Henie, dit-il. C'était un triple salto qui t'a fait retomber sur ton *derrière*[1] ?

– *Derrière?* fit Soupy. *Derrière,* putain ! On t'a pas déjà dit 8 millions de fois de ne pas parler français ici ? Je pense que le mot que tu cherchais, mon pote, c'est cul. Et d'ailleurs, c'est qui, cette Sonja Henie[2] ?

– Leo n'a pas regardé le match », dis-je.

Parler me faisait mal.

« Exact, dit Leo. Mais j'en ai aperçu un brin en allant porter un carton de bonbons à la menthe au snack-bar. »

Je sautai de l'établi. Mes dents s'entrechoquèrent quand mes pieds atterrirent.

« Eh bien, t'as peut-être remarqué si Soupy a poinçonné le ticket de Boynton en le laissant passer ?

– Tu charries, Trap », dit Soupy.

Il faisait une tête de plus que moi, grand et maigre dans son pardessus en jean avec les mots « Starvation Lake Marina » encerclant une ancre brodée sur sa poitrine. D'épaisses boucles blondes dépassaient de sa casquette de laine rouge.

« Je t'ai donné une chance de briller. Tu devrais me remercier pour ça.

– Je l'aurais bien fait, mais j'étais dans les vapes. »

Je finis ma bière, balançai la boîte vers la poubelle, la ratai et me dirigeai vers le stock que Soupy avait apporté. Leo ramassa la cannette vide.

« L'ultime agression de Terry Boynton, dit Soupy. Tu le mets en échec, il te fonce dedans. »

Pendant que j'étais dans les vapes, m'expliqua Soupy, Boynton avait menacé de cogner un arbitre, qui l'avait exclu du match.

1. En français dans le texte.

2. Sonja Henie (1912-1969), médaillée d'or de patinage artistique en 1928.

« Cet enfoiré ne voulait probablement pas te mettre K-O. Ou peut-être que c'est ce qu'il cherchait, va savoir. »

Soupy prit une longue gorgée de bière.

« Il a probablement pas aimé ton éditorial. »

J'ignorais complètement que Soupy lisait les éditoriaux.

« Probablement pas, oui. »

Je regardai autour de moi. Leo avait de nouveau disparu derrière Ethel.

« On a un rendez-vous demain.

– Avec le p'tit Teddy ? demanda Soupy.

– Et son avocat.

– Son *trou du cul* d'avocat, Trap.

– Bien sûr. »

Soupy mit sa bière contre sa tempe.

« Essaye de garder la tête froide, cette fois, hein ?

– Silence, s'il vous plaît. »

Leo était en train d'essayer d'écouter le scanner de la police. Il était posé sur une pile de caisses de lait et lui tenait compagnie lors de ses longues nuits de veille. Nous entendîmes quelques grésillements suivis de quelques bips, puis la voix de la dispatcheuse, Darlene Esper. Elle parlait avec un adjoint en route vers Walleye Lake. Une motoneige était remontée à la surface.

« Bon Dieu », dis-je. Ce n'était probablement rien. Mais chaque habitant du coin âgé de plus de 50 ans avait un scanner, pour écouter la police, placé près de son lit, sur l'établi de son garage, ou sur l'étagère au-dessus de la machine à laver, et tout le monde allait parler de cette motoneige de Walleye Lake le lendemain matin au Audrey's Diner. Je pris le vieux téléphone à cadran de Leo et composai le numéro du bureau du shérif. Une des caractéristiques du poste de rédacteur en chef adjoint du *Pilot* était de connaître ce numéro par cœur. Darlene répondit.

« Adjointe Esper, dis-je, Gus Carpenter. »

J'espérais un rire. Darlene et moi avions grandi dans deux maisons voisines. Nos mères avaient finalement abandonné l'idée de nous marier. Darlene aussi.

« Gussy, dit-elle, tu as entendu le truc de la moto ?

– Ouais.

– Tu ferais mieux de te pointer là-bas. Le shérif y est.

– Dingus ? Pourquoi ? Y a un buffet à volonté là-bas ou quoi ?

– Vas-y, Gus. »

Je restai collé au téléphone – sa voix me faisait toujours cet effet-là – mais elle avait déjà raccroché. Je fermai mon parka, sortis les clés de mon pick-up.

« Merci pour la broderie, Leo », dis-je.

Il ne répondit pas.

« T'arrives pas à rester loin d'elle, pas vrai ? dit Soupy.

– Bonne glisse, Soup », fut tout ce que je répondis.

Alors que je m'enfonçais dans la nuit, je l'entendis crier :

« Mrs. Darlene Esper... les plus doux adieux de Starvation Lake. »

2

Mon pick-up descendait la deux-voies gelée qui serpentait entre les pins vers Walleye[1] Lake. Je m'étais souvent demandé pourquoi on avait donné ce nom à ce lac car personne n'avait jamais attrapé la moindre perche dans ses eaux boueuses et saturées d'herbes. Une carpe, peut-être, ou une truite idiote. Mais jamais une perche.

J'avais grandi à quelques miles de là, sur les rives du lac de Starvation. Mon père était mort d'un cancer du côlon quand j'avais 7 ans, et donc j'avais grandi avec ma mère dans notre maison jaune en planches, sur la rive méridionale du lac. Nous avions un ponton délabré, un radeau plongeoir, et une barque de pêche avec un moteur hors-bord de 10 chevaux, tout ce dont un gamin a besoin pour adorer les étés sur un lac bleu et clair. Durant les longs hivers, je jouais goal, le petit mec à peine plus grand que le filet, avec l'équipe des jeunes de la ville, les River Rats. J'étais le goal de l'équipe qui avait battu pour la première fois les très puissantes équipes de Detroit, alors que personne n'imaginait que c'était possible. Et j'étais aussi le gardien qui avait encaissé un but dans les prolongations, but qui nous avait coûté notre seule et unique chance de remporter le championnat d'État.

1. Type particulier de perche *(N.d.T.)*

C'était un manque de veine vraiment extraordinaire, une faute stupide qui nous coûta le titre du Michigan dans notre propre patinoire, ici, dans notre ville, devant quasiment tous les gens vivant à 50 kilomètres à la ronde. Je ne pouvais pas vraiment les blâmer de ne pas me pardonner, de me traiter de « passoire », d'« entonnoir » et de « pylône » derrière mon dos, et parfois même en face, s'ils avaient assez picolé. Je m'étais rejoué mon erreur dans ma tête un million de fois. J'avais du mal à me la pardonner, moi aussi.

Bien évidemment, cela n'aurait pas dû avoir une telle importance. Nous n'étions que des gamins jouant au hockey. Mais quand les River Rats qui nous succédèrent échouèrent de nouveau au championnat d'État, de très peu, les gens du coin en conclurent que mon ratage avait jeté pour toujours une malédiction sur eux. Mon entraîneur, Jack Blackburn, semblait d'accord avec ça. Tout le monde l'appelait Coach, moi le premier. C'était le type qui m'avait appris à jouer goal quand je n'étais qu'un tout petit garçon à qui son papa manquait, qui était devenu ami avec ma mère et qui venait dîner le dimanche et nous régalait, maman et moi, d'histoires sur ses triomphes au hockey dans son pays natal, le Canada. Mais après cette défaite en finale d'État, mon entraîneur n'eut plus grand-chose à me dire. C'était comme s'il avait effacé de son cerveau et de son cœur tout ce qui me concernait. On se croisait encore à la patinoire ou dans la rue et il disait : « Salut, Gus », et je répondais : « Hé, Coach », et il poursuivait sa marche et je le regardais s'éloigner. Il avait arrêté de venir dîner aussi.

Après ça, tout ce que j'avais envie de faire, c'était me tailler de là. Je partis à la fac dans le sud de l'État, suivis des cours de journalisme et commençai à travailler l'été comme reporter au *Pilot*. J'attrapai le virus du journalisme et après avoir obtenu mes diplômes, j'entrai au *Detroit Times*. Je travaillai là pendant plus de dix ans, couvrant surtout l'industrie automobile et je n'aurais jamais pensé que je reviendrais à Starvation Lake, sauf pour rendre visite à ma mère. J'adorais Detroit, j'adorais m'éveiller aux cris des mouettes affamées et marcher seul pour aller bosser le long de la Detroit River tandis que l'eau miroitait au soleil. J'aimais mon job et, juste avant de le quitter, j'avais travaillé sur le meilleur sujet de ma vie, une histoire dont je pensais qu'elle pourrait m'amener au prix Pulitzer. Au lieu de quoi elle m'avait coûté mon boulot, ma réputation et ma vie loin de Starvation Lake. Avant de comprendre ce qui m'arrivait, j'étais de retour chez moi et je travaillais de nouveau au *Pilot*. J'avais 34 ans, étais célibataire et n'avais aucune perspective d'avenir.

Les traces s'entrecroisaient sur la neige aplatie devant la rampe à bateaux de Walleye Lake. Généralement, les congères rendaient la plage inaccessible à autre chose qu'une motoneige, mais cet hiver, il n'était encore tombé qu'une trentaine de centimètres de neige. Je quittai mon pick-up et m'avançai le long de la berge vers les rayons des lampes torches éclairant l'obscurité. Des avancées rocheuses sombres encerclaient le lac à moitié gelé qui, sous le ciel bas, était calme et gris. Des craquelures et des failles apparaissaient dans la glace près du rivage. Çà et là, des plaques de glace flottaient juste à la surface argentée de l'eau. Mes bottes glissaient dans la boue et je m'accrochais à des buissons desséchés pour garder mon équilibre.

« Hé, là-bas ! »

Une lampe torche m'éblouit.

« Restez où vous êtes, s'il vous plaît. »

C'était le shérif de Pine County, Dingus Aho.

Je tentai de protéger mes yeux de la lumière.

« C'est moi, Gus Carpenter. »

Je portai la main à mon carnet de notes dans la poche arrière de mon pantalon, mais décidai de le laisser où il était pour l'instant.

« Y a rien pour toi ici, Gus, je t'appellerai demain matin. »

À 20 mètres environ derrière Dingus, un adjoint balayait la rive avec sa torche. J'aperçus brièvement un objet étalé sur la plage, pas très haut, triangulaire, jaune pâle et rayé d'herbes dégoulinantes.

« C'est une motoneige ? » demandai-je.

Le shérif s'avança pour me barrer le chemin.

« On ne fait que vérifier une situation », dit-il.

Son visage était dans l'obscurité, mais je pouvais voir le badge de cuivre collé sur le rabat de fourrure en haut de sa casquette.

« Cette affaire concerne la police, Gus, dit-il. Je crains de devoir te demander de quitter les lieux.

– Pardon ? »

Je faillis éclater de rire.

« Tu crois que je suis venu ici pour le plaisir ? L'accès est public, nom d'un chien !

– Tu as bu ? »

Putain, pensai-je. J'avais déjà sorti mon carnet et je tâtais mes poches à la recherche d'un stylo.

« J'ai bu une bière après le hockey », dis-je.

L'adjoint nous avait rejoints. Maintenant, deux lampes torches m'éblouissaient. Je n'avais pas de stylo. Et je n'allais pas demander à Dingus de m'en prêter un.

« Écoutez, dis-je, je n'ai aucune intention de vous emmerder, mais j'ai un article à sortir demain, et il faudra que je vous parle dès la première heure. »

Il haussa les épaules.

« Bonne nuit, Gus. Et conduis prudemment, hein ? Je crois que t'aimerais pas te faire sortir d'un fossé avec l'haleine que t'as. »

Je ramenai mon pick-up sur la deux-voies. Arrivé à la crête du promontoire, je pris à gauche par la route 816. Je roulai quelques centaines de mètres, éteignis mes phares et me garai sur le bas-côté. J'attendais que mes yeux s'accoutument à l'obscurité. Je sortis de ma voiture, traversai ensuite la route et descendis vers la rive à travers bois, jusqu'à ce que je parvienne à apercevoir la pointe du lac. Mes orteils se recroquevillaient dans ma botte droite à cause de la neige qui s'y était introduite.

Dingus et son adjoint étaient accroupis. Dingus grattait frénétiquement sur le côté de l'objet jaunâtre pris dans les feux croisés de leurs torches, puis regardait là où il avait gratté. Il recommença cela trois ou quatre fois, puis se leva, fit quelques pas vers l'eau, et se laissa tomber sur un genou. C'était dur de le distinguer dans l'ombre, mais il me sembla qu'il avait penché la tête comme pour prier, ou pleurer.

Trente minutes plus tard, je me versai un grand verre d'eau et le bus à petites gorgées dans l'obscurité de ma cuisine, devant la fenêtre de mon appartement situé au premier étage. De l'autre côté de Main Street, au Enright's Pub, je pouvais voir la tête de Soupy, avec sa casquette rouge qui remuait dans la lumière ambrée. Il portait encore son manteau, et il serrait sa chope contre son torse en riant aux éclats.

Mon appartement de rien du tout, où je vivais depuis les six ou sept mois qui avaient suivi mon retour ici, était au-dessus du *Pilot*. Je le louais à mon patron, le directeur de la rédaction du journal. Pour 125 dollars par mois, il convenait parfaitement à mon budget serré et m'évitait d'aller m'installer chez ma mère, même si j'adorais aller dîner chez elle une ou deux fois par semaine.

Les lumières du pub s'éteignirent tandis que Soupy et les autres traînards se regroupaient devant l'entrée. J'avais laissé mes lumières éteintes pour que Soupy ne vienne pas grimper bruyamment mon escalier pour finir sa soirée arrosée chez moi. Il marcha la moitié d'un pâté de maisons vers sa marina, puis s'arrêta et repartit dans l'autre sens, redescendant Main Street vers l'endroit où son pick-up était garé. En passant devant le pub, il mit la main dans la poche de son manteau et en sortit une chope à moitié pleine qu'il avait réussi à subtiliser.

Je gagnai la pièce qui me faisait office de salon et m'assis sur le bras d'un fauteuil. Je posai mon verre d'eau sur un rectangle de contreplaqué qui était posé sur quatre cartons. Trois portaient des étiquettes où le mot « Pick-up » était inscrit. Ils étaient remplis de carnets de notes, de photos et de dossiers que j'avais rassemblés quand je bossais au *Detroit Times*. Je ne m'étais pas encore décidé à les balancer.

Je songeai à ce que j'avais vu sur la plage de Walleye Lake. Le jaune était la couleur des Ski-Doo, ces anciennes motoneiges très populaires de nombreuses années auparavant. À cette pensée un petit frisson parcourut ma colonne vertébrale. Mon entraîneur, Jack Blackburn, était mort sur un Ski-Doo jaune. Tard un samedi soir, il filait sur le lac avec Leo Redpath quand la glace avait craqué sous sa motoneige, et il avait disparu sous l'eau. On n'avait jamais retrouvé ni son corps, ni sa motoneige. Mais Blackburn, mon coach, était tombé dans Starvation Lake. Pas dans le lac Walleye. Donc, la motoneige que Dingus était allé examiner ne pouvait être la sienne. Mais pourquoi sentais-je une nausée monter dans ma gorge ? Qu'est-ce que Dingus fichait là-bas, et pourquoi avait-il eu l'air si effrayé ? Et si c'était bien la motoneige de mon coach ?

J'étais trop crevé pour descendre au *Pilot* afin de laisser une note sur le bureau de Joanie. Je pris donc mon téléphone et appelai son poste dans l'idée de laisser un message sur sa boîte vocale. J'entendis une demi-sonnerie, puis un déclic et un bruissement indéterminé.

« McCarthy, dit-elle.

– Joanie ? »

Il y eut une pause.

« Oui, Gus, c'est Joanie. Je dors.

– Au bureau ?

– J'ai transféré mes appels. Qu'est-ce que tu veux ?

– Dingus. Il faut que tu l'appelles à la première heure.

– Quoi ?

– Le shérif. Interroge-le sur la motoneige échouée sur les berges de Walleye Lake. Du moins, je pense que c'était une motoneige. Il n'a pas voulu me le dire. C'est peut-être rien, mais son comportement était plutôt étrange.

– Tu as parlé avec lui ?

– J'y suis allé. »

Une nouvelle pause.

« Eh bien, dit-elle, j'ai déjà pas mal de pain sur la planche...

– Oui, oui, mais j'ai besoin que tu vérifies ça avec lui à la première heure.

– OK, patron », dit-elle, comme pour me rappeler qu'elle n'adorait pas que je sois son patron.

Elle était jeune, futée et décidée à se tirer de Starvation Lake le plus vite possible. Comme je l'avais été jadis. Je me souvenais de ce sentiment d'impatience pour ce qui allait arriver après, quand cela allait arriver, et si ça arriverait jamais. Savoir si vous alliez rester coincé à écrire dans une feuille de chou locale sur des réunions municipales à propos de canalisations sanitaires, pendant que les autres partaient pour de grandes villes et de grands sujets.

Je finis mon verre d'eau et le posai dans l'évier. Dehors, le pick-up de Soupy était parti. Près de l'Enright's, l'enseigne dans la vitrine de l'agence immobilière Boynton luisait faiblement. Soupy, Teddy Boynton et moi avions tous joué ensemble pour Jack Blackburn. Je frissonnai soudain dans l'obscurité. Notre coach était-il revenu ? Dingus avait-il vu son fantôme sur la berge de Walleye Lake ?

3

Un étroit escalier intérieur descendait de mon appartement jusqu'à la salle de rédaction du *Pilot*. C'était pratique, mais je m'en servais rarement. Je préférais prendre l'escalier extérieur jusqu'au parking de derrière, longer un pâté de maisons jusqu'à Estelle Street, tourner pour reprendre Main Street et revenir jusqu'à l'entrée du *Pilot*. Cela me chargeait en air frais du matin et m'aidait à maintenir l'illusion d'avoir une vie séparée de mon travail.

En remontant Estelle Street, j'entendis le staccato des gouttes de glace fondue dégoulinant du toit de la State Bank de Pine County. Je tournai sur Main Street et le cœur de la ville s'ouvrit devant moi. Des bâtiments de deux étages en brique et en bois encadraient la rue à deux voies qui s'étalait, plate jusqu'au lac, flanquée de places de parking. De mon côté de la rue, se trouvait le *Pilot* et le cinéma Avalon désormais condamné. Au-delà, il y avait la quincaillerie Keksel's, le cabinet d'avoués de Parmelee Gilbert, une crémerie et juste en face de la plage, Les Appâts et Matériel de pêche Jordan, là où Main Street virait vers l'ouest et disparaissait. En face de la boutique de pêche, la marina de Soupy était plantée là où la Hungry River se déverse dans Starvation Lake[1].

1. La rivière « Affamée » se jette donc dans le lac « Famine ». *(N.d.T.)*

En revenant vers moi, le long de Main Street, il y avait le bureau de Teddy Boynton, le pub Enright's, le pressing et fleuriste Sally's, Audrey's Diner et le Fortune Drugstore.

Le lac devait son nom à une sécheresse qui l'avait presque totalement vidé dans les années 1930, jusqu'à ce que le Corps de conservation civile construise un barrage pour détourner la Hungry River toute proche. Du trottoir devant le *Pilot*, je distinguais clairement le lac, blanc et silencieux, un croissant de presque 12 kilomètres de long, encerclé de collines, de villas d'été grandioses et de maisons plus petites habitées à l'année, blotties sous les pins, les chênes et les bouleaux. La population de Starvation pouvait plus que tripler avec les vacanciers qui faisaient des centaines de kilomètres depuis Detroit ou Chicago pour faire du bateau, nager, pêcher, skier, chasser, faire de la motoneige et la fiesta. Les dollars des touristes avaient permis de construire les nouvelles écoles de Starvation, paver ses routes et aider à ce que ses enfants accèdent à l'université. Mais la ville avait vécu des jours meil-leurs. Durant la dernière décennie, en gros depuis la mort du coach Blackburn, de plus en plus de touristes s'étaient tournés vers de plus grandes stations estivales sur le lac Michigan et vers Sandy Cove, à 25 kilomètres à l'est, qui avait dépensé des wagons de fric pour promouvoir son propre lac bleu et pur dans des magazines de voyage et sur des panneaux publicitaires le long de l'autoroute 75. Teddy Boynton avait eu une grande idée pour redresser Starvation, et c'était pour cela qu'il voulait me voir ce matin-là.

Comme presque toutes les portes de Main Street, celle du *Pilot* était munie de petites clochettes. Elle émit un tintement discordant en se refermant derrière moi.

« Bonjour Till, lançai-je.

– Bonjour, répondit Tillie Spaulding. Tu m'as apporté du thé et des croissants ?

– Bon sang, dis-je. J'ai encore oublié. »

C'était notre rituel matinal. Tillie demandait, et je m'excusais. Je supposais que, un jour, il me faudrait effectivement apporter du thé et des croissants, même si trouver des croissants à Starvation Lake semblait être une mission impossible.

Matilda Spaulding avait été Miss Michigan quand elle était une blonde et souple adolescente, la fierté de Starvation Lake en 1963. Deux heures après une parade en son honneur sur Main Street, elle était partie faire du cinéma à Hollywood. Elle avait fait une pub télé pour une poudre déodorante pour les pieds, rencontré un producteur, s'était mariée, était tombée enceinte, avait avorté, avait divorcé, et était rentrée chez elle. Il n'y avait pas eu de parade pour son retour. Depuis 1971, elle était chroniqueuse « société », reporter occasionnelle et réceptionniste officieuse pour le *Pilot*. Elle était sortie avec quasiment tous les célibataires éligibles dans un rayon de 40 kilomètres, et avec certains qui n'étaient plus célibataires, tout en se découvrant une passion pour le bourbon glace avec une cerise au marasquin. Elle était accoudée au comptoir de l'entrée, une cigarette coincée entre ses longs doigts. Elle la pointa vers mon menton.

« Qu'est-ce qui t'est arrivé ? »

Instinctivement, je portai la main vers les points de suture à ma mâchoire. Ils me piquaient.

« Boynton m'est rentré dedans hier soir, dis-je.

– Ted Boynton ? »

Sa voix n'avait pas encore perdu son ton rauque matinal.

« Il m'a quasiment décapité, ajoutai-je en prenant un exemplaire du *Pilot* sur le comptoir.

– Allons, Gus, vous vous connaissez depuis toujours.

– C'est peut-être justement ça le problème. »

En vérifiant la une, je remarquai qu'on avait utilisé la mauvaise photo du gamin qui avait attrapé une perche de 3 kilos dans le Blue Lake.

« Il doit passer ce matin. »

Elle écrasa sa cigarette à moitié fumée.

« Dois-je aller acheter des *doughnuts* ?

– Non, c'est un rendez-vous professionnel, et je pense que Teddy me l'a bien fait comprendre la nuit dernière. »

Je commençai à avancer vers la salle de rédaction.

« Minute ! Tu me dois 25 cents. »

NLP Newspapers Inc., la compagnie qui avait acheté le *Pilot* trois ans auparavant à ses propriétaires d'origine, Nelson P. et Gertrude X. Selby, faisaient maintenant payer leur journal à leurs employés.

« Mets-les sur mon ardoise, dis-je.

– Gus... »

Je revins poser deux pièces de 10 et une de 5 sur le comptoir.

À 10 heures, Tillie fit entrer dans la salle de rédaction Teddy Boynton et un autre homme trimballant un attaché-case.

Des néons bourdonnants éclairaient cette pièce dénuée de fenêtres. Elle était juste assez grande pour une fontaine à eau, un mini-réfrigérateur, une imprimante en réseau, un fax et quatre bureaux en acier gris. L'air sentait le café refroidi et le toner. Je débarrassai un fauteuil pivotant de vieux emballages graisseux de hot dogs sauce chili, un autre d'une pile de journaux. Teddy s'avança vers moi avec sa grosse main tendue, me gratifiant du sourire éclatant que je lui connaissais si bien depuis l'école. Ces derniers temps, ce sourire décorait des aimants à frigo vantant sa société immobilière. Ses yeux clignèrent vers ma mâchoire bandée.

« Sacrée partie, hier soir, dit-il.

– Vraiment ? Je ne me souviens pas de grand-chose. J'ai dû me cogner dans la transversale.

– Ça va vite disparaître... Tu connais Arthur Fleming ? »

Fleming, un petit bonhomme en forme de poire avec d'épaisses lunettes, était un avocat de Sandy Cove. Il avait représenté cette ville l'été précédent, quand une chaîne de cinémas avait dû décider de fermer soit la salle de Sandy Cove, soit l'Avalon à Starvation Lake. Sandy Cove avait gagné après avoir offert 20 000 dollars pour réaménager le balcon de sa salle. Je lui serrai la main.

« Vous ne représentez pas Sandy Cove ? »

Ses yeux scrutèrent la pièce et il prit un air désapprobateur.

« Pas pour cette affaire. »

Boynton souriait.

« Il est tout à moi », dit-il.

Boynton déroula un plan bleu d'architecte et l'étala sur mon bureau.

« Tu vas peut-être penser que tu as déjà vu ça, mais ce n'est pas le cas », dit-il.

Aussi grand et large qu'il pouvait paraître dans son équipement de hockey, il semblait toujours plus imposant en costume-cravate.

« Nous avons ajusté pas mal de choses et, tout à fait entre nous, je ne suis pas certain que notre bureau de l'aménagement ait bien tout absorbé. »

Je sentis qu'il m'observait pour voir si je souriais.

« Comme ici, par exemple, dit-il en désignant une zone. Nous avons déplacé les quais pour jet-ski plus loin le long de la plage pour ne pas avoir de gamins qui jaillissent à toute vitesse devant les bateaux... »

Teddy voulait construire sa marina des Pins à Starvation Lake, une marina avec hôtel de luxe, restaurant et toboggan de 20 mètres de haut. Il avait le terrain. Il avait presque rassemblé tous les fonds. Il avait juste besoin d'une modification du plan d'aménagement local. Mais le bureau de l'aménagement rechignait, en la personne de cinq vieux bonshommes qui semblaient totalement désarçonnés par les conséquences légales, financières et environnementales que cela engendrerait. Nombre d'habitants pensaient que cette marina était exactement ce dont Starvation avait besoin pour damer le pion à Sandy Cove. D'autres pensaient que Boynton était déjà bien assez riche comme ça.

J'avais écrit l'édito qui avait provoqué les points de suture à ma mâchoire. Je me foutais pas mal de savoir quelle portion de la ville possédait Teddy, et je me disais que cette nouvelle marina était probablement une bonne idée, mais j'avais relevé qu'il y avait tout de même des problèmes sur la manière dont ce développement pourrait affecter le lac lui-même. À moins que Boynton n'offre plus d'argent pour garder l'eau propre, avais-je écrit, le bureau de l'aménagement devrait bien réfléchir avant d'approuver le projet. De plus, nous avions déjà la marina de Starvation Lake, dont Soupy avait hérité quand son père était mort l'été précédent. Même si cette marina avait 53 ans et besoin de réparations, la ville se devait de trouver les moyens de l'aider.

« Tu as lu notre éditorial ? demandai-je.

– Oui », dit Boynton, son visage se renfrognant quelque peu.

Le bureau de l'aménagement avait prévu de se réunir de nouveau le lundi suivant, et avec cet éditorial tout frais en mémoire, ses membres allaient probablement exiger plus d'argent.

Je posai une botte sur mon bureau.

« Eh bien, dis-je, je doute que nous changions d'opinion.

– On aimerait bien, pourtant, dit Boynton, mais en fait, ce n'est pas pour cela que nous sommes ici... Arthur ? »

Fleming se leva d'un bond et ses lunettes glissèrent sur son nez. Il les releva de la paume de sa main gauche, posa son attaché-case sur mon bureau et en sortit un épais document recouvert de plastique transparent.

« Nous avons ici quelques études, Mr. Carpenter, dont nous pensons qu'elles pourraient éclairer les citoyens de Starvation Lake, dit-il. Nous voudrions vous les montrer, mais à titre confidentiel. »

Je n'avais pas entendu cette phrase depuis Detroit. Fleming devait se fantasmer en avocat d'une grande ville plutôt qu'en avoué notarial avec une tendance mercenaire.

« Désolé, dis-je. Pas de confidentialité.

– Gus, dit Boynton, tout ce qu'il veut dire, c'est que si tu utilises ces documents, nous préférerions que tu ne dises pas où tu les as eus.

– Mr. Carpenter, dit Fleming.

– Appelez-moi Gus.

– Bien, Gus. Nous avons simplement rassemblé des informations disponibles pour le public qui brossent un tableau plus large des implications des responsabilités du bureau de l'aménagement – et en fait les responsabilités du *Pilot* – envers la communauté. »

Je levai les yeux vers la pendule au-dessus du bureau de Joanie. Il y avait eu un temps, il n'y a pas si longtemps, où je croyais que les choses étaient soit vraies, soit fausses, peu importe d'où elles venaient.

« Je vais vous dire, fis-je, je vais le *regarder* en toute confidentialité. Mais si nous pensons que ça vaut un article, nous devrons citer ceux qui nous ont mis sur le coup. »

Fleming jeta un regard vers Boynton, qui haussa les épaules. Le document atterrit sur mon bureau. Sous le plastique, la page de couverture était vierge, excepté une marque d'identification, « Campbell/7364opp », tapée en minuscules lettres noires. Sur la page suivante, la table des matières se divisait en quatre catégories : (I) Litige récent, (II) Plaintes formelles, (III) Déclarations sous serment, et (IV) Créances, Taxes et Affaires liées. En dessous de chaque chapitre, il y avait toute une variété de références à la marina de Starvation Lake, Alden C. Campbell et Angus F. Campbell. Alden Campbell, c'était Soupy. Angus était son père, qui avait été propriétaire de la marina jusqu'à ce que Soupy le retrouve allongé sur un quai, le matin du 4 juillet, mort d'une crise cardiaque. Je feuilletai ce document. Il y avait des extraits de procès, des déclarations sous serment de gens qui étaient en affaire avec la marina, des copies de taxes impayées, des plaintes déposées auprès du Bureau de contrôle du commerce. Je savais que Soupy avait des problèmes pour gérer les affaires de son père, mais pas à ce point-là.

« On dirait bien que Soupy a du pain sur la planche, dis-je.

– La véritable question, dit Fleming, c'est de savoir si le jeune Mr. Campbell est taillé pour ce travail. Son dossier semble démontrer que...

– Il ne fait ce boulot que depuis quoi, même pas un an ?

– Allons, Gus, dit Boynton. Il a grandi dans cette putain de marina. »

Fleming calma son client en levant la main.

« Il est vrai que Mr. Campbell ne gère cette propriété que depuis à peine sept mois. Mais il est également vrai que, dans ce bref laps de temps, il a réussi à exacerber la situation financière déjà relativement désespérée que traversait sa société à l'époque de la mort dc son père. On pourrait éventuellement se demander si son père aurait été capable de remettre à flot ce navire en train de couler. Peut-être. Mais il n'est plus parmi nous. Entre les mains de son fils, le navire n'a fait qu'accumuler plus d'eau encore. »

Ça suffit les métaphores nautiques, me dis-je.

« Ce n'est pas le travail du *Pilot* de juger qui est ou n'est pas un bon homme d'affaires.

– Discutable, dit Fleming. Je dirais que c'est certainement votre travail d'alerter le public si le manque de viabilité d'une entreprise a le potentiel de peser sur l'intérêt public. Dans le cas de la marina de Starvation Lake, nous craignons que sa prochaine citation au civil ne soit pour banqueroute. Cela pourrait avoir des conséquences catastrophiques pour cette communauté – la perte de son unique marina, le cœur même de son économie.

– Pourquoi vous en souciez-vous autant ? demandai-je. Dans ce cas précis, le bureau d'aménagement serait obligé de vous laisser foncer.

– Trop tard, dit Boynton. Le temps que tout se tasse, j'aurai perdu une saison entière. Les investisseurs ne suivront pas. J'ai mis beaucoup d'argent dans ce projet. Si Starvation Lake n'en veut pas, quelqu'un d'autre en voudra peut-être. »

Cela expliquait la présence de l'avocat de Sandy Cove.

« Très habile, dis-je.

– Ce n'est pas un péché de la jouer dur.

– Non », dis-je en grattant mes points de suture.

Fleming s'éclaircit la gorge.

« Incidemment, vous devriez savoir que nous envisageons de montrer ces mêmes documents à Channel Eight. »

Il me provoquait. Même si les propriétaires du *Pilot*, NLP Newspapers, n'aimaient pas spécialement les articles prêtant à controverse, et les inconvénients légaux qu'ils pouvaient parfois créer, ils détestaient que Channel Eight devance leurs journaux sur un sujet. Si on était coiffés sur le poteau à propos de la marina, j'étais certain d'endurer les foudres de la direction, et Fleming le savait probablement.

« Bon Dieu, Ted, dis-je, pourquoi tu ne m'as pas simplement expliqué tout ça, quand tu me tenais à la gorge avec ta crosse hier soir ? »

Boynton rapprocha son fauteuil. Les roues de métal grinçaient sur le linoléum.

« Écoute, Gus, dit-il, ton pote Soupy – notre pote Soupy – est un fouteur de merde. Un mec génial, un grand joueur de hockey. Mais un vrai fouteur de merde. Tu le sais et je le sais. Est-ce que toute la ville doit en souffrir ?

– Qui est un semeur de troubles ? »

Nous nous retournâmes tous vers Joanie qui venait d'entrer, dans son parka orange, serrant un carnet de notes dans sa main gauche. Sur son épaule pendait un sac à dos qui faisait la moitié de sa taille. Ses cheveux, un buisson-ardent assorti à la couleur de son parka, s'élevaient en volutes autour de sa tête et dégringolaient sur ses épaules. Comme toujours, elle avait l'air essoufflé.

« Il y a le feu quelque part ? demandai-je.

– Je reviens de chez le shérif. Qui est un semeur de troubles ? »

Elle n'arrivait jamais à dire « fouteur de merde ». Elle n'aimait pas les gros mots, ne les utilisait pas, et n'aimait pas que qui que ce soit les utilise. Un jour, elle m'avait fait un petit sermon sur l'absurdité d'utiliser « putain » comme adjectif. « Ce n'est pas un crayon, avait-elle dit. C'est un *putain* de crayon. Ce n'est pas une lampe, c'est une *putain* de lampe. Seuls les barbares ou les idiots parlent comme ça. » J'avais souri et dit : « Tu veux dire les *putains* de barbares, non ? »

Boynton se leva et tendit la main.

« Ted Boynton, dit-il. Et ce n'est pas moi le fouteur de merde. »

Joanie fronça les sourcils.
« De qui s'agit-il, alors ? »
Boynton éclata de rire.
« Je suis certain que votre patron vous mettra dans la confidence. »
Les yeux de Joanie tombèrent sur le document. Puis elle me regarda.
« Qu'est-ce qui est arrivé à ton menton ? demanda-t-elle.
– Je suis tombé du lit, dis-je.
– J'ai des trucs sur la motoneige, dit-elle.
– OK, laisse-nous juste encore cinq minutes, dis-je.
– Je vais en face, dit-elle, voulant dire au Audrey's Diner. On dirait que l'engin était immatriculé au nom de quelqu'un comme John Blackberg, ou Blackstone, ou un truc dans ce style. »
Teddy Boynton se redressa sur son fauteuil et se tourna vers Joanie.
« Quoi ? demandai-je.
– Je croyais que tu avais besoin de cinq minutes encore.
– C'était quoi, le nom ? »
Elle sortit un carnet et le feuilleta.
« Blackburn », dit-elle, en me lançant un regard irrité avant de se retourner pour sortir.
Teddy se tourna vers moi.
« Putain de merde ! » dit-il.

4

L'écran de mon ordinateur affichait cinq nouveaux sujets, deux articles de fond et quelques brèves qui devaient être édités et envoyés à l'imprimerie dans un peu moins de six heures. Il fallait que je m'active. Notre équipe n'était plus tout à fait une équipe depuis que NLP ne remplaçait plus les reporters en herbe qui venaient au *Pilot* pendant un an ou deux, avant de partir travailler pour un plus grand journal. Essentiellement, il y avait Joanie, Tillie et moi pour rédiger les articles, et un photographe. Mon supérieur direct, le directeur de la publication, Henry Bridgman, passait la plupart de son temps en réunions avec les costards-cravates dans les bureaux de la compagnie à Traverse City. Nous avions quelques dames aux cheveux bleus qui faisaient des piges de temps à autre. Il était quasi impossible de sortir un quotidien avec une équipe si réduite. Je remplissais pas mal du journal avec des reprises de dépêches d'agence, et réécrivais à peine les communiqués de presse.

Joanie avait écrit la plupart des papiers qui apparaissaient sur mon écran, y compris celui d'en haut, intitulé BIGFOOT. Je le fis apparaître en premier plan :

Par Joan McCarthy
Journaliste au *Pilot*

Sur la table de cuisine de Clayton Perlmutter, une boîte en verre contient ce que certains pourraient considérer comme un bien étrange trésor. Le gros lot de Perlmutter est un étron brun séché, de 10 bons centimètres d'épaisseur, dont ce peintre en bâtiment à la retraite affirme qu'il provient d'un Sasquatch, la créature mythique également appelée Bigfoot qui, selon les rumeurs, hanterait les forêts du nord du Michigan.

Mais d'autres personnes pensent que c'est Perlmutter qui est un étron.

Je souris, à la fois à la lecture du paragraphe d'intro lui-même et à l'idée de la très infime probabilité que l'article passe dans le *Pilot*. Nous faisons de notre mieux pour ne pas introduire de matières fécales dans le journal, intentionnellement du moins.

« Qu'est-ce qu'il y a de si drôle, là-bas ?

– Rien, Tillie », dis-je.

Le *Pilot* et d'autres journaux de notre région publiaient des sujets, tous les deux ou trois ans, sur Clayton Perlmutter et son Institut du Sasquatch. Invariablement, ces marronniers attiraient des lecteurs vers le garage suintant de Perlmutter, où il abritait ses collections de photos floues, de bandes audio pleines de friture, d'empreintes de pas, et de cartes des endroits où des Bigfoot avaient été vus. Et ils citaient Perlmutter évoquant sa campagne solitaire pour qu'une loi fédérale interdisant la chasse au Sasquatch soit promulguée.

Je m'étais attendu à ce que Joanie écrive quelque chose d'assez inoffensif. En lisant son article, je voyais que je m'étais trompé. Elle citait des zoologues de Harvard et la Smithsonian Institution qui discréditaient toute notion de l'existence du Sasquatch. Un photographe local à la retraite affirmait avoir aidé Perlmutter à truquer des instantanés d'ours brun. La véritable nouvelle apparaissait à mi-chemin : pendant des années, Perlmutter avait reçu de l'argent de l'État pour soutenir son organisation. Dans ses demandes de subsides, il avait dit qu'il s'occupait d'un musée.

Des documents obtenus par le Pilot, *sous couvert du décret pour la liberté de l'information, montrent que Perlmutter a engrangé au moins 32 235 dollars en dix-huit donations d'État depuis 1985. Dans des rapports épisodiques envoyés à l'État, Perlmutter déclare seulement que cet argent a été utilisé pour « divers projets de recherche inachevés ». Quand nous l'avons interrogé, Perlmutter a affirmé que « selon le 1er amendement, il n'avait aucune obligation » de répondre à nos questions.*

J'adorais son papier, et je ressentais même un pincement de jalousie face à l'habileté avec laquelle Joanie l'épinglait. Mais je doutais qu'il passe auprès des types de la compagnie. Ce n'était pas seulement leur caractère ombrageux qui me faisait réfléchir. Mon boulot était sur la sellette. Les patrons de NLP avaient rechigné à m'engager après mon départ abrupt du *Detroit Times*. Seule la garantie personnelle d'Henry Bridgman les avait persuadés – ça, et un an d'essai. Une seule petite erreur et je pouvais me retrouver viré du *Pilot* – et même de tout le milieu de la presse – pour de bon. Je n'aimais pas ça, mais je décidai de laisser les avocats de NLP exercer leur contrôle scrupuleux sur l'article de Joanie. M'attendant à quelque chose de plus insipide, j'avais prévu de mettre l'histoire de Bigfoot en plein milieu de la une de samedi. Et maintenant, j'avais besoin d'autre chose.

Tillie était appuyée au comptoir avec le *Detroit Times* étalé devant elle. Une brume bleutée de cigarette était en suspens autour de sa tête blond oxygéné.

« Hé, Till, lançai-je, quelles nouvelles ?

– Les rédacteurs en chef ne sont pas censés se tenir au courant des *news* ? dit-elle.

– Si, je suppose.

– Vraiment ? Eh bien, on ne parle que de Monica.

– Qui est Monica ?

– Une petite pouffe qui bossait à la Maison-Blanche, dit Tillie. Elle a eu un petit truc avec le Président. Il lui a mis un cigare où je pense. »

J'eus envie de rentrer sous terre, moins à cause de ce que disait Tillie que d'avoir à l'entendre de sa bouche.

« Son nom de famille, c'est Lewinsky ? »

Je m'emparai d'un annuaire.

« J'ai besoin d'une faveur, Till... »

Elle écrasa sa cigarette.

« Gus, s'il te plaît, pas un plan Selby. »

L'ancien propriétaire du *Pilot*, Nelson P. Selby, avait des idées très particulières pour « localiser » les nouvelles nationales. L'un de ses trucs préférés était d'envoyer des reporters interviewer des gens du coin qui portaient le même nom de famille que des gens de Washington, New York ou Hollywood qui faisaient les unes. Ainsi, quand le général Schwarzkopf commandait le corps expéditionnaire pendant la guerre du Golfe, un pauvre journaliste du *Pilot* alla chercher les trois Schwarzkopf – l'un d'eux était peut-être même bien un Schwarzkopf – de Pine County pour leur demander ce qu'ils en pensaient. Aucun n'était apparenté au général. Un plombier à la retraite se demandait si le général avait un chien, comme le général Patton. Une institutrice veuve pensait que Schwarzkopf était un fort bel homme qui n'aurait pas dû porter des lunettes de soleil quand on le photographiait. Ce genre d'articles m'avait fait ricaner quand j'étais à l'école de journalisme et plus tard reporter à Detroit. Et maintenant j'étais en train d'éplucher un annuaire et je disais à Tillie :

« Il y a trois Lewinski dans le comté, orthographiés S-K-I. Et deux LOW-insky. Si tu désespères, il y a aussi un Lewinska.

– Oh, mais nous sommes en plein désespoir, dit Tillie. Qu'est-il arrivé à Bigfoot ?

– Des problèmes, dis-je. N'oublie pas de prendre une photo. Il faudra faire grand. »

Tillie regardait dans l'annuaire téléphonique.

« Il y a le vieil Artemis Lewinski, dit-elle. Lui, il pourrait vraiment faire grand. »

Je grimaçai.

« Je veux les feuillets à 16 heures, OK ? Où est Joanie ?

– Partie prendre un café.

– Oh, non », dis-je.

Elle était partie depuis bien trop longtemps. Je me précipitai dehors sans prendre de manteau.

Quand j'entrai chez Audrey's, toutes les têtes se tournèrent vers moi. Puis toutes les têtes se retournèrent vers la table ronde dans le coin. Quatre hommes et trois femmes et une belle-sœur étaient assis là avec Joanie, qui hochait la tête et griffonnait dans son carnet à toute vitesse, son sac à dos posé sur le plancher entre ses pieds.

C'était trop tard.

Je m'installai derrière Joanie. Elle ne leva pas les yeux. Leurs assiettes avaient été débarrassées ; je sentais encore un mélange de graisse et de cannelle. Elvis Bontrager était en train de parler. Il me jeta un coup d'œil en relevant la visière de sa casquette marquée Lawson's Lumber Land. L'arrière de son couvre-chef était fait de mailles, et je voyais des rangées de cheveux fins comme des fils électriques saillir de son scalp rose. Une miette de bacon canadien s'accrochait à sa joue gauche pendant que ses bajoues remuaient.

« Le truc, je veux dire, le vrai truc avec Coach, c'est que peu importait qui on affrontait, ils pouvaient être plus balaises ou plus rapides ou, vous voyez, plus connaisseurs que nous, il s'en foutait, il trouvait un moyen de les battre.

– Un stratège, donc ? dit Joanie.

– Toujours un bon plan de jeu. »

Tout le monde hocha la tête. Elvis me regarda. Et voilà, ça recommence, me dis-je.

« Mais Coach Blakburn, malheureusement, il fallait quand même qu'il laisse jouer les joueurs, pas vrai, Gus ? dit-il. Qu'est-ce qui est arrivé à ta figure ? »

Il parlait de mes points de suture.

« Un palet, répondis-je.

– Eh bien, au moins, t'en as arrêté un, hein ? gloussa Elvis en se tournant vers Joanie. Vous savez, miss, Gus est plutôt célèbre par ici. Il a été témoin de la fin d'une ère pour le hockey à Starvation Lake. Bon Dieu, il a même été celui qui l'a achevée. Dis-lui, Gus. Tu sais ce qui s'est passé. Et Dieu sait que personne d'autre ici ne le sait mieux que moi. »

Joanie baissa son carnet.

« Que s'est-il passé ? »

Elvis haussa les épaules.

« Rien. Gus, ici présent, a juste perdu un match de hockey. Un match de *championnat* d'État. Notre seule et unique finale. »

Joanie n'avait pas l'air de tout à fait bien comprendre.

« Et c'est tout ?

– Miss, dit Elvis en se penchant en avant, il a perdu ce match décisif et on n'est jamais arrivés à remonter jusqu'en finale de championnat depuis.

– Oh, fit Joanie, puis elle se tourna vers moi. Comme ça, tu leur as porté la poisse ? »

Elvis éclata de rire. Il ne m'aimait pas parce que j'avais encaissé ce but, et parce que, oui, les personnes superstitieuses – et il y en avait beaucoup à Starvation Lake, moi inclus – considéraient que je leur avais porté la poisse. Mais également parce que j'avais brisé le cœur de sa nièce quand j'étais parti à Detroit pour travailler dans un journal au lieu de l'épouser, comme Elvis et toute la ville s'y attendaient. À l'époque elle s'appelait Darlene Bontrager, mais plus tard, elle avait épousé un joueur de hockey de seconde division nommé Esper qui, souffrant de mystérieuses douleurs lombaires chroniques, passait désormais son temps à jouer au vidéo golf au Dingsman's Bar. Darlene Esper était l'adjointe du shérif. C'est elle qui m'avait appelé à propos de la motoneige de Walleye Lake.

J'étais parti à Detroit pour pouvoir revenir un jour à Starvation Lake, m'avancer vers Elvis et lui dire : « Pourquoi est-ce que tu ne vas pas te faire voir en enfer ? Quelle importance cela a-t-il vraiment que j'aie perdu un pauvre match de hockey il y a des années ? Regarde-moi bien, maintenant, je suis grand reporter de la grande ville, et prix Pulitzer en plus. » Mais j'étais là, comme n'importe quel autre raté local, à bosser pour la petite feuille de chou de l'autre côté de la rue, avec ses bardeaux au-dessus de la porte et son panonceau en vitrine qui disait : « Les annonces personnelles sans pareilles du *Pilot* vous pousseront sur la piste du plaisir et du profit. » Ça m'aurait fait du bien de gueuler. Au lieu de quoi, je parvins à crisper un sourire pour dire à Joanie :

« Pourquoi cet intérêt soudain pour Coach ?

– La motoneige, dit-elle, ça pourrait être la sienne.

– T'étais pas dehors près de Walleye hier soir, Gus ? demanda Elvis.

– Si, mais...

– On a entendu dire qu'ils ont trouvé une paire de patins appartenant à Jack dedans, tout rouillés. »

Joanie écrivait fébrilement dans son carnet. C'était exactement ce que j'avais craint. Si je ne la sortais pas très vite de là, d'ici ce soir on allait entendre qu'on avait aperçu Jack Blackburn rôder dans le coin, et peut-être même l'autre Elvis. Le vrai.

« On dirait que vous en savez tous bien plus que moi », dis-je.

Je posai une main sur l'épaule de Joanie.

« On a un journal à sortir. »

Elle se débarrassa de ma main d'un haussement d'épaules et se leva.

« Revenez après, Miss Joanie, dit Elvis. Je vous payerai un café. »

La porte s'était à peine refermée derrière nous qu'elle se tourna vers moi, rouge de colère.

« Pourquoi tu as fait ça ? Je commençais à avoir plein de matière.

– De matière pour quoi ?

– Pour l'article sur la motoneige que tu m'as demandé de faire.

– Blackburn est mort dans le lac Starvation, dis-je, pas dans Walleye.

– Peu importe. Les flics pensent que ça pourrait être sa motoneige.

– *Pourrait être?* »

Je vis Elvis qui se tordait le cou pour nous apercevoir à travers la vitrine.

« Ils ont l'immatriculation – une partie du numéro d'immatriculation – et ça correspond. Je veux dire, une partie correspond à...

– Une partie ? Est-ce que Dingus l'a confirmé ?

– Non. D'Alessio. »

Frank D'Alessio, adjoint du shérif de Pine County, était jeune, stupide et connu pour être un coureur de jupons.

« Je parie que ce n'est pas dans le procès-verbal, en fait, hein ?

– Et alors ?

– Alors, tu as une partie de l'immatriculation et la parole d'un adjoint qui ne sera pas dans le rapport final. Tu n'as vraiment rien de rien, c'est pas vrai, putain ?

– Surveille ton langage, s'il te plaît.

– C'est une toute petite ville, Joanie. Poser des questions sur des trucs dont tu ignores s'ils sont vrais, c'est exactement comme aller répandre des rumeurs auprès de tout le monde.

– Eh bien, peut-être que cette ville est trop petite.

– Peut-être. Mais ne m'apporte rien sur ce sujet tant que c'est pas du bronze.

– OK, patron », dit-elle.

Elle tourna les talons pour traverser Main Street sans moi, mais dut attendre qu'une voiture passe. Elle pivota pour me faire face. Ses cheveux étaient tombés devant ses yeux. Je connaissais bien D'Alessio. Il était derrière tout ça.

« Et pour l'histoire du Bigfoot ? demanda-t-elle.

– Quoi, l'histoire du Bigfoot ?

– Tu as besoin de trucs en plus ?

– Pas pour l'instant.

– Ce qui veut dire ? »

Je regardai au loin. Le pick-up de Soupy était garé devant chez Enright's.

« Elle passera la semaine prochaine. Faut la faire relire par les avocats d'abord.

– Les avocats ? Je t'en ficherais des avocats ! Ils vont couper tout le truc sur les subventions et tous les bobards que Perlmutter balance depuis des années. Et tu vas publier les petites saletés habituelles au lieu d'un article qui pourrait faire tomber quelques têtes.

– Tu n'en sais rien.

Mais toi, tu le sais, pas vrai, Gus ? »

Sans voix, je la regardai traverser la rue en courant, levant la main pour faire ralentir une camionnette qui arrivait sur elle.

5

Pas question de retourner chez Audrey's pour déjeuner. Je quittai le *Pilot*, fis le tour par-derrière et grimpai les marches de bois menant à mon appartement.

Je sortis de la viande hachée et du ketchup du frigo et pris une poêle sur l'égouttoir à vaisselle. J'allumai la cuisinière et mis le hachis en morceaux dans la poêle. La viande commença à grésiller. Je balançai le ketchup dessus et posai deux tranches de pain de mie sur une assiette en carton.

Par la fenêtre, je regardais le pick-up de Soupy, toujours garé devant chez Enright's. J'écoutai les messages de mon répondeur. Ma mère me rappelait que je devais venir au repas du dimanche. Quelqu'un avait raccroché sans avoir laissé de message. Puis une voix nasillarde emplit la boîte à chaussures qui me servait de cuisine.

« Gus, disait-elle, j'aimerais que tu répondes à mes appels. Mardi, c'est la date butoir.

– Eh bien, je t'appellerai mardi », dis-je à la machine.

Cette voix était celle de l'avocat de Detroit que j'avais dû engager lors de mes derniers jours au *Detroit Times*. J'éteignis la cuisinière et versai la viande sur le pain.

« Doux Jésus », murmurai-je.

Ma meilleure journaliste – mon seul vrai reporter – était en colère après moi. Teddy Boynton essayait de me faire chanter. Mon ancien entraîneur disparu avait refait surface. Et maintenant il semblait bien que je sois contraint de faire face au bordel que j'avais créé à Detroit. Je m'installai dans un fauteuil pour manger. Mais je n'avais plus faim du tout.

Mon sandwich passa l'après-midi dans le frigo de la salle de rédaction, pendant que j'éditais des articles et que j'écrivais les titres pour le *Pilot* du samedi. Le conseil d'administration de l'école envisageait de créer une taxe spéciale pour payer la construction d'une piscine. Une compagnie de téléphones portables avait coupé le ruban d'inauguration d'un magasin dans le minicentre commercial. Une mère exaspérée avait appelé le bureau du shérif pour qu'on l'aide à mettre son fils de 11 ans au lit. Et les River Rats étaient en route vers le Sud Michigan pour le premier tour des éliminatoires de l'État. Je passai la majorité de mon temps à traduire la prose de Tillie Spaulding sur Monica en un baratin lisible dans un journal. Elle ne savait pas écrire, mais elle savait dégoter la matière à un article.

Elle avait déterré Gloria Lowinski, 83 ans, une infirmière à la retraite qui pensait que le président Clinton et sa femme devraient essayer le sexe tantrique, et un expert-comptable assermenté dénommé Barton Lewienski, qui était certain que les Républicains avaient payé la jeune femme pour séduire Clinton. Il y avait aussi un caniche nommé Monica, et une caissière dans une gargote à burgers appelée La Maison blanche qui avait juste dit : « Monica qui ? »

Je me pinçai le nez et j'envoyai le tout à l'imprimerie.

Joanie ne vint pas porter son article sur la motoneige avant 5 h 12, soit dix-huit minutes avant la fin du bouclage. Il commençait comme ça :

Les adjoints du shérif de Pine County pensent qu'une motoneige remontée du fond de Walleye Lake pourrait avoir appartenu à John D. « Jack » Blackburn, l'entraîneur de hockey légendaire, mort dans un accident de motoneige il y a dix ans.

En lisant le reste, je ne voyais aucune preuve supplémentaire soutenant l'assertion que Joanie avait faite devant chez Audrey's. Elle ne tentait pas non plus d'expliquer comment la motoneige – si c'était bien celle du coach Blackburn – avait refait surface dans Walleye Lake après avoir coulé dans Starvation Lake. Elle était assise à son bureau, soulignant des choses à l'encre rouge dans un carnet. Elle ne m'avait pas dit un mot de tout l'après-midi.

« Joanie, dis-je, tu n'as pas recoupé tes infos ni revérifié cette histoire de motoneige.

– Eh bien, arrange-la, alors.

– Trop tard, dis-je, contrarié. Les patrons nous font un enfer si on fait attendre l'imprimerie. Je le supprime. »

À l'instant même où je me retournais vers mon ordinateur, j'entendis un *schplonk* métallique contre le mur qui me faisait face. 50 centimètres au-dessus de ma tête, une tache marron dégoulinait sur le mur. Une boîte de Coca *light* expirait en sifflant sur le plancher.

« Bon Dieu », fis-je en pivotant sur mon fauteuil pour lui faire face.

Elle était debout.

« Enflure, dit-elle. J'aurais pu travailler sur Bigfoot, mais j'ai passé ma journée à faire des recherches sur ta stupide motoneige, et maintenant tu me sabres cet article aussi ? T'es vraiment un dégonflé ! »

Elle marquait un point. Et je pouvais supporter qu'elle me traite d'enflure, mais dans ma courte carrière de rédac chef, jamais un journaliste ne m'avait jeté quoi que ce soit à la figure. Je ne savais absolument pas quoi faire. Mais je n'allais certainement pas la virer alors que les costumes trois-pièces ne m'auraient jamais laissé la remplacer. Donc, je lui dis juste :

« Calme-toi Joanie.

– Ne me dis pas de me calmer. Ne me dis rien ! »

Tillie apparut dans l'encadrement de la porte, avec son manteau de fourrure.

« Mais qu'est-ce qui se passe par ici ? »

Je regardais Joanie.

« T'es un *loser* », dit-elle.

Tillie s'approcha, ramassa la boîte et la balança dans une corbeille à papiers.

« Dites, les enfants, ça vous ennuierait pas de nettoyer ça ? Bonne soirée. »

Joanie et moi demeurâmes assis en silence. Je voulais me lever pour lui dire combien elle était immature et non professionnelle. Son article n'était qu'un tissu d'hypothèses. Peut-être avait-elle deviné juste. Ou peut-être pas. Mais elle avait raison sur un point – nous ne pouvions pas nous contenter d'ignorer purement et simplement cette satanée motoneige. La pendule indiquait 5 h 26. Putain, me dis-je.

Après ma révision, les huit paragraphes disaient simplement que la police enquêtait sur la réapparition d'un morceau de motoneige sur le rivage du lac Walleye. Je laissai une unique référence au coach Blackburn à la fin :

La police doit encore déterminer le propriétaire de la motoneige. Des similitudes ont été notées avec celle que possédait John D. « Jack » Blackburn, le légendaire entraîneur de jeunes hockeyeurs qui s'est noyé dans un accident de motoneige le 13 mars 1988. Cependant, cet accident s'était produit dans le lac Starvation. Ni son corps ni sa motoneige n'avaient été retrouvés.

Je l'imprimai et allai le porter à Joanie. Ses yeux parcoururent la page. Elle la posa sur son bureau.

« Peu importe, dit-elle.

– Peu importe ?

– Mets-le dans le journal. C'est ton boulot, non ?

– Joanie, est-ce que cet article est fidèle à la réalité ?

– Au point où on en est, oui. »

Je regagnai mon bureau. Au moment où j'éteignais mon écran, je sentis Joanie debout derrière moi. Je me tournai et constatai qu'elle portait son parka.

« Je vais le rendre plus précis encore pour le bouclage de lundi, dit-elle.

– OK, dis-je en désignant de la tête le mur. Tu vas nettoyer ça ?

– Non », dit-elle.

J'attendis qu'elle soit partie pour aller chercher une serpillière.

Quand j'entrai dans la salle enfumée du pub Enright's, Soupy était debout au bar, avec son manteau en jean et sa casquette rouge, hurlant au barman d'allumer le juke-box. Sur l'écran de télé au-dessus du comptoir, le Monsieur météo local posait une tortue sur un camembert dont les différentes tranches étaient étiquetées neige, neige fondue, soleil, nuages. Chaque soir, la tortue grimpait maladroitement sur une des tranches et c'est ça qui lui servait de prévision. Elle avait à peu près aussi souvent raison que la météo nationale.

« On se calme », dit le barman, Dave Lubienski, surnommé Loob. Il fouilla sous la caisse enregistreuse pour trouver la télécommande. Loob était un mec tranquille qui passait ses matinées à travailler comme assesseur à l'hôtel de ville et ses après-midi à construire des pendules compliquées et des petites maisons pour oiseaux qu'il vendait hors de prix à des touristes du sud de l'État. Il tenait également le bar et jouait pour l'équipe de Teddy Boynton dans la ligue senior des Vétérans de minuit.

« Le bouton *mute* ne fonctionne pas », dit-il. Il baissa le volume à zéro, se tourna vers Soupy et me vit.

« 'soir, Gus.

– Loob », dis-je.

Soupy se tourna et ouvrit grands les bras, feignant la surprise.

« Mais qui voilà ! Mr. Trapézoïde en personne ! »

Quand on avait 9 ans, on jouait avec un jeu de figurines que j'avais eu pour Noël. Soupy avait appelé son gardien « Tommy Trapézoïde » à cause de la carrure de la petite figurine de métal. Comme je jouais goal, il s'était mis à m'appeler aussi Trapézoïde, Trap en raccourci.

Loob posa une Blue Ribbon sur le comptoir. La première gorgée glacée me brûla la gorge.

« À chaque nouveau jour son nouveau miracle, dis-je.

– Le fidèle *Pilot*, dit Soupy. Le meilleur journal de tout le Michigan pour emballer le poisson. »

Notre slogan, imprimé depuis cinquante-sept ans sous le nom du canard était, en fait : « Le meilleur papier de tout le Michigan. »

« Longue journée, Trap ?

– Longue journée, oui. »

Je lui livrai la version courte, en deux minutes, en omettant la visite de Boynton.

« Cette Joanie, c'est quelque chose, hein ? dit-il. Pas vraiment un beau brin de fille, remarque, non ?

– J'ai tendance à ne pas évaluer mes employées d'après la forme de leur cul.

– Bien sûr, mais Loob, ici présent, a peut-être quelque chose à dire là-dessus, pas vrai, Loob ? »

Loob répliqua aussi sec.

« Tu peux les voir belles en picolant, mais tu ne les verras jamais maigres.

– Oui, monsieur », dit Soupy en descendant sa bière avec un grand mouvement du bras.

Il n'y avait pas de tables, chez Enright's, juste huit tabourets, le long comptoir couleur whisky et une sorte de rampe pour s'adosser au mur en face. Au-dessus de cette rampe s'étalait un collage de photos de gamins en uniforme bleu et or des Hungry River Rats. Jadis, il y avait eu des photos de moi, mais des petits malins courageux n'arrêtaient pas de les défigurer et le propriétaire du bar, miséricordieux, avait fini par les enlever. Notre ancien coach souriait au centre de ce collage, visage en noir et blanc, ses yeux sévères et enfoncés, ses pommettes taillées à la serpe, ses cheveux argentés parfaitement ramenés en arrière. L'inscription disait : « Jack Blackburn, 1934-1988 ».

À l'autre bout du bar était accrochée une photo de Soupy Campbell, 16 ans à l'époque, sautant dans les airs avec sa crosse de hockey dressée vers le ciel et la bouche grande ouverte en un immense sourire de triomphe. C'était le soir où nous avions battu les Paddock Pools de Detroit en quart de finale du championnat d'État. Vers la fin du match, alors que le score était de 2 à 2, Soupy avait piqué le palet à un ailier des Paddock et s'était faufilé à travers toute leur équipe jusqu'à ce qu'il ne reste plus qu'un défenseur entre lui et le gardien. Le goal ne vit venir le tir de Soupy que lorsque le palet passa en sifflant au-dessus de son oreille gauche, pour finir dans le filet.

Soupy avait quitté Starvation après notre dernière année avec les Rats pour jouer avec l'université du Nord Michigan, grâce à une bourse. J'étais à Sud Michigan, mais on mettait un point d'honneur à se voir à chaque fois que le Nord descendait à Ann Arbor pour jouer. Lors de sa première année, il les éblouit, et durant sa seconde année, il fut engagé au troisième tour par les Blues de Saint Louis pour jouer en championnat de

Ligue nationale. Il quitta brusquement le Nord Michigan avant sa dernière année et s'essaya dans des équipes professionnelles mineures. Il joua dans l'Ouest canadien, à Salt Lake City, Fort Wayne et finalement Hershey, en Pennsylvanie. De temps à autre, il montrait un éclair de son ancien génie, mais la plupart du temps, il jouait juste assez bien pour se maintenir. Des rumeurs à propos de drogue et d'alcool commençaient à circuler dans le milieu du hockey. Il se déchira un genou, se disloqua une épaule et fut arrêté à Érié, Pennsylvanie, pour avoir traversé la ville sur le toit d'une voiture, nu et bourré au beau milieu de la nuit. Il s'était marié avec une fille à Flint, avait eu une petite fille, et avait divorcé. Quand j'essayais de l'interroger sur tout ça, il souriait et disait : « C'est de l'histoire ancienne, Trap. Si je commence à me pencher sur mes conneries, il se pourrait que je me souvienne combien c'était marrant, et que je me remette à en faire. » Il était revenu à Starvation à peu près à l'époque de l'accident du coach Blackburn pour travailler à la marina avec son père. Et maintenant, sept mois après la mort d'Angus, il en était propriétaire.

« Dis-moi, Soup, est-ce que c'est pas un peu gênant de laisser ton pick-up garé ici toute la journée alors que la marina est à trois pâtés de maisons à peine ?

– Hé, m'man, dit-il, j'suis juste entré m'en jeter un.

– C'est ça...

– Un, puis un deuxième... »

Il éclata de rire et me tapota l'épaule avec sa bouteille.

« T'es de mauvais poil, Trap ? »

Cette journée m'avait juste assez irrité pour vouloir que ça aille encore plus loin.

« J'ai entendu dire que tu avais quelques problèmes légaux, dis-je.

– Des problèmes ? fit Soupy. Nan. Juste quelques procès. »

Loob posa des bières fraîches devant nous. Soupy se pencha plus près de moi.

« Les procès sont un de ces trucs du monde réel, tu sais, Trap. Dès que tu fais du business, des gens te traînent le cul en justice.

– Ton vieux avait autant de procès en cours ?

– Oh, que oui.

– Est-ce que le bureau de l'aménagement est au courant ?

– Au courant de quoi ?

– De tout ça.

– Tout ça ? »

Soupy arracha sa casquette et la flanqua sur le comptoir.

« Quoi *ça* ?

– La marina, Soup.

– La marina va bien. »

Je n'étais pas aussi inquiet pour la ville que je l'étais pour Soupy. Il n'était pas expert dans la vente ou l'entretien des bateaux, ni dans la gestion d'une affaire, mais il en savait assez pour rester dans la course à Starvation Lake.

« Et si Boynton construit sa propre marina ?

– Que Boynton aille se faire foutre », dit Soupy.

Il se tourna vers Loob.

« Demain, ce triste trou du cul va être obligé de me refiler 100 dollars. Tu mises sur qui, Loob ? »

Loob afficha un sourire laconique.

« Pas sur Gus. »

Ils parlaient de la séance de tirs au but annuelle de Starvation Lake, qui devait avoir lieu le lendemain avant que ne débutent les éliminatoires de notre ligue. Les tireurs payaient 20 dollars cinq tentatives pour marquer, seul, contre un gardien volontaire. Cette séance permettait d'acheter des maillots d'entraînement pour les équipes. C'était coach Blackburn qui avait lancé ces séances de tirs au but quand nous étions gamins. Cette année, c'était moi le gardien, grâce à Soupy qui m'avait porté volontaire. Le tireur qui marquait le plus de but gagnait un bonnet en laine brodé « The Stanley Cap ». Mais c'était surtout une affaire de grosses vantardises et de paris discrets. Soupy avait gagné quatre des cinq dernières séances de tirs. Boynton avait gagné l'autre.

« Tu peux te permettre de miser 100 dollars ? demandai-je.

– Si je sais que je vais gagner. Qu'il aille se faire foutre, Boynton avec sa marina pour enculés mondains.

– Bonne chance.

– Ouais, et va te faire foutre aussi, Trap. Le bureau de l'aménagement va dégommer le petit Teddy comme un porc-épic en haut d'un arbre. »

Soupy se figurait qu'il avait un léger avantage. Deux des membres du bureau avaient été des amis de son père. Un autre avait bossé jadis à la marina.

« Peut-être, dis-je, mais s'ils le font vraiment ? Que se passera-t-il si Boynton renonce et que tu coules, est-ce que la ville ne sera pas foutue ?

– C'est ce que cette gueule de raie de Teddy t'a raconté ? » lança-t-il.

Je me préparais à répondre, mais il me fit signe de renoncer.

« Je sais, tu ne peux pas causer de ce qui se passe entre les sacro-saints murs de ce journal qui sert à emballer le poisson. Mais je sais que Boynton et son avocat au gros cul ont colporté ces histoires de procès. Je ne suis pas si con, Trap. Tu veux ma permission pour mettre tout ça dans le journal ? C'est ça ?

– Je n'ai pas besoin de ta permission, Soupy.

– Écoute, dit-il, la ville ne se fera pas baiser. »

Il reposa sa bière.

« La neige n'a pas tenu ses promesses cette année, et donc on n'a pas loué autant de motoneiges que j'aurais souhaité. Mais j'ai déjà des gens qui retiennent des bateaux. J'ai été un peu distrait par les manigances de Boynton, mais on va s'en occuper et tout va se remettre en place. Merde, Trap, tu détestes ton job, pourquoi tu ne viens pas chez moi et on dirigerait tout le machin ensemble ? Putain, on le dirigeait presque dans le temps.

– Je ne déteste pas mon job, Soupy.

– Tu te souviens du cat, Trap ? »

Quand nous avions 15 ans, travaillant tous les deux à la marina, nous avions mis nos salaires en commun pour acheter un vieux catamaran de 16 pieds. On le sortait à la brise des soirs d'été, après le boulot. Soupy barrait, assis. Je me harnachais et je me tenais sur la coque derrière lui. Quand une rafale de vent chopait la voile, le bateau se soulevait de l'eau et je me levais, les pieds accrochés au bord de la coque. Je me penchais en arrière, tirant sur le harnais pour empêcher le bateau de se retourner, mon corps quasiment à l'horizontale juste au-dessus de l'eau qui rugissait, Soupy tenait bon la barre, les cheveux au vent, et nous hurlions de rire sous le soleil couchant.

« C'était le top, Trap. Bien mieux que le hockey, même. »

Je l'aimais comme un frère, mais il ne me rendait pas la tâche facile.

« Tu seras au bureau de l'aménagement lundi ? demandai-je.

– Putain que oui », dit-il.

Il sourit et écarta les bras.

« Hé, mec, écoute... il faut que la marina tienne au moins jusqu'à l'été. J'ai déjà commandé les tenues de softball. »

6

Je quittai Enright's un peu après 11 heures et marchai le long de la rivière pour nettoyer ma tête de la fumée et de l'alcool. Le vent sifflait à travers un bosquet de bouleaux tout au bout de South Beach. De l'autre côté du lac, les lumières ténues des maisons sur l'escarpement rendaient fantomatiques les silhouettes des cabanes de pêche parsemant les rives. Je fixai l'obscurité au-delà de Pelly's Point, là où coach Blackburn était tombé.

Il était arrivé à Starvation en 1970, venu du Canada, où il avait joué au hockey quand il avait 20 ans, puis était devenu entraîneur, d'abord de gamins, puis de plus grands, pour finir par entraîner des garçons de 16 à 19 ans, les meilleurs amateurs canadiens. Il nous avait raconté qu'il avait quitté le Canada parce qu'il n'arrivait plus à supporter le froid ; il avait envie d'étés chauds. Il disait que son beau-frère, qui était de Kalamazoo, au sud de l'État, lui avait affirmé que Starvation était bâtie sur l'un des plus beaux lacs du monde.

Il avait commencé par ouvrir un commerce de chauffage et air conditionné, et acheté une cabane dans les bois à quelques kilomètres à l'ouest de la ville. Ce tout premier hiver, il avait construit une patinoire dans la clairière près de sa cabane. La ville avait plein de patinoires privées comme ça, dans les jardins derrière les maisons, mais aucune comme celle de Coach. Il avait encerclé la sienne avec des barrières en lattes de bois, en guise de limites de renvoi pour le palet, et fabriqué des buts avec des chevrons et du grillage à poulailler. Il avait aligné des bidons de lait rouge et bleu pour servir de bancs aux équipes et érigé un énorme tableau noir pour marquer les scores. Il avait fait savoir que tous les jeunes patineurs de Starvation Lake étaient cordialement invités à venir au Jardin de l'imaginaire pour jouer au hockey.

Les samedis matin de janvier et février, quand il faisait si froid que les lames de nos patins grinçaient sur la glace, on était dix, quinze ou vingt là-bas, avec nos casques et nos gants de hockey, nos maillots des Detroit Red Wings, des Chicago Blackhawks et des Toronto Maple Leafs passés par-dessus nos Thermolactyl, nos chemises de flanelle et nos pulls en laine. On s'arrêtait à midi pour dévorer les sandwichs et les cookies que nos mères nous avaient préparés. Coach, on l'appelait comme ça, nous distribuait des balais raclettes et on s'alignait tous à un bout de l'arène, et on frottait la glace en avançant jusqu'à ce qu'elle étincelle au soleil. Puis on jouait jusqu'à la tombée du jour, et parfois même après, si assez des papas qui venaient nous chercher étaient d'accord pour attendre encore un peu et éclairer la glace avec les phares de leurs voitures. Parfois cinq ou six d'entre eux s'entassaient dans un grand break avec Coach pour boire des bières en regardant le dernier match du jour.

La plupart du temps, Coach était sur la glace. Il sifflait les pénalités, arrêtait les bagarres et soignait les nez sanguinolents et les chevilles abîmées. Toutes les heures ou à peu près, il sifflait un arrêt de jeu et nous rassemblait tous autour de lui. « Écoutez bien, hein ? » disait-il, et on se marrait discrètement à cause de son accent canadien. Il nous montrait le meilleur moyen de balancer un palet roulant hors des limites du terrain, comment donner un coup de hanche pour faire dégringoler quelqu'un de ses patins, nous expliquait pourquoi il valait mieux tirer bas parce que le palet pouvait rebondir sur une jambe ou une crosse et tromper le gardien. Pendant qu'il nous entraînait, son corniaud crépu, Pocket, restait assis sur un bidon de lait, à regarder le palet sur la patinoire, la tête remuant d'un côté à l'autre. Chaque fois que quelqu'un s'approchait de Blackburn, le petit Pocket se mettait à aboyer, et ce bruit nous faisait le même effet que des ongles sur un tableau noir. Il aboyait à tout bout de champ.

À l'origine, j'avais voulu jouer attaquant, comme le grand ailier droit des Detroit Red Wings, Gordie Howe. Mais le Red Wing préféré de mon père avait été un gardien nommé Roger Crozier. Comme moi, Crozier était petit et teigneux et papa adorait la manière dont il se mettait en « papillon » pour bloquer un tir avant de se relever en s'accrochant à la transversale au-dessus de sa tête. Après la mort de papa, je décidai d'être goal, comme Crozier. Au Jardin de l'imaginaire, personne n'émit d'objection : ils voulaient tous marquer des buts, pas les arrêter. Au début, je n'étais pas très bon dans la cage. En général, je me contentais de balancer mon corps devant le palet, espérant qu'il allait me toucher. Cela dit, peut-être que mon manque d'habileté passa pour de la témérité, parce que coach Blackburn le remarqua. Un jour, après avoir joué du matin jusqu'à la tombée de la nuit, je m'étais assis sur un tas de neige, épuisé, les yeux fixés sur la glace collée à mes patins et me frottant le cou là où un palet avait laissé un bleu large comme une pièce d'un demi-dollar. Coach s'était accroupi à côté de moi et avait dit : « T'es OK, Gus. Si jamais je me retrouve à entraîner une équipe ici, tu seras mon goal. »

Ce printemps-là, une fois la glace du Jardin de l'imaginaire fondue, Coach s'était pointé chez nous un matin avec une paire de jambières, une crosse de goal, ainsi qu'un autre de ses filets faits maison. Tout l'été, il vint deux ou trois fois par semaine me lancer des balles de tennis. Il me montra comment filer des coups de jambes contre un tir, comment rétrécir les angles, comment essayer d'évaluer si un joueur ayant réussi à passer la défense allait tirer ou feinter. Et il me répétait sans cesse d'éviter la tentation d'être un goal comme Crozier, qui s'affalait quasiment à chaque fois sur la glace pour arrêter un tir, balançant ses jambes des deux côtés comme des ailes de papillon. Coach n'aimait pas les « papillons ». Il disait que ceux qui se laissaient tomber comme ça négligeaient les tirs au-dessus de leurs épaules. Or, les jeunes joueurs aimaient tirer en hauteur parce que ça faisait plus cool que de tirer à ras du sol.

« Les "papillons" ont l'air super, hein ? disait Coach. On tombe, on se relève, on retombe, on se relève, les filles adorent ce truc, pas vrai ? Mais tu vas te prendre un torticolis à contempler tous ces palets qui vont te passer au-dessus des oreilles. Ton job, c'est pas seulement d'avoir l'air bon, c'est d'arrêter le palet, et si tu veux bloquer le palet, il faut que tu sois un gardien "debout". Surtout toi, Gus, parce que t'es petit, hein ? T'es à peine debout, même quand tu te lèves. » Et il souriait et m'ébouriffait les cheveux. « Les "papillons" perdent le contrôle, Gus. Est-ce que tu vois quelqu'un d'autre qui se laisse tomber comme ça sur la glace ? Alors, redresse-toi. Tiens ta place. Tu ne peux pas contrôler ce qui se passe en face de toi, mais tu peux contrôler ce qui se passe dans ton petit coin du monde. »

Ma mère avait commencé à l'inviter à déjeuner. Il était tombé amoureux de ses steaks et de sa purée de pommes de terre. J'aurais bien aimé qu'il tombe amoureux de maman.

Deux ans plus tard, on lui demanda d'entraîner les River Rats, le groupe itinérant de Starvation, avec cinq équipes de tranches d'âges différentes. Les Rats avaient souvent tenu leur rang contre les équipes du Nord Michigan, mais ils n'avaient jamais été capables d'affronter les grosses équipes de Detroit – Les Pipefitters, Evangelista Drywall, Caprato's Pizza, ou encore Panorama Engeneering. Année après année, une équipe des Rats sortait victorieuse des championnats régionaux, imaginant alors qu'elle serait celle qui réussirait enfin à éliminer une des équipes de Detroit, et chaque fois elle se faisait écrabouiller. Ce n'était pas simplement parce que ceux de Detroit étaient plus costauds et plus rapides. Ils semblaient savoir quelque chose sur le hockey que nous ne savions pas. Quand ils s'avançaient sur la glace avant le début du match, aucun d'eux ne nous jetait ne serait-ce qu'un regard pendant qu'on s'échauffait à l'autre bout.

Blackburn commença à entraîner l'équipe des jeunes Rats de 9 à 10 ans. L'idée, s'il s'en sortait bien, était qu'il continuerait à entraîner ce même groupe de garçons au fur et à mesure de leur ascension dans les ligues. Nous commençâmes nos premières séances d'entraînement sur la patinoire semi-couverte de la ville. Il y avait un toit et deux murs, mais les deux autres pans étaient ouverts à tous les éléments. Le vent qui passait au travers soulevait à peine les cheveux impeccablement plaqués en arrière de Blackburn qui ne portait jamais le moindre couvre-chef. Un jour, il nous rassembla autour de lui au centre de la glace, debout droit comme un poteau de but, pendant qu'on trépignait et qu'on chancelait sur nos lames, nos jerseys informes nous tombant jusqu'aux genoux, nos casques comme des bocaux à poissons rouges sur nos crânes. Il nous connaissait presque tous, évidemment, mais il se comporta comme s'il ne nous avait jamais vus.

« Les Hungry River Rats, hein ? dit-il. Vous n'avez pas l'air si affamés que ça. Mais nous allons vous y amener. Nous allons faire ce qu'il faut pour atteindre le but ultime. »

Il s'interrompit.

« Il y a des buts – il désigna l'une des cages – et il y a des buts. Je parle du but *ultime*. Est-ce que quelqu'un comprend ce que je veux dire ? »

On connaissait le mot ultime. Soupy avait commencé à l'utiliser pour remplacer « cool ». Bobby Orr était ultime. Les Whoopers avec fromage étaient ultimes. Et pourtant, on restait là comme des idiots. Coach commença à tourner autour de nous en patinant. Il s'arrêta et posa sa crosse bien droite sur le bord de sa palette, l'autre bout venant gratter son menton. Ses yeux tombèrent sur moi.

« Gus ?

– Ouais...

– Non, Gus. "Oui, Coach." »

Ça me surprit. Il était venu déjeuner chez nous des tas de dimanches sans jamais corriger la manière dont je m'adressais à lui.

« Euh, oui, Coach, dis-je.

– Allons, Gus, tu sais ce que j'entends par "ultime". Est-ce que je ne t'ai pas entendu dire l'autre jour que la purée de pommes de terre de ta mère était "ultime" ? »

Les autres ricanèrent. Je me sentais mal à l'aise.

« Jouer au hockey ? dis-je.

– Bien sûr qu'on est ici pour jouer au hockey, Gus, sinon vous ne seriez pas là avec vos tenues de dingo. »

Je m'aventurai de nouveau.

« Bien jouer au hockey ?

– Eh bien, oui, il va nous falloir certainement bien jouer au hockey pour atteindre le but ultime, mais il faut d'abord que nous sachions ce que c'est. Quelqu'un d'autre peut m'aider ? »

Encore un silence. Puis :

« Gagner ? »

C'était Soupy.

« Alden Campbell, dit Coach. Tu es un patineur plutôt bon, fiston. Tu glisses comme un cygne. On ne te l'a jamais dit ?

– Nan... euh... je veux dire non, Coach.

– À partir de maintenant, tu seras le Cygne. Ça te va ?

– Je sais pas, Coach.

– Quel est le but ultime, le Cygne ?

– Gagner, Coach.

– Gagner quoi ? Un match ? Deux matchs ?

– Tous les matchs, Coach. »

Blackburn secoua la tête.

« Non. Pas tous les matchs. »

Il s'arrêta et nous regarda de nouveau tous, un par un, dans les yeux. J'avais l'impression qu'il allait nous livrer un secret.

« Le but ultime, les garçons, c'est de gagner *un* match. Un match. »

Il leva un doigt en l'air.

« Ce match, les garçons, c'est la finale du championnat du Michigan. Bien sûr, nous allons devoir en gagner quelques autres en chemin. Et nous allons en perdre d'autres, aussi. Mais c'est pas grave. Vous m'entendez ? C'est pas grave. Parce que perdre, c'est bon pour gagner, les garçons. Vous m'entendez ? Perdre, c'est bon pour gagner. Nous allons en perdre quelques-uns, et puis nous allons gagner. Et nous allons gagner ce match-là. Le championnat de l'État. »

Il attendit que cela s'imprègne en nous.

« Compris ?

– Oui, Coach », répondîmes-nous tous à l'unisson.

Il s'empara du sifflet suspendu à son cou et siffla un coup bref.

« OK, dit-il, commençons à patiner. »

Un an plus tard, nos parents réclamèrent une réunion. Ils n'étaient pas satisfaits du coach Blackburn. Ce n'était plus le type sympa et relax avec qui ils rigolaient et buvaient au Jardin de l'imaginaire. Il avait eu le culot d'empêcher les parents d'assister aux entraînements. Il leur avait dit qu'il ne voulait pas que leurs gamins cherchent de l'aide dans les yeux de leurs mamans ou de leurs papas quand il nous faisait tourner éternellement en rond, ou sprinter puis freiner et repartir sans cesse sans jamais toucher un palet avec nos crosses. Avant ces séances d'entraînement sans palets, il disposait des petits tas de palets derrière chaque zone de but. Nous n'avions pas le droit de les toucher. « Vous mourez d'envie d'avoir ces petits gâteaux, pas vrai ? disait-il. Ça vous donne faim. » La rumeur revint aux parents que certains d'entre nous avaient vomi leurs petits déjeuners là-bas.

Mais il y avait pire pour les mamans et les papas : nous ne gagnions pas. Nous avions achevé cette première saison avec Coach 23 victoires à 27 défaites, et nous n'avions pas pu entrer en lice pour le championnat d'État. Pour les parents, c'était la faute de Coach, bien sûr. Parce qu'il nous faisait patiner sans palets. Parce qu'il nous faisait adopter une tactique défensive, qu'il appelait le « piège à rats », qui ralentissait le jeu et nous empêchait de marquer beaucoup de buts. Parce qu'il invitait de grandes équipes de l'Ohio, de l'Illinois, du Wisconsin et – les plus effrayantes de toutes – de Detroit, à venir nous rencontrer les week-ends. Par le passé, les Rats avaient évité les équipes de Detroit jusqu'aux éliminatoires du championnat d'État, mais Coach disait que ce n'était qu'en défiant sans arrêt ces grandes équipes que nous pourrions comprendre et exploiter leurs faiblesses. Bien évidemment, à chaque fois qu'ils nous battaient de six ou sept buts, Coach nous réaffirmait que perdre était bon pour gagner.

Mais ce qui avait vraiment mis les parents dans tous leurs états, c'était que Coach avait commencé à recruter des joueurs en dehors de Starvation. Sur une petite butte derrière sa maison, il avait bâti trois petites cabanes en planches où ces joueurs qui n'étaient pas de notre ville pouvaient dormir de septembre à mai. Il appelait les cabanes et les joueurs les « planques » et les « planqués ». Les planqués étaient pratique courante au Canada, mais pas dans le Nord Michigan. La veille du jour de cette fameuse réunion avec les parents, Blackburn avait écarté un joueur local, Jeff Champagne, en faveur d'un « planqué » de Racine, Wisconsin, nommé Teddy Boynton.

Les parents se rassemblèrent autour des tables de pique-nique dans le snack-bar de la patinoire municipale. Ma mère était au fond. Les odeurs de moutarde et de pop-corn envahissaient l'atmosphère. Don Champagne, le père de Jeff, prit la parole le premier. « C'est notre ville et notre patinoire que nous avons construite avec nos propres dollars durement gagnés, et on n'a pas besoin d'une bande d'étrangers qui n'ont pas mis un centime dans notre patinoire, dit-il. Les River Rats devraient être des joueurs de Starvation Lake, et seulement de Starvation Lake. »

Soupy et moi ainsi que le reste des River Rats attendions dehors, comme Coach nous avait ordonné de le faire, mais on écoutait à travers des interstices dans la porte, comme Coach s'y était forcément attendu. Il était assis seul à une table en face de tous les parents et il laissait parler, sans un mot, chaque parent qui se levait après l'autre pour se plaindre des « planqués », des entraînements sans palets, du « piège à rats ». Tout le monde avait quelque chose à dire, sauf ma propre mère, ce qui ne lui ressemblait pas du tout.

Quand chaque argument eut été répété deux ou trois fois, Coach sourit et posa ses mains à plat sur la table.

« Mes amis, dit-il, d'abord, je tiens à m'excuser pour ce petit manque de communication. Nous entamons une nouvelle saison, et vous êtes tous cordialement invités à assister aux entraînements. Si les garçons ont oublié de le mentionner, c'est uniquement ma faute. »

Dehors, nous ricanions. Coach ne l'avait jamais évoqué.

« Deuxièmement, les entraînements sans palets seront plus l'exception que la règle cette année. Vos garçons sont tous de bons athlètes, mais, soyons réalistes, ils n'étaient pas dans la meilleure condition physique. Peut-être un peu trop de pop-corn et de chips, non ? »

Il fit un clin d'œil.

« Le hockey requiert un maximum d'endurance, et le seul moyen d'acquérir cette endurance – le seul moyen que je connaisse –, c'est de patiner. Néanmoins, cette année, les garçons verront plus de palets. Après tout, vous avez raison, le palet est tout de même un élément très important du jeu. »

Quelques parents gloussèrent. Il se leva.

« Quant aux diverses autres façons dont nous avons approché le jeu, j'ai bien peur de ne pas être capable de m'excuser. »

Son sourire fondait lentement.

« Je vais être un peu brusque envers vous, mes amis. Ne le prenez pas personnellement, s'il vous plaît. J'aime vraiment cette ville et son lac et la manière dont vous m'avez tous accueilli ici. Et j'adore vos garçons, chacun d'entre eux, même celui – surtout celui – que j'ai dû rayer de la liste. »

Il se déplaçait lentement autour de la salle, regardant chaque parent un par un.

« Je ne suis pas d'ici. Je n'ai moi-même pas d'enfants. Donc je n'ai pas toute cette émotion qui vous étreint quand vous regardez vos mômes. Je pense que je peux être quelque peu impartial, si vous voyez ce que je veux dire. J'ai gagné quelques championnats en mon temps, et je pense que je sais ce qu'il faut faire pour ça.

– Allons, Jack, on veut tous gagner, le coupa Champagne. Mais pourquoi avons-nous besoin de joueurs de Tombouctou pour y arriver ? »

Coach rassembla ses poings sous son menton.

« Bonne question. Voilà ma réponse. »

Il marqua un temps.

« Parce que nos joueurs ne sont pas assez bons. »

Le silence qui s'ensuivit était bien plus embarrassant pour les parents que pour lui. Puis il répéta sa phrase :

« Parce que les joueurs que nous avons ne sont pas assez bons. Je suis désolé, mes amis. Nous avons quelques gars qui sont assez rapides, ou assez talentueux. Nous avons un garçon qui peut patiner face à qui que ce soit dans le Michigan. »

Je donnai un coup de coude à Soupy.

« Nous en avons un autre qui sera le meilleur gardien titulaire que cette ville ait jamais vu. »

À son tour, Soupy me flanqua un coup dans les côtes, et Stevie Reneau me frappa l'arrière du crâne.

« Et nous avons aussi quelques autres bons joueurs à Starvation Lake. Mais nous n'en avons pas assez. Pas si nous voulons atteindre le but ultime. »

Il laissa sa phrase faire son effet, comme il l'avait fait avec nous. Il n'avait encore jamais utilisé cette expression avec les parents. Comme s'il devait donner la réplique, Champagne dit finalement :

« Et que peut bien être ce but ultime ?

– Eh bien, répondit Coach, pourquoi est-ce qu'on ne demande pas à vos garçons de vous le dire ? »

Il regarda dans notre direction.

« Les garçons ? »

Après l'entraînement, plus tôt cet après-midi-là, Coach avait posé une grosse boîte en carton au milieu du plancher de notre vestiaire. Nous l'avions regardé l'ouvrir à l'aide d'un canif, fouiller dedans et en sortir un paquet enveloppé dans du plastique transparent, qu'il souleva en l'air pour nous le montrer.

« Qu'est-ce que vous en pensez, les gars ? »

Sous le plastique, il y avait un blouson bleu satiné avec des rayures dorées sur le col et les poignets, et une ligne dorée tout le long des manches. Un logo des River Rats était cousu sur la poitrine, à droite, et le nom d'un joueur – Stevie, pour celui qu'il nous montrait – sur la gauche. Nous avions tous bondi en faisant des « ohh » et des « ahh ».

« L'*ultime* ultime », dit Soupy.

Nous n'avions jamais eu de blousons aux couleurs de l'équipe. Coach nous avait dit de les planquer au fond de nos sacs de hockey jusqu'à la réunion avec les parents.

Et maintenant, les dix-sept gamins que nous étions s'alignaient dans le snack-bar, vêtus de nos blousons tout neufs, comme Coach nous avait dit de le faire. Ce fut au tour des parents de pousser des « ahh » et des « ohh ». Nous formâmes un demi-cercle serré autour de Coach, Soupy et moi l'encadrant, comme il nous l'avait expliqué. Il posa gentiment ses mains sur nos épaules. Observant la salle, je vis ma mère sourire. Elle avait probablement été au courant avant les autres, pour les blousons.

« Gus, dit-il, est-ce que tu peux dire à nos amis ici quel est le but ultime ? »

Tous les yeux des parents se portèrent sur moi. Je mis les mains dans les poches de mon blouson et lançai :

« Gagner un match, Coach.
– Rien qu'un, Gus ?
– Oui, Coach. »
Champagne ricana.
« Un seul match ?
– Pourquoi tu ne le laisses pas finir, Don ? »
C'était la voix de Francis Dufresne, qui était adossé à un distributeur automatique au fond de la pièce. Dufresne n'avait pas d'enfants, mais il ne manquait jamais un de nos matchs. Le bar qu'il possédait, Enright's, organisait une navette de bus pour la patinoire les soirs de rencontre.
« Gus, dit Coach, de quel match s'agit-il ? »
Je donnai la réponse. Quelques parents semblèrent se redresser sur leurs sièges. Coach se tourna vers Soupy.
« Alden, est-ce que le but ultime est de gagner *tous* les matchs ?
– Non, Coach.
– Pourquoi pas tous les matchs, Alden ?
– Parce que perdre est bon pour gagner, Coach.
– Redis-moi ça ?
– Perdre est bon pour gagner, Coach.
– C'est ridicule, cria Champagne.
– Les garçons, dit Coach en nous regardant, combien de matchs gagnés visons-nous ?
– Un seul, Coach, répondit-on à l'unisson.
– Et quel est ce match ?
– Le championnat d'État, Coach.
– Écoutez, écoutez », dit Dufresne.
Il s'était éloigné du distributeur automatique pour rejoindre les parents assis, petit homme trapu en blouson de cuir noir qui semblait occuper plus d'espace qu'il ne le faisait en réalité.
« La foutue meilleure ville de l'État du Michigan devrait être capable de prouver qu'elle est la meilleure dans le foutu meilleur sport du monde. »

Il leva un poing à hauteur de son épaule.

« Nous essayons depuis quoi, vingt ans ? Et maintenant, nous avons quelqu'un qui nous dit en face ce qu'il faut faire pour y arriver. Il est temps de cesser les jérémiades et de le faire ! »

Lenny Ziolkowski, le père de Paul « Zilchy » Ziolkowski, se leva. Mr. Ziolkowski jouait au poker le vendredi soir avec Coach, Leo Redpath, le papa de Soupy et quelques autres pères dans la cabane de Blackburn.

« Jack a un boulot difficile, dit-il. Nous devrions lui donner la possibilité de le faire, à moins que quelqu'un ici ne pense pouvoir faire un meilleur boulot. »

Il fixa un instant Champagne.

« Nous ne sommes pas sur la glace avec lui, mais nos garçons, si, et les garçons ont l'air de bien l'aimer. »

Je regardai alors Coach. Je vis une étincelle dans ses yeux que je n'avais jamais vue auparavant, une étincelle comme celle que je voyais dans les yeux des tireurs qui fonçaient vers ma cage. Elle ne resta pas longtemps, et au départ elle me fit peur, mais cela ne dura pas, parce que je savais que Coach était de mon côté.

« Mes amis, dit-il, je vais vous dire une chose. Hier, j'ai renvoyé un garçon de l'équipe. J'ai peut-être été un peu rapide sur ce coup. J'aimerais le remettre sur la liste, avec effet immédiat. Je ne peux pas garantir qu'il jouera tout le temps, mais il aura toutes ses chances de me prouver qu'il le mérite. »

Il regardait Don Champagne droit dans les yeux.

« Si vous me précisez la taille, je commanderai un blouson pour Jeff dès demain matin. »

Champagne se contenta de hocher la tête. Puis je vis ma mère lever la main.

« Oui, Mrs. Carpenter ? » dit Coach.

Ma mère avait la langue bien pendue, et j'avais un peu peur qu'elle ne dise quelque chose que personne ne comprendrait. Mais c'était assez clair.

« Je voulais juste dire, je ne sais pas pour les autres, mais je trouve que les garçons sont vraiment adorables dans leurs nouvelles vestes.

– Adorables ? s'écria Dufresne. Bea, on ne veut pas de joueurs de hockey "adorables" !

– Oh, d'accord, Francis, merveilleux alors ou... oh, j'en sais rien ! »

Elle commença à applaudir, et puis Dufresne se mit à applaudir aussi, et bientôt toute l'assemblée applaudissait, même Champagne. À la fin de la réunion, Coach avait persuadé les parents de payer une nouvelle machine à affûter les patins, et Dufresne avait proposé de mettre en place un comité qui s'occuperait d'installer de nouveaux bancs dans les vestiaires.

Ce dimanche, Coach vint dîner chez nous. Maman avait fait des côtes de porc et des pommes de terre au four avec de la sauce. Au début, on ne parla pas des Rats, mais finalement maman lui demanda ce qu'il pensait de la réunion. Coach haussa les épaules.

« Tu vois, Bea, dit-il, c'est comme je dis toujours. Ils se fichent pas mal de comment. Pour eux, tout ce qui compte, c'est combien. »

Ce fut vers la fin de notre quatrième saison que nous finîmes par prouver vraiment notre valeur. À cette époque, nous écrasions toutes les équipes du Nord, et nous avions battu quelques bons groupes méridionaux comme Ann Arbor. Mais ceux de Detroit nous massacraient encore.

Les Griffin Hawks, une équipe de la banlieue ouest de Detroit, vinrent jouer deux matchs un week-end. Le vendredi soir, on avait mené 2 à 0, pour finir battus 4 à 2. Après ça, il y avait eu des larmes dans le vestiaire.

Nous n'étions jamais arrivés aussi près de vaincre une équipe de Detroit. Normalement, Coach nous aurait dit que le hockey n'était pas pour les pleurnichards et nous aurait ordonné d'écouter les raisons pour lesquelles nous avions perdu ces deux derniers buts... Mais cette nuit-là, il se contenta de rester debout près de la porte, les mains croisées derrière son dos. Une fois que nous fûmes rhabillés et que nos sacs furent fermés, il leva les mains pour obtenir le silence.

« Messieurs ? » dit-il.

Il ne nous appelait jamais comme ça.

« Vous êtes prêts ? »

Nous levâmes tous nos têtes humides pour croiser son regard.

« Prêts à quoi, Coach ? » demanda l'un d'entre nous et Blackburn l'ignora.

« Vous êtes prêts ? répéta-t-il. Vous feriez mieux de l'être. Parce que demain sera la plus grande nuit de votre vie. »

J'eus une petite idée de ce qu'il voulait dire juste avant le match du lendemain. Nos gars échauffaient notre gardien remplaçant et j'étais dans un coin à balancer des palets aux tireurs quand je remarquai l'un des entraîneurs des Griffin, dans sa tenue noir et orange, debout sur un de leurs bancs, mâchonnant un cigare éteint. Il observait Soupy. Soupy faisait des huit serrés, en marche arrière, avec un palet devant sa crosse, le faisant passer d'avant en arrière comme s'il était collé à la palette, la tête droite, prenant de plus en plus de vitesse en tournoyant. L'entraîneur se pencha sur sa droite et appela un autre entraîneur. Il lui dit quelque chose et fit un geste vers Soupy. Ils hochèrent tous les deux la tête.

Nous n'étions plus invisibles.

Pendant la partie, cette nuit-là, une rumeur se répandit dans la ville comme quoi les Rats étaient très proches de battre une équipe de Detroit. Plus tard, j'entendis dire que Francis Dufresne avait passé pas mal de coups de fil. À chaque fois que le match s'interrompait un instant, je regardais les tribunes. Il me semblait qu'il y avait de plus en plus de monde.

Au début de la seconde période, les gradins étaient pleins. Je n'avais pas vu ça depuis que les vétérans des Red Wings étaient venus en ville pour un match exhibition. À l'instant où les équipes se mettaient en place pour une remise en jeu juste sur ma gauche, j'entendis des coups sur le Plexi derrière moi. Je me tournai et vis des gens alignés tout le long de la vitre, sur deux ou trois rangs, des voisins et des amis et des gens que j'avais vus dans la rue ou à l'église, et certains que je n'avais même jamais vus. On était à égalité, 2 partout, et ces gens tapaient contre le Plexi, criant mon nom et ceux de mes équipiers, nous criant de tenir bon, qu'on pouvait le faire, qu'on pouvait gagner. Quand je revins dans le jeu, je frappai ma crosse dans ma mitaine et je me mis en position accroupie. Je sentais mon cœur battre et se gonfler comme jamais, et je compris que nous ne pouvions tout simplement pas perdre. Et je compris que je l'avais su même avant que la partie ne commence. Exactement comme Coach l'avait su.

Il ne restait plus qu'une minute à jouer, et nous étions toujours à égalité, quand un ailier des Griffin feinta pour passer un Rat sur la ligne bleue et fila tout seul, droit sur moi. Il fit d'abord semblant de tirer, essayant de m'obliger à un « papillon », mais je tins bon jusqu'à la seconde où il tira un boulet, à ras de la glace, sur ma gauche. Le palet me paraissait gigantesque. Je balançai un coup du pied gauche, à l'instant idéal et réexpédiai le palet sur la glace. Soupy le saisit au vol et fila le long du couloir gauche, sous les hurlements de la foule, avec la pendule qui décomptait vingt-neuf secondes, vingt-huit, vingt-sept... Soupy chargea dans la zone défensive des Hawks et tira un palet en hauteur qui déséquilibra leur gardien. Le palet rebondit jusqu'à Jeff Champagne, qui s'était faufilé vers un coin de la cage, tout seul. D'un revers de crosse, il expédia le palet dans le filet.

Je n'avais jamais entendu quelque chose d'aussi fort que la clameur dans la patinoire à cet instant.

Même si nous avions été déjà été battus dans les éliminatoires d'État par l'O'Leary Heating de Detroit, nous savions désormais que nous pouvions affronter n'importe qui. Deux saisons plus tard, on atteignit les quarts de finale d'État, vaincus 5 à 3 par les Byrd Electric, une autre équipe de Detroit. Quand notre bus arriva dans Main Street après trois heures de route depuis Flint, tous les gens chez Enright's sortirent dans la rue pour nous acclamer. On souriait et on agitait la main, mais les plus vieux des Rats – Soupy, Teddy, Stevie Reneau, Brad Wilford et moi – nous savions qu'il ne nous restait plus que deux ans pour gagner cet unique grand match avant de partir vers l'université, le travail ou n'importe quoi d'autre que nous réservait le monde réel. Coach Blackburn semblait pourtant imperturbable. Avant que nous quittions le bus, cette nuit-là, il nous redit une fois encore : « Perdre, c'est bon pour gagner. »

L'année suivante, nous fîmes un pas de plus, renversant les Paddock Pools en quart de finale, quand Soupy effectua une traversée à fond la caisse, d'une cage à l'autre. Ce but est immortalisé sur le mur chez Enright's. Nous pensions que nous allions enfin atteindre l'ultime. Mais en demi-finale, on se fit écrabouiller 7 à 1 par les Pipefitters, une équipe plus proche d'un gang de rues qu'autre chose, venue des hauts-fourneaux du quartier des berges de Detroit. Il semblait qu'ils étaient tous énormes et épouvantables, sauf le numéro 17, un ailier décharné nommé Billy Hooper qui patinait comme si ses pieds avaient été moulés dans du métal en fusion. Il colla quatre palets dans mes buts, et aujourd'hui encore, je n'arrive pas à me souvenir d'avoir vu trois des palets avant qu'ils soient derrière moi. Même Soupy avait des difficultés à suivre Billy Hooper. On resta sur place pour regarder les Pipefitters démolir les O'Leary en finale, 9 à 2. Hooper marqua trois fois et fut à l'origine de deux autres buts. Il fut nommé meilleur marqueur du tournoi. Plus tard cette nuit-là, notre bus se gara sur le parking du collège où nos parents nous attendaient, assis dans les fumées d'échappement qui sortaient de leurs voitures et de leurs pick-up. Coach se leva à l'avant du bus et demanda le silence. Puis il dit : « Messieurs, vous êtes prêts ? » Nous savions ce que ça voulait dire. Nous descendîmes du bus en file silencieuse.

Même si nous devions encore atteindre le but ultime, nous n'avions plus le moindre doute que nous allions y parvenir lors de notre dernière année ensemble. Entretemps, nos succès face aux meilleures équipes de hockey de Detroit signifiaient que Starvation n'était plus invisible. Ce n'était plus un petit patelin du Nord avec un bon coffee-shop pour les petits déjeuners et une taverne enfumée. Le conseil municipal s'offrit un panneau publicitaire sur l'autoroute 75 proclamant que Starvation était « la ville du hockey du Nord, résidence des River Rats ». Les gamins du coin nous poursuivaient pour avoir des autographes. Des filles débarquaient de Sandy Cove, Kalkaska et Mancelona pour traîner autour de la patinoire lors de nos séances d'entraînement. Francis exigea que nos vieilles crosses et nos vieux patins soient accrochés chez Enright's. Coach fit fabriquer des casquettes, des tee-shirts et des stickers des River Rats. La ville devint bleu et or.

Il y avait aussi le vert des dollars. Tous ces gens de Detroit, Chicago, Cleveland et Milwaukee montant à

Starvation pour le hockey voyaient combien l'endroit était beau et revenaient pour acheter des parcelles au bord du lac et y construire des maisons de vacances. Leur argent fit pousser un McDonald's et un Pizza Hut, et deux nouvelles boutiques de souvenirs sur Main Street qui accrochèrent des tee-shirts des River Rats dans leurs vitrines. Les affaires submergèrent la marina, et le père de Soupy y installa une station-service et une vaste cale sèche. La ville fit construire un petit zoo le long des berges où les enfants des touristes pouvaient emprunter un train miniature pour passer entre les daims, les renards rouges, les lynx et les tortues d'eau. De nouveaux lotissements poussèrent comme des champignons autour du lac.

Les fonds à l'origine de pas mal de constructions venaient de Francis Dufresne, qui avait enrôlé Jack Blackburn comme porte-parole. Quand venait l'heure de persuader le conseil municipal d'approuver la construction de tel ou tel nouveau motel ou lotissement, Coach enfilait une veste sport et affichait son sourire convaincu pour présenter les plans aux conseillers tandis que Dufresne regardait du fond de la salle, hochant la tête avec satisfaction pendant que l'assemblée votait ses projets les uns après les autres. À eux deux, ils transformèrent Starvation en une véritable station estivale.

Tout changea après l'accident de Coach. Que ce soit de chagrin, par inertie ou pure malchance, la ville sembla perdre le dynamisme qu'elle avait eu. Un été, un tableau électrique défectueux fut à l'origine d'un incendie qui ravagea la marina juste au moment où la saison nautique démarrait. L'année suivante, une invasion d'algues putrides répandit une masse verte gluante sur toute la surface du lac. Sandy Cove et d'autres villes commencèrent à siphonner tout le commerce local. Dufresne et son nouvel associé, Teddy Boynton, continuèrent à construire, mais ils s'éloignaient de plus en plus de Starvation, s'associant discrètement à des projets dans d'autres villes, même à Sandy Cove. En définitive, le hockey en souffrit aussi.

Toute la ville avait perdu quelque chose. Ce n'était pas facile à définir, mais c'était plus qu'un simple entraîneur de hockey. Jack Blackburn avait montré à Starvation Lake comment gagner. Et quelque part, sans lui, les gens avaient oublié.

« Gus ? »

La voix féminine perça, malgré le vent de South Beach. Je me tournai pour voir l'adjointe du shérif, Darlene Esper, née Bontrager, se frayer un chemin vers moi dans la neige. Je la connaissais depuis toujours et je vis immédiatement qu'elle n'avait pas envie de se retrouver sur cette plage pour me parler. Elle était venue à cause d'une sorte de sens du devoir envers quelqu'un qui avait grandi avec elle, qu'elle avait aimé jadis et qui lui avait pourtant brisé le cœur.

« Soupy m'a dit que tu serais probablement là, dit-elle.

– Ah ouais ?

– Ouais. Je pensais que tu aimerais savoir...

– Savoir quoi ?

– La motoneige. On est quasiment sûr que c'était celle de Blackburn, dit-elle.

– Comment pouvez-vous en être certains ?

– Tout ce qu'on a, c'est l'avant, tu sais, le phare, le réservoir, le bouchon. Mais les numéros de série correspondent.

– Ah bon ? Ça pourrait aussi bien être une erreur d'écriture d'un employé. »

Très obligeamment, Darlene fit un pas de plus vers moi. Ses yeux étaient comme des billes d'onyx.

« Il y a aussi un autocollant, tu sais, comme une décalcomanie, juste à côté du phare. Il est tout effacé, mais reconnaissable. »

Le logo des River Rats. Un rongeur au méchant sourire, aux dents pointues, avec casque et patins, tenant une crosse de hockey comme une fourche. Coach avait fait faire des stickers tous les ans. Je me souvins en avoir vu à l'intérieur de ses placards de cuisine.

« OK », dis-je.

Instinctivement, Darlene me prit par le coude, puis me lâcha tout aussi vite et recula d'un pas. Je regardai les traces sombres que ses bottes avaient laissées dans la neige devant moi.

« Et alors, dis-je, ce n'est quand même pas comme si Coach était de nouveau mort.

– C'est plutôt bizarre, Gus.

– Et vous, les autorités, vous pensez qu'il s'est passé quoi ?

– Je ne sais pas. Peut-être les tunnels ? »

Les tunnels. De tout temps, pas mal de bateaux avaient coulé dans les eaux du lac, sans qu'on les retrouve jamais. Les flics faisaient draguer les fonds et envoyaient des équipes de plongeurs, mais des embarcations qui avaient coulé à la vue de tous semblaient s'être volatilisées. La théorie favorite de la ville voulait qu'un réseau tortueux de tunnels relie des douzaines de petits lacs au lac Michigan. Les bateaux coulés étaient aspirés dans ces tunnels et entraînés vers le grand lac. Comme pour Bigfoot, la légende persistait, même si personne n'avait jamais réellement localisé un de ces tunnels.

« Allons, dis-je.

– Je n'ai jamais vu Dingus dans cet état. Il organise des réunions, arrive au bureau avant 8 heures, au téléphone avec la police d'État toute la journée. Il rouvre l'enquête. »

Ma poitrine se serra.

« L'enquête sur l'accident ?

– Oui. L'accident. »

Elle détourna les yeux.

« Mais en quoi ça te concerne ? Tu n'étais pas ici il y a dix ans, pas vrai ?

– Non. Je n'étais pas là. Qu'est-ce qu'ils savent d'autre ? »

Elle secoua la tête.

« Dingus et les autres adjoints chuchotaient des trucs ce soir. Mais ils ne m'ont pas mise dans la confidence. »

Je pensai à Joanie. Elle n'allait pas être très contente de moi. Elle avait eu raison sur toute la ligne.

« Je suis désolé, dis-je.

– Non. Tu veux juste l'histoire, en fait.

– Est-ce que tu comptes arrêter un jour, s'il te plaît, Darlene ?

– Je n'étais pas obligée de venir jusqu'ici pour te raconter ça, non ?

– Non. Merci. Désolé.

– Tu es toujours désolé. »

Elle se retourna pour partir. Au bout de la rue, j'entendis Soupy beugler quelque chose par-dessus les rugissements des pick-up qui démarraient, les bruits de chez Enright's qui se vidait. Je savais que je ne devais pas, mais je le fis quand même.

« Darl, appelai-je. Tu veux bien me ramener à la maison ? »

Elle ne se retourna même pas.

7

Le lendemain matin, j'étais sorti du lit à 5 h 45. Je voulais voir Leo Redpath avant que le *Pilot* ne soit distribué et que les vieux ne se mettent à en discuter chez Audrey's.

Je le trouvai à la patinoire, au fond de la remise de la Zamboni, penché sur son établi dans une flaque de lumière pâle. Une casquette délavée des River Rats était accrochée à un clou.

« Bonjour, Mr. Carpenter, dit-il sans même lever le nez. Les tirs au but ne commencent pas avant plusieurs heures, tu sais.

– Il faut que je te dise un truc, Leo. »

Même s'il n'avait jamais joué et qu'il n'était pas réellement un spécialiste du hockey, Leo était en quelque sorte l'assistant coach des River Rats. Il conduisait notre bus quand on partait en déplacement. Il filmait nos entraînements. Il gardait toujours de l'adhésif prêt pour une réparation, et des bouteilles d'eau remplies. Pendant les matchs, il s'occupait de la porte pour les joueurs qui entraient ou sortaient de la patinoire. Même quand nous étions devenus adultes, il avait continué à s'occuper de nous, nous fournissant en palets, recousant les plaies, gardant quelques bières au frigo. Il se tourna vers moi en s'essuyant les mains avec un chiffon. Je compris qu'il savait déjà.

« La police est venue ici hier soir, dit-il.

– Ah bon. »

Leo était avec Coach à Starvation Lake cette fameuse nuit. Que ce soit sur la glace ou en dehors, ils étaient presque inséparables. Ils buvaient, chassaient, pêchaient et faisaient de la motoneige ensemble. Cette nuit-là, ils étaient partis en bécane ensemble comme à leur habitude, boire quelques verres autour d'un feu de camp dans les bois à l'ouest du lac. Leo n'avait jamais dit grand-chose sur cette soirée. La police l'avait interrogé, et il avait été brièvement cité dans le *Pilot*. Aux funérailles de Coach, il refusa de faire un discours. Un soir, dans son hangar, j'avais voulu lui en parler, mais il avait fait comme s'il ne m'avait pas entendu. Quand j'avais refait une tentative, Soupy m'avait dit de le laisser tranquille. « Il se sent déjà assez coupable comme ça », avait murmuré Soupy. Leo continuait à travailler à la patinoire, mais en dehors des moments où il manœuvrait son Ethel sur la glace, on le voyait rarement. Certaines nuits, il dormait sur un matelas dans le hangar ou alors il regagnait son mobile home près de la route 816.

Après la mort de Coach, il avait arrêté de boire. Il s'était mis à coller, sur le tableau de liège au-dessus de son établi, des aphorismes qu'il avait relevés dans des livres sur la victoire contre la dépendance : *Aujourd'hui, j'embrasserai chaque minute de ma journée avec joie et émerveillement... Aujourd'hui, je laisserai la honte derrière moi et j'avancerai dans la paix... Aujourd'hui, je ferai face aux vérités sur moi-même et je cesserai d'avoir peur de reconnaître leurs présences dans ma vie...* Leo ne parlait jamais de ces phrases, et nous comprenions qu'il ne fallait pas poser de questions.

Depuis la mort de Coach, Leo ressemblait à un homme en proie à une douleur permanente. J'aurais vraiment aimé pouvoir faire quelque chose pour qu'il se sente mieux.

« Est-ce que la police t'a dit quelque chose ? demandai-je.

– Pas grand-chose, non. Ils ont parlé de ces fameux tunnels.

– Ils t'ont dit ça ?

– Pas à proprement parler... Et dis donc, je suppose que je suis pas censé en parler. Est-ce que t'es en train de m'interviewer, là ?

– Non. Qu'est-ce que tu leur as dit ? »

Il haussa les épaules.

« Qu'est-ce que je pouvais bien leur dire ? Rien n'a changé, Gus. Parfois, Jack agissait comme un idiot. Et personne ne pouvait rien y faire. »

Je pensais qu'il ne croyait pas réellement ce qu'il disait.

« Tu es allé chez ma mère, cette nuit-là, hein ? Après l'accident ?

– Tout est dans le procès-verbal. Tu peux aller vérifier. Mais je suis un peu occupé, là, maintenant, Gus. On se voit plus tard ? »

En repartant, j'aperçus fugitivement un reflet de Leo dans une feuille de Plexi accrochée près de la porte. Il s'était retourné pour me regarder partir. Il arborait l'expression de quelqu'un qui cherche à se remémorer quelque chose.

8

À 6 h 35, j'étais le seul client chez Audrey's. Je pris un siège au comptoir.

« Bonjour, Gussy, dit Audrey. Tu sais déjà ce que tu veux ?

– Bonjour, m'dame. Tarte aux œufs, s'il vous plaît. »

Audrey DeYonghe était une femme d'une soixantaine d'années étonnamment maigre, qui gérait le café toute seule depuis que son troisième mari était parti avec une croupière de black jack aux formes généreuses, rencontrée dans un casino indien de Gaylord. Il avait réapparu un matin, un an plus tard, suppliant Audrey de lui pardonner. Mais entre-temps, elle s'était mise en ménage avec la propriétaire d'une boutique de cadeaux de Petoskey – la soixantaine, comme elle – et, pendant que les clients écoutaient la fourchette en l'air, elle dit à son mari que tous les papiers pour le divorce l'attendaient sur une table, dans la cuisine.

Ordinairement, une histoire comme celle-ci aurait provoqué des remous à Starvation Lake. Mais son café était le seul bon endroit du coin où prendre un petit déjeuner. Et un endroit où prendre un bon petit déjeuner est aussi essentiel à une petite ville du Nord Michigan qu'un fournisseur de propane fiable. Personne n'en fit tout un plat. De plus, Audrey était sympathique. Et elle faisait un sublime roulé à la cannelle.

Le café était merveilleusement calme. Je levai les yeux du comptoir pour regarder la photo de l'ancien Red Wing, Gordie Howe, accrochée au mur. Audrey n'était pas une fan de hockey, mais il se trouvait que Gordie Howe était l'oncle de sa copine Molly, et il avait dédicacé la photo. Juste au-dessous était posé un exemplaire du *Pilot* de ce matin. Je l'ignorai. Je voulais manger en paix et ressortir.

« Une tarte aux œufs complète », dit Audrey en posant mon petit déjeuner sur le comptoir.

Du cheddar et des œufs brouillés faisaient des bulles au travers d'un cocon doré de pain italien. Je plantai ma fourchette dans la croûte et de la vapeur s'échappa du mélange de saucisses, bacon, pommes de terre, poivrons verts, champignons et oignons cuits à l'intérieur. Il fallait laisser refroidir avant de s'y attaquer. Parfois, quand je mangeais quelque chose que j'aimais vraiment, je le savourais en ne mangeant que de toutes petites bouchées, pour le faire durer. Ce n'était pas nécessaire avec sa tarte aux œufs. La plus grande difficulté était d'arriver à mettre sur une seule fourchetée chacun des ingrédients. Depuis tout gamin, je n'avais réussi que deux fois à réunir en une seule bouchée tous les ingrédients.

« Alors, qu'est-ce que t'en penses ? demanda Audrey.

– De quoi ?

– De n'importe quoi ? »

Je souris. Elle faisait toujours ça avec moi.

« Je pense que j'aime bien votre nouvelle coiffure.

– Oh, oui, et le filet dessus la rend encore plus stylée, tu ne trouves pas ? ironisa-t-elle. Mais merci, chéri. Qu'est-ce que t'as d'autre en tête ?

– De quoi ils parlent tous, ici, ces jours-ci ?

– Oh, mon Dieu, j'en ai par-dessus la tête de cette histoire de motoneige. Je n'ai entendu causer que de ça hier, toute la journée, et puis du hockey, et bien sûr... eh bien, un peu de toi aussi. »

Elle croisa les bras sur sa blouse chartreuse.

« Parfois, je n'aime vraiment pas certaines de ces personnes. »

Elle voulait dire qu'ils avaient encore parlé de moi et de ce but que j'avais laissé passer.

« Ouais, dis-je. Je ne sais pas, c'est peut-être à cause des tunnels. »

Audrey émit un toussotement méprisant en repartant vers sa cuisine.

« C'est ça, chéri. Et il y a des grenouilles volantes dans le lac, aussi ! »

Au moment où je savourais ma première bouchée – œufs, fromage, pommes de terre et saucisses –, la porte s'ouvrit en tintant, et je me retournai pour voir entrer trois gamins avec des combinaisons de motoneige identiques, noir et or, chacun d'eux portant un casque noir. Derrière eux, les surplombait un homme de la taille d'un congélateur à viande, qui remplissait à la faire exploser sa propre combinaison de motoneige noire, brodée d'un nom en lettres d'or – Jimbo – sur la gauche de sa poitrine.

Je me retournai très vite vers mon assiette, espérant qu'il ne m'avait pas remarqué. Je l'écoutai pendant qu'il menait son troupeau de gamins vers l'une des grandes tables du fond. Puis je sentis une main sur mon épaule et en vis une autre masquer ma tarte aux œufs.

« Gus », fit une voix façon corne de brume.

Jim Kerasopoulos était le conseiller juridique principal de NLP Newspapers, les propriétaires du *Pilot*.

« Jim, comment ça va ? dis-je. Vous avez amené toute la progéniture ?

– Trois d'entre eux, seulement, dit-il. Linda a emmené les deux autres à une séance de pom-pom girls, ou quelque chose dans le genre. Les pistes de motoneige sont gelées par les vents de traverse. Ici, au moins, elles sont encore belles et praticables.

– Ouais. »

Je vis l'exemplaire du *Pilot* posé sur le comptoir et je me dis que j'aurais dû le rapprocher de mon assiette.

« J'allais m'arrêter à vos... Hé, les enfants ! Les enfants ! Excusez-moi. »

Ses enfants tapaient sur la table avec leurs casques.

« Vous voulez vos pains perdus ? demanda-t-il. Posez-moi ces casques ! »

Il se tourna vers Audrey et commanda trois pains perdus, une tarte aux œufs et quatre jus d'orange. Puis il s'installa sur le tabouret à côté de moi.

« En fait, je voulais vous parler de ce bonhomme qui traque le... euh... le...

– Bigfoot ? »

Il frappa le comptoir de la paume.

« C'est ça. Perlman.

– Perlmutter.

– Exact. Sacré personnage. Et très intéressante histoire. »

Il arbora le regard pensif qu'affectent les avocats quand ils veulent vous faire savoir qu'ils peuvent entrevoir des choses dont vous êtes désespérément inconscient.

« Peut-être un peu trop intéressante, si vous voyez ce que je veux dire. Votre reporter, c'est quoi son nom déjà ?

– Joanie McCarthy.

– Exact. Elle a fait là un reportage très... agressif, dirons-nous. Les documents qu'elle a découverts sont très intéressants, peut-être même persuasifs. »

Il s'interrompit.

« Bon sang, tout cet argent que Perlman a sorti de la cagnotte de l'État. Je me demande de combien ça a majoré mes cotisations de navigation sur les lacs. »

Il rigola de sa petite plaisanterie.

« Mais, mais, dit-il, ses gros sourcils n'en faisant plus qu'un au-dessus son nez, ce qu'il est crucial de se rappeler ici, Gus, c'est que Mr. Perlman est une personne privée. Vous savez ce que ça signifie.

– Perlmutter. Et oui, je le sais. »

Cela signifiait que selon les lois sur la diffamation, ce serait plus facile pour lui de nous attaquer en justice et de gagner que pour un personnage public comme le shérif par exemple.

« Est-ce qu'il a un avocat ? demanda Kerasopoulos.

– Oui. Mais ni l'un ni l'autre ne disent grand-chose. »

Les gamins de Kerasopoulos tapaient de nouveau leurs casques sur la table.

« Avons-nous fait toutes les tentatives possibles pour donner à Mr. Perlberg une chance de répondre ?

– Oui. Joanie s'est rendue là-bas une fois et elle a parlé avec lui. Mais comme il a apparemment compris ce qu'elle avait en sa possession, il n'a plus jamais répondu à ses appels.

– Exact, dit Kerasopoulos tapotant un doigt sur le comptoir de manière insistante. Voilà un monsieur qui semble parfaitement à l'aise avec les problèmes de paperasserie. Et c'est un individu agressif qui a visiblement beaucoup à perdre. Mettez tout ça ensemble et vous obtenez une attaque en justice.

– C'est un voleur qui a détourné des fonds publics pendant des années, dis-je, en le regrettant immédiatement.

– Attention, partenaire. C'est aux autres d'en juger. Nous nous contentons de soumettre des faits d'une manière aussi juste et équilibrée que nous pouvons. Suis-je clair ? »

Je regardai ma tarte aux œufs qui refroidissait.

« Très clair.

– Dans le temps, j'ai moi-même été journaliste, Gus. »

Et tu as été mince aussi, songeai-je.

« Nous pourrions avoir un problème, là, dit-il.

– Jim, cet article est légitime. »

Il se leva.

« Si vous en étiez aussi sûr, Gus, vous l'auriez passé, tout simplement. Mais vous nous l'avez envoyé pour avoir notre opinion, et je viens de vous la donner. »

J'avais envie de lui dire de ramener son triple gros cul dans son bureau d'angle avec ses aquarelles de canards, de phares et de trous de golf sur les murs, et d'arrêter de fourrer son nez partout. Je voulais lui dire qu'il n'était qu'un minable, et qu'il serait toujours un minable, qui se faisait le fric qui payait ses taxes de navigation sur le dos de petites villes dont il châtrait quotidiennement les journaux. Sauf qu'il avait raison, du moins en partie. J'aurais effectivement pu simplement passer cet article dans le journal et me faire engueuler par la direction, peut-être même perdre mon second boulot dans le journalisme en moins d'un an. Mais je m'étais couvert, passant la patate chaude aux patrons, sécurisant ainsi mon propre avenir minable. Et maintenant, en laissant échapper la vérité sur Perlmutter, j'avais mis l'article en bien plus grand danger de ne jamais être publié. J'avais envie de me flanquer des baffes.

« Écoutez, Jim, dis-je, laissez-moi essayer de voir si on peut obliger Perlmutter à répondre.

– Faites ça, oui, dit Kerasopoulos. Vous savez ce que je dis toujours : on ne peut pas arriver deuxième avec quelque chose qui compte pour nos lecteurs. Pas vrai ? OK, écoutez, il faut que je rejoigne mes enfants avant qu'ils ne détruisent ce café. Vous avez fait la bonne démarche dans cette histoire, Gus. Nous apprécions la prudence. »

Je repoussai ma tarte aux œufs et regardai dehors. Elvis Bontrager était debout dans la rue, un *Pilot* sous le bras. Il parlait avec quelqu'un que je ne pouvais pas voir. Je me levai pour partir. Audrey se détourna de sa plaque chauffante.

« Gussy, t'as presque rien mangé.

– Désolé, Mrs. DeYonghe. Je ne me sens pas très en forme. La tarte était géniale, vraiment.

– Soigne-toi. Et salue bien ta mère pour moi. »

J'ouvris doucement la porte, essayant d'empêcher les clochettes de tinter. Je vis qu'Elvis parlait avec Teddy Boynton. Je filai dans Main Street en baissant la tête, du sel gemme crissant sous mes bottes. « Le voilà », entendis-je Boynton dire au moment où je disparaissais dans la ruelle jouxtant chez Enright's. Je me rendis soudain compte que, en deux jours, deux de mes repas avaient été fichus en l'air par des avocats.

Arrivé à la Hungry River, je ralentis et tournai vers le lac. De l'autre côté de la rivière gelée s'étendait la plage couverte de neige où Boynton voulait construire sa marina et son hôtel. Sur le terrain, un panneau d'affichage représentait un hôtel de quatre étages couleur crème devant une plage dorée, un ensemble de boutiques avec une foule de gens assis devant des tables de pique-nique sous des parasols bleu pastel, et une baie étincelante parsemée de voiliers, hors-bord et gros offshore. Seul le bureau de l'aménagement – et l'opposition de Soupy – leur barrait la route. Avec l'approbation de l'aménagement, les prêteurs de Boynton pourraient débloquer les 5 millions de dollars dont il avait besoin pour entamer la construction.

De l'autre côté se dressait la marina Starvation Lake, une carcasse d'acier ondulé de quatre étages peinte d'un vert morne, genre brontosaure. Je m'avançai jusqu'à la porte du bureau, et mis mes mains en coupe au-dessus de mes yeux pour regarder à l'intérieur. Une tour de cartons à pizza avait poussé dans un coin, et une poubelle débordait de bouteilles et de cannettes de bière vides. Un calendrier mural était toujours ouvert à la page de juillet dernier, quand le père de Soupy était mort. Je fis le tour du bâtiment et fouillai sous le compteur d'eau pour trouver la boîte aimantée renfermant une clé de secours.

À l'intérieur, la pièce puait le houblon rance, le poivron et la marijuana. Sur le bureau, je m'emparai d'une feuille en haut d'une des piles de papier qui m'arrivaient à hauteur de poitrine. C'était un commandement ordonnant à Soupy de se présenter au tribunal à 9 h 30 le vendredi 24 janvier.

« C'est pas sérieux, Soup », murmurai-je.

Je me souvins que ce matin-là, nous étions allés pêcher dans la glace, lui et moi ; il n'avait absolument pas parlé d'une audience au tribunal, tandis qu'il avait vidé un pack de six alors qu'il n'était pas encore 10 heures du matin. Deux dossiers sans étiquette reposaient, solitaires, près des piles de papier. J'en ouvris un. Je tombai sur une lettre de deux pages, datée de quatre jours auparavant, signée par Arthur Fleming, l'avocat de Boynton. La lettre proposait une entreprise à risques partagés dans laquelle Boynton Immobilier prendrait 25 % des parts dans la marina de Soupy et, en retour, Soupy obtiendrait 1 % du futur complexe de Boynton et un versement immédiat de 30 000 dollars. Cette entreprise continuerait à gérer la marina de Soupy, « tant qu'elle l'estimerait fiscalement prudent », et le cash aiderait Soupy à « résoudre des litiges en suspens ». En échange, Soupy abandonnerait son opposition à la marina de Boynton lors du rendez-vous de lundi à la commission de l'aménagement. Ce n'était pas un mauvais deal. Le cash tomberait à pic, et les parts dans la marina de Boynton pourraient valoir beaucoup dans le futur. Mais il ne faudrait pas longtemps à Boynton pour décider qu'il n'était plus « fiscalement prudent » de maintenir en vie la marina de Soupy.

Je pris l'autre dossier, mais avant que je ne puisse l'ouvrir, j'entendis un grondement métallique venu de la zone des cales sèches, où les bateaux reposaient sur de hautes structures de ferraille comme des oiseaux endormis dans leurs cages. Je m'approchai de la fenêtre et je vis l'énorme porte d'acier à l'autre bout qui remontait. De la lumière passait en dessous, révélant une paire de bottes et des jambes. Tatch, le bras droit de Soupy, entamait sa journée de travail. Je me courbai et filai vers la porte de derrière. Je refermai la porte, et partis soudain dans les airs, avant de retomber sur les fesses.

« Qu'est-ce que c'est que ça ? » dis-je à voix haute.

Grimaçant, je vis à mes pieds un tas de carpes gluantes et de truites suceuses, à peine en vie, qui ouvraient et fermaient leurs bouches. Je me remis sur pied, écœuré.

« Putain de poissons, dis-je en shootant dans une carpe, comment êtes-vous arrivés là ? »

Du sang et des entrailles de poisson étaient répandus dans la neige ; certains poissons avaient été ouverts en deux. Je regardai alentour, mais je ne vis personne.

« Pas drôle du tout, dis-je comme si quelqu'un pouvait m'entendre. Mais alors pas du tout ! »

Je regagnai la promenade le long de la rivière, essuyant mon postérieur souillé par la neige et les écailles, en me demandant si quelqu'un m'avait vu dans la marina. Les poissons morts, je les laissai à Soupy.

Arrivé à mon appartement, je suspendis mon manteau, qui puait le poisson, à la rampe de l'escalier extérieur. Je sortis mon sac de hockey et l'ouvris sur le plancher du living-room. L'odeur n'était pas tellement plus agréable que celle de mon manteau. Mon équipement sentait l'humidité et je le sortis pour le faire sécher. Les jambières, les coudières, le plastron, le pantalon. La mitaine, le bouclier, la coquille pour l'entrejambe. Les patins, le masque, une serviette froissée, une pochette en tissu contenant du ruban adhésif, des lacets, de la crème Bengay contre les douleurs. J'aurais vraiment dû déballer tout ça après le match de jeudi soir. Maintenant, ça allait peser lourd quand je jouerai ce soir, et je serai un poil moins agile, ou pire, je *penserai* que je le suis. Penser est tout. Si vous ne pensez pas que vous allez arrêter absolument tous les tirs, vous n'y arriverez pas. Si vous perdez cette concentration, ne serait-ce qu'une fraction de seconde, le palet se retrouvera derrière vous. Même après une de nos mauvaises soirées, après avoir encaissé quatre ou cinq buts, il fallait continuer à penser que vous pouviez les arrêter tous. Sinon il y en aurait eu sept ou huit dans votre cage, et Coach vous aurait remplacé, et il vous aurait fallu patiner vers la sortie pendant que tous les gens sur votre banc, sur celui de l'équipe adverse et dans les gradins vous regardaient avec mépris ou pitié, ou les deux.

Je m'installai sur le canapé avec l'élément favori de tout mon équipement, le bouclier, le gant que je portais à la main droite, celui qui serrait ma crosse de goal. Je déroulai le chatterton noir brillant qui entourait le pouce. Avec sa large surface rectangulaire, ce gant ressemblait à une énorme gaufre. Je le considérais comme mon porte-bonheur – ou, comme Soupy l'avait surnommé, Eggo – depuis le jour où les chiens s'en étaient emparés.

J'avais alors 13 ans. J'étais en train de regarder la télé, un après-midi – *Les Trois Stooges*, je crois – quand j'entendis soudain des grognements venus de la buanderie de maman, où séchaient mes affaires de hockey. Je me précipitai pour tomber sur nos deux bâtards, Fats et Blinky, en train de tirer chacun d'un côté sur ma « gaufre ». « Satanés clébards ! » hurlai-je. Mais c'était ma faute. J'avais oublié de refermer la porte de la buanderie. Je réussis à arracher le gant aux chiens et je menaçai de les frapper avec, sans grande conviction. Pendant qu'ils filaient dehors, je remarquai un morceau de cuir qui dépassait de la mâchoire de Blinky. Mon cœur chavira. Je retournai mon gant. Le pouce avait disparu.

Nous avions un match éliminatoire le soir même. Je ne pouvais pas jouer avec un pouce nu dépassant de mon bouclier. Je coinçai Blinky et je lui échangeai un biscuit pour chien contre le pouce de mon gant. Maman était partie faire des courses, et donc je pris la gaufre et le pouce arraché et les emmenai chez les voisins. Darlene faisait ses devoirs de géographie sur la table de la cuisine.

« T'es vraiment un pauvre idiot, Gus », dit-elle, mais je voyais bien qu'elle était contente que je lui ai confié mon problème.

On montra le gant à sa mère, qui travaillait à mi-temps chez un cordonnier et qui avait déjà réparé une fois une déchirure dans l'une de mes jambières. Après l'avoir inspecté, elle me lança un regard désapprobateur.

« Ça va coûter une fortune à ta mère, Gus.

– Oui m'dame.

– Et il te le faut pour 6 heures ? »

Elle fit non de la tête et me rendit le gant et le pouce.

« Je suis navrée. C'est le soir de la partie d'euchre, le père de Darlene va rentrer dans une minute, et il faut que je prépare le dîner. »

Je lançai un regard désespéré à Darlene. Elle prit sa mère par la main et l'emmena dans le couloir. Je les entendais chuchoter. Quand elles revinrent, Darlene souriait.

« Ah les enfants, soupira sa mère, en reprenant le gant. Si ça se trouve ce n'est pas réparable, tu sais. »

Sur le perron, je remerciai Darlene.

« J'espère juste que papa acceptera de manger des crêpes au dîner, dit-elle. C'est tout ce que je sais faire. »

Et ce soir-là, je portai mon gant, Eggo. Juste par sécurité, j'enroulai du chatterton noir autour du pouce sur la réparation toute fraîche. Je ne sais pas pourquoi, mais j'aimais bien le look qu'il avait. Nos adversaires étaient une bande de gamins venus de Grand Rapids. Mais j'avais la bande noire scintillante. Je réussis à arrêter 47 tirs sur 48 et on les battit, 3 à 1.

Lors des vingt et une années qui suivirent, j'avais remplacé chaque élément de mon équipement de gardien, sauf Eggo. Avant chaque match – je n'ai jamais manqué une fois de le faire – j'appliquais de l'adhésif frais sur les coutures, toujours ce même chatterton noir scintillant, le replaçant exactement comme je l'avais fait quand j'avais 13 ans. En fait, la seule chose que cet adhésif maintenait vraiment, c'était ma confiance en moi.

Ça n'avait aucun sens, bien évidemment, mais les superstitions font autant partie du hockey que les coups de coude dans le nez. Il nous fallait mettre nos protections d'une certaine manière, recouvrir nos crosses d'adhésif dans un certain sens, et bien aligner les bouteilles d'eau sur le banc de touche. Stevie Reneau devait absolument prendre une douche froide juste avant les matchs. Wilf devait vomir, et il avait toujours une bouteille d'Ipeca dans son sac pour y arriver si son trac ne suffisait pas. Zilchy refusait de s'asseoir à côté d'un gardien dans les vestiaires, et il ne disait pas le moindre mot jusqu'au conciliabule juste avant le début du match.

Soupy était plus superstitieux qu'un sorcier. Il fallait qu'il soit assis exactement à ma gauche. Il fallait que je sois déjà installé là quand il s'asseyait. Il ne pouvait pas s'asseoir le premier. Personne n'avait le droit de toucher son équipement pendant qu'il s'habillait ; si jamais quelqu'un le faisait accidentellement, Soupy se déshabillait et recommençait. Juste avant qu'on pénètre sur la glace, il fallait qu'il touche l'arrière de mon crâne, qu'il me flanque une beigne sur l'épaule droite et qu'il me lance un dernier mot d'encouragement. « Ce soir, t'es un mur de briques », me disait-il par exemple, ou : « Ce soir, t'es une éponge géante, qui aspire tout et le recrache dehors. » Pendant ses deux dernières années avec les Rats, il avait commencé à porter des patins quatre tailles trop petites pour ses pieds ; il affirmait qu'il ne pouvait pas patiner à fond la caisse si ses orteils n'étaient pas comprimés au point de lui faire mal. Je trouvais ça particulièrement bizarre, mais Soupy était comme ça. Certaines nuits, après les matchs, il passait une heure à se masser pour récupérer les sensations de ses orteils et de ses voûtes plantaires. Même maintenant qu'il a atteint la trentaine, il continue à porter des patins qu'il peut à peine enfiler.

Coach Blackburn tolérait nos rituels parce qu'ils nous faisaient croire en nous-même, tout en affirmant qu'il ne s'était jamais laissé aller lui-même à de telles âneries. Mais nous savions que c'était faux. Coach avait sa petite superstition secrète. Il posait toujours son patin gauche en premier en arrivant sur la glace. S'il devait faire un petit bond pour sauter un pas avant de pénétrer sur la glace, il se débrouillait pour que son patin gauche touche la surface avant le droit. Un jour, pendant un entraînement, Soupy le lui fit remarquer, trouvant que c'était marrant. Coach répliqua en annonçant que cette séance d'entraînement se ferait sans palet. Jamais plus on ne mentionna sa superstition.

Je m'enfonçai dans le canapé, avec ma gaufre raccommodée sur les genoux, et je fermai les yeux, me préparant pour la séance de tirs au but qui allait commencer dans une heure. J'essayai de visualiser l'arène, comment les lampes au-dessus allaient projeter des ombres le long des parois, comment les joueurs allaient virer et feinter tout en piquant vers moi, comment le palet allait tournoyer, et voleter et s'élever et plonger quand il jaillirait de leurs crosses, comment j'allais essayer de le ralentir dans ma tête, essayer qu'il ait l'air plus gros.

Le téléphone me réveilla.

« C'était bien la motoneige de Blackburn, dit Joanie. Plus aucun doute.

– On me l'a dit.

– Ouais. Moi. Hier.

– Tu n'avais pas de déclaration des flics, Joanie.

– Non, pas d'aveux signés. Et pas d'empreintes digitales sur le flingue !

– Que disent les flics ce matin ?

– Je ne suis pas encore allée là-bas. Mais il y avait un gros type au café – j'ai noté son nom dans mon carnet – et il avait toute une théorie sur les entraîneurs de Detroit, qui auraient apparemment engagé quelqu'un pour tuer Blackburn et le balancer dans le lac de Walleye. »

Les gens du coin avaient toujours eu du mal à accepter que Coach aurait pu commettre, de lui-même, un geste stupide.

« Ça, ça risque d'étonner Leo, dis-je.

– Le type qui était avec Blackburn cette nuit-là ? Je suis allée le voir aussi. Quel mec bizarre. »

Je ne relevai pas.

« Les flics sont venus l'interroger.

– Comment tu le sais ?

– Je l'ai croisé à la patinoire.

– Hum, hum. »

Elle reprenait du poil de la bête.

« Écoute, c'est *mon* sujet : Un grand entraîneur meurt, et les gens de la ville qui l'adoraient découvrent que cela ne s'est peut-être pas produit comme ils le pensaient. Je te parie que l'Associated Press le reprend. »

Elle avait raison, mais je ne voulais pas qu'elle ait raison. Une partie de moi voulait vraiment savoir ce qui s'était passé. Une autre partie préférait laisser tout ça tranquille.

« En fait, Joanie, c'est le sujet du *Pilot*. Et il faut que je puisse continuer à vivre ici.

– Tu avais joué pour Blackburn, non ?

– Il y a très longtemps. »

Elle se tut un instant. Puis elle dit :

« Tu sais quelque chose sur l'endroit où il était avant de venir ici ?

– Vaguement. »

Quand j'étais ado, je restais assis des heures à parcourir des annuaires de collèges et des programmes de matchs qu'il m'avait donnés, datant des années où il jouait dans des ligues juniors et des équipes semi-pros au Canada, et celles où il avait entraîné des ados là-bas. Pendant les dîners du dimanche, il nous régalait, maman et moi, d'histoires d'entraînement de juniors dans l'Ouest canadien.

« OK, dit Joanie, les archives du *Pilot* disent qu'il est arrivé ici en 1970 après quatre saisons comme entraîneur des St. Albert Saints en... euh... Alberta. Il y a deux citations de Blackburn parlant de ses quatre années là-bas. "Quatre années fantastiques." Il ne cesse pas de dire ça. Mais tout ce que je peux trouver, c'est qu'il a entraîné les Saints pendant trois ans. Il semblerait qu'il n'ait même pas été là-bas en 1966. J'ai appelé un journal là-haut et j'ai eu une femme qui m'a mis en relation avec une espèce de vieux schnoque qui est comme qui dirait l'historien officieux de l'équipe. Il m'a dit que Blackburn était arrivé en 1967, et qu'il était parti en 1970.

– Et alors ?

– En fait, "décampé en catastrophe", voilà l'expression que le vieux a employée. Et leur équipe était vraiment bonne cette année-là, genre ils avaient gagné un grand championnat. Mais Blackburn se taille ? Qu'est-ce que ça cache ? J'ai demandé au bonhomme, et il m'a dit que c'était de l'histoire ancienne et il a raccroché.

– Peut-être que ce type n'a plus très bonne mémoire.

– Peut-être. Mais il faut que j'y aille. À plus tard. »

Ça n'avait aucun sens. Pourquoi Coach aurait-il menti sur une chose aussi banale que le nombre d'années passées à entraîner une équipe de hockey ? Il avait dû compter de travers, songeai-je, ou alors mes souvenirs étaient erronés. Je fermai les yeux et le visualisai, assis à l'autre bout de la table de la cuisine pendant que maman faisait la vaisselle. Je le revoyais très distinctement dire cette phrase : « Quatre années fantastiques. » Son passé était assez facile à vérifier. Sous ma table de fortune, à mes pieds, l'une des boîtes contenait les annuaires des collèges et les programmes que Coach m'avait donnés. Je notai mentalement de les examiner plus tard. Pour l'instant, je devais aller à la séance de tirs aux buts.

9

Le palet siffla en passant à côté de mon épaule gauche, et frôla le poteau avant d'aller frapper les mailles du filet.

« Tu l'vois pas, tu l'chopes pas », dit Teddy Boynton en passant à toute vitesse devant moi.

Il pivota et me provoqua tout en reculant : « Mais t'es un expert du ratage de palets, pas vrai, Carpie ? » J'avais déjà entendu celle-là pas mal de fois.

Les tirs au but de Starvation Lake étaient presque terminés. J'avais fait face à plus d'une centaine de coups de poignet, coups claqués, giflés, revers et feintes pendant une série d'épreuves de force à un contre un. J'avais arrêté la plupart d'entre eux. Trente tireurs avaient été éliminés. Et maintenant on en arrivait, comme la plupart des années, à Soupy Campbell contre Teddy Boynton. Il leur restait trois tirs chacun. J'avais arrêté leurs premières tentatives. Teddy venait juste de marquer, avec un tir claqué qui m'avait surpris penché sur ma droite. Je pris ma bouteille d'eau posée sur le haut du filet, relevai mon masque et m'éloignai de la cage en patinant pour reprendre mon souffle.

Tout l'après-midi, j'avais lutté pour ne pas penser à la troublante réapparition de Coach dans ma vie. C'était sacrément difficile à faire tout en se tenant debout dans l'arène de Blackburn. Quand il était arrivé à Starvation Lake, la patinoire n'était qu'une couche de glace protégée par deux fins murs d'acier et un toit qui pliait sous le poids de la neige. Avec l'aide de Francis Dufresne, Coach avait poussé la Ville à remplacer la toiture et à fermer les extrémités de la patinoire. À grands coups de charme, il avait obtenu de nouveaux vestiaires, des douches, un tableau pour marquer les scores. À chaque fois qu'il allait au conseil municipal, il emmenait trois ou quatre River Rats avec lui. Nous nous tenions à ses côtés, dans nos blousons satinés pendant qu'il faisait son boniment, arborant nos sourires polis, nos cheveux soigneusement peignés, nos mains croisées derrière le dos, exactement comme il nous avait dit de le faire.

« C'est pour aujourd'hui, Trap ? »

C'était Soupy qui criait depuis le centre de la glace, où il faisait glisser un palet d'avant en arrière du bout de sa crosse.

« Relax », dis-je, autant pour moi-même que pour Soupy.

Je remuai la tête en arrière, puis m'arrosai le visage d'eau. Au-dessus de moi, dans les poutrelles métalliques, j'aperçus les étendards bleu et or fanés qui marquaient la progression des River Rats dans les éliminatoires d'État, de 1977 à 1981 : finalistes régionaux, finalistes régionaux, quart-de-finalistes d'État, demi-finalistes, finalistes. Je baissai les yeux et regardai une bannière qui était suspendue depuis toujours au fond de la patinoire. Elle disait : « Gagner le jeu est intense, jouer le jeu est encore plus intense, aimer le jeu, c'est ça le plus intense. » Je revins en patinant lentement vers ma cage, posai ma bouteille d'eau et remis mon masque. Claquant la palette de ma crosse de gardien sur chaque poteau, je me tassai en position d'arrêt et criai : « Vas-y, envoie ! »

Soupy était ce que les joueurs de hockey appellent avec admiration un « miroiteur », avec des mains qui prenaient délicatement le palet comme s'il n'était pas plus lourd qu'une balle de tennis. Il pouvait le balancer entre ses patins, derrière son dos, d'une main, du revers de la main, en patinant en arrière, sur un genou. Pendant tout ce temps, le palet collait à sa crosse. Il possédait mille mouvements qu'il avait pratiqués pendant des heures dans son sous-sol, ou tard la nuit sur une plaque de glace derrière son garage. Il adorait s'entraîner dans l'obscurité, la plus profonde possible, car ainsi il n'était pas contraint de compter sur ses yeux, mais sur la simple sensation du palet sur la palette de sa crosse, avec ses mains si incroyablement sûres. Comme ça, il n'avait jamais besoin de regarder vers le bas, il pouvait balayer la glace des yeux, éternellement, pour entrevoir une ouverture, ou un type isolé, et il était toujours prêt quand un défenseur adverse se dirigeait vers lui pour lui rentrer dedans.

Pendant presque toute une saison, il avait travaillé un mouvement particulier. Il en avait eu l'idée quand nous étions partis jouer un tournoi à Detroit. Une nuit, dans notre chambre d'hôtel, on était tombés sur une station de télé canadienne qui diffusait un match de crosse[1] en intérieur. Les joueurs courent sur un sol de béton brillant qui ressemble à une patinoire de hockey, balançant une balle avec de fines crosses au bout desquelles se trouvent des paniers en mailles de cuir.

« Mec, dit Soupy, si on pouvait ramasser le palet comme ça, tu vois comme ça serait cool ? »

Après les entraînements, pendant que les autres se changeaient, il prenait un seau de palets et se positionnait derrière une cage. Un palet devant les pieds, il essayait, en un seul mouvement, de le ramasser, de le lever à hauteur d'épaule, de passer sur le côté du filet, puis de lancer le palet, dans le style « crosse », dans le

1. Sorte de hockey très populaire au Canada.

coin supérieur de la cage. Il maîtrisa assez rapidement la partie ramassage, mais il avait des difficultés à garder le palet posé sur la palette de sa crosse quand il faisait le tour de la cage. Certaines nuits, après les douches, on venait s'asseoir sur le banc pour le taquiner. Mais il continuait à s'entraîner. Coach regardait aussi, mais il ne disait rien, du moins au début.

Un après-midi, je sortis tard des vestiaires et j'étais presque à la porte donnant sur le parking quand j'entendis le bruit de quelque chose touchant un poteau de but. Je savais que Soupy était seul sur la glace, je posai donc mon équipement et revins sur mes pas pour le voir. Il était derrière un but, me tournant le dos. Il y avait quatre ou cinq palets à ses pieds, et deux dans le cercle de pénalité à droite du but. Six ou sept autres étaient dans la cage. En silence, je le regardai ramasser un palet, faire deux pas rapides sur sa gauche, et balancer sa crosse en rond jusqu'à ce qu'elle claque contre le poteau et que le palet vole dans le coin supérieur du filet.

« Oh, putain ! » dis-je.

Soupy se retourna et sourit.

Coach en parla pour la première fois à Soupy juste avant notre entraînement suivant. Les forages à coups de crosse étaient acceptés, dit Coach, mais il ne voulait voir aucun coup façon « crosse » pendant les matchs. Il les taxa de « mouvements de petit pédé ».

Coach ne prononçait jamais le moindre juron quand il était avec nous, et il nous interdisait de le faire. « Pédé » et « tante » entraient dans une catégorie différente. Coach s'en servait tout le temps pour définir ce qui était du hockey et ce qui n'en était pas. Flanquer un coup de coude dans le menton d'un adversaire était du hockey ; flanquer un coup de patin dans les siens pour le faire tomber était un truc de tante. Les buteurs qui pouvaient encaisser un coup étaient des joueurs de hockey ; les buteurs qui craignaient les coups étaient des tantes.

Soupy n'essaya jamais plus le coup à la « crosse » durant les entraînements. Mais une nuit, il me fit jurer de garder le secret avant de m'avouer qu'il continuait à s'entraîner derrière son garage.

« Pourquoi ? » demandai-je.

Il haussa les épaules.

« Coach est une tête de gland.

– Non, pas du tout. Tu te le gardes en réserve pour quelque chose ? »

Il sourit, pensif.

« Je sais pas. Peut-être.

– Peut-être, mon cul !

– Peut-être que je suis juste une tante. »

Et maintenant, Soupy balançait le palet devant lui, et il fit trois grands pas en glissant vers moi. Je sortis un peu de la cage pour couvrir l'angle. Il reprit le palet du bout de sa crosse et quand il dévia vers la gauche, je suivis le mouvement.

Contre la plupart des goals, Soupy adorait feindre un tir qui allait les amener à se mettre en papillon sur la glace, et soit il faisait gicler le palet au-dessus d'une de leurs épaules, soit il virait d'un coup, passant le palet sur son revers, avant de foncer autour d'eux d'un seul coup pour atteindre le côté ouvert du but. Mais en tant que gardien « debout », je n'étais pas aussi facile à lober. En général, Soupy essayait de me battre avec un tir en surface, vers l'un des coins, ou alors il me fonçait carrément dessus et essayait de me coller dans un côté, et de faire passer le palet derrière moi par l'autre côté.

Il leva sa crosse haut au-dessus de son oreille gauche. Je me tassai pour l'explosion de bois et de caoutchouc à venir, tout en restant sur mes orteils au cas où ce ne soit que la première partie de ce que Soupy avait concocté, la partie destinée à me berner. Mais il n'essayait pas de me feinter. Il balança sa crosse en arrière, fouettant l'air, j'entendis la palette frapper le palet par en dessous, et je le vis jaillir droit vers moi. Ni sur ma gauche, ni sur ma droite, ni même vers mes pieds, où j'aurais pu laisser un espace, mais carrément sur moi à hauteur de poitrine, le tir le plus facile à intercepter. Le palet me frappa juste au-dessus du sternum et je le bloquai là avec ma mitaine.

Quelque chose allait de travers. Soupy ne tirait jamais dans la poitrine des goals.

Je le vis accrocher un autre palet et se diriger vers le centre de la glace pour effectuer son tir final avant que Boynton ne fasse le sien. Teddy riait et il cria : « Encore un, et c'est bravo et 100 dollars pour moi, *baby* ! On dirait bien que tu vas devoir vider tes poches. »

Ils avaient été amis, dans le temps, durant nos premières années avec les Rats. Sur la glace, ils formaient un duo fameux. Soupy était le défenseur vif qui distribuait le jeu avec des passes très précises et marquait des buts époustouflants grâce à des traversées complètes d'une cage à l'autre. Teddy était l'avant teigneux qui recherchait sans arrêt les palets dans les coins et marquait ses propres buts décousus sur des rebonds, des déviations et des bagarres devant la cage. Teddy adorait changer en buts les passes parfaites de Soupy ; Soupy adorait la manière dont Teddy s'emparait du palet des adversaires. Ils étaient également copains en dehors de la glace, draguant les filles de Sandy Cove et piquant de la bière dans les garages mal fermés.

Lors de notre dernière année ensemble, une rivalité se développa. À un certain niveau, ce n'était pas une surprise. Soupy était approché par quatre ou cinq grandes équipes universitaires de hockey. Teddy, à qui il manquait de la vitesse et du labeur pour évoluer à ce niveau, vivait dans les cabanes de Coach et se demandait ce qui allait lui arriver ensuite. Mais il y avait plus que ça, plus que le simple hockey, quelque chose que je n'arrivais pas à définir. Ils se parlaient de moins en moins. Ils s'installaient chacun de leur côté dans le bus de l'équipe. Un jour, je demandai pourquoi à Soupy, et il m'envoya sur les roses : « Teddy est juste un putain de jaloux. »

À l'époque je me demandais si Coach avait quelque chose à voir avec ça. Soupy – ou le Cygne, comme Coach l'appelait – avait toujours été considéré comme le fils préféré. Mais pendant cette dernière saison, Coach commença à appeler Teddy « le Tigre ». Ça ennuyait Soupy, même s'il essayait de ne pas le montrer. Des années plus tard, quand Soupy revint à Starvation Lake, sa carrière de hockeyeur en lambeaux, Teddy possédait plus de propriétés que qui que ce soit, si on enlevait Francis Dufresne, et était l'un des hommes d'affaires les plus riches du Nord Michigan. Soupy et Teddy s'évitaient, mais leurs équipes de la ligue senior – les Campbell's Chowder Heads et les Boynton Realty Land Sharks – jouaient presque toutes les saisons la finale de la ligue, exactement comme Teddy et Soupy se retrouvaient face à face tous les ans pour les finales de tirs au but.

Soupy devait marquer maintenant en espérant ensuite que j'arrêterais le tir final de Boynton. Il se mit à tourner au centre de la glace, une, deux, trois fois avant d'avancer vers moi. Boynton se mit à chantonner : « Tu vas louper, tu vas louper » quand Soupy commença à longer la ligne bleue en faisant passer le palet de l'avant de sa crosse au revers, encore et encore, essayant de m'hypnotiser. Je savais que ses yeux cherchaient les miens mais je restai rivé au palet. Et puis, en un instant, il fut dans le filet. Peut-être mes yeux avaient-ils vu ce qui venait d'arriver. Mon cerveau, pas du tout. À un moment le palet était devant moi, gros comme un pancake, et je commençais à tendre ma crosse pour l'expédier au diable. La seconde d'après, il avait disparu. Soupy le ramena vers lui comme un croupier de black jack et pivota sur place sur ses lames, à 360 degrés, comme une toupie. Je perdis le palet dans ses patins tourbillonnants. Puis je le sentis ricocher sur mon cou-de-pied gauche et je l'entendis cogner le fond du but. C'était la feinte parfaite. Tous ceux qui regardaient se mirent à hurler et à siffler pendant que je virais le palet du filet et que Soupy s'éloignait en glissant.

« Putain, Carpie, cria Boynton. Remets ta bite dans ton pantalon ! »

Tout le monde éclata de rire, sauf Soupy, qui glissait lentement le long des panneaux à l'opposé de là où se tenait Boynton. Il jubilait. Je me retournai pour prendre ma bouteille d'eau. Je n'avais pas réellement soif, mais ça me donnait une contenance.

« Carpie ! » cria Boynton.

Il se tenait avec le palet devant les pieds, prêt pour son dernier tir.

« On dirait bien que Coach est revenu d'entre les morts. Tu crois qu'il voulait voir si tu suçais encore ? »

J'entendis quelques rires.

« Ça rappelle des souvenirs, hein ? »

Je venais à peine de reposer la bouteille d'eau qu'il bondit en avant, droit sur moi, à toute vitesse. Habituellement, ça signifie que le tireur va feinter plutôt que tirer, mais Teddy, beaucoup moins agile que Soupy dans le maniement du palet, tirait presque toujours. Il adorait viser entre les jambes, et donc je pressai mes jambières l'une contre l'autre et plaçai fermement le bas de ma crosse sur la glace en reculant pour faire face. Juste à l'intérieur de la ligne bleue, il vira légèrement sur sa gauche. Ouais, voilà un tir, me dis-je. Le palet était sur l'avant de sa crosse. Je rentrai la tête et je me raidis. Teddy vira un peu plus sur ma droite. Je pivotai dans cette direction, me carrant sur le palet. Il tourna pour faire un coup droit. Au moment où la palette de sa crosse recula, il dit : « Hooper. »

Hooper.

Je n'y pouvais rien. Ça me frappa si durement que mes yeux quittèrent le palet pour le regarder, lui. Mais il ne me regardait pas, en fait. Il avait avorté son tir et il ramenait le palet en fonçant sur sa droite. Quand je regardai de nouveau vers le bas, le palet avait disparu. Déséquilibré, je lançai ma jambe gauche en « papillon » et je battis l'air avec ma mitaine. Mais il m'avait débordé. Par-dessus mon épaule, je vis son revers claquer le palet dans le coin supérieur gauche du filet. Il s'arrêta à côté du poteau des buts et, me regardant de haut, exultant, il me dit :

« Merci, Carpie... Ah, ce bon vieux Hooper.

– Va te faire foutre, Teddy », répondis-je.

Billy Hooper était l'ailier star des Detroit Pipefitters qui avait marqué le but gagnant contre moi le soir de la finale de 1981.

« Qu'est-ce que c'était que ça, putain, Trap ? »

C'était Soupy, qui était derrière moi. Je me relevai, et vis qu'il était furax.

« Tu peux aller te faire voir aussi.

– Bon Dieu, Trap, cette putain d'Helen Keller aurait pu arrêter ça !

– Eh bien, la prochaine fois, demande à cette putain d'Helen Keller de jouer goal.

– T'es dans quel camp ?

– T'es dans quel *camp* ? »

Je laissai tomber ma mitaine et le saisis par le tricot. Je lui expliquai ce que Boynton avait fait. Au début, il me regardait d'un œil vide. Puis il se tourna et fixa

Boynton, à l'autre bout de la glace, qui se fendait la gueule en racontant tout ça aux autres types.

« Bon Dieu de merde, dit Soupy, avant de se retourner vers moi. Bon Dieu de merde.

– Soupy ? Qu'est-ce qui se passe, bordel ? »

Il m'ignora, ramassa un palet avec sa crosse, le fit voler en l'air, et l'attrapa avec son gant gauche. Puis il s'immobilisa, et prenant la pose d'un lanceur de baseball, il expédia le palet au-dessus de sa tête. Quand il redescendit, il lui balança un swing avec sa crosse, à la fois violent et fluide qui produisit un *whack* sonore. Le palet fila, au petit bonheur, vers Teddy Boynton. Il le vit à la dernière seconde et rentra la tête dans les épaules. Le palet manqua son crâne de quelques centimètres.

« Mais putain, c'est quoi ça ? hurla-t-il, en levant le poing vers Soupy. C'est moi qui vais porter la Stanley Cap, cette année, tête de nœud. »

Les autres joueurs l'agrippèrent en riant, tandis que Soupy quittait la glace.

Le bureau de Dingus Aho, shérif de Pine County, sentait les armes et le sucre en poudre. J'attendais assis dans un fauteuil, les cheveux encore humides de la douche rapide que j'avais prise à la patinoire. Je parcourais des yeux les étagères derrière son bureau. Il y avait des recharges de gaz poivre, des menottes, quelques exemplaires du magazine *Field & Stream*, la photo encadrée d'une femme dont le visage me semblait familier mais sur lequel je n'arrivais pas à mettre un nom.

Je voulais interroger Dingus moi-même à propos de la motoneige. J'essayais de me convaincre que ce n'était pas par manque de confiance en Joanie, mais ça l'était. Malgré mes années d'absence, malgré mon envie d'être loin d'ici, je sentais encore que je connaissais bien ces gens et que je pourrais les amener à me dire au moins un semblant de vérité. Une partie de moi voulait s'entendre dire que tout cela était une erreur, que cette motoneige n'était en fin de compte pas celle de Coach. Mais je voulais surtout qu'on me donne une bonne raison pour que cette bécane soit remontée dans le lac Walleye.

J'entendis Dingus dans le hall.

« Appelez-moi quand vous aurez quelque chose », dit-il.

Il entra dans la pièce.

« Où est passée la rouquine ? » ajouta-t-il en se glissant dans le fauteuil derrière son petit bureau.

Des touffes de poils gris couvraient ses avant-bras, gros comme des quilles de bowling. Il portait son uniforme cacao avec une cravate moutarde maintenue par une épingle de cuivre, qui avait la forme de moufle de l'État du Michigan.

« Je pensais qu'elle n'allait pas tarder à revenir ici.

– Merci de l'avoir aidée, Dingus.

– C'est à toi que je vais avoir affaire maintenant ?

– C'était mon entraîneur.

– Ah », dit-il en prenant un papier au sommet d'une pile.

Il y jeta un œil, puis la replaça, à l'envers.

« Comment ça s'est passé les tirs au but ?

– Bien.

– J'ai entendu dire qu'il y aurait eu un incident.

– Tu connais les garçons, on ne les changera pas.

– Ça, c'est sûr. Alors, en quoi est-ce que je peux t'aider ? »

Dingus était originaire d'une minuscule ville de la péninsule septentrionale peuplée de Finnois nommés Heikkala et Pikkarainen, et sa voix avait encore la douce cadence de leur accent. Il était shérif depuis six ans. Les gens l'aimaient bien. Il était amical et assez docile. Il ne dépassait pas le maigre budget qui lui était alloué et n'essayait pas d'augmenter ses revenus en définissant des quotas de contraventions pour ses adjoints, comme tant d'autres shérifs le faisaient. Il quittait rarement son bureau, sauf pour aller déjeuner chez Audrey ou, plus récemment, pour passer aux *news* de la télé. Sans doute à cause de sa prochaine éventuelle réélection, Dingus était devenu un habitué de Channel Eight, qui était désespérément à la recherche de nouvelles locales, et heureuse de le mettre devant les caméras, que ce soit pour annoncer une nouvelle campagne pour le port de la ceinture de sécurité, ou pour montrer les nouvelles tenues et casquettes des employés chargés de faire traverser les gamins devant les écoles. Pourtant, à la télé, Dingus était généralement aussi inexpressif que le lutrin qu'il sortait pour les conférences de presse. Seul son accent chantant et la danse de sa moustache en guidon de vélo l'empêchaient d'être d'un ennui mortel.

J'avais sorti un carnet, mais je ne l'avais pas encore ouvert.

« La motoneige de Walleye, dis-je, elle appartenait réellement à Coach ? »

Dingus sourit. Sa tête remua presque imperceptiblement.

« Non ? demandai-je.

– Je ne peux pas t'aider.

– Allons...

– Pas de commentaire. Tu sais ce que tu dois savoir. »

Personne n'aimait autant jouer au chat et à la souris que les flics des petites villes. Cela rendait la monotonie de leur boulot plus supportable. Néanmoins, le « pas de commentaire », de Dingus était pour moi une confirmation.

« Alors, comment cette satanée bécane est-elle ressortie dans le lac de Walleye ? demandai-je. Et s'il te plaît, ne me parle pas des tunnels. »

Il s'adossa à son fauteuil et posa ses mains à plat derrière son crâne.

« Des choses étranges se produisent parfois, Gus, dit-il. Tu te souviens de Félix ? »

Tout le monde en ville connaissait cette histoire. Félix, un golden retriever, avait plongé dans un trou de pêche sur le lac de Starvation juste à l'instant où son maître, Fritz Hornbeck, sortait une perche de l'eau. Félix voulait attraper le poisson, mais il l'avait raté et il avait disparu sous la glace. Hornbeck, qui en était à sa deuxième bouteille de schnaps aux myrtilles, avait pensé que le chien s'était noyé. Félix était sorti d'un autre trou de pêche, à 800 mètres de là, s'ébrouant de l'eau glacée du lac juste devant Elvis Bontrager. On en avait parlé pendant des semaines à Starvation Lake.

« C'est ça, ton commentaire ? demandai-je. "Des choses étranges se produisent parfois" ?

– Non. Aucun commentaire.

– Allons, Dingus. »

Joanie allait m'incendier d'être intervenu dans son reportage. Et ce serait pire si je n'avais rien pour expliquer mon intrusion.

L'adjoint Frank D'Alessio entra dans le bureau et, sans remarquer ma présence, tendit à Dingus un café fumant et un mince dossier.

« L'expertise médico-légale, chef », dit l'adjoint.

Dingus le fusilla du regard et D'Alessio se retourna et me vit.

« Ah, mince... dit-il. Gus.

– Salut, Frankie, dis-je. Une expertise médico-légale ? »

Il regarda nerveusement Dingus, puis se dirigea vers la porte.

« Tu joues ce soir, pas vrai ? »

Il voulait parler de notre match éliminatoire.

« Je te verrai là-bas. »

Je souris à Dingus.

« Une expertise médico-légale pour une motoneige ? »

Dingus haussa les épaules.

« Pure routine, dit-il, et c'est du off, bien sûr. »

Il se leva, ferma la porte de son bureau et revint s'asseoir. Le nom de la femme sur la photo me revint soudain : Barbara Lampley. En fait, Dingus exposait une photo de son ex-femme. Quel genre d'homme ferait ça ?

« Du off, Dingus ? Allez, aide-moi un peu. Est-ce que le *Pilot* t'a jamais grillé ? »

Il replia ses grosses mains charnues sur son bureau.

« Pas encore, dit-il. J'aimerais vraiment t'aider, Gus, mais le fait est que j'ai une enquête en cours ici.

– En cours ou rouverte ?

– Sans commentaire. »

Cela me donna une idée.

« Puis-je avoir une copie du rapport de police original de 1988 ? demandai-je.

– Je vais te dire, dit-il en s'écartant du bureau pour ouvrir un tiroir et y prendre une feuille de papier qu'il me tendit, remplis ça, et on reviendra vers toi. »

La feuille était un imprimé officiel pour requérir des dossiers selon la loi fédérale de divulgation au public.

« Dingus, je ne peux pas attendre aussi longtemps, dis-je.

– Eh bien, j'ai bien peur que quelqu'un d'autre n'ait demandé le même rapport et reçu la même réponse.

– Joanie ?

– Non, pas la rouquine.

– Qui, alors ? »

Il fit non de la tête.

« C'est tout. »

Je n'arrivais pas à imaginer qui pouvait bien être intéressé par ce rapport.

« Est-ce que vous allez draguer le lac de Walleye ?

– Bien sûr, ironisa Dingus, avec un brise-glace. »

Cela ne ressemblait pas à Dingus. En général, quand il voyait que vous étiez sérieux, il lâchait du lest. Les enjeux étaient-ils plus importants que je ne pouvais le savoir ? Je me souvenais de l'avoir observé depuis le bois, la nuit où la bécane avait réapparu, la manière dont il s'était agenouillé dans l'ombre sur la plage. Je ne me rappelais pas qu'il avait été un ami proche de Coach, mais encore une fois, je n'avais pas vécu à Starvation Lake pendant des années.

« Hé, dis-je, ce n'est pas Barbara Lampley ? Ton ex ?

– Et alors ?

– Tu es un type bien mieux que moi, shérif.

– OK, dit-il en s'écartant de son bureau. On en a terminé.

– Non. Je vais te dire, Dingus, je vais suivre ton conseil. »

Évoquer Barbara m'avait rappelé que Dingus avait été adjoint jadis – peut-être pendant la première enquête. Je posai l'imprimé de demande sur son bureau et écrivis mon nom, l'adresse du *Pilot*, et ma requête concernant le dossier de 1988 sur l'accident de Coach. Je tendis l'imprimé à Dingus. Il le regarda un bon moment, puis releva les yeux vers moi, soutenant mon regard comme s'il me jaugeait. Nous ne nous connaissions pas beaucoup. Je devinai que ça allait changer.

« Très bien, dit-il. Nous allons y procéder dans le délai requis de dix jours. »

10

Des toiles d'araignée formaient une arche au-dessus de l'escalier qui descendait de la salle de rédaction du *Pilot*. J'allumai un interrupteur et une lumière grisâtre emplit soudain le sous-sol, une sorte de caveau de ciment froid et humide de la taille d'un garage pour une seule voiture. Sur trois des murs se dressaient des étagères de bois contenant les classeurs noirs des *Pilot* remontant jusqu'aux années 1970, des lettres dorées sur la tranche indiquaient la période concernée. Celui que je voulais était étiqueté « 1er mars-15 mars 1988 ».

Je dégageai le classeur de son étagère et le posai sur une planche d'aggloméré installée entre deux armoires à fichiers sous l'escalier. Des Post-it roses dépassaient du dossier – œuvre de Joanie. Je feuilletai jusqu'au premier Post-it, lundi 14 mars 1988. La mort de Coach faisait la une. Le titre en gros caractères occupait toute la page : « Blackburn meurt dans un accident de motoneige. » Au-dessous, une photo montrait des flics autour d'une tache sur le lac gelé, les phares de leurs motoneiges et des ambulances illuminant la pâle lueur de l'aube.

Il y avait un article sur les réactions des gens du coin, un autre sur des accidents de motoneige récents, et un éloge de la carrière de Blackburn, intitulé : « Le fier entraîneur avait inscrit le hockey de Starvation sur les cartes. » Ce texte était illustré par la même photo représentant Coach souriant qui était accrochée au mur chez Enright's. Une autre. Une autre photo montrait le fameux Jardin, avec à l'arrière-plan les cabanes de Blackburn floues.

L'article principal démarrait ainsi : « Le légendaire entraîneur de hockey John D. "Jack" Blackburn a disparu hier très tôt dans le lac de Starvation. Il semblerait qu'il se soit noyé à la suite d'un accident de motoneige. » La police fournissait de nombreux détails, disait le journaliste. Il y avait quelques citations sans le moindre intérêt de résidents des barges du lac et une brève interview – qui ne révélait rien – du seul témoin visuel, Leo Redpath. Je sortis un autre classeur et fouillai dans plusieurs des journaux suivants. Des photos montraient que la police avait sécurisé la scène de l'accident avec des rubans jaunes dans un rayon de 50 mètres. Des habitants de la ville, en longs manteaux et bonnets de laine, étaient rassemblés le long du périmètre pour regarder des flics en tenue de plongeur se laisser tomber dans le trou déchirant la glace. Certaines personnes déposaient des fleurs. Les bouquets avaient gelé et le vent avait dispersé les pétales si bien que des taches d'écarlate, d'or et de violet, parsemaient le gris du lac. Les flics avaient laissé les rubans de sécurité en place pendant trois jours. À cette époque, le bureau du shérif parlait un peu plus librement, et le *Pilot* avait reconstitué une version de ce qui s'était passé.

Comme ils le faisaient souvent les dimanches soir en hiver, Coach et Leo étaient partis en bécane sur les pistes qui serpentaient à travers les bois au nord du lac. Ils s'étaient arrêtés dans leurs troquets habituels, le Hide A Way, Dingman's, Le Just One More Saloon. Peu avant minuit, ils avaient garé leurs motoneiges dans une clairière à un bon kilomètre de la rive ouest du lac, allumé un petit feu et partagé une bouteille.

Coach voulait faire un peu de « skimming ». J'en avais fait quelques fois avec Soupy et d'autres copains, quand nous étions au lycée, et toujours quand nous étions saouls. Nous prenions nos motoneiges et partions à la recherche de nappes d'eau apparentes sur le lac gelé de Starvation, de Walleye ou d'autres dans la région, et nous poussions les gaz jusqu'à aller assez vite pour effleurer la flaque d'eau et atterrir sur la glace solide de l'autre côté du trou. C'était un peu comme sauter en moto au-dessus d'une rangée de tonneaux, mais en plus idiot, parce qu'il faisait noir en général, et que comme je l'ai dit, nous étions ivres. Pine County avait interdit le « skimming » après la noyade de deux ados dans Little Twin Lake une nuit de 1982.

Tout le monde savait que Coach adorait ça, autant qu'il aimait esquiver les flics qui essayaient de le prendre sur le fait. « Je mourrai avec mon casque sur la tête », aimait-il dire, et Leo répondait invariablement : « Ton souhait pourrait bien être exaucé. » Leo, qui n'avait jamais appris à nager, ne voulait rien avoir à faire avec le « skimming ». Coach le raillait, mais Leo disait : « Je n'ai aucune envie de passer ma retraite au fond d'un lac. » Il ne voulait même pas regarder. Quand Coach partait chercher des nappes d'eau, Leo attendait sur la berge, tétant une bouteille. Cette nuit de mars, pourtant, Leo céda. Pourquoi, ce n'était pas complètement clair, du moins d'après le *Pilot*. La police avait cité Leo disant qu'il avait simplement beaucoup trop bu, et, après cette fameuse nuit, il ne toucha plus jamais à une bouteille. Plus tard, quand des gens lui demandaient ce qui s'était passé, il s'en sortait en s'excusant, expliquant d'un air suppliant qu'il avait peur que l'évocation de ces souvenirs ne le ramène droit vers la bouteille.

Coach avait emmené Leo sur le lac sous un ciel sans lune. Bien au-delà de Pelly's Point, à 800 mètres du rivage, Coach et Leo s'étaient arrêtés devant une grande étendue d'eau en forme de poire. Leo déclara à la police qu'il avait aligné sa bécane en face de l'endroit le plus étroit, et que Coach s'était mis en position pour traverser l'étendue la plus large, qui faisait environ 22 mètres.

Une demi-heure plus tard, juste après 1 h 30 du matin, Leo vint cogner à la porte de chez ma mère sur la rive sud-ouest. Elle appela la police.

Leo s'était dégonflé. Il expliqua aux flics que juste avant que sa motoneige atteigne le bord de l'eau, il avait coupé les gaz. Coach ne s'était pas arrêté, bien sûr. Comme d'habitude, Leo avait essayé de ne pas regarder, mais il s'était retourné quand il avait entendu la motoneige de Coach émettre un gémissement strident, puis une énorme éclaboussure, et un silence total. Il avait vu la tête casquée de Coach rebondir à la surface de l'eau, disparaître et remonter, entendu sa voix gargouiller des appels à l'aide. Le *Pilot* citait une déclaration de Leo : « Je ne savais pas quoi faire. » La corde qu'ils transportaient pour ce genre d'urgence était rangée dans la motoneige de Coach. Le journal disait que Leo s'était allongé sur le ventre et avait rampé pour s'approcher de l'eau au point de tremper les épaules de son parka.

Les plongeurs n'avaient trouvé ni corps ni motoneige. La police déclarait qu'elle pensait que la machine avait coulé au fond du lac et que le corps de Coach avait dû dériver. Elle draguerait le lac à la fin du dégel printanier. Je pris un autre classeur et cherchai des articles sur le dragage. Il n'avait jamais eu lieu. Le conseil municipal avait décidé que ce serait futile et onéreux, reprenait le *Pilot*. Et le conseil ne désirait pas prolonger le deuil de la ville. Le shérif d'alors, Jerry Spardell, disait qu'il n'avait aucune réponse sur ce qui était arrivé à Coach hormis que sa machine et lui auraient été avalés dans l'un des tunnels sous-marins. En lisant ça, je remuai la tête, incrédule.

Un soleil froid étincelait sur le cortège funèbre de Jack Blackburn. Les gens de la ville, avec des casquettes des Rats, des bonnets, et des blousons, étaient alignés sur Main Street, pendant que cinquante motoneiges drapées de draps noirs avançaient lentement, traînant des panaches de fumée derrière leurs pots d'échappement et un corbillard vide. Sur le corbillard, une photo agrandie de Coach le montrait sur une patinoire, avec son sweat bleu et or, une crosse de hockey à la main, le sifflet se balançant à son cou. Je regardai tout ça avec Soupy par la fenêtre du grenier d'Enright's. Aujourd'hui, comme alors, je pleurais. Soupy, qui ne pleurait pas, posa une main sur ma nuque et ne dit rien. Coach m'avait appris comment être un goal, comment aimer le hockey et comment gagner. Mais ce n'était pas pour ça que je pleurais. Je pleurais ces années pendant lesquelles nous avions à peine parlé depuis le jour où nous avions perdu ce dernier match, depuis que j'avais quitté Starvation Lake. Je pleurais parce que Coach ne m'avait jamais appris à perdre.

Je refermai le classeur et restai planté là à réfléchir, les yeux fixés sur les dates gravées sur sa tranche. Pourquoi Leo avait-il changé d'avis cette nuit-là ? Il avait, sans aucun doute, résisté à plein d'autres défis quand il buvait trop. Pourquoi, sur les rives, personne n'avait entendu les appels au secours de Coach ? Pourquoi la municipalité n'avait-elle pas dragué le lac, sans tenir compte du coût ? Et pourquoi le témoignage de ma mère avait-il été mis de côté ? Elle n'avait pas été citée dans le *Pilot*, ne daignant même pas livrer un commentaire.

Ce qui me troublait le plus, c'était que je n'avais jamais eu ces interrogations auparavant, ou que je ne m'étais jamais autorisé à les avoir. Pourquoi était-ce dix ans après que je commençais à me dire que l'histoire de Leo semblait improbable ? Pourquoi était-ce seulement maintenant que je me demandais ce que ma mère savait, et qu'elle ne m'avait jamais dit ? À l'époque, peut-être étais-je trop affligé pour y penser. Et puis j'avais filé à Detroit pour essayer d'oublier, pendant que ma mère et tous ceux qui savaient ce que je ressentais me disaient de laisser courir, d'avancer dans ma propre vie. Et je l'avais fait. Aujourd'hui, cette histoire me rattrapait, comme un cauchemar enfoui durant toutes ces années dans les coins les plus sombres de mon esprit.

Et remettant le classeur sur son étagère, j'entendis un grincement au-dessus de moi. Merde, pensai-je.

Joanie attendait en haut des marches.

« Saleté, dit-elle.

– Excuse-moi, dis-je, mais j'ai un match de hockey qui m'attend. »

Elle s'avança pour me faire face.

« Qu'est-ce que tu fichais chez Dingus ? Tu vérifiais derrière moi ?

– Je ne vérifiais pas...

– Tu n'as pas le droit !

– C'est mon boulot.

– De la crotte, oui ! Les rédacs chef ne vont pas vérifier derrière le dos des reporters. Les rédacs chef ne sont pas censés être de petits poussins pleurnichards. »

Certains patrons auraient pu la virer sur-le-champ. Je m'encourageai à garder mon calme, passai devant elle pour entrer dans la salle de rédaction et m'asseoir sur son bureau. Bien évidemment, je ne pouvais pas la virer, et pas seulement parce que nous étions plus que réduits en personnel. Il fallait qu'elle m'aide à découvrir ce qui était arrivé à Coach.

« On se calme, dis-je. Tu avais raison.

– À la bonne heure ! Bien sûr que j'avais raison.

– Non, je parle de toute cette histoire. C'est un sacré papier.

– Et alors, qu'est-ce que tu faisais au bureau du shérif ?

– Je ne sais pas. Mais je n'étais pas en train de vérifier derrière toi, je le jure. Je pense que je vérifiais derrière moi-même.

– Mais mince, à la fin ! ça veut dire quoi, Gus ? »

Je me levai pour regagner mon bureau. Mon clavier était enterré sous une pile d'articles déposés par des vieilles dames free-lance qui assistaient aux conseils de classe de l'école, aux réunions de la commission des parcs et jardins, et qui jasaient sans cesse sur la façon dont s'habillait le maire et sur qui avait dirigé le récital du serment d'allégeance. Je passais mes journées à réécrire ces saletés pour en faire de meilleures saletés qui remplissaient l'espace entre les publicités pour des pizzas à emporter et des marchands de bois de chauffage.

« Regarde toute cette merde, dis-je en me retournant pour lui faire face. Regarde, je ne suis pas en train de te piquer ton papier, OK ? Bon Dieu, on travaille pour le même journal. Que ça te plaise ou non, je suis ton patron, d'accord ? Et je... Eh bien, je n'étais *pas là* quand tout cela s'est produit, mais je savais – en fait, je ne savais rien de rien, ni maintenant, ni à l'époque –, oh, putain, laisse tomber. Et pour finir, Dingus ne m'a rien refilé. J'ai rempli un formulaire pour avoir accès au rapport de 1988, et il m'a renvoyé dans mes cordes.

– Je veux bien te croire sur parole, dit Joanie. Mais ces deux derniers jours, il me semblait que tu essayais de m'écarter de cette histoire. Et maintenant tu penses que c'est un bon sujet. Eh bien, bienvenue ! C'est la plus grosse putain d'histoire qui ait jamais frappé cette ville !

– *Putain ?* Surveille ton langage, ma fille ! »

Elle se mit à rougir.

« Désolée.

– Bon, mettons-nous au boulot, tout simplement, OK ? Tu connais D'Alessio, non ?

– Si, répondit-elle en rougissant de nouveau.

– Tu pourrais avoir l'intuition de l'interroger sur une analyse médico-légale qu'ils ont apparemment pratiquée sur la motoneige. J'ai réellement entendu parler de ça quand j'étais là-bas. Mais Dingus n'a pas voulu lâcher un mot à ce sujet.

– Il fallait du cran pour demander à voir ce rapport de 1988, dit-elle.

– Pourquoi ?

– C'est Dingus qui l'a rédigé. Il était premier adjoint à l'époque. »

Nous restâmes silencieux pendant une minute. Joanie s'appuya contre la photocopieuse et croisa les bras.

« Tu sais ce qui s'est passé, non ? »

Je ne tenais pas particulièrement à l'entendre.

« Ce n'était pas un accident, Gus. Quelqu'un a tué Blackburn. »

Je contemplais une tache de café sur le sol carrelé. Dans ma tête, je revoyais la plage de Walleye Lake, je sentais les torches électriques dans mes yeux.

« Je suis contente que tu aies regardé les anciens articles, dit Joanie. Difficile à démêler, non ? Je veux dire, tu penses vraiment que ce Leo a dit tout ce qu'il savait ? Pas moi. Et les tunnels sous-marins ? Les vieux de chez Audrey's peuvent croire à ces âneries s'ils veulent, mais pas toi, nom d'un chien. »

Non, je n'y croyais pas, même si j'avais essayé de m'en persuader pendant deux jours. Elle poursuivit :

« Ça me rappelle que j'ai entendu dire que ton entraîneur était plutôt un homme à femmes. »

Ce n'était pas vraiment une nouvelle.

« Et alors ?

– Qui sait ? Ça pourrait nous mener à un mobile. Tu ne crois pas que c'est intéressant ?

– La baise est toujours intéressante, mais plutôt dure à caser dans un journal familial.

– Donc, je ne dois pas en tenir compte ?

– Si. Tu dois tenir compte de tout. Ne rien écarter, et parler à tout le monde. Mais ne va pas t'imaginer que tout ce que tu récolteras sera publié.

– Ne t'inquiète pas pour ça. »

Je regardai la pendule. Elle marquait 6 h 31.

« Faut que je file, dis-je. À propos, tu as éclairci l'histoire du Canada ?

– La quoi ?

– Le truc sur Coach... sur le fait que Blackburn n'y est pas vraiment resté pendant quatre ans ?

– Ah, oui. Non, pas encore. J'ai rappelé cette femme du journal, là-bas. C'était bizarre. Pendant une minute, j'ai cru qu'elle allait éclater en sanglots. Bref, elle m'a dit de la rappeler chez elle ce soir. Mais faut que je fasse ma lessive d'abord. »

J'ôtai une pile de vieux magazines de hockey de ma table basse improvisée, et je soulevai les planches pour atteindre les cartons du dessous. J'ouvris celui où le mot « Rats » était inscrit.

Il était plein de vieux programmes de tournois, de coupures de presse et de photos. Je fouillai dans le fond pour en sortir les programmes écornés et les annuaires universitaires que Coach m'avait donnés quand j'étais gamin. Je les parcourus une fois, puis une seconde fois plus lentement, à la recherche d'un programme des Albert Saints de St. Albert de 1966-1967, la saison où il était censé ne pas être là-bas. Puis j'alignai tous les programmes sur le tapis en ordre chronologique, de Kitchener en 1954, à Moose Jaw, de Kamloops à Kelowna, de Victoria à St. Albert.

Il n'y avait rien de St. Albert en 1966-1967.

Je n'arrivais pas à croire que je ne l'avais jamais remarqué avant. Je vérifiai une fois de plus. Il n'y avait aucun programme de cette saison-là. Ma mémoire me jouait-elle des tours ? Je restai assis sur le sol, me souvenant de Coach, penché sur son assiette vide, nous expliquant que St. Albert était sacrément trop froid. Les gamins étaient super et ils avaient presque gagné le championnat, disait-il, mais les étés chauds lui manquaient trop. Je l'entendais encore dire : « J'ai passé quatre années fantastiques là-bas. Mais vous savez, hein, toutes les bonnes choses ont une fin. »

11

Les vestiaires de l'arène Blackburn étaient d'étroits rectangles avec des bancs et des portemanteaux fixés aux murs de parpaing, des douches qui crachaient occasionnellement de l'eau chaude et des tapis de caoutchouc noir couverts de taches de café et de brûlures de mégots. Leur seule différence résidait dans les numéros affichés sur leurs portes. De 1 à 4. Quand nous étions les River Rats, et quand nous sommes devenus les Chowder Heads, nous utilisions le vestiaire 3. C'est là que je retrouvai Soupy, Zilchy, Wilf, Stevie et le reste des gars avant notre demi-finale contre les Mighty Minnows of Jordan Bait and Tackle. Soupy était debout, attendant que je m'asseye. Ce que je fis, et il se laissa tomber sur le banc, à ma gauche.

« Trap, dit-il, t'es en forme ?

– Bien sûr », grognai-je.

Mais j'avais beaucoup trop de choses en tête pour qu'on m'expédie des palets à la figure. En arrivant, j'étais passé par l'abri de la Zamboni pour espionner Leo, couché sous son Ethel avec un chiffon à la main. Cela m'avait brièvement réconforté de le voir vaquer à ses affaires habituelles, comme si rien ne s'était passé ces deux derniers jours.

« Où en est le score ? » dit Soupy.

Pendant que nous nous mettions en tenue, les Boynton Realty Land Sharks jouaient contre les Capraro's

Pizza Pieholes dans l'autre demi-finale. Le gagnant jouerait le vainqueur de notre match, le lundi suivant, en finale. Les champions remporteraient des tee-shirts, et les finalistes devraient payer des cocktails à tout le monde chez Enright's.

« Les Sharks menaient 5 à 1 quand je suis entré, dis-je. J'ai vu Teddy qui a presque décapité Bobby Safranski d'un coup de coude. »

Teddy avait toujours été un dur, mais avec les années, il était devenu méchant – méchant et sournois. Même les joueurs les plus durs surveillaient les arrières quand ils s'en approchaient, surtout quand les arbitres sifflaient un arrêt de jeu et s'affairaient à aligner un nouvel engagement. C'est dans ces moments-là qu'ils pouvaient vous refiler un coup de palette de crosse ou vous coller un pain sur l'arrière du crâne.

Les autres gars bavardaient en resserrant les lacets de leurs patins et en scotchant leurs jambières.

« Il a pris une pénalité ? demanda Soupy.

– Non. Les arbitres ne l'ont pas vu. »

Je me penchai plus près de Soupy.

« Qu'est-ce qui s'est passé entre toi et lui, en fait ?

– Moi et qui ? fit Soupy.

– Arrête. Toi et Boynton. Après les tirs au but ? »

Soupy fouillait dans son sac.

« Qu'est-ce que tu crois ? J'ai perdu 100 dollars. C'était pas vraiment marrant. Mais tout est réglé, t'en fais pas.

– Ce qui veut dire ? »

Je pensais à l'offre d'accord que j'avais lue à la marina. Avait-il changé d'avis et accepté ? Je voulais le lui demander directement, mais sans qu'il sache que je m'étais introduit en cachette dans son bureau. Mais, encore une fois, peut-être qu'il était déjà au courant. Peut-être que c'était lui qui avait laissé ces poissons crevés devant la porte de la marina.

« À propos, dis-je, tu es allé à la pêche, ce matin ?

– À la pêche ? Merde, je suis resté au pieu jusqu'à midi. Mais qu'est-ce que t'as ce soir, Trap ? C'est l'heure de jouer au hockey, là. »

Il appela Stevie Reneau, de l'autre côté de la pièce.

« Steve-O, Minnows aligne les deux Linke ce soir ? »

Clem et Jake Linke, deux jumeaux, étaient les meilleurs joueurs des Minnows.

« Si Jake est sorti de taule, répondit Stevie.

– Encore en prison ? Pour quoi cette fois ?

– Il s'est fait virer d'un tripot à Mancelona, ça l'a mis en rogne et il a arraché tous les essuie-glaces de toutes les bagnoles de la rue.

– Charmant, dit Soupy. Pourrait y avoir les deux Linke, Trap. J'espère que tu vas nous sortir le grand jeu.

– Va te faire foutre », murmurai-je.

J'ouvris la fermeture Éclair de mon sac d'un geste rageur. Soupy me flanqua un petit coup de coude dans l'épaule. Ses yeux me disaient qu'il ne voulait pas que je me mette en pétard, mais aussi qu'il n'allait pas me dire ce qu'il avait à dire. Du moins pas tout de suite. « Allez, Trapézoïde, dit-il, arrête de t'inquiéter. C'est pas une bonne chose de parler business avant les matchs. » Il voulait dire que ça ne portait pas chance, mais ça portait aussi malheur d'évoquer la chance.

Un jour, quand Soupy et moi avions 11 ans, nous avions arrêté nos motoneiges au sommet d'une colline à la frontière entre Pine County et Polley County. De là-haut, en nous retournant, nous pouvions voir le croissant paresseux du lac et la fumée qui montait en spirale de la cheminée de chez Soupy, où Mrs. Campbell cuisait des tourtes pour un repas de nouvel an que nos familles prévoyaient de partager le lendemain. Soupy voulait descendre le versant Polley County de la colline, et entrer ainsi en territoire interdit. À l'époque, la règle fixée par nos parents voulait qu'on ne franchisse pas les limites de Pine County. Mais c'était la veille du nouvel an, affirma Soupy, et donc tout était OK. Il désigna un clocher en bardeaux qui dépassait des arbres en contrebas. « Tu vois ça ? dit-il. On pourrait aller sonner la cloche. » Avant que j'aie pu répondre, il dévalait déjà la pente.

Nos traces étaient les seules à marquer la neige autour de la petite école. Elle semblait abandonnée ; des volets masquaient toutes les fenêtres. Soupy ouvrit la porte qui grinça, et on entra dans le vestibule. Ça sentait le papier moisi. La porte qui donnait sur l'unique salle de classe était fermée à clé. Par la vitre, on apercevait les pupitres couverts de poussière rassemblés dans un coin, des cahiers empilés n'importe comment sur le parquet. Une corde pendait d'un trou carré découpé dans le plafond.

« Le fusil », dit Soupy.

Il repartit dehors en courant, et revint avec sa carabine à air comprimé.

« Soupy, dis-je, on va se faire choper.

– Fais pas ta chochotte.

– Je ne suis pas une chochotte.

– Regarde, dit-il, en levant ses mains gantées. Pas d'empreintes. »

Il visa la vitre et tira. Un sifflement, et le petit plomb laissa un trou d'épingle au centre d'une toile d'araignée dans le carreau. Six coups de plus ouvrirent un trou de la taille d'un poing. Avec précaution, Soupy passa le bras dans l'ouverture dentelée et déverrouilla la porte.

Le plancher gémit quand on entra.

« Ça pue comme un trou du cul, là-dedans », dit Soupy.

Je m'engageai plus avant, retenant mon souffle à cause de l'odeur. Je tendis le bras et serrai ma main gantée autour du nœud au bout de la corde. Je tirai un grand coup avant de bondir en arrière.

« Plus fort », dit Soupy.

Je tirai de nouveau, et la corde céda si facilement que je tombai. Je regardai en l'air et je vis corde, cloche et éclats de bois vermoulu dégringoler vers moi.

« Oh, putain ! » cria Soupy, et je roulai sur la gauche juste à l'instant où la cloche s'abattait sur le plancher.

Soupy agrippa le dos de mon parka en hurlant : « Tirons-nous d'ici, vite ! »

Les flics nous retrouvèrent le lendemain après-midi, juste avant le repas chez les Campbell. Soupy et moi étions en train de chahuter dans le sous-sol quand Mrs. Campbell nous cria de monter. Elle nous obligea à avancer jusqu'à deux gardes nationaux debout sur son paillasson, en parkas bleu marine et casquettes à rabats assorties. L'un d'eux portait des lunettes épaisses et il souriait d'un air penaud, comme s'il était gêné d'être là. Mr. Campbell se tenait à côté d'eux, bras croisés, le visage pincé d'exaspération. Nous avions interrompu son après-midi à boire des bières et regarder le football à la télé.

« Ça sent rudement bon, dit le garde aux grosses lunettes. C'est une dinde que vous préparez ?

– Non, dit Mrs. Campbell en nous faisant les gros yeux, c'est une oie. »

Soupy et moi nous tenions épaule contre épaule.

« Les garçons, dit le garde sans lunettes, nous avons un procès-verbal de bris de vitre et effraction de la part de... »

Soupy l'interrompit.

« C'était moi, dit-il. Je suis entré dans cette école. »

Il me désigna du pouce.

« Il était là, mais il n'arrêtait pas de me dire de ne pas le faire. »

Je le regardai avec des yeux incrédules.

« Excuse-moi, fiston, dit le garde aux lunettes, ce que nous avons entendu dire, c'est... »

Angus Campbell fit un pas vers nous.

« Mais qu'est-ce que vous foutiez à Polley ? dit-il. Tu sais très bien que vous n'avez pas le droit d'aller aussi loin, fils. »

Ses poings se crispaient.

« Je sais, dit Soupy, je suis terriblement désolé.

– Désolé, mon cul », dit Mr. Campbell.

Le garde aux lunettes regarda Mr. Campbell avec inquiétude. L'autre dit :

« Les garçons, vous auriez pu vous blesser gravement.

– Comment tu es entré ? demanda le père de Soupy.

– Cassé une vitre, dit Soupy.

– Cassé une vitre comment, bon sang de Dieu ?

– Avec ma carabine à plomb. »

Mr. Campbell décroisa les bras et fit un autre pas vers son fils. Je sentis Soupy frémir.

« Enfoiré, dit son père, en fouillant la pièce des yeux. Où est cette foutue carabine ? demanda-t-il.

– Dehors, répondit Soupy.

– Monsieur », dit le garde à lunettes, mais le père de Soupy l'ignora et sortit.

Au moment où il claquait la porte derrière lui, on l'entendit dire : « Putain d'enfant de salaud ! » On l'entendit ramasser la carabine en jurant. Puis fracasser le canon et la crosse de la carabine contre le béton du porche.

Mr. Campbell transpirait quand il revint. Il fusilla Soupy du regard tout en repassant devant nous. Mrs. Campbell dit : « Excusez-moi » et elle le suivit.

Soupy et moi avions été interdits de sortie pendant une semaine. Je ne l'avais pas revu avant le lundi suivant, à l'école. Son œil au beurre noir n'avait pas tout à fait dégonflé.

La première chose que je lui demandai, c'était :

« Pourquoi tu as fait ça ?

– Fait quoi ?

– Te dénoncer ? »

Il haussa les épaules.

« De toute façon, mon vieux m'aurait cogné. »

Vers la fin du match contre les Minnows, nous menions 2 à 0, et je m'ennuyais. Nos adversaires n'avaient pas réussi à effectuer un seul tir sur moi depuis le milieu de la partie. Mon attention dérivait vers les gradins qui étaient vides, hormis deux femmes recroquevillées sous un châle afghan vert près du toit, et trois autres qui jacassaient le long de la glace. C'étaient toutes des petites amies des joueurs. Les épouses étaient assez futées pour rester à la maison où il faisait bien chaud et où elles n'entendaient pas leurs idiots de maris menacer les arbitres de leur casser la gueule.

Je remarquai Brenda Mack qui descendait des gradins et je me demandai pourquoi elle gaspillait un samedi soir à grelotter dans une patinoire de hockey. J'avais été amoureux d'elle à l'école primaire et je ne m'étais jamais lassé de la voir. Elle avait épousé Wilf, mais cela n'avait duré que quatre ans. Maintenant, elle sortait avec un joueur des Minnows. Elle venait juste d'atteindre la vitre sur ma gauche quand je vis Teddy Boynton émerger du vestiaire numéro 2 derrière elle. Ses cheveux étaient mouillés, et il tenait son sac de hockey de la main gauche. Une image fugace – un souvenir – papillonna dans ma tête, trop vite pour que je puisse l'identifier. Teddy appela Brenda, elle se retourna en souriant, et il posa son sac pour l'embrasser sur la joue. Pendant qu'ils discutaient, Brenda désigna quelque chose sur la glace, probablement son nouveau *boy-friend*, et je pensai que Teddy allait lui préparer un bon coup double dans les chevilles la prochaine fois qu'ils se croiseraient dans un match. Boynton ramassa son sac, et cela me revint.

Sans réfléchir, je sortis de ma cage à toute vitesse, filai vers Teddy, agitant ma crosse au-dessus de ma tête en criant : « Hé, attends ! Boynton ! » Il se retourna, sidéré, et laissa tomber son sac.

« T'as été à la pêche, ce matin, Ted ? » criai-je.

L'image qui s'était fixée dans ma mémoire était celle de Boynton debout dans Main Street, discutant avec Elvis Bontrager. Au lieu d'un sac de hockey, il tenait une boîte de pêche. Ce qui expliquait les poissons devant la marina : c'était Teddy, me faisant savoir qu'il me surveillait.

Mais au lieu de répondre à ma question, il regardait derrière moi et il pointa le doigt en souriant.

« Regarde là-bas, Carp », dit-il.

Je me tournai et aperçus Clem Linke qui pivotait pour ajuster un tir depuis le centre du terrain.

« Merde ! » criai-je.

Je partis à fond vers ma cage vide, mais j'en étais encore à trois pas quand le tir de Linke traversa la ligne de but. J'avais envie de disparaître sous les gradins. Pour me punir, je regardai de nouveau Boynton. À ses gestes, je devinai qu'il expliquait à Brenda Mack comment j'avais laissé ma cage sans protection, et encaissé un but venu d'une année-lumière au moins. Elle mit sa main à sa bouche, pouffant, pendant que Teddy applaudissait en criant : « Voilà, parfait, Carpie ! Comme au bon vieux temps ! »

12

Une heure plus tard, chez Enright's, je vis de nouveau Boynton, debout, au fond du pub, sirotant une Heineken en discutant avec Darlene Esper. Elle était appuyée contre le juke-box, une cigarette aux lèvres. Depuis que j'étais revenu à Starvation Lake, j'avais appris qu'elle ne fumait que le samedi soir, quand elle venait au bar sans son incapable de mari, pour boire des White Russians, avec son jean moulant et son col roulé noir. Je n'allais pas chez Enright's chaque samedi, mais quand je le faisais, elle m'évitait. Je comprenais, mais ça m'ennuyait quand même. Et cela m'ennuyait encore plus de la voir avec Teddy.

Je gardai un œil sur eux à travers la fumée et la foule, assis au bar avec Soupy et la plupart des autres Chowder Heads. Impossible d'entendre ce que disait Boynton par-dessus le vacarme des conversations. Il se pencha pour parler à l'oreille de Darlene. Elle croisa les bras contre sa poitrine. Il recula. Elle haussa les épaules. Il dit quelque chose d'autre. Darlene secoua la tête pour dire non, une fois, puis une deuxième fois. Elle jeta un coup d'œil dans ma direction et nos regards se croisèrent brièvement, puis elle se tourna de nouveau vers Boynton, qui levait les mains comme pour dire : OK, j'abandonne.

« Laisse tomber, dit Soupy, en me filant un petit coup de coude.

– Quoi ?
– Elle est mariée. Laisse tomber.
– Boynton aussi.
– Qu'il aille se faire mettre, Boynton. Bordel, à quoi tu pensais là-bas ce soir ? »

Malgré mon énorme faute en fin de match, nous avions tenu et gagné 2 à 1. Cela voulait dire que nous allions affronter les Land Sharks de Boynton pour le titre du championnat le lundi suivant.

« C'était la faute de Brenda, dis-je. Elle est bien trop chaude pour son âge.
– Je te suis, dit Soupy. Un arrière-train digne d'être au Louvre ! »

Il cria vers le bout du comptoir.

« Hé, barman ! Quatre Blue Ribbons de plus, s'te plaît ! »

Francis Dufresne se retourna, l'air furax. Il aidait Loob à tenir le bar. La mine presque constamment renfrognée, il portait une vieille paire de Wallabies sans lacets et un sweat-shirt râpé des River Rats. Son corps petit et trapu remuait comme un sac de cailloux quand il bougeait. De vieilles cicatrices d'acné marquaient ses joues blafardes, et son nez était comme une balle rouge qu'un chien aurait trop mâchouillée.

Son apparence démentait sa bonne fortune dans l'existence. On racontait que Francis avait hérité de 5 000 dollars à la fin des années 1960 et que, en investissant dans l'immobilier, un coup après l'autre, il les avait changés en millions. L'histoire n'était peut-être pas plus vraie que la légende des tunnels, mais les gens du coin la croyaient parce qu'ils pouvaient voir les immeubles de bureaux, les restaurants et les lotissements qu'il avait fait pousser. Francis avait construit la plupart des bâtiments nouveaux de Starvation Lake durant les vingt années précédentes, et acheté la majorité des autres. Il avait été le premier à remarquer la vague croissante de touristes que Coach et les River Rats attiraient en ville, le premier à comprendre comment capitaliser sur la situation de Coach en l'utilisant comme porte-parole. Francis était futé et tenace, mais il n'avait ni le look, ni le charisme pour charmer suffisamment les autochtones afin qu'ils le laissent, lui et ses associés, posséder la plus grande partie de leur ville. Pour ça, il avait eu Coach, et depuis que Coach n'était plus là, il avait Teddy.

Francis et Teddy s'étaient bien débrouillés ensemble. Teddy était le type des relations publiques, s'occupant des contrats, les vantant aux officiels, étalant son sourire d'autocollant pour frigo. Francis, nettement plus âgé, était l'homme de l'intérieur, levant des fonds, bataillant avec les avocats, s'assurant que toute la paperasserie était en règle. À eux deux, ils possédaient à peu près tout en ville. Mais Teddy, en prospérant, avait commencé à s'irriter d'entendre parler du rôle de Francis dans son succès. On chuchotait que Teddy ne voulait plus de Francis dans le nouveau projet de marina.

Je ne connaissais pas très bien Francis, mais j'avais aimé quand il avait appelé tous les habitants de Starvation à venir à la patinoire le soir où nous avions battu les Griffin. Et j'aimais qu'il se fût accroché à Enright's, la première chose qu'il avait possédée en ville, et qu'il vienne encore le samedi soir aider à servir des bières. Il avait été proche de Coach, et je pense qu'il avait aussi connu un peu mon père. Il posa quatre bières devant nous.

« Qui a gagné ? demanda-t-il.

– Les bons, dit Soupy.

– J'aimerais pouvoir en dire autant des Rats, dit Francis.

– Encore battus ? » dis-je.

Étant à l'origine de la longue poisse des Rats, je priais chaque année pour qu'ils brisent la malédiction en gagnant enfin.

« Eh oui. »

Francis parlait avec une pointe d'accent irlandais, un héritage de sa mère, dont le nom de jeune fille était Enright.

« Toujours pareil, toujours pareil. Encore les Pipefitters. 6 à 1. On n'a jamais été dans le jeu.

– Au moins, ça ne s'est pas résumé à un seul mec qui chie dans la colle, hein ? »

C'était le petit Timmy Wilford, le plus jeune frère de Brad, qui essayait d'être drôle. Le petit Wilf avait à peine 6 ans quand nous avions perdu notre ultime match.

« Va manger ta merde, junior, dit Soupy. J'ai pas le souvenir que votre bande de petits culs ait franchi le cap des régionales, et encore moins atteint une finale.

– Du calme, Alden, dit Francis.

– Rigole, dit petit Wilf, en levant une paume juste devant le nez de Soupy, je te fais marcher.

– Bon Dieu, junior, ta main ! » dit Soupy.

Il se pinça le nez et fit mine de vomir. Le petit Wilf tourna sa paume vers son visage et inspira profondément.

« Ahhhh, fit-il. Le hockey ! »

Rien ne sent aussi mauvais que l'intérieur d'un vieux gant de hockey imbibé de sueur, hormis une main qui vient juste d'en sortir.

« D'après moi, le coupa Francis en tapotant un doigt sur le comptoir pour appuyer ses propos, qu'on ait bien joué ou pas ce week-end est sans importance, c'était impossible de gagner. Pas avec cette motoneige rejetée sur le rivage. On ne peut pas jouer au hockey avec des fantômes qui se baladent dans le vestiaire.

– Des fantômes ? dit Soupy. Allons, allons, Francis. Tu crois pas que ces gamins s'en foutent complètement ? Mais qu'est-ce qui arrive à tout le monde, bon sang ? Tout ce que j'entends, c'est cette merde sur Blackburn et sa motoneige. Ça fait un million d'années qu'il a calanché. Faudrait voir à laisser tomber. »

Teddy se frayait un chemin vers nous. Il s'arrêta pour regarder la photo de Blackburn, jeta un œil vers Darlene, puis de nouveau sur la photo. Francis se tourna vers moi.

« J'ai vu l'article de ta journaliste, Augustus, dit-il. Je me suis dit : un bon point pour Augustus, il ne va pas devenir dingue avec cette histoire juste pour vendre quelques exemplaires. Mais ensuite, bon sang, ta petite journaliste est venue ici aujourd'hui, à fouiner partout.

– Elle fait juste son boulot, dis-je.

– Elle voulait qu'on décroche des photos du mur, bon sang.

– Elle n'est pas si petite, dit Soupy.

– Tu lui as parlé, Francis ? » demandai-je.

Francis se pencha vers moi et posa les mains à plat sur le comptoir.

« Seulement pour lui dire que Jack Blackburn était l'un des meilleurs hommes à avoir jamais mis les pieds à Starvation Lake. Et c'est insensé de le faire remonter à la surface comme ça. C'est injuste, Augustus. Jack est mort et enterré là où le bon Dieu l'a voulu. Qu'il repose en paix.

– Amen, dit Soupy.

– Je suis désolé, Francis, dis-je, mais les flics enquêtent. Tu n'arrêtes pas de râler sur le comté qui gaspille les dollars de tes impôts locaux. Tu ne crois pas que nous devons découvrir ce qu'ils fabriquent, bordel ?

– Foutaises, Augustus. Ton boulot, c'est de vendre le plus possible de journaux. Et, pour ton information, je ne pense pas que Dingus et ses *bobbies* devraient se replonger dans tout ça non plus. C'est une année électorale, je sais, mais ce n'est pas une manière d'attirer l'attention. Je pense qu'on devrait laisser le passé dans le passé, exactement comme je pense que le jeune Mr. Wilford, ici présent, devrait laisser ton passé dans le passé, sans en tenir compte.

– Sans tenir compte de quoi ? demandai-je.

– Exactement comme personne n'a besoin de te demander ce qui a bien pu t'arriver à Detroit pour que tu reviennes ici aussi.

– D'accord », dis-je.

Même Soupy ne savait pas comment j'avais merdé à Detroit.

« Penses-y, dit Francis, en me tapant dans la main. Je sais que tu es un type bien.

– Y aurait-il une petite dispute ? dit Teddy Boynton en posant sa bouteille vide sur le comptoir. Abandonne, Gus. Campbell va devoir payer son ardoise au bar finalement. Elle doit être rendue dans les hautes sphères maintenant, avec le déficit fédéral, non ?

– Bonsoir, Ted », dis-je.

Je regardai derrière lui et vis que Darlene était partie.

« Theodore, dit Francis avec un petit hochement de tête.

– Francis », dit Teddy.

Ils ne se serrèrent pas la main. Peut-être les rumeurs d'un désaccord étaient-elles fondées. Boynton jeta un billet de 10 sur le comptoir.

« Ça devrait couvrir mes dépenses. »

Francis repoussa le billet vers lui.

« Ton argent n'a pas cours ici, Theodore.

– Donne-le à Loob, alors.

– Pas de chance avec Darlene, hein, Teddy *boy* ? dit Soupy. Pourquoi t'essayes pas les abords du lycée ? Y a peut-être une soirée pyjama.

– Tu as les 100 dollars que tu me dois ?

– Non, mais j'ai une réponse pour toi : Va te faire foutre. »

Cela stoppa Teddy pendant une seconde. Ce n'était pas simplement une vanne. Teddy fixa Francis, dont le regard suggérait qu'il comprenait ce que Soupy voulait dire.

« Donc, c'est fini ? dit Teddy.

– Fini, fit Soupy.

– Prends le temps de reconsidérer la question. Ne sois pas stupide, Soupy.

– Excusez-moi », dit Francis.

Ses yeux croisèrent ceux de Teddy pendant une seconde, avant qu'il ne s'éloigne. Maintenant je comprenais. Soupy disait à Teddy se carrer son offre là où il voulait. Cela laisserait toutes les décisions au bureau d'aménagement. Je me demandais si Francis était partie prenante dans la marina de Boynton ou pas.

« Rien à reconsidérer », dit Soupy.

Teddy sortit ses clés d'une poche de son manteau.

« Tu sais, dit-il, t'es un *loser*. Et tu fais le choix délibéré d'être un *loser* tous les jours. Mais tu changeras d'avis. En attendant, j'apprécierais que tu ne me balances plus de palet à la figure.

– En attendant, lèche-moi le cul, dit Soupy. Si j'avais voulu te toucher, je t'aurais touché.

– On se verra sur la glace lundi soir, dit Boynton. Tu veux doubler tes 100 dollars de dettes ?

– Va te faire foutre, dit Soupy.

– On en parlera demain.

– Non, on n'en parlera pas. »

Boynton me regarda.

« Merci encore pour les souvenirs, Carp. »

Alors qu'il se dirigeait vers la sortie, je m'excusai pour aller pisser. Mais au lieu d'aller aux toilettes, je me glissai dehors. Je tombai sur Teddy en train de déverrouiller la portière de son véhicule utilitaire modèle sport.

« La pêche a été bonne, ce matin, Ted ? » dis-je.

Il regardait une serviette en papier du bar qu'il avait sortie de sa poche. Il la remit dedans.

« Tu vas couvrir cette histoire, ou pas ? demanda-t-il.

– Laquelle ?

– Celle sur ton pote le *loser* qu'on va balancer à Channel Eight. »

J'avais complètement oublié ça.

« On travaille dessus.

– Mon avocat t'appellera.

– Comment était la pêche ?

– La pêche ? » dit-il.

Il claqua la portière de son véhicule. Il démarra en faisant rugir son moteur. Il baissa sa vitre.

« Tu sais, Carpie, dit-il, t'es un crétin. »

Je me disais que si je retournais dans le bar, j'y resterais jusqu'à la fermeture, et que Soupy voudrait monter boire d'autres verres chez moi. Il valait mieux m'échapper quand je le pouvais encore. Mais mon pick-up n'était pas là où je croyais l'avoir garé. Je descendis Main Street jusqu'à Estelle Street, et je fis le tour jusqu'au parking du *Pilot*. Mon véhicule y était. Ma mémoire se barre en couille, me dis-je.

Au pied de mon escalier, je levai les yeux et remarquai une lueur à ma fenêtre. J'avais laissé une lumière allumée ? Quatre marches plus haut, je constatai que ma porte était entrouverte. Il n'y avait presque jamais de cambriolages à Starvation Lake. Alors, avais-je également laissé la porte ouverte ? Je montai à pas de loup en haut de l'escalier. Je ne voyais rien d'anormal, mais je sentis quelque chose. De la fumée de cigare. De cigare bon marché. J'ouvris doucement la porte du bout de ma botte, entrai et appuyai sur l'interrupteur mural.

« Y a quelqu'un ? »

Le shérif Dingus Aho était assis dans mon fauteuil inclinable, mordillant un Tiparillo sous sa moustache en guidon de vélo.

« Gus, dit-il en souriant. Tu étais mal garé. J'ai pris la liberté de bouger ton pick-up avant que tu prennes une contravention. »

Il balança mes clés sur ma table basse improvisée.

« Tu sais, tu ne devrais pas non plus les laisser sur le contact, fiston.

– Et tu ne devrais pas t'introduire comme ça chez moi non plus. Tu as un mandat ?

– Un mandat ? Non. Mais j'ai ça. »

Il se pencha en avant et posa un fin dossier bleu sur la table.

« S'il te plaît. Assieds-toi. »

Je me laissai tomber sur mon canapé et ramassai le dossier. Avant que je ne puisse l'ouvrir, Dingus se pencha et me saisit le poignet, doucement.

« Hier, tu as rempli une requête pour un rapport, dit-il. Tu auras une réponse formelle de l'avocat du comté dans, oh, six semaines, peut-être huit. Donc, nous devons être bien d'accord : je ne suis jamais venu ici.

– Très bien.

– Et tu ne peux rien mettre de ceci dans ton journal, du moins pas encore. »

Il me lâcha le poignet.

Dans le dossier bleu, il y avait quatre pages agrafées ensemble. Les trois premières étaient une photocopie du rapport d'enquête sur l'accident rédigé par le bureau du shérif de Pine County, daté du 13 mars 1988. Certaines parties étaient tachées et presque illisibles. Parcourant rapidement ce qui restait de la description de l'accident, j'en appris peu que je ne sache déjà. Néanmoins, le rapport notait que Leo Redpath « était devenu visiblement très affecté, atteignant un état proche de l'hystérie ». Il ne cessait de répéter : « Ce qui est fait est fait. Ce qui est fait est fait... » Le rapport était signé par l'adjoint au shérif Dingus Aho.

La quatrième page était une photocopie d'un reçu de 25 000 dollars payé à la marina de Starvation Lake, « Angus Campbell, propriétaire ». Il était daté du 12 avril 1988. En travers de la page, quelqu'un avait gribouillé : PAYÉ INTÉGRALEMENT, CH. 5261,

FIRST DETROIT BANK. Rien n'était écrit dans la colonne achats. Une signature près du bas de la page était grossièrement tachée. Au-dessous, je lus quelque chose d'à peine plus lisible : « Ferry-boat ». La barre du F de Ferry-boat avait une petite queue ressemblant à un hameçon.

J'essayai d'avoir l'air indifférent, mais ma cervelle bouillonnait. Qu'est-ce qui avait tant bouleversé Leo ? Était-ce simplement d'avoir perdu un ami dans des circonstances idiotes, ou bien y avait-il autre chose ? Qu'est-ce que ce reçu et feu le père de Soupy avaient à voir avec quoi que ce soit ? Qui pouvait avoir besoin d'un ferry-boat à Starvation Lake ? Je ne me souvenais pas d'en avoir jamais vu un dans la marina, mais je suppose que le père de Soupy aurait pu en dégoter un s'il avait eu un acheteur. Mais après quoi courait Dingus ?

« Merci, Dingus, dis-je, mais je n'ai pas la moindre idée de ce que je pourrais faire avec ça. »

Il souffla un panache de fumée.

« Il y a un peu plus de matériel que notre avocat pourrait te donner, dit-il, mais je peux te dire que cela ne révèle pas grand-chose de plus.

– Tout ça non plus. Tu avais écrit ce rapport. Aide-moi à comprendre. »

Dingus fixa les pages que je tenais.

« J'ai une idée, Gus, mais elle date un peu. Je doute que tu y croies. Personne n'y a cru, à l'époque. Et ça m'a coûté énormément, je peux te le dire.

– Je suis prêt. »

Il se leva.

« J'ai confiance. Tu vas tout comprendre.

– Allez ! Pourquoi est-ce que tu te fatigues à venir ici si ce n'est pas pour me dire tout ce que tu sais ? »

Il s'avança vers la porte.

« Tu sais, Gus, j'ai entendu les rumeurs sur les raisons qui t'ont fait quitter Detroit. J'espère que tu ne m’en voudras pas, mais j’ai passé quelques coups de fil là-bas. T’es un type plein d’initiatives.

– Mais bordel, c’est censé signifier quoi, ça ?

– Plutôt teigneux aussi. Bon, je ne vais pas m’étendre, je pense que tu vas comprendre et apporter un petit éclairage sur ce sujet. Et aussi, la prochaine fois que tu te gares sur Main Street, rappelle-toi qu’on a changé les panneaux, il y a quelques semaines. Tu avais même fait la une avec ça.

– Dingus... »

Il referma doucement la porte derrière lui.

13

Je n'avais jamais prévu de bosser dans un journal. Depuis mes 12 ans, j'avais travaillé l'été à la marina avec Soupy, des journées étouffantes que les savons du père de Soupy rendaient encore plus longues. Après deux ans à l'université du Michigan, j'avais décidé d'essayer quelque chose de différent. Cette année-là, j'avais choisi un cours de journalisme. Ça me paraissait assez facile. J'aimais les sports, et l'un de nos voisins était Henry Bridgman, directeur de la rédaction du *Pilot*. Au lieu de racler des entrailles de perche sur le pont des bateaux, je m'imaginais que j'allais écrire sur le sport pour Henry. Maman l'appela.

Je me présentai au *Pilot* le lendemain matin. Henry était assis derrière son bureau en acier, de côté, tourné vers une machine à écrire. Un exemplaire du journal du jour était posé près de lui. Un titre en une disait : « Le conseil scolaire s'échauffe sur l'accroissement du millage[1]. » Henry mordillait sa cigarette et avait l'expression de quelqu'un qui cherchait quelque chose et l'avait enfin dégoté.

« Bon Dieu, lâcha-t-il. Ces bâtards sont défoncés à je ne sais quoi s'ils pensent qu'ils vont pouvoir s'en sortir comme ça. »

1. Mot canadien formé à partir de kilométrage et *mileage*. *(N.d.T.)*

Je ne savais absolument pas de quoi il parlait. Il arrêta de taper pour se relire.

« OK », déclara-t-il en pivotant sur son fauteuil pour se tourner vers moi.

Un sourire creusait son visage, tout en pommettes osseuses et yeux ridés.

« Que je sois damné, dit-il, est-ce que ta mère t'a donné mon message ?

– Hum, dis-je en regardant ma montre, elle avait dit 10 heures.

– Oh, bon Dieu, dit-il en riant comme un cheval, hi, hi, hi. Donc, c'est à moi de faire le sale boulot, alors...

– Je vous demande pardon ? »

Il hennit de nouveau.

« Tu vois, je n'ai pas besoin d'un journaliste sportif.

– Ah bon ?

– Non, putain. »

Il agita sa cigarette dans sa bouche, la fumée lui faisant plisser les yeux.

« Je peux prendre un lycéen pour écrire sur le sport. J'ai des *news* réelles à couvrir. »

Je me demandais si « les *news* réelles » avaient quoi que ce soit à voir avec un millage, ignorant toujours ce que cela pouvait bien être. Pourquoi diable est-ce que je n'étais pas resté à la marina ?

« OK », dis-je.

Henry me laissa couvrir les rencontres d'athlétisme scolaires occasionnelles, ou les matchs de base-ball. Mais la plupart du temps, je suivrais la police, le conseil scolaire, et quand Henry ne pouvait pas y assister, le conseil municipal. Je me forçai à apprendre le maximum sur les procédures policières, les variations dans l'aménagement, et même les millages. Henry devait réécrire certains de mes papiers pour qu'ils veuillent dire quelque chose. Ça ne me dérangeait pas. J'étais déjà content d'avoir compris suffisamment d'informations pour pouvoir écrire sur quelque chose. Il y avait des réunions en soirée à couvrir, mais le temps passait plus agréablement qu'à la marina, mon patron n'était pas un trou du cul, et je me faisais quelques dollars de plus. C'était tout ce que j'en pensais. C'était un petit job d'été. Ma mère me demandait comment ça allait, et je répondais : « Très bien. » Elle aurait voulu entendre que j'avais trouvé quelque chose à faire de ma vie. Je ne pouvais pas lui dire ça. Dans mon esprit, il y avait cet été-là, et il y avait mon avenir, et l'un avait très peu à voir avec l'autre. Jusqu'à ce que je tombe sur mon premier gros scoop.

Il s'appelait James Baumgarten, mais ses équipiers de softball l'appelaient Bubba. Il avait des biceps comme des pastèques et une grosse tête couleur tomate. Il pouvait expédier une balle plus loin que qui que ce soit à Starvation Lake. Je ne sais plus comment, mais Bubba se pointa à l'arrière du break de Soupy un soir, après la victoire écrasante de son équipe sur la nôtre, également appelée les Chowder Heads, sponsorisée par la marina de Soupy.

Bubba et moi, nous avions commencé à discuter, attablés devant des bières et des saucisses. Son équipe, les Screwballs, était sponsorisée par une manufacture locale d'outillage, Perfect-O-Screw Inc. Chaque été, semblait-il, les Screwballs recrutaient un ou deux joueurs extérieurs bâtis comme Bubba. On ne les voyait jamais en ville, sauf les mercredis soir, quand ils frappaient coup gagnant après coup gagnant au-dessus du grillage de 90 mètres de Thinnes Park. Bubba était le tout nouveau batteur des Screwballs. J'étais un peu surpris d'entendre qu'il vivait à Boyne City, à plus d'une heure de route d'ici. Je lui demandai pourquoi il venait si loin juste pour jouer au softball – après tout, il y avait des équipes à Boyne City –, et il se mit à ricaner comme un gamin. Cela prit quelques bières, mais Bubba finit par me confier que Perfect-O-Screw le payait pour jouer. « Sans déconner ? » dis-je. Je ne pense pas qu'il savait que j'étais reporter, et je ne me sentais pas vraiment obligé de le lui dire. Quelques bières de plus et il se vantait que Perfect-O-Screw lui remboursait même son kilométrage.

La compagnie donnait à Bubba quatre-vingt-neuf jours de paye, au minimum syndical, et en échange il frappait de longues balles gagnantes et avait accepté d'être inscrit sur la liste du personnel à plein temps de Perfect-O-Screw. Il n'avait jamais mis les pieds dans l'usine, sauf pour prendre sa tenue.

« Ne raconte rien de tout ça à personne, dit-il, je pourrais perdre mon boulot.

– Ton boulot. Tu veux dire sur la gauche du terrain ? » répondis-je.

Et on hurla de rire tous les deux.

J'aurais sans doute oublié cette histoire, si Perfect-O-Screw Inc. n'avait pas été justement en train de persuader le conseil municipal d'étendre un report d'impôts locaux dont la manufacture profitait pour ses terrains et son usine. Deux nuits avant ma petite discussion avec Bubba, Cecil Vidigan, propriétaire de Perfect-O-Screw qui jouait aussi pour les Screwballs, était arrivé à une réunion du conseil municipal vêtu de son blouson de softball noir et or. Il avait rappelé au conseil que le report d'impôts initial accordé à sa compagnie avait permis l'embauche de six ouvriers, ce qui était beaucoup pour Starvation Lake. Il disait qu'une prolongation de ce report lui permettrait d'économiser assez pour embaucher quatre employés de plus.

« Vous voyez, disait-il, sa fine grimace renfrognée se changeant en sourire, c'est du gagnant-gagnant pour la compagnie et pour la communauté. »

Sans parler des Screwballs.

Le jour suivant l'aveu de Bubba, je me rendis au palais de justice de Pine County pour jeter un œil sur les dossiers des taxes foncières de l'entreprise. Dans le bureau du greffe, huit rangées de grands classeurs se dressaient derrière un panneau de vitres dépolies installé sur un long comptoir de chêne. L'endroit était vide, si on exceptait la greffière adjointe Verna Clark.

C'était une femme d'une cinquantaine d'années, mince comme un crayon, qui portait une robe gris cendré sur laquelle était épinglé un badge mentionnant : greffière adjointe Clark. Henry m'avait prévenu à son sujet. Des années auparavant, un commissaire du comté avait fait tout un foin à propos de Verna et sa famille, parce qu'ils vivaient à plusieurs kilomètres en dehors de Pine County. Ce commissaire, qui voulait remplacer Verna par sa belle-fille, monta contre elle les employés du comté qui habitaient réellement Pine County. Il laissa tomber l'affaire quand sa belle-fille obtint un travail à la commission sanitaire du comté. Mais Verna, soucieuse de la manière dont le pouvoir potentiel pourrait lui ôter brusquement son gagne-pain, était devenue extrêmement pointilleuse sur les règlements et les procédures. En d'autres mots, une emmerdeuse. Henry m'avait raconté qu'il s'était rendu un jour au palais de justice pour réclamer une carte du comté et que Verna lui avait dit qu'il fallait d'abord qu'il remplisse une requête.

« Puis-je vous aider ? » me demanda-t-elle.

Je lui expliquai ce dont j'avais besoin. Sans un mot, elle sortit un formulaire à remplir pour requête de document public.

« Il faut vraiment que j'en passe par là ?

– C'est la politique du comté, dit Verna.

– Ça prendra combien de temps ?

– La plupart des gens sont capables de le remplir en deux ou trois minutes.

– Non, dis-je en grommelant, agacé. Combien de temps pour obtenir ces dossiers ?

– Les statuts requièrent que nous répondions en moins de dix jours ouvrables.

– Donc, je les aurai dans dix jours ?

– Si l'avoué du comté doit déterminer si ces documents peuvent être examinés, monsieur, nous aurons alors besoin d'un délai raisonnable pour produire ces pièces.

– Et combien de temps *cela* prendra ?

– J'ai bien peur que cela ne soit pas spécifié dans les statuts.

– Vous ne pourriez pas faire une estimation, au moins ? »

Le « au moins » fut une grosse erreur. Ses lèvres se pincèrent encore plus. C'était peut-être une salope patentée, mais cela n'aidait en rien que je sois jeune et stupide.

« Les estimations ne font pas partie de mon travail, mais si je devais hasarder une estimation, je dirais, en admettant que l'avoué du comté approuve, que vous pourriez avoir les pièces aux alentours du 1er septembre.

– Mais c'est dans trois semaines ! »

Elle prit les lunettes de lecture qui se balançaient au bout d'un cordon de nylon passé autour de son cou et se pencha sur un calendrier des magasins de cadeaux Chet's Sunoco scotché sur le comptoir.

« Deux semaines et quatre jours », dit-elle.

Je devais rentrer en fac une semaine avant cette date.

« Écoutez miss Clark, je...

– Mrs. Clark, me corrigea-t-elle.

– Mrs. Clark, je suis désolé, je n'ai besoin que de quelques noms et quelques chiffres. Cela ne me prendra pas plus d'une heure. Est-ce que je ne peux pas faire ça aujourd'hui, tout simplement ? »

Elle tapota le formulaire du bout de l'index.

« Vous devez remplir ceci. »

Je jetai un regard malheureux autour de moi, espérant voir apparaître quelqu'un qui pourrait m'aider. Mais il n'y avait que Verna.

« Ce n'est pas juste, dis-je. Ce sont des registres publics. Le public a le droit de les voir. »

Verna me jeta un sourire crispé.

« Eh bien, alors, monsieur, je suggère que le public remplisse le formulaire requis. »

Après avoir rempli le formulaire, je ressortis dans le hall. Les toilettes pour hommes étaient fermées pour réparation. Un plombier qui y bossait me dit que je pouvais utiliser les toilettes pour les employés, au bout du couloir.

Devant l'urinoir, je fulminais. Je me demandais si Verna connaissait Vidigan, ou avait des amis ou de la famille qui travaillait chez Perfect-O-Screw. Satanée Starvation Lake, me disais-je. Peut-être y avait-il un papier à faire, et peut-être pas, mais je ne pouvais pas laisser cette bureaucrate merdique m'empêcher de le découvrir. Il fallait que je voie ces registres.

Je me lavai les mains et restai un moment devant le lavabo, essayant de trouver une solution. Dans le miroir, je remarquai une porte derrière moi. Une idée me traversa l'esprit, si absurde que cela me fit rire. Mais je demeurai là à y réfléchir, et au bout d'un moment, cela ne me sembla pas si dingue.

Cette issue ouvrait sur un couloir à peine éclairé, qui passait devant un placard réservé à l'homme de ménage, et menait à une autre porte munie, elle, d'une vitre dépolie. Je m'approchai aussi silencieusement que je pouvais et posai la main sur la poignée ronde. Je la tournai et entrouvris très légèrement le battant. Par cette ouverture de 3 centimètres, je voyais, à travers des rangées d'étagères, le comptoir où Verna officiait, me tournant le dos. Je refermai doucement la porte.

L'intérieur du placard de l'homme de ménage sentait la serpillière humide et le détergent Comet. Je trouvai une Thermos, que je remplis d'eau fraîche au robinet des toilettes, et un sachet entamé de bretzels un peu moisis. Je verrouillai la porte de l'intérieur et m'assis sur un stock de papier toilette. J'avais écrit un article, cet été-là, sur les coupes dans le budget du comté. L'une d'elles avait pour conséquence que les hommes de ménage ne travailleraient plus les mardis et les mercredis. Et nous étions mercredi.

J'attendis qu'il soit 9 heures passées avant de me faufiler dans le bureau du greffe. Je mis un certain temps à trouver les registres, mais une fois que j'eus dégoté le bon tiroir, je travaillai vite, jetant noms et chiffres dans mon bloc-notes à la lumière de la lune dont les rayons passaient à travers les interstices des volets. Je voulais me tailler du palais de justice dès que j'aurais fini, mais je craignais que quelqu'un ne me voie. Je remplis de nouveau la Thermos, nettoyai une grosse éponge pour m'en faire un oreiller, et me préparai à passer la nuit dans le placard. Je m'imaginais que je pourrais me faufiler dehors dès que le bâtiment ouvrirait le lendemain matin.

Le sol était dur et collant, mais le sommeil finit par venir. Je rêvais que j'étais en train de dormir au bord d'une falaise. J'entendais de l'eau rugir dans un canyon en contrebas, et d'invisibles oiseaux faits de métal cliquetaient autour de moi dans l'obscurité. Puis je sentis soudain le bord de la falaise glisser sous moi, j'eus l'impression de tomber dans le vide. M'agitant dans mon sommeil, je fus réveillé en sursaut par le vacarme provoqué par un seau en fer-blanc que j'avais renversé d'un coup de pied. « Merde », murmurai-je. Je restai immobile, allongé, écoutant mon cœur qui battait à tout rompre. Au début, il n'y eut rien. Puis j'entendis une poignée de porte qui tournait – la porte des toilettes – et un pas, puis un autre pas, tandis qu'un rai d'une lumière éclatante passait sous la porte de ma cachette. Le budget du comté incluait-il l'intervention de vigiles ? Je n'arrivais pas à m'en souvenir. Je m'assis le plus doucement que je pouvais et m'assurai que j'avais bien verrouillé la porte.

La lumière passa deux fois, avant de s'arrêter finalement derrière la porte. J'entendis qu'on insérait une clé dans la serrure. Je regardai désespérément autour de moi à la recherche d'un trou quelconque où j'aurais pu disparaître. Mais évidemment, il n'y en avait aucun. Je me mis sur un genou, pensant que je pourrais bondir pour passer à côté de celui qui allait se trouver face à moi. Puis la porte s'ouvrit en grinçant, la lampe torche m'aveugla et je m'immobilisai.

« Gus ? »

La voix était familière. Et le rire qui suivit aussi.

« Mais qu'est-ce que tu fous là ? » dit Darlene.

Elle portait un uniforme de flic bleu foncé avec un écusson brodé d'or en forme de badge de flic sur le sein gauche. « Vigilant Security », ça disait. Ses cheveux étaient ramenés sous un chapeau de flic avec un écusson identique brodé dessus.

« Darlene, dis-je, qu'est-ce que tu fais ici ?

– Ce que je fais ici ? Je travaille. Et toi, qu'est-ce que tu fiches ici ? Ta mère t'a viré ? Ou alors tu aimes dormir avec les cafards ?

– C'est une longue histoire. Je suis venu ici cet après-midi pour consulter certains dossiers. Cette saleté de greffière n'a pas voulu.

– Et alors tu es entré dans le palais de justice du comté par effraction.

– Non, j'étais déjà dedans.

– Tu crois sincèrement que le shérif verra la chose de cette façon ?

– Allez, Darl », dis-jc.

Je commençais à m'inquiéter de ce qu'elle puisse réellement m'emmener au poste.

« Je n'ai jamais rien dit à ta mère à propos de Jitters. »

Nous avions 9 ans. Darlene et moi aimions bien dévaler à vélo la gadoue de Jitters Trail, la piste qui menait à Jitters Creek, et nous catapulter par-dessus la berge jusque dans l'eau du lac. Évidemment, nos parents nous l'interdisaient. Un après-midi, alors que nous « vélo-skions », comme on appelait ça, Darlene perdit le contrôle et se flanqua dans un petit peuplier le long du sentier. Son vélo continua à rouler pour finir dans la crique et commença à s'éloigner en flottant à moitié. Je le poursuivis le long de la berge, jusqu'à ce qu'il se coince dans un arbre mort, et je réussis à le dégager pour le ramener. Je retrouvai Darlene assise au bord de l'eau, en larmes. Une grosse coupure à sa joue saignait et elle avait déchiré son maillot de bain une pièce tout neuf couleur lavande. Du haut de mes 9 ans, j'avais envie de me moquer d'elle, mais j'y réfléchis à deux fois et, à la place, je l'informai solennellement que la roue avant de son vélo était salement tordue et aurait besoin d'une réparation. Plus tard, on affirma à sa mère que Darlene était rentrée dans une table de pique-nique près de l'accès autorisé au public. Darlene détestait mentir, et c'est moi qui racontai presque tout, pendant qu'elle se tenait près de moi en sanglotant. Sa mère avala le baratin. Ou du moins, on le pensa.

« Alors, Gus, qu'est-ce que je suis censée faire ?

– Voyons... Oublier que tu m'as trouvé ici ?

– Mmh... Je ne sais pas... »

Je ne l'avais jamais vue en uniforme. Depuis le collège, elle avait toujours voulu être flic, mais je me rendais compte, à genoux, là, dans ce placard à balais, que je ne l'avais jamais prise au sérieux. Ça semblait lui aller. Ce qui me réjouissait, malgré ma situation difficile. Elle avait l'air d'avoir trouvé ce qu'elle voulait faire dans la vie. Je souris.

« Tu vas vraiment m'arrêter ? »

Et la voilà qui souriait aussi.

« Je pourrais. »

Elle s'adossa à la porte jusqu'à ce qu'elle se referme.

« Qu'est-ce que tu fais ?

– Je ne sais pas. Je procède à l'arrestation d'un citoyen ? »

Pendant un moment, on ne dit plus rien. On se regardait, simplement, moi à genoux, Darlene dans son uniforme, la lampe torche jouant sur ma poitrine. Mon cœur battait maintenant, mais à cause d'autre chose que de la peur. Darlene et moi étions sortis plusieurs fois ensemble, et nous avions pas mal flirté, mais l'un de nous deux avait toujours arrêté les choses avant qu'elles n'aillent trop loin. Je pense que nous savions aussi que nous nous aimions beaucoup, que je n'allais pas rester à Starvation Lake, et nous étions conscients que ces deux choses ne pouvaient mener qu'à la douleur. Mais là, dans le murmure silencieux du palais de justice de Pine County, avec toute la ville endormie autour de nous et mon stupide petit secret, je pense que cela nous fut plus facile ne nous dire : « Au diable tout ça, cet endroit est à nous, pour l'instant. »

Je m'assis sur le sol. Elle ôta son chapeau et me le lança. Je l'attrapai puis le posai à côté du seau que j'avais mis à l'envers. Darlene ferma la porte à clé et éteignit sa lampe torche.

Je tenais mon papier. Bubba Baumgarten n'était pas le seul « cogneur » à percevoir un salaire chez Perfect-O-Screw. J'appelai quelques-uns des types dont j'avais trouvé les noms dans les registres du greffe. Il s'avéra qu'il y avait six employés de Perfect-O-Screw qui n'avaient rien fait de plus pour l'entreprise qu'attraper des balles et donner des coups de batte. Henry était tellement content qu'il ne me demanda jamais pourquoi je n'étais arrivé qu'à midi.

« Bon Dieu, dit-il, c'est un coup double ! Tu les as épinglés en train de baiser la ville *et* la ligue de softball. »

Plutôt un coup triple, songeai-je.

Henry voulait publier l'article le jour où le conseil municipal avait prévu de finaliser le nouveau report d'impôts locaux de Perfect-O-Screw. La veille de la réunion, mon téléphone sonna juste après 9 heures du matin.

« Gus Carpenter, dis-je.

– Mais t'es quoi, putain ? » dit une voix.

Je l'avais entendue sur le terrain de softball. Je cherchai Henry des yeux. Il était parti acheter des *doughnuts*.

« Mr. Vidigan ? dis-je.

– Mais qu'est-ce que je t'ai fait, putain de bordel ? Je t'ai jamais frappé que je sache ! Me ruiner va te rajouter une plume sur ton putain de chapeau ? Tu vas pouvoir aller voir tes patrons et dire : "Arrêtez les putains de rotatives, je vais détruire Cecil Vidigan" ?

– En fait, Mr. Vidigan...

– Je te signale que si tu publies un mot de tout ça, je débarque et je t'éclate ton putain de crâne ! »

Puis il raccrocha. Mes mains tremblaient. Et si je m'étais complètement gouré ? J'aurais tellement voulu qu'Henry soit là.

Le téléphone sonna de nouveau.

« Gus ?

– Oui, Mr. Vidigan. Monsieur, j'avais pleinement...

– Non, non, Gus, s'il te plaît. »

Il prit une grande inspiration.

« Je suis désolé. Je n'aurais pas dû dire toute cette mer... tous ces trucs. Tu ne fais que ton travail. Comme tu peux l'imaginer, Gus, cette compagnie, je l'ai construite à partir de rien. J'ai sué sang et eau, Gus. J'en ai pleuré, mon ami, des vraies larmes. Et je crois que j'ai largement contribué à aider cette communauté.

– Je comprends, dis-je. Vous croyez que vous pourriez me dire...

– Écoute, dit-il, pourquoi tu ne viendrais pas faire un tour au magasin demain matin ? Je te raconterai tout, comment cette petite boîte sinistre – j'en suis diablement fier –, comment elle fait une grosse différence dans le coin. Qu'est-ce que t'en dis ? »

Mes mains n'avaient pas encore cessé de trembler.

« Eh bien, dis-je, en fait, il faudrait que je fasse ça maintenant.

– Maintenant ? Tu veux dire aujourd'hui ?

– Ouais. »

Il s'éclaircit la gorge, un petit peu trop fort.

« Écoute, Gus, aujourd'hui, c'est tout simplement impossible. J'ai un gros chargement à faire partir...

– On peut faire ça par téléphone. Le truc sur lequel je travaille, c'est cet abattement d'impôts...

– Non, je ne peux pas aujourd'hui. Demain. »

Maintenant que j'entendais sa colère se changer en un calme feint, puis en rage du désespoir, ma peur initiale de Vidigan commençait à s'estomper. Pendant une seconde ou deux, je m'étais inquiété. Il avait peut-être une explication parfaitement raisonnable pour avoir engagé des joueurs de softball. Mon enquête ne méritait peut-être pas un papier, après tout. Peut-être avais-je perdu mon temps à braver la loi avec Darlene au tribunal ? Mais là, j'en étais certain, même sans entendre ce qu'il avait à dire : je tenais un vrai papier.

« Mr. Vidigan, dis-je, nous avons prévu de passer cet article dans le journal de demain. Si vous avez des commentaires à faire, c'est le moment. »

Il y eut une autre longue pause avant qu'il dise :

« OK. J'ai pigé. Tu veux me baiser au conseil municipal.

– Je ne veux que relater...

– Ne me balance pas ce genre de merde ! Tu veux prendre du galon, c'est tout.

– Mr. Vidigan, à partir de maintenant, tout ce que vous direz ne sera plus *off*...

– Oh, oh, oh, fit-il, un peu comme s'il s'étranglait, mets ceci dans ton canard de merde : je vais t'exploser ta putain de...

– Si, avant midi, je n'ai pas de nouvelles de vous ou de vos avocats, le coupai-je, j'en déduirai que vous ne vouliez pas faire de commentaire. Merci. »

Et je raccrochai.

Henry reprit l'article avec moi, ligne par ligne, me demandant ce que je savais, comment je le savais, si j'avais vérifié, et revérifié trois fois tous les faits. Quand on eut fini, il me gratifia d'un grand sourire et dit : « Ce putain de titre devrait être : "Un lycéen fout le feu à sa ville natale." » En fait, le gros titre, barrant tout le haut de la une, disait : « La municipalité débat sur l'abattement de Perfect-O-Screw. »

Ce même soir, la municipalité rejeta la demande d'un nouveau report d'impôts locaux, annula l'abattement originel, et autorisa l'avocat de la ville à attaquer Perfect-O-Screw en justice, réclamant le remboursement de 83 174,98 dollars de taxes locales impayées. Cecil Vidigan n'assista pas au conseil, mais 87 administrés le firent, une sacrée affluence pour un conseil au mois d'août. Je les comptai tous. Pendant plusieurs heures, les gens parlèrent de quelque chose que j'avais fait qui n'avait rien à voir avec le fameux titre de championnat de hockey.

Après la réunion, je retournai au *Pilot*. Le bouclage était terminé depuis longtemps, la salle de rédaction était vide, et je n'avais pas à écrire l'article sur la réunion avant le lendemain matin. Mais je n'avais pas envie de rentrer à la maison. Pas encore. Sur mon bureau, je trouvai un exemplaire du journal du jour, avec une note écrite en travers avec un gros marqueur indélébile noir. « Voilà comment tu sais que tu as eu un satané scoop, avait écrit Henry : le maire a appelé pour se plaindre de ne pas avoir été cité. » J'emportai le journal dans le bureau d'Henry et pris une Budweiser dans son minifrigo. Je m'installai dans son fauteuil, posai mes pieds sur sa table de travail et relus mon article à peu près vingt fois. Je n'arrêtais pas de me dire que c'était exactement ce que mes professeurs m'avaient enseigné : réconforter les affligés, affliger les profiteurs. J'avais révélé une tricherie et sauvé l'argent municipal. C'est ça que faisaient les vrais journalistes.

Mais il y avait autre chose, aussi, qui me faisait lire et relire mon article au beau milieu de la nuit. J'étais un petit étudiant maigrichon qui s'était bagarré avec un capitaine d'industrie, ou du moins ce qui passait pour tel à Starvation Lake, un homme avec de gros moyens, de la stature et une rage crue et déterminée. Et je l'avais battu.

Deux ans plus tard, après avoir obtenu mon diplôme, mes articles sur Perfect-O-Screw devaient suffisamment impressionner une rédactrice en chef du *Detroit Times* pour qu'elle m'engage comme reporter dans la rubrique éco. À cette époque, Perfect-O-Screw avait fait faillite, et on disait que Cecil Vidigan gérait un terrain d'entraînement de golf quelque part dans la péninsule septentrionale.

Mais la nuit où j'avais changé sa vie, j'étais assis avec les pieds sur la table et une bière à la main, et j'avais décidé que si quelque chose pouvait me faire me sentir aussi bien, même juste pour une nuit, et que cela ne faisait de mal à personne, sauf à celui qui le méritait, alors peut-être était-ce quelque chose que je pouvais faire, une chose où j'étais peut-être bon, une chose qui pourrait peut-être rendre quelqu'un fier de moi.

14

Le lendemain du soir où Dingus m'avait surpris dans mon appartement, je dormis jusqu'à 11 heures. Le repas chez ma mère ne commençait qu'à 12 h 30. Après m'être douché et habillé, je descendis donc dans les locaux du *Pilot* pour remettre quelques petites choses en ordre.

La salle de rédaction était vide. J'attendais Joanie, mais je n'allumai pas les plafonniers. Je ne supportais pas le grésillement de ces néons quand j'étais seul. J'allumai ma lampe de bureau et je commençai à nettoyer le fouillis qui régnait, remplissant presque deux poubelles de brouillons, journaux, et gobelets en plastique. J'ouvris le courrier du samedi : les menus des déjeuners de l'école maternelle. Un communiqué de presse sur les promotions d'une compagnie d'assurances locale. Une annonce d'une page émanant du Lions Club de Starvation Lake suite à la nomination d'Emil J. « Bud » Popke comme homme de l'année. Le Lions Club n'avait pas joint une photo de Popke. Je ne savais pas si nous en avions une, et Tillie n'aimait pas qu'on farfouille dans les classeurs photo, donc je lui écrivis une note pour qu'elle s'occupe de ça.

Tout en travaillant, je réfléchissais : Qu'est-ce que Teddy Boynton avait vraiment derrière la tête chez Enright's ? Qu'y avait-il d'écrit sur la serviette en papier qu'il avait sortie de sa poche ? Pourquoi Dingus était-il à la fois si inquiet et si évasif ? Et, en plus de tout ça, je craignais vraiment le coup de fil que je devais passer à mon avocat à Detroit. Mes ennuis là-bas étaient loin d'être terminés.

Je posai près de mon ordinateur les copies du rapport de police et du reçu de 25 000 dollars que Dingus m'avait données. J'appelai ma mère. Son répondeur se déclencha et je collai fermement le récepteur contre mon oreille. Ma mère parlait si rapidement qu'il était souvent difficile de comprendre ses messages enregistrés. Mais il fallait vraiment les écouter, car elle les mettait constamment à jour selon tout ce qui pouvait modifier son emploi du temps : parties de bingo, réunions tricot et crochet, parties d'euchre, repas livrés à domicile aux personnes âgées. Parfois, elle appelait même son propre numéro pour savoir où elle était censée se rendre. Réellement. Ce matin, elle mitraillait quelque chose sur la messe, le déjeuner et une rencontre avec quelqu'un qui s'appelait soit Felicia, soit Theresa, à ce qui semblait être le centre communal. « M'man, dis-je après le bip, je vais m'arrêter en chemin pour faire démarrer la Bonnie. »

Pour le journal de lundi, j'avais rassemblé la plupart des papiers et déjà écrit les titres vendredi et samedi. Il ne manquait que les deux articles de Joanie sur Blackburn, qu'elle devait encore livrer. Ce qui me rappela qu'elle avait aussi été chez Enright's. J'imaginais qu'elle devait vouloir regarder les photos de Blackburn et des Rats, et causer un peu avec Francis. Mais si elle cherchait vraiment des gens qui connaissaient bien Coach, pourquoi n'avait-elle pas traîné jusqu'à la fin du match quand tous les patineurs étaient revenus chez Enright's ?

Juste avant midi, je pris ma veste et je remontai chez moi écouter mon répondeur. L'un des cinq messages était d'Arthur Fleming, l'avocat de Boynton, laissé à 8 h 07 le matin même. « Mr. Carpenter, disait-il, pourriez-vous me rappeler, s'il vous plaît, le plus tôt possible pour que nous puissions rediscuter de la situation concernant l'article dont nous avons parlé. » Je redescendis dans mon bureau pour chercher le document que Fleming et Boynton m'avaient donné, mais je ne le vis pas là où j'étais certain de l'avoir posé. Je fouillai dans les piles de papier à côté de mon ordinateur, mais ne le trouvai toujours pas. Je regardai sous le bureau et même dans les poubelles. Toujours rien. Je décidai de chercher plus tard.

À 800 mètres de chez ma mère, je tournai le volant de mon pick-up à gauche, quittant Beach Road pour m'engager dans Horvath Road. Mon père avait acheté un terrain sur les collines surplombant l'extrémité sud-ouest du lac, pas bien loin de notre maison. Au sommet d'une petite élévation émergeant d'un bosquet de pins, il avait construit un garage. Là, avait-il dit à ma mère, il serait tranquille pour pratiquer son hobby : réparer des moteurs de voiturettes, de tondeuses et autres gadgets. Mais en fait, il passait le plus clair de son temps à contempler le lac sur une plate-forme qu'il avait construite au-dessus du garage. Les soirs d'été, il s'y asseyait dans un rocking-chair, avec une bière et un cigare, observant le coucher de soleil pour contredire les prévisions du type de la météo.

Il l'appelait « sa maison dans l'arbre ». C'était une simple plate-forme de planches entourée d'une rambarde de tasseaux. Dans les chevrons qui la soutenaient, mon père avait construit un placard avec une porte, où il entreposait ses cigares, un transistor, un frigo miniature, et quelques magazines avec des filles nues. Ce placard était toujours cadenassé et il me disait que c'était parce que j'étais trop jeune pour lire ces magazines. Parfois, il me laissait monter avec lui là-haut, et on écoutait les matchs des Tigers à la radio. J'avais encore dans la bouche le goût des chips salées, de la sauce aux oignons dans laquelle on les trempait, et du soda orange qui faisait descendre le tout. De temps en temps, papa plaisantait avec maman, lui affirmant qu'il allait installer un billard et un comptoir, et demander une licence pour servir de l'alcool. Maman répondait invariablement : « Je suis désolée, mais je ne crois pas que tu obtiendrais la licence si les filles ne sont pas admises. » Et papa me faisait un clin d'œil en disant : « Ça vaut pas le coup de s'embêter alors. »

En fait, le garage abritait la dernière voiture qu'il acheta avant de mourir. Papa avait travaillé dans le bâtiment, et donc il roulait en pick-up. Mais il parlait toujours de posséder un jour une Cadillac, ne serait-ce que pour faire des balades le dimanche jusqu'au lac Michigan. Il avait mis un peu d'argent de côté chaque semaine pendant des années. Pendant un temps, il avait pris un second boulot les soirs de week-end. Je ne comprenais pas grand-chose aux parents, mais je savais que maman n'aimait pas qu'il travaille le samedi soir, et moi non plus, parce que c'était le soir où nous allions manger une glace, et maman n'avait jamais l'air vraiment joyeuse sans papa avec elle.

Il était encore loin de pouvoir se payer une Cadillac quand son médecin lui avait annoncé qu'il avait peut-être un cancer. Quand des examens ultérieurs avaient confirmé la chose, il était sorti du cabinet médical et avait roulé tout droit jusqu'à un concessionnaire auto à Grayling. Il avait acheté, d'occasion, une Pontiac Bonneville 1969, dorée avec un toit en vinyle crème, des vitres et des sièges électriques, l'air conditionné, et un coffre de la taille d'une piscine. Quand il l'avait ramenée à la maison, maman l'avait regardée et son visage s'était serré comme si elle allait pleurer. « Oh,

Rudy. » Ce fut tout ce qu'elle dit. De ma chambre, cette nuit-là, je les entendis discuter dans la cuisine en chuchotant. Je n'arrivais pas à tout saisir, mais il semblait que ma mère voulait comprendre pourquoi, après tous ces espoirs et ces économies, papa n'avait en fin de compte pas acheté la Cadillac. Mon père ne cessait de répéter quelque chose à propos d'un « investissement ». Je ne savais pas ce que c'était.

Quand j'avais été assez âgé pour conduire, maman ne me laissait jamais prendre la Bonneville, vite surnommée Bonnie, parce qu'elle disait que ça lui rappelait trop papa. Mais elle ne pouvait se résoudre à s'en débarrasser. Nous l'avions remisée dans le garage sous la maison dans l'arbre. Tous les six mois à peu près, j'y allais, je démarrais le moteur et je le laissais tourner un moment. Et une fois par an, je changeais l'huile et les bougies, et je mettais à jour les plaques d'immatriculation. Même quand j'habitais à Detroit, je mettais un point d'honneur à revenir juste pour soigner la Bonnie. Si j'oubliais ou que je laissais traîner les choses, maman me tombait dessus, même si elle n'allait jamais là-haut elle-même. Parfois, les soirs d'été, je grimpais à l'échelle menant à la plate-forme, et je restais là un moment, accoudé à la rambarde.

Il y a des années de ça, papa avait dégagé un chemin menant droit au garage sous une arche de pins. Je garai donc mon pick-up sur Horvath et je me frayai un passage à pied sur le chemin de terre enneigé jusqu'au garage. Des stalactites de la taille de battes de baseball pendaient des avant-toits. Je déverrouillai la porte latérale et j'entrai. Il y avait une vague odeur d'huile. Un souffle glacé me saisit le visage quand je remontai la grande porte du garage.

La Bonnie démarra au premier coup de clé. La radio ne captait pas très bien, mais j'arrivai à distinguer la voix d'un nouveau présentateur de WJR, la station de

Detroit qui couvrait les matchs des Tigers et des Red Wings. J'éteignis et mis une cassette huit pistes dans le lecteur que papa avait installé sous le tableau de bord. Même si je n'avais jamais conduit la Bonnie, quand j'étais ado, j'aimais bien m'asseoir dedans tout seul pour écouter la musique de mon père. Il adorait le rock'n'roll. Son chanteur préféré, c'était Bob Seger. Papa et son jeune cousin Eddie avaient vu Seger et son groupe dans un club d'Ann Arbor en 1968, deux jours avant qu'Eddie ne parte pour un camp d'entraînement de l'armée. Pendant des semaines, papa n'avait parlé que du concert de Bob Seger. Puis arriva la nouvelle qu'un missile sol-air avait frappé l'hélico d'Eddie en plein ciel au-dessus d'une jungle truffée de Viêt-congs. Après ça, papa ne parla plus du concert. Il prit ce second boulot. Il découvrit qu'il avait le cancer. Et pendant tout ce temps, il passait Bob Seger sur le tourne-disque à la maison, encore et encore, le même disque, la même chanson.

J'appuyai sur le bouton lecture et j'écoutai les paroles de la chanson : *"I just want a simple answer/why it is I've got to die/I'm a simple minded guy/two plus two is on my mind*[1]*."*

La basse vibrait, la guitare gémissait, Bob Seger criait. Je montai le son et fermai les yeux, me remémorant un dimanche après-midi d'été avant la mort d'Eddie, avant le cancer, avant que papa ne se taise pour toujours. Ce jour-là, il travaillait sur notre ponton. Je jouais à la guerre avec Soupy et d'autres gamins. J'avais fait le tour de la maison, avec un casque en plastique sur la tête et un petit fusil pour mômes. Papa m'attendait près du bouleau. De la sueur collait son tee-shirt à ses

1. Je ne veux qu'une réponse simple à ce pour quoi je dois mourir/ je suis un type plutôt simple/dans mon esprit, deux et deux font quatre. *(N.d.T.)*

clavicules. « Hé, Gus, dit-il, tu veux qu'on joue quelques balles ? » Je m'arrêtai une seconde pour lui dire : « Pas maintenant. » Passant devant lui en courant, j'eus juste le temps de comprendre, en voyant l'expression de son visage, que j'aurais dû dire oui. Mais j'avais continué à courir. Chaque fois que j'y repensais, j'aurais tellement voulu revenir en arrière et lui dire oui. Et chaque fois que je rendais visite à la Bonnie, j'y repensais.

La chanson s'acheva. Je rouvris les yeux. *"Two plus two is on my mind"*, dis-je à haute voix et j'eus une sorte de petit rire triste. Le vent avait couvert de neige le capot de la Bonnie. Je coupai le contact, enlevai la neige de la voiture avec ma manche et fermai le garage.

En arrivant dans l'allée de maman, je l'aperçus en train de cuisiner dans la petite maison jaune que papa et elle avaient bâtie quand Starvation n'était pas encore une station estivale, et qu'un maçon et sa femme pouvaient s'offrir un terrain avec 40 mètres de bord de lac. Elle était en train de préparer une sauce quand j'entrai. Je passai mon bras autour d'elle et lui fis un petit baiser sur la joue. Son parfum se mélangeait à celui du rôti en cocotte mijotant dans les oignons. « Ça sent bon », dis-je.

Elle me piqua les côtes avec le manche de sa cuiller en bois.

« Tu pourrais être assez gentil pour aller me chercher une saucière ? Dans le vaisselier, étagère du bas, coin gauche, au fond. »

Elle parlait trop vite.

« Une quoi ?

– Une saucière, chéri. Une saucière. »

Dans le living, je regardai à travers la grande baie vitrée coulissante donnant sur le lac immobile et blanc. J'avais toujours pensé que le lac avait l'air plus grand et plus dangereux en hiver. Le vaisselier se dressait contre un mur couvert de photos de maman, papa et moi, et de broderies encadrées que maman avait faites, dont celle d'un goal de hockey prêt à intercepter un palet. Je rapportai la saucière dans la cuisine. Maman fredonnait faux tout en cuisinant. Elle était contente de m'avoir à nouveau en ville, malgré les circonstances désagréables de mon retour. Elle ne m'avait pas posé beaucoup de questions là-dessus. Mais en fait, depuis le début, elle avait été opposée à mon départ pour Detroit.

« Tu as eu une semaine chargée, dit-elle en sortant une louche de sauce de la poêle pour la mettre dans la saucière. Mais, Gussy, comment est-ce que tu as pu parler de cette femme dans ton journal ? Viens, allons nous asseoir. »

Elle posa la saucière sur la table de la cuisine près du plat rempli de bœuf, pommes de terre et carottes. Elle s'installa, comme toujours, au bout de la table pour être près de la cuisine, et moi à sa droite. En face de moi, comme toujours, un couvert était mis pour mon père.

« Quelle femme ? dis-je.

– Oh, tu sais cette – c'est quoi son nom déjà –, cette infirmière. Gloria. Gloria Lowinski. »

C'était l'infirmière dans le papier de Tillie sur Monica. Donc, quelqu'un avait lu l'article. Je piquai un morceau de rôti avec ma fourchette.

« C'est quoi, le problème avec elle ?

– Mon chéri, dit ma mère comme si c'était évident, Gloria Lowinski est la plus grosse commère de la ville. Elle raconte tout sur les patients du cabinet du docteur Johnson, bon sang. Et elle n'a pas besoin qu'on l'y encourage.

– Qui est le docteur Johnson ? »

Ma mère souleva un sourcil à mon intention, tout en versant de la compote de pommes dans nos assiettes.

« Un gynécologue, chéri. Gloria était son infirmière attitrée. J'étais une de ses patientes jusqu'à ce que, eh bien, tu n'as pas à le savoir, mais je me contenterai de dire que Gloria a une grande bouche et que finalement j'ai dû changer de médecin pour aller chez le docteur Schmidt à Kalkaska.

– Mince. »

On continua à manger en silence pendant quelques minutes. J'avais envie de me remplir la panse jusqu'à éclater, puis d'aller faire une sieste dans le living. Je ne pouvais pas, bien évidemment. J'avais un journal à boucler. Tout en mangeant, je regardais le couvert mis pour mon père. Après sa mort, coach Blackburn s'était assis là pour les repas du dimanche. Jusqu'à ce qu'il cesse de venir.

« Dis donc, dis-je, qu'est-ce que tu penses de cette histoire de motoneige ? »

Soit elle ne m'avait pas entendu, soit elle ignorait ma question.

« Tu joues toujours ta saison, mon chéri ?

– Elle est presque terminée.

– Tu as l'air content. Quand je pense qu'avant il fallait que je te traîne pour te faire quitter la glace. Tu te souviens de tes engelures aux orteils ? Si tu n'aimes plus jouer, pourquoi est-ce que tu continues ?

– J'aime vraiment jouer, maman. »

Une fois à la patinoire, en tenue et sur la glace, en général, j'aimais jouer, exactement comme dans le temps.

« C'est juste que j'ai trop de trucs en tête.

– Si tu le dis.

– Alors, qu'est-ce que tu penses de cette motoneige qui a réapparu ?

– Pas grand-chose, en réalité. »

Cela ne ressemblait pas à ma mère.

« Ils disent que c'est celle de Coach.

– Eh bien, je ne vois vraiment pas comment c'est possible alors que Jack est mort juste là, dans le lac. J'étais à la fenêtre et je regardais tous ces gens bouche bée devant le trou dans la glace. À moins de croire à toutes ces histoires idiotes de tunnels sous le lac.

– Parfois, j'aimerais y croire.

– Comment tu trouves le rôti ? Bon ? Je l'ai laissé un peu trop longtemps, non ?

– Il est génial. Tu sais, j'ai eu affaire à Dingus cette semaine. Il est un peu bizarre, non ?

– Je ne te le fais pas dire. Ça fait des années que Dingus ne va pas très bien. Il ne quitte jamais son bureau. Il a une couchette là-dedans, ou quoi ?

– J'ai pas remarqué. Il a toujours été comme ça ?

– Tu étais encore à Detroit, mon grand, mais non, Dingus vivait et sortait comme n'importe qui d'autre quand il était avec Barbara. On les voyait aux bals de l'American Legion, et à l'Avalon, partout. Bon, faut être réaliste, chéri, Dingus n'est pas le plus joli chiot de la portée, mais lui et Barbara faisaient un couple très mignon. Il l'adorait.

– Je crois bien, oui. Il a encore son portrait accroché dans son bureau. »

Ma mère secoua la tête.

« Barbara. Un autre numéro, celle-là. Je n'ai jamais compris à quoi cette fille pensait. Ne te méprends pas, j'adore Barbara, c'est juste que... je n'ai jamais compris comment elle avait pu partir comme ça avec quelqu'un d'autre.

– Qui c'était, ce quelqu'un ? »

Ma mère se raidit légèrement. Elle savait qu'elle en avait trop dit.

– Ça n'a aucune importance, chéri.

– Allez... Avec qui elle est partie ?

– Elle ne s'est pas... je veux dire, elle n'a pas épousé quelqu'un d'autre.

– OK, mais qui c'est ? »

Ma mère commença à se lever.

« Je vais prendre de la tarte aux cerises.

– Assieds-toi, maman. »

Elle me lança un de ces regards qui signifiaient que je n'avais pas besoin d'en savoir plus. Et, bien sûr, je compris.

« Waow, fis-je. Coach ?

– Oh, mon Dieu, quelle importance ? Comment est-ce qu'on en est arrivé à parler de ça ?

– Je savais que Coach était un homme à femmes, d'accord, mais je ne savais pas pour Barbara. Dis donc, j'ai tout raté quand j'étais à Detroit. Et Dingus a divorcé ? »

Elle soupira.

« Non. Il n'a pas divorcé. Il voulait qu'elle revienne. Elle voulait Jack. Mais Jack ne voulait se marier avec personne.

– Et où est-elle, maintenant ?

– La dernière fois que j'ai entendu parler d'elle, elle travaillait dans un supermarché à Sandy Cove. Ou peut-être Kalkaska.

– Waow. Comme ça, d'un coup. »

Je repris des pommes de terre.

« Tu étais sortie avec Coach pendant un moment, maman. Qu'est-ce que tu en pensais ?

– Non, je n'appellerais pas ça *sortir*. On est allés au cinéma deux ou trois fois, dîner aussi quelquefois. Pas beaucoup plus que ça. Mais ton amie Tillie, elle, elle est *vraiment* sortie avec lui. »

Je me souvenais d'avoir vu Tillie assister à quelques-uns de nos matchs. Elle avait encore toute sa beauté à l'époque.

« Ils n'étaient pas simplement copains de bar ? demandai-je.

– Oh, peut-être, oui. Tille est la copine de bar de tout le monde, non ? »

Ma mère se leva.

« Tu voudras de la glace sur ta tarte ?

– Bien sûr. »

Elle se rendit dans la cuisine. J'entendis le micro-ondes démarrer, la porte du freezer s'ouvrir et se refermer, une fourchette tinter. Ma mère n'était jamais calme comme ça. Elle revint et posa la tarte et une tasse de café devant moi.

« Tu te rappelles quand Coach venait dîner ici ?

– Bien sûr. Il mangeait comme quatre.

– Tu te souviens qu'il nous racontait ses années d'entraîneur au Canada, qu'il nous disait que les gamins étaient géniaux là-bas ?

– Vaguement, mon chéri. Je n'ai jamais vraiment prêté attention à tous ces trucs sur le hockey. »

Ce n'était pas tout à fait vrai, me dis-je. Elle demandait toujours si les parents canadiens étaient aussi odieux que ceux du Michigan.

« Tu ne te souviens pas qu'il ait dit quelque chose sur une année où il aurait arrêté d'être coach, si ?

– Je me rappelle qu'il parlait de tous ces championnats qu'il avait failli gagner. »

Quatre années fantastiques, songeai-je.

« Ta mère est une vieille dame, Gussy. Tout ça est un peu flou désormais. »

Je posai ma fourchette.

« Maman, je sais que nous n'avons jamais réellement parlé de ça.

– De quoi ?

– De la nuit où Coach est mort. »

Je n'en avais parlé qu'une fois avec elle. C'était le soir de l'enterrement de Coach. Nous étions assis au fond de la salle de l'American Legion. D'anciens River Rats ivres et leurs pères se succédaient au micro pour porter des toasts en l'honneur de Coach. Au début, maman avait fait comme si elle n'avait pas entendu ma question. Je la lui avais répétée. Elle m'avait tapoté le genou. « J'écoute, mon chéri. » J'avais insisté. « Tu ne m'as pas entendue ? » avait-elle dit. Je pensais qu'elle allait se mettre à pleurer. J'avais laissé tomber.

Aujourd'hui, elle me dit :

« C'était il y a si longtemps. Qui s'en préoccupe encore ?

– C'est mon travail. Sa motoneige est ressortie dans le mauvais lac.

– Je suis certaine que c'est une erreur et que Dingus va éclaircir tout ça.

– Non, ce n'est pas une erreur. Aide-moi à comprendre. »

Elle but un peu de son café.

« C'était un soir de bingo. Ou peut-être de bowling – doux Jésus, ma mémoire défaille –, je me souviens juste que je dormais comme un bébé, donc j'avais dû rentrer tard. Leo a dû frapper longtemps avant que je lui ouvre.

– Il était devant la baie coulissante ?

– Non. »

Elle fit un geste vers la cuisine.

« Il était à la porte de derrière. Je ne le voyais pas bien au début, parce que j'étais aveuglée par la lumière – les phares de sa motoneige – et encore à moitié endormie. Il m'a flanqué une trouille de tous les diables. »

Si Leo était réellement venu par la porte de la cuisine, alors il avait dû arriver par la route derrière la maison. Mais pourquoi n'avait-il pas traversé la glace et monté la pente de la colline jusqu'à la porte-fenêtre coulissante qui faisait face au lac ?

« Et il est entré dans la maison ?

– Oui. Je me souviens que son haleine empestait l'alcool, parce que ça m'avait retourné l'estomac. Et il parlait fort, ce qui ne lui ressemblait pas du tout. Il disait qu'il fallait qu'on appelle la police, le 911, que Jack s'était noyé dans le lac. Il n'arrêtait pas de dire – excuse le langage – "Enfoiré de Jack, enfoiré de Jack", encore et encore, et il avait l'air tellement en colère. »

Elle me regarda, hésitante.

« C'est compréhensible, non ?

– Quoi ?

– Qu'il ait été en colère. »

Pourquoi se demandait-elle ça maintenant ?

« Bien sûr », dis-je.

Elle désigna le living-room.

« Il est entré. J'ai essayé de le faire asseoir, mais il s'est planté devant la fenêtre comme ça – elle enroula ses bras autour d'elle –, à fixer le lac jusqu'à ce que la police arrive. Dingus était avec eux. Ils sont partis vers le lac.

– Est-ce qu'il était mouillé ?

– Qui ?

– Leo. Est-ce qu'il était mouillé ? Au moins ses épaules et sa tête ? Est-ce qu'il avait de la glace dans les cheveux ?

– De la glace ? Pourquoi ?

– Parce qu'il venait juste d'essayer de sortir Coach du lac.

– Eh bien, je pense qu'il devait en avoir. Je ne me souviens pas.

– Tu lui as donné une serviette ?

– Tu m'interviewes, fils ?

– Maman. Tu étais là. Je veux juste savoir.

– Qu'est-ce que ça va rapporter de bon, Gussy ? »

Je finis mon dernier morceau de tarte.

« Doux Jésus, que c'était bon, dis-je. Merci.

– Pas de quoi, mon chéri.

– Tu sais, je suis allé relire les articles du *Pilot* datant de ces jours-là. Je n'ai vu ton nom nulle part. Comment est-ce que tu as réussi à éloigner les journalistes ?

– Je n'ai pas réussi. Henry Bridgman n'arrêtait pas de téléphoner et je crois qu'il est même passé un soir. Mais la police m'avait dit de ne rien dire, parce qu'ils enquêtaient. J'ai fait comme on m'avait demandé.

– Dingus t'avait dit de ne pas parler ?

– Pas Dingus. Il était juste adjoint. C'était le shérif Spardell.

– Et la serviette, alors ? »

Elle regarda dans sa tasse de café.

« Gus, c'était il y a si longtemps. Pourquoi est-ce que je... »

Une série de coups retentirent à la porte de la cuisine. Ma mère se retourna.

« Qui ça peut bien être ? »

Par la fenêtre de la cuisine, je vis la Honda Civic rouge de Joanie garée sur le bas-côté de la route.

« J'y vais », dis-je.

Joanie était sur le perron arrière, en sweat-shirt à capuche, les mains dans les poches. Je m'avançai dehors.

« Où est ton manteau ? dis-je. Il gèle.

– Je le savais.

– Tu savais quoi ?

– Il y a un impact de balle.

– Quoi ?

– Il y a un trou fait par une balle dans la motoneige. C'est pour ça qu'il y avait une expertise médico-légale. Un impact. Quelqu'un a abattu Blackburn. »

Je jetai un coup d'œil pour m'assurer que ma mère n'était pas derrière moi.

« Parle plus bas, dis-je. Comment tu le sais ? »

Elle hésita juste assez longtemps pour que je n'apprécie pas qu'elle ne me fasse pas confiance.

« Une source policière », dit-elle.

D'Alessio, me dis-je. Elle le travaillait toujours.

« OK. Très bien. Retourne au bureau et commence à rédiger. J'y serai d'ici un quart d'heure.

– C'est énorme.

– Ouais. Beau boulot. »

Je savais comment elle se sentait, sachant qu'elle tenait un papier juteux. Mais moi, je me sentais vide et stupide, comme si je n'avais jamais rien compris du tout.

À l'intérieur, ma mère était devant l'évier, en train de gratter une poêle.

« Désolé, maman, le devoir m'appelle, dis-je. Ce déjeuner était merveilleux. »

Elle se retourna pour me prendre dans ses bras. Elle me serra un peu plus longtemps que d'habitude.

« J'aurais préféré que tu restes. Je t'aime.

– Moi aussi, je t'aime. »

En démarrant mon pick-up, je songeai qu'elle se souvenait de l'haleine alcoolisée de Leo, mais pas de lui avoir donné une serviette, parce qu'elle ne lui avait pas donné de serviette, parce qu'elle n'avait jamais eu besoin de le faire.

Je me garai devant le *Pilot* et traversai Main Street pour entrer chez Enright's. Loob nettoyait des chopes derrière le comptoir pendant que des clips vidéo passaient sans le son à la télé, au-dessus de sa tête.

« Salut, mec, dit Loob. Une bibine ?

– Salut, Loob. Non, merci. Écoute, tu étais ici toute la soirée d'hier ?

– J'suis arrivé à 6 h 30. »

Il enfonçait les chopes une par une sur une brosse pleine de lessive qui dépassait de l'évier, puis les rinçait dans une eau blanchâtre.

« T'as vu ma journaliste ici ? Joanie ?

– Tu veux dire la jolie-pas-maigre ?

– Euh, ouais.

– Ouais, elle est restée là un moment. Deux Coca sans sucre. M'a laissé 25 cents de pourboire.

– T'as parlé avec elle ? »

Loob tendit un verre devant une des lampes du bar, décida qu'il était propre et le posa sur une étagère.

« Je crois.

– Francis m'a dit qu'elle posait des questions.

– Pas à moi, en tout cas. »

Il s'essuya les mains avec un torchon.

« Mais elle m'a chargé d'un message.

– Pour qui ?

– Teddy.

– Boynton ?

– Non, Teddy Roosevelt. Ah, là, là, les gardiens de but...

– Et c'était quoi, le message ? »

Il sourit.

« J'ai entendu dire que t'avais pris des petites vacances sur la glace hier soir, Gus. T'es pas encore guéri de tout ça ?

– Il n'y a pas de remède. C'était quoi, le message ?

– Elle l'a écrit sur une serviette en papier. Mais c'est pas mes oignons, Gus.

– Hum, hum. »

En tant que barman chez Enright's, Loob connaissait probablement plus de secrets que qui que ce soit en ville, excepté Audrey dans son restaurant. La différence principale entre eux, c'était qu'Audrey savait garder un secret. Loob prit la télécommande et changea de chaîne. Le Président apparut à l'écran. Il avait l'air en colère, agitant l'index. Loob éteignit.

« Putain de plaisanterie, dit-il.

– Ouais. Tu peux me dire ce que Joanie avait écrit ?

– Oh, je ne sais pas, peut-être une adresse et un numéro de téléphone.

– *Son* adresse et *son* numéro ?

– Comment tu veux que je le sache, Gus ? Écoute, j'ai du boulot.

– Francis est là ? »

Loob fit un geste de la tête vers le mur du fond.

« Dans son bureau. »

Tandis que je m'éloignais, Loob me lança :

« Hé, Teddy la baise ?

– Pas au sens propre. »

« Augustus ! Que me vaut l'honneur ? »

Francis Dufresne leva le nez du bureau encombré derrière lequel il était assis, comptant de l'argent tout en pianotant sur une calculette. Des tas épais de billets de 1, de 5, de 10, 20 et 50 étaient soigneusement empilés près d'une boîte métallique.

« Je vérifie simplement que les affaires marchent.

– Ho, dit-il, tant qu'Alden Campbell continuera à boire, les affaires marcheront. La pomme ne tombe jamais loin de l'arbre. Assieds-toi. »

Son bureau était un placard reconverti qui sentait le bourbon et le désinfectant. Je m'installai sur quelques caisses de vodka empilées contre le mur. Épinglé derrière sa tête, il y avait un certificat écorné qui disait : « Francis J. Dufresne, 1980, barman de l'année du Nord Michigan. » À côté était accroché un panneau constellé de reçus, de factures et de vieux emplois du temps des River Rats. Au-dessus, trônait un calendrier de la First Fisherman's Bank de Charlevoix, datant de novembre 1986. Un dessin montrait une femme dans ses plus beaux habits du dimanche avec un banquier souriant. Quelqu'un avait écrit des bulles très crues au-dessus de leurs têtes. « Je parie que tu aimerais me baiser », disait la femme, et le banquier répliquait : « C'est sûr ! Mais pas la peine de se désaper ! »

Francis remarqua que je regardais le calendrier et il sourit.

« Des gens du sud de l'État ont racheté cette vieille banque et devine quoi ? Plus de calendriers gratuits. »

Je désignai le certificat.

« Le J, c'est pour quoi ?

– Ça ne correspond à aucun prénom en fait. Ma mère aimait seulement le son que ça fait. Comme si j'allais devenir quelqu'un ! »

Nous parlâmes un peu de la météo, et des Rats qui avaient encore perdu face aux Pipefitters. Francis était assez gentil pour ne pas ramener mon lointain passé dans la conversation. Finalement, il me demanda :

« Qu'est-ce que je peux faire pour toi ?

– Y aurait-il une chance pour que tu assistes à la réunion du bureau de l'aménagement demain ? »

Il grogna.

« Comment va ta mère ?

– Très bien. »

Il posa une pile de billets dans la boîte métallique, tapa quelques chiffres sur la calculette, et prit une autre pile de billets.

« J'ai beaucoup pensé à elle. Et à toi, Augustus. Ça ne doit pas être un moment facile pour vous deux. Je sais que toi et Jack vous aviez eu une sorte de brouille.

– Il avait ses raisons.

– On a tous nos raisons – ou notre propre logique. Quelquefois, Jack poussait les choses trop loin. Il l'a fait avec toi, à mon humble avis, et je le lui avais dit. Mais c'était un mec borné. Putain, c'était quand même rien qu'un pauvre match de hockey. Et t'étais un satané bon goal.

– Merci. »

Cela semblait un peu étrange venant du type qui avait fait de Coach son porte-parole, qui avait utilisé l'amour de toute la ville pour le hockey pour ouvrir le portefeuille collectif. Mais ça faisait du bien quand même.

« Tu sais, dit-il, c'est vraiment dommage que ton père ne soit plus là. Ça, c'était un type bien, le Rudy. J'aimerais... bon, tu sais. On ne peut pas changer le passé. C'était un ami, tu sais. T'étais qu'un petit bonhomme. On allait pêcher ensemble de temps en temps. »

Mon estomac se souleva, puis se serra. J'avais un souvenir précis de mon père pêcheur. Je devais avoir 4 ou 5 ans, debout sur la pointe des pieds pour regarder la surface de la grande table de pique-nique derrière la maison de mon grand-père au bord de la Hungry River. La table était couverte de vieux journaux trempés. Papa, et grand-père et les frères de grand-père nettoyaient les perches et les truites qu'ils avaient prises pendant que je dormais encore. Il y avait une pile de filets, une autre pile d'entrailles et d'arêtes, des bouteilles de bière Buckhorn au long goulot, et un transistor qui retransmettait les commentaires d'Ernie Harwell sur un match des Tigers.

« Vraiment ? dis-je.

– Ouais. On jouait au bowling ensemble aussi, on montait jusqu'à Mancelona. Il avait un super-lancer. Et à chaque fois qu'il faisait un *strike*, il pirouettait sur un pied, il prenait sa bière et il la tenait devant lui comme pour porter un toast et il disait : “Comme c'est agréable”, exactement comme le vieux Jackie Gleason à la télé. “Comme c'est agréable.” »

Nous nous mîmes à rire tous les deux.

« Et puis ensuite, il y a eu Jack, dit Francis. Un putain d'entraîneur, ça, on peut pas le nier. Mais comme je disais, parfois il allait trop loin. Tout ce truc sur le fait que perdre, c'est bon pour gagner. »

Il s'arrêta de trier les billets et sourit.

« Finalement, j'ai été obligé de lui dire : "Pas dans les affaires, Jack. Perdre, c'est jamais bon pour le business."

– Et alors, est-ce que ça veut dire que tu iras au bureau de l'aménagement ?

– Ho, ho, ho, t'en as de ces questions ! Pour te dire la vérité, je n'y ai pas vraiment réfléchi. »

Bien sûr, qu'il n'y avait pas vraiment réfléchi.

« Je suis censé aller à Gaylord à peu près à la même heure.

– Donc, Teddy va mener le jeu. »

Francis arrêta de ranger les billets.

« D'abord, je voudrais te demander si tu vas me citer. T'es un ami, j'aimerais bien être franc et sincère, mais c'est dur de l'être si tu finis par me citer dans ton canard. »

Il sourit.

« J'ai trop d'amis chers pour m'en faire des ennemis, si tu vois ce que je veux dire. »

J'étais hésitant, mais je savais qu'il fallait lâcher un peu de lest.

« D'accord.

– Ce n'est pas comme si j'avais un troupeau de secrets à lâcher dans la nature, dit-il. Tu as probablement entendu dire que le jeune Theodore et moi, nous ne travaillons plus autant au coude à coude qu'avant. Je pense que ce jeunot a les dents qui rayent le parquet. Il s'imagine qu'il n'a plus besoin du vieux bonhomme pour le retenir.

– Le retenir de faire quoi ?

– Ha, ha ! Y en a des questions embouteillées dans celle-ci, Augustus.

– Genre ?

– Genre – il fronça un de ses sourcils broussailleux – est-ce que Mr. Boynton veut vraiment une nouvelle marina ?

– Pour quoi d'autre est-ce qu'il se donnerait autant de mal ? »

Francis gloussa.

« Eh bien, je ne devrais probablement pas dire ce genre de chose, Augustus. Mais j'ai confiance en toi. Alors, laisse-moi te livrer juste une petite pensée. C'est quelque chose que tu ne pourras probablement jamais savoir à moins d'être associé à mon business.

– Je t'en prie.

– Eh bien, dit-il, est-ce que je veux vraiment dire ça ? »

Il resta assis à réfléchir un moment. Puis il dit :

« OK. On est *off*, d'accord. Et je ne veux pas paraître irrespectueux. Theodore est un jeune homme très capable. C'est tout à son honneur d'avoir bâti quelques trucs. Mais, en majeure partie, ce n'est pas un bâtisseur. Non, c'est un saigneur. Il saigne les trucs. Il les saigne à mort.

– Quoi, par exemple ?

– Tu te souviens de ce petit centre commercial qu'il avait acheté près d'Estes Corner ?

– Je croyais que vous étiez associés dans cette affaire.

– J'avais mis quelques dollars dedans, mais j'étais strictement commanditaire. Theodore était celui qui voulait acheter ce centre. Il disait que, étant à un grand carrefour, il avait toutes sortes de potentiels pour ramasser la clientèle circulant entre Starvation et Sandy Cove. Et au début, il a fait comme s'il allait vraiment faire des aménagements et diriger le truc. Mais ensuite, il s'est contenté de le saigner. Il a emprunté plus haut que son cul, pris le cash, en a mis une grosse partie dans ses poches, et il a investi le reste dans sa prochaine victime, ces maisons jumelées près de Morrissey. Puis il a saigné cette affaire-là aussi.

– Toutes les boutiques de ce centre commercial ont fait faillite.

– Oui, m'sieur, y a des planches clouées en travers de toutes les vitrines. Et tu sais d'où venait l'argent pour ça, à l'origine ? Du vieux cinéma Avalon. Et où il en est l'Avalon ? Fermé pour toujours. Tu vois, fiston, Mr. Boynton est plutôt fort pour les allers-retours, les négociations. C'est tout un jeu pour lui, et il adore les jeux, surtout ceux où il peut gagner. Mais il n'est pas vraiment passionné par la gestion des magasins, restaurants et cinémas. Une fois qu'il a fait affaire, il veut ramasser ses gains et rentrer chez lui.

– Mais il ne gagne rien tant qu'il ne gère pas ses acquisitions.

– Toi et moi, on raisonne comme ça, Augustus. Mais ce n'est pas comme ça que Theodore voit les choses. C'est pour ça que lui et moi on ne bosse plus autant ensemble ces temps derniers. Il pense que je suis un vieux bonhomme avec des idées démodées. Pour lui, emprunter à tout le monde est une très mauvaise idée. Comme faire de l'argent avec les gens qui ont fait de toi ce que tu es.

– Qu'est-ce que tu veux dire, Francis ? Tu es bien associé aux projets de Sandy Cove, et d'autres endroits, non ? »

Il se pencha en avant et pointa son index vers mon visage.

« Non, Augustus, tu vois, c'est là que ton canard n'a pas relaté les faits avec exactitude. Je ne peux pas réellement t'en blâmer, parce que comment aurais-tu pu savoir ? Mais je vais te confier un petit secret : Theodore et moi, nous avons eu quelques déboires, quelques gros retards dans ces projets de Sandy Cove, dont ce cinéma que nous sommes censés remettre en état. Je pense que notre argent devrait rester ici même – il pointa son index vers le sol – et ne pas partir dans tous les sens simplement parce qu'il y a quelques dollars de plus à se faire, comme si nous étions un couple de putains de candidats politiques parachutés.

– Pourquoi tu ne le quittes pas, tout simplement ?

– Eh bien, c'est pas si simple quand tu as toutes sortes de sommes liées entre elles dans le business, mais j'en suis presque là. Et ce jour sera une excellente journée pour Starvation Lake.

– Et la marina, alors ? »

Francis se tourna et se remit à empiler les liasses de billets dans la boîte métallique.

« Quoi, la marina ? Une fois que le bureau de l'aménagement aura exécuté les volontés de Theodore – et ils vont le faire, crois-moi, si c'est pas demain, en tout cas très bientôt, parce qu'ils sont tous mortellement effrayés à l'idée que Theodore et son crétin d'avocat puissent les attaquer en justice –, alors je serai stupéfait, fiston, absolument sidéré si une seule poutrelle de structure s'élève là-bas. Souviens-toi bien de ce que je te dis. Theodore n'a aucune envie de gérer une marina. C'est une grosse, grosse opération. Alden n'est pas meilleur qu'Angus pour gérer la sienne, mais au moins elle existe.

– Qu'est-ce que Teddy va faire, sinon bâtir une marina ? »

Francis ferma la boîte métallique.

« Tu n'as pas écouté un mot de ce que je t'ai dit, ou quoi ? Il va la saigner, la saigner à mort. À la seconde où il aura l'agrément du bureau de l'aménagement, son prêteur lui lâchera le premier versement. 5 millions de dollars, fiston. Il va traverser la rue en courant pour aller payer la First Financial ici même, et rembourser un peu de ce qu'il doit sur ses autres propriétés. Les appartements en copropriété sur le rivage nord, le centre commercial. Il est endetté jusqu'au cou. Pourquoi crois-tu qu'il emprunte l'argent de la marina à une banque tout au Sud, à Saginaw ? Parce que plus personne ici ne veut plus l'approcher. Il se cache derrière tous ses sourires et ses poignées de main, mais crois-moi, ces temps-ci, Mr. Boynton est un homme au désespoir. Si la moindre petite chose tourne de travers, tous ses débiteurs vont lui tomber dessus.

– Mais tu n'es pas associé dans la marina ?

– Eh bien, oui et non. J'ai une sorte de jeton de présence en tant qu'investisseur, quelques dollars et une obligation personnelle envers Theodore, qui m'a malgré tout aidé dans beaucoup de transactions. Je ferai tout ce que je peux pour m'assurer qu'il la bâtira. Peut-être qu'il va me surprendre. »

Ce que disait Francis me faisait penser au deal que Teddy avait offert à Soupy. Si Francis avait raison, cela voulait dire que Soupy allait abandonner ses intérêts dans la vieille marina avec, pour tout retour, une part potentiellement sans valeur dans une nouvelle marina qui pourrait bien ne jamais voir le jour. Teddy allait avoir une marina, d'accord, mais pas une toute neuve. Soupy allait se retrouver en plan. Et si Teddy saignait la vieille marina comme Francis disait qu'il saignait tout le reste, la ville entière allait se retrouver à sec. Je me dis soudain que Francis n'était probablement pas au courant de cette proposition d'accord.

« Je m'inquiète pour Soupy, dis-je.

– Tu parles ! dit-il. Moi aussi je m'inquiète. Je connaissais bien son père. Alden n'est pas un mauvais bougre, il est juste un peu immature.

– Ça, c'est sûr. »

Parler de la marina me rappela quelque chose.

« J'ai une autre sorte de question stupide.

– Il n'y a pas de questions stupides, fiston.

– D'accord. Est-ce que la municipalité a jamais acheté, ou envisagé d'acheter un ferry-boat quelconque ? Du genre pour que les gens puissent traverser la rivière ? Ça paraît dingue, je sais. »

Francis gloussa.

« Eh bien, t'es pas si loin de la vérité. Il y avait eu quelques discussions oisives, il y a très longtemps, ça devait être à la fin des années 1960, avant que Jack ne se pointe et qu'on fasse bouger un peu les choses dans le coin. Mais pourquoi aurions-nous besoin d'un ferry pour la rivière ? Un gamin peut la traverser à la nage. »

Exact. De toute manière, ce reçu de la marina datait de 1988. Je me levai pour partir.

« Merci, Francis. Tu sais, si tu changes d'avis sur le fait d'être cité...

– Oh, n'y pense même pas, me coupa-t-il. Je veux bien t'aider. Tu sais ce que tu sais, maintenant, et tu vas devoir trouver le moyen de le glisser dans ton journal sans citer ton fidèle barman. Peut-être que ça te donnera autre chose à faire en dehors de rouvrir la tombe de Jack Blackburn, Dieu ait son âme.

– Je vais être très occupé.

– Hé, on l'est tous, non ? Ce fameux truc qu'on appelle le travail ne sera jamais populaire !

– Tu sais, dis-je, je n'étais pas là quand Coach est mort. Je ne suis revenu que pour les funérailles. Mais peut-être que toi tu sais pourquoi ils n'ont jamais dragué le lac. Ça semblait la chose à faire, tu ne penses pas ? »

Francis fronça les sourcils.

« Comme je t'ai dit, fiston, je n'aime vraiment pas déterrer tout ça. Les restes, tu sais, ils ne sentent jamais très bon, si tu vois ce que je veux dire. Mais à ce propos, précisément, ça fait très longtemps et je ne peux pas vraiment dire que je m'en souvienne. Ça avait quelque chose à voir avec le budget, je crois. Le conseil municipal avait pris cette décision. Tu devrais pouvoir en retrouver la trace. T'as vérifié les minutes du conseil ?

– Non. »

Je notai mentalement de vérifier demain matin. Parce que le comté tenait également les registres de la municipalité, j'allais devoir traiter avec la greffière, Verna Clark, qui veillait toujours sur les dossiers comme une sentinelle aux portes d'un château. Je me laissai emporter par le souvenir de cette fameuse nuit, des années auparavant, où les yeux de Darlene étincelaient dans l'obscurité.

Francis s'empara de son téléphone.

« Excuse-moi une seconde », dit-il.

J'attendis pendant qu'il composait un numéro.

« Un bon dimanche à vous aussi, mon ami, dit-il dans le combiné. Bon, je vais faire vite... cette question dont nous avons parlé l'autre soir ? Oui. J'ai besoin qu'on s'en occupe demain matin à la première heure. Merci. »

Il raccrocha.

« Désolé, dit-il. Ma mémoire me joue tellement de tours qu'il faut que je fasse les choses dès que j'y pense, sinon les idées disparaissent pendant des mois.

– J'apprécie vraiment ton aide. Je sais que tu aurais préféré qu'on laisse tomber tout ça. Ça t'ennuie si je reviens te causer plus tard ?

– Non, pas vraiment, dit-il. On dirait bien qu'on ne peut pas laisser le passé enterré, hein ? J'admets, mais ça restera entre nous, que j'aimerais bien savoir, moi aussi, ce qui est réellement arrivé à Jack. Tu as parlé avec Leo Redpath ?

– J'ai essayé.

– Eh bien, continue à ne pas me citer, et je t'aiderai du mieux que je pourrai. »

J'étais très heureux d'entendre ça.

15

De retour au *Pilot*, je vis des photos noir et blanc d'un couple en habits de mariage qui jonchaient le bureau de Delbert Riddle. Une odeur de cigare et la senteur piquante des produits pour développer les films planaient dans l'air.

« Arrêtez les rotatives ! dis-je. Delbert était réellement là ?

– Je peux confirmer l'avoir aperçu, dit Joanie, mais à la seconde où j'ai commencé à demander des photos pour mon article, il a filé dehors. »

Durant ses vingt-neuf ans comme seul photographe attitré du *Pilot*, Delbert avait fait une photo d'à peu près tous les habitants de Starvation Lake. Selon lui, une seule bonne photo était suffisante, et peu importait que les gens, avec les années, soient devenus plus vieux, plus gros, ou chauves. « Les lecteurs comprennent », disait-il chaque fois qu'il refusait de prendre une photo de quelqu'un qu'il n'avait pas photographié depuis une décennie. « Les gens aiment voir à quoi ressemblaient leurs voisins dans le temps, ça les rend nostalgiques. »

Quant à son propre visage, Delbert le montrait rarement au *Pilot*, sauf pour développer des photos, dont la plupart, à ce que j'en savais, servaient à son usage personnel. Je doutais vraiment que ces photos de mariage-là, par exemple, soient pour le *Pilot*, même si je supposais – ou espérais – qu'il nous laisserait en passer une.

Henry le conservait dans l'équipe sans doute parce qu'il était difficile d'attirer des photoreporters compétents dans de petites villes avec de très méchants hivers. Delbert se débrouillait pour venir quand on avait besoin de lui. Il gardait aussi dans six casiers métalliques du hall d'entrée des fichiers classés par ordre alphabétique de toutes les photos qu'il avait prises.

« Quelles photos avons-nous pour tes papiers ? demandai-je.

– On pourrait utiliser un cliché des funérailles de Blackburn, dit Joanie. Et un portrait de Dingus.

– J'aurais dû penser à faire faire une carte de l'endroit où Blackburn est tombé. C'est trop tard maintenant.

– Il connaissait Blackburn, tu sais.

– Delbert ? Ouais, il avait pris des photos de lui. Ou en tout cas au moins *une* photo.

– Il développait des films pour lui, je crois. Il m'a dit qu'il se faisait quelques dollars comme ça. »

Coach avait une caméra 8 millimètres pour filmer des matchs et à l'occasion certains entraînements. Leo s'en servait du haut des gradins. Je n'avais jamais su que Delbert les développait.

« Un type très occupé, Delbert, dis-je. Même si on ne le voit pas souvent par ici. »

Je m'installai à mon bureau et là, exactement où je pensais l'avoir laissé, il y avait le dossier sur les problèmes de Soupy. Je résistai à l'envie de demander à Joanie si elle l'avait emprunté, me disant que c'était plus intelligent de la laisser se concentrer sur ses papiers pour l'instant. Je pris un crayon et jetai sur mon bloc :

« Minutes du conseil, lundi après-midi. »

Joanie était assise à l'autre bout de la pièce, portant toujours son écharpe de laine.

« Écoute, dis-je, je ne voudrais pas te retarder dans ton écriture, mais comment est-ce que les flics savent avec exactitude que c'est un impact de balle ? »

Elle cessa de taper et garda les mains immobiles sur son clavier, comme si elle était en train de décider si elle devait répondre à ma question ou pas. Sois patient, me dis-je. Elle laissa retomber ses mains sur ses genoux et pivota sur son siège pour me faire face. Ses yeux se rivèrent aux miens, puis remontèrent vers la pendule, puis revinrent sur moi.

« Je t'ai envoyé la manchette sur Blackburn, dit-elle. Mais maintenant, il faut vraiment que j'écrive ça. OK, *boss* ?

– Oui, tu peux l'écrire, et on va le passer, mais d'abord j'ai besoin de savoir quelques trucs et, là maintenant, je n'ai réellement pas besoin de toutes ces conneries de "OK, *boss*", OK ? »

Ce que j'avais entendu chez ma mère m'avait suffisamment perturbé. Puis étaient arrivées la nouvelle de l'impact de balle et les accusations de Francis sur Teddy. Ma tête était pleine de questions sans réponses sur des reçus de 25 000 dollars, des ferry-boats et de vagues détails notés dans des rapports de police. Je commençais à penser que toute la population de Starvation Lake en savait plus que moi, et ça commençait à m'emmerder.

« Calme-toi, dit Joanie. Je n'en sais pas beaucoup, mais ce que je sais, je le sais. Il y a un impact de balle, et ça, c'est de l'info.

– D'accord. Tu as deux sources ?

– Oui. »

Je présupposais que D'Alessio en était une.

« Que dit Dingus ?

– Il ne parle pas. »

L'article allait certainement faire du grabuge. Même si le mot « meurtre » n'allait pas apparaître dans nos papiers, tout le monde allait le lire entre les lignes. La plupart des gens ne voudraient pas entendre que Jack Blackburn avait été assassiné. Je voulais être sûr que nous avions raison. Ou au moins que nous approchions de la vérité.

« Parlons-en entre nous, dis-je. Réfléchis à tout ça. Comment diable sais-tu qu'il y a un impact de balle dans quelque chose qui a été immergé dans 30 mètres d'eau pendant dix ans ? Comment peux-tu en être aussi certaine ? »

Elle se redressa dans son siège et me gratifia d'un sourire entendu. Comme c'était agréable qu'un rédac chef merdique vous pose une question à laquelle vous aviez la réponse parfaite.

« Eh bien, dit-elle, ils ont une balle.

– Une balle ? Quel calibre ?

– 22. »

Qui, à Starvation Lake, possédait un fusil ou un pistolet de calibre 22 mm ? À peu près tout le monde. Ce n'était pas rêvé pour chasser le daim, mais c'était pratique pour les rats musqués et autres rongeurs.

« Où était-elle ? demandai-je. Elle était logée quelque part à l'intérieur de la motoneige ou... »

La sonnerie du téléphone sur mon bureau m'interrompit. Je fis rouler mon fauteuil en arrière et m'en emparai.

« Le *Pilot*... »

J'entendis de la friture, puis, « Trap... » Soupy utilisait son téléphone de voiture. J'entendais le grondement du pick-up.

« Ouais ?

– Faut que je te parle, mec.

– Je suis en train de boucler. Passe plus tard.

– Pas à ton bureau. »

Pour je ne sais quelle raison, Soupy ne voulait jamais venir au *Pilot*. Depuis mon retour en ville, je lui avais demandé de me retrouver ici plusieurs fois et chaque fois il avait trouvé un prétexte quelconque pour refuser.

« Chez Enright's alors, dis-je. 7 heures ? »

Un grand coup de friture me fit écarter le combiné de mon oreille.

« Non, l'entendis-je dire. Putain. »

Il avait bu. Sa voix donnait l'impression qu'il parlait avec la bouche pleine d'hameçons.

« Trap, dit-il, je... »

La friture brouilla la suite. Puis la ligne fut coupée.

« C'était quoi ? » fit Joanie.

Je secouai la tête.

« Où en étions-nous ?

– Tu me demandais où était la balle. Dans la motoneige, selon toute évidence. Mais je ne sais pas exactement où. Ma source était quelque peu réticente. »

Non, songeai-je, D'Alessio était trop bête pour être réticent.

« Attends... Est-ce qu'il y a eu le moindre rapport sur des coups de feu tirés cette nuit-là ?

– Pas à Starvation Lake.

– Bien évidemment, et c'est arrivé... et merde, on ne sait même pas où c'est arrivé, bordel. Ni même ce qui est arrivé. Est-ce que les flics parlent... attends, est-ce que les flics parlent de meurtre ?

– Les flics ne disent rien, officiellement. Mais il y aura une conférence de presse demain. J'ai entendu un dispatcher appeler les mecs de la télé.

– C'est ça, ta deuxième source ? Bien sûr. La télé sort l'ours Dingus de son hibernation.

– Oui. Alors, puis-je écrire ce papier, maintenant, s'il te plaît ? »

Pendant l'heure suivante, les seuls sons qu'on entendit dans la pièce furent le cliquetis de nos claviers et le ronron de l'imprimante. Le portrait de Blackburn écrit par Joanie contenait tous les faits importants : Le Jardin de l'imaginaire. La progression dans le championnat d'État. La réputation grandissante de la ville dans les cercles d'amateurs de hockey. La déception depuis sa disparition. L'article relatait que Blackburn, *via* son association avec Dufresne, était devenu incontournable dans les inaugurations et les consécrations locales. Il rappelait brièvement ce que le *Pilot* avait écrit sur son accident, y compris ce que Leo avait déclaré à la police en 1988. Il avait poliment refusé de parler avec Joanie. Le papier disait : « Redpath a renvoyé un journaliste vers son avocat, Peter Shipman, qui a décliné tout commentaire. » Cela m'intriguait, pourquoi Leo avait-il pris un avocat ? À moins que... Je mis cette pensée de côté et me tournai vers Joanie.

« L'encadré est très bon, lui dis-je, mais est-ce que tu as réussi à trouver ce qui se cachait derrière ce trou d'une année dans la période canadienne de Blackburn ?

– Une seconde, dit-elle tout en tapant. Hum, non, désolée, j'ai pas encore réussi à trouver. »

Le téléphone sonna. Je décrochai sans réfléchir.

« Le *Pilot*.

– Boooonnnnn Dieu, fit la voix de mon *boss*, Henry Bridgman, appelant depuis Traverse City. Qu'est-ce qui te prend de répondre en plein bouclage ? »

Je souris.

« Je savais que c'était toi et que tu dois avoir quelque chose d'important à me dire, genre quelle sorte d'encaustique tu utilises pour lustrer la Cadillac de Kerasopoulos.

– Ah ! Je voulais appeler hier, mais j'avais une flopée de ces satanées réunions budgétaires. Un dimanche, bordel de Dieu. J'ai même raté le match des Wings. Je te jure que j'ai passé la moitié de ma journée ici à m'enlever des saletés de miettes de beignets d'entre les dents. Bref, je ne vais pas te faire perdre ton temps, je voulais juste te glisser quelques petits renseignements. J'ai des bonnes et des mauvaises nouvelles.

– Les mauvaises d'abord, s'il te plaît.

– Tu ne vas pas le croire. Ils enterrent notre devise.

– Pas possible. “Le meilleur papier de tout le Michigan” ?

– Ouais. Apparemment ils ont réuni quelques groupes de marketing qui leur ont dit que c’était un anachronisme, et pas du tout professionnel. À dire vrai, je n’arrive pas à croire qu’il a tenu aussi longtemps.

– On va se faire incendier ici.

– Pas autant que lorsque j’ai enlevé les mots croisés de la page 2. La plupart des gens ne le remarqueront probablement même pas.

– Et quelles sont les bonnes nouvelles ?

– Ce n’est pas moi qui te l’ai dit, mais ton vieux pote est expédié dans les hautes sphères. »

Henry allait enfin passer haut cadre de la société. Cela voulait dire que j’avais une possibilité de reprendre son poste de directeur de la rédaction du *Pilot*.

« Félicitations.

– Merci. Ma bourgeoise ne va pas être très heureuse de déménager par ici, mais ces messieurs signent les chèques. Quant à toi, je crois que je t’ai bien vendu. Tu connais la ville et le boulot, et tu sais que tu as fait quelques erreurs auparavant et que cela ne se reproduira pas. Ce ne sera pas tout à fait formalisé avant quelques jours. Mais libre à toi de perdre le boulot. »

Je m’étais imaginé que ma carrière était fichue quand j’avais quitté Detroit. J’avais envoyé mon CV et des coupures de mes articles à d’autres quotidiens dans tout le pays. La plupart n’avaient pas rappelé ; peut-être savaient-ils que j’avais foiré. Quant à ceux qui m’avaient contacté, j’avais eu un mal de chien à expliquer pourquoi je quittais le *Detroit Times*. Je m’étais retrouvé planqué dans mon appartement, craignant de sortir et de tomber sur d’autres gens du *Times*. Quand j’avais commencé à manquer d’argent, sans endroit pour bosser ni vivre, je m’étais dit que j’allais revenir à Starvation Lake, passer un peu de temps avec ma mère, peut-être travailler avec Soupy, me reconstruire. Après tout, mes problèmes avaient vraiment débuté là-bas ; je n'avais fait que les emporter avec moi à Detroit. De plus, rentrer à la maison semblait une punition adéquate pour les fautes commises à Detroit. Henry me harcela jusqu'à ce que je revienne au *Pilot*. « Seulement jusqu'à que tu saches où tu en es », avait-il dit. Au moins, je pouvais en vivre, ou en vivre à moitié, et en faisant quelque chose que je ne détestais pas.

« Merci, Henry.

– Pas de problème. Tu auras une petite augmentation et tu vas entrer dans le groupe des dirigeants. Maintenant, autre chose : où ça en est cette histoire avec le copain de Bigfoot ? »

Je baissai la voix.

« Nous avons encore un peu de boulot à faire.

– Eh bien, vous feriez mieux de ralentir. Laisse-les mettre ton nom en haut du mât avant de commencer à remuer la marmite.

– D'accord.

– Et à propos, j'aime mon steak saignant.

– Tu l'auras.

– Qu'est-ce que tu as en train pour demain ?

– Ne quitte pas », lui dis-je en le mettant en attente.

Voulais-je vraiment lui parler de l'impact de balle ? Allait-il me dire de ne pas parler de ça non plus ? Bien sûr, Henry avait connu Blackburn, avait écrit quelques-uns des articles sur son accident. Mais il ne savait pas encore ce qui se passait vraiment. Il était trop tard pour retenir les papiers de Joanie. Ce serait mieux pour Henry de pouvoir dire à ses patrons qu'il n'était au courant de rien.

Je le remis en ligne.

« Henry, faut que je fonce, dis-je.

– Bosse bien. »

Après avoir édité l'article de Joanie sur la balle, je courus jusqu'au Fortune Drugstore acheter six bières Pabst, un grand sachet de chips de maïs et une boîte de sauce pour les tremper dedans. Je pensais inviter Joanie pour fêter ses articles. Au fil des années, j'avais appris que je me sentais mieux quand je me rapprochais des gens que j'enviais, comme s'ils pouvaient me pardonner mon égoïsme en partageant leur succès.

Quand je revins au *Pilot*, Joanie désigna mon téléphone où le bouton de mise en attente clignotait.

« Fleming ? dis-je en essayant de deviner.

– Non, répondit Joanie. Un certain Trenton ? De Detroit ?

– Débarrasse-moi de lui, s'il te plaît.

– Est-ce que cela a à voir avec ta... euh... situation là-bas ?

– Débarrasse-toi de lui, et je te le dirai peut-être. »

Scott Trenton était l'avocat que j'avais été contraint d'engager durant mes derniers jours à Detroit. Joanie lui dit que j'étais en pleine fin de bouclage. Il y eut un silence. Trenton était trop scrupuleux pour dire pourquoi il avait appelé, mais assez frustré pour utiliser le silence afin de marquer son déplaisir. Pendant qu'elle notait son numéro, je passai dans la pièce du devant pour appeler l'avocat de Boynton, Fleming. Je n'avais pas avancé d'un iota dans le dossier sur Soupy. Je ne m'attendais pas à ce qu'il soit chez lui un dimanche soir, et il ne répondit pas. Je laissai un message.

« Donc, dit Joanie quand je revins vers elle, une bière ouverte à la main. Qui est ce Trenton, et pourquoi est-ce qu'il ne cesse de t'appeler ? »

Je soulevai son sac à dos de la chaise près de son bureau pour le poser par terre.

« Ce truc pèse une tonne, dis-je. Mais qu'est-ce que tu trimballes là-dedans ?

– Tout, dit-elle. Tu sais, ce Trenton a laissé un tas de messages sur le répondeur hier.

– Pas quand j'ai vérifié.

– Peut-être qu'ils ont été dérivés sur la ligne sondage *off*. »

Chaque mardi, dans le *Pilot*, les lecteurs étaient invités à répondre à la question hebdomadaire du sondage *off* : La saison de la chasse au daim devrait-elle être étendue ? Quelles sont vos fleurs printanières favorites ? Préférez-vous du sucre ou du sirop sur vos pancakes ? Le répondeur enregistrait leurs réponses. Certaines étaient publiées le samedi, avec des photos des lecteurs cités.

« Qu'est-ce que Tillie a pour le sondage *off* de cette semaine ? demandai-je.

– Un truc idiot sur les gens qui enlèvent la neige sur leurs toitures avec des pelles.

– C'est toujours des trucs débiles.

– Sans rire. Mon préféré, c'était celui qui demandait si les gens pensaient que c'était mal – comme un genre de péché – de laisser leurs éclairages de Noël jusqu'à Pâques. »

On éclata de rire tous les deux.

« Et alors, Trenton ? insista Joanie.

– Non, non, attends, dis-je, essayant de ne pas changer de sujet de conversation. Essayons de trouver quelque chose pour le sondage *off*, un truc encore plus drôle.

– Tillie sera vexée.

– Tillie s'en remettra. Allez. Tiens, fais donc chauffer ces feux créatifs. »

J'ouvris deux bières et en tendis une à Joanie. Elle regarda sa première bière, presque pleine. Elle haussa les épaules. Elle posa la bière fraîche, prit la première, rejeta ses cheveux en arrière d'une main, et avala le reste de la bouteille. Ses cheveux retombèrent sur ses épaules quand elle émit un rot guttural.

« Waow, fis-je.

– Je suis vraiment une cochonne, dit-elle en s'essuyant la bouche d'un revers de main.

– Je ne suis pas certain que tu pourrais faire ça au *New York Times*. »

Elle s'empara de l'autre bière.

« J'en ai un, j'en ai un, dit-elle. Écoute : "Sondage *off* : Comment empêchez-vous vos gamins de roter à table ?"

– Pas mal, dis-je, mais écoute celui-là... »

Je regardai autour de la pièce.

« Sondage *off* : "Le comté devrait-il mettre hors la loi les néons qui grésillent ?"

– Oui ! Et sondage *off* : "Pourquoi chaque fichue porte de la ville est-elle garnie de ces petites clochettes ?" Et celui-là : "Existe-t-il un seul homme acceptable dans le coin qui ne vive pas dans une caravane et ne commence pas sa journée avec une bière-jus de tomate ?" »

Nous éclatâmes à nouveau de rire.

« Je ne sais pas, dis-je. Je pense que Tillie peut nous battre à tous les coups dans la stupidité. »

Joanie souleva ses bottes et posa leurs talons sur le bord de son bureau.

« Tu crois réellement que je pourrais arriver à travailler au *New York Times* ? » dit-elle.

Elle est bonne, pensai-je, et elle est fine et assez solennelle en général pour s'intégrer chez ces andouilles de la côte Est. Mais le flash de niaiserie de ce soir me faisait me demander si elle ne serait pas mieux à Cleveland ou Chicago. Je ne l'enverrais jamais à Detroit, en tout cas.

« Honnêtement, dis-je, tu ne peux pas t'attendre à être une journaliste de ce calibre si tu ne peux pas utiliser de jurons avec une désinvolture dénuée du moindre remords. Essaye ça : "Enculé de ta mère." Vas-y. Dis-le. »

Elle me lança un regard vide.

« OK. Tu pourrais y arriver à New York, dis-je. Mais tu aurais besoin d'un peu plus d'expérience que le simple *Pilot*.

– Sans blague ? Est-ce que tu as jamais eu une opportunité de travailler là-bas ?

– Au *New York Times* ? Ouais, bien sûr, et le *Pilot* a monté les enchères pour s'assurer mes services. Non, Joanie, au cas où tu ne l'aurais pas remarqué, ma carrière a pris une direction légèrement différente. Je pense que mon prochain boulot sera de couvrir le volley-ball pour le *Needle*. »

Le *Needle* était le journal du lycée de Pine County.

« Ne te rabaisse pas comme ça. Je suis au courant pour les papiers que tu avais écrits sur les pick-up.

– Ouais. Et c'est pour ça que je suis ici, à Merdeville, à réécrire des annonces pour des réunions du Kiwani's Club.

– D'accord, d'accord. Je t'ai débarrassé de Trenton. Maintenant, envoie. »

Elle avait probablement lu le *Columbia Journalism Review*, qui avait parlé de mon départ du *Detroit Times* dans un petit encart expliquant que j'avais démissionné au beau milieu d'une controverse à propos de mes articles sur les pick-up. « Carpenter a refusé tout commentaire », disait l'article, « comme l'ont également fait les exécutifs du *Detroit Times* et de Superior Motors, citant la possibilité d'un procès. » Des rumeurs avaient couru dans la salle de rédaction du *Times*, mais personne ne savait la vérité. Selon l'accord conclu à mon départ, je n'étais pas censé en parler. Mais qui le saurait si j'en parlais à Joanie ?

« Ils veulent ma source, dis-je.

– Ta quoi ?

– Ils veulent le nom de quelqu'un qui m'a aidé sur ces enquêtes. Ils veulent que je balance une source anonyme.

– Qui le veut ?

– Superior Motors. »

Elle laissa ses pieds retomber sur le plancher et se pencha en avant. Elle me regarda fixement, comme si elle ne m'avait jamais vu avant.

« Gus, putain, mais de quoi tu parles ? »

Putain ? me dis-je. Joanie venait de dire *putain*. Je lui racontai tout.

J'étais parti à Detroit à l'âge de 22 ans, portant avec moi le désir absurde et vain de gagner un prix Pulitzer. Et pas parce que je pensais que cela pourrait aider ma carrière ou épaissir mon porte-monnaie. Ce que je voulais, c'était ramasser un magnifique papier certifiant que j'avais décroché le prix Pulitzer et le ramener à Starvation Lake pour l'accrocher sur cette satanée porte de chez Audrey's, avec ses putains de clochettes, là où Coach et Elvis Bontrager et tous les autres pourraient le voir. Ils sauraient alors qui j'étais vraiment.

Et j'avais presque réussi.

Je passai la majeure partie de 1996 à écrire sur les pick-up Superior Motors, modèle XP. Ces camionnettes à plateau carrossées sport se vendaient très bien et rapportaient gros. Mais elles avaient un problème. Leurs réservoirs d'essence étaient posés entre le châssis et la coque externe du pick-up comme des œufs pris dans un étau. Lors d'une collision, les réservoirs se brisaient et l'essence prenait feu, causant explosion et incendie. Des centaines de gens avaient été sérieusement brûlés. Certains étaient morts. Superior Motors avait réussi à étouffer l'affaire avec des accords hors tribunaux en payant en liquide les victimes et les survivants pour leur silence. Presque personne ne l'avait remarqué jusqu'à ce que je commence à écrire là-dessus. Finalement, les magazines d'info des télés s'étaient mis à en parler sur les ondes, les journaux nationaux avaient suivi, et le gouvernement avait ouvert une enquête. C'était le genre de sujet que vous pouviez passer toute votre carrière à attendre. Et il devenait de mieux en mieux.

Une famille, les Hanover, de Valparaiso, dans l'Indiana, refusa de prendre l'argent de Superior Motors. Justin Hanover était un joueur de basket de 17 ans avec un bon lancer de balle. Il portait des jeans baggies pendant jusqu'à sa raie des fesses et un faux diamant dans le lobe de son oreille gauche. Il jouait aux échecs, aimait Nick Lowe et avait une petite amie nommée Jennifer, une des quatre Jennifer avec qui il était sorti au lycée. Une nuit, en rentrant chez ses parents après avoir déposé Jennifer, il fut percuté par un conducteur ivre dans une Honda Accord. Le pick-up XP de 1991 de Justin explosa sous lui. Des témoins l'entendirent hurler à l'intérieur de la cabine en flammes, mais ils ne pouvaient pas s'approcher pour l'aider.

Au tribunal, les avocats de la famille Hanover citèrent certains de mes articles comme preuves que les patrons de Superior Motors et leurs avocats savaient que ces camionnettes étaient dangereuses, mais n'avaient rien fait pour arranger le problème. Mon enquête montrait que Superior avait enterré une étude interne qui décrivait ces pick-up comme dangereux, que la compagnie avait tenté de corrompre un enquêteur gouvernemental qui travaillait sur l'affaire, et qu'un cadre très haut placé avait été rétrogradé après avoir affirmé que Superior devait admettre que ces véhicules étaient dangereux. Le jury trouva ce comportement répugnant, accorda aux Hanover 3 millions de dollars de dommages et intérêts – somme égale à la dernière offre de Superior – et condamna la compagnie à 351 millions d'amende, ou 1 million de dollars pour chaque cas connu d'accident où le feu avait entraîné les mêmes conséquences. Le premier juré déclara que les jurés voulaient punir Superior pour une « négligence délibérée frôlant l'amoralité ».

Une bonne partie de mes enquêtes reposaient sur une source que j'avais au sein de la compagnie depuis très longtemps. En tant que cadre moyen supérieur au marketing, cet homme avait accès à nombre d'informations de grande valeur sur les prochains modèles que Superior Motors allait construire, les endroits où ils allaient fermer ou étendre leurs usines, quels patrons étaient sur le gril ou pas. Il m'appelait pour me donner des tuyaux, me fournissait des mémos internes, confirmait des trucs que j'avais découverts ailleurs. À l'occasion, il laissait filtrer des infos qui n'étaient pas flatteuses pour Superior Motors. Je lui avais demandé un jour pourquoi il faisait ça et il m'avait répondu : « Si je ne balance pas des saloperies, le reste est moins crédible, non ? » Ce qui était vrai. Je ne m'inquiétais pas de ses motivations parce que je croyais, stupidement, qu'elles avaient peu ou pas d'influence sur quelque chose de factuel. Soit c'était un fait, soit ça ne l'était pas, quelle que soit la personne qui vous le chuchotait. Et il n'avait jamais truqué ses infos, ni essayé de m'entraîner dans une mauvaise direction.

Il n'aurait pas été facile de le repérer dans une pièce remplie de cadres supérieurs. Comme la plupart, il était blanc, soigné, légèrement bronzé, avec un costume anthracite, une chemise blanche amidonnée, une cravate d'un rouge morne, et tous ses cheveux poivre et sel bien à leur place. Il souriait aussi facilement que la plupart des mecs enfilent un tee-shirt. Quand nous avions commencé à nous connaître un peu, il m'avait demandé d'oublier son vrai nom et de se référer à lui uniquement sous le surnom de V. Comme ça, disait-il, je ne risquerais pas de le démasquer, même si je dérapais et que je le mentionnais accidentellement auprès de quelqu'un de chez Superior Motors.

Un jour de mai 1996, V me laissa un message disant de le retrouver chez Fran & Jerry's, un pub du quartier nord-ouest de Detroit. Quand j'y arrivai, la porte de devant était ouverte pour laisser le soleil entrer. La voix de Stevie Wonder sortait d'une radio merdique derrière le comptoir. V attendait dans un box en bois verni au fond de la salle. Il avait ôté sa cravate. Une mince pile de papiers était posée devant lui, à l'envers. On commanda une Pabst et une Michelob.

« Alors, qu'est-ce qui se passe ? demandai-je.

– Tu nous tiens par les couilles, mon ami », dit V.

Il voulait parler des articles sur les pick-up. À cette époque, je n'en avais écrit que deux ou trois.

« Un truc plutôt intéressant, dis-je.

– Ça, c'est sûr, dit-il, un gamin en flammes, une grosse et méchante compagnie, tous les ingrédients nécessaires. »

Je ne répondis pas, mais je pensais, oui, tous les ingrédients. La serveuse apporta nos bières. V demanda un verre. Puis il sortit des lunettes de lecture de sa poche de chemise et les posa sur son nez. Il retourna les feuilles de papier et balaya la première page des yeux, puis la deuxième.

« Tu pourrais trouver ça intéressant aussi, dit-il en levant les yeux vers moi par-dessus ses lunettes. On est en *off*, pour l'instant ?

– Bien sûr.

– Et le fait que je te le donne est totalement *off*.

– Ouais, ouais. »

Au début, je n'arrivais pas à comprendre ce qu'étaient ces pages. L'en-tête Superior Motors les désignait très clairement comme provenant de la compagnie, mais elles ne ressemblaient pas à une note de service. Plutôt à un scénario. Chaque page était couverte de dialogues, certains assez longs, d'autres de seulement quelques mots. L'un d'eux disait : « Mark, c'est Laurie, rappelle-moi rapidement. » Chaque dialogue était associé à des nombres qui m'apparurent indiquer une date et une heure. Ces textes faisaient de fréquentes références aux pick-up XP.

« Ce n'est pas Friedman, si ? demandai-je à V.

– Si, c'est bien Mark Friedman », répondit V.

Friedman était l'avocat principal de Superior Motors.

« Et donc Laurie serait... euh... Lauren Watson ?

– Wilson.

– Pardon. »

L'assistante de l'avocat principal.

« Donc, cet autre type doit être... c'est quoi, son nom déjà ? Reichs. »

Howie Reichs était le plus haut responsable de la sécurité chez Superior Motors.

Je continuais à feuilleter les pages.

« Je ne pige pas, dis-je. C'est comme s'ils n'étaient pas dans la même pièce. En regardant ces trucs – je tournai une page vers V et pointai les indications de date et d'heure –, je pense qu'ils ne parlent pas en même temps. Certaines phrases ont au moins une heure de décalage.

– Très bon.

– Ce ne serait pas des e-mails ?

– Pas loin. »

La serveuse posa un verre ballon sur la table. V le souleva et l'inclina pour verser sa bière dedans si bien qu'il n'y avait presque pas de mousse.

« Pas si moderne.

– Messages vocaux ? »

Il acquiesça d'un mouvement de tête.

« Des transcriptions de messages vocaux ?

– Tu as remarqué de quoi ils parlent ?

– Ouais, de vos fameux pick-up.

– Tu minimises tes capacités, mon ami. »

Je pris une minute pour relire les premières pages plus lentement.

« Oh, fis-je. Putain de merde ! »

Ces gens parlaient de moi, de mes articles et de certaines questions que j'avais soulevées.

« Regarde-moi ça, dis-je. Ils sont en train de comploter pour me baratiner. Friedman dit : "Je crois que nous pouvons fournir à Mr. Carpenter une réponse qui lui fera croire que nous lui en avons réellement donné une."

– Arrêtez les rotatives, dit V avec un petit rire sarcastique.

– Satanés messages vocaux. Où est-ce que tu as eu ça ?

– On ne s'engage pas sur ce terrain-là. »

OK, songeai-je, un jour tu me le diras peut-être.

« Je peux les garder ? »

V hésita. Je pensais que je m'étais peut-être montré un peu trop avide. La musique baissa. J'entendais la circulation dehors.

« Tu ne peux pas les citer, dit-il.

– Quoi ? Allons...

– Non.

– Alors à quoi bon les avoir ?

– Tu n'as pas besoin de les citer. Tu peux lire les pensées des avocats.

– Mais à quoi bon lire leurs pensées sur un truc qui date de... – je jetai un œil sur les dates indiquées – deux semaines ? Cela ne...

– Il y a plus, me coupa-t-il.

– Comme... depuis quand ça dure ?

– Comme par exemple, dit-il en prenant une gorgée de sa Michelob, que tu as appelé à propos de cette étude gouvernementale. »

J'avais appelé le matin même à propos de régulateurs gouvernementaux qui préparaient une nouvelle étude sur les morts dans ces fameux pick-up.

« Mon Dieu », dis-je.

Un attaché-case était posé près de V. Il l'ouvrit avec un claquement et sortit une enveloppe kraft pleine de papiers.

« Tiens, dit-il en me tendant l'enveloppe. Tu ne cites rien. Tu lis, tu comprends, tu les utilises pour imaginer ce qui se passe. Vaut mieux aller pêcher là où sont les poissons, j'ai pas raison ? »

Je ne pouvais pas le contredire.

« C'est tout ?

– Jusqu'à demain.

– Demain ? demandai-je en essayant de ne pas montrer mon excitation. Comment est-ce que tu arrives à sortir ces documents ?

– Tu n'as pas besoin de le savoir. Utilise-les à bon escient. Ou ne les utilise pas.

– Alors pourquoi ? Pourquoi est-ce que tu fais ça ? »

V haussa les épaules.

« Cela semble la chose juste ? Tu n'achèteras jamais ça. Disons simplement que les pick-up sont à la mode. »

Chez Superior Motors, il y avait ceux qui s'occupaient des voitures comme V, et ceux qui s'occupaient des camions, camionnettes et pick-up. Ceux qui s'occupaient des voitures étaient devenus considérablement moins prestigieux – et ramassaient de moins en moins d'argent de la compagnie – que ceux gérant les pick-up dont les modèles sport avaient attiré les faveurs du public. Mais était-ce suffisant pour que V se retourne contre sa propre entreprise ? Peut-être. Ou peut-être est-ce que je ne m'en souciais pas assez.

Ça marchait comme ça : j'avais entamé une série d'articles posant des questions à Superior Motors sur certains pick-up. Chaque jeudi, après 18 heures, je me rendais à la station de bus de Michigan Avenue, où j'avais loué un casier de consigne. Je mettais une clé dans le casier numéro 927, et j'en retirais trois ou quatre enveloppes kraft anonymes remplies de transcriptions. Je les rapportais chez moi et je lisais ce que les avocats de Superior, les ingénieurs chargés de la sécurité et des hauts cadres occasionnels s'étaient dit entre eux sur mes questions. Je savais alors exactement quoi demander dans ma prochaine série de questions. Je prenais soin de formuler mes questions d'une manière assez générale pour que les attachés de presse ne puissent pas faire les connexions que je ne voulais pas qu'ils fassent. Ce n'était pas tout à fait comme être assis au dix-neuvième étage du quartier général de Superior Motors, mais ce n'en était pas loin.

Ces retranscriptions des messages vocaux m'aidèrent à rédiger certains de mes plus gros papiers, dont plusieurs se retrouvèrent cités dans le procès Hanover. Quand le verdict tomba, les rédacteurs en chef du *Detroit Times* commencèrent à préparer ma nomination au prix Pulitzer. Aucun des rédacteurs en chef n'était au courant des messages vocaux. Parce que je n'en avais jamais extrait aucune citation, je n'avais éprouvé le besoin d'en parler à aucun d'entre eux. Je me disais que cela assurerait l'anonymat de ma source. Et quelle importance cela pouvait-il bien avoir en fait, me disais-je, tant que les articles étaient justes ?

Un jeudi, vers la fin novembre, j'ouvris le casier 927 et je ne vis aucune enveloppe kraft. Bordel, me dis-je. Je commençai à me dire que V avait finalement décidé que les mecs des camions et pick-up avaient eu assez de mauvaise presse comme ça, et que ma bonne planque allait se terminer. Mais j'aperçus, tout au fond du casier, une simple feuille de papier. Je dus me mettre sur la pointe des pieds pour l'attraper. Cette feuille ressemblait à la photocopie d'une photocopie de photocopie. L'en-tête de Superior Motors était recouverte de noir. Une colonne de noms à peine lisibles, chacun suivi d'un nombre de six chiffres courait du haut en bas de la page. Je reconnus les noms des avocats de Superior et de leurs agents. « Pas possible », dis-je. Ces chiffres ne pouvaient être que les codes d'accès de leurs messageries vocales.

Un vieil homme assis au pied des casiers de consigne se tourna vers moi comme si je lui avais parlé. Il mangeait un gâteau à la noix de coco, enveloppé d'une serviette en papier, des miettes collées sur le devant de son sweat-shirt.

« Mais qu'est-ce que je vais faire de ça ? dis-je.

– À vous d'voir », dit-il.

Évidemment, je ne savais pas du tout pourquoi V venait de me donner ces codes. J'essayai de le joindre, sans succès. Je pensai qu'il était peut-être parti en vacances. À ce moment-là, je travaillais sur un grand article de fond qui était censé rassembler l'année entière d'articles sur les pick-up en un seul long récit dramatique. Les patrons l'avaient commandé pour accompagner notre demande de prix Pulitzer. J'avais déjà plein de matériel très fort pour ce papier, mais je voulais quelque chose de vraiment frais et juteux.

Je pensais que les transcriptions de messages vocaux étaient probablement des trucs volés, même si je ne pouvais pas en être certain, parce que V n'avait jamais abordé le sujet et que je ne le lui avais jamais demandé. Les journalistes ne sont pas censés accepter du matériel dont ils savent qu'il a été volé. Évidemment, nous acceptons tout le temps des trucs que nous supposons obtenus par des moyens illégaux, ou au moins douteux. Ce n'est pas exactement comme acheter un téléviseur tombé d'un camion, mais quand nous suspectons que le tuyau est brûlant, nous justifions son utilisation en nous disant que nous ne sommes pas les voleurs et que nous servons la société.

Ces justifications n'étaient pas si évidentes, pourtant, quand on en venait aux codes d'accès des messages vocaux. Je n'avais pas volé ces codes, bien sûr. Et je n'étais même pas certain que V les avait volés. Mais si je les utilisais pour écouter des messages vocaux, et si écouter des messages était du vol, alors peut-être que je deviendrais un voleur. Mais était-ce pire que de laisser sciemment des gens mourir brûlés vifs ?

Je n'y réfléchis pas trop longtemps. Je me servis deux fois des codes. Après minuit. D'une cabine publique devant la station de bus. Quelques-uns ne fonctionnaient pas ; leurs propriétaires les avaient probablement modifiés. J'eus plus de chance avec d'autres. Les rédacteurs en chef firent de l'espace pour que mon dernier grand article fasse la une le dernier dimanche de l'année.

Trois jours avant, j'assistais à un rassemblement estival annuel de Superior Motors. Environs vingt reporters, une demi-douzaine d'attachés de presse, et quelques cadres moyens ou supérieurs s'étaient retrouvés dans un restaurant du centre de Detroit pour boire trop, manger pour éponger, et rire faussement. Avec les années, j'en étais venu à détester ces repas, mais je me disais toujours que si je n'y allais pas, mes concurrents pourraient dégoter une info qui me manquerait. J'attendais au bar, quand j'entendis par hasard deux cadres moyens qui parlaient d'une « purge ». J'espérais avoir mal compris. Pendant le déjeuner, je lâchai une question d'un ton anodin. Il y avait effectivement eu des licenciements dont la compagnie n'avait pas fait état dans la presse. Certains cadres – le nom de V émergea – avaient refusé l'offre de départ, mais leurs patrons les avaient obligés à accepter.

Je m'excusai, quittai la table et me rendis aux toilettes et m'enfermai. J'espérais que personne n'avait vu mon visage devenir blême ni la sueur froide qui coulait sur mon front. V était parti de Superior Motors depuis presque huit mois. Il était parti plusieurs semaines avant de me donner les transcriptions. Maintenant je savais, sans avoir à demander à personne, que le moindre élément que V m'avait fourni avait été volé, qu'il avait une hache à aiguiser et une raison – une mauvaise raison – pour m'utiliser. Donc les motivations avaient vaincu les faits, en fin de compte. Il n'y avait rien que je puisse faire à propos des articles qui avaient déjà été publiés. Mais assis là, à regarder les empreintes de pas boueuses sur le carrelage, je prenais conscience avec amertume qu'il était encore temps de modifier mon dernier grand papier – et avec lui, mes chances pour le Pulitzer.

Je réussis enfin à joindre V chez lui, juste après 1 heure du matin.

« Tu t'étais fait virer et tu ne me l'avais pas dit ? attaquai-je.

– Tu m'as réveillé, dit V en bâillant. Je ne me suis pas fait virer, j'ai accepté une prime de départ.

– J'aurais aimé le savoir.

– Pourquoi ? Tu n'aurais pas pris les transcriptions dans ce cas-là ? Tu m'aurais dit de les garder, tout bêtement ? »

Ma colère montait.

« Si j'avais su que tu les avais volées et que tu étais en train d'essayer de baiser la compagnie, putain oui, je t'aurais conseillé de les garder, dis-je, mais je n'étais pas certain de le croire moi-même.

– Eh bien, oublie tout ça, voilà, dit V. Tu ne savais pas qu'elles étaient volées – et je ne dis pas qu'elles l'étaient –, donc tout va bien pour toi. Tu peux plaider l'ignorance. Prends juste mon dernier petit cadeau et balance-le à la poubelle. »

Il persiflait.

« OK, Ernest », dis-je.

Puis je prononçai son nom en entier. V gloussa.

« Qu'est-ce que tu vas faire, me faire virer ? Souviens-toi, mon ami, nous étions *off*. Dévoiler mon identité te mettrait plus dans la mouise que moi. »

Il avait raison, bien sûr. Beaucoup de règles dans le journalisme étaient pleines de zones grises, mais celle-là était claire comme le jour : si vous promettiez l'anonymat à une source, vous ne révéliez jamais son identité. Vous fermiez votre gueule. Vous alliez en taule plutôt que de dénoncer une source anonyme. Un reporter qui balançait une source pouvait aussi bien quitter la profession pour de bon.

Je raccrochai le téléphone sans ajouter un mot.

Le grésil me brûlait les joues tandis que je marchais pour rentrer chez moi. Je suis baisé, me disais-je. Ce n'était pas la faute de V, non plus. Bien sûr, il ne m'avait pas dit toute la vérité, mais je ne l'avais jamais cherchée ; putain, je l'avais même évitée. Je m'étais moins inquiété de son point de vue, que je ne l'avais fait des flics de la station de bus qui auraient pu, à force, me suspecter de trafic de drogue. Et maintenant oui, techniquement, je pouvais plaider l'ignorance sur tout ce que V m'avait donné, sauf sur ce dernier petit cadeau, les codes d'accès. À cet égard, j'étais foutu. J'avais utilisé les codes pour écrire mon chef-d'œuvre final. Le seul moyen de m'absoudre de ce péché serait d'aller me confesser à mes rédacs chef le matin même.

Au lieu de quoi, j'appelai pour dire que j'étais malade. Je donnai les ultimes modifs de mon article par téléphone. Le dimanche, il couvrait tout le haut de la une et se poursuivait à l'intérieur sur une pleine page avec des photos et des schémas. La semaine suivante, j'aidai mes patrons à rédiger une lettre présentant ma candidature pour le prix Pulitzer. Tout du long, je ne cessai de me dire que ce dernier article – et tous les autres articles que j'avais écrits sur les pick-up de Superior

Motors – était la vérité, que rien de ce que j'avais rapporté ne serait jamais sorti si je n'avais pas utilisé les messages vocaux, que personne n'aurait jamais su comment Superior Motors avait essayé de couvrir ses erreurs mortelles. Les articles étaient la vérité, me disais-je, et cela seul importait.

Six mois plus tard, on me convoqua chez Wendy Grimm, directrice de la rédaction du *Detroit Times*.

Elle était assise derrière un bureau de chêne massif, dans un tailleur anthracite embelli d'une écharpe de soie rouge sang, ses yeux gris fixés sur une agrafeuse qu'elle tripotait. Un avocat du *Times* nommé Ferris était assis près d'elle, l'air morne. Je l'avais rencontré une fois quand il avait relu et porté aux nues un de mes articles sur Superior Motors. Grimm quitta son agrafeuse des yeux juste assez longtemps pour me faire signe de prendre un siège. Sa secrétaire ferma la porte derrière moi, étouffant le brouhaha de la salle de rédaction.

« Gus, dit Grimm en posant son agrafeuse. Nous avons un problème. »

Wendy Grimm était une étoile montante dans la AllMedia Corporation, le conglomérat de journaux, chaînes de télévision, stations de radio et reproductions rapides qui possédait le *Times*. Elle n'était arrivée au *Times*, son cinquième journal en onze ans, que deux années auparavant, et on s'attendait à ce qu'elle monte dans les bureaux de la compagnie à Dallas une fois qu'elle aurait imprimé sa marque à Detroit. Elle m'avait reçu dans son bureau quelques mois plus tôt pour me féliciter de mes articles sur Superior Motors qui m'avaient valu d'être sélectionné comme l'un des trois finalistes pour le prix Pulitzer. Ce jour-là, elle était debout, rayonnant devant les certificats encadrés au mur qui témoignaient des prix Pulitzer obtenus par le *Times* en 1931 et 1954. « Tu es le prochain, Gus », avait-elle dit, sachant pleinement que mon prix Pulitzer serait considéré par les patrons de la compagnie comme *son* Pulitzer.

Quand le *Washington Post* gagna le prix pour une série de six articles sur le bureau du budget du Congrès, je me sentis immensément soulagé, en fait, parce que j'avais commencé à nourrir une terreur grandissante : l'obtention du plus grand prix pourrait attirer une attention plus précise sur mes méthodes d'investigation. Même si j'avais continué à écrire un article occasionnel sur les pick-up de Superior Motors, j'avais coupé tout contact avec V, je m'étais débarrassé de mon casier à la station de bus, et j'avais résisté avec succès à la tentation de rappeler les messageries vocales. Je pensais avoir mis les articles de l'année précédente assez loin derrière moi.

Tout cela changea instantanément quand Wendy ouvrit un tiroir de son bureau et en sortit quelque chose qu'elle posa devant moi. Je reconnus immédiatement la clé de mon ancien casier de consigne, avec le « 927 » gravé sur son gousset orange vif. Je sentis que Grimm et Ferris m'évaluaient du regard et j'essayai de rester calme malgré le sentiment soudain que le fond de mon estomac allait bientôt dégringoler.

« Explique-nous, Gus, dit Wendy Grimm, comment tu as eu accès au système de messages vocaux de Superior Motors ?

– Je n'y ai pas eu accès, dis-je. Seulement deux fois.

– Assez pour te faire prendre. Superior a remonté ta trace. »

Oui, me dis-je, mais les histoires étaient vraies.

Nous restâmes un moment en silence. Wendy Grimm le brisa.

« Donc, qui était ta source ?

– Les infos étaient vraies », dis-je.

Elle ramassa l'agrafeuse et l'aplatit brutalement sur son sous-main.

« Tu justifies ainsi le vol d'une propriété qui ne t'appartenait pas ? dit-elle. Qui était ta source ? »

Je regardai Ferris, puis à nouveau Wendy Grimm.

« Ma source était anonyme, dis-je.

– Ce n'est pas ce que je t'ai demandé, dit-elle. As-tu parlé à un de tes rédacteurs en chef de cette personne ?

– Personne ne me l'a demandé, et, en fait, je n'avais pas besoin de le dire parce que je n'ai pas cité les messages vocaux. »

Wendy Grimm pinça les lèvres et serra ses mains si fort que ses phalanges blanchirent.

« Gus, Superior Motors menace de nous traîner en justice et de nous faire une publicité peu flatteuse. Si nous savions qui était ta source, nous pourrions être plus à l'aise pour essayer de les en dissuader. Si c'était quelqu'un chez Superior, je veux son nom, à lui ou à elle. Tu vas me le donner. Maintenant. »

Normalement, un journaliste révélerait le nom d'une source anonyme à un rédacteur en chef, qui serait alors lié par le même serment de confidentialité. Dans la plupart des journaux, y compris le *Detroit Times*, refuser d'agir ainsi était une offense qui pouvait vous faire virer. Mais il était déjà clair que j'étais sur le départ de toute façon, et qu'il ne s'agissait là ni de moi, ni de Superior Motors, ni des pick-up, ni même du *Times*. Un incendie s'était déclaré dans le building de Wendy Grimm et il fallait qu'elle l'éteigne avant qu'il ne s'étende à tout All-Media Corporation.

« Je ne suis plus en contact avec cette source, dis-je. Il reste anonyme. C'était ça, mon accord.

– *Ton* accord, Gus ? *Ton* accord ? Mais pour qui crois-tu que tu travailles ? Tu te rends compte de la quantité de merde que tu as attirée sur moi... sur nous, le *Times*, et tous tes collègues ?

– Ces pick-up ont brûlé des gens à mort et Superior le sait. Chaque mot que j'ai écrit était vrai. »

Elle eut un sourire fragile, celui de celle qui monte et sent les barreaux de l'échelle céder un à un sous ses pieds.

« Nous sommes désormais dans une situation où tout cela est devenu complètement hors sujet. Totalement. »

Elle se tourna vers Ferris.

« Phil ? »

Ferris déploya ses longs bras et souligna les plaintes dont Superior menaçait le *Times* : diffamation, calomnie, intrusion dans la vie privée, vol. D'une manière ou d'une autre, dit-il, mes méthodes seraient connues. Le journal, mes collègues, Wendy Grimm, All-Media, tous en subiraient le déshonneur. De plus, un jury en diffamation pourrait très bien écarter toutes les preuves que j'avais recueillies grâce aux messages vocaux, parce qu'ils avaient été volés.

« Diffamation, mon cul, dis-je. La vérité est une défense, comme vous nous l'avez répété sans arrêt dans vos petits séminaires en salle de rédaction. »

Ferris avait l'air ennuyé.

« La vérité n'est pas une défense, dit-il, jusqu'à ce que vous ayez établi ce qu'est la vérité, jusqu'à ce que vous ayez prouvé la vérité. »

Le téléphone de Wendy Grimm émit un bruit électronique ; elle tendit la main, puis décida de ne pas décrocher.

« Malheureusement, poursuivit Ferris, sans l'aide des messages qui ont été dérobés, nous ne pouvons pas prouver grand-chose, ce qui signifie que nous pourrions perdre en diffamation.

– Ces gens sont des assassins, dis-je.

– Et nous perdrions gros », dit Wendy Grimm.

Son téléphone sonna à nouveau ; elle l'ignora encore une fois.

« Nous sommes en pourparlers avec Superior Motors. Pour faire court, nous avons besoin de ta démission, effective immédiatement. »

Elle posa devant moi une simple feuille de papier. En bas, je vis mon nom complet « Augustus J. Carpenter », tapé là où j'étais censé signer. Jusqu'à ce matin-là, je m'étais dit que même si je me faisais prendre avec ces messages vocaux, je n'aurais à endurer qu'un changement de statut ou une suspension temporaire. Qu'ils ne me vireraient jamais pour des articles qui disaient la vérité. Certainement pas sur ordre de Superior Motors, et pas sans combat. Mais assis là, avec mon nom en lettres capitales sous les yeux, je compris que j'étais mort.

Ferris sortit de sa poche intérieure un stylo visiblement très onéreux.

« Signez, s'il vous plaît, dit-il, ou nous serons obligés de vous éliminer.

– Ils assassinent des gens. »

La secrétaire de Wendy Grimm passa la tête par la porte entrouverte.

« C'est Al, sur la quatre, dit-elle, vous feriez mieux de décrocher. »

J'entendais les claviers des ordinateurs cliqueter dans la salle de rédaction. Grimm leva un doigt pour lui dire de le garder en ligne.

« Je n'ai pas le temps de tergiverser, Gus, dit-elle. Signe cette putain de lettre. Ou ne la signe pas, et tu pourrais te retrouver avec beaucoup plus de problèmes encore. »

Elle pressa un bouton sur son téléphone.

« La sécurité, s'il vous plaît. »

C'est alors que mon cerveau cessa de fonctionner. Je me sentais comme lorsque nous avions perdu le match de hockey dans les prolongations avec mort subite[1]. Quand vous perdez comme ça, ça arrive si vite que vous n'arrivez pas à le croire tout de suite. Mais ensuite vous voyez les arbitres qui s'en vont et l'autre équipe qui fête ça et vous regardez la pendule arrêtée sur zéro, et la certitude de votre échec vous déchire. Perdre pendant le temps normal de jeu ne fait pas aussi mal. La pendule tourne. Vous vous préparez. Pendant les prolongations, vous mourez, tout simplement.

Je pris le stylo.

Je retournai à Starvation Lake. Avec ma première paye du *Pilot*, je versai la première mensualité pour l'achat d'un pick-up Ford d'occasion.

Deux jours avant Noël, mon avocat avait appelé. Je n'avais jamais rencontré Scott Trenton, l'ayant engagé par téléphone sur les conseils d'une autre journaliste du *Times* qui avait fait appel à lui pour son divorce.

« Les nouvelles ne sont pas foutrement favorables », dit-il. J'étais dans ma cuisine, en train d'empaqueter des cadeaux pour ma mère. Une robe, un très beau jeu de cartes, un bon pour un super-déjeuner dans un restaurant d'Ellsworth. Une pluie givrante avait couvert mes fenêtres de glace. Pendant des mois, je n'avais rien entendu à propos de ma situation, tandis que le *Detroit Times* et Superior Motors essayaient de négocier un accord qui éviterait un procès en diffamation. Les avocats de Superior auraient adoré crucifier le journal en l'obligeant à des excuses en première page, mais les patrons de la compagnie n'étaient pas

1. La mort subite désigne, au hockey sur glace une manière de désigner un vainqueur dans un match se terminant à la fin du temps réglementaire par une égalité entre les deux participants (équipes ou joueurs). La victoire est alors accordée à la première équipe marquant un but.

très désireux d'attirer à nouveau l'attention sur leurs pick-up mortels.

Trenton m'expliqua que Superior cherchait à obtenir la coopération du *Times* dans le procès Hanover. Les Hanover étaient cette famille d'Indiana qui avait perdu leur fils, Justin, dans un pick-up en flammes, et obtenu plus tard un verdict réclamant 354 millions de dollars, en partie basé sur mes articles. Superior avait fait appel. Maintenant, ils voulaient que le *Times* fasse une déclaration écrite sous serment auprès de la cour, établissant que mes articles étaient truffés d'inexactitudes, et qui pourrait pousser la cour à casser le verdict. Les Hanover devraient alors décider s'ils étaient prêts à endurer un second procès, et revivre la mort de leur fils.

« C'est pas joli, joli, dit Trenton. Jusqu'à maintenant, Superior et le journal n'ont pas réussi à s'accorder sur les termes de la déclaration sous serment. Mais ils vont y arriver. Ils vont probablement le faire une minute avant 17 heures le 31 décembre. »

Il y avait plus. Dans des négociations séparées entre Superior et les Hanover, la famille avait accepté de retirer sa plainte si, en retour, Superior contribuait à hauteur de 200 millions de dollars à effectuer des transformations sur les pick-up des propriétaires qui le demanderaient. Les Hanover recevraient aussi 5 millions de dollars en liquide, dont la plus grosse partie irait à leurs avocats.

« Ils n'obtiendront pas le pactole, dit Trenton, mais certains de ces pick-up pourraient effectivement devenir plus sûrs.

– Ils ont toujours dit que c'est ce qu'ils voulaient.

– Entre toi, moi et la porte de la grange, Gus, les plaignants disent toujours ça. En réalité, la plupart d'entre eux veulent une montagne de fric et peut-être un P-DG avec les couilles dans un piège à ours.

– Les Hanover sont de braves gens. »

Il se tut un instant.

« Oui, ce sont des gens bien. Ce qui rend un dernier détail légèrement problématique. Superior a stipulé qu'une des conditions pour qu'ils acceptent l'accord avec les Hanover est que tu donnes le nom de la source de tes messages vocaux.

– Ils ne peuvent pas faire ça.

– Ils sont en train de le faire, mon ami.

– Ils doivent savoir qui c'est. Ils avaient la clé de mon putain de casier de consigne.

– Qu'ils le sachent ou pas, Gus, ils veulent que tu le leur dises, OK ? Si tu ne le fais pas, les Hanover n'obtiennent pas leur accord.

– Qu'ils aillent au diable.

– Alors, les Hanover vont y aller aussi, parce que Superior Motors dit que cela n'est pas négociable. Pas de nom, et le deal avec la famille n'existe plus. Ils tenteront leur chance en appel, ce qui ne sera pas très bon pour eux une fois que le *Times* aura dit à la cour que tes articles étaient un tissu de conneries.

– Mais ce n'était pas des conneries !

– Sacrément dur à défendre avec les pompes dans lesquelles tu marches désormais. »

Je ne parvenais pas à contrôler ma colère, là, dans ma cuisine, au milieu du papier-cadeau et des rubans. J'avais envie de balancer le téléphone à travers les carreaux givrés.

« Putain, je n'arrive pas à le croire.

– Crois-le, dit Trenton, et encore une chose : si tu ne donnes pas le nom, Superior va également engager des poursuites contre toi pour vol organisé.

– Mais, pourquoi est-ce qu'ils se soucient autant de cette source ?

– J'aimerais bien le savoir. Tout ce que leurs avocats disent, c'est qu'ils ont leurs raisons.

– D'accord. Ils veulent me baiser. Donc, je peux soit me baiser moi-même, soit baiser les Hanover. Dans un sens comme dans l'autre, Superior s'en sort indemne, et toute la merde retombe sur ces pauvres bâtards qui ont grillé dans leurs pick-up.

– Tu veux mon avis ? dit Trenton. Balance le mec.

– Comment tu sais que c'est un...

– Ferme-la une seconde, et écoute ton avocat. Tu es fou de rage et je ne t'en blâme pas. Mais tu ne dois absolument rien à celui ou celle qui t'a fourni ces messages. Vous aviez fait un deal tous les deux : il disait la vérité, tu protégeais son identité. Mais il ne t'avait pas dit qu'il avait été lourdé. Il a menti. Tu ne pouvais pas savoir que ses motivations étaient discutables. C'est une rupture de contrat. Tu n'es plus dans une quelconque obligation légale de le couvrir. »

Techniquement, il avait peut-être raison, mais je ne pensais pas que V m'avait menti. En tant que journaliste, il était agréable d'imaginer qu'en étendant le voile de l'anonymat, vous protégiez des gens braves et nobles qui risquaient leur gagne-pain ou même leur vie peut-être pour dire des choses que vous n'étiez pas censé savoir, et que vous auriez eu du mal à apprendre autrement. Mais pas mal de fois – bordel, la plupart des fois –, vous ne protégiez pas le brave et le noble. La plupart du temps, vous protégiez des avocats, des attachés de presse, des lobbyistes et autres dissimulateurs qui savaient exactement comment exploiter votre petite loi de l'anonymat si pratique, afin de donner la forme qu'ils voulaient à vos articles sans laisser leurs empreintes digitales. Oui, V ne m'avait pas dit l'entière vérité. Mais je n'avais jamais cherché à la connaître. V m'avait dit ce que je voulais entendre, et moi, impatiemment, de plein gré et avec appétit, je l'avais avalé. Il avait eu ce qu'il voulait. J'avais eu ce que je voulais.

Et la vérité, comme l'avait dit Wendy Grimm, était désormais hors de propos.

« Quand ont-ils besoin de le savoir ? demandai-je à Trenton.

– Avant-hier.

– Joyeux Noël, Scott », dis-je en reposant le combiné téléphonique.

Puis je le repris et composai le numéro de V. J'entendis une seule sonnerie, suivie par trois bips, et une voix enregistrée disant que le numéro n'était plus attribué.

16

« Alors, tu leur as dit ? » demanda Joanie.

Nous avions fini les bières et presque toutes les chips de maïs pendant que je racontais mon histoire.

« Dit quoi ?

– D'aller se faire voir en enfer, quoi d'autre ? »

Elle ne me lâchait plus.

« Je ne leur ai encore rien dit.

– Écoute, Gus, peut-être que tu n'aurais pas dû voler ces messages vocaux. Mais ce qui est fait est fait. Tu es encore ici, en train de faire ce que tu fais. Ne fous pas ça en l'air. Y a pas à tortiller. Tu ne peux pas balancer une source. Point barre. Est-ce que le *Times* a rempli ce truc que Superior voulait, disant que tes articles étaient bidons ?

– Ouais.

– Personne n'a relevé ?

– La cour l'a mis sous scellés. Mais cette déclaration deviendra publique quand le procès démarrera.

– Et c'est quand ?

– Les avocats de Superior attendent ça pour vendredi. J'ai jusqu'à mardi pour me décider. Si j'abandonne ma source, ils s'entendront avec les Hanover et l'appel sera sans intérêt pratique. Si je ne le fais pas, et que Superior gagne en appel, les Hanover sont baisés.

– Les Hanover ne sont pas sous ta responsabilité, Gus.

– Si, ils le sont.

– Non. Tu ne peux pas... attends une minute. »

Elle sortit un *pager* de sous son sweater et le regarda.

« Oh, bon sang, il faut que je parte », dit-elle.

Je la regardai enfourner carnets et papiers dans son sac à dos et le balancer par-dessus son manteau.

« Où vas-tu ? » demandai-je.

Elle ignora ma question.

« Tu seras là de bonne heure, demain ?

– Probablement. Qu'est-ce qui se passe ?

– Rien.

– Tu iras à la conférence de presse de Dingus ?

– Oui.

– La réunion du bureau d'aménagement est à 14 heures. »

Elle avait presque franchi la porte.

« Oh, c'est vrai. J'aurais aimé faire ça aussi, mais il semble que je vais me retrouver collée aux flics. »

J'entendis les clochettes tinter à la porte de devant. J'avais commencé à ramasser les bouteilles quand j'entendis de nouveau les clochettes. Joanie réapparut, le souffle court.

« Je le tiens, dit-elle. Sondage *off* : "Croyez-vous qu'il existe des tunnels sous les eaux du lac ?"

– Vendu », dis-je.

Je laissai à Tillie une note sur la question à poser dans le sondage *off*, et pris l'escalier intérieur pour monter dans mon appartement. Une fois à l'intérieur, j'entendis une voix dehors. Derrière les rideaux, j'aperçus Soupy assis sur le seuil, la tête dans ses mains, une bouteille coincée entre ses bottes trempées de neige. Sa veste était déboutonnée. Il secouait la tête en marmonnant des phrases incompréhensibles. Je m'avançai dehors.

« Soup ? »

Il ne leva pas les yeux. Il continuait à secouer la tête.

« Putain, Trap, marmonnait-il. Putain, mais qu'est-ce que tu me fais ?

– Soupy, mais de quoi tu parles ?

– Tu le sais très bien, putain de bordel, Trap. »

Il était plus bourré qu'il n'en avait l'air quand il m'avait appelé depuis son pick-up. Il restait à peine deux doigts de bourbon dans sa bouteille de Old Crow. Je tendis la main pour la prendre, mais il l'écarta.

« Le Corbeau, mec, dit Soupy, en avalant une gorgée. Tout ce qui me reste. Tu veux ça aussi ?

– Entre, Soup.

– J'suis bien, tu vois pas ? » dit-il en articulant difficilement.

Puis il rejeta la tête en arrière et se mit à coasser comme un corbeau :

« Croa ! Croa ! Croa ! »

– Tu vas réveiller toute la ville. Entre, s'il te plaît. »

Il arracha son chapeau et tourna sa tête vers moi, son visage déformé par un sourire exagéré.

« Quelle nuit, dit-il. Deux bières – disons trois bières – et un coup de scotch avec mon bon vieux pote.

– Quel bon vieux pote ?

– Teddy. »

D'une main mal assurée, il s'accrocha à la rambarde et parvint à se remettre sur pied.

« Ma vieille copine. »

Soupy avala une gorgée et me tendit la bouteille, mais il la ramena aussitôt vers lui, avec un petit hennissement.

« Je joue pas à ça, dit-il. Alors, alors, alors... dis-moi, Trap... Qu'est-ce que... putain, qu'est-ce que tu foutais dans mon bureau ? »

Donc, il avait vraiment parlé avec Boynton, pensai-je.

« Je te cherchais, dis-je, et c'était presque la vérité. Il y a une de ces pagailles là-dedans. Ton père n'apprécierait pas.

– Eh bien, en voilà une putain de nouvelle... flash d'info : mon papa n'apprécierait pas. »

À cet instant, je pensai à l'interroger sur le reçu pour le ferry que Dingus m'avait donné, mais il n'était pas en état de répondre.

« Pourquoi tu ne rentres pas chez toi ? Vas-y à pied. Je te ramènerai ton pick-up demain.

– Je l'encule, mon pick-up », dit-il en se tournant vers moi.

Je fus surpris de voir des larmes dans ses yeux. Bourré, Soupy avait souvent des crises de pleurs mais je compris qu'il y avait quelque chose de réel derrière ces larmes, parce qu'il essayait de les retenir.

« Bon Dieu, Soup, mais qu'est-ce qui se passe ? »

Il porta la bouteille à ses lèvres, s'arrêtant juste avant de boire.

« Teddy *boy*, il dit que tu fais un papier sur Coach.

– Ah ouais ?

– Laisse tout ça, Trap. Laisse tomber. Rien de bon ne peut en sortir. »

C'est tout ? me dis-je. C'est ça qui le met dans cet état ? L'histoire de l'impact de balle avait dû se répandre. Mais pourquoi Soupy s'en souciait-il ? Après notre dernière défaite, Coach et lui ne s'étaient plus très bien entendus non plus.

« Dingus va faire une conférence de presse. Si les flics ont trouvé quelque chose, je n'y peux rien. »

Il laissa soudain pendre la bouteille au bout de son bras. Il avait l'air sidéré.

« Une conférence de presse ? Putain. Pas ça. Dingus sait que dalle. De la merde.

– Ben quoi, alors ?

– Le Canada. Tu sais.

– Non, je ne sais rien. De quoi est-ce que tu parles ?

– Joue pas à ça avec moi, dit-il en pointant la bouteille vers moi. Je te vois venir à des kilomètres, fumier. Au Canada. Coach a eu un problème... »

Est-ce qu'il parlait du trou dans le passé de Coach ? Est-ce que Boynton lui en avait parlé ? Comment Boynton pouvait-il le savoir ? À moins que Joanie n'en ait parlé à Boynton. Elle l'avait approché pour l'interviewer. Peut-être avait-il réussi à lui soutirer des informations. Et maintenant Boynton se jouait de Soupy comme il s'était joué d'elle. Mais avec quoi ? À moins que Boynton ne sache quelque chose sur cette année manquante que ni Joanie ni moi ne savions. Il y avait forcément autre chose.

« Non, dis-je. Nous n'avons rien sur le Canada. Boynton essaye de t'embrouiller la cervelle. De toute façon, qu'est-ce qu'on s'en fout de ce que Coach a fait au Canada, il y a trente ans ! »

Les lèvres de Soupy se mirent à trembler.

« Hé, fis-je, en avançant d'un pas. Qu'est-ce qui se passe ?

– Tu es mon meilleur ami.

– Qu'est-ce qu'il y a ?

– Mon seul ami.

– Soupy, bordel... »

Sa tête tremblait, ravalant des sanglots.

« Je ne sais rien, putain », dit-il.

Je posai une main sur son épaule, mais il se secoua pour s'en débarrasser et commença à descendre l'escalier. Il savait quelque chose, c'était certain, mais cette nuit, il ne me faisait pas confiance.

« Je ne ferais jamais rien pour te blesser », dis-je.

À mi-chemin des marches, il s'arrêta, se retourna et brandit la bouteille.

« Tu vois cette pisse ? Il n'existe qu'un seul bourbon pire que celui-ci. Tu sais lequel ? »

Je n'en avais pas la moindre idée.

Il hurla la réponse.

« Le putain de Gentleman Jack ! »

Puis il tendit le bras en arrière et balança la bouteille par-dessus son pick-up jusque dans South Street, où elle éclata contre un bloc de glace.

Le lundi matin, je dus cligner des yeux pour traverser la salle du *Pilot*, complètement enfumée. Derrière le comptoir, Tillie ne leva même pas le nez du journal qu'elle lisait. Il était à peine 9 heures et son cendrier était déjà plein de mégots.

« Bonjour, dis-je. Tu as vu le camion de la télé devant chez Audrey's ? »

Tillie ne répondit pas. Elle était appuyée sur un coude, cachant son visage. Quelque chose la turlupinait. Je pris un exemplaire du *Pilot* sur le comptoir et glissai une pièce de 25 cents près du coude de Tillie.

« Kerasopoulos a appelé, dit-elle.

– Qui ?

– De l'entreprise. Il n'avait pas l'air content. »

Joanie était à son bureau, toujours avec son bonnet de laine et son écharpe, examinant ce qui semblait être une pile de reçus. J'étalai le *Pilot* sur ma table de travail. Le principal papier de Joanie : « Un impact de balle découvert sur l'ancienne motoneige de l'entraîneur » et l'encadré : « La ville se souvient du stratège et du promoteur » remplissaient entièrement la moitié supérieure de la une. C'était bien composé, avec des photos des lieux de l'accident de Blackburn, Blackburn soulevant un trophée, Blackburn coupant le ruban d'inauguration d'une toute nouvelle pizzeria. Il y avait aussi ce portrait de Blackburn, cette photo d'identité agrandie qui était accrochée chez Enright's, avec, en surimpression, l'inscription suivante : « John D. "Jack" Blackburn. 19 janvier 1934-13 mars 1988. » J'aurais aimé savourer pendant une minute la satisfaction d'avoir accompli quelque chose. Mais il fallait que j'appelle Kerasopoulos.

« Je vais peut-être aller chez les flics, dit Joanie. J'allais enfin faire le compte de mes notes de frais, mais ça peut attendre. »

Cela me rappela que j'avais voulu lui parler d'une note de téléphone. Je fouillai la pile de papiers sur mon bureau. Tout en cherchant, je lui dis :

« Écoute, une fois la conférence de presse de Dingus entamée, contente-toi de rester là à écouter. À moins qu'il n'y ait quelque chose que tu ne puisses absolument pas obtenir directement de Dingus ou des autres flics, ne pose aucune question. Tu aiderais les gens de la télé. »

Je ne voulais pas non plus que Dingus puisse penser que j'avais parlé à Joanie de sa visite dans mon appartement.

« Euh... j'avais pas pensé à ça. Excuse-moi. »

Elle se rendit aux toilettes.

Je retrouvai la note de téléphone collée derrière le communiqué de presse de Bud Popke. Je repérai environ une douzaine d'appels longue distance, des 202, et des 617, et une de 57,28 dollars dans la zone 703. Joanie avait appelé Washington DC et Boston pour l'histoire de Bigfoot, et je savais, depuis que j'avais couvert les régulateurs de la sécurité automobile, que 703 était en Virginie, près de Washington. Selon la politique des journaux appartenant à NLP, comme ce simple appel dépassait 50 dollars, j'étais censé m'enquérir de l'objet de ce coup de fil et faire un rapport à la compagnie. Si je ne le faisais pas, les services financiers le feraient. Ils ne vivaient que pour ça.

Je regardai la facture. Si je ne faisais pas de rapport sur les 57,28 dollars, cela allait-il mettre en danger mes chances de passer directeur de la rédaction ? Je n'arrivais pas à croire que je puisse m'inquiéter de ces conneries. Et merde, me dis-je, en reposant la facture sur mon bureau.

Tillie apparut, tenant une feuille de papier dans une main et une cigarette fumante dans l'autre. Maintenant que je pouvais clairement voir son visage, je compris qu'elle avait pleuré.

« C'est une plaisanterie ou quoi ? dit-elle en agitant la feuille de papier.

– Quoi ?

– Ce sondage sur les tunnels ? »

Joanie émergea des toilettes.

« Non, ce n'est pas une blague, dis-je à Tillie. C'est des *news*. Sers-t'en. Et ne viens pas fumer par ici, s'il te plaît. »

Elle disparut.

« C'est quoi, son problème ? demanda Joanie.

– Pas la moindre idée. »

Je pris le dossier sur les problèmes de Soupy avec la marina, et je le lui montrai. Mon téléphone sonna.

« Est-ce que tu avais emprunté ça ? »

Son visage disait oui, mais avant qu'elle ne puisse dire quoi que ce soit, Tillie passa la tête dans la pièce.

« Gus... Scott Trenton. »

Joanie se dirigea vers la sortie.

« Je ne peux pas te sauver, cette fois. »

Je décrochai le téléphone et appuyai sur la touche qui clignotait.

« Bonjour, Scott.

– Tu ne rappelles jamais.

– Quand je n'ai rien à dire, non. »

J'entendais grincer les roulettes du fauteuil pivotant de Trenton.

« Nous avons une réunion demain, dit-il.

– Qui ça, nous ?

– Toi, moi et une horde d'avocats. De Superior Motors. De All-Media. Des Hanover. À midi.

– Scott, j'ai un papier à...

– Écoute-moi, Gus. Tu seras à Detroit demain pour ce rendez-vous, sinon je ne suis plus ton avocat. Tu n'auras pas à dire un seul mot, mais je veux que tu sois là pour montrer ta bonne foi, d'une manière ou d'une autre.

– Les Hanover seront là ? Doug et Julia ?

– Oui.

– Doux Jésus.

– Ouais.

– Pourquoi tu ne m'as pas demandé d'abord. »

Trenton resta silencieux.

« OK, dis-je. Quel est le programme ?

– C'est notre dernière chance d'obtenir que Superior te lâche la grappe. Nous allons leur dire si tu es prêt à balancer ta source ou pas. Ce serait bien si tu pouvais me préciser tes intentions pour que je puisse nous positionner pour une somme conséquente. »

Maintenant, c'était moi qui ne répondais pas.

« Gus ? dit Trenton.

– Je ne sais pas encore. Désolé.

– Gus...

– La plupart des journalistes se feraient enterrer vivant plutôt que de griller une source.

– On en a déjà discuté. J'apprécie tes bonnes intentions et ton... – il marqua une pause – intégrité. Mais elles sont superflues ici, mon ami. Ce mec, ou cette fille, ou quelle que soit ta source, t'a grillé *toi*. Tes obligations de protéger son identité sont carrément *kaput*.

– C'est toi qui le dis.

– Oui, c'est ce que je te dis.

– Où est ce rendez-vous ?

– Tu ne vas pas me donner ta réponse maintenant ?

– Sauf si tu en veux une que tu ne veux pas entendre.

– Soyons clairs, Gus. Si tu ne leur donnes pas une réponse demain, ou si tu leur donnes la mauvaise réponse, tu peux être certain que Superior va engager une procédure criminelle contre toi. Et crois-moi, ils le peuvent. Les Hanover ne seront pas contents non plus. Ils veulent que cet arrangement soit bétonné avant que la cour d'appel ne siège. »

Je me fichais de Superior Motors. Mais les Hanover, c'était autre chose.

« Où est cette putain de réunion ?

– Au cabinet d'avocats de Superior, Egan, MacDonald & Browne. Comerica Building. Tu seras là ?

– On verra.

– Tu sais, dit-il, vous, les joueurs de hockey, vous êtes des cinglés. T'es goal, exact ? Mon associé a eu un goal comme client, un jour. Un gamin. Lui et l'autre goal de son équipe, ils se flanquaient des coups de tête dans les vestiaires. Comme deux foutus béliers, se fonçant dedans avec juste leurs masques de gardiens, en courant tête baissée. Et puis, bam ! Y en a un qui se casse salement le nez, et ses parents nous font attaquer la foutue compagnie qui fabriquait les masques. Tu le crois ?

– Vous avez gagné ?

– Nan. On a passé un accord. »

La matinée avait vite tourné au cauchemar. Je composai le numéro du bureau de notre compagnie, obtins une voix enregistrée, tapai zéro, tombai sur une standardiste, et demandai Jim Kerasopoulos.

« Oui ? »

La voix de l'avocat explosa dans le téléphone. Il était sur haut-parleur.

– Gus Carpenter, Jim.

– Gus. »

Il prit le combiné.

« Comment ça va, la randonnée en motoneige ? »

Quelle randonnée ? me dis-je. C'était lui qui en avait fait une la dernière fois qu'on s'était vus. Je me souvins de la tarte aux œufs que je n'avais pas pu manger, et j'eus soudain faim.

« Hum, très bien. Vous avez appelé ?

– Oui. J'aurais vraiment apprécié d'être informé avant la publication de l'article de ce matin.

– Comment ça ? »

Je l'imaginai, assis dans son grand fauteuil de cuir noir derrière un bureau étincelant de propreté, avec un coupe-papier en cuivre posé sur une pile d'enveloppes fraîchement ouvertes, et derrière sa tête une aquarelle encadrée avec des canards sauvages atterrissant dans un étang.

« Je pensais que nous avions eu une bonne conversation sur la communication entre vous et nous les gens ici, de la maison mère, dit-il. Et puis je prends le *Pilot* de ce matin et je vois un meurtre étalé sur toute la une.

– Il n'y a pas de...

– Sur toute la page.

– Jim, le mot "meurtre" n'apparaît pas.

– Gus, si vous voulez écrire sur des meurtres dans des petites villes et citer des sources anonymes, vous allez devoir nous en avertir avant de le faire.

– Nous n'aurions pas dû passer l'article ?

« Vous me décevez beaucoup, là, surtout juste après que Henry a chanté vos louanges. Ce que je demande est plutôt simple, monsieur. Je veux être tenu au courant à chaque fois qu'un de nos rédacteurs en chef passe un article qui pourrait remuer les masses, ou des gens qui pourraient nous coller un procès, surtout si nous avons zéro source pour le confirmer.

– J'ai confiance en ce papier, Jim. »

Il s'arrêta un instant, puis dit :

« C'est gentil d'avoir confiance, mais franchement, Gus, dans votre cas, ça ne suffit pas vraiment. Vous avez un passé ici, non ? Nous essayons de vous raccommoder avec vos supporters, et vous ne faites pas la moitié du pas qu'il faudrait. »

Enfin, la vérité. En fait, tout ce que Kerasopoulos savait de mon passé, c'était que ma séparation avec le *Times* n'avait pas été amicale du tout. Selon ce que je ferais à Detroit le lendemain matin, il pourrait en apprendre beaucoup plus. Je voulais lui dire que mon « passé » n'avait rien à voir avec l'histoire de Blackburn, que c'était juste un simple papier et que nous avions fait notre boulot. Mais je m'inquiétais d'avoir également mis Henry dans la mouise. Donc, je ravalai le tout, avec difficulté.

« Je comprends, Jim, dis-je. Je regrette. J'aurais dû vous passer un coup de fil. Mais hier, on était très bousculé. Désolé.

– Un appel serait remonté très haut, Gus. Je ne dis pas que nous aurions passé le papier ou pas. Peut-être aurions-nous attendu la conférence de presse. Excusez-moi. »

Il me mit en attente. Je décidai que ce n'était probablement pas le bon moment de reparler de l'affaire Bigfoot. Mon autre ligne se mit à clignoter. Je ne pouvais pas courir le risque de raccrocher au nez de Kerasopoulos, je laissai donc Tillie prendre l'appel. Kerasopoulos revint en ligne, la voix plus posée.

« OK, il faut que je file. J'espère qu'on s'est bien compris, tous les deux. »

Fleming décrocha à la première sonnerie.

« Mr. Carpenter, merci pour votre message d'hier. Il s'avère que cette affaire s'est résolue toute seule.

– Pardon ?

– Nous parlons évidemment en *off*.

– Quelle affaire ?

– Merci. L'affaire dont nous avions discuté dans votre bureau l'autre jour avec mon client, Mr. Boynton. »

Oh, non, pensai-je, imaginant qu'il avait donné le dossier à Channel Eight.

« J'arrive trop tard ? demandai-je.

– En fait, notre date limite était aujourd'hui, mais ce que je vous explique, c'est que la question est réglée. Nous n'avons rien fait avec les documents que nous vous avons montrés, et nous n'envisageons pas d'en faire quoi que ce soit.

– Vous ne voulez pas d'article ?

– Je suis en retard à une réunion. Toutes mes excuses. »

17

Le bureau du greffe de Pine County était exactement comme dans mon souvenir. Derrière les vitres dépolies posées sur le comptoir de chêne laqué se dressaient désormais douze rangées de classeurs, témoignage de la croissance et de la prospérité dont le comté avait profité quand Jack Blackburn et Francis Dufresne, et plus tard Teddy Boynton, avançaient vers le progrès à coups de bulldozer. Tout ce qu'il manquait, pour l'instant, c'était Verna Clark, greffière du comté. À la place, je fus accueilli par la greffière adjointe Vicky Clark, la fille de Verna.

Adolescente, Vicky Clark jouait assez bien du piano pour gagner une bourse dans la prestigieuse Académie de musique d'un autre État. Mais elle était tombée enceinte de triplés, rien que ça, et elle avait profité d'un bref moment de célébrité grâce à ses triplés avant de sombrer à nouveau dans l'anonymat de Starvation Lake. Elle n'avait jamais pu aller dans cette académie. Aujourd'hui, c'était une femme très corpulente qui teignait ses cheveux blonds en noir, les parsemait de mèches pourpres et écarlates, et les tirait en arrière avec une espèce de broche de cuir cloutée. Elle portait un tee-shirt noir, un jean noir, du rouge à lèvres noir, des clous noirs en guise de boucles d'oreilles, et du mascara noir aux yeux, qui étaient plissés jusqu'à être presque fermés par ses grosses joues. Un plâtre peint en noir enserrait son bras droit, du poignet jusqu'au coude. Spatule, pensai-je. Je ne pouvais pas m'en empêcher. Quand nous étions ados, Soupy l'avait surnommée Spatule, à cause de tout le maquillage dont elle se couvrait la figure.

« Qu'est-ce qui est arrivé à ton bras ? » demandai-je.

Elle se leva, s'aidant de son bras gauche.

« Je suis tombée d'une échelle dans la maison de Sully, mon ami. En enlevant des guirlandes de Noël.

– Ton ami met des guirlandes de Noël ?

– Ses gamins aiment ça. Les miens s'en foutent complètement. Mais je suis là en train d'essayer de lui rendre service, et lui il est dans sa baraque en train de regarder du hockey à la télé. Je suis restée genre une heure dans la neige avant que Sully sorte et dise : "Mais qu'est-ce qui t'est arrivé ?" Je me suis pété le bras, voilà ce qui m'est arrivé. C'est plus mon mec. Je vais l'attaquer en justice. Tu connais pas un bon avocat ?

– Nan.

– Bon, je vais m'en trouver un, si ça m'coûte pas un bras et une jambe – je veux dire mon autre bras. Papa dit que je pourrais sans doute obtenir un peu de fric du proprio de Sully. Ça me va. Ça va m'aider à me sortir d'ici. »

Je ne savais pas bien si elle voulait parler du bureau du greffe, ou de Starvation Lake, mais j'aurais parié qu'elle ne quitterait jamais ni l'un, ni l'autre. Malgré tout ce qu'elle disait, elle était probablement retournée avec Sully, ou ça n'allait pas tarder. Je n'aurais pas été surpris d'apprendre qu'il l'avait poussée à attaquer le proprio pour qu'ils puissent partager l'argent de l'assurance.

« J'espère que tu vas vite récupérer l'usage ton bras », lui dis-je.

Puis je lui expliquai que j'avais besoin de consulter les minutes de tous les conseils municipaux de mars à août 1988. Exactement comme sa mère quinze ans auparavant, Vicky me tendit un formulaire de requête d'information publique.

« Bon Dieu, Vicky, faut vraiment que j'en passe par tout ça ? dis-je. Je suis vachement pressé.

– Désolée. C'est la politique. Ma mère... euh... mon chef me tuerait. »

Elle croisa les mains sur le comptoir pendant que je remplissais le formulaire. Elle avait l'air de s'ennuyer ferme. J'avais presque fini quand elle se pencha vers moi et dit :

« Je peux te demander quelque chose ? »

Je levai les yeux du formulaire.

« Bien sûr.

– Pourquoi t'es revenu ?

– Revenu ?

– Ici. Pourquoi t'es revenu en ville ? J'ai entendu dire que tu avais réussi dans le Sud, et puis que t'as été viré. »

Mais qu'est-ce qui t'est arrivé, Spatule ? pensai-je. Toi aussi tu avais réussi, non ? Puis je me sentis très mal d'avoir pensé ça.

« Viré ? dis-je. Pas vraiment. Je ne voyais pas exactement les choses comme mes patrons, et j'ai pensé que ce serait bien de revenir ici et de me refaire un peu avant de retourner dans le monde réel. »

Elle savait que je mentais. Elle m'accorda un petit sourire, paraissant réconfortée de savoir qu'elle avait une âme sœur, quelqu'un qui comprenait la douleur sourde d'être coincé pour toujours à Starvation Lake.

« Donne-moi ça, dit-elle en prenant le formulaire, avant de parcourir du regard la salle. Attends. »

Quinze minutes passèrent, pendant qu'elle allait de tiroir en tiroir dans les armoires du fond de la pièce. Elle revint au comptoir les mains vides.

« C'est dément, dit-elle. Ils ne sont pas difficiles à trouver, tout est classé par année, mais il y a tout un gros dossier manquant. Celui de 1988. Peut-être que quelqu'un de l'hôtel de ville est venu et... euh... Oh ! »

Elle regardait par-dessus mon épaule. Je me retournai et vis Verna Clark, lèvres serrées, les mains sur les hanches. Elle n'avait pas l'air contente, mais en fait, je pensais que je ne saurais jamais à quoi elle ressemblait quand elle était contente.

« Qu'est-ce qui se passe ici ? » dit-elle.

Vicky dit :

« Gus demandait à voir des...

– Si un visiteur désire consulter des dossiers archivés, la coupa sa mère, nous lui faisons remplir un formulaire de requête publique, n'est-ce pas ? »

Vicky agita la feuille en question.

« Il l'a fait. »

Verna s'avança et saisit le formulaire sans me jeter le moindre regard. Elle le parcourut, et pendant une minuscule fraction de seconde, je crus que j'avais vu Verna Clark sourire.

« Malheureusement, ces dossiers ne sont pas disponibles pour l'instant, dit-elle en me lançant un regard qui me fit l'effet d'une gifle. Je ne vous ai pas oublié, Mr. Carpenter. »

Elle était toujours maigre comme une crosse de hockey, portait toujours une robe grise et des lunettes suspendues autour de son cou.

« Ravi de vous revoir », dis-je.

Elle se tourna vers Vicky.

« En ce qui concerne la procédure, nous ne devons pas aller fouiller dans les archives tant que nous n'avons pas achevé la démarche associée au formulaire. »

Elle se retourna vers moi.

« Ce qui prend normalement entre trois et cinq jours.

– Mais Gus travaille pour le journal, maman, et il...

– Je croyais que nous avions parlé de la manière dont tu devais t'adresser à tes supérieurs sur ton lieu de travail. Et je sais parfaitement où travaille Mr. Carpenter. En fait, il y travaillait déjà, il y a des années, et maintenant qu'il a décidé de revenir, il va comprendre que nos procédures sont restées solides.

– Oui, j'avais remarqué, dis-je.

– En tout état de cause, les dossiers que vous réclamez ont déjà été empruntés ce matin. J'aurais pu en faire des copies, mais notre photocopieuse est en panne et nous n'avons pas encore pu la faire réparer, pour cause de réductions de budget. »

Je trouvais étrange que quelqu'un de l'hôtel de ville désire consulter des minutes datant de dix ans juste au moment où je les voulais. Ce devait être Dingus, cherchant des liens.

« Puis-je vous demander qui les a empruntés ? dis-je.

– Vous pouvez demander, mais je suis dans l'incapacité de vous fournir une réponse », dit Verna Clark.

Je regardai Vicky. Visiblement, elle n'en savait rien. Sa mère dit :

« Si l'hôtel de ville suit les procédures, nous devrions récupérer ces documents et les tenir à votre disposition dans approximativement soixante-douze heures, pas avant. »

Quand je retournai au *Pilot*, le petit téléviseur de Tillie montrait des nuées de buée émanant de la bouche de la journaliste télé Tawny Jane Reese. Son visage parfaitement rond, encadré de cheveux acajou brillant, exprimait une sorte de surprise constante, accentuée par son nez légèrement retroussé. « Plus stupide qu'un sac de palets de hockey, disait toujours Soupy à propos de Tawny Jane, mais on s'en tape. »

Elle parlait dans un micro de Channel Eight devant le bureau du shérif. « Dans quelques minutes, disait-elle, le shérif Dingus Aho devrait s'exprimer sur la découverte d'une motoneige dans le lac Walled. Comme l'a rapporté Channel Eight en exclusivité, la police a la certitude que cette motoneige appartenait au légendaire entraîneur de hockey Jack Blackburn, qui s'était noyé dans un accident... »

Même si elle se gourait sur de simples noms comme le lac Walleye, et qu'elle s'attribuait tout le bénéfice des « récits exclusifs » que, en fait, elle avait lus dans le *Pilot*, j'avais un faible pour Tawny Jane Reese. Parfois, je baissais le son et je la regardais pratiquer cette gestuelle télévisée : les hochements de tête pour ponctuer. Les sourcils froncés pour l'inquiétude. Le grand sourire pour dire que tout allait être OK. Tawny Jane les maîtrisait parfaitement. Quelquefois, j'essayais de m'imaginer en train de dîner avec elle. Parlerait-elle avec les mêmes froncements de sourcils et les mêmes hochements de tête ? Je supposais que non. D'autres fois, je me demandais si elle était encore assez jeune et effrontée pour décrocher un boulot dans une grande ville. Je me disais que non.

Elle fronçait les sourcils maintenant, pendant que la caméra s'approchait d'elle en travelling.

« Les nouvelles locales font état de la découverte d'un impact de balle dans la motoneige de Blackburn, preuve que l'entraîneur aurait été assassiné. Néanmoins, les sources du bureau du shérif ont expliqué à Channel Eight que ce pourrait être prématuré. En fait...

– De la merde ! dis-je. On n'a jamais dit qu'il avait été assassiné. Lis l'article. »

Tillie écrasa un mégot et alluma une autre cigarette.

« Toi et ta petite amie, vous vous êtes peut-être un peu trop avancés, cette fois, non ? » dit-elle.

D'où ça sort, ça ? pensai-je.

« Non, dis-je. Joanie a débusqué le truc et Dingus le sait, mais ça le rend dingue alors il se débrouille pour que Tawnie Jane Sans Cervelle nous pisse dessus.

– Tu n'as aucune idée de ce que Dingus sait.

– Autant que cela est possible. Existe-t-il d'autres choses sur lesquelles nous devrions enquêter ?

– Peut-être. Peut-être que cet endroit n'est pas aussi horrible que vous aimeriez l'imaginer.

– Ce qui est censé vouloir signifier quoi, exactement ?

– Regarde autour de toi, jeune homme. Quand Jack Blackburn est mort, cette ville tout entière a été endeuillée. Pendant que tu étais dans le sud de l'État à poursuivre tes petits rêves, cet endroit tombait en morceaux. Et voilà que maintenant, finalement, on arrive à remonter la pente, et toi tu débarques ici avec ta petite copine pour creuser cette histoire farfelue d'assassinat de Jack.

– Tillie, ce sont les flics qui ont trouvé la motoneige, pas moi. »

Elle expulsa un nuage de fumée.

« Oh, s'il te plaît, pas de baratin genre "N'abattez pas le messager". La police trouve plein de trucs dont on n'entend absolument jamais parler. Les flics vont chez Tazwell's chaque satané week-end quand Lloyd tabasse Eddie devant tout le monde, mais est-ce qu'on écrit sur ça ? Et les têtes de Barbie, hein ? »

Je travaillais encore à Detroit quand le conseiller municipal J. Rupert « Woody » Woodhams avait dû subir un lavage d'estomac une nuit, et que les médecins avaient trouvé onze têtes de poupées Barbie rasées qu'il avait apparemment arrachées avec ses dents et avalées. Ni les flics, ni l'hôpital n'avaient voulu confirmer les faits. Le *Pilot* n'avait jamais écrit d'article. Mais tout le monde le savait quand même.

« Donc, dis-je, selon toi, nous devrions ignorer la motoneige ?

– Hé, c'est toi le grand reporter ici, moi je ne suis qu'une sténographe. Mais regardons les faits en face. Tu détestes cet endroit. Arrête de t'en prendre à nous qui ne faisons pas tant d'histoires pour ça. »

Elle se retourna. Elle était visiblement agacée, et c'était certainement pour d'autres raisons que les articles du *Pilot*. Peut-être, pensai-je, était-ce simplement la réapparition de Blackburn, qui donnait froid dans le dos. Elle était sortie avec lui. Je l'avais vue autour de la patinoire, sa veste de cuir noir nouée sous sa poitrine, nous regardant depuis la plus haute rangée des gradins avec un énorme gobelet de Coca dont tous les River Rats savaient qu'il était coupé au bourbon.

« Till, dis-je, je ne veux pas dire que... »

Elle désigna l'écran du téléviseur.

« Écoute. »

Tawny Jane était maintenant à l'intérieur de la cafétéria du bureau du shérif. Les tables avaient été repoussées et empilées contre un distributeur automatique dans un coin derrière elle. Des chaises pliantes étaient alignées en demi-cercle, sur trois rangées, devant un lutrin encerclé de micros. Je comptai huit journalistes assis sur les chaises, un nombre assez important pour notre localité. Je ne voyais pas Joanie.

« Nous sommes en direct du bureau du shérif de Pine County, dit Tawny Jane. Rejoignons le shérif Aho. »

L'écran cadra Dingus dans son uniforme brun et moutarde. Un dossier était coincé sous son bras gauche. Il avait ciré sa moustache en guidon de vélo. Les adjoints Frank D'Alessio et Skip Catledge se tenaient derrière lui, les mains derrière le dos. Dingus posa son dossier, en ôta une feuille de papier et hocha la tête à l'intention des reporters et des caméras de télé.

« Bonjour, dit-il. J'ai un bref communiqué à vous lire, et ensuite je serai à votre disposition pour répondre à vos questions. »

Il s'éclaircit la gorge.

« Le vendredi 27 février à approximativement 0 h 58, le bureau du shérif de Pine County a été prévenu qu'un certain nombre d'objets non identifiés étaient apparus sur les berges de Walleye Lake. Des adjoints du shérif ont été envoyés sur place, arrivant approximativement à 1 h 11. Après inspection, il a été déterminé que ces objets étaient des morceaux d'une motoneige. Cette motoneige a été possiblement immergée dans le lac pendant un très long laps de temps. Ces objets ont été classifiés comme preuves et emportés vers...

– Excusez-moi, shérif ? »

J'eus un mouvement de recul. La caméra restait sur Dingus, mais la voix appartenait immanquablement à Joanie.

« N'êtes-vous pas allé vous-même à Walleye Lake cette nuit-là ? demanda-t-elle. Pourriez-vous nous dire ce qui a motivé cette démarche inhabituelle ?

– Joanie, non », dis-je en parlant au téléviseur, pendant que Tillie secouait la tête en signe d'incrédulité.

Le visage de Dingus marqua la surprise.

« Pardonnez-moi, ma jeune dame, dit-il, mais je répondrai aux questions quand j'aurai fini ma déclaration. »

Il fusilla brièvement Joanie du regard avant de reprendre.

« Après de plus amples investigations et examens, il a été déterminé que cette motoneige a été immatriculée au nom de John Blackburn, ancien résident de Pine County qui s'est accidentellement noyé dans le lac de Starvation, très tôt le matin du 13 mars 1988. Nos recherches...

– Excusez-moi, shérif, mais tout le monde sait déjà que c'était la motoneige de Blackburn. »

Encore Joanie. Je n'arrivais pas à le croire.

« Ce que nous ne savons pas, c'est pourquoi vous vous êtes rendu personnellement là-bas et pourquoi vous avez envoyé la motoneige à l'expertise médico-légale.

– Les expertises sont... attendez un peu... excusez-moi, miss McCarthy, j'en viendrai à vos questions en temps utile. Mais je...

– Ce matin, vos adjoints ont déclaré à la télé – là, elle se tourna et regarda face caméra – que mon article indiquait prématurément que Blackburn avait été assassiné. Or, nous n'avons pas parlé de meurtre, shérif. Mais puisque cela semble désormais posé sur la table – Malin, me dis-je –, pourriez-vous confirmer que Blackburn n'a *pas* été victime d'un meurtre ? Certaines personnes disent que cette affaire a été montée en épingle pour vous aider à être réélu. Pourriez-vous répondre, s'il vous plaît ?

– Joanie ! »

La caméra zooma sur le visage de Dingus, qui était rouge d'incrédulité et de colère. Puis Joanie apparut à l'écran. En la voyant là, avec ses jambes bien sagement croisées, son carnet posé sur son genou droit, je ne pus m'empêcher de ressentir une petite bouffée d'admiration pour son mépris absolu de l'autorité de Dingus.

« Miss McCarthy, dit-il, je vais vous demander une dernière fois de me laisser finir. Sinon, vous pouvez sortir. »

Joanie, imperturbable, écrivait dans son carnet et elle poursuivit :

« Shérif, n'avez-vous pas interrogé une connaissance de Blackburn précisément sur cette possibilité qu'il ait été assassiné ?

– Sainte merde ! dis-je.

– Vire son petit cul de là, Dingus ! » dit Tillie.

La caméra revint à toute vitesse sur Dingus. Il plissa les yeux une fois, puis dit :

« Cette réunion est terminée. Adjoints, veuillez faire évacuer la salle. »

Je saisis ma veste et me précipitai vers la sortie de derrière. Je pensais savoir de qui parlait Joanie dans sa dernière question. Il fallait que j'aille à la patinoire, et vite.

J'arrivai trop tard.

Au moment où je me faufilai dans le hangar de la Zamboni, il avait été vidé de presque tout ce qui appartenait à Leo. Le scanner de la police. Le petit frigo. La vieille casquette des River Rats accrochée à un clou. Les aphorismes sur l'addiction à l'alcool. Seul restait son lit de camp.

« Leo », soupirai-je.

Je regardai dans la patinoire par la petite fenêtre hexagonale au-dessus de son établi. Des jeunes filles en jupes pastel et patins blancs effectuaient des huit en marche arrière, tandis que leur prof de patinage, une femme dénommée Roberta, leur aboyait des instructions. Ma montre marquait 12 h 37. Je me dis que Leo avait refait la surface de la glace pour le cours de midi, puis s'était tiré. Personne ne remarquerait qu'il était parti jusqu'à ce qu'il ait à repasser la Zamboni vers 1 heure ou 1 h 30.

J'avais quelques minutes pour fouiner. Je me demandai si j'étais obligé d'alerter la police du départ de Leo ? Non, conclus-je rapidement. Si elle supposait que Leo avait assassiné Blackburn, ils auraient pu l'arrêter. Je savais que je rationalisais en vain, mais je n'étais pas encore prêt à croire que Leo avait tué son meilleur ami, peu importe ce que les flics pensaient.

Je fouillai les tiroirs et les rangements près de l'espace de travail de Leo. Des pièces graisseuses, des outils et des bidons de lubrifiant et de peinture jonchaient l'établi. Leo avait emporté le flacon de désinfectant et ses ustensiles pour soigner les blessés. Je touchai les points que j'avais encore à la mâchoire. J'avais prévu de demander à Leo de me les enlever avant le match de ce soir.

À côté du lit de camp de Leo se dressait un classeur en bois. J'ouvris les tiroirs un par un pour regarder dedans. Rien. Le dernier, tout en bas, se bloqua quand je voulus le refermer. J'essayai plusieurs fois. Impossible. Je le sortis complètement, le posai sur le sol, et je me mis à genoux pour regarder à l'intérieur du meuble. Une odeur de moisi envahit mes narines. Je trouvai une lampe électrique et j'éclairai le côté où le tiroir semblait bloquer. Scotché sur le flanc, il y avait un morceau de papier déchiré. Je tendis la main et le tirai à moi. Un autre morceau était scotché dessous, et encore en dessous, deux autres. Je les décollai et remis le tiroir en place.

Je posai les morceaux de papier jaunis, de la taille de la main, sur l'établi. Chaque feuille portait, écrite au stylo à bille rouge, une courte liste de lettres et de chiffres arrangés de la même manière : F/1280/SL/R4. F/1280/SL/R5. F/12801/SL/R6. Ils n'avaient absolument aucun sens pour moi. Je les fourrai dans la poche de ma veste et filai vers mon véhicule.

Le mobile home de Leo était posé dans une clairière encerclée de pins non loin de la route 816, à 5 kilomètres à l'ouest de la ville. Quand deux 4 × 4 du bureau du shérif me doublèrent toutes sirènes hurlantes en allant dans la même direction que moi, je quittai la route principale et pris DiRosa Drive pour arriver par-derrière. Je me garai sur le bas-côté et grimpai une butte couverte de neige. Sur la crête, je m'accroupis derrière un chêne, avec une très bonne vue d'ensemble. Dingus était devant le mobile home, donnant des ordres à D'Alessio, Catledge et Darlene. Ils portaient des boîtes pleines de trucs et les rangeaient à l'arrière d'un 4 × 4. J'étais beaucoup trop loin pour entendre ce qu'ils disaient, mais je réussis à choper quelques mots – « c'est vraiment dégueulasse » – lâchés par D'Alessio en passant devant Dingus, un moniteur d'ordinateur dans les bras. Ils avaient rempli presque tout l'arrière du 4 × 4 lorsqu'ils verrouillèrent la porte de Leo avant de s'en aller.

En revenant en ville, j'essayais d'imaginer Leo en cavale. C'était absurde. Leo n'avait pas quitté Starvation Lake plus d'un week-end en trente ans. Il détestait conduire une voiture, parce qu'il devait rester assis. Leo conduisait une Zamboni ; il aimait rester debout. Il plaisantait souvent, disant qu'il allait découper un trou dans le toit de sa voiture pour pouvoir conduire debout. En m'arrêtant à un stop devant le collège, je me souvins comment, quand Leo refaisait la surface de la glace, nous étions assis au bord de la patinoire, Soupy, Teddy, moi et les autres Rats, mourant d'envie d'y retourner, et Leo faisait des cercles lents. Juste avant d'arrêter, il nous criait toujours : « Personne ne patine là-dessus avant que je donne le signal, sinon je recommence depuis le début. » Et nous attendions que l'eau fraîche durcisse. Leo disait que c'était ce qu'il fallait pour étaler une supercouche. Elle restait dure, égale et lisse même après que nous l'avions mâchée à coups de patins pendant une heure.

« C'est vraiment dégueulasse », avait dit D'Alessio. Et cet ordinateur ? Je n'aurais jamais imaginé que Leo s'intéressait à l'informatique, lui qui ne voulait même pas s'offrir un nouveau scanner pour écouter la police. S'il avait réellement fui, j'espérais qu'il s'agissait d'une panique irrationnelle, et pas d'un sentiment de culpabilité. Mais même s'il avait seulement peur, même s'il n'était pas vraiment le meurtrier de Blackburn, il savait visiblement des choses que personne d'autre ne savait, sinon pourquoi s'enfuir ? Je repensai encore aux Rats impatients de bondir à nouveau sur la glace, Leo sur la Zamboni, Coach derrière le banc de touche. Je me souvins que je contemplais ce petit monde à travers les trous de mon masque de goal. Mais qu'est-ce que je n'avais pas vu ?

18

Quand j'entrai dans l'auditorium du lycée de Pine County, Teddy Boynton était debout, en costume de businessman, s'adressant calmement aux cinq membres du bureau de l'aménagement. Je me glissai sur une chaise pliante dans le fond et j'examinai la salle. Il y avait environ 70 personnes dans le public. Soupy Campbell n'en faisait pas partie. Francis Dufresne non plus.

Il fallait que Soupy soit là. Après des mois d'indécision, le bureau était finalement disposé à régler le différend qui permettrait à Teddy Boynton de construire sa marina. La plupart des gens pensaient que cela boosterait l'économie locale, et beaucoup d'autres en avaient jusque-là des services très irréguliers de la marina de Soupy. Les membres du bureau aimaient pourtant bien Soupy – beaucoup avaient connu son père – et ils voulaient être sûrs qu'on s'occuperait bien de lui avant qu'ils ne remettent effectivement son avenir entre les mains de Boynton.

« ... trouvé un moyen d'investir quelques dollars de plus pour répondre aux inquiétudes environnementales que le bureau a soulevées », disait Teddy. Son avocat, Fleming, était assis à sa droite. Les membres du bureau écoutaient, assis derrière une longue table couverte d'une bannière de feutre vert portant la légende suivante : « Votre bureau d'appel pour l'aménagement : une croissance intelligente est une bonne croissance. » Teddy brandit une grande enveloppe kraft.

« Le bureau a parlé d'un montant avoisinant les 50 000 dollars. Si le bureau pouvait accepter un léger compromis, nous pourrions apporter 10 000 dollars aujourd'hui et le reste dans les trois prochaines années. Nous nous sommes engagés à faire de la marina des Pins la marina la plus respectueuse de l'environnement de tout le Michigan. »

Boynton posa l'enveloppe devant le président, Floyd Kepsel. Je me rappelais ce que Francis Dufresne m'avait dit de la situation financière très précaire de Teddy.

« Et de plus, monsieur le président, continuait Teddy, nous sommes arrivés à un arrangement à l'amiable avec Mr. Campbell et la marina de Starvation Lake. Nous reconnaissons que la vieille marina, même si elle a grandement besoin de rénovation, est une ressource locale précieuse, et notre souhait le plus fervent est de travailler de très près avec Mr. Campbell, et pas contre lui, pour l'amélioration de notre communauté. Mr. Campbell est d'accord, désormais, et il nous a fait part de son désir de lever ses réticences quant à notre projet. »

Un murmure s'éleva dans la salle et des têtes se tournèrent, toutes cherchaient Soupy. Teddy aussi balayait la pièce du regard, et nos yeux se croisèrent brièvement, mais il m'ignora et se tourna à nouveau vers ses interlocuteurs.

« Eh bien, Ted, dit le président Kepsel, ce n'est pas que je mette ta parole en doute, mais j'aimerais bien que Mr. Campbell soit ici pour garantir lui-même cette affirmation. »

Teddy mit la main dans la poche intérieure de sa veste et en sortit une fine enveloppe blanche.

« Ce serait mieux, je suis d'accord, monsieur le président, mais j'ai ici sa déclaration écrite. »

Il tendit l'enveloppe à Kepsel, qui en sortit une unique feuille de papier. Il la lut rapidement et la passa au membre du bureau sur sa gauche, le vice-président Ralph Dexter, qui la parcourut et la lui rendit.

« Il n'y a qu'une seule phrase, Ted, dit Kepsel. Pour le procès-verbal, je vais la lire : "Moi, Alden Campbell, retire par la présente mon opposition, et presse le bureau d'aménagement d'étendre à Boynton Realty Corporation la différenciation de zone requise, nécessaire pour permettre le développement de la marina des Pins à Starvation Lake." C'est daté de dimanche. Hier.

– Ce n'est même pas un acte notarié », dit Dexter.

Fleming se leva. Boynton lui fit signe de se rasseoir.

« Monsieur le président, dit Teddy, nous sommes en négociation avec Mr. Campbell depuis plusieurs semaines. Nous sommes profondément concernés par l'avenir de la marina de Starvation Lake, et nous avons fait plusieurs propositions pour aborder ce problème. Et hier, finalement, nous...

– Excusez-moi, monsieur, l'interrompit Dexter, mais je ne saisis pas bien quels avantages en tire Mr. Campbell.

– Monsieur le vice-président Dexter, répondit Teddy, nous n'avons pas encore mis ces détails par écrit, mais nous allons nous en occuper prochainement. »

Dexter se renfonça dans son siège et écarta grands les bras.

« Prochainement ? Mais vous attendez de nous que nous accordions cet aménagement *maintenant*, et si ce "prochainement" se change en un mois ou deux ou trois et que Mr. Campbell débarque plus tard pour nous dire qu'il n'a rien retiré de cet accord, sa plainte en justice deviendra notre problème, exact ?

– Non, monsieur, nous avons pleinement l'intention de...

– Eh bien, si, Mr. Boynton, je pense que cela deviendra notre problème, je le pense vraiment. »

Une longue discussion s'ensuivit. Je ne cessai de chercher Soupy des yeux. Pourquoi n'était-il pas venu ? Avait-il changé d'avis et accepté la proposition d'accord que j'avais vue quand je m'étais introduit dans son bureau ? S'il l'avait fait, pourquoi Boynton ne le disait-il pas, tout bêtement ?

Finalement, Kepsel frappa un coup de son marteau de président.

« J'aimerais vraiment que cette affaire soit derrière nous, Ted, dit-il, mais j'aurais réellement apprécié que Mr. Campbell soit ici. Nous aimerions tous en savoir un peu plus sur cet accord. Je sais que tu aurais voulu obtenir un vote, mais je crains que, aujourd'hui, il ne puisse pas être exactement celui que tu souhaiterais. Dans combien de temps penses-tu pouvoir obtenir un contrat dûment rédigé et accepté ?

– Dans vingt-quatre heures, monsieur le président. Mais je ne vois pas pourquoi...

– Ce sera parfait, Ted, dit Kepsel. Tu règles tout ça comme il faut, et nous reconvoquons le bureau pour voter demain.

– Monsieur le président, dit Teddy, en serrant nerveusement ses mains derrière son dos, le bureau avait demandé une implication supplémentaire quant à l'environnement. Nous vous l'avons fournie. Vous nous aviez demandé de considérer l'avenir de la marina de Starvation Lake. Nous l'avons fait. Nous sommes prêts à avancer et, franchement, nous avons du mal à comprendre que nous soyons retardés, une fois encore, par le genre de comportement irresponsable qui a créé le besoin d'une nouvelle marina. »

Dexter reprit la parole.

« Si nous vous donnions cet agrément immédiatement, combien de temps faudrait-il avant le premier coup de pelle ? »

Teddy hésita avant de répondre.

« Nous ne pouvons rien faire tant que nous n'avons pas cet agrément, monsieur le vice-président. Mais dès que nous l'aurons, je peux vous assurer que nous avancerons promptement.

– Hum, hum, fit Dexter. Et où est Francis, aujourd'hui, Mr. Boynton ? »

Un muscle sur la partie droite de la mâchoire de Teddy se crispa. Fleming se leva d'un bond et dit :

« Mr. Dufresne a une autre affaire pressante à régler, mais il vous transmet son profond désir que le bureau agisse en notre faveur. »

Dexter sourit.

« Mais *ça*, Mr. Fleming, vous ne l'avez pas par écrit ?

– Non, monsieur.

– Comment se passe la rénovation du cinéma de Sandy Cove, Mr. Fleming ?

– Nous tenons les délais et le budget, monsieur.

– Nous tous ici, à Starvation Lake, sommes vraiment heureux de l'apprendre.

– Écoutez, dit Teddy, nous apprécions la patience du bureau. »

Le ton de sa voix ne disait pas tout à fait la même chose.

« Mais franchement, si nous ne parvenons pas à avoir le soutien des gens qui vont bénéficier de ce projet, alors, malheureusement, et avec tout le respect que je vous dois, comme nous avons perdu un temps fou, nous vous dirons merci, et sans rancune. »

Il prit son attaché-case.

« Je vais vous le dire aussi clairement que possible. Si nous n'avons pas un feu vert à l'heure de clôture légale des affaires ce mercredi, nous annulerons le projet de la marina des Pins à Starvation Lake, et nous irons ailleurs. »

Fleming et lui s'avancèrent vers la sortie. Tout le monde se retourna pour les regarder partir.

« Attends, Ted », dit Kepsel.

Ils l'ignorèrent.

« Nous ne nous laisserons pas menacer, Mr. Boynton », cria Dexter quand ils passèrent la porte.

L'absence de Soupy avait clairement déstabilisé Boynton. Peut-être que Soupy était encore bourré. Ou à nouveau bourré. Ou peut-être cela avait-il à voir avec sa sortie devant mon appartement la nuit précédente. Je hâtai le pas dans le couloir. Je criai derrière eux : « Teddy ! » Ils avaient presque atteint les doubles portes qui menaient au parking quand un des battants s'ouvrit, livrant passage à Joanie, son sac à dos jeté sur son épaule.

« C'est déjà terminé ? » dit-elle.

Teddy s'arrêta, soudain moins sûr de lui, et il se retourna vers moi.

« Hé, dis-je, tu vas te tailler comme ça ? C'est tout ?

– Après six mois de cette merde ? dit Boynton. Maintenant, ils vont peut-être comprendre.

– Comprendre quoi ? demanda Joanie.

– Est-ce que tu pourrais nous donner des détails sur ton accord avec Soupy ? dis-je.

– Pourquoi tu ne lui demandes pas, répondit Teddy. Vous êtes comme cul et chemise. »

Fleming intervint.

« Comme l'a dit Mr. Boynton, l'accord doit être finalisé, mais nous sommes confiants, il le sera.

– C'est *quoi*, cet accord, Ted ?

– Quel accord ? » dit Joanie.

Boynton fit claquer une main sur l'épaule de Fleming.

« On en a fini ici. »

Ils se dirigèrent vers la sortie.

« Tu t'attendais à ce que Soupy soit là, pas vrai, Ted ? » dis-je.

Cela stoppa Boynton. Il pivota sur ses pieds pour me faire à nouveau face.

« Tu sais quoi ? dit-il. Tu ferais mieux de dire à ton pote de ne pas se pointer ce soir non plus parce que, sur la glace, il n'aura pas le bureau de l'aménagement pour protéger son cul.

– S'il vous plaît », dit Fleming, en prenant Teddy par le coude.

La porte se referma. Joanie avait l'air sidérée.

« Mais c'était quoi, tout ça ?

– Il faut qu'on parle, dis-je. Suis-moi. »

« Écoute, dit-elle alors que je la poussais dans une salle de classe et fermais la porte, ils mentaient sur notre article, je ne pouvais pas rester assise là à ne...

– Je me fous de la conférence de presse », dis-je.

Un des murs de la salle était couvert de dessins au crayon de personnages historiques : Lincoln, Napoléon, Kennedy. Une classe d'histoire ? D'art ? Je restai debout près du bureau du professeur.

« Assieds-toi », dis-je à Joanie.

Elle s'installa à une table au premier rang, en face de moi.

« Parlons un peu de ce document que tu as pris sur mon bureau.

– Quel document ?

– Tu sais bien. Le papier à propos de Soupy et de ses problèmes légaux.

– Oh, dit-elle d'un air penaud. Je pensais que ça pourrait être un bon *background* si je devais couvrir la réunion du bureau d'aménagement.

– Est-ce que tu l'as montré à quelqu'un ? Ou est-ce que tu en as parlé à qui que ce soit ?

– Non... enfin, seulement à quelqu'un qui était déjà au courant.

– Qui, par exemple ? »

Elle laissa tomber son sac à dos sur le sol.

« Boynton.

– Tu as parlé avec lui ?

– Ouais. Samedi soir. Tu te souviens quand j'ai reçu un message sur mon *pager* ?

– Pourquoi est-ce que tu as parlé à Boynton d'un document dont il savait déjà tout ?

– Je ne l'ai pas fait, dit-elle en se mordant la lèvre inférieure. Je voulais avoir des infos sur Blackburn, c'est lui qui voulait parler de Campbell. Je pensais que si je le laissais faire, on passerait à l'autre après.

– Mais il ne t'a rien dit, hein ?

– Pas vraiment.

– Et je parie que toi, tu lui as dit quelques trucs, non ? »

Elle haussa les épaules, de plus en plus mal à l'aise.

« J'ai juste raconté que je travaillais à ce grand article sur Blackburn. Je lui ai dit... Il m'a demandé ce que je savais sur lui. Il disait qu'il n'avait jamais réussi à bien connaître le bonhomme, parce qu'il n'était pas de cet État, et qu'il aurait bien aimé pouvoir le faire parce que c'était un si bon coach, et blablabla.,.

– Et ?

– Et... et ce truc du Canada est arrivé dans la conversation.

– Ce truc du Canada ? »

Je pensai à Soupy pleurant sur mon seuil.

« Tu sais, comment Blackburn a raté cette année...

– Tu l'as dit à Boynton ?

– Non. Je veux dire... je lui ai juste dit ce que je savais.

– Quoi ? fis-je. Mais qu'est-ce que tu savais, bordel ? Tu ne m'en as pas dit un mot !

– Non, je ne l'ai pas fait, dit-elle. Parce que je n'avais pas archivérifié. Tu m'as toujours dit de ne pas t'apporter quelque chose tant que ce n'était pas archivérifié.

– OK. Je suis un connard. Dis-le-moi, maintenant, s'il te plaît. »

Elle s'installa à côté de moi, sur le bureau du prof.

« Ce n'est pas... Je n'ai pas tout, encore, mais il y a quelque chose de tordu qui s'est passé là-haut. Je t'ai dit que j'avais parlé à cette dame, au Canada. À St. Albert, en fait, dans l'Alberta. La dernière équipe de Blackburn avant qu'il ne vienne ici.

– Oui.

– Elle travaille pour un journal, là-bas, aux archives. C'est elle qui m'avait envoyé vers ce type du coin, tu sais, cet espèce d'historien du hockey, celui qui m'avait dit que Blackburn avait "déguerpi", et puis qui avait raccroché, tu te souviens ? Ça avait attiré mon attention, évidemment, donc j'ai rappelé cette dame, en prétextant que je voulais des coupures de presse. Elle m'a dit qu'elle ne voulait pas parler, mais je savais qu'elle en mourait d'envie, en fait, donc je l'ai convaincue de me laisser la rappeler chez elle. Ça m'a pris un petit moment pour qu'elle se lâche, mais elle avait – elle a – ce neveu, le fils de sa sœur, qui était apparemment un joueur star pour Blackburn. Tout le monde disait qu'il finirait par jouer pro. Et puis un jour, il se lève et il abandonne tout. Terminé le hockey.

– Pourquoi ?

– J'en sais rien. Elle s'est énervée, et puis elle a raccroché.

– Est-ce que ce garçon n'obtenait pas assez de temps de jeu sur la glace ?

– Non, non, c'était une star. Il avait été le meilleur marqueur deux ou trois ans d'affilée. Apparemment, Blackburn l'adorait. Il l'appelait... comment déjà ? Ah oui, "le Tigre". »

C'était comme ça que Blackburn avait surnommé Boynton. Soupy, c'était le Cygne, et Teddy, le Tigre. Moi, j'étais juste Gus.

« Au début, le gamin avait dit à ses parents qu'il ne se sentait pas bien à cause de toute cette pression. Je crois que ces garçons jouaient quelque chose comme cent matchs par an. Son père était ennuyé, mais sa mère ne le croyait pas. Elle pensait qu'il prenait peut-être des drogues ou quelque chose comme ça. Alors, elle a fouillé dans sa chambre et elle a trouvé son journal intime.

– Les mecs ne tiennent pas un journal.

– Mon frère le faisait. Un jour, d'ailleurs, j'ai commis l'erreur de le lire...

– OK. Qu'est-ce qu'il y avait dans le journal du gamin ? »

Joanie secoua la tête.

« C'est exactement quand j'ai posé cette question qu'elle s'est effondrée et qu'elle a commencé à pleurer. Elle m'a dit qu'elle ne voulait pas repasser par là. J'ai dit : "Excusez-moi, mais repasser par où ?" et elle s'est mise à pleurer plus fort. Alors, j'ai essayé de parler d'autre chose que ce journal, et d'en revenir à Blackburn, et c'est là qu'elle s'est mise en colère.

– Contre toi ?

– Non. Attends une minute. »

Elle se pencha et fouilla dans son sac à dos pour en sortir un carnet. Elle feuilleta les pages.

« Voilà, dit-elle. Elle m'a dit : "Tout le monde raconte que ce type a démissionné. Il n'a pas démissionné. Mon beau-frère l'a chassé de la ville. Mais avant, bien évidemment, il fallait qu'il gagne ce dernier sacré championnat. Nous devions gagner, à n'importe quel prix, nous devions gagner."

– Chassé ?

– Ouais. Je ne comprends pas. Tout ce que je sais, c'est que son équipe a gagné le championnat et qu'il est parti de là-bas.

– Tu as parlé au neveu ?

– Je ne connais pas son nom.

– Donc, on ne sait pas ce qui s'est réellement passé.

– Peut-être, mais la même chose est arrivée dans l'État de Victoria.

– À Blackburn ? C'était *avant* St. Albert, non ?

– Ouais. Je ne sais pas pourquoi, mais je me suis dit qu'il fallait essayer un autre endroit. J'ai passé pas mal de coups de fil. Le truc étrange, c'est que ça fait presque trente ans, et pourtant la plupart des gens se souvenaient du bonhomme. La majorité ne voulait pas en parler. Mais les morceaux du puzzle que j'ai réussi à rassembler montraient qu'il avait une équipe assez honorable, mais qu'il avait fait quelque chose qui a rendu les parents dingues et dès que la saison s'est achevée, il a filé et il s'est arrêté pendant un an. Il y a un trou dans son CV. Et puis il a été engagé à St. Albert. »

Je fixai le sol, un damier terne de linoléum beige et vert. Qui était cet homme ? Les entraîneurs perdaient leurs boulots tout le temps, bien sûr, surtout dans la compétition acharnée des ligues junior canadiennes. Mais pas après avoir gagné des championnats.

« Ça doit te faire un drôle d'effet, dit Joanie.

– Ça va.

– Eh bien, tout ça est encore officieux, pour l'instant du moins.

– Qu'as-tu raconté à Boynton ? »

Maintenant, elle baissait les yeux.

« Je ne lui ai pas dit grand-chose. J'essayais juste de lui balancer quelques trucs pour voir ce qu'il savait. Je ne crois pas que toutes ces histoires canadiennes étaient connues de lui, du moins pas en détail. Mais il savait quelque chose.

– Comment tu le sais ?

– C'est juste une impression. Quand j'ai dit que Blackburn avait pu avoir des ennuis au Canada, il a donné l'impression de comprendre. Et puis, il n'a pas arrêté pas de me demander si on était en train d'en faire un article.

– Est-ce que tu en as parlé à Soupy Campbell ?

– Nan. J'ai pas réussi à le trouver. »

Lentement, le tableau commençait à s'éclaircir. Soupy et Teddy étaient en guerre à propos de la marina. Samedi soir, au bar, Soupy lui avait dit d'aller se faire foutre. Mais Teddy venait juste de parler avec Darlene, et puis il avait parlé à Joanie, dont il avait noté l'adresse et le numéro de téléphone sur cette serviette en papier du bar. Ensuite, il avait récolté quelque chose auprès de Joanie, qu'il avait utilisé pour serrer l'étau autour de Soupy. Je n'avais aucune idée de ce que c'était, mais c'était quelque chose ayant trait au passé de Coach, et c'était suffisant pour amener Soupy à chialer dans mon escalier l'autre nuit. Il y avait également un impact de balle dans la motoneige de Blackburn. Leo Redpath qui avait fui la ville, et les flics qui avaient sorti un ordinateur du mobile home de Leo.

En fait, ça n'était pas si clair que ça.

« Je déteste dire ça, dis-je, mais Boynton s'est servi de toi. »

Joanie soupira.

« Ouais. Ça ne se reproduira pas. Et à propos de la conférence de presse...

– T'en fais pas. Comment est-ce que tu as su que les flics avaient interrogé Leo ?

– Oh, mon Dieu. Par D'Alessio.

– Il t'a déjà demandé de sortir avec lui ?

– Il m'a demandé de venir le voir jouer au bowling. J'y ai été, vas-y, tue-moi tout de suite. J'ai été gentille, mais je me suis contentée de lui dire que je ne pouvais pas le fréquenter tant que je couvrais cette histoire. Alors, il a été dire à Tawny Jane Fesses Nerveuses que notre article était “prématuré”.

– Fesses Nerveuses ? » dis-je.

19

« L'adjointe Esper, s'il vous plaît. »

J'avais laissé Joanie partir devant et je m'étais arrêté dans une cabine devant le supermarché.

« Esper, j'écoute.

– C'est moi. »

Un silence bizarre s'ensuivit. Si elle avait été chez elle, elle se serait contentée de raccrocher le téléphone, comme à chaque fois que je l'appelais les premiers temps de mon retour en ville. Au boulot, une telle attitude aurait pu attirer l'attention.

« Quoi ?

– Je voulais juste te remercier de m'avoir donné quelques pistes l'autre soir.

– Je n'aurais pas dû.

– Eh bien, merci quand même. Je me demandais...

– Gus, ce n'est pas juste.

– Écoute, c'est le boulot et on est en *off*, OK ? Je voudrais juste te demander, Darl, et il faut que tu me fasses confiance, quand tu parlais avec Boynton l'autre soir chez Enright's – je ressentis un léger pic de jalousie –, il n'était pas...

– Je vais raccrocher, Gus.

– Ce n'est pas ce que tu penses. Est-ce qu'il était en train de te poser des questions sur Coach ?

– Je ne peux pas parler.

– Darlene, s'il te plaît, il faut que tu m'aides. »

Après notre doux rendez-vous d'amour au tribunal du comté tant d'années auparavant, nous avions commencé à sortir ensemble. En ville, nous étions devenus un couple quasi officiel, et il courait des rumeurs sur notre probable mariage et notre future installation au bord du lac. Évidemment, les supporters des River Rats transformèrent ces rumeurs en sarcasmes après ma bévue lors de la finale du championnat d'État. Il y eut des plaisanteries sur moi dégringolant devant l'autel et laissant échapper les alliances. Quant à moi, pour être honnête, je ne peux pas dire que j'étais tombé amoureux de Darlene à l'époque, parce que je pense que j'avais toujours été amoureux d'elle, depuis ce jour lointain où j'avais sauvé son vélo de Jitters Creek. Mais quoi que j'aie pu ressentir, ce n'était pas suffisant pour me retenir à Starvation Lake. Nous savions depuis toujours que je partirais, mais même après que j'avais accepté le boulot au *Detroit Times* et que je commençais à préparer mon déménagement, nous n'en avions jamais parlé. La douleur que nous avions évitée pendant si longtemps nous était finalement tombée dessus. La dernière semaine que j'avais passée en ville, nous n'avions pas échangé un mot.

C'est seulement une fois mariée qu'elle daigna me reparler, mais seulement par bribes difficilement arrachées, exactement comme la conversation que nous avions maintenant. La plupart du temps, c'était comme si nous parlions sans nous entendre. Une sorte de friture émotionnelle obscurcissait nos voix et bloquait nos oreilles. Darlene oscillait entre la colère à propos de son pauvre mariage et la peur que le son de ma voix puisse, quelque part, la ramener vers moi et vers je ne sais quelle douleur que j'aurais pu lui infliger une deuxième fois. Prêt à m'excuser, j'attendais que les murs qu'elle avait érigés autour d'elle se craquellent. Dans un sens, ce qu'il y avait de pire pour moi en revenant à Starvation Lake, c'était de faire face à Darlene, dont la distance glacée m'accusait d'avoir été, en partant, le pire des idiots.

Elle avait raison, bien sûr ; quand elle disait que c'était injuste de l'appeler comme ça. Mais je sentais que je n'avais pas le choix.

« Je lui ai dit non, dit-elle.

– Non quoi ?

– Non. Que je n'allais pas lui dire quoi que ce soit sur votre entraîneur.

– Tu ne lui as rien dit ? »

Elle hésita.

« Non, pas...

– Allez, Darlene.

– Je ne suis absolument pas obligée de te parler. »

J'entendis Darlene soupirer.

« Boynton m'a appelée, hier, dit-elle. Je lui ai répété d'aller se faire voir en enfer, mais il m'a dit qu'il avait des infos. »

À ce moment-là, Boynton avait déjà parlé avec Joanie. Il en savait un petit peu sur le Canada.

« Quelles infos ?

– Ça file un peu la chair de poule. Il me demandait... Attends. »

Je l'entendis fermer une porte. Elle reprit le téléphone.

« Il voulait savoir des choses sur le casier judiciaire de Blackburn.

– Son casier judiciaire ? Genre délits ?

– Mais Blackburn n'avait pas de dossier.

– Pas de dossier de quoi ?

– Tu ne peux pas publier ça, Gus.

– Darlene, je n'imprimerai rien de ce que tu me dis.

– Il... Mince, ne quitte pas. »

J'entendis qu'on frappait à sa porte. Elle couvrit le téléphone avec sa main. J'attendis. Elle revint en ligne.

« Il faut que j'y aille.
– Mais qu'est-ce qu'il t'a demandé ? »
Cette fois, elle avait raccroché.

Mon article sur l'ultimatum lancé par Boynton au bureau de l'aménagement faisait la une avec le papier de Joanie sur la conférence de presse avortée de Dingus. Kerasopoulos avait relu l'article de Joanie avant qu'il ne passe à l'imprimerie. Il nous fit réécrire quelques lignes pour ne pas donner l'impression que Dingus était parti fâché, même si c'était le cas. Joanie n'était pas contente, mais au moins ce n'était pas à moi qu'elle pouvait s'en prendre. Avant de partir, je m'assurai que Tillie avait bien mis la question sur les tunnels sous-marins dans le sondage *off*. Je m'arrangeai également pour avoir un peu d'aide éditoriale de Traverse City pour pouvoir faire le voyage jusqu'à Detroit le lendemain matin. Je ne dis pas que je prenais un jour de congé, simplement que j'avais des affaires personnelles à régler.

Le téléphone de mon bureau sonna au moment où je grimpais les marches menant à mon appartement. Je le laissai sonner. Je voulais faire une sieste avant le match. Une fois en haut, j'empaquetai mon équipement et je m'allongeai dans mon fauteuil inclinable. Mes yeux tombèrent sur les cartons qui soutenaient la table basse. Celui étiqueté « Rats » contenait une grande partie de ma vie, l'autre, étiqueté « Pick-up », en contenait une autre. Aucune des deux ne semblait avoir bien marché. J'éteignis la lampe et fermai les yeux. Mais je n'arrivais pas à dormir.

À l'heure qu'il est, pensais-je, la police doit avoir mis la main sur Leo. Ou alors, elle ne le poursuivait même pas. Peut-être était-il parti pour une tout autre raison, quelque chose qui n'avait rien à voir avec Coach. Peut-être qu'il ne supportait plus de rester à Starvation Lake maintenant que son vieil ami était revenu, bien que réduit à un fantôme.

Je me levai et j'appelai ma mère, dont le message débité à toute allure m'informa qu'elle était sortie. Je n'arrivais pas à comprendre où. Je laissai un message disant que j'essaierais de passer la voir mardi soir. Je ne voulais pas qu'elle sache que je descendais à Detroit. Elle s'inquiéterait. Je réglai mon réveil sur 5 h 30.

Il fallait que je remette de l'adhésif sur le pouce d'Eggo. Je rouvris mon sac de hockey, posai le bouclier sur la table et pris le chatterton noir brillant que j'utilisais toujours. Il était quasiment terminé. J'enlevai l'adhésif de dimanche et commençai à enrouler le nouveau. Je finis le rouleau avant d'avoir fait deux fois le tour du pouce. Même si l'adhésif ne tenait pas vraiment quoi que ce soit, j'aimais qu'il fasse au moins trois tours. Ce soir, il faudrait que je me contente de deux.

Quand j'entrai dans le vestiaire numéro 3, les Chowder Heads avaient ce genre de conversation qui pouvait passer pour philosophique dans un endroit empestant la sueur et le moisi. Wilf parlait d'un ami qui avait joué dans une équipe secondaire où il était habituel pour un bleu, en tant que rite d'initiation, de trouver juste avant un match ses patins pleins de la merde d'un vétéran.

« Bon Dieu, Wilf », dit Stevie Reneau qui étalait du dentifrice à l'intérieur de son masque en plastique pour qu'il ne s'embue pas.

Ce genre d'histoires filait la gerbe à Stevie, et c'était justement pour ça que Wilf prenait tant de plaisir à les raconter. Nous ne savions jamais si Wilf inventait des trucs juste pour rendre Stevie malade, mais ce qu'on venait d'entendre était malheureusement plausible.

« Donc, ce bleu est en train de nettoyer ses patins, vous voyez, pendant que mon pote et tous les autres se fendent la gueule à s'en arracher les couilles, disait Wilf. Et le mec sort jouer et – devinez quoi ? – il fait le coup du chapeau[1] ! Sans déconner. Le premier de sa carrière. »

Il fit un énorme sourire, sachant que Stevie allait en tirer la conclusion qui s'imposerait pour n'importe quel joueur de hockey superstitieux.

« Ne me dis pas, fit Stevie.

– Oh, si », répliqua Wilf.

Le visage de Stevie se tordit de douleur.

« Le mec a été obligé de remettre de la merde dans ses patins à chaque fois ? Putain, barre-toi avec tes conneries. »

Wilf éclata de rire pendant que Stevie saisissait instinctivement ses patins pour les remettre dans son sac de sport.

« T'es un peu en baisse question score, Steve-o, dit Wilf. Pense à ce qui pourrait aider. »

Même si Zilchy était persuadé que ça portait malheur de parler avant les matchs, il ne put s'empêcher d'intervenir.

« Qu'est-ce que t'en penses, Stevie ? Tu crois que le mec devait remettre la merde du même mec dans ses patins avant chaque match ?

– Et si le mec qui chiait s'était fait embaucher dans une autre équipe ? » suggéra Danny Lefebvre.

Les yeux de Wilf s'allumèrent.

« Je crois que la carrière du bleu serait partie avec la chasse d'eau !

– Bordel, Wilf », grogna Stevie.

Soupy entra, traînant son sac de hockey et une glacière. Il lâcha son sac et fit glisser la glacière jusqu'au

1. L'expression « coup du chapeau » ou *hat-trick* est utilisée au hockey lorsqu'un joueur marque trois buts consécutifs au cours d'un match.

milieu de la pièce. Il s'installa à ma gauche, comme toujours. Ça ne lui ressemblait pas d'être en retard pour un match de championnat, même s'il ne s'agissait que de la nocturne de la ligue senior.

« Soup, faut que t'entendes celle-là », dit Wilf.

Il commença à raconter son histoire, mais Soupy l'arrêta au beau milieu d'une phrase.

« Pas maintenant. »

Wilf avait l'air offensé.

« C'est quoi, ton putain de problème ? dit-il.

– La Zamboni est en marche.

– Leo s'est pointé, finalement ? » demanda Danny.

Soupy gardait la tête basse tout en sortant son équipement.

« C'est Ronnie qui fait la glace », dit-il.

Ronnie était un lycéen qui travaillait pour Leo.

« Alors, la glace va être merdique, dit Wilf. Mais où il est, Leo, putain ? C'est un match de championnat, bordel de merde. »

Soupy me lança un regard en coin, comme si je détenais la réponse. Je baissai mon masque.

« Dis donc, Soup, dis-je pour changer de sujet, ma mère pense acheter un bateau maintenant que je suis revenu. Peut-être un beau petit hors-bord. »

Il grogna tout en bataillant pour faire entrer son pied gauche dans son patin de quatre pointures au-dessous de la sienne.

« M'dame C. aurait le blé pour un hors-bord ? J'en doute. T'as vu Leo ?

– Non, répondis-je. Ça va chercher dans les combien ces temps-ci.

– Un bon hors-bord ? Un paquet. Mais pour vous deux, un radeau gonflable suffirait probablement.

– Non, mais vraiment, combien ? 10 000 ? »

Il enfonçait son second pied dans l'autre patin.

« Deux fois ça, dit-il.

– Hum, dis-je. Donc, tu vends des bateaux à quoi, 25 000 dollars ? »

C'était la somme portée sur le reçu que Dingus m'avait donné.

– Bien sûr, dit Soupy, des plus beaux, des plus grands. Mais tu travaillais ici, non ?

– Tu ne vends pas de ferry-boats, hein ?

– Des ferry-boats ? Mais de quoi tu parles, putain ? »

Il s'adressa à toute la pièce.

« Gus a déjà commencé à boire ? Les goals ne sont pas censés picoler avant les matchs.

– Laisse tomber, dis-je.

– Écoute, Trap, si ta mère veut vraiment un bateau, tu sais très bien que je vous arrangerai quelque chose. Dis-lui de m'appeler. Mais, bon Dieu, tu deviens bizarre. Tout devient vraiment bizarre par ici. Et où il est Leo, en fait, bordel ? »

Peu à peu, la pièce s'était quasiment vidée. J'entendais des crosses frapper des palets qui rebondissaient sur les parois. Soupy enfila son maillot des Chowder Heads, rouge et blanc, avec pour logo une cuiller à soupe qui faisait office de crosse de hockey.

« T'étais un peu bizarre toi-même la nuit dernière, mec, dis-je.

– Tu veux dire samedi ?

– Non, hier soir. Sur mon escalier. T'étais dans un état... »

Il enfonça son casque sur son crâne.

« Je ne vois pas de quoi tu parles.

– Et aujourd'hui ? Tu leur as manqué, au bureau d'aménagement.

– Ça porte pas chance de parler affaires, Trap.

– Ça porte malheur de parler de chance. »

Il passa son bras autour de mon épaule, comme il le faisait à chaque fois juste avant qu'on sorte jouer. Mais cette fois, il serra fort et me tira tout contre lui pour me regarder dans les yeux par les fentes de mon masque.

« Où est Leo ? dit-il. Le hangar de la Zamboni a été nettoyé.

– J'ai pas remarqué.

– De la merde, oui. Tu remarques toujours tout, putain.

– Il faut qu'on y aille. Je suis un mur de brique, OK ?

– Ouais, dit Soupy en se levant. Et moi, je suis un élastique, prêt à claquer d'une minute à l'autre. »

On démarra fort. Zilchy tira sur un rebond pour nous amener à 1-0 et ensuite Stevie détourna un tir bas de Soupy pour le faire passer au-dessus de Tatch, le gardien des Land Sharks, ce qui nous fit mener 2-0 en fin de première période. Je n'eus à faire qu'un arrêt violent quand D'Alessio réussit à se libérer et arriva sur ma gauche sans être intercepté. Il tira bas et fort du côté de ma crosse, et je parvins de justesse à coller mon orteil droit dessus. Le rebond renvoya le palet directement sur Boynton, qui essaya de le rentrer en force dans ma cage, mais je me laissai tomber pour le recouvrir et Teddy n'eut plus qu'à se brosser.

« Va te faire foutre, Carpie », l'entendis-je dire encore une fois.

Comme nous menions en deuxième période, Teddy commença à jouer de plus en plus comme le Teddy qu'il était devenu en grandissant. Il frappa les jambes de Stevie par-derrière. Flanqua un coup de coude dans la figure de Danny Lefebvre. Me cogna du bout de sa crosse en passant devant moi. Tout cela, bien sûr, pendant que les arbitres ne regardaient pas. Mais il s'attaquait surtout à Soupy. Il lui flanquait des coups de crosse dans le cou, le cognait derrière les genoux, lui gueulait à la figure pour l'énerver à chaque reprise. « Tu crois que c'est un putain de jeu ? » cria-t-il à un moment. Soupy ne répliquait pas, ce qui ne lui ressemblait guère. Ce n'était pas un bagarreur, mais il la fermait rarement quand on lui gueulait dessus. Boynton continuait à faire monter la pression. Soupy continuait à l'éviter.

Au milieu de la troisième période, Loob chopa une passe de Boynton et me tira un palet pile sur ma droite. C'était un vrai boulet de canon, mais j'avais clairement vu le tir venir et je levai Eggo pour le bloquer. Je croyais l'avoir facilement, mais le palet dévia sur le bouclier d'Eggo, ricocha vers le bas et rebondit sur le côté de ma jambière droite pour finir dans le filet. Pendant que les Sharks fêtaient ça, je regardai Eggo, totalement incrédule, me demandant si le tour d'adhésif manquant avait pu provoquer tout ça.

Quand je relevai les yeux, j'aperçus les lumières rouges et bleues des gyrophares de police qui clignotaient à travers les vitres à l'autre bout de la patinoire. Tout le monde s'arrêta pour regarder des adjoints du shérif, cinq ou six, s'engouffrer dans le hangar de la Zamboni. Ils ont Leo, pensai-je. L'un des arbitres patina jusque là-bas, et D'Alessio passa devant le banc de touche des Land Sharks pour le rejoindre. J'apercevais les flics qui étendaient du ruban jaune de scène de crime. D'Alessio se tourna et fit signe à tout le monde, arbitres compris, de regagner les bancs. Il quitta la glace et clopina sur ses patins jusque dans le hangar. Je m'approchai et m'appuyai contre les planches près de notre banc où le reste des Chowder Heads observait tranquillement la scène. Soupy me lança un coup d'œil. « Quoi ? » dis-je, et il se détourna. Les gyrophares continuaient à clignoter. Finalement, D'Alessio émergea du hangar en secouant la tête. Il appela les arbitres. Ils eurent une brève conversation. D'Alessio quitta la glace pour regagner les vestiaires. Je regardai Soupy qui le suivait des yeux. L'un des arbitres s'approcha et dit : « Ils vont fermer les lieux, mais on a le droit de finir. »

Il restait un peu plus de six minutes. Les gyrophares dansaient toujours. Les joueurs s'alignèrent face à face pour une remise en jeu, sur ma droite. Alors que l'arbitre était sur le point de relancer le match, Darlene, en uniforme, apparut derrière la vitre. Stevie gagna la remise en jeu pour Soupy, qui me repassa immédiatement le palet. Je le bloquai pour arrêter le jeu, ce qui était exactement ce que Soupy avait voulu. « Attendez », dit-il à l'arbitre, puis il patina jusqu'à Darlene. Ils échangèrent quelques mots que je ne parvins pas à entendre. Soupy flanqua un grand coup de poing dans la vitre et cria : « Non ! » Le sifflet de l'arbitre retentit. « Allons-y, messieurs », dit-il. Darlene disparut en courant, et quand Soupy revint dans la partie, son visage n'était plus qu'un masque de colère.

J'étais certain que quelque chose de terrible allait arriver.

Dans la seconde remise en jeu, Stevie pelleta le palet vers l'avant jusqu'à Wilf, qui le balança au fond de la zone des Land Sharks. Zilchy le rattrapa dans un coin et fit une passe rapide à Soupy qui attendait à gauche du filet des Land Sharks. De là, il pouvait soit tirer droit dans le but, soit passer à Danny Lefebvre posté de l'autre côté. Au lieu de quoi, il leva sa crosse de quelques centimètres, et laissa le palet passer dessous en faisant semblant d'avoir commis une erreur. Il attendit une seconde, inexplicablement, le temps que Boynton fonce devant lui pour s'emparer du palet. Soupy se retourna pour partir à sa poursuite.

Boynton avait un temps d'avance. Mais Soupy était plus rapide, et il aurait facilement pu le reprendre. À la place, il resta deux pas en arrière, attendant quelque chose. Mais qu'est-ce que tu fais ? me dis-je. Je glissai en avant pour couper l'angle, le regard rivé sur Boynton et Soupy, qui le suivait toujours. Boynton vira vers le centre de la glace. Je m'arrêtai et me tassai sur moi-même, prêt à repartir en arrière, ma mitaine levée, Eggo en position, les yeux désormais braqués sur le palet. Je devinai que Boynton se préparait à tirer plutôt qu'à feinter quand soudain ses jambes faussèrent et le palet lui échappa.

Le talon de la crosse de Soupy chopa soudain Boynton juste sous l'œil droit. Soupy la balança une seconde fois comme une batte de base-ball alors que Boynton poussait un cri en s'effondrant. Soupy releva sa crosse et l'abattit comme une hache sur le côté du visage de Boynton. Boynton portait un casque, mais j'entendis une seconde fois le craquement du bois sur l'os.

« Soupy ! » hurlai-je. Je fonçai pour le saisir à bras-le-corps avant qu'il n'abatte à nouveau sa crosse. Je le tenais par son maillot quand quelqu'un nous chargea par-derrière et nous fit tomber. En un instant, d'autres Land Sharks et d'autres Chowder Heads s'empilèrent les uns sur les autres en hurlant et en jurant. Un sifflet retentit. J'entendis quelqu'un dire : « Oh, mon Dieu, appelez une ambulance, appelez une ambulance. » Quelqu'un me cognait dans le dos, mais je tenais fermement Soupy, mon masque pressé contre sa nuque. Il marmonnait, comme pour lui-même : « Leo, putain, ils ont buté Leo ! Je vais te tuer, enculé de ta mère, je te tuerai. »

Les arbitres nous séparèrent. Quelqu'un me tira en arrière et Loob et Wilf saisirent par les bras Soupy qui se laissa faire.

« C'est fini, Soup, calme-toi », dit Loob.

Boynton était couché sur le flanc, immobile. Une tache écarlate marquait l'emplacement où il était tombé. L'un de ses équipiers s'accroupit à côté de lui et lui enleva son casque. Tout le côté de son visage était couvert de sang.

« Qu'il aille se faire foutre, dit Soupy. Putain, j'espère qu'il va crever. »

Un arbitre s'immobilisa devant lui.

« Le match est terminé, dit-il. Les Sharks gagnent par forfait. »

Soupy s'en foutait. Il me regarda.

« T'es content maintenant ? »

Je n'avais absolument aucune idée de ce qu'il entendait par là. D'Alessio réapparut. Il montra à Soupy une paire de menottes.

« Manière douce, ou forte, Soup ? »

Impassible, Soupy tendit lentement ses poignets. Au moment où D'Alessio refermait les menottes, Soupy jeta un regard vers Boynton, toujours inconscient.

« Alors, c'est pas un putain de jeu, hein ? »

Deux ambulanciers déboulèrent par la porte principale, suivis par deux adjoints du shérif et le shérif Aho lui-même. Mais pourquoi diable Dingus venait-il en personne pour une simple histoire de coups et blessures ? Ce n'était pas la première fois qu'un hockeyeur devenait un peu dingue. Puis une lumière éblouissante comme un phare de voiture apparut juste derrière son épaule, et je vis un type barbu en parka vert à capuche, caméra à l'épaule, s'approcher de Dingus. Marchant à côté de lui tout en parlant dans un micro, s'avança Tawny Jane Reese. Une équipe de télé pour une bagarre à coups de crosse ? Je regardai Boynton. Il ne bougeait toujours pas.

Dingus s'avança sur la glace et s'agenouilla près de Boynton en secouant la tête. Il releva le nez vers Soupy.

« Vous, les mecs, vous ne grandirez jamais, hein ? » dit-il.

Tawny Jane se risqua sur la glace, essayant de garder son équilibre tout en parlant dans son micro. Son cameraman cadrait Teddy que les ambulanciers attachaient sur un brancard avant de l'emporter.

Dingus se releva et s'approcha de Soupy et moi. Tawny Jane et le cameraman le suivirent. Dingus se tourna vers Tawny Jane pour lui dire : « Laissez-nous une minute. » Le projecteur de la caméra s'éteignit. Tawny Jane chuchota quelque chose à l'oreille du cameraman. Elle avait l'air tout excitée.

D'Alessio se plaça derrière Soupy. Il posa une main sur les menottes et l'autre sur l'épaule de Soupy. Dingus s'avança en direction de Soupy. Le projecteur se ralluma. Tawny Jane s'approcha plus près et tendit son micro pour capter ce que Dingus allait dire.

Mais Soupy parla le premier.

« Et Leo, Dingus ? »

Dingus soutint le regard de Soupy pendant une seconde, puis il dit :

« Alden Campbell, vous êtes en état d'arrestation pour meurtre au premier degré, dans l'affaire de la mort de John David Blackburn en mars 1988.

– Oh, putain », dit Soupy.

Je dus m'appuyer sur ma crosse de hockey pour ne pas tomber. Je regardai Soupy. Je voulais qu'il me dise que tout cela n'était que des conneries. Son expression ne changea pas. C'était comme s'il s'était attendu à ça.

« Sortez-le d'ici », dit Dingus.

Tawny Jane commentait pendant que le cameraman marchait à reculons devant Dingus et D'Alessio qui entraînaient Soupy hors de la glace.

Je patinais derrière eux.

« Dingus, dis-je, et Leo ?

– Ils l'ont tué, putain », cria Soupy.

Dingus s'arrêta et se tourna vers moi. Il ne contredit pas ce que Soupy venait de dire.

« Plus tard », me dit-il.

Je suivis Tawny Jane jusqu'au bord de la patinoire. Elle disait dans son micro : « ... chapitre désolant dans l'histoire de cette ville estivale malchanceuse, ici même, dans cet endroit rebaptisé du nom de l'homme qui, comme on nous l'apprend maintenant, n'est pas mort dans un accident de motoneige il y a dix ans, mais a été, et c'est très choquant, assassiné. Parmi les ingrédients les plus épicés de cette terrible histoire à rebondissements : un entraîneur adulé, un ancien joueur mécontent, et une balle de calibre 22 mm. En exclusivité sur Channel Eight... »

Mes cheveux mouillés gelaient autour de mes oreilles quand je descendis de mon pick-up garé sur le parking du bureau du shérif de Pine County. Un souvenir me revint d'un jour où Soupy et moi nous étions bagarrés pour rire sur la patinoire de son arrière-cour. Les cheveux qui dépassaient de mon casque avaient gelé et, quand Soupy avait arraché mon casque, plein de cheveux étaient partis avec. Soupy avait trouvé ça hilarant.

Maintenant, il était quelque part là-dedans, dans une salle d'interrogatoire ou une cellule. Et Leo était mort.

Joanie était à l'intérieur du bureau du shérif. Elle m'aperçut et se hâta de sortir à ma rencontre.

« Ça va, t'es OK ? me dit-elle.

– Qu'est-ce qui se passe ?

– Dingus devrait sortir d'ici quelques minutes.

– On ferait mieux de retourner à l'intérieur.

– Attends. »

Elle posa une main contre ma poitrine.

« Tu es certain d'être assez en forme pour couvrir ça ? »

Je ne l'étais évidemment pas. Mais qu'est-ce que j'aurais pu faire ?

« Je vais bien.

– Tu crois vraiment que Campbell a tué Blackburn ? »

Je ne parvenais pas à comprendre quels mobiles Soupy aurait pu avoir, mais j'avais déjà été surpris par tant de choses ces derniers jours que je ne savais plus trop quoi penser. J'avais toujours trouvé Soupy gentil. Il n'avait jamais été partisan de la sauvagerie qu'on peut trouver dans le hockey. Et puis il y avait eu cette soudaine attaque en traître contre Boynton.

« Non, dis-je.

– Bien, fit Joanie, je suis désolée pour tes amis. Et je suis désolée de m'être fait doubler sur le scoop. Il va falloir que j'attende toute une putain de journée pour rattraper ça. »

Pas de doute. Le reportage de Tawny Jane avait déjà été diffusé. À cette heure, il y avait peut-être vingt personnes qui le regardaient.

« T'inquiète pas, dis-je.

– J'arrive ce soir et elle me fait : “Oh, ça doit être terrible pour vous, vos articles de ce matin étaient si intéressants”, et moi je me dis, espèce de petite salope.

– Verrouille tes sources au bureau du shérif pour qu'on ne se retrouve pas avec Tawny Jane collée à Dingus quand la suite de tout ça va éclater, dis-je. Et s'il tient une nouvelle conférence de presse...

– Ouais, ouais, j'ai pigé.

– Hé, les gars », dit une voix.

Nous nous retournâmes. Skip Catledge avait entrouvert la porte.

« Le shérif va sortir dans une minute. »

Quand Dingus apparut, sa cravate marron était toujours bien serrée, et il bougeait avec une détermination que je ne lui avais jamais connue auparavant. Il leva les deux mains face à nous – Tawny Jane, son cameraman, Joanie et moi.

« Avant que vous ne commenciez à poser des questions, ceci n'est pas une conférence de presse. Éteignez-moi ça, s'il vous plaît, dit-il en pointant un doigt vers le cameraman, qui baissa sa caméra. Plutôt que de vous faire attendre dans ce hall toute la nuit, je vais vous dire deux ou trois choses et ensuite vous allez tous rentrer vous coucher. Compris ? Pas de notes, miss McCarthy. Et pas d'interruptions. Ceci est totalement officieux, et seulement pour votre information et votre planning. Il y aura une déclaration officielle dès demain.

« Comme vous le savez, nous avons arrêté Alden Campbell. La plupart des gens d'ici le connaissent sous le surnom de Soupy. Il sera déféré demain à 14 heures devant le juge Gallagher sous une inculpation de meurtre au premier degré, et également de violence et voies de fait pour l'incident qui a eu lieu ce soir pendant le match de hockey.

– Shérif ? »

C'était Joanie.

Dingus la regarda, l'air de ne pas croire à ce qu'il voyait.

« Miss, je vous donne une seconde chance ce soir. Ce sera également la dernière.

– Désolée.

– C'est mon enquête, OK ? *Mon* enquête. »

Il attendit que cela rentre bien.

« Nous pensons que le meurtre a eu lieu la nuit même de l'accident de motoneige où Mr. Blackburn était censé avoir perdu la vie. Une fois encore, je ne vais pas entrer dans les détails ce soir. Je me contenterai de vous dire que nous pensons que l'accident lui-même était frauduleux, et nous essayons désormais de déterminer l'emplacement des restes de Mr. Blackburn. Comme vous le savez, il n'y a pas de prescription pour un meurtre. »

Le mot « frauduleux » me fit frissonner comme si j'avais 40 de fièvre. Je pensais à ma mère et à la serviette dont elle ne se souvenait pas, et à Leo en fuite.

« Dans une affaire liée à celle-ci, continuait Dingus, nous avons tenté ce soir d'appréhender un individu dont nous pensions qu'il détenait des informations importantes sur les événements en question. Cet individu avait fui la région, et a été localisé par la police d'État du Michigan sur l'autoroute 131, à environ 40 kilomètres du Mackinae Bridge. Il a résisté aux tentatives pacifiques d'interpellation. Un malheureux incident s'en est suivi, sur lequel nous continuons à enquêter. Nous espérons en avoir plus à vous dire à ce sujet demain. »

Il parlait bien sûr de Leo.

Dingus leva un index.

« C'est tout pour cette nuit, mais je vais vous autoriser une question. »

Il regarda droit vers Joanie et dit : « Miss Reese ? »

Joanie baissa les yeux vers le sol. Tawny Jane fit un pas en avant. Ses cheveux étaient rassemblés sur sa nuque dans un chouchou bordeaux.

« Shérif, dit-elle, est-ce que vous avez une idée du mobile ? »

Dingus pinça les lèvres.

« Nous pourrions.

– Vous pouvez nous le dire ?

– Désolé, mais ça fait deux questions.

– Shérif...

– Ne faites pas la même erreur que miss McCarthy, miss Reese, dit Dingus, puis il ajouta : OK, je voudrais que vous partiez maintenant, tous, sauf... vous. »

Il voulait dire moi.

J'attendais dans le bureau de Dingus, assis sur la même chaise en fer biseauté que j'avais occupée quelques jours auparavant. Dans ma tête, je repassais en revue le hangar à Zamboni, à la recherche d'un indice qui aurait pu s'y trouver ce matin-là. Est-ce que les flics avaient fait des relevés d'empreintes ? Je me souvins des morceaux de papier découverts dans le classeur de Leo, avec leurs étranges inscriptions codées. Ils étaient encore dans la poche de mon manteau. Et si c'était un interrogatoire ? Et si jamais ils me fouillaient ?

Dingus entra. Il s'installa sur le coin de son bureau, face à moi, et croisa ses bras épais sur sa poitrine.

« Il faut que nous parlions, dit-il, mais d'abord, il faut que tu saches ce qui est arrivé à Leo Redpath. Tout ça doit rester entre nous, d'accord ? Tu étais censé être son ami. Mais tu ne l'as pas vraiment aidé.

– Qu'est-ce que ça signifie ?

– C'est une tragédie, vraiment. Une tragédie inutile. Nous avions interrogé Redpath sur cette affaire. Apparemment, il a pris peur pour je ne sais quelle raison, ce qui est malheureux parce que nous ne le considérions pas comme un suspect, du moins plus depuis un bon moment.

– Pourquoi est-ce que vous...

– Du calme », dit Dingus.

C'était parfois difficile de prendre Dingus au sérieux à cause de son accent scandinave chantant. Mais pas maintenant.

« Tard, hier soir, nous avons reçu un appel anonyme disant que Redpath en savait plus sur cet incident qu'il ne l'avait laissé entendre durant la première enquête. Cette personne suggérait que l'accident originel ne s'était peut-être pas produit comme tout le monde le pensait.

– De qui venait ce tuyau ? » demandai-je.

Je pensais le savoir : Teddy Boynton, après avoir fureté auprès de Darlene et Joanie.

« Peu importe, dit Dingus. Comme je le disais, Redpath était suspect, mais ça n'a pas duré. Après avoir reçu cette info, nous voulions absolument parler avec Redpath. Mais quand nous sommes allés le voir ce matin à la patinoire, nous avons trouvé son local vide. On a lancé un avis de recherche. Deux voitures de patrouille de la police d'État l'ont rattrapé. Ils avaient leur haut-parleur en marche, ils essayaient de le faire sortir de sa voiture, et voilà qu'il ouvre sa boîte à gants... »

Mon estomac se serra.

« Bon Dieu, Dingus. Ils l'ont abattu ? »

Dingus se pencha en avant jusqu'à coller son visage à quelques centimètres du mien.

« Non, Gus, dit-il. Il avait un pistolet dans sa boîte à gants. Il s'est tiré une balle dans la tempe, au-dessus de l'oreille droite.

– Oh, mon Dieu », dis-je.

Une bouffée de chaleur me monta à la tête. Une image jaillit devant mes yeux, celle du premier jour où j'avais vu Leo, debout au volant d'Ethel, faisant des cercles sur la glace, et puis soudain une autre image apparut, une des dernières fois où je l'avais vu, penché tout près de moi pour me suturer la mâchoire.

« Mais qu'est-ce qui se passe ici, bordel ?

– C'est justement ce que j'allais te demander, Gus. Tu sais quoi ? »

Il se leva, me saisit soudain par le col avec ses grosses mains charnues et il me souleva de mon siège.

« Je crois que tu as quelque chose à voir là-dedans !

– Quoi ? Lâche-moi immédiatement ! »

Il resserra ses poings.

« Je devrais étrangler cette petite rouquine. D'une certaine manière, c'est elle qui a flanqué la frousse à Redpath.

– C'est des conneries. Il n'a même pas voulu lui parler.

– Il n'avait pas besoin de lui parler. Il a suffi qu'il entende ses questions. Elle lui a demandé quelque chose qui lui a flanqué une trouille du diable. Nous avions déjà parlé avec lui. Il ne s'était pas enfui. Elle va le voir, il file. Je veux savoir ce qu'elle lui a demandé, Gus.

– J’aimerais vraiment le savoir, shérif. »

Dingus me balança contre le mur.

« Cet homme est mort, grogna-t-il. Nous avons perdu un témoin matériel majeur dans une affaire de meurtre. Tout ça parce que ta petite journaliste fourre son nez dans des endroits où elle ne devrait pas le mettre. Qu’est-ce qu’elle lui a demandé, Gus ?

– Je ne sais pas, Dingus, et même si je le savais, je ne te le dirais pas. Elle faisait son boulot. Est-ce que tu ne t’inquiéterais pas plutôt pour ta réélection ? »

À la seconde où ces mots quittèrent mes lèvres, je compris que c’était une grave erreur. Il me cogna à nouveau contre le mur et s’approcha si près que je pouvais sentir son haleine qui puait les Tiparillos et voir ses petites dents jaunes cachées par sa grosse moustache en guidon de vélo. Je me dis qu’il allait peut-être me frapper.

« Ça n’a rien à voir avec cette putain d’élection, dit-il. Il s’agit d’une enquête sur un meurtre. Et ce n’est pas ton boulot de mener des enquêtes criminelles. Ce n’est pas ton boulot de me coller dans l’embarras devant tout le monde quand j’essaye de faire *mon* boulot !

– Et tu ne nous a pas collés dans l’embarras avec ces fuites de merde, nos articles soi-disant “prématurés”, peut-être ? Et la gonzesse de la télé, elle est aux premières loges pour l’arrestation ? Dis à D’Alessio de prendre une douche glacée avant de raconter n’importe quoi, tu veux ? »

Il me lâcha, recula d’un pas et pointa son index vers moi.

« Tu connais le sens du verbe être ? dit-il. Avant que je dise que quelque chose *est* – un meurtre par exemple – ça ne *l’est* pas, t’as compris ? Ou alors tu préfères en apprendre plus sur l’affaire grâce à Channel Eight ? Vous, les journalistes, vous êtes toujours en train de parler du public qui a le droit de savoir. Tu ne penses pas que le public a aussi le droit de savoir ce que vous, vous savez ?

– On sait que dalle, Dingus. À mon sens, Leo a vraisemblablement tué Blackburn. Il était là-bas cette nuit-là. Et il a menti à propos de ce qui s'est passé. Il s'est enfui, et il s'est flingué. Mais toi, tu mets Soupy en taule.

– C'est sa place », dit Dingus.

Il se rassit sur le coin de son bureau. J'apercevais la photo encadrée de son ex-femme par-dessus son épaule gauche. Je me demandais si Barbara Lampley parlait encore à Dingus, ou était même encore mariée avec lui quand il menait la première enquête. Après tout, c'était son badinage avec Blackburn qui avait effectivement achevé son mariage avec Dingus. Je décidai qu'il me faudrait aller parler un peu avec elle.

« Assieds-toi », dit Dingus.

J'obéis.

« Gus, dit-il, j'ai essayé de t'aider quand je pouvais, parce que je pensais que tu collaborerais. Ce que la rouquine a fait, je n'appelle pas ça collaborer.

– Elle s'appelle Joanie.

– Ouais, ouais. Dégage-la de ma route. »

Je n'allais certainement pas accepter d'endosser la moindre responsabilité pour le suicide de Leo. Mais je pensais commencer à comprendre Dingus. Sa première enquête sur la mort de Blackburn avait complètement foiré. Les flics qui se plantaient comme ça faisaient en général leurs excuses ou essayaient de couvrir leurs traces. Au lieu de quoi, Dingus faisait tout ce qu'il pouvait pour faire exploser son ancienne affaire. C'était comme s'il n'avait jamais cru aux conclusions originelles, comme si ses mains avaient été en quelque sorte ligotées, et que maintenant que le dossier Blackburn refaisait surface, il était déterminé à remettre les choses à leur vraie place. Je ne pouvais rien promettre à Dingus, et je n'appréciais pas d'avoir été molesté, mais je ne pouvais m'empêcher de l'admirer un peu.

« Nous essayerons de ne pas te créer de problèmes, dis-je, et toi, de ton côté, fais la même chose.

– Ça me va.

– Puis-je te poser une question ?

– Une seule.

– Ne t'énerve pas. Je vous ai vus aujourd'hui sortir des trucs du mobile home de Leo, y compris du matériel informatique. C'est quoi, cette histoire ?

– Redpath avait des problèmes, répondit Dingus.

– Quels problèmes ? »

Il se leva.

« Il est tard. Je te verrai demain. »

Je roulai directement jusqu'à la cabine publique devant le supermarché 1GA. Joanie décrocha à la première sonnerie.

« Qu'est-ce qui s'est passé ? »

Je lui expliquai ce qui était arrivé à Leo.

« Oh, mon Dieu, c'est terrible, dit-elle. Je suis vraiment désolée.

– Je voudrais te poser une question. Qu'est-ce que tu lui as dit quand tu as parlé avec lui ? »

Elle hésita.

« Il ne voulait pas parler.

– Tu dois bien avoir dit quelque chose pour *essayer* de l'amener à parler.

– Je lui ai dit que je cherchais à en savoir plus sur ce qui était arrivé cette nuit-là. Il a répondu qu'il ne voulait pas déterrer cette histoire ancienne, qu'il n'était pas – comment a-t-il dit ça ? – qu'il ne voulait pas réveiller l'eau qui dort. »

Cela sonnait comme un de ces dictons qu'il avait collés au-dessus de son établi.

« Et qu'est-ce que tu as répondu ?

– J'ai peut-être mentionné quelque chose sur le Canada, l'année manquante et tout ça.

– Comme avec Boynton ?

– Ouais. »

Je ne voyais pas pourquoi cela aurait effrayé Leo. Il n'était pas avec Blackburn au Canada, que je sache.

« J'en ai appris un petit peu plus, dis-je. Les flics ont fouillé la maison de Leo. Ils ont confisqué son ordinateur.

– Pourquoi tu ne me l'avais pas dit.

– Je viens de te le dire.

– Pourquoi ils ont pris son ordinateur ?

– Pas la moindre idée. Dingus dit que Leo avait des problèmes.

– Sans blague. Est-ce que ce n'est pas évident que c'est lui l'assassin ?

– Ça semble tomber sous le sens, mais Dingus dit que non. On est censé en apprendre plus à la lecture de l'acte d'accusation. Tu iras ?

– Ouais.

– Pendant qu'on y est, pourquoi tu ne fais pas un peu plus de vérifications sur le passé de Blackburn ? Je crois qu'il avait un beau-frère à Kalamazoo.

– Le frère de sa femme ou le mari de sa sœur ?

– J'en sais rien. Je ne sais même pas s'il a été marié un jour.

– Gus ?

– Oui, quoi ?

– Je ne veux pas me faire piquer mon scoop une seconde fois. »

Dans l'obscurité de sa chambre, je posai une main sur l'épaule de ma mère. Elle se réveilla en sursaut.

« C'est Gus, murmurai-je.

– Fils. Tu m'as fait peur.

– Désolé, dis-je en m'asseyant sur le lit.

– Qu'est-ce qui ne va pas ?

– Leo. »

Ma mère se redressa, en pyjama de flanelle.

« Quoi ? »

Je ne lui parlai pas de l'ordinateur, juste du suicide. Quand j'eus fini, elle porta une main à sa bouche.

« Non », dit-elle.

À cet instant, je vis dans ses yeux qu'elle savait des choses qu'elle ne m'avait jamais dites, et j'aurais voulu lui demander qu'elle me dise tout ce qu'elle avait gardé au fond d'elle-même, mais la seule chose que je parvins à faire, ce fut de la laisser me tomber dans les bras pour que je la tienne pendant qu'elle sanglotait. Elle n'avait pas pleuré aussi fort depuis la mort de papa. Mais je ne fus que très légèrement surpris de ne pas arriver à sortir la moindre larme.

20

Le lendemain, mon réveil sonna à 5 h 30. Je sursautai dans mon lit, surpris et groggy. Puis je me souvins. J'étais censé aller à Detroit pour le rendez-vous avec Superior Motors et les Hanover. Bon Dieu, me dis-je en retombant sur mon oreiller. La nuit entière me revint : Soupy était en prison. Boynton à l'hôpital. Leo était mort. Ma mère avait pleuré toutes les larmes de son corps, puis j'étais parti quand elle s'était rendormie. J'entendis un chasse-neige passer en grondant sous mes fenêtres. Le réveil marquait 5 h 46. Si je voulais aller à Detroit, il fallait que je prenne la route.

Mais pour quoi faire, en réalité ? Les avocats de Superior Motors se fichaient pas mal de ma présence ; ils ne voulaient que le nom de ma source, ce que je pouvais très aisément leur donner par téléphone, si l'envie m'en prenait. Et je commençais à penser que c'était le cas. Quelle différence cela ferait-il vraiment si je balançais cette ordure de V ? Joanie serait déçue, mais elle allait bientôt s'en aller pour poursuivre sa carrière ailleurs. Kerasopoulos ne se sentirait absolument pas concerné de me voir griller une source dans un autre journal. En revanche, il se sentirait nettement plus concerné si des flics se pointaient au *Pilot* et m'interpellaient pour avoir volé des messages vocaux appartenant à Superior Motors. Ma carrière ayant déjà atteint le fond, je ne voyais pas comment le fait de ne pas respecter le code du journalisme pouvait m'affecter de manière tangible. Donner le nom de V aiderait les Hanover à concrétiser l'accord qu'ils désiraient, ce qui pourrait réellement contribuer à transformer certains de ces pick-up mortels.

Je me rendis dans ma cuisine et j'appelai mon avocat. Dehors, quelques flocons tourbillonnaient à la lueur des réverbères.

« Il neige salement ici, dis-je au répondeur de Scott Trenton. Dis aux avocats que je suis coincé, mais écoute, tu voulais une preuve de ma bonne foi, alors tu peux leur dire... »

Je m'interrompis un instant.

« Je prendrai ma décision avant demain midi. Je sais qu'ils voulaient un nom aujourd'hui, mais ils ont encore quelques jours avant que le juge ne siège. Bref, j'ai beaucoup réfléchi à tes conseils, tu sais, et tu as probablement raison. »

Le *Pilot* était désert quand je descendis juste après 7 heures. J'avais envie d'aller manger un bout chez Audrey's, mais je voulais d'abord vérifier deux ou trois choses.

Dans le sous-sol, je parcourus journal après journal toute l'année 1988 et je finis par trouver ce que je cherchais. Le papier de Mildred Pratt, l'une de nos correspondantes aux cheveux bleus, était un petit encadré en pages centrales. Il expliquait que le conseil municipal avait décidé de ne pas draguer le lac « pour cause de restrictions budgétaires ». C'était à peu près tout. Mildred n'avait pas décompté les votes, ni fourni le moindre détail sur les débats du conseil, en supposant qu'il y en ait eu. Normalement, c'est Henry qui aurait dû couvrir la réunion du conseil, mais cet article avait été publié en avril, époque où Henry partait en général jouer au golf en Floride. L'article ne m'apprit rien que je ne sache déjà. Il me fallait vraiment les minutes de cette réunion.

Je remontai voir si nous avions une photo récente de Dingus. La lumière de l'aube passait entre les lames des stores et tombait sur les classeurs où Delbert Riddle conservait les photos du *Pilot*. J'avais entendu Tillie se plaindre du système de classement de Delbert, mais je n'en avais jamais fait moi-même l'expérience, car c'était toujours elle qui récupérait les photos. À première vue, ça paraissait simple. Sur le devant de chacun des quatre tiroirs de chaque meuble, il y avait un bristol avec des lettres classées alphabétiquement et tapées à la machine. J'ouvris le tiroir A-Am. Je trouvai le dossier marqué « Aho, Dingus » et le posai sur le haut du classeur.

La plupart des dossiers étaient étiquetés aussi simplement que celui de Dingus. Mais d'autres comportaient des annotations plus insolites, comme celui enfoncé juste derrière le dossier de Dingus, marqué Ai/0685/SL/M. Je le sortis pour l'ouvrir. La première photo d'une épaisse pile montrait une jeune femme rayonnante en robe de mariée, faisant manger un morceau de gâteau à un homme en smoking. C'étaient Dale et Sheila Ainsley. Les propriétaires du Dairy Queen. Le tampon au dos disait : 6 juin 1985. « J'ai pigé », dis-je à voix haute. Le Ai/0685/SL/M de Delbert signifiait : Ainsley/juin 85/Starvation Lake/Mariage. Il se servait des classeurs du *Pilot* pour garder des traces de son travail en free lance. Je n'étais pas vraiment surpris. Je refermai le dossier et le remis à sa place.

J'ouvris le dossier de Dingus. Il n'y avait que trois photos. L'une montrait un Dingus beaucoup plus jeune, sans la moustache, recevant une plaque de meilleur adjoint de l'année, tout sourire et serrant la main du shérif d'alors, Jerry Spardell. Le tampon au dos disait qu'elle avait été prise le 31 janvier 1987. Les autres étaient de simples photos d'identité, toutes deux vieilles de plus de cinq ans. Je laissai le tiroir ouvert et me dirigeai vers le bureau de Tillie pour remplir un formulaire de demande de reportage photo. J'imaginais que Delbert pourrait prendre un cliché de Dingus lors de la lecture de l'acte d'accusation. Tout en notant mes instructions, je me dis qu'il serait bien d'avoir aussi quelques photos de la patinoire. Je me souvenais du ruban jaune de la police entourant le hangar de la Zamboni.

Et cela me frappa soudain.

Je revins à toute vitesse dans mon bureau et saisis mon manteau posé sur mon fauteuil. Dans la poche je trouvai les trois morceaux de papier que j'avais enlevés du meuble de Leo dans le hangar de la Zamboni. Je courus dans la pièce de devant et je les posai près du dossier photo de Dingus. Écrits au stylo-bille rouge, il y avait les nombres et les lettres qui m'avaient déconcerté la veille : F/1280/SL/R4. F/1280/SL/R5. F/1280/SL/R6.

Maintenant, je pensais comprendre.

J'ouvris le tiroir marqué Ep-Fe. Là où commençaient les F se trouvaient deux dossiers en accordéon. Je sortis le premier. Il était plein de boîtes en carton blanches, marquées sur la tranche de la numérotation particulière de Delbert. Ayant ouvert une boîte étiquetée F/0279/SL/R1, j'en sortis un rouleau de ce qui semblait être du film 8 millimètres. Donc, le F signifiait film, me dis-je. Une autre boîte était marquée F/0279/SL/R4. Elle aussi contenait une bobine de film. Le 0279 correspondait apparemment à février 1979, époque où j'étais au lycée et où je jouais avec les River Rats. Le SL, comme précédemment, signifiait Starvation Lake. Joanie me l'avait dit, Delbert développait des films pour Blackburn. Ceux-ci devaient être les films de nos séances d'entraînement.

Mais pourquoi Leo avait-il noté juste ces trois numéros, avant de les cacher ? Aucun de ceux marqués sur les boîtes du premier dossier en accordéon ne correspondait à ceux notés sur les morceaux de papier. Je tirai le tiroir jusqu'au bout, remis le premier dossier en place. Le second dossier contenait neuf boîtes similaires pour 1980 et 1981. Trois étaient marquées des mêmes nombres et lettres que ceux écrits en rouge sur les morceaux de papier. J'ôtai le dossier entier, le rapportai dans mon bureau et le fourrai dans un tiroir. Je remis les photos de Dingus dans le classeur, puis terminai la demande de reportage photo et la déposai dans le casier « entrant » de Tillie, avant de me diriger vers l'autre coté de la rue.

La première personne que je vis en pénétrant chez Audrey's, c'était moi dans ma tenue de goal, sur un petit écran de télé noir et blanc que quelqu'un avait installé dans le fond de la pièce. Une douzaine de vieux bonshommes étaient regroupés autour, certains portant encore leurs manteaux et leurs écharpes, regardant Dingus emmener Soupy hors de la patinoire John D. Blackburn, tandis que Tawny Jane commentait la scène. Elvis me jeta un regard pendant que je prenais un siège au comptoir.

« Regardez qui est là, dit-il. Un témoin oculaire de toute l'histoire, même si vous ne l'apprendrez jamais en lisant son canard. »

Toutes les têtes grisonnantes se tournèrent vers moi. Mais à quoi pensais-je en venant ici ?

« Salut, la compagnie, dis-je.

– Une sacrée nuit en ville, hein, Gus ? » dit l'un d'entre eux.

Et la conversation s'emballa.

« Soupy Campbell ne ferait pas de mal à une mouche, dit un autre. C'est impossible qu'il ait tué Jack Blackburn. Dingus est devenu complètement cinglé.

– Pauvre vieux Leo.

– Je te parie que c'est Leo qui a tué Blackburn.

– Blackburn n'a pas été tué. Il est dans le lac. C'est une conspiration orchestrée par le shérif pour être sûr d'être réélu.

– Si Teddy meurt, que Dieu me pardonne, ça nous fera un double meurtre à Starvation Lake.

– Ça peut pas être un double meurtre s'il y en a un qu'a eu lieu il y a dix ans, Elvis.

– C'est mon opinion, dit Elvis. Mais comme je le disais, on n'apprend jamais rien en lisant notre journal local. On dirait bien qu'il y en a un autre qui a réussi à marquer dans ton dos, Gus.

– Le journal commence à être imprimé à 19 heures, Elvis », lui dis-je, et c'était tout ce que j'avais trouvé pour m'empêcher de hurler.

La casquette bleu et blanc sur sa tête portait le logo de Pekoe Hardened Tools.

« J'ai entendu dire que d'autres journaux arrêtent les rotatives et les remettent en marche plus tard quand ils ont de grandes nouvelles, comme un double meurtre, par exemple, dit-il. Mais peut-être que tu veux juste que tes copains de bar aient pas l'air trop mauvais genre, hein ?

– Elvis ! cria Audrey derrière son comptoir. Continue à harceler mes clients et tu pourras aller te chercher des McMuffins pour le petit déjeuner. »

Elle désigna le petit téléviseur où la tortue de la météo prédisait une tempête de neige.

« Et je ne veux plus voir cette chose chez moi, peu importe la taille des soi-disant nouvelles ! »

Quelqu'un l'éteignit.

Je me retournai pour faire face à Audrey. Elle portait un tablier bleu ciel et ses cheveux étaient tirés en arrière en chignon serré. En ramassant deux assiettes d'œufs, bacon et patates sautées, elle me dit :

« Tu sais ce que tu veux, mon gars ?

– Un petit pain à la cannelle, chaud, et un café à emporter. »

Un exemplaire du *Pilot* était posé sur le tabouret à côté de moi. Mes yeux passèrent au-dessus pour regarder la photo dédicacée de Gordie Howe. Il levait sa crosse pour tirer vers un gardien de but des « Canadiens de Montréal ». Le goal était encore sur ses pieds, reculant probablement dans sa cage. Pour la millième fois, je me demandai s'il avait réussi à arrêter le palet.

Audrey revint avec mon petit pain et mon café.

« Audrey, dis-je. Je peux vous demander quelque chose ?

– Bien sûr, mon petit. »

Je me penchai plus près d'elle pour que personne ne m'entende.

« Vous connaissez Barbara Lampley ? L'ex-femme de Dingus ?

– Mmh.

– Elle était encore avec Dingus quand Coach est mort, non ? »

Le visage d'Audrey se plissa.

« Je ne me souviens pas exactement. Pourquoi ?

– Je pensais qu'elle se rappellerait peut-être quelque chose de cette époque-là. Peut-être que non. »

Audrey jeta un œil vers Elvis, puis me regarda. Elle ne racontait pas beaucoup d'histoires, et surtout pas avec Elvis Bontrager à portée d'oreille. Mais son expression m'en disait assez.

« Elle travaille à Sandy Cove ? » demandai-je.

Audrey acquiesça d'un mouvement de tête.

« À l'IGA ? Tu crois que ça vaut le coup que j'aille jusque là-bas ?

– Elle bosse chez Glen's, mon petit. Et oui, je pense que ça vaut le coup. Fais attention, avec la neige. »

Je m'arrêtai une minute au *Pilot*. Tillie avait appelé pour dire qu'elle serait en retard. Joanie allait à la chambre de commerce pour vérifier les anciens titres de propriété de Blackburn, puis se rendrait à la mise en accusation de Soupy. Je lui rappelai de continuer à bosser l'angle canadien, et de voir ce qu'elle pourrait apprendre d'autre sur l'ordinateur de Leo. Quand mon téléphone sonna, je me dis que ce devait être Trenton, et je sortis sans répondre.

Sur le parking, j'aperçus Tatch qui passait et je l'appelai. Il m'entendit à travers la capuche de son sweat et tourna dans ma direction, les mains dans les poches de son jean. Il s'appelait Roy Edwards, mais Soupy l'avait rebaptisé depuis très longtemps Tatch, une abréviation d'attache, comme dans les attaches d'aspirateur qui servent à aspirer les palets dans le filet. Il travaillait pour Soupy à la marina, et pourtant il jouait goal pour les Land Sharks de Boynton. Il avait traversé toute la patinoire pour se joindre à la mêlée la nuit dernière.

« T'as des nouvelles de Teddy ? demandai-je.

– Tout c'que j'sais, c'est qu'il s'est pas encore réveillé. »

Une petite cicatrice ronde marquait son front, impression en creux d'une vis de masque de goal qui avait été enfoncée dans sa tête par un coup de crosse de Loob.

« C'est vraiment la merde, cette histoire de Leo, mec.

– Ouais.

– Mais qu'est-ce qui leur prend, putain, aux flics de coller Soup au trou ? Pour moi, Leo avait buté Jack, affaire classée, point barre. »

J'ouvris la portière et mis le contact de mon pick-up.

« Peut-être que les flics pensent que Soup a buté Jack parce qu'il a failli tuer Ted, continua Tatch. Mais putain, Soupy aurait même pas pu tuer une mouche. Trop bourré. »

Il réprima un gloussement.

« Lui et Teddy s'entendent pas bien, mais merde, t'as pas besoin de tuer à moitié quelqu'un. T'as vu ça, mec ? On aurait dit Babe Ruth avec sa batte quand il l'a frappé.

– T'as vu Soupy, hier ? demandai-je. Il t'a dit quelque chose ?

– C'est bizarre, dit Tatch en grattant ses favoris poivre et sel. En général, avant un match, Soupy me balance tout un tas de merde sur comment il va m'allumer. Mais hier, il a rien dit. Bordel, il est à peine sorti de son bureau. Je lui ai demandé s'il voulait venir manger un burger avec moi chez Enright's et il a dit que non, qu'il fallait qu'il aille à la patinoire, et qu'il allait ensuite au truc de l'aménagement.

– Il est allé à la patinoire dans la journée ?

– Il a dit qu'il devait vérifier un truc avec Leo.

– Vérifier quoi ?

– Tu sais, ces conneries de superstitions. »

Soupy faisait affûter ses patins par Leo tous les lundis, qu'il en ait besoin ou pas.

« Vers quelle heure il y a été ?

– Vers 1 heure, genre. C'est une interview ou quoi ?

– Non. J'y étais à peu près à la même heure et je me demande pourquoi je ne l'ai pas vu. »

Soupy avait découvert que Leo était parti et il avait apparemment changé d'avis sur la réunion du bureau d'aménagement. Je m'installai au volant.

« On se voit plus tard.

– Ouais, j'ferais mieux d'aller bosser, dit Tatch. On dirait que c'est moi le patron, aujourd'hui. »

Le supermarché Glen's était le principal bâtiment d'un centre commercial le long de l'autoroute, à 2 kilomètres du centre-ville de Sandy Cove. Je me garai près d'un camion-poubelle. Barbara Lampley travaillait à la caisse la plus proche de la boulangerie. Je fis la queue derrière une dame qui déchargeait un chariot bien rempli. Son petit garçon était assis dans le siège du Caddie, se goinfrant d'un beignet au sucre glace.

« Bonjour, dit-il.

– Salut, dis-je.

– Salut.

– Monsieur, dit Barbara Lampley. La caisse moins de dix articles est ouverte.

– Tout va bien », dis-je.

J'attendis, pendant que Barbara Lampley écoutait la femme devant moi qui lui racontait comment son mari s'était presque tranché le bras en se servant d'une tronçonneuse, pour découper un vieux canapé en deux afin de le faire tenir sur le plateau arrière de son pick-up. Barbara Lampley avait un gros rire de gorge et j'étais certain qu'on pouvait l'entendre jusqu'à l'autre bout du magasin. Elle était grande et large d'épaules, dans sa blouse jaune crème de chez Glen's. Son visage était frais et enfantin, et seules quelques rides aux coins de ses yeux ainsi que les fils d'argent dans ses cheveux châtains trahissaient son âge. Je voyais bien pourquoi Dingus, et peut-être Blackburn, en avait pincé pour elle. Ce n'était pas seulement son aventure avec Blackburn qui m'intéressait mais surtout la manière dont Dingus avait réagi. Ça n'allait pas être la chose la plus facile à aborder, mais je n'avais rien à perdre.

Quand la mère et son fils s'en allèrent, je ramassai deux barres Snickers dans un présentoir et les posai sur le tapis roulant. Barbara Lampley regarda les deux confiseries avancer vers elle.

« Ce sera tout ? dit-elle.

– Oui. »

Je me retournai, mais il n'y avait personne derrière moi.

« Vous êtes Barbara Lampley, non ?

– Si. »

Elle souriait, tandis que son expression laissait deviner qu'elle ne me reconnaissait pas. Je ne m'étais jamais fait à la confrontation à froid avec des gens, surtout des gens qui n'avaient jamais leurs noms dans un journal, et qui se fichaient bien d'y apparaître.

« Gus Carpenter, dis-je, en lui tendant la main, qu'elle serra. Je travaille au *Pilot*.

– Le journal ? Oh...

– Désolé, madame, je ne vous prendrai pas beaucoup de temps. Je travaille sur un article...

– Attendez, vous êtes le fils de Bea et Rudy ? »

Cela me fit un drôle d'effet d'entendre le nom de mon père. Drôle, mais agréable.

« Oui, madame.

– Comment va votre mère ? Je ne l'ai pas vue depuis des années.

– Elle va bien, merci.

– On allait souvent au bingo ensemble. Cette femme, elle sait causer, je peux vous le dire. Au début, je croyais qu'elle essayait de me distraire pendant la partie, mais en fait, c'est juste une sacrée bavarde. Je veux dire, dans le bon sens du terme. Elle est si gentille.

– C'est vrai, madame. »

Elle finit de taper sur sa caisse et mit mes Snickers dans un petit sac en papier marron.

« Saluez bien votre mère de ma part.

– Je le ferai. »

Je restai planté là, mon petit sac à la main.

– Il y a autre chose... euh... ?

– Gus. Oui, madame. Je travaille sur un article, suite à l'arrestation d'hier soir...

– Et vous voulez me poser des questions sur Jack Blackburn, Gus.

– Eh bien, pas exactement, madame, je...

– Appelle-moi Barbara, Gus, je t'en prie. Je ne suis pas si vieille. Je connaissais Jack et Leo. Pas très bien, en fait, mais si c'est ça que tu cherches, je ne crois pas que je pourrai t'aider beaucoup. »

Elle émit un petit rire, et posa une main sur sa poitrine.

« Je ne suis pas une suspecte, n'est-ce pas ? »

Je ris presque moi aussi.

« Non. Non, mada... Je veux dire, Barbara... pas que je sache. J'espérais juste vous poser quelques questions sur le shérif Aho. »

Elle se mit à parler plus doucement.

« Qu'est-ce que tu veux savoir ? »

Je regardai autour de nous. Je ne voulais pas l'interviewer ici.

« Je me demandais, vous croyez que nous pourrions... ?

– Pas de problème », dit-elle.

Elle se tourna vers la rangée de caisses et cria : « Bert, je sors quelques minutes. »

Elle posa un panonceau « Caisse fermée » sur le tapis roulant et me dit : « Par ici. »

Chez Mariner Mike's, la boutique de sandwichs d'à côté, Barbara Lampley me fit asseoir dans un box en face d'elle et me demanda ce que je voulais boire.

« Juste un café, dis-je. Je vais aller le chercher. »

Elle écarta ma proposition et se dirigea vivement derrière le comptoir où elle dit « Bonjour ma chérie » à l'adolescente qui travaillait là, avant de nous servir un café et un Coca *light*. Elle revint s'installer dans le box avec les boissons.

« Vous devez être une habituée, dis-je.

– Plutôt, oui, je suis la propriétaire.

– Sans blague ? »

Je sortis un carnet de ma poche et le posai sur la table. Il fallait que je le fasse maintenant, sinon cela risquait de la troubler une fois qu'elle aurait commencé à parler. Elle y jeta un coup d'œil.

« Ouais. Dingus et moi nous avions un terrain que j'ai obtenu au moment du divorce. Il s'est avéré qu'il y avait pas mal de gaz naturel dessous. J'ai vendu les droits d'extraction, j'ai pris l'argent et j'ai tout investi dans cet endroit.

– Mais vous travaillez toujours chez Glen's ?

– Juste quelques heures, le mardi et le jeudi. J'y ai travaillé longtemps avant d'acheter ici, et j'aimais bien ça. Et en plus, je ne supporterais pas de rester ici toute la journée. »

Elle se pencha comme si elle allait divulguer un secret.

« Je n'aurais jamais imaginé que j'en arriverais à détester l'odeur de la sauce à l'italienne. »

Elle émit à nouveau son gros rire.

« Hé, moi j'adore la sauce à l'italienne, dis-je en prenant le carnet d'une main et un stylo de l'autre. Ça ne vous ennuie pas ?

– Tu ne diras rien de mal sur moi ? »

Je n'en savais vraiment rien, mais je dis :

« J'en doute.

– Tu es le fils de Bea. Je suis sûre que tu seras gentil.

– Vous pouvez m'épeler votre nom ?

– Tu vas mettre mon nom dans le journal ?

– Ça se pourrait. »

Elle y réfléchit pendant quelques secondes, puis épela son nom. Je l'écrivis, ainsi que la date en haut de la première page de mon carnet.

« Donc, dis-je, juste pour que je comprenne, vous viviez où quand Blackburn est mort ?

– J'étais à Starvation, mais ce n'est pas ce que tu veux savoir. Tu veux savoir si j'étais encore mariée avec Dingus à l'époque, et la réponse est oui, à peine.

– À peine ?

– Sens-toi libre d'aller droit au but, Gus.

– Oui, madame. Pour je ne sais quelle raison, je pensais que vous aviez divorcé avant.

– Barbara, s'il te plaît. Tu pensais que nous nous étions séparés avant la mort de Jack, parce que Jack et moi, nous avions cette... cette relation. »

Elle s'arrêta et but une gorgée de Coca. Elle se redressa sur son siège.

« Seigneur, j'ai l'impression de parler comme si j'étais au talk-show d'Oprah. Jack et moi faisions des bêtises. Tout le monde le savait. Tu le savais probablement aussi.

– Je vivais dans le sud de l'État à l'époque.

– Mais pourquoi est-ce que je te parle de ça ?

– Je suis désolé. J'essayais juste d'établir une chronologie. »

Elle me gratifia d'un petit geste dédaigneux.

« Tu veux savoir ce qui est vraiment le plus idiot ? Ça va te paraître incroyable, mais il faudra me croire sur parole.

– OK.

– Tout le monde pensait qu'on faisait des bêtises, si tu vois ce que je veux dire – mais bien sûr que tu sais –, mais nous n'avons jamais réellement *fait des bêtises*. Tu vois, Jack... »

Son regard se porta vers le plafond pendant une seconde.

« Oh, Seigneur, dit-elle, pourquoi est-ce que je te raconte tout ça ? L'idée de Jack, quand on parle de faire des bêtises... »

J'étais penché sur la table, attendant la fin de sa phrase, me disant de la fermer et de la laisser parler. Je n'osais pas tourner les pages de mon carnet non plus, de peur que ça lui rappelle que tout Starvation Lake écoutait. Une fois encore, je me sentais comme si j'entendais parler d'un étranger, d'un homme que je n'avais jamais connu. Et Barbara semblait aussi frustrée que moi.

Elle secoua la tête.

« Non, dit-elle, je ne peux pas te raconter. Tu devras te contenter de ça : nous n'avons pas vraiment fait de *bêtises*, comme on l'entend, OK ?

– Bien sûr. »

Je tournai la page de mon carnet.

« Il avait plein de petites amies. Jack savait se montrer très charmant, mais... eh bien, disons simplement que c'était un homme très compliqué.

– Puis-je vous demander comment vous avez fait sa connaissance ?

– Tu viens de le faire. Je travaillais à l'IGA de Starvation Lake. On aurait dit qu'il y venait toujours quand il n'y avait personne d'autre, et Dingus travaillait toujours de nuit, et je devenais folle d'ennui. On discutait. Une fois – Oh, Seigneur –, j'étais toute seule dans le magasin et il a ouvert deux bouteilles de bière et on est restés là à boire en causant. »

Elle regarda derrière moi, à travers la vitrine, vers le parking.

« C'était un de ces trucs, tu sais, comme une crise de milieu de vie, tu vois ? Les femmes aussi peuvent en avoir, tu sais. »

Pour moi, elle avait l'air d'avoir la cinquantaine, donc elle devait avoir dans les 40 ans quand elle avait rencontré Jack.

« Et tout cela s'est passé quand ? » demandai-je.

Au lieu de répondre, elle dit simplement : « Dingus » en poussant un soupir exagéré.

« Il a tout simplement abandonné. Je pensais qu'il était plus direct avec les hommes, mais il a tout simplement lâché. »

Elle tendit la main au-dessus de la table et saisit la mienne.

« Ne fais jamais ça, jeune homme. Tout le monde traverse une période stupide dans son existence. Une seule, avec un peu chance. Il faut s'accrocher.

– Donc, vous étiez encore avec Dingus quand Blackburn est mort ?

– Oui, oui, je suis désolée, je radote. »

Elle lâcha ma main.

« Dingus et moi, on s'est mariés en 1978. Il s'était engagé dans la police juste avant notre mariage, et il adorait son boulot, il l'adorait vraiment. Jack et moi, nous avons eu notre petite aventure ou appelle ça comme tu voudras début 1985, à peu près, et ça a duré environ un an, pas plus. Et oui, avant que tu le demandes, j'ai effectivement quitté Dingus pendant un temps ; mais juste deux ou trois semaines, et durant cette période, je ne suis pas vraiment restée avec Jack, seulement quelques jours, et je ne suis pas vraiment *restée* avec lui, si tu vois ce que je veux dire. C'était bizarre, en fait, avec ces petites maisons et les garçons là-bas. »

Ses « planques ». Ses joueurs. Son hockey.

Je cessai d'écrire.

« Pourquoi vous me dites ça ? »

Elle regarda la table et décida de ne pas répondre.

« Ensuite, je suis revenue auprès de Dingus, pendant un petit moment. Les choses semblaient vouloir aller mieux au départ, et je pensais que ça marcherait, et puis Jack est mort. »

Je devais avoir l'air perdu à cet instant, car Barbara dit :

« Gus, je sais à quoi tu penses, mais la mort de Jack n'a aidé Dingus en rien. Ça aurait sans doute été mieux si le shérif avait laissé Dingus faire son boulot, mais il ne l'a pas fait, donc Dingus n'a jamais réussi à surmonter tout ce truc, malgré la mort et la disparition de Jack – *surtout* parce qu'il était mort et disparu pour de bon.

– Le shérif ?

– Jerry Spardell. Quel crétin. Il fallait qu'il ait son satané cruiser... Excuse-moi... Tu veux manger quelque chose ?

– Non, tout va bien, merci. Mais revenons à Dingus. Vous voulez dire que l'affaire Blackburn l'ennuyait ? Qu'elle l'empêchait de dormir ?

– Oh, oui, dit Barbara, en se penchant pour chuchoter. Quand il est rentré le matin où Jack est mort, la première chose qu'il a dite, c'était : "Leo ment comme un arracheur de dents." »

Elle imitait l'accent chantant de Dingus, avec affection, sans moquerie. Elle se redressa.

« Seigneur, dit-elle, je n'ai jamais raconté ça à personne. »

Je lui relatai la fin de Leo.

« Mon Dieu, dit-elle. Ils formaient un duo tellement étrange, Jack et lui. Je me souviens que je disais souvent à Dingus qu'on aurait dit un vieux couple. Je veux dire, Leo, la seule femme avec qui il ait jamais été, c'était son espèce de machine à glace. Comment il l'appelait, déjà ? Agnès ?

– Ethel.

– Oui, c'est ça, bien sûr, Ethel. Comment peut-on être ridicule à ce point-là ? Je te jure que ce type était jaloux de moi. Jack organisait tout un tas de trucs très compliqués pour qu'on puisse se voir, et c'était comme s'il avait été plus inquiet que Leo le sache plutôt que Dingus. »

Elle secoua la tête en riant.

« Quelle idiote j'étais.

– Mais sur quoi Leo avait-il menti ?

– Je ne me souviens pas exactement. Dingus ne me l'a peut-être pas dit. C'était peut-être juste une impression qu'il avait. »

Elle regarda dans son gobelet de carton comme si la réponse pouvait s'y trouver.

« Est-ce que Dingus n'est pas venu chez toi, cette nuit-là ?

– Chez ma mère, oui. C'est là que Leo s'est rendu pour appeler la police. »

Barbara plissa son front comme si elle essayait de se souvenir.

« Je pense que c'était peut-être ça. Ta mère lui a dit quelque chose. Oh, Seigneur, Gus, s'il te plaît, ne dis pas à ta mère que je t'ai raconté ça.

– Ne vous inquiétez pas. Et alors, qu'est-ce que Dingus a fait ?

– Pas grand-chose. Spardell ne voulait pas le laisser faire.

– Le shérif ne voulait pas résoudre une affaire de meurtre ?

– Oh, non, il n'y avait pas de meurtre à résoudre. Pas dans le Starvation Lake de Jerry Spardell. Nous n'avions pas eu un meurtre ici depuis un million d'années, et Spardell – qui avait une élection plutôt difficile cette année-là, si je me rappelle bien – n'avait pas envie d'en avoir un sur les bras. Il a dit à Dingus qu'il croyait Leo. Après tout, ils jouaient ensemble au poker tous les vendredis soir, et quelles meilleures preuves de sérieux y a-t-il que ça ?

– Et c'était tout.

– Non, en fait, ce n'était pas tout. Dingus voulait qu'on drague le lac dès que la glace aurait fondu. Mais Spardell ne voulait pas le laisser faire. Il lui fallait son cruiser.

– Quel cruiser ?

– Spardell aimait avoir un cruiser de patrouille neuf tous les deux ou trois ans. Il en avait prévu un dans son budget cette année-là, il était allé à Detroit pour le salon nautique et il avait choisi le modèle. Le conseil municipal était prêt à accepter cette dépense quand Dingus a dit qu'il voulait qu'on drague le lac.

– Attendez. Pourquoi le conseil municipal achèterait un bateau pour le shérif du comté ?

– Oh, ils se bagarraient tout le temps pour ça à cette époque. Maintenant, plus personne n'a assez d'argent pour un nouveau bateau de patrouille. Bref, comme le bureau du shérif faisait la police sur le lac, ils insistaient pour que la ville paye leur patrouilleur.

– Et draguer le lac aurait coûté son cruiser à Spardell.

– Exactement. Donc, ça s'est terminé comme ça. Pas de corps, pas d'arme, pas de mobile. Pas de meurtre. »

Et pas étonnant que Dingus ait interrompu sa conférence de presse quand Joanie avait suggéré qu'il était incompétent. Et qu'il soit tombé à genoux l'autre nuit, à Walleye Lake. Pendant toutes ces années, il avait été contraint de vivre avec le souvenir d'un homme qu'il avait méprisé, qui n'aurait jamais vraiment disparu tant que quelqu'un n'aurait pas expliqué sa mort. La motoneige remontant sur le rivage lui avait donné une nouvelle chance d'enterrer Jack Blackburn proprement. Mais, en un sens, il fallait d'abord qu'il l'exhume.

« Est-ce que Dingus avait envisagé de démissionner ?

– Non. Qu'est-ce qu'on serait devenus ? Dingus adorait enfiler cet uniforme idiot, tous les jours. Il pensait aussi que Spardell n'en aurait plus pour longtemps et qu'il pourrait passer shérif. Mais évidemment, le vieux Jerry a tenu une éternité.

– Je pense que je devrais aller lui parler. Où est-il, maintenant ?

– À St. Michael. »

Le cimetière.

« Cancer des poumons.

– Quand est-ce que Gus et vous, vous avez divorcé ?

– En 1990. Je ne pouvais pas vivre avec Dingus *et* le souvenir de Jack.

– Vous savez, dis-je, il a accroché une photo de vous dans son bureau. »

Elle essaya, sans succès, de ne pas avoir l'air surprise.

« Comment va-t-il ? demanda-t-elle.

– Pas trop mal, je crois. Visiblement, il sort beaucoup plus de son bureau que d'habitude. »

Elle rit.

« Il va réussir à découvrir ce qui s'est passé, cette fois ?

– Je suis certain qu'il y arrivera avant moi. »

Nous restâmes une minute en silence. Puis Barbara dit :

« J'ai entendu des gens dire que Dingus ne fait que brasser de l'air. Même si je ne lui ai pas parlé depuis Dieu sait combien de temps, je sais que c'est faux.

– Je vous crois », dis-je.

Et c'était vrai.

Barbara me raccompagna jusqu'à mon pick-up, elle n'avait pas de manteau et serrait ses bras autour d'elle pour se protéger du froid.

« Tu m'as l'air d'un type bien, dit-elle.

– Merci, dis-je. Je ne sais pas si vous le saviez, mais j'avais joué pour Blackburn.

– Au hockey ? Vraiment ? Je n'y ai jamais réellement prêté beaucoup attention. Désolée. »

Elle regarda vers chez Glen's, puis à nouveau vers moi.

« Puis-je ajouter une dernière chose ?

– Bien sûr.

– Dingus est un homme bien meilleur que Jack Blackburn ne l'a jamais été. Tu peux me citer si tu veux. »

Je l'écrivis une fois assis dans mon pick-up.

Avant de retourner au *Pilot*, je me rendis dans mon appartement pour appeler mon avocat.

« Scott Trenton, dit-il.

– C'est Gus. »

J'entendis son siège grincer, puis il dit :

« Elle t'a traité de lâche.

– Je te demande pardon ?

– Julia Hanover. Elle t'a traité de lâche. Devant tout le monde. “Comment est-ce qu'il ose se planquer comme ça ?” elle a dit. Les mecs de chez Superior ont adoré. »

Par la fenêtre, je regardais la neige tomber dehors.

« Sans moi, elle ne serait même pas arrivée jusque-là, dis-je.

– Ne te leurre pas, fiston. Tu n'as plus un seul ami d'aucun côté de la barre de ce tribunal.

– Les reporters ne sont pas censés avoir des amis.

– Merci pour cette info totalement inutile, dit Trenton. Écoute, ces gens comptent sur toi pour les aider à ce que leur accord tienne maintenant, avant que la cour d'appel ne tranche.

– Tu seras encore mon avocat ?

– Avec une énorme réticence. Je suis désolé, Gus, mais tu ignores mes appels, tu fous en l'air une réunion cruciale, tu ne réponds pas aux questions. Si ce n'était pas pour aider cette famille, je serais déjà hors du coup depuis longtemps, mon pote.

– Désolé.

– Non, tu n'es pas désolé. Mais tu vas l'être si tu ne m'écoutes pas cette fois-ci. J'ai eu ton message, et je t'ai obtenu une journée de plus. Tu as jusqu'à demain midi. Superior Motors demandera un mandat d'amener contre toi, à midi et une minute demain, s'ils n'ont pas obtenu un nom. Ils ne déconnent pas, Gus.

– Mais en quoi ça les intéresse, Scott ?

– D'avoir ce nom ? J'en sais rien. Peut-être qu'ils pensent que le mec a laissé fuiter d'autres trucs sensibles. Peut-être qu'ils veulent juste t'emmerder. La plus grosse bande de foutus connards que j'aie jamais croisés. Ils ne s'entendent même pas entre eux.

– Comment ça ?

– Les avocats et les mecs des relations publiques ne sont visiblement pas sur la même longueur d'onde. Les avocats semblent un peu trop sûrs d'eux quant à leurs chances de gagner en appel. Mais ceux des relations publiques veulent un accord pour pouvoir faire une grosse conférence de presse afin que les Hanover disent au monde entier quelle putain de merveilleuse compagnie est Superior Motors.

– Vraiment ?

– Vraiment. Mais comprends bien une chose... la grosse conférence de presse pourrait bien être la seule chose qu'ils feront, parce que les mecs des relations publiques parient que ces avocats de recours collectifs en justice, ceux qui ont entamé leur propre procédure à Philadelphie, vont se mettre de la partie et attaquer l'accord parce qu'il est insuffisant.

– Insuffisant en frais d'avocats, tu veux dire.

– Précisément. C'est toute une histoire de chèques et d'équilibre entre ceux qui ont le pouvoir. Mais en fait, c'est surtout une histoire de chèques.

– Ces chargés de relations publiques doivent se croire très intelligents.

– Oh, oui. Des mecs balaises. C'est vrai ce que j'ai entendu dire, que la plupart des mecs des relations publiques sont d'anciens journalistes ? Comment ça se fait ?

– Ça arrive quand un journaliste a envie de pouvoir s'acheter une maison, et qu'il n'est pas assez joli garçon pour faire de la télé. »

Trenton gloussa.

« Pas mal, dit-il. On m'attend au tribunal. Demain midi, Gus. Une minute plus tard, et tu te retrouveras en combinaison orange. »

En bas, je trouvai Tillie accoudée à son comptoir, la clope au bec, rivée à la télé. Par-dessus son épaule, j'aperçus Tawny Jane Reese debout devant les marches du palais de justice. « ... mise en accusation d'Alden "Soupy" Campbell, inculpé du meurtre de l'entraîneur de hockey adulé Jack Blackburn, il y a dix ans. Le juge Horace Gallagher a rejeté la requête de Channel Eight d'installer une caméra dans le tribunal, mais nous vous tiendrons informés d'heure en heure sur cette affaire choquante, qui... »

Derrière elle, des gens faisaient la queue devant les portes du tribunal que gardait l'adjoint du shérif Skip Catledge. Des employés municipaux en tenue de travail rouge répandaient du sel sur les marches, peinant à aller aussi vite que la neige. Un petit bonhomme en forme de tonnelet de bière, portant un feutre mou et des lunettes de soleil, avec deux appareils photo suspendus autour du cou, apparut en haut de l'escalier, tirant sur un gros cigare. C'était Delbert.

« Est-ce qu'il a hurlé et trépigné de devoir photographier Dingus ? demandai-je.

– Tu as été fouiller dans les dossiers photo, n'est-ce pas ? dit-elle, en ignorant ma question. Je ne t'ai pas déjà dit cent fois de ne pas le faire ? Tu déranges tout.

– Je voulais juste vérifier...

– Je suis la seule ici à avoir pris le temps de comprendre le classement très particulier de Delbert. J'apprécierais que tu fasses ton boulot et que tu me laisses faire le mien.

– Désolé, dis-je. Alors, qu'est-ce que tu en penses ?

– De quoi ?

– Tu crois que Soupy l'a fait ? »

Je ne me souciais pas vraiment de ce qu'elle pensait ; elle avait un comportement étrange, et j'étais nettement plus intéressé de savoir si cette question allait la troubler. Elle tira une longue bouffée de sa cigarette, puis l'écrasa.

« J'aimerais seulement que tout ça n'existe plus », dit-elle.

21

Sept juges contemplaient la salle bondée du tribunal de Pine County. Leurs portraits étaient accrochés sur les murs de noyer cirés datant du début des années 1950, s'élevant sur deux étages depuis le sol de bois laqué jusqu'au plafond en étain moulé. Sous les tableaux, des habitants de la ville occupaient toutes les chaises sur dix rangées de cadres en fer forgé. Elvis et les habitués de chez Audrey's prenaient deux rangs du côté du procureur, juste derrière Dingus, D'Alessio et Darlene. Joanie était assise de l'autre côté de l'allée, un rang derrière la table de la défense, griffonnant des notes. Je me faufilai à côté de Neil et Sally Pearson, debout le long du mur du côté de l'accusation. Je cherchai ma mère des yeux dans la salle. Je me figurais qu'elle devait être là, pas pour le spectacle, mais au moins pour la socialisation. Quelques-unes de ses partenaires de bingo étaient assises dans le fond, mais ma mère n'était pas avec elles.

La salle était silencieuse. En haut de sa grande estrade de bois, Horace Gallagher lisait un papier. Au sommet du dossier de cuir marron de son fauteuil, on voyait la tache sombre laissée par la crème capillaire dont il enduisait ses cheveux à peine argentés. Soupy était assis devant lui, la tête légèrement baissée, ses mains sans menottes posées à plat sur la table. Je ne pouvais pas voir son visage à cause de ses boucles blondes qui le masquaient. Il portait une combinaison orange avec « Prison de Pine County » inscrit dans le dos en grosses lettres noires. Son avocat, Terence Flapp, était assis à côté de lui, fouillant dans un dossier.

Soupy avait plaidé non coupable d'une accusation de meurtre au second degré. C'était plutôt surprenant, du moins selon Sally Pearson, la fleuriste de la ville, qui me raconta en un chuchotement rapide ce qui s'était passé depuis le début. Tout le monde s'était attendu à une accusation de meurtre au premier degré, mais Sally me dit que le ministère public avait exprimé des « circonstances atténuantes », non encore spécifiées, qui imposaient un chef d'accusation moins lourd. Les violences et voies de fait contre Teddy Boynton avaient été abandonnées. Il était désormais complètement réveillé, et se sentait mieux, malgré une légère fracture du crâne, une mâchoire cassée et trente-six points de suture. Cette histoire de mâchoire ne m'énervait pas le moins du monde.

L'imprévisible faisait autant partie intégrante du tribunal du juge Gallagher que les formes délicates des roses qu'il avait gravées personnellement sur le devant de son bureau. C'était un personnage très particulier de Starvation Lake. Il ne fumait pas, ne buvait pas, ne jurait pas, ne faisait pas de cabrioles avec des femmes, et pourtant, il avait été marié six fois. Ses six ex-femmes vivaient encore en ville, et toutes affirmaient aimer encore beaucoup Horace Gallagher, malgré leur apparente incapacité à vivre avec lui. Sa maison, sur Main Street, était l'une des plus anciennes de Starvation, garnie uniquement de meubles qu'il s'était procurés dans un magasin de location-vente de Traverse City, meubles qu'il échangeait contre des nouveaux deux ou trois fois par an.

En trente-deux ans passés comme juge du comté, Horace Gallagher avait acquis la réputation de rendre les avocats cinglés avec ses questionnements incompréhensibles et ses décisions sidérantes. Il avait l'habitude d'interroger l'accusation et la défense de la même manière, même lors des procédures préliminaires aux procès. Il était connu pour ordonner, aux beaux jours, que les audiences se fassent à l'extérieur – « Allons faire l'école buissonnière », disait-il, et une fois dehors, il se laissait aller à son hobby d'ornithologue en faisant remarquer, au beau milieu d'une plaidoirie, qu'un pic-vert venait de se poser sur le chêne derrière le Fortune Drugstore. (Cette pratique s'interrompit quand la commission judiciaire fédérale en eut finalement vent.) Pourtant, malgré toutes ses excentricités, c'était un juge entre les juges. Il lui fallait souvent des mois pour rendre des arrêts, qui étaient si précis et si hermétiques légalement qu'ils n'avaient été annulés que trois fois en appel, et encore, dans l'une de ces affaires, son verdict avait été finalement maintenu par la Cour suprême fédérale.

Il en était maintenant à considérer s'il allait accorder une mise en liberté sous caution à Soupy.

« OK », dit-il, tendant le document qu'il était en train d'étudier à la greffière assise en contrebas de son estrade. Il plissa les yeux à l'attention de l'accusation.

« Le montant, mademoiselle la procureure ? »

Eileen Martin était debout à sa table, grande et gauche, donnant l'impression qu'elle allait trébucher sur ses hauts talons. C'était vraiment du pur Soupy de se retrouver mis en accusation par une femme avec qui il était sorti jadis, qu'il avait trompée et finalement traitée de « Suce Gouvernail » un soir chez Enright's devant cinq ou six de ses amies.

« Votre Honneur, dit-elle, le comté pense que l'accusé, Mr. Campbell, pose un risque de fuite inhabituellement élevé. C'est un homme instable, avec un lourd dossier de comportements imprévisibles, comme le suggèrent ses nombreuses arrestations pour conduite en état d'ivresse, aussi bien que des incidents aussi récents que celui d'hier soir où il a... »

Flapp se leva.

« Objection, Votre Honneur.

– Retenue », dit le juge.

Tassé sur son siège, dans sa robe gonflée, il semblait aussi dénué de cou qu'une tortue.

« Limitez-vous à l'affaire qui nous préoccupe, miss Martin.

– Merci, Votre Honneur, dit-elle. Votre Honneur, l'accusation exhorte le tribunal à ne pas accorder de caution, et à ce que ce Mr. Campbell retourne à la prison du comté jusqu'au procès. »

Tandis qu'elle parlait, je remarquai Peter Shipman, l'ancien avocat de Leo, qui se glissait dans le box des jurés pour s'asseoir, seul.

Le juge Gallagher se tourna vers Flapp.

« Maître ? »

Flapp se leva, plus grand et plus gauche encore qu'Eileen.

« Votre Honneur, dit-il, je peux comprendre les réticences de la cour à accorder une liberté sous caution lorsqu'il y a une allégation de meurtre au second degré. Bien évidemment, nous espérons prouver, lors de ce procès, que mon client est innocent. Mais pour l'instant, j'implore l'indulgence de la cour. Mr. Campbell est dans une situation très précaire en ce qui concerne ses affaires, c'est-à-dire la marina de Starvation Lake. Comme vous devez le savoir, Votre Honneur, le bureau d'aménagement du comté se prépare à rendre une décision qui pourrait avoir un effet très important sur son entreprise et, franchement, sur cette ville tout entière. Mon client aimerait avoir une dispense, simplement pour pouvoir mettre ses affaires en ordre. Nous voudrions quarante-huit heures, Votre Honneur.

« Vous voulez que votre client soit libéré pendant quarante-huit heures, et qu'il retourne ensuite en prison ? » demanda Gallagher.

C'était une requête inhabituelle mais, comme Flapp le savait pertinemment, Gallagher était un juge inhabituel.

« Oui.

– Votre Honneur, dit Eileen, c'est absurde. Légalement, il n'y a pas...

– Un moment, miss Martin », l'interrompit le juge.

Il se pencha en avant et un peu de son cou apparut.

« Mr. Flapp, si nous devions envisager une chose aussi extraordinaire, je pense qu'il serait juste pour toutes les personnes présentes d'en savoir un peu plus sur les charges. C'est une audience préliminaire, après tout. Verriez-vous une objection à la lecture du mandat d'arrêt, ou du moins d'une partie de ce mandat ? »

Flapp avait l'air complètement démonté.

« Eh bien, Votre Honneur...

– Mr. Flapp, je pense que nous pourrions peut-être entendre quelque chose qui me porterait plus à l'indulgence, comme vous dites. Sinon, je peux trancher immédiatement, tout simplement, et sur la base d'une accusation de meurtre, je peux vous assurer que votre client retournera directement au trou.

– Pas d'objection, Votre Honneur. »

Eileen s'avança vers le lutrin placé devant le juge et sortit d'une chemise une mince pile de feuilles. Elle s'éclaircit la gorge. Comme un seul homme, toute l'assemblée se pencha légèrement en avant. C'était pour entendre cela qu'ils avaient fait la queue dehors.

– Votre Honneur, dit Eileen, avant de commencer à lire à voix haute. À approximativement 23 h 30, le jour en question, la victime, Mr. Blackburn, était dans la forêt à approximativement 7 kilomètres au nord-ouest de la ville de Starvation Lake, Michigan. Lui et une de ses connaissances, Leo Redpath, de Starvation Lake, avaient fait de la motoneige. Ils s'étaient arrêtés dans une clairière pour faire un feu de bois. La victime, Mr. Blackburn, et Redpath entendirent alors le bruit d'une motoneige qui s'approchait. Cette motoneige était conduite par l'accusé, Mr. Campbell. Mr. Campbell arrêta sa motoneige à proximité du feu de camp. Il avait l'air ivre. Mr. Campbell et la victime ont échangé quelques mots. Mr. Campbell semblait hautement agité et...

– Pardonnez-moi, miss Martin, l'interrompit Gallagher. Pourriez-vous m'expliquer maintenant pourquoi le comté n'a pas trouvé bon de lancer une inculpation de meurtre au premier degré ? N'était-ce pas un acte prémédité ? »

Flapp se leva.

Eileen répondit :

« Si, Votre Honneur, nous pensons que c'en était un. »

Gallagher repoussa ses lunettes sur son front et se couvrit le visage des mains. Je retenais mon souffle. Il ôta ses mains et ses énormes lunettes retombèrent en place.

« Dites-moi, miss Martin, dit-il, l'accusation a bien un mobile dans cette affaire, n'est-ce pas ? Vous avez l'intention de démontrer précisément pourquoi Mr. Campbell aurait voulu tuer un homme qui avait été son entraîneur, et probablement son mentor, et même une sorte de figure paternelle, pendant des années ?

– Oui, Votre Honneur.

– Et ces mobiles, poursuivit-il, pousseraient-ils, disons, un observateur neutre – pas un magistrat de cette cour, je vous prie, mais quelqu'un de normal, la ménagère qui va chez Ace Hardware, par exemple, ou le livreur de propane –, ces mobiles pousseraient-ils cette personne à conclure que ce que Mr. Campbell est supposé avoir fait était justifié, dans un sens disons moral, en mettant la loi de côté pour l'instant ?

– En mettant la loi de côté, Votre Honneur ? »

Gallagher lui fit signe d'approcher de son estrade. Flapp suivit. Pendant que le juge écoutait ce qu'Eileen Martin avait à dire, son visage resta impénétrable. Il regarda au-delà d'eux pendant une seconde, vers Soupy, et hocha la tête avant de les renvoyer chacun de leur côté.

« Miss Martin, dit-il, continuez à lire s'il vous plaît.

– Oui, Votre Honneur, dit-elle. Je reprends là où j'en étais... l'accusé Campbell commença à s'agiter fortement et sortit un pistolet de calibre 22 mm... »

Dans le box des jurés, l'avocat Shipman fit un geste à l'huissier qui était assis à la droite de Gallagher. L'huissier s'approcha. L'avocat lui chuchota quelque chose à l'oreille et lui tendit une feuille de papier jaune pliée. L'huissier se dirigea vers la table de Soupy et tendit le papier à Flapp.

« ... l'accusé Campbell brandit son arme à feu d'une manière menaçante. La victime Blackburn et Redpath tentèrent, sans succès, de persuader l'accusé de lâcher son arme... »

Flapp déplia la feuille et la lut. Il la montra à Soupy qui la regarda, puis se détourna, et ferma les yeux.

« ... l'accusé tira alors deux coups. La première balle manqua Blackburn et se logea dans sa motoneige... »

Flapp se leva.

« Votre Honneur », dit-il en brandissant la feuille jaune.

Gallagher avait suivi le trajet de la feuille.

« La seconde balle frappa la victime...

– Excusez-moi, miss Martin », dit Gallagher.

Agacée, Eileen Martin fusilla du regard Flapp.

« Mr. Flapp ? dit le juge.

– Votre Honneur, dit Flapp, puis-je m'approcher ?

– Il vaut mieux pour vous que ce soit important, Mr. Flapp. »

Un murmure s'éleva dans le tribunal quand Flapp et Martin s'avancèrent vers l'estrade. Gallagher frappa deux fois avec son maillet.

« Silence, s'il vous plaît. »

Flapp lui tendit le papier jaune. Gallagher le lut une fois, puis une seconde, et le tendit à Eileen Martin, qui le parcourut à son tour avant de le lui rendre. Je ne pouvais pas voir les visages des avocats, mais Gallagher avait l'air perplexe. Tous trois eurent un bref échange de chuchotements, puis le juge regarda Shipman et dit, assez fort pour que tout le monde entende :

« Mr. Shipman, pouvez-vous me dire pourquoi cette personne décédée aurait eu besoin d'un avocat ? Est-ce que vous la représentez ?

– Votre Honneur, répondit Shipman, Mr. Redpath a requis mon conseil approximativement une journée après la réapparition de la motoneige à Walleye Lake. Il m'a alors demandé que cette lettre soit divulguée si jamais il lui arrivait quelque chose de tragique.

– Il voulait que vous la remettiez à l'inculpé, Mr. Campbell ?

– À son avocat, Votre Honneur.

– Je vois, dit Gallagher. Veuillez vous approcher, s'il vous plaît. »

Shipman quitta le box du jury et s'avança jusqu'à l'estrade. Le juge se pencha pour lui parler. Shipman hocha énergiquement la tête. Ses lèvres dirent : « Oui, Votre Honneur. »

Gallagher les renvoya tous. Eileen fit un signe à Dingus qui se leva et s'approcha tout près d'elle pendant qu'elle murmurait quelque chose. Il regarda immédiatement Shipman. Dingus garda les yeux braqués sur l'avocat pendant qu'il se rasseyait.

Le juge ôta ses lunettes et se tourna vers la greffière.

« Veuillez acter, mademoiselle la greffière, que je viens juste de recevoir une lettre des mains de l'avocat Peter Shipman qui représente Leo – excusez-moi –, les intérêts de feu Leo Redpath. J'ai dévoilé le contenu de cette lettre aux avocats de l'accusation et de la défense. »

Flapp chuchota quelque chose à l'oreille de Soupy. Soupy posa la tête sur ses mains croisées et la secoua pour manifester un « non » énergique. L'assemblée se pencha encore un peu plus en avant.

« Donc, miss Martin, dit Gallagher, que faisons-nous maintenant ?

– Avec tout le respect dû à la cour, Votre Honneur, cette note est presque du ouï-dire, à ce stade. Jusqu'à ce que nous ayons une opportunité de vérifier que...

– Oui, oui, miss Martin, ne vous inquiétez pas. Je ne vais pas rejeter les charges, mais laissez-moi vous poser une question : vous n'avez pas de corps, est-ce exact ?

– C'est exact, Votre Honneur, mais le comté est prêt à draguer le lac de Walleye à la première occasion. »

Gallagher se tourna vers Dingus.

« Est-ce vrai, shérif ? »

Dingus se leva à moitié.

« Oui, Votre Honneur.

– Pourquoi n'avions-nous pas suivi une étape si apparemment logique il y a dix ans, shérif ? Peut-être qu'aujourd'hui nous serions tous en train de regarder la tempête de neige. Mais au lieu de quoi nous sommes ici. Donc... »

Il regarda Eileen Martin.

« Avons-nous une arme ?

– Oui, absolument, Votre Honneur. »

L'un des autres avocats de l'accusation tendit à Eileen un sac en plastique transparent contenant ce que tout un chacun pouvait identifier comme un pistolet. Elle le souleva pour le tendre au juge.

« Le comté a étiqueté ceci comme pièce à conviction 1-A, dit-elle. C'est un pistolet calibre 22 mm Browning Challenger III, manufacturé en 1984. Même s'il était récemment en possession de Mr. Redpath – nos analyses balistiques indiquent qu'il l'a utilisé pour s'infliger à lui-même une blessure mortelle –, cette arme avait été enregistrée comme appartenant à l'accusé, Alden Campbell, en janvier 1988, et nous avons des raisons de croire qu'elle a été utilisée la nuit où Mr. Blackburn a été tué. »

Un nouveau murmure s'éleva et une fois encore Gallagher tapa avec son marteau. Il avait l'air sceptique.

« Miss Martin, pourquoi Mr. Redpath aurait-il eu l'arme de Mr. Campbell dix ans plus tard ? »

Eileen rabaissa le sac en plastique.

« Votre Honneur, nous avons l'intention, lors du procès, de mettre au clair que Mr. Redpath l'avait en sa possession parce qu'elle lui avait été confiée. »

Je regardai Soupy. Il avait les yeux fixés sur la table devant lui.

« Avez-vous d'autres preuves, miss Martin ?

– Votre Honneur, nous avons une personne qui a un témoignage additionnel qui porte, mais indirectement, sur la nuit en question. Nous aurions aimé l'avoir avec nous aujourd'hui mais – elle se tourna pour regarder droit vers Soupy – elle a été retenue.

– Retenue ? dit Gallagher. Mais qui est ce témoin ?

– Theodore Boynton, Votre Honneur. »

Bien sûr. Boynton savait quelque chose lui aussi, et avec ce qu'il avait appris de Joanie, il avait fait chanter Soupy. Après que Soupy l'avait laissé en plan au bureau d'aménagement, il était allé voir la police.

Gallagher se tourna vers Flapp.

« Alors, que faisons-nous, Mr. Flapp ? »

Flapp se leva.

« Votre Honneur, en me basant sur la lettre apportée par Mr. Shipman, je présenterais une motion pour rejeter...

– Je ne ferais pas ça, maître. Malgré le fait que les preuves circonstancielles dans cette affaire pourraient tout aussi facilement pointer le doigt de la culpabilité vers Mr. Redpath, et que cette lettre présentée par maître Shipman pourrait tout aussi aisément être une couverture pour la culpabilité de Mr. Redpath, je suis néanmoins enclin, pour l'instant, à laisser le bénéfice du doute à l'accusation, par respect pour son intégrité professionnelle autant que celle du shérif Aho, qui, d'après mon expérience, ne présente pas devant cette cour des accusés juste pour le plaisir de le faire.

– Oui, Votre Honneur, dit Flapp. Dans l'alternative, cette lettre, comme Votre Honneur le suggère, soulève de sérieuses questions sur la culpabilité de mon client dans cette affaire. Donc, une fois encore, pour en revenir à la caution, je demanderais simplement que soit accordé à Mr. Campbell le temps de régler les affaires pressantes se rattachant à ses moyens d'existence. »

Je ne pensais pas que la libération sous caution de Soupy, même pour quelques heures, soit une bonne idée. S'il se souciait vraiment de son business, ses affaires seraient déjà en ordre et il se serait rendu à la réunion du bureau d'aménagement. D'après la manière dont il s'était comporté dernièrement, je pensais qu'il serait plus en sécurité – surtout pour lui-même – derrière des barreaux.

Gallagher se pencha en avant. L'esquisse d'un sourire apparut sur ses lèvres.

« Je vais vous dire, Mr. Flapp, je suis certain que tout le monde dans ce tribunal aimerait entendre ce dont nous parlons. »

Il lui tendit la lettre que Shipman lui avait donnée.

« Voudriez-vous me faire la faveur de lire ceci à haute voix ?

– Objection, dit Eileen Martin.

– Rejetée. Maître. »

Flapp s'avança et prit la lettre des mains de Gallagher. Le juge lui fit signe de se retourner pour faire face à la salle. Puis il dit :

« Mr. Flapp va lire, pour acte, une lettre d'une page, non encore authentifiée, écrite à la main sur du papier jaune légal, probablement par feu Mr. Redpath. Est-elle datée, Mr. Flapp ?

– Oui, Votre Honneur. De dimanche. Il y a deux jours.

– Procédez. »

Flapp s'éclaircit la gorge et commença à lire :

Aux braves gens de Starvation Lake

Aujourd'hui, je mets ma confiance dans mon pouvoir suprême pour qu'il me guide vers un royaume de paix, de lumière et de ravissement. Jamais plus je ne permettrai à la honte et à la culpabilité de contrôler mes sentiments, ni je ne m'empêcherai volontairement de pleurer les pertes de mon existence. En ce jour, je suis pleinement humain, et chaque jour, j'avance.

Jack Blackburn était mon mentor et mon ami. Il m'a appris beaucoup de choses sur la vie. Le savoir peut être un cadeau, et il peut être un fardeau. Tout ce que Jack faisait était enraciné dans le désir de vivre la vie jusqu'au bout de toutes ses possibilités. Cela le menait parfois dans des endroits honteux et nuisibles. Il était humain. Il ne voulait de mal à personne. Son savoir devint un fardeau qu'il ne pouvait plus supporter. Cette nuit-là dans les bois, Jack et moi, nous nous sommes liés par un pacte de suicide. Jack a honoré sa part de notre contrat. J'étais faible à l'époque et je ne l'ai pas fait. Jusqu'à maintenant.

Vous devriez chercher le corps de Jack dans Walleye Lake, s'il n'a pas été entraîné dans la rivière depuis. Je prie pour qu'on me pardonne d'avoir gardé tout cela par-devers moi depuis si longtemps. Je prie pour que ceci satisfasse ceux qui veulent la vérité et qu'ils relâchent toute personne qui pourrait en être rendue responsable par erreur. Je suis maintenant prêt à m'abandonner aux ténèbres, en sachant que la lumière m'attend.

Flapp rendit la lettre au juge. L'assemblée demeurait assise en silence, assommée. J'avais commencé à retranscrire ce que lisait Flapp dans mon carnet, mais j'avais dû m'interrompre quand il en était arrivé au pacte de suicide. J'écoutais comme pris d'étourdissement, sans y croire. Rien ne collait. J'essayais de m'imaginer Coach portant le pistolet à sa tempe. J'imaginais Leo déposant la motoneige dans le lac Walleye. Quel « savoir » pouvait avoir mené à une telle fin ? Pourquoi Leo avait-il laissé Blackburn mettre un terme à sa vie s'il ne pensait pas pouvoir interrompre la sienne ? Et pourquoi maintenant, dix ans plus tard, Leo avait-il ressenti le besoin « d'honorer » sa part du pacte ? Pourquoi n'avait-il pas simplement confessé ce qui était arrivé pour laisser les choses se faire ? De quoi avait-il peur ? De la prison ? Des récriminations de la ville ? Comment avait-il conclu qu'un voyage vers la paix, la lumière et le ravissement s'achevait avec le chargeur d'un pistolet ? Même si ce qu'il disait s'était réellement produit, il devait y avoir quelque chose de plus, quelque chose de plus sombre et de plus sinistre qu'il était déterminé à emporter avec lui dans sa tombe. Je regardai Soupy. Il avait baissé la tête et il la remuait doucement, pour dire non.

Gallagher brisa le silence.

« Je remettrai cette lettre au comté pour analyse graphologique. Nous nous occuperons de cela lors du procès que je présiderai le 17 mars, à 9 h 30. Mr. Flapp, j'accorde à votre client vingt-quatre heures de liberté sous caution, caution portée à 100 000 dollars. Naturellement, il vous faudra en verser 10 %. Quand les vingt-quatre heures seront achevées, il retournera dans la prison du comté. Mr. Campbell, est-ce que vous comprenez ? »

La réponse de Soupy fut à peine audible.

« Oui. »

Le juge regarda alors Eileen Martin.

« Des objections ?

– Votre Honneur... »

Gallagher l'arrêta.

« Mademoiselle la procureure, veuillez garder à l'esprit que vous n'avez pas de cadavre. Il se peut que vous ayez l'arme, ou pas. Beaucoup de gens dans ce tribunal, et dans toute notre ville, se demandent probablement pourquoi nous déterrons tout cela. Parce que c'est la loi, bien évidemment, et que la loi est sacrée. Mais le fait est, miss Martin, que je pourrais classer tout cela immédiatement, et que la loi aurait été assez bien servie.

– Pas d'objection, Votre Honneur. »

Des cendres de cigare et des flocons de neige maculaient la barbe grise et laineuse de Delbert quand je le trouvai dehors, devant le tribunal. Une crinière grise indisciplinée dépassait de son feutre noir. Il portait sa veste camouflage ouverte, et ses yeux étaient dissimulés par une paire de Ray-Ban.

« Tu sais, dit-il, nous avions un portrait parfaitement acceptable du shérif dans nos dossiers. Est-ce que tu t'es donné au moins la peine d'aller voir ? »

Quelques mètres plus loin, des badauds encombraient les marches du palais de justice pour tenter d'apercevoir Tawny Jane Reese interviewer maître Flapp. D'une main, Delbert saisit son appareil, le colla devant ses lunettes noires et fit une dizaine de photos. Derrière moi, j'entendis quelqu'un m'appeler : « Hé, Gus », et je me retournai pour voir Elvis, souriant et pointant l'index vers Flapp. « Les palets sont là-bas », dit-il.

Je me retournai vers Delbert.

« Eh bien, dit-il, si tu as un budget illimité pour la pellicule et les produits chimiques pour développer, ça me va parfaitement, je continuerai à shooter ces gens, encore et encore.

– Il faut que je te parle.

– Parle.

– Par ici. »

Je lui montrai la rue. Je sentais la fumée de cigare accrochée à sa barbe.

« Tu connaissais Blackburn, non ?

– Oui, m'sieur, dit Delbert. Un type bien. Un excellent homme d'affaires.

– Tu as fait des affaires avec lui ?

– Non mais, attends, j'avais la permission du directeur de la publication lui-même, Mr. Nelson P. Selby, de faire mon travail en free lance avec qui je voulais. Cela n'a pas coûté au *Pilot* plus que...

– Je me fiche de ça, Delbert. Qu'est-ce que tu faisais pour Blackburn ? Tu prenais des photos ? Tu développais des films ?

– Les deux, en fait. J'ai pris des photos pendant les séances d'entraînement, quelques-unes quand il construisait chez lui. J'ai fait quelques tirages. La plupart du temps, j'expédiais des trucs ailleurs pour lui.

– Tu as pris des photos quand je jouais ?

– C'est vrai, tu jouais, je me souviens. Ouais, j'étais là-bas quelquefois.

– Et qu'est-ce que tu expédiais ?

– Que des films. 8 millimètres. Je les envoyais pour les faire tirer.

– Tu ne le faisais pas toi-même ?

– Nan. C'était pas mon truc. Je le faisais faire par un type dans le Sud. Fiable et pas cher. Mais – il gloussa – il était embringué avec des personnages douteux. Genre mafia, ou quelque chose comme ça. Je pense qu'il s'est fait effacer.

– Effacer ?

– Buter. Quelqu'un l'a tué.

– Comment tu sais ça.

– Je ne sais pas. J'ai fait une livraison un jour, là-bas, en bas. C'était pas joli, joli.

– Ah bon. Qu'est-ce qu'il y avait sur le film ? »

Il releva la tête, si bien que ses yeux en tête d'épingle apparurent entre le rebord de son chapeau et le bord de ses lunettes.

« Qu'est-ce que ça peut te faire ?

– Écoute, Delbert, je me fiche de savoir si tu l'as fait avec le fric du *Pilot*, OK ? Comme je t'ai dit, je jouais pour Blackburn. Il comptait beaucoup pour moi. J'ai remarqué quelques boîtes de films dans les fichiers photo et je me demandais si ça avait à voir avec l'équipe.

– Jack pensait que ce serait plus sûr, et mieux organisé, si je les rangeais au journal. »

Plus sûr ? pensai-je. Par rapport à quoi ?

« Bien évidemment, dis-je. Est-ce que tu en as regardé un, par hasard ? Un film, je veux dire ? »

Delbert ricana.

« Une bande d'avortons en train de jouer au hockey ? Je hais le hockey. On ne peut même pas suivre ce putain de palet. Non, je me contentais de les porter à mon mec, là-bas.

– Et tu penses que ton mec s'est fait effacer à cause d'un film de gamins qui jouaient au hockey ?

– C'est pas ce que j'ai dit. »

Un break de la police tourna au coin de la rue et vint se garer le long du trottoir où nous nous tenions. Darlene était au volant.

– Je peux retourner faire mon travail ? demanda Delbert.

– Fais-moi un cliché du shérif », dis-je.

Dingus descendait justement vers nous. Il n'avait pas l'air content. Tawny Jane le suivait en le bombardant de questions auxquelles il ne répondait pas.

« Shérif ? » dis-je quand il arriva à ma hauteur.

Je pensais qu'il allait m'ignorer, mais il s'arrêta. Pendant une seconde, je crus qu'il allait me saisir à nouveau par le col. Il me lâcha, à voix basse :

« Qu'est-ce qui te permet de croire que tu peux aller voir ma Barbara comme ça ? »

Avant que je puisse répondre, il monta dans la voiture et claqua la porte pendant que Darlene démarrait.

La Jeep de ma mère n'était pas dans l'allée quand j'arrivai chez elle dix minutes plus tard. Bien, me dis-je. La neige fraîche, de 30 centimètres de profondeur maintenant, grinça sous mes pneus quand je me garai sur le bas-côté. J'ouvris la porte de derrière et fonçai jusque dans le sous-sol de la maison. Ça sentait le moisi et le renfermé. Je tendis la main pour attraper le cordon et allumer l'ampoule suspendue au plafond.

Le projecteur 8 millimètres Bell & Howell était posé en haut d'une pile de cartons dans l'espace de rangement que papa avait construit à côté du chauffe-eau. J'enroulai le cordon autour de mon poignet gauche et soulevai le projecteur, me dépêchant de sortir avant que ma mère ne rentre. À mi-chemin de l'escalier, je me rendis compte que je n'avais pas éteint l'ampoule du sous-sol. En me dépêchant de redescendre avec mes bottes trempées, je glissai et tombai exactement sur le même endroit que j'avais heurté en glissant sur les poissons de Boynton.

« Putain de merde », grognai-je.

Je me relevai en grimaçant et en me frottant le coccyx. J'éteignis la lumière et remontai. En haut de l'escalier, je regardai par la fenêtre et je vis ma mère qui se garait dans son allée.

« Gussy », dit-elle en entrant dans la cuisine et en tapant des pieds pour ôter la neige de ses bottes.

Elle regarda le projecteur coincé sous mon bras gauche.

« C'est pour quoi faire ?

– Oh, dis-je, j'ai trouvé quelques vieux films de nos entraînements de hockey, et je pensais, tu sais, avec tout ce qui se passe, que ça pourrait être intéressant de les regarder. »

En silence, elle accrocha son manteau et son écharpe dans le placard près de la porte. Elle savait que je mentais. Elle ferma le placard et s'approcha de l'évier pour se laver les mains.

« Tu veux que je te prépare quelque chose à manger ? dit-elle.

– Non, merci. Il faut que je reparte. Je ne t'ai pas vue au tribunal ?

– Je n'y suis pas allée.

– Je pensais que je t'y verrais.

– Eh bien, peut-être que j'ai eu assez de passé pour la semaine. »

Elle était contrariée. Elle ferma les yeux et s'appuya contre le comptoir, laissant ses mains goutter, suspendues au-dessus de l'évier. Je posai le projecteur, m'avançai derrière elle et posai mes mains sur ses épaules.

« Ça va ? »

Elle secoua la tête.

« On dirait que toute la ville part en morceaux.

– Allons...

– Leo. Toutes ces questions sur Jack. Tout allait bien avant qu'on trouve cette motoneige. Maintenant, où que j'aille, tout le monde parle de ce qui est *réellement* arrivé à Jack, de ce qui est *réellement* arrivé à Leo, et je sais qu'ils pensent tous que j'ai les réponses, simplement parce que j'étais ici cette nuit-là, à chercher le sommeil. Mais je n'ai aucune réponse. Je n'ai pas les réponses, Gus. »

Elle s'écarta, ouvrit le frigo et sortit un carton de jus d'orange. Quand elle prit un verre dans l'égouttoir à vaisselle et qu'elle se versa du jus, je vis que ses mains tremblaient. Je l'attrapai par les épaules et je la retournai gentiment pour la regarder dans les yeux.

« Maman.

– Dingus a appelé, dit-elle, avant de boire une petite gorgée de jus et de reposer son verre sur le comptoir. La police veut me voir. Et cette fille de la télé a appelé aussi.

– Tu ne lui as pas parlé, hein ?

– J'ai bien peur de ne pas avoir été très polie.

– Qu'est-ce que tu pourrais bien avoir à dire à Dingus que tu ne lui aurais pas dit il y a dix ans ? »

Ses yeux papillonnèrent vers le projecteur posé sur le sol.

« Je m'inquiète, dit-elle.

– À quel sujet ? »

Elle croisa les bras.

« Tu te souviens du jour où tu m'avais traitée de salope ? »

Évidemment. Nous nous étions engueulés pour la centième fois parce que je voulais passer la nuit dans les « planques » de Coach avec les autres River Rats. Contrairement aux autres gamins de mon âge, je ne m'engueulais pas souvent avec ma mère, peut-être parce que depuis la mort de papa, nous étions tout l'un pour l'autre. Mais cette fois-là, c'était comme si je lui avais flanqué une gifle en pleine figure. Nous ne nous étions plus parlé pendant deux jours. Quand je m'étais finalement excusé, tout ce qu'elle avait dit, c'était : « Tu es trop jeune pour comprendre » et ça m'avait tellement énervé que j'avais failli la traiter de salope une seconde fois.

« Oui, dis-je.

– Je n'étais pas une salope.

– Je sais. Je suis navré.

– Non. Tu ne sais pas.

– Quoi ? Pourquoi est-ce que tu n'arrêtes pas de parler par énigmes ? »

Elle enleva mes mains de ses épaules.

« Ces petites maisons, dit-elle.

– Quoi ? C'était quand même pas comme si on allait là-bas pour boire et fumer de la dope.

– Peu importe, dit-elle. Pourquoi est-ce que ça t'ennuie si je parle à cette fille de la télé ?

– Ça ne m'ennuie pas.

– Je t'en prie, soupira-t-elle en retournant vers l'évier pour essuyer le comptoir qui n'en avait pas besoin. Tu ne devrais pas être au travail ?

– Maman, dis-je. Explique-moi.

– Cette nuit-là, dit-elle, Leo... »

Elle se tamponna un œil avec le torchon.

« Leo m'a dit... Il m'a dit qu'il avait fait une chose terrible.

– Quelle chose terrible ?

– Je ne voulais pas qu'il me raconte, dit-elle. Il continuait à essayer de me le dire. Mais je refusais. Et puis la police est arrivée, et nous n'en avons plus jamais reparlé.

– Tu veux dire qu'il a tué Coach ? C'est ça que tu essayes de me dire ?

– Je ne sais plus ce que je dis. »

Elle posa le torchon.

« Va travailler.

– Maman...

– Fais attention au projecteur de ton père. »

Elle me poussa pour passer et disparut dans sa chambre.

Quand j'entrai dans la salle de rédaction du *Pilot*, Joanie était au téléphone, griffonnant frénétiquement des notes. Je passai dans la pièce du devant et trouvai Tillie penchée sur son ordinateur, en train de taper sur son clavier en fumant.

« Tu as un message », dit-elle en faisant un mouvement de tête vers une feuille rose *En votre absence* posée sur le comptoir. Quelqu'un avait écrit : « Mr. Carpenter, je suis reporter au *Detroit Times*. Pourrais-je, par hasard, emprunter votre salle de rédaction pour envoyer un article cet après-midi ? Avec mes remerciements, R. Kullenberg. »

« Quelqu'un de Chicago a appelé aussi, dit Tillie. Elle n'a pas laissé de message.

– Ça y est, ils nous tombent tous dessus », dis-je.

Les journalistes extérieurs allaient commencer à débarquer pour interviewer les habitués de chez Audrey's et d'Enright's, puis ils écriraient leurs papiers surfaits sur la petite ville au grand procès. Dans un jour ou deux, ils seraient tous repartis, et je serais toujours planté là à sortir le *Pilot*.

« Est-ce que tous les trucs des correspondants sont arrivés ?

– Sauf pour le match de catch, oui, répondit Tillie.

– Tu peux t'occuper du catch ?

– J'en meurs d'envie. »

Sur son téléphone, le nombre 38 clignotait dans la fenêtre message.

« Waow, fis-je. On a reçu tant de réponses au Sondage *off* ?

– C'est pas beaucoup plus que d'habitude », dit-elle.

Je ne fis aucun commentaire et appuyai sur le bouton pour écouter le premier message.

« Ici Phyllis T. Fraser, j'habite 661 Oak Lane. »

On aurait dit que cette vieille dame était sous l'eau.

« Mon opinion, c'est qu'il est évident qu'il existe des tunnels dans le lac. Pour étayer ce fait, le fils de mon oncle Sherman, Kevin, diplômé de l'Université technologique du Michigan, dit que ça a été étudié par des *hydrogénistes* de son institut. Et de toute façon, ces tunnels sont une tradition que nous chérissons depuis aussi longtemps que je me souvienne, et j'ai 76 ans, en fait presque 77. Nous y avons toujours cru. Qui pourrait penser que... »

« Hydrologues ? » dis-je, tout en appuyant sur le bouton pour obtenir le message suivant. Une voix d'homme retentit.

« Puis-je vous demander quelque chose ? » coassa-t-il.

Il s'éclaircit la gorge, toussa, toussa à nouveau.

« Puis-je vous demander pourquoi vous gaspillez de la place pour des articles comme ça ? On se fout des tunnels, alors qu'on a un système de couverture sociale qui... »

J'éteignis la machine. Tillie souriait.

« Il y en a de bons ? demandai-je.

– Je suis à la bourre. »

Elle agita la main vers Joanie dans la pièce à côté.

« Inquiète-toi plutôt pour ta journaliste star. Elle entame sa précieuse carrière, et le meilleur moyen de commencer n'est-il pas de balancer des pelletées de terre sur la tombe d'un mort ?

– Mais qu'est-ce qui te prend ? dis-je.

– Gus ! » cria Joanie.

Je revins vers son bureau.

« C'est quoi, son problème ? » demandai-je.

Joanie jeta un regard noir en direction de Tillie.

« Elle passe les neuf dixièmes de ses journées à tendre ses oreilles indiscrètes, dit-elle. Mes sources me demandent toujours pourquoi je chuchote.

– Qu'est-ce qui se passe ? »

Elle baissa la voix.

« Ces poules mouillées d'avocats ne passeront jamais ce papier. Peut-être même que toi non plus.

– Merci pour ton intense confiance. C'est quoi, ce papier ?

– Finalement j'ai réussi à joindre le gamin du Canada.

– Quel gamin ?

– Le gamin qui était une grande star de Blackburn et qui a abandonné d'un seul coup. Celui qui écrivait son journal. C'est un adulte, maintenant, bien sûr. Sa tante, la dame du journal de St. Albert, lui a parlé de moi. Il vient de m'appeler, juste comme s'il surgissait de nulle part. »

Elle avait l'air à la fois excitée et bizarrement troublée, presque comme si quelqu'un l'avait offensée.

« Qu'est-ce qu'il a dit ?

– Je te préviens, c'est un sale truc.

– Quoi ? »

Elle me fit m'asseoir plus près d'elle devant son bureau et murmura :

« Ce gamin s'appelait – s'appelle toujours – Brendan Blake. C'était un bon joueur de hockey. Un joueur vraiment très bon. Des recruteurs professionnels le surveillaient. Je pense que Blackburn connaissait certains de ces chasseurs de têtes, et qu'il les a même attirés. C'est à peu près à la même époque que les trucs bizarres ont commencé. Deux ans plus tard, Brendan Blake était complètement sorti du hockey.

– Quels trucs bizarres ?

– Des mauvais trucs, Gus.

– OK. Contente-toi de me raconter. »

Elle prit une grande inspiration.

« Blackburn a commencé à emmener ce gamin tout seul, dit-elle. La plupart du temps pendant des tournées. Parfois chez lui. Il abusait de lui.

– Tu veux dire...

– Sexuellement, oui. Tout est dans son journal.

– Seigneur ! Comment ? »

Elle me raconta, d'une voix neutre, clinique. En écoutant, je sentais ma gorge se contracter. Comment un ado pouvait-il mettre des choses pareilles par écrit.

« Mais pourquoi un gamin... pourquoi ses parents n'ont pas appelé les flics ? demandai-je.

– Allons, Gus. Ce sont des parents fans de hockey, dans une ville vouée au hockey. Comment crois-tu que leur môme aurait été traité ? »

Ça, je pouvais parfaitement l'imaginer. Sans même penser à ce qui était arrivé à Blackburn, le gamin aurait été traité de tapette qui aurait dû refuser les avances de son entraîneur. Les joueurs, certains autres entraîneurs, et même certains de ses fans l'auraient traité de « pédale » et d'« homo », voire pire. Il aurait dû quitter sa ville natale. Ce qu'il a fini par faire, en fait.

« Donc ils ont juste obligé Blackburn à partir ?

– Ouais.

– Comme dans l'autre endroit, avant ?

– Je parie sur ça. Mais je n'en suis pas sûre encore. J'attends des coups de fil.

– Tu crois qu'il dit la vérité ?

– Et pourquoi il ne dirait pas la vérité ? Qu'est-ce qu'il a à y gagner aujourd'hui ? C'était comme s'il était heureux de me parler, comme s'il avait attendu que j'appelle. Et il mourait d'envie de savoir ce qui était arrivé à Blackburn. Quand je lui ai raconté, il a dit qu'il était désolé de l'avoir entendu.

– Il était désolé de savoir que le mec qui l'avait soi-disant abusé était mort ?

– Pas soi-disant !

– Tu m'as l'air un peu pâle. Ça va ? »

Elle secoua la tête.

« Tu sais, dit-elle, nous avions un prêtre comme ça dans mon lycée. »

J'imaginai un homme d'âge moyen, les yeux bouffis, ventripotent, en soutane noire.

« Est-ce que Brendan était en colère ? demandai-je.

– Je ne crois pas. Du moins plus aujourd'hui. Je veux dire, ça fait quand même trente ans.

– Qu'est-ce qu'il fait maintenant ?

– Il est électricien. Marié. Deux petites filles. »

J'en avais assez entendu.

« OK, dis-je. Écris-le.

– Un papier, Gus ? Tu es sûr ?

– Tout cela est officiel, non ?

– Si.

– Et son histoire colle avec celle des gens de St. Albert ?

– Oui, je les ai rappelés.

– Et ça fournit un mobile, non ? »

Un mobile pour Soupy, je devais l'admettre.

« Euh, seulement indirectement, à moins que nous n'arrivions à savoir que Blackburn a abusé sexuellement de joueurs ici, à Starvation Lake », dit-elle du ton de quelqu'un qui attend quelque chose.

Mais je n'avais pas de réponse pour elle. L'homme qu'elle me décrivait n'était pas celui qui m'avait appris à jouer au hockey, celui qui venait aux repas du dimanche chez ma mère.

« Si ça s'est produit aussi ici, dis-je, je n'en savais rien. Écris-le. Direct et simple.

– OK. J'ai déjà rédigé l'article sur la lecture de l'acte d'accusation. La vache, c'était bizarre, non ? Tu y crois, à cette histoire de pacte de suicide ?

– Je ne sais pas quoi croire », répondis-je.

Je regagnai mon bureau et je m'assis. Et je me souvins...

22

« Messieurs », dit coach Blackburn.

Nous étions rassemblés autour de lui au centre de la glace, juste après avoir fini notre entraînement, la veille du championnat 1981 de hockey de l'État du Michigan, qui devait débuter sur notre patinoire de Starvation Lake. Coach brandissait sa crosse haut au-dessus de sa tête, la pointant vers les quatre bannières bleu et or suspendues aux chevrons. Sous celle qui disait finaliste régional 1977, Leo était accroupi sur une étroite passerelle.

« Vous m'avez entendu le dire un million de fois, dit Coach. Perdre, c'est bon pour gagner. Vous savez que je le crois. Perdre nous a rendus forts. Nous a aidés à voir nos faiblesses pour pouvoir les éliminer. Nous a rendus pleinement conscients que, à n'importe quel moment, la chose que nous désirons le plus peut nous être subitement arrachée. »

Il marqua un temps d'arrêt.

« Maintenant, messieurs, nous en avons fini de perdre. Nous avons appris les leçons. Maintenant, il est l'heure de gagner. »

Après quatre ans de lobbying, Coach avait persuadé les officiels du hockey amateur du Michigan d'organiser le tournoi d'État à Starvation Lake. Joueurs, entraîneurs, familles et fans de tout l'État s'entassaient dans le seul hôtel de la ville et dans tous les motels le long de la route 816. Une queue se formait devant la porte de chez Audrey's tous les matins à 7 heures. Des visiteurs réclamaient à hauts cris le luxueux programme du tournoi, les palets souvenirs frappés du logo des River Rats, les mini hotdogs et les saucisses qui grésillaient sur des plaques sur le parking de la patinoire. Toute la semaine, des gens de Grand Rapids et de Marquette, de Trenton et Ann Arbor venaient trouver Coach pour lui dire que c'était vraiment un grand tournoi et un endroit magnifique. Mais malgré la liesse et l'argent qui coulait à flots dans Main Street, le tournoi ne serait un succès que si les River Rats l'emportaient, devant nos fans, dans notre propre patinoire, avec tout le milieu du hockey du Michigan sur les gradins. Coach le savait. Et il pensait – tout Starvation Lake pensait – que nous avions une bonne chance de gagner. Nous n'avions perdu que 6 des 57 matchs que nous avions joués cette année. Trois Rats – Soupy, Teddy Boynton et Jeff Champagne, le gamin qui avait été viré, puis réintégré lors du difficile meeting après notre première saison – avaient été approchés pour faire partie d'équipes universitaires d'État prestigieuses. Et nous étions passés très près de la victoire l'année précédente, ne perdant qu'en demi-finale contre les Pipefitters.

« Vous vous souvenez de ce qu'on disait, il y a des années ? nous demanda Coach. On disait que nous étions ensemble pour atteindre le but ultime. Et qu'est-ce que c'était ?

– Gagner un match, Coach, criâmes-nous à l'unisson.

– Pas tous les matchs. *Un* match. Et maintenant, nous allons le jouer, ce match. »

Il baissa sa crosse.

« Nous allons le jouer demain en quart de finale. Nous allons le jouer encore vendredi, en demi. Et samedi après-midi, nous allons gagner ce match-là, *le* championnat d'État. Avons-nous ce droit, messieurs ?

– Oui, monsieur ! » hurlâmes-nous tous.

Il regarda vers le plafond.

« Maintenant, Leo », cria-t-il.

Nous levâmes tous les yeux pour regarder Leo passer de bannière en bannière, défaisant leurs attaches. Une par une, elles planèrent en virevoltant pour retomber finalement sur la glace. Coach les rassembla et les emporta.

Naturellement, il avait un plan pour battre chacun de nos adversaires. Dans les quarts de finale, on commença par jouer contre les petits mais rapides Fife Electric de Detroit, et on les battit, marquant deux fois presque en fin de match pour gagner 3 à 1. Soupy marqua le but gagnant. Contre Copperton Sporting Goods, on rendit fous de frustration leurs deux centres, deux supertireurs, en ne leur laissant que les couloirs extérieurs tout en encombrant l'avant de notre cage. Soupy marqua deux des buts de notre 4 à 1. Comme nous le faisions dans tous nos matchs, nous nous servions de la tactique du « piège à rats » pour bloquer le centre de la glace et rendre difficile toute tentative des autres équipes pour sortir proprement de leur zone. Nos adversaires et leurs fans avaient ce piège en horreur, exactement comme nos parents et nos fans l'avaient détesté jadis. Aujourd'hui, bien sûr, nos parents et nos fans adoraient cette tactique parce qu'elle nous aidait à gagner. Comme Coach aimait à dire : « Ils se foutent de comment, ce qui compte, c'est combien. »

Nous devions affronter les Pipefitters en finale. Ils avaient disposé facilement de leurs deux premiers adversaires, 5-0 et 7-1. Ils étaient balaises, rapides et intimidants avec leurs boucs, leurs favoris et leurs cheveux longs qui descendaient jusque sur les numéros de leurs maillots. Ils étaient surtout très bons. Pour les battre, on savait qu'il faudrait exécuter le « piège à rats » à la perfection et tirer avantage de n'importe quelle occasion de marquer que nous pourrions provoquer. Même si nous arrivions à faire tout ça, nous ne pourrions pas gagner si nous n'arrivions pas à stopper le numéro 17, Billy Hooper.

Des agents recruteurs avaient déjà commencé à surveiller Hooper quand il n'avait que 13 ans. Cette année-là, il avait marqué 127 buts en 80 matchs pour les Paddock Pools. Les Pipefitters lui firent signer un contrat en faisant de son père un assistant entraîneur. Quand il eut 16 ans, des lycées suppliaient Hooper de s'enrôler chez eux, et on parlait de lui comme du premier qui serait engagé par la ligue junior canadienne. Mais cet été-là, un accident fit perdre à Hooper la vue de son œil gauche. Selon les fans des Pipefitters, Hooper s'était arrêté sur le Ford Freeway près de Detroit pour aider une dame dont la voiture était en rade. Quand il avait essayé de faire redémarrer la voiture de la dame avec des câbles à pinces, la batterie avait explosé. Curieusement, son visage n'avait souffert d'aucune brûlure grave, mais l'acide chaud avait giclé droit dans son œil. En dehors des cercles des Pipefitters, une histoire différente circulait. Elle impliquait du Southern Comfort, des feux de Bengale et la boîte aux lettres d'un voisin. Des médecins avaient dit à Billy Hooper que sa carrière de hockeyeur était terminée. Mais quand les Pipefitters commencèrent leurs entraînements cet automne-là, il se pointa, portant un cache noir sur l'œil gauche. Il eut du mal au début. Sa perception diminuée de la profondeur lui rendait très difficile de sentir comment tirer et passer. Ses entraîneurs s'inquiétaient de ce que sa vision périphérique sévèrement limitée fasse de lui une cible pour les charges brutales. Hooper continua pourtant à jouer. Il enlevait son cache noir pour les matchs ; ses partenaires se mirent à l'appeler Œil mort. En quelques mois, il recommença à mettre sens dessus dessous les défenseurs et les gardiens adverses, et à la fin de la saison, Billy Hooper était redevenu l'un des joueurs dont on parlait le plus dans tout le Michigan. Pourtant, personne ne parlait plus d'université ou de NHL, la Ligue nationale de hockey. Les recruteurs ne croyaient pas qu'un joueur borgne pourrait s'en sortir à ce niveau-là. Ils arrêtèrent de venir.

Lors des deux premières victoires du tournoi d'État des Pipefitters, personne ne pouvait arrêter Hooper, qui marqua cinq buts, et contribua à quatre autres. Je le vis marquer d'un tir du poignet, d'un tir frappé bas, d'une feinte, d'un tir de revers haut. À un moment, apparemment coincé derrière le filet, il marqua un but en faisant rebondir le palet sur la cuisse du goal. Dans ses échappées, je remarquai qu'il aimait beaucoup fixer le goal pour l'obliger à baisser les yeux, puis il le feintait d'un mouvement de tête qui l'obligeait à s'aplatir en papillon. Après quoi, Hooper s'arrêtait presque complètement et balançait calmement le palet au-dessus du goal affalé sur la glace.

Coach l'avait remarqué aussi. Après notre victoire en demi-finale, il vint s'installer entre Soupy et moi sur notre banc du vestiaire numéro 3.

« Demain soir, Gus, le numéro 17, dit-il. Rappelle-toi... tu es un gardien qui reste debout. Je t'ai vu l'observer. Il a un tas de coups vicelards, hein ? Tout le monde va s'efforcer de te faire tomber la tête la première, pour qu'il puisse passer au-dessus de toi. Ne mords pas à l'appât, Gus. Ne te laisse pas tomber en style papillon. Tiens bon.

– Je le ferai.

– Bien. »

Il passa son bras autour de mes épaules.

« Tu viens, ce soir ? »

Coach nous avait tous invités à passer la nuit dans ses « planques ». Il disait que c'était important pour toute l'équipe d'être ensemble avant le plus grand match de toute notre existence. Tout le monde y allait – sauf moi. Ma mère avait insisté pour que je reste avec elle, à la maison.

« Je ne crois pas, Coach, dis-je. Ma mère... tu sais.

– Oui, je sais. Tu devrais vraiment venir ce soir. Je vais en reparler à ta mère. »

C'était la nuit où j'avais traité ma mère de salope.

Le lendemain matin, pour notre échauffement avant le match, Soupy était très calme. Je m'installai à côté de lui dans le vestiaire pendant qu'il se bagarrait avec son patin gauche.

« Vous vous êtes bien marrés, hier soir ? demandai-je.

– Comme d'habitude, dit-il, en tapant l'arrière de son patin pour forcer son pied à entrer complètement dedans.

– J'espère que vous avez quand même dormi un peu, les mecs.

– Je ferai une sieste avant le match.

– T'es OK ?

– Juste nerveux. »

Nous n'allions pas jouer avant des heures, mais mon estomac se tortillait déjà comme un poisson au bout d'une canne à lancer. Soupy n'avait jamais l'air nerveux. Il faisait toujours l'idiot, balançant des rouleaux d'adhésif, lançant des vannes. Il n'avait pas l'air vraiment nerveux aujourd'hui non plus ; il semblait simplement n'être plus tout à fait lui-même. Quelque chose allait de travers.

Coach entra.

« Bonjour, dit-il. Alors, on est prêt à gagner ?

– Oui, monsieur, lui répondit tout le monde, sauf Soupy, qui s'occupait de ses patins.

– Le Cygne ? » demanda Coach.

Soupy ne releva pas les yeux. Il enfonça son casque sur sa tête, saisit sa crosse, se leva et se faufila devant

Coach pour sortir de la pièce. Coach le regarda en silence. Teddy Boynton entra avec son sac passé sur une épaule. Coach lui flanqua une tape dans le dos.

« Prêt, le Tigre ?

– Oh ouais », dit Teddy.

Je me penchai vers Wilf, qui entourait la palette de sa crosse avec de l'adhésif.

« Qu'est-ce qu'il a, Soup ?

– J'en sais rien. Peut-être que ça l'emmerde que ce soit Teddy qui soit l'ombre du mec qu'a qu'un œil.

– L'ombre de Hooper ? »

Une « ombre » devrait marquer Billy Hooper, le suivre partout où il irait sur la glace, dans l'espoir de l'empêcher de s'emparer du palet avec le champ libre. C'était un boulot difficile, mais potentiellement glorieux. Une ombre devait être rapide, disciplinée, et complètement altruiste. Pour un joueur aussi rapide et déroutant que Hooper, je n'aurais pas imaginé qui que ce soit d'autre que Soupy comme « ombre ».

« C'est pas vraiment certain, dit Wilf, mais Coach a emmené Teddy et Soup dans sa maison pendant au moins deux heures la nuit dernière, et quand ils sont revenus, je crois avoir entendu Teddy dire un truc à ce sujet, mais j'étais déjà à moitié endormi.

– Mec, dis-je, on n'a jamais eu une ombre, avant. Coach doit penser que ce Hooper est superdangereux.

– Qu'il aille se faire foutre, ce Hooper », dit Wilf.

Huit heures plus tard, nous étions de retour dans le vestiaire numéro 3, en tenue et attendant de sortir sur la glace pour le match de finale du championnat.

J'étais assis près de Soupy, regardant l'adhésif noir brillant dont j'avais entouré le bouclier de mon gant droit, Eggo. J'avais si peur de jouer que je ne pouvais plus attendre de sortir sur la glace. C'est comme ça que pensent les gardiens. Mon ventre allait continuer à bondir en tous sens, même une fois que je serais dans ma cage et que je commencerais à labourer la glace avec mes patins et à flanquer des coups de crosse dans les poteaux. Le trac disparaîtrait après que le premier palet tiré vers mon but m'aurait frappé et que je l'aurais bloqué, ou renvoyé, ou que je l'aurais chopé avec ma mitaine. Et si ça faisait mal, ce serait encore mieux.

Le seul bruit qu'on entendait dans le vestiaire était celui des palettes de crosse qu'on tapait nerveusement sur le tapis de sol en caoutchouc. À travers la porte fermée, on percevait le grondement de la foule, et quand la porte s'ouvrit pour laisser entrer Coach, nous aperçûmes une masse en bleu et or, qui criait et applaudissait. Leo se glissa derrière Coach. Coach verrouilla la porte et se planta devant nous, avec une veste et une cravate, un pin's des River Rats épinglé à son revers. Ses yeux balayèrent la pièce, passant brièvement sur chacun de nous. Il serra ses mains devant lui et les laissa comme ça.

« Messieurs, dit-il. Trois choses. »

Il leva un index.

« Premièrement, comme toujours, le "piège à rats". »

Il leva deux doigts.

« Deuxièmement, le goal des Fitters a un bon bouclier, mais deux pieds gauches. Obligez-le à se servir de ses pieds. Tirez bas et foncez dans le filet pour tenter les rebonds. »

Il leva trois doigts.

« Et enfin, nous allons marquer le numéro 17. Teddy le Tigre sera notre ombre. »

Je regardai Soupy, qui était assis à ma gauche, comme toujours. Il avait les yeux fixés sur le sol.

« Le 17 a de la vitesse et pas mal de bons coups, dit Coach, mais il n'aime pas beaucoup qu'on la joue dur, pas vrai, Tigre ?

– Non, monsieur, dit Teddy.

– La vérité, c'est que c'est une petite tapette, pas vrai, Tigre ?

– C'est une tapette borgne avec plein de petits mouvements de cul de tapette », dit Teddy.

Il regarda de l'autre côté de la pièce, vers Soupy, un sourire aux lèvres. Les autres soutenaient Teddy, disant : « Ouais, Teddy ! » et « Vas-y, tue-la, cette petite tante ! » Soupy gardait les yeux baissés. Je lui donnai un petit coup de coude. Nous ne pouvions pas gagner sans Soupy.

« Soup, murmurai-je, t'aurais pas aimé être attaché à marquer Hooper. Ce mec a un putain d'œil. Bordel, si ça se trouve, les Fitters vont probablement te marquer, *toi.* »

Il m'ignora.

« Qu'est-ce que vous dites, messieurs ? » fit Coach.

C'était notre signal. C'était le moment où Soupy me tapait en général sur l'épaule en disant : « Ce soir, t'es une éponge à palets... » Mais là, il ne bougeait pas. Tout le monde s'était levé, se rassemblant autour de Coach. Je me levai.

« Soup ? » dis-je.

Il ne bougeait toujours pas.

Coach leva sa main droite et on tendit tous la main pour la toucher, gant sur gant. Coach se mit sur la pointe des pieds et regarda Soupy par-dessus nos têtes.

« Cygne ? »

Soupy se leva lentement en gardant les yeux baissés et plaça un gant sur mon avant-bras tendu. Coach regardait. Puis il contempla le reste d'entre nous.

« *Un* match.

– *Un* match ! » cria tout le monde.

Tout le monde sauf Soupy.

Quand une équipe de hockey affronte une autre équipe qui est visiblement plus rapide et plus talentueuse, le boulot du goal de l'équipe la plus faible est de conserver ses coéquipiers tout près de lui jusqu'à ce qu'ils entrevoient une éclaircie qui pourrait renverser la dynamique en leur faveur. Tenez vos équipiers en encaissant un but, et même deux buts, et ils vont jouer avec l'équilibre requis de patience et d'urgence nécessaire pour pouvoir revenir. Au troisième but encaissé, le désespoir commence à prendre le dessus. Vous commencez à jouer comme des idiots. Et c'est fini. Au hockey, il n'y a rien de mieux à opposer à une adresse et une vitesse supérieure qu'un gardien surchauffé.

Je n'ai jamais été aussi surchauffé de ma vie que pendant les deux premiers tiers-temps de cette finale pour le titre d'État.

Les Pipefitters gagnèrent le premier engagement et balancèrent le palet violemment dans le coin sur ma gauche. Pendant que deux Fitters le poursuivaient, Soupy essaya de faire rebondir le palet sur les parois derrière le filet. Mais l'un des Fitters le frappa en l'air et à la seconde suivante, il avait rebondi devant moi, et il était déjà sur la crosse de Hooper, à moins de 5 mètres de moi, tout seul. Son tir levé me chopa sur le côté gauche du cou, me frappant si fort qu'il m'arracha carrément mon masque. Le palet dévia vers le bas et cliqueta sur le poteau pendant que je dégringolais en arrière, me raccrochant de justesse à la barre transversale pour recouvrer mon équilibre, déterminé à ne pas tomber. Les arbitres sifflaient un arrêt de jeu, mais Hooper donna deux coups de patin et me rentra dedans, délibérément. Je vis son œil gauche de très près, purulent et gris comme les entrailles d'une palourde. Il voulait que je le voie.

« Va te faire foutre », crachai-je en le repoussant.

Il éclata de rire et donna un coup de pied dans mon masque. À cet instant Soupy, Teddy, Wilf et deux Fitters convergèrent sur nous, distribuant des coups et jurant pendant que les arbitres nous séparaient. Pendant que je me penchais pour récupérer mon masque, Soupy se tourna vers Boynton et lui flanqua son poing en pleine poitrine, très fort, l'étalant presque, devant tous les Pipefitters et les Rats et les fans agglutinés sur trois rangs derrière le Plexiglas.

« Où t'étais, bordel ? » dit Soupy, et j'entendis Hooper rire à nouveau, pendant que Teddy tournait et s'éloignait pour reprendre sa position.

– Hé, les mecs, qu'est-ce qui se passe, putain ? » criai-je.

Mon cou me brûlait, mais mon trac avait disparu.

Pendant les quatorze minutes qui suivirent, il sembla que les Pipefitters ne quittèrent jamais notre zone. C'était comme s'ils avaient dix joueurs et nous cinq, comme s'il y avait un mur invisible sur notre ligne bleue qui empêchait le palet d'aller vers l'autre côté de la glace. Je m'agitais furieusement d'avant en arrière entre les poteaux, essayant de rester droit et carré entre le palet et mon filet, pendant que les Fitters cerclaient impitoyablement, rapides comme des frelons. Le palet passait d'une crosse de Fitter à une autre, d'un coin vers l'autre, d'un point d'engagement à un autre, derrière moi, devant moi et retour et encore, et encore, et encore. Les tirs venaient de partout, deux ou trois à la suite. Je les renvoyais dans les coins avec les pieds. Je les saisissais en l'air. Je les déviais avec mes épaules, ma poitrine, Eggo, mon masque. Dès que je pouvais, je coinçais le palet contre ma poitrine, ou dans mon gant pour obtenir une remise en jeu afin de faire entrer de nouveaux joueurs sur la glace. Les Rats cherchaient de l'air, comme s'ils étaient asphyxiés.

Teddy arrivait mieux à marquer Hooper, mais cela ne servait pas à grand-chose, parce qu'il leur restait encore quatre joueurs contre nos quatre, et question adresse sur les patins, presque tous les leurs étaient meilleurs que les nôtres. Une partie de notre problème, c'était Soupy. Il était aussi bon que n'importe lequel des Fitters, même Hooper, mais il ne jouait pas son jeu. Il ne prenait pas le contrôle du palet pour partir à la charge hors de notre zone. Il hésitait à aller de l'avant. Coach Blackburn le comprenait. Je le voyais lancer des regards noirs quand Soupy regagnait le banc. Je voyais Soupy l'ignorer.

Alors qu'il ne restait plus que deux minutes dans la période, l'énorme défenseur des Fitters, Wallman, le bien nommé Homme Mur, s'intercala entre Teddy et Hooper, et tout à coup, Hooper fut libre. Quelqu'un passa le palet à Hooper, et il largua notre dernier défenseur, Zilchy, comme si ses patins étaient attachés ensemble. Maintenant, il ne restait plus que Hooper et moi. Je m'avançai pour couper l'angle, entendant le rugissement crescendo de la foule aussi bien que j'entendais la voix de Coach dans mon crâne : « Tiens bon. » Hooper baissa son épaule gauche pour feindre un tir. Je sentis mon genou droit plier. Je glissai sur ma gauche au moment où Hooper plantait ses patins dans la glace pour couper dans la même direction. En un éclair, le palet fut sur son revers. C'était exactement comme ça que je l'avais vu feinter les autres goals. Comme eux, je voulais m'affaler en papillon, mes jambes voulaient le faire, mon corps voulait le faire. Hooper fit jaillir le palet vers mon épaule droite. Mes genoux cédaient, mon arrière-train tombait, et la vitesse me tirait vers la gauche, loin du palet quand je lançai ma main droite, celle qui était dans Eggo. Comme je tombais sur la glace, le palet accrocha le bord de la « gaufre » et virevolta plus haut. Je me dévissai le cou pour regarder en arrière en m'affalant et je vis le palet – ou peut-être l'entendis-je juste – claquer sur la transversale, s'envoler et passer par-dessus le Plexi derrière le filet. Des sifflets retentirent. Je bondis sur mes pieds. Je m'en étais tiré face à ce coup mortel. La foule commença à scander : « Gus ! Gus ! Gus ! » Hooper sauta sur ses patins et s'arrêta, me regardant droit dans les yeux. Nos regards se croisèrent. Il sourit et me fit un clin d'œil. Je me détournai.

Finalement, on obtint ce break. Wallman écrasa Jeff Champagne contre les bords sur ma gauche alors que Champy essayait de sortir le palet de notre zone. Mais la palette de la crosse de Wallman se prit dans un des joints des planches et cassa. Il lâcha sa crosse brisée et essaya de shooter dans le palet avec son patin, pendant que Champy se laissait tomber sur un genou, lui piquant le palet. Il se remit debout d'un bond, tourna tout autour de lui et s'échappa. Le pauvre gardien des Fitters ne devait pas être bien chaud : il n'avait pas vu un tir depuis dix minutes. Champy attendit qu'il s'affale en papillon, et lui balança le palet au-dessus de l'épaule droite. Quand la lumière rouge du but clignota, je sortis de mon filet jusqu'à la ligne bleue, la crosse levée pour célébrer ça. Je n'arrivais pas à le croire. Les Fitters avaient tiré vingt-deux fois sur notre cage, et nous deux fois seulement sur la leur. Mais nous menions 1 à 0.

Nous parvînmes à tenir pendant le deuxième et le troisième tiers-temps. Le « piège à rats » prit vraiment le relais, émoussant le jeu offensif des Fitters. Leurs passes allaient à vau-l'eau, leur attaquant vedette n'était plus aussi facile à trouver que lors du premier tiers-temps. Dans notre zone, Coach nous avait organisé en une défense destinée à encombrer le devant de notre filet, et forcer ainsi les Fitters à tenter des tirs depuis le périmètre, avec un pourcentage de réussite probable beaucoup plus bas.

La pendule tournait – plus que dix minutes, sept, cinq. Les Fitters cherchaient leur souffle désormais, et ils étaient de plus en plus frustrés. Ils semblaient sidérés d'être en train de perdre face à notre équipe. Alors qu'il ne restait plus que trois minutes et seize secondes, leur stupéfaction tourna à l'exaspération – l'un d'eux se prit une pénalité pour charge arrière à coups de crosse. Leur entraîneur sauta presque par-dessus le Plexi pour agresser l'arbitre. Voilà que les Fitters jouaient comme des idiots et qu'ils n'étaient plus que quatre. Il restait deux minutes. Dans les gradins nos fans commençaient à fêter ça. Le titre était à portée de main. Tout ce que nous avions à faire, c'était empêcher le palet d'atteindre notre filet.

Je ne sais pas pourquoi Teddy Boynton choisit précisément ce moment pour laisser Hooper seul, et partir à la chasse au palet dans la zone des Fitters. Hooper était aussi crevé que le reste de ses équipiers. Il n'avait pas pu faire un tir propre contre moi depuis cette échappée que j'avais arrêtée de justesse. Peut-être que Teddy pensait, avec l'avantage du nombre, pouvoir tenter sa chance de marquer le but qui achèverait la partie et le championnat. Mais quand il abandonna Hooper à la poursuite du palet, il laissa cinq grandes enjambées entre lui et celui qu'il devait marquer. J'entendis Coach crier : « Tigre... non ! » Comme Teddy atteignait le palet, Wallman déboucha dans l'angle mort de son champ de vision, et l'aplatit. Les fans des Rats hurlaient, réclamant une pénalité. Wallman chopa le palet contre le Plexi et le fit glisser jusqu'à Hooper tout en avançant à pleines foulées.

« Tigre, debout ! » cria Coach.

Mais Hooper était parti.

Le risque pris par Teddy avait complètement surpris le reste des River Rats. De l'autre bout du terrain, Soupy se lança dans une course effrénée, alors que Hooper déboulait en virant sur ma droite. Je m'avançai. Il se retourna. Je ne vis jamais le palet. J'entendis trois sons distincts, à moins d'une seconde les uns des autres. Le premier, ce fut le *whack* fracassant du bois sur le caoutchouc. Puis le claquement nauséeux du palet à l'intersection du poteau et de la barre transversale. Et ensuite le rugissement des fans des Fitters. Comme Hooper passait devant moi, sa crosse levée haut au-dessus de sa tête, il me regarda et me refit un clin d'œil.

« Tu l'vois pas, tu l'chopes pas », dit-il.

Je sentis une main me saisir par le dos du maillot. C'était Soupy, rouge de colère.

« Putain de Blackburn, cracha-t-il, ses postillons atteignant mon visage derrière mon masque. Putain, je savais que ça arriverait.

– Oublie-le, Soup, dis-je. On va gagner.

– Tu comprends pas », dit Soupy.

Derrière lui, je pouvais voir Blackburn et Leo qui criaient depuis le banc, Zilchy et Wilf qui arrivaient vers nous.

« Blackburn nous a baisés, Trap.

– Calme-toi, Soupy.

– Baisés, putain », dit Soupy.

Il pivota pour s'éloigner et ensuite, au moment où Zilchy et Wilf le rejoignaient, il vira et me cria :

« Regarde. Je vais montrer à ces enculés de leur mère un de ces coups de joli cul de pédé, pour de bon. »

Je compris immédiatement ce qu'il voulait dire.

Quand cela arriva, nous en étions à cinq minutes des prolongations avec mort subite. Nous venions juste de faire entrer le palet dans la zone des Fitters. Le numéro 25 le fit claquer haut sur le Plexi autour de l'arrière de leur filet, jusqu'aux bords d'en face. Champy l'arrêta avec sa poitrine et le pelleta à travers la glace dans le coin gauche du filet des Fitters où Soupy, qui avait discrètement quitté son poste défensif, venait d'apparaître soudain. Deux Fitters convergèrent, mais Soupy en dribbla un, puis l'autre, coupa vers la gauche et se retrouva derrière le filet. Les deux défenseurs des Fitters s'immobilisèrent momentanément devant leur cage. Leur gardien saisit la barre horizontale et regarda frénétiquement par-dessus une épaule, puis l'autre, essayant d'anticiper de quel côté Soupy allait arriver. Mais j'étais le seul dans l'arène à savoir ce qui allait se passer, le seul dans le cinéma qui avait déjà vu le film, qui savait comment il allait se terminer, qui savait que Soupy, peu importait à quel point Coach l'avait énervé, allait devenir un héros.

Il ramassa le palet avec la palette de sa crosse, comme dans le jeu de crosse, d'un mouvement si rapide que seul quelqu'un qui l'avait déjà vu faire pouvait deviner ce qui était en train de se produire. Pour moi, c'était comme au ralenti. C'était Soupy seul sur la patinoire cet après-midi-là, des siècles auparavant, balançant des palets dans les mailles du but depuis l'arrière du filet. C'était Soupy répétant sans cesse le même mouvement complètement absurde et tout aussi complètement sublime, sans que Blackburn ni personne d'autre que moi le sache, dans le froid sans lune sur la mare gelée derrière son garage. Rats et Fitters s'entrecroisaient sans cesse dans mon champ de vision. Je me baissai et j'avançai pour voir mieux Soupy. Il leva sa crosse. Le palet n'était qu'une tache noire sur l'adhésif blanc de sa palette, et il fit pivoter sa crosse autour du coin supérieur grand ouvert de la cage des Fitters. Je levai les mains au-dessus de ma tête et je pris une grande foulée, puis une autre, attendant la lumière rouge du but, le coup de sifflet final, l'explosion de la foule. Nous allions gagner le titre national.

Mais rien de tout cela ne vint.

Au lieu des rugissements des fans, j'entendis le *clank* – je ne l'apprendrais que plus tard – d'un palet rebondissant sur la barre horizontale. Alors que je cherchais des yeux la lumière indiquant le but marqué, je vis à la place le goal des Fitters pointant sa crosse en l'air au-dessus de la patinoire. Tout le monde sur la glace se tourna dans ma direction, cherchant le palet.

Billy Hooper le trouva le premier.

Il apparut, seul, pédalant comme un dingue sur ses patins, en marche arrière, le long des parois sur ma gauche, Zilchy et Stevie lancés en vain à sa poursuite. Coach hurlait : « Reviens, Gus ! Reviens ! Reviens ! »

Je m'aperçus que ma célébration de la victoire m'avait entraîné presque sur ma ligne bleue, à une bonne douzaine de mètres de ma cage. Le palet tomba du ciel et rebondit sur la glace à 5 mètres sur ma gauche et devant moi, directement sur le trajet de Hooper. Pendant un instant, j'hésitai, pensant que je pourrais y arriver avant lui. Nouvelle erreur. Je commençais à rétro-pédaler quand Hooper s'empara du palet. Coach criait. Les fans des Fitters criaient. Il restait encore 6 mètres entre moi et la cage vide quand Hooper se retrouva presque à ma hauteur sur ma gauche. Je n'allais jamais pouvoir le battre de vitesse. Je n'avais pas le choix.

Je jetai la partie inférieure de mon corps sur la glace, collant mes jambières pour former une barricade glissant à toute vitesse. J'espérais couper suffisamment la route à Hooper pour qu'il se précipite pour tirer, et que le palet frappe une partie de moi ou parte au large. Les rugissements de la foule m'emplissaient les oreilles. Hooper se pencha très fort sur sa gauche tout en gardant le palet juste hors de portée de ma crosse tendue. Il enfonça profond ses lames de patin et je sentis une giclée de glace, comme des aiguilles sur mon cou et mon visage. Il perdit l'équilibre. Il tomba. Je stoppai ma glissade, pivotai et me relevai en m'appuyant sur Eggo. D'autres patins fonçaient vers nous, grattant la glace. Le palet s'était arrêté à 3 mètres de la cage ouverte, juste hors de portée d'Hooper. À cet instant, si j'avais bondi, plongé et frappé la rondelle avec ma crosse, j'aurais pu l'expédier loin de lui. Mais je ne l'ai pas fait. À la place, pendant cette infime fraction de seconde, je regardai Hooper. Nos yeux se croisèrent à nouveau. Cette fois, son regard me surprit encore plus. Peut-être était-ce parce que je réalisais à ce moment, qu'il avait perdu la plupart de ses rêves pour toujours, et que moi j'étais là, en train de lui arracher le dernier. Ou peut-être étais-je comme privé d'air. Quelle qu'en fût la raison, je m'immobilisai. Pas longtemps. Une demi-seconde peut-être. Mais pendant cette demi-seconde, j'eus l'impression que mes bras et mes jambes étaient collés à la glace. Dans les années qui suivirent, cette demi-seconde allait devenir une seconde pleine, une minute, une vie entière dans la mémoire collective de la ville. Elvis Bontrager prit l'habitude de dire aux gens : « J'aurais pu arracher toute la gomme de mes pneus pendant l'heure qu'il a passée à regarder ce foutu palet. » Pour les gens de Starvation Lake, dans le sillage de l'effort héroïque de Soupy, et malgré mes autres actions héroïques tout le long du match, j'avais eu une chance de garder en vie les River Rats et notre rêve de champions du Michigan. Et je l'avais ratée.

Le palet était juste entre nous deux. Hooper s'allongea et chopa le palet avec la poignée de sa crosse. Je plongeai, finalement, mais le palet franchit la ligne à quelques centimètres de ma crosse. Des Pipefitters hurlants s'empilèrent sur Hooper tandis que je me traînais au loin.

Nous étions assis dans le vestiaire, éberlués et silencieux, hormis quelques sanglots étouffés. Coach et Leo nous avaient laissés seuls. Après ce qui me parut une heure entière, Coach entra et commença à ranger la caisse de rouleaux d'adhésif et de matériel de premier secours. Il balaya la pièce du regard.

« C'est fini, les garçons, dit-il. Rhabillez-vous et sortez. »

Il se retourna pour partir.

« Sors toi-même, putain. »

C'était Soupy, assis à ma gauche. Blackburn se figea et se retourna.

« Pardon ? » dit-il.

Derrière lui, la porte s'ouvrit, livrant passage à Leo.

« Tu m'as bien entendu. Tu nous as fait perdre le putain de titre ! »

Soupy jeta sa coquille aux pieds de Blackburn.

« T'as choisi le mauvais mec pour marquer Hooper, et tu le sais.

– Va te faire foutre, Campbell », dit Teddy Boynton.

Blackburn posa la caisse de matériel et s'avança vers Soupy. Il se pencha jusqu'à ce que son visage soit à 5 centimètres du sien.

« C'est moi qui vous ai fait perdre le match ? » dit-il.

Il souriait d'une manière que je ne lui avais jamais vue. Je sentis mes cheveux se hérisser sur ma nuque. Il prit le menton de Soupy entre ses doigts. Soupy essaya de reculer la tête, mais Blackburn le tenait bien.

« Tu as voulu faire ton espèce de petit truc de tapette perso, et c'est *moi* qui nous ai fait perdre le match ? dit-il. T'es un rigolo, gamin, tu sais ça ? Un rigolo. Peut-être que quand tu te rendras compte de ça, tu seras capable d'utiliser le don du ciel qu'est ton talent, au lieu de le gaspiller à faire des coups minables de tapette en chaleur.

– Va te faire enculer, dit Soupy, en essayant toujours de libérer sa tête.

– Coach, laissai-je échapper, laissez-le. »

Coach lâcha le menton de Soupy et se tourna très lentement vers moi.

« Qu'est-ce que tu as dit ?

– Ferme-la, Trap, dit Soupy.

– Il est en vrac, dis-je. Laissez-le tranquille. C'est pas lui qui a perdu le match. C'est moi qui ai foiré.

– Tais-toi, Trap.

– Toi, dit Blackburn en se penchant devant Soupy pour m'enfoncer violemment son index dans la poitrine.

– Jack ! s'écria Leo, mais Blackburn l'ignora.

– Bordel, à quoi tu pensais Gus quand t'étais là, allongé, à regarder le numéro 17 ? Hein ? Pourquoi tu l'as pas embrassé, pendant que t'y étais ? »

Il me planta une nouvelle fois le doigt dans la poitrine et je tressaillis.

« Je n'arrivais plus à me lever. J'ai essayé de...

– Tu as essayé ? »

Il pointa son index tendu vers la porte.

« Eh bien, tu sais quoi ? Tous ces gens dehors qui pensaient qu'on allait gagner un championnat national dans cette ville ? Ils se foutent de savoir si tu as essayé, ou de ce que tu as essayé de faire ou pas. Parce que t'as échoué. C'est ça qu'ils savent, maintenant, et ils le sauront toujours. Combien de fois faudra-t-il que je te le répète, Gus ? Tout le monde se fout d'un putain de *comment*. Tout ce qui compte pour eux, c'est *combien* ! Et tu sais quoi ? Je suis d'accord avec eux. Parce que ce soir nous pourrions avoir un trophée de championnat dans cette pièce, mais on n'a qu'une petite plaque de merde de finaliste et *comment* c'est arrivé ne veut plus rien dire, bordel ! Tu m'entends ? »

Soupy s'interposa et dit tout bas :

« Il sait. »

Coach se retourna immédiatement vers Soupy.

« Quoi ? »

Leurs regards se croisèrent. Blackburn recula, levant les deux mains en un geste de reddition.

« Très bien, dit-il. Très bien. »

Il ramassa sa caisse de matériel et sortit, Leo sur ses talons.

Soupy me ramena en voiture sans dire un mot. Quand il se gara devant l'allée chez ma mère, je me tournai vers lui.

« Mais qu'est-ce qui se passait là-bas ? demandai-je.

– Quand ?

– Quand tu as dit à Coach : “Il sait.” Tu voulais dire quoi exactement ? »

Soupy gardait les yeux fixés sur la route.

« Rien, dit-il. Juste que tu connaissais déjà tous ces baratins qu'il nous servait. Je voulais juste qu'il la ferme. »

Je n'étais pas bien sûr de le croire, mais je me contentai de dire : « Merci. »

Et on n'en reparla plus jamais.

23

J'étais en train d'éditer le papier de Joanie sur Brendan Blake quand elle me tapota l'épaule. Elle chuchota :

« Est-ce qu'il y a moyen d'écouter les messages sans utiliser le téléphone de devant ?

– Pourquoi ?

– Il y a un des sondages *off* que tu devrais écouter. »

Je trouvai un manuel d'instructions pour le répondeur dans une pile de papelards près de la photocopieuse. Joanie s'installa près de moi pendant que je composais des numéros. Elle tenait une carte routière pliée.

« OK, je suis dedans, dis-je. Qu'est-ce que je dois écouter ?

– Tu peux sauter des messages ? Tu dois aller jusqu'au numéro 34. »

Je continuai à presser des boutons et à entendre des bips jusqu'à ce que la voix enregistrée dise : « Message numéro 34, reçu aujourd'hui à 15 h 27. »

Au début, tout ce que j'entendis, c'étaient des voix indistinctes à l'arrière-plan, puis je perçus ce qui ressemblait au bruit d'une voiture qui passait. L'appel devait provenir d'une cabine publique. « Yo, dit un homme d'une voix de crécelle, avec une pointe d'accent du Sud. Des tunnels ? Vous déconnez, non ? » Il gloussa. « Y a pas d'tunnels, y a pas d'Blackburn. C'est p't-être bien l'heure qu'on fasse un deal. » Il raccrocha.

« Tu connais cette voix ? demanda Joanie.

– Je ne crois pas. »

J'appuyai sur *replay* et l'écoutai encore une fois pendant que Joanie dépliait la carte de Pine County sur mon bureau. Deux X étaient tracés au marqueur vert, à 2 centimètres du bord ouest du lac de Starvation. Un des X était juste au-dessus et un peu à gauche de l'autre. Elle désigna celui du bas.

« C'est ici que Blackburn, Redpath et Campbell étaient, la nuit de la mort de Blackburn.

– OK. »

Bien que j'aie fait énormément de motoneige dans les bois entre le lac de Starvation et celui de Walleye, je n'avais aucune idée de l'endroit où Coach et Leo avaient bien pu faire leur petit feu de minuit.

Son index se déplaça vers l'autre X.

« C'est ici que vit Clayton Perlmutter. »

Le chasseur de Bigfoot.

« Pas possible », dis-je.

Nous décidâmes de rendre visite à Perlmutter après le bouclage. Inutile d'appeler avant, avais-je dit à Joanie. Visiblement, il nous attendait. Elle alla chez Audrey's acheter des sandwichs pendant que je terminais les papiers sur la mise en accusation de Soupy et Brendan Blake. Nous citions Blake disant que Blackburn avait abusé de lui sexuellement, mais sans entrer dans les détails. Je programmai l'histoire pour la une, en bas, juste sous le pli. Bien en vue, mais pas trop.

J'appelai Kerasopoulos sur ma ligne principale. Sa secrétaire était forcément déjà partie. Je mis cet appel en attente, appuyai sur le bouton de ma deuxième ligne et composai à nouveau son numéro. Pendant que la première ligne clignotait, j'attendis sur la seconde. Une sonnerie. Deux sonneries. Trois. Une pause. Message vocal.

« Bonsoir, Jim, enregistrai-je. C'est Gus Carpenter. Désolé de vous avoir raté, mais je voulais que vous sachiez que nous avons un papier quelque peu polémique pour le journal de demain, sur un certain Brendan Blake. Je viens de l'envoyer. Vous voudrez peut-être y jeter un œil. Merci. »

Si Kerasopoulos vérifiait ses messages, il allait exploser, et pouvait très bien sabrer le papier. S'il ne les écoutait pas, l'article passerait. Il ne pourrait pas dire que je ne l'avais pas prévenu. En raccrochant mon téléphone, je sentis une présence juste derrière moi. C'était Tillie, tenant un autre message rose *En votre absence* à la main.

« Bon Dieu, tu m'as fait peur, dis-je.

– Je l'aurais parié », dit-elle.

Je n'aimais pas la manière dont elle souriait.

« Cette femme a rappelé.

– Quelle femme ?

– Celle du *Chicago Tribune* dont je t'ai parlé tout à l'heure.

– Pourquoi Chicago s'intéresserait à Starvation Lake ?

– Comment je le saurais ? Je peux m'en aller, s'il te plaît ?

– Le papier sur le catch ?

– Je l'ai envoyé. »

Je regardai la petite feuille rose. Le numéro d'appel était longue distance, donc cette femme n'était pas en ville. Se pouvait-il qu'elle appelle à propos de mes problèmes avec Superior Motors ? Le *Trib* avait probablement des abonnés dans le nord de l'Indiana. Peut-être que les Hanover avaient appelé son journal pour expliquer quel lâche j'étais d'avoir utilisé leur tragédie pour obtenir de grands articles, avant de me tirer quand ils avaient eu besoin de moi.

Je mis la petite feuille sur la pile de paperasses à côté de mon ordinateur. Joanie entra comme une furie par la porte de derrière. « Allons-y », dit-elle.

« Devine ce que les flics ont trouvé dans l'ordinateur de Redpath », dit Joanie.

Je conduisais mon pick-up sur Main Street en direction de la route 816. Elle me tendait un feuilleté. De la graisse chaude suinta à travers le papier sulfurisé quand je posai la tourte à la viande sur mes genoux.

« Quoi ? fis-je.

– OK, dit-elle. Alors, je vais chez Audrey's et je vois la salope de la télé, avec son cameraman. Je commande mon habituel pain de seigle, fromage suisse fondu. Audrey est toute bizarre. Elle se penche sur le comptoir et me dit qu'elle n'a absolument plus de fromage suisse. Donc je lui dis, c'est cool, fais-en un avec du fromage américain, mais Audrey me dit qu'il reste du suisse chez Enright's. Je dis que l'américain me conviendra très bien, et alors elle dit qu'il se pourrait qu'elle n'en ait plus non plus, et je me dis : “Mais qu'est-ce qui se passe ?”

– Et alors, qui était chez Enright's ? » dis-je en mordant dans ma tourte.

Il me manquait du ketchup.

« Une source.

– L'adjoint Esper, peut-être ?

– Tu veux savoir ce qu'il y avait dans l'ordinateur ?

– S'il te plaît, oui.

– Du porno.

– Quoi ?

– Du porno. Toute sortes de porno. »

Cela me fit mal d'entendre ça, mais quelque part, je n'étais pas surpris.

« Quel genre de porno ? demandai-je.

– Tu penses à quoi ?

– Des garçons ? »

Joanie hocha la tête.

« Et encore un peu plus de trucs très, très mauvais, Gus. »

Pendant un moment, nous continuâmes à rouler en silence. Puis je demandai :

« Tu crois que Blackburn s'est vraiment suicidé ?

– En fait, avant, répondit Joanie, je pensais que c'était impossible, que ce pacte de suicide était, comme l'a dit Gallagher, une couverture. Je veux dire, si Blackburn s'était vraiment suicidé, pourquoi Redpath ne l'aurait-il pas tout simplement raconté aux flics à l'époque ? Pourquoi est-ce qu'il serait passé par toutes ces complications pour se débarrasser du corps et faire croire à un accident de motoneige ? En plus, c'est Redpath qui avait l'arme, pas Campbell. Mais maintenant, je n'en suis plus si sûre. Tu as ces deux types, des copains, et ils sont apparemment branchés sur des trucs salement déviants. Si Blackburn faisait des bêtises avec des gamins, il y a de grandes chances pour que Redpath ait fait la même chose, pas vrai ? Donc, peut-être... Je ne sais pas, je ne devrais pas le dire...

– Dire quoi ?

– Peut-être que... écoute, excuse-moi, je sais que ce type était ton ami, mais peut-être que ces types... peut-être qu'ils ont eu, tous les deux, une sorte de, tu sais, de *truc* pour Campbell. Peut-être qu'ils étaient rivaux. Peut-être que c'était une espèce de triangle bizarre. »

Je serrais fort le volant.

« Est-ce que tu ne tires pas des conclusions un peu hâtives, là ? demandai-je.

– Peut-être, dit-elle en se tournant sur son siège pour me faire face. Qu'est-ce que t'en penses ? »

Je fixai mes yeux sur les lumières des réverbères qui trouaient l'obscurité de loin en loin. Qu'est-ce que j'en pensais ? Ce n'était pas exactement ce que Joanie demandait. Elle me demandait ce que je savais. Que savais-je de ce qui se passait entre mon meilleur ami et mon entraîneur, et son assistant ? La réponse, si incroyable soit-elle, c'était que je n'étais au courant de rien. Les événements de la journée commençaient à prendre tout leur sens. Durant toutes ces années, Soupy avait su. Et il n'avait jamais fait la moindre allusion devant moi. Nous étions assis derrière la fenêtre du premier étage, chez Enright's, regardant la procession funéraire de Blackburn, Soupy avec la main posée contre ma nuque en signe de réconfort, et il savait. Et peut-être que ma mère savait, elle aussi.

« Gus, dit Joanie, tu te sens mal ?

– Non. Je suis furax et terriblement embarrassé. Quand je pense que toute cette merde avait lieu juste sous mon nez...

– Allons. C'est pas ta faute. Je veux dire, tu ne...

– Non, Joanie, je ne participais pas à tout ça, quoi que ça ait pu être. »

Je dépassai un chasse-neige qui envoyait sur le bas-côté des paquets de neige qui formaient déjà un mur de 1,80 mètre de haut.

« Tourne à gauche, là-bas », dit Joanie.

Au carrefour, un néon rouge clignotait, précisant qu'il y avait des chambres libres au motel Jungle of the North, un piège à touristes. Une ménagerie de statues en béton s'étalait sous les lumières colorées de quelques spots accrochés aux troncs des bouleaux : un hippopotame orange, un tigre blanc, rayé de pourpre, une girafe rose et noir, avec une patte arrière cassée, d'où émergeait un fer à béton encore recouvert de morceaux de ciment, un alligator géant, avec un regard mauvais, le dos et la gueule cachés par la neige.

« Le prêtre, dans ton lycée ? Qu'est-ce qui lui est arrivé ? demandai-je.

– Oh, il y est toujours », répondit Joanie.

Je tournai pour emprunter un chemin, passant des panneaux de bois peints à la main, annonçant la présence de chiens et de fusils. Je me garai peu après.

« Je ne tiens pas à rester coincé quand on repartira d'ici », dis-je.

Tandis que nous marchions péniblement sur la route menant chez Perlmutter, la nuit était si calme que vous pouviez entendre la neige tomber.

« Oh, dit Joanie, Campbell est sorti. Devine qui s'est porté caution ?

– Boynton ?

– Comment tu le sais ?

– Le bureau de l'aménagement se réunit à nouveau demain. Teddy ne laisserait pas un truc aussi ridicule qu'un coup de crosse dans sa tête interférer avec le business, ironisai-je.

– Tu sais, dit Joanie, Boynton aussi pourrait bien en savoir beaucoup plus sur tout ça.

– Cette pensée m'a traversé l'esprit, oui. »

Quelques pas plus loin, une lumière nous éblouit soudain. On s'arrêta, levant nos mains gantées pour protéger nos yeux. Par-dessus le grondement menaçant d'un chien on entendit une voix de crécelle : « Vous pouvez vous arrêter exactement ici, ou je peux lâcher cette laisse, là. »

À la lumière tremblotante du feu de sa cheminée, les ombres dansaient sur les murs de pin noueux du living-room de Perlmutter. Il était serré dans un rocking-chair, un fusil à pompe posé sur ses cuisses. Sa poitrine semblait vouloir faire exploser les boutons-pressions de la chemise western qu'il portait sur un sous-pull de flanelle rouge. Le berger allemand qu'il appelait Shep était couché à ses pieds, toujours menaçant. Perlmutter tendit une main pour pêcher derrière son fauteuil une boîte de Bud *light* dans une glacière.

« Une mousse fraîche ?

– Non, merci », dit Joanie.

Elle était assise sur une chaise que Perlmutter avait sortie de sa cuisine, et dont le dossier en vinyle jaune terne était tordu et en lambeaux. Je m'étais coulé dans un fauteuil si défoncé que mes fesses étaient plus basses que mes genoux.

« J'en veux bien une », dis-je.

J'espérais que le parfum de la bière parviendrait à atténuer la puanteur de pisse de chat qui me piquait les yeux. Il me lança la boîte, fort et un petit peu trop haut, exprès. Je la chopai au vol comme si je jouais au hockey.

« Waow, fit Perlmutter. T'as pas tout perdu, hein ? Je t'avais vu jouer un tas de fois, gamin, y compris cette fameuse dernière fois. T'avais fait un putain de match, jusqu'à cette fin, là. Qu'est-ce qui s'est passé ?

– J'ai merdé. »

Perlmutter gloussa.

« Eh ben, ça alors. C'est bien. Je m'imaginais que plus personne ne merdait jamais. Chaque fois que j'allume la télé, y a quelqu'un en train de dire que c'était pas sa faute, que ça devait être quelqu'un d'autre. Un bon point pour toi. »

Dans son living, je voyais peu de preuves de la passion de Perlmutter pour Bigfoot. Un énorme fusil était accroché au-dessus de la cheminée. En dessous, sur le manteau, était posée une radio scannant les fréquences de la police, à côté d'une copie de la fameuse photo noir et blanc floue qui prétendait montrer un Sasquatch marchant à travers bois. Une inscription était gravée en haut du cadre : « La vérité vous libérera. »

Perlmutter se balançait, et quand il entrait dans la lumière, on pouvait presque voir de vieilles cicatrices d'acné sous sa barbe famélique. Il écrasa sa boîte de bière vide d'une main et la balança vers la cheminée. Shep se leva immédiatement, prit la boîte dans sa gueule et l'emporta dans la cuisine.

« Alors, vous seriez d'humeur pour un petit échange ? dit Perlmutter, retournant à la pêche dans sa glacière. J'ai quelque chose à échanger, mais je parlerai pas tant qu'on sera pas à cinquante, cinquante.

– On ne fait pas d'échanges, dit Joanie.

– Eh ben, ma p'tite journaliste vedette, c'est au patron que je cause, là », dit Perlmutter.

Shep revint et alla s'allonger devant le feu.

« Et j'apprécierais que t'arrêtes d'écrire dans ton petit carnet. »

Tout en fermant son bloc, Joanie me lança un regard en coin. Perlmutter me regarda.

« T'écrivais pas pour un de ces canards de Detroit ?

– Si.

– C'était quoi, ta signature ?

– A.J. Carpenter.

– D'où ça vient, Gus ?

– Augustus.

– Augustus. Ça sonne comme un empereur romain. Et le J ?

– James.

– Donc, on t'a pas refilé le prénom de ton père ? »

La question me surprit.

« En fait, si, dis-je. Mon père s'appelait Augustus R., pour Rudolph comme mon grand-père, mais on l'appelait Rudy. Le père de ma grand-mère était un Rudolph. Celui de ma mère, un James.

– Alors, le papa de ta mère, ça aurait pas été Jimmy Damico ? »

Il me surprit encore une fois.

« C'est bien ça, oui, dis-je. Vous vous connaissiez ?

– Mon père et lui, ils allaient chasser le lapin vers la Sunset Trail, là où la piste zigzague après les lacs jumeaux. Jimmy et son frère Bill. L'un des deux avait un fils qui a cassé sa pipe au Vietnam. Des fois, j'allais avec eux avant que je déménage ici pour vivre tout seul. J'suis pas sûr qu'ils aimaient chasser tant que ça, mais ils adoraient s'asseoir en rabattant le hayon du vieux pick-up Chevy de Jimmy jusqu'à ce que la nuit tombe, à se raconter des histoires en picolant.

– Tu connaissais mon père ? »

Il regarda Shep.

« Un peu. Je l'ai croisé deux, trois fois au bar à nichons d'Alden.

– Quel bar à nichons ?

– Le Prêté pour un rendu », dit Perlmutter.

Il avait remarqué la surprise et l'incrédulité dans ma voix.

« L'a pas duré longtemps. Les flics ont chopé le proprio pour deal de coke, et pouf, terminé.

– Ça ne pouvait pas être mon père. »

Ma mère disait qu'il travaillait dans un restaurant les week-ends. Elle n'avait jamais mentionné de danseuses nues. Mais aurait-elle osé le dire ?

Perlmutter engloutit une longue gorgée de bière.

« Peut-être que je me goure, dit-il.

– Alors, Clayton, l'interrompit Joanie, pourquoi vous n'expliquez pas à Augustus comment vous êtes entré dans ce business de Sasquatch ?

– Ah, fit Perlmutter, on arrive à l'interview ? Eh ben, vous savez, comme je disais à votre petite fouineuse, là, tout l'monde doit bien faire quelque chose. Je travaillais au service du cadastre du comté et je voyais tous ces genres de professeurs qui montaient du sud de l'État avec leurs chaussures en toile et leurs chapeaux jaunes, qui ramassaient toutes ces subventions et autres pour aller courir après des moustiques, des mares à nénuphars ou des algues. Je me suis dit que l'argent serait bien mieux utilisé à chercher quelque chose que personne a encore trouvé.

– Comme le Bigfoot, par exemple, dis-je.

– Oui, m'sieur. Tu vois ça, là-bas sur la cheminée ? »

Il pointa le doigt vers la photo.

« C'est une blague. Un ami m'a donné ça pour me rappeler ma mission, parce que cette photo, vous l'avez tous déjà vue, et si c'est pas un mec dans un costume de gorille, alors je bouffe mon flingue.

– Tu crois ?

– Hé, putain, le Sasquatch a jamais été découvert. Mais y a pas de doute, il est là dehors, et Shep et moi on s'est attelés à la tâche pour le trouver, et on abandonnera pas, quoique vous mettiez dans vot' canard, pas vrai, Shep ? »

Il tendit la main pour caresser sa chienne, mais elle détourna la tête.

« J'ai tout un musée dans mon garage et dans mon appentis, et j'ai tout montré à la p'tite demoiselle, mais elle veut pas croire ce qu'elle peut voir de ses propres yeux. »

D'un regard, je fis comprendre à Joanie de se taire.

« Tu sais, Augustus, continua Perlmutter, on a tous des histoires à raconter. Certaines sont vraies, et d'autres pas, et certaines sont seulement à moitié vraies, et c'est celles-là qui risquent le plus de vous attirer des ennuis. C'est pas vrai ?

– Si », répondis-je, parce que c'était vrai.

« Mais faut admettre, Clayton, que c'est plutôt impressionnant la manière dont tu as fait marcher ce musée pendant toutes ces années. »

Il sourit.

« Eh ben, ça fait pas d'mal d'avoir des amis haut placés. Et c'est tout ce que j'dirai là-dessus.

– Comment tu as connu Blackburn ? »

Perlmutter prit une bûche de bouleau sur une pile de bois près de son rocking-chair et la fourra dans le feu. L'écorce s'enflamma immédiatement.

« Je le connaissais pas bien. Je l'ai vu quand j'allais aux matchs, bien sûr, et j'lui disais bonjour. Je pense pas qu'il était très sociable. Maintenant, je suis pas très causant, mais Blackburn et son pote, là, le mec qui s'est barré et suicidé, je me disais qu'ils étaient un peu comme moi, ils aimaient sortir dans les bois à la dure et se descendre quelques bières. Je les voyais là-bas dehors de temps en temps, autour de leur feu de camp, c'est pas très loin d'ici. J'ai essayé d'aller les rejoindre une fois ou deux, mais j'ai pigé rapidement qu'ils voulaient pas de moi.

– Ils ne vous aimaient pas ? demanda Joanie.

– Qui n'aimerait pas un type qui débarque avec une glacière pleine de bières ? »

Il souleva la sienne.

« Mais ils avaient, comme qui dirait, leur propre petit club privé. Et puis une nuit, je crois bien qu'il a un peu volé en éclats. »

Il gloussa.

« Qu'est-ce que tu sais de ça ? » demandai-je.

Il se redressa dans son fauteuil, mouvement que j'avais remarqué chez beaucoup de sources qui connaissaient des choses que je voulais savoir. Et pour ça, j'avais de l'aversion pour eux tout en essayant de les flatter pour qu'ils me les disent.

« Eh ben, dit-il, j'en ai p't-être ben vu un bout.

– Allez, dit Joanie.

– P't-être ben que c'est à ce moment-là qu'on cause de ce que vous allez mettre sur la table, dit-il. Je crois que vous avez un article en préparation sur mon gagne-pain. »

Je désignai la porte.

« On peut sortir deux minutes ? »

Une fois sous le porche, la puanteur de chat qui m'imprégnait les narines se dissipa.

« Il a un chat aussi ? » dis-je.

Joanie semblait contrariée. Par moi.

« Une douzaine au moins, dit-elle. Il dit qu'ils ont un sens spécial pour détecter les Sasquatchs. Tu vas probablement avaler ça aussi, non ?

– Parle moins fort, s'il te plaît.

– Mais bon sang, qu'est-ce qu'on fait ici, Gus ?

– L'enquête sur l'histoire de Blackburn.

– Et on va échanger mon autre article, qui est solide comme du béton, pour quelque chose qui pourrait être un fatras d'âneries ?

– Du calme. Oui. C'est ce qu'on va faire. Pour l'instant.
– Il n'allait jamais passer, de toute manière, c'est ça ? »
Je choisis de ne pas répondre.

« Gus, c'est une ordure qui prétend avoir une masse de conneries sur Bigfoot. Et maintenant, parce qu'il semble qu'il a connu ton père, on va lui faire confiance ? »

Je la pris par le coude pour l'éloigner de la fenêtre de Perlmutter et aller jusqu'au bout de la véranda. Un éclairage automatique se déclencha au-dessus de nos têtes. Le rayon de lumière éclairait le sol loin au travers des arbres, jusqu'à un coin de Walleye Lake.

« Oui, c'est un menteur, dis-je, en parlant aussi calmement que possible, mais il est capable de dire la vérité. S'il nous ment sur Blackburn, notre deal avec lui sera immédiatement rompu, et je me battrai comme un chien pour faire passer ton article sur Bigfoot, je te le promets.

– Il est *capable* de dire la vérité ? Tu sais, voler des messages vocaux à toute une bande de menteurs, c'est une chose. Mais c'est très différent de faire un deal avec un seul.

– Un peu facile, comme argument », dis-je.

Sur le moment, il importait peu qu'elle ait raison.

« Écoute, je retourne le voir. Tu peux attendre dans mon pick-up, si tu veux.

– Fais ce que tu veux, je m'en fiche. »

« OK », dis-je à Perlmutter.

J'étais assis sur le bras du fauteuil défoncé. Joanie était debout près de sa chaise pelée.

« Je peux te dire – et je ne devrais pas – que nous avons écrit notre article sur ton soi-disant musée, et que les avocats ne l'aiment pas.

– Et en quoi est-ce que ça m'arrange ? demanda Perlmutter.

– Écoute, Clayton, dis-je, si Joanie et moi on insiste en gueulant un peu, on peut les retourner complètement. »

Joanie hocha la tête en guise de réplique.

« Ou alors, on pourrait se contenter d'en rester à l'article sur Blackburn, si nous avons quelque chose de nouveau à écrire. De toute manière, Joanie va bientôt quitter le *Pilot* et ça assurera très certainement la mort de son article sur toi.

– Où c'est qu'elle va ? »

Joanie cligna deux fois des yeux, mais continua à fixer Perlmutter.

« Qui sait ? dis-je. Dans un endroit plus grand. C'est elle qui a dégoté toutes ces infos sur l'affaire Blackburn. Sans elle, si ça se trouve, on n'aurait même jamais eu cette discussion aujourd'hui.

– Hum, fit Perlmutter, te casse pas le bras en lui passant la brosse à reluire.

– Peu importe, poursuivis-je, c'était très agréable de parler de ma famille, mais si tu n'es pas prêt à nous aider, on va aller pousser quelques gueulantes là où il faut. »

Ce n'était pas la manière la plus éthique de procéder, mais j'avais fait pire. De toute manière, si les gens de Starvation Lake et les idiots de la capitale de l'État qui avaient filé du fric à Perlmutter voulaient se convaincre qu'il dirigeait bien un musée, peut-être qu'ils méritaient de se faire arnaquer.

Perlmutter regarda Shep pendant un long moment. Il défit les deux boutons-pressions du haut de sa chemise et sortit une photo noir et blanc qu'il me tendit. Joanie s'approcha pour la regarder par-dessus mon épaule. Au travers d'une rangée d'arbres, la silhouette floue d'un homme se détachait sur le rivage du lac. Il était penché sur une autre forme indistincte, cachée dans l'ombre. La perspective était similaire à celle qu'on avait depuis le porche de Perlmutter. Les arbres étaient couverts de feuilles. Un rayon de lune grisâtre brillait au bord de l'eau.

« C'est toi qui l'as prise ? demandai-je.

– Oui, m'sieur.

– Mais ce n'était *pas* cette nuit-là ?

– Non, m'sieur. C'était au printemps, deux mois plus tard.

– Mais qu'est-ce que vous avez vu, *cette nuit-là* ? demanda Joanie. Vous avez dit que vous aviez vu quelque chose. »

Perlmutter ignora sa question, pointant l'index vers la photo.

« Tu reconnais le type ?

– Non, dis-je en plissant les yeux.

– Voilà un indice. C'était l'un des quatre que j'ai vus autour de leur petit feu cette nuit-là.

– Quatre ? fîmes-nous à l'unisson, Joanie et moi.

– Non, dit ensuite Joanie. Il n'y avait que Blackburn, Redpath et Campbell.

– C'est tout ce que je dirai là-dessus, dit Perlmutter. Regardez la photo. »

Je savais que ça ne pouvait pas être Blackburn. L'homme était trop corpulent pour être Soupy.

« Leo ? dis-je.

– Et le monsieur gagne un cigare ! fit Perlmutter, oui, m'sieur, le vieux Leo s'est faufilé jusqu'au lac pour se débarrasser d'un p'tit quelque chose.

– La motoneige de Blackburn, dit Joanie.

– Et encore une gagnante ! dit Perlmutter en levant sa bière pour saluer. Cette vieille Shep était encore un chiot, ce printemps-là, et Redpath ne faisait pas beaucoup de bruit, mais Shep a failli arracher sa chaîne, pas vrai, ma fille ?

– Donc, fis-je, tu affirmes que Leo a tué Blackburn – ou que Blackburn s'est suicidé – et qu'ensuite Leo a attendu quelques mois pour se débarrasser de la motoneige, et probablement de Blackburn.

– Non, me répliqua Joanie. Souviens-toi de ce qu'il a dit sur le répondeur.

– Hé, peut-être que je me goure complètement, dit Perlmutter. Regardez ça. »

Il tendit la main. Dans sa paume, il y avait une balle de calibre 22 mm.

« Je l'ai trouvée près de leur feu de camp, dit-il.

– Quand ? Cette nuit-là ? demandai-je.

– Le lendemain matin.

– Le lendemain de la mort de Blackburn ?

– En hiver, ouais. »

Il me passa la balle. Je l'examinai avant de la donner à Joanie.

« Quand j'ai entendu le coup de la motoneige dans le haut-parleur – d'un mouvement du pouce, Perlmutter désigna sa radio branchée sur la police –, je suis allé là où ils avaient fait leur feu de camp pour jeter un œil. Les flics étaient encore en train de faire les imbéciles à Starvation. C'était un matin ensoleillé, et j'ai aperçu le reflet de la balle, dans le tronc d'un arbre.

– Dans un arbre ? dit Joanie.

– À quatorze pas des cendres de leur feu.

– Elle devait être plantée profond, dis-je.

– Ouais. L'a fallu un peu de boulot pour la sortir.

– Pourquoi vous ne l'avez dit à personne ? demanda Joanie.

– Peut-être que je l'ai dit. Comme je crois que vous le pensez, ma p'tite demoiselle, je suis pas la moitié d'un opportuniste.

– Amen, dit-elle. Je parie que c'est vous qui avez appelé les flics la semaine dernière quand la motoneige a fini par remonter à la surface.

– Allez savoir. »

Elle leva la balle.

« Il faut que nous emportions ceci.

– Pas question.

– Elle pourrait appartenir à n'importe qui, dit-elle. Il faut que les flics l'examinent avant que nous puissions écrire dessus.

– Ça n'arrivera pas, dit Perlmutter, en se penchant en avant, la paume ouverte. Je reprendrai cette photo aussi, s'il vous plaît.

– Joanie, donne-lui la balle », dis-je.

Les flics allaient probablement revenir la chercher.

« Mais laisse-moi la photo, Clayton, juste un moment. Je veux la regarder avec un meilleur éclairage. »

Si Delbert l'agrandissait, nous pourrions peut-être dire si c'était un faux. Ou alors, elle pourrait nous donner un peu de prise sur Dingus. Et peut-être qu'elle pourrait aider Soupy aussi, même si elle était plutôt faiblarde comme preuve devant une cour de justice.

« Rien n'apparaîtra dans notre journal sans votre permission, je le jure sur la tombe de mon père.

– La tombe de ton papa, hein ? gloussa-t-il. Je vais y réfléchir.

– Joanie », dis-je.

Elle lui rendit la balle.

« Donc, dit-elle, nous avons une photo genre Bigfoot, et une balle qui pourrait sortir du supermarché.

– Ha, ha, se moqua Perlmutter.

– Clayton, dit Joanie, les flics disent qu'il n'y avait que deux balles – une dans la motoneige, et une dans la tête de Blackburn.

– Mais ils ont pas encore la balle tirée dans la tête de Blackburn, pas vrai, ma p'tite demoiselle ? »

La radio branchée sur la police crachota soudain en revenant à la vie. J'entendis la voix de Darlene, couverte de friture, qui appelait des renforts sur un incendie.

« Cette balle ne signifie pas grand-chose, Clayton, dit Joanie. Qui était le quatrième homme ?

– Je me rappelle pas avoir dit que c'était un homme. De toute façon, je crois que j'ai fini de causer, ma p'tite demoiselle. Apparemment, vous êtes pas assez futée pour piger. Je crois que je vais m'en tenir à ce que j'ai dit, jusqu'à que je sois sûr de pas être crucifié dans vot' journal. »

Joanie se tourna vers moi.

« On perd notre temps. »

Perlmutter regarda Shep et secoua la tête. Il avait l'air aussi amusé que dégoûté.

« La p'tite demoiselle est bien jeune, hein, ma fi-fille, mais qu'est-ce que tu crois qu'il a *lui*, comme excuses ? »

Il essayait probablement de me dire quelque chose, mais je voulais absolument écouter la radio.

« Écoutez », dis-je.

On entendait plus nettement la voix de Darlene qui appelait tous les adjoints disponibles à foncer vers l'ancienne propriété de Blackburn. Pompiers et ambulances étaient déjà en route. Un homme avait mis le feu à plusieurs bâtiments et il était apparemment coincé dans l'un d'eux, mais il devait néanmoins être considéré comme armé et dangereux. J'espérais que ce n'était pas celui que je croyais.

« Allons-y », dis-je, en me levant brusquement.

J'avais dû faire peur à Shep, car elle bondit vers moi en grondant férocement, montrant les crocs, juste au moment où un énorme chat noir sautait sur ma droite, s'envolant droit vers ma tête. Mon bras se tendit instinctivement et j'aplatis le chat en plein vol. Il cracha furieusement pendant que je balançais mon pied droit dans les côtes de Shep en criant : « Foutons le camp d'ici ! » Shep gémit et alla se planquer près de Perlmutter, qui saisit son collier en criant : « Non, couchée, ma fille, couchée ! » Je fonçai vers la porte derrière Joanie, et je continuai à courir sous le porche et dans l'obscurité, la prenant par le bras tout en bataillant dans la neige qui nous montait aux genoux, en disant : « Allez, vite, vite avant qu'il se rende compte que j'ai la photo. »

24

« Quel amas de conneries, dit Joanie. On a échangé un article absolument parfait contre ça ? »

Mon pick-up dérapait sur le chemin de terre couvert de neige à 2 bons kilomètres de l'ancienne maison de Blackburn.

« Une troisième balle, mes fesses. C'est probablement juste un tir de chasseur bourré.

– On a la photo.

– Je parie qu'elle est truquée. Et ce quatrième homme – ou femme, pourquoi pas Bigfoot pendant qu'on y est, pourquoi est-ce qu'il n'a rien voulu nous en dire ? Je vais te dire pourquoi. Parce qu'il n'a rien vu. Il nous a baratinés. »

Elle me regarda, attendant une réponse, mais je me repassais ce que Perlmutter nous avait dit tout en m'inquiétant de ce que nous allions peut-être trouver dans l'ancienne propriété de Blackburn. Oui, sa « troisième balle » était peut-être une fausse. Mais la photo m'intriguait ; la silhouette semblait avoir les épaules voûtées de Leo. Quant à la quatrième personne, je ne voulais pas y réfléchir trop sans savoir qui cela pouvait être. Boynton ? Dingus ? Elvis Bontrager ?

« Est-ce que tu as trouvé quoi que ce soit sur la famille de Blackburn, au fait ? demandai-je.

– Nada. S'il avait un beau-frère à Kalamazoo, il n'y est plus. »

Je tournai pour prendre la route 571. On apercevait une faible lueur orange dans le ciel en face de nous.

« Et cette propriété ? dis-je. À qui elle appartient maintenant ? »

Après la mort de Blackburn, le comté avait fait murer sa maison et les « planques » avec des planches, et déclaré la propriété interdite d'accès. De temps en temps, quelques mômes pénétraient par effraction dans une des cabanes pour faire la fête. Mais récemment, elle avait été achetée, enfin d'après les rumeurs, par une compagnie d'investissement foncier d'un autre État.

« Une firme quelconque en Virginie, dit Joanie, en feuilletant son carnet. C'est dans mon sac à dos. Quelque chose comme Richards Incorporated, ou Richards Company.

– Tu as su ça au bureau du greffe ?

– Ouais.

– Comment as-tu évité Verna ? Grâce à Vicky ?

– Ouais... Oh, la vache ! »

Nous étions au sommet d'une colline et nous vîmes, dans la plaine en dessous, des flammes orange et des nuées de fumée noire qui jaillissaient vers le ciel à travers la neige qui tombait toujours. Des gyrophares de police peignaient les arbres nus en écarlate et en bleu, pendant que des lances d'incendie expédiaient des arcs d'eau argentés sur la maison de Blackburn et les trois cabanes. Tout était en flammes.

J'arrêtai le pick-up sur le chemin en forme de fer à cheval qui bordait la maison, là où nos parents avaient garé leurs voitures quand nous étions des gamins qui jouaient dans Le Jardin de l'Imaginaire. Un groupe d'adjoints du shérif s'élança et pointa des lampes torches vers nous.

« Restez éloignés », cria l'un d'eux, mais ce n'était que Skip Catledge, et je continuai à avancer, précédant Joanie dans l'odeur de bois calciné et d'essence.

Catledge se tourna et cria à un autre adjoint :

« Va dire au shérif que la presse est là. »

Il se retourna vers moi et dit :

« Pas un pas de plus, mon vieux.

– Mais qu'est-ce qui se passe, bordel ? dis-je.

– Le juge n'aurait jamais dû le laisser sortir ! »

C'était bien Soupy, comme je l'avais craint. C'était comme ça qu'il mettait de l'ordre dans ses affaires.

« Où est-il ?

– Dans une des petites maisons derrière. Il a dit qu'il sortirait pas, mais les pompiers vont entrer avant que la fumée le tue. »

Je tentai de dépasser Catledge, qui posa fermement sa main gantée sur ma poitrine.

« Recule, Gus. Si ça, c'est pas une preuve de culpabilité, je ne sais pas ce que c'est.

– Allez, Skip, je connais ce mec depuis trente ans, putain.

– Je le connais depuis aussi longtemps que toi, et c'est un crétin », dit Catledge.

Il se retourna et examina la scène, puis il me prit par l'épaule.

« Très bien. Venez. »

On trotta derrière lui jusqu'à une vingtaine de mètres des « planques ». La chaleur et la fumée me piquaient le visage.

« C'est assez près, dit Catledge. Restez ici. »

Il se mit à courir vers le feu.

Flics et pompiers encerclaient les cabanes en feu. J'imaginais Soupy allongé à l'intérieur, avec le feu et la fumée qui se refermaient sur lui, et toute sa bravade idiote disparue. Je pensai à la petite fille qu'il avait eue à Flint, et même si elle ne l'avait pas vu depuis des années, elle serait brisée quand elle saurait comment son papa était mort. Je voulais courir dans le bâtiment en flammes pour le cogner à mort. Et je voulais qu'il sorte et qu'il survive.

À cet instant, un soldat du feu, suivi d'un second, sortit par la porte de devant du cantonnement le plus proche. Ils titubèrent bizarrement sous le porche, puis dans la neige, soulevant un corps roulé dans une couverture. Deux ambulanciers passèrent à côté de nous à toute vitesse avec un brancard.

« Ils l'ont eu », dit Joanie.

Ressentant à la fois de la fureur et du soulagement, je m'avançai vers les ambulanciers. Ils allongèrent le corps sur le brancard et déroulèrent la couverture. C'était bien Soupy. Il avait les yeux fermés. Son corps était immobile. Un paquet de cheveux lui tombaient sur un côté du visage. Les cheveux de l'autre côté avaient disparu. De la suie noircissait ses narines et sa lèvre supérieure. Dingus émergea de la fumée sur notre droite. Il criait quelque chose que je n'arrivais pas à comprendre. Il vit que Joanie et moi nous approchions, et il leva une main comme pour nous arrêter. Catledge bondit devant nous.

« Vous allez m'attirer des ennuis, dit-il.

– Est-ce qu'il est vivant ? demandai-je.

– J'en sais rien. Reculez. »

Les ambulanciers se penchèrent sur Soupy, nous masquant la vue. Tout ce que je parvenais à voir, c'était son bras qui pendait le long du brancard. Il était apparemment sans vie. Pendant toutes nos années de hockey, je ne l'avais jamais vu sur un brancard, ni même près d'un brancard. Il avait de la chance pour ça. Presque rien ne semblait jamais pouvoir atteindre Soupy. C'était en grande partie Soupy qui blessait Soupy.

L'un des ambulanciers s'écarta et je vis soudain le bras de Soupy se lever, une fois, deux fois, comme sous l'effet d'une crispation nerveuse. La saccade recommença, puis la tête de Soupy se leva de quelques centimètres au-dessus du brancard. Il expectora une masse de glaires sur sa poitrine. Il se pencha et en cracha d'autres dans la neige, cherchant à reprendre son souffle. Je me sentis soupirer de soulagement avant que la colère ne revienne en force.

« Soupy, criai-je, mais qu'est-ce que tu fous, putain ? »

Dingus se planta devant moi.

« Adjoint, virez-les-moi d'ici.

– Trap, entendis-je Soupy dire, Trap, mec. Je suis tellement désolé, tellement, mec.

– Adjoint ! »

Catledge posa ses mains sur mes épaules.

« Allons-y, mon pote », dit-il.

Il me poussa un pas en arrière et je me raidis.

« Soupy, pourquoi ? » criai-je.

Catledge insistait.

« Ne m'oblige pas, Gus.

– Faut que je te parle, mec », dit Soupy.

Catledge me fit faire un pas de plus en arrière.

« Bon, Gus, dit-il. Tu veux la cellule à côté de la sienne ? »

Je laissai Catledge me forcer à partir. Les ambulanciers sanglèrent Soupy et le mirent dans l'ambulance.

« Désolé, mec, cria Soupy. Je suis désolé pour... putain, mec, mes doigts brûlent ! »

Tandis que l'ambulance s'en allait, une lumière blanche et brillante nous éclaira depuis l'autre côté du fer à cheval. Tawny Jane et son cameraman arrivaient. Dingus se tourna vers Joanie et moi, le feu rugissant derrière lui, son visage rouge écarlate, sa moustache glacée s'affaissant.

« Rentrez chez vous », dit-il.

Nous fîmes, en silence, le chemin jusqu'à la ville. Je déposai Joanie près de sa voiture devant le *Pilot*.

« Une longue journée, dit-elle.

– Ouais. Beau boulot. L'histoire de Blake va être très bien.
– Merci. »

Je me garai derrière. Je pris le projo Bell & Howell de mon père derrière le siège et je le trimballai dans les bureaux du *Pilot* où je pris les boîtes de films que j'avais trouvées dans les dossiers de Delbert.

Une fois à l'étage, je me versai un verre d'eau et tirai les rideaux. Sur le mur qui faisait face à la cuisine, j'ôtai deux photos – une de mes parents prenant le soleil sur un ponton, ma mère enceinte, en maillot une pièce rose ; l'autre de mes vieux chiens, Fats et Blinky, endormis sur un paillasson. Je posai le projecteur sur le comptoir de la cuisine. Il me fallut un moment pour le faire fonctionner. J'eus un petit frisson de satisfaction quand la lampe projeta un carré blanc sur le mur. Mais je découvris que je n'avais pas de bobine réceptrice. Je l'avais probablement fait tomber quand j'avais glissé sur les marches du sous-sol de ma mère. Je nettoyai l'évier avec un chiffon, me disant que j'allais laisser le film se dérouler dans l'évier et que je le démêlerais plus tard, si nécessaire.

Je mis en place la bobine marquée F/1280/SL/R4. Je supposais qu'elle datait de décembre 1980, quand je venais juste d'avoir 17 ans. Le projecteur se mit à tourner en crépitant. Une image noir et blanc, avec un gros grain, apparut sur le mur. Je vis notre patinoire vue du haut des gradins, là où Leo devait s'être assis. Sur la glace, les River Rats – mes River Rats – s'entraînaient. La plupart des joueurs étaient groupés près des box de pénalité sur le côté opposé de la glace. Cinq autres se tenaient dispersés entre les lignes bleues au centre de la glace. Je me vis moi-même, debout, juste à l'extérieur de la ligne bleue, à droite de l'écran, l'air bien trop maigre, même avec mon équipement de gardien, pour prétendre jouer au hockey. La tête hirsute de Pocket, le chien de Blackburn, dépassait du banc derrière le Plexi.

Au milieu de la glace, Blackburn, avec patins, gants de hockey et un sweat à capuche aux couleurs des River Rats, pointait le doigt, faisait des signes et semblait crier des ordres. Le film était muet, mais je parvins à comprendre qu'il nous exerçait au « piège à rats ». Il tenait un palet au-dessus de sa tête, et il traversa la ligne bleue de gauche en patinant, pour le poser sur un point d'engagement. Puis il revint vers chacun des cinq joueurs pour leur montrer exactement où chacun devait se positionner. C'était difficile de les distinguer les uns des autres. Je reconnus Teddy, qui n'avait pas l'air maigre du tout, et Soupy, avec ses cheveux tombant sur ses épaules. Quand Blackburn ne regardait pas, Soupy se tournait et faisait une grimace à la caméra. Blackburn finit par s'en rendre compte, bien sûr, et nous ordonna à tous de filer jusqu'au bout de la patinoire pour faire des sprints.

Je ne me souvenais pas de cette scène en particulier, mais c'était arrivé assez souvent. Comme nous nous mettions en ligne avant de nous élancer, je vis Boynton aboyer après Soupy, qui haussa les épaules et lui répliqua quelque chose, probablement un truc comme « Un pack de douze sur celui-là, mec ? » À l'époque, je me demandais parfois si Soupy ne nous mettait pas délibérément dans la merde, juste pour pouvoir se faire payer sa ration de bière du vendredi soir par Teddy Boynton. Je nous regardai sprinter. Une fois. Deux fois. Trois fois. Quatre fois. Blackburn présidait, sur la ligne bleue, la crosse le long du corps, le sifflet à la bouche. Il nous avait observés tant de fois depuis cet emplacement, tandis que nous nous tenions épaule contre épaule entre les sprints, appuyés sur nos crosses, haletant et aspirant l'air plein de fréon.

Au moment où Blackburn levait la main pour faire démarrer un nouveau sprint, l'écran redevint blanc, éblouissant. Je regardai le projecteur. La bobine était encore presque pleine. Était-il possible que ce soit tout ? Peut-être que Leo ne voulait pas gaspiller de la pellicule pour des sprints. J'attendis. Pendant quelques secondes, l'écran redevint noir et la cuisine s'assombrit. Puis le mur s'éclaira de nouveau, parsemé de fragments de lumière. Le carré blanc réapparut, suivi par une nouvelle image, floue.

Le point se fit. La caméra cadrait maintenant une pièce. Le cadre était diminué par une ombre sur tout son périmètre, comme si on avait filmé à travers une fenêtre. Au centre de l'image il y avait une table de billard, recouverte d'une couverture. Sur le mur du fond était accrochée une publicité de bistro pour le Jim Beam Kentucky Bourbon.

« Putain, c'est quoi, ça ? » dis-je, à voix haute.

Je connaissais cet endroit. En général, Coach n'avait pas assez de joueurs extérieurs à la ville pour remplir sa troisième cabane, et donc il en avait transformé une partie en salle de jeux. C'était ça.

Le corps d'une femme se déplaçait langoureusement dans l'image, la tête coupée par le haut du cadre. Ses cheveux, couleur neige sale, cascadaient jusque sur le haut de ses épaules nues. Le reste de son corps était caché par un drap de lit qu'elle retenait par la main au niveau de ses seins. Elle tournait le dos à la caméra, emplissant presque tout le cadre. La manière dont elle se pavanait dans le film, puis dont elle s'immobilisait, me suggérait qu'elle voulait vraiment être là, qu'elle appartenait à cet endroit. Derrière elle, quelqu'un entra dans le cadre. Je vis un avant-bras qui me permit de conclure que c'était un homme. Sa tête, elle aussi, était hors champ. La femme laissa ses bras retomber contre ses flancs. Le drap dégringola. Sur sa fesse droite, j'aperçus un tatouage, trop petit pour que je le voie clairement, même si je pensais que ça pouvait être un trèfle à quatre feuilles. La femme fit un geste vers la table de billard. L'homme semblait tétanisé. Et maintenant, je voyais que l'homme n'était pas un homme, mais un très jeune homme. Son visage n'était toujours pas visible, mais je reconnaissais son torse, ses épaules, et la manière dont son caleçon tombait sur ses hanches fines.

C'était Soupy.

La femme entra à nouveau dans le champ. Nue, elle rampait vers Soupy sur la table de billard, la tête baissée, ses cheveux masquant le coin de son visage. Soupy se tourna vers elle, hésitant, et il passa ses pouces dans la ceinture de son caleçon. La tête de la femme se releva d'un coup, rejetant ses cheveux en arrière, mais la caméra descendit et elle se retrouva à nouveau sans tête. Elle ondula sur le billard, prit Soupy par les épaules, et l'attira vers elle.

Il obéit avec la réticence timide d'un enfant. Il s'allongea sur le dos, immobile pendant que la femme lui enlevait son caleçon et s'installait sur lui. Je voulais détourner les yeux, mais à la place, je tendis la main vers un tiroir près de moi et saisis un stylo-bille et un carnet pour commencer à prendre des notes. La femme appuyait ses paumes sur le ventre de Soupy et elle se contorsionnait, ses cheveux balayaient ses épaules. Il n'y avait toujours pas de son, mais la manière dont elle bougeait suggérait qu'elle y prenait du plaisir. Les bras de Soupy étaient toujours le long de ses flancs tandis qu'il fixait le plafond d'un regard vide.

Un homme entra dans le champ, à droite, complètement habillé. Son visage était clairement visible. C'était Joe Blackburn. Soupy ferma les yeux. La femme continuait à remuer sur lui pendant que Blackburn collait ses cuisses contre le bord du billard derrière la femme, au-dessus des pieds nus de Soupy. Je savais ce qui allait se passer. C'était arrivé à Brendan Lake. Blackburn baissa sa fermeture Éclair et prit son pénis en érection à deux mains. Là, je fermai les yeux, mais brièvement car il était de mon devoir de faire un rapport. Je me forçai à regarder pendant que Blackburn se masturbait. Il éjacula sur les pieds tout blancs de Soupy. Ses orteils se recroquevillèrent. Soupy tourna le visage de l'autre côté, le masquant à la caméra.

Je pensai à lui dans notre vestiaire, enfonçant ses pieds dans ses patins trop petits, et je bondis. Je vacillai et me penchai sur l'évier, essayant de m'empêcher de vomir. Mon souffle résonnait en écho sur les parois d'acier brossé. Sous mes yeux, le film s'amoncelait comme des serpents morts dans un égout. Je me relevai, et je titubai jusqu'à la salle de bains où j'allumai la lumière pour m'asperger le visage et la nuque d'eau glacée. Devant le miroir, je pris de longues inspirations en regardant l'eau qui coulait de mes joues jusqu'aux points de suture que j'avais toujours à la mâchoire. Je m'essuyai le visage et j'emportai la serviette dans la cuisine.

Pendant les presque deux heures qui suivirent, je remplis quasiment tout le carnet sur ce que je vis sur ces trois bobines. Je fus obligé de m'arrêter de temps en temps. Sur chaque bobine, des scènes d'entraînement des River Rats étaient entrecoupées de scènes de Soupy dans la salle de jeux. La femme était dans certaines scènes et pas dans d'autres. Blackburn jouait dans toutes. Le niveau de lumière et l'angle de prise de vues variaient très légèrement d'une bobine à l'autre, ce qui suggérait de nombreuses séances. Dans une scène, une bouteille de whisky et un verre apparaissaient sur une étagère à l'arrière-plan. Dans une autre, le petit chien de Blackburn, Pocket, sautait sur la table et léchait la figure de Soupy ; Soupy, montrant la seule émotion que je vis dans la totalité de ces films, vira le chien d'un geste plein de colère. J'écrivis tout ça.

J'en conclus que Blackburn avait placé la caméra derrière un miroir sur le mur – une glace sans tain, évidemment. Est-ce que Leo était derrière la caméra ? Ou bien Blackburn l'avait-il installée et laissée tourner pendant qu'il participait aux séances ? Le mur était mitoyen d'une petite chambre avec des lits superposés. Pendant ses deux dernières années avec les Rats, Teddy avait habité cette chambre tout seul alors que les autres gamins venus d'ailleurs partageaient les autres cabanes. Imaginer Teddy dans cette chambre fit revenir mes nausées, puis une fulgurante vague de sympathie que je n'avais jamais ressentie pour lui.

Chaque fois qu'une bobine s'achevait, je soulevais les serpentins de Celluloïd de l'évier et je les fourrais délicatement dans un sac en papier, que je cachais ensuite dans un carton de céréales Cheerios au fond de mon garde-manger. Après avoir planqué le dernier film, je débranchai le projecteur, enroulai le cordon autour, et le collai sous mon lit. Puis je m'allongeai sans me déshabiller. Mais je n'arrivais pas à dormir. Chaque fois que je fermais les yeux, je voyais Soupy et cette femme au tatouage se tortillant sur le billard. J'essayai de me concentrer sur le plafond, mais ça ne marchait pas. Tout était trop silencieux et trop sombre. Je me penchai et sortis le projecteur de sous mon lit. Je le remis sur le comptoir de la cuisine et l'allumai. Le carré blanc vide réapparut sur le mur. Je m'assis par terre, en m'appuyant aux placards sous l'évier. Le projecteur ronronnait en cliquetant. Je fixai la lumière blanche jusqu'à ce que mes yeux ne veuillent plus rester ouverts.

25

Je m'éveillai le visage écrasé sur le tissu rêche d'une serpillière. Le téléphone sonnait. J'éteignis le projecteur et saisis le combiné.

« Ouais ? »

C'était Joanie. Elle était très en colère.

« Brendan Blake n'est pas dans le journal.

– Si. Il est en première page, en bas.

– Non. En une, en bas, il y a un article sur le catch au lycée. Le papier sur Blake n'est nulle part dans le journal. J'ai même regardé dans les petites annonces.

– Une histoire de catch ?

– De Matilda P. Spaulding.

– Bon Dieu, dis-je, saleté de Tillie. »

Tillie devait m'avoir espionné pendant que je laissais le message à Kerasopoulos. C'était pour ça qu'elle arborait ce sourire que je n'avais pas aimé. Ensuite, elle l'avait visiblement appelé, et il avait sabré l'article sur Brendan Blake. Comme ils n'avaient rien sous la main à la dernière minute, les imprimeurs avaient mis le catch à la place. J'avais sans aucun doute un message de Kerasopoulos qui m'attendait au rez-de-chaussée.

« Allons, dit Joanie, incrédule, Tillie voulait un article en une ?

– Bien sûr que non », dis-je.

Les nausées de la nuit d'hier me revenaient.

« Tillie se fout complètement de son article sur le catch. Elle voulait juste lécher le cul des patrons.

– C'est toi, son patron.

– Ouais, exact. »

Silence sur la ligne. Puis Joanie dit :

« Tu sais quoi ? Que Tillie aille se faire foutre ! Que cette tête de Conrasopoulos aille se faire foutre. Que ce foutu *Pilot* aille se faire foutre.

– Joanie !

– Ouais, ouais, je le sais que tout va bien se passer, que tu passeras mes articles dans le canard. Mais je m'en fous complètement maintenant. Je suis déjà partie d'ici, putain ! »

Elle raccrocha violemment avant que je puisse dire quoi que ce soit d'autre.

J'ouvris un placard pour en sortir le seul alcool de la maison, une bouteille de vodka, poussiéreuse et à moitié pleine. J'en versai un peu dans une tasse et l'emportai dans la salle de bains. Je trempai une pince à épiler dans la vodka pour enlever les points de suture de mon menton. Je ne connaissais pas le truc pour les retirer sans faire passer un bout de fil à travers la blessure, et donc, après avoir sorti chaque fil, j'appliquai un coton trempé de vodka dessus.

Je me douchai et m'habillai. Dans le placard de ma chambre, je pris le sac à dos que j'avais utilisé pour transporter les transcriptions des messages de Superior Motors dans la station de bus de Detroit. Je le remplis de sous-vêtements, chaussettes, trois tee-shirts et deux grosses chemises en flanelle. Je glissai une brosse à dents et du dentifrice dans une petite pochette séparée.

Je soulevai la planche qui reposait sur les cartons étiquetés « Pick-up » et « Rats ». Un par un, je les descendis par l'escalier extérieur. Le vent sifflait autour de moi pendant que je les rangeais sur le plateau arrière de mon pick-up, où traînait toujours mon sac de hockey, couvert de neige.

Je faisais tout ça sans vraiment réfléchir. Je me sentais prêt à partir, mais je ne savais pas où j'irais, ni même si je partirais vraiment. J'avais la sensation que je pourrais avoir à décamper, et en vitesse. Il fallait que je donne le nom de ma source chez Superior Motors avant midi, sinon je tomberais sous le coup d'un mandat d'arrêt. Je n'étais pas encore bien sûr de ce que j'allais faire, et je n'étais pas assez stupide pour croire que je pourrais m'en tirer en m'enfuyant ; je ne pensais même pas le vouloir. Mais quelque chose me disait de me tenir prêt. Plein de choses que je n'avais jamais prévues s'étaient produites pendant ces derniers jours.

Quelques minutes avant 8 heures, le téléphone sonna à nouveau. Je décrochai, pensant que c'était Joanie.

« Tu es au bureau ? demandai-je.

– Je vous demande pardon ? Mr. Carpenter ?

– Oh, excusez-moi. C'est Gus, oui.

– Terence Flapp, l'avocat d'Alden Campbell. »

Flapp m'expliqua que Soupy avait passé quelques heures à l'hôpital, mais qu'il était désormais retourné en cellule. Soupy voulait me voir. Flapp ne savait pas bien pourquoi. Il avait conseillé à Soupy de ne parler à personne. Mais Soupy, c'était Soupy.

« Le juge Gallagher me guillotinera pour ça s'il l'apprend, dit Flapp. Même si j'attire votre attention sur le fait que je ne souhaite pas que cela devienne une interview dans votre journal. »

En fait, je n'avais pas vraiment envie de voir Soupy. Mais j'avais bien quelques questions qui me taraudaient.

« Dingus n'a rien contre ?

– À vous de me le dire. Quand je lui ai dit que je voulais amener un visiteur, il m'a répondu qu'il faudrait d'abord lui passer sur le corps. Mais quand je lui ai dit qui c'était, tout d'un coup, ça allait.

– Hum.

– Oui, eh bien, retrouvons-nous à la prison à 10 h 30. »

J'avais un autre arrêt à faire d'abord.

Gloria Lowinski, infirmière diplômée, m'ouvrit la porte de sa maison aux colombages roses dans une robe d'intérieur blanche décorée de fleurs couleur rose fané. Des épingles et des bigoudis ornaient ses cheveux rouille teints et serrés sur son crâne. Je ne m'étais pas encore présenté qu'elle m'ouvrait grande la porte et me faisait entrer.

« Oh, oh, oh, vous êtes le monsieur du journal, n'est-ce pas ? » dit-elle.

Ses yeux étaient exceptionnellement brillants pour une femme de 80 ans.

« Je vous ai vu chez Audrey's. Entrez, entrez. Vous voulez un café ? Je suis une buveuse de thé moi-même, mais la plupart des gens boivent du café. Êtes-vous comme la plupart des gens ?

– Non, madame, dis-je, voulant dire que je ne voulais pas de café. Désolé de vous déranger si tôt.

– Ça ne me dérange pas. J'adore les visites, à n'importe quelle heure. Asseyez-vous. »

Je m'installai sur une bergère à oreilles couverte de fleurs roses. Des exemplaires du magazine *People* couvraient la table basse près de moi.

« Il faut que je vous dise, jeune homme, vous avez là un journal très populaire, dit Gloria Lewinski. Je passe ma vie au téléphone depuis que j'ai été citée dans cet article. C'est absolument stupéfiant.

– J'en suis très heureux. Ce que vous disiez sur le Président était très intéressant.

– Oh, oh, oui, la voie du tantra, je pense que cela l'aiderait vraiment car, il n'en fait qu'à sa tête, et cela serait certainement très apprécié par son épouse, je peux vous en parler d'expérience. »

Elle ferma les yeux et posa une main sur sa poitrine d'un air très théâtral.

« La glorieuse expérience de Gloria.

– Oui, madame. Je me demandais si vous ne pourriez pas m'aider pour un article sur lequel je travaille maintenant. C'est sur les tatouages. »

J'avais une idée sur le tatouage que j'avais vu dans ces films. J'étais venu entendre Gloria Lowinski me confirmer que j'avais raison. Même si je n'aurais pas été mécontent de me tromper.

« Les tatouages ? Jeune homme, vous tombez à pic. Ma petite-fille vient juste de se faire tatouer sur... hum... – je ne devrais pas vous le dire, mais, oh, zut, quelle importance –, juste au-dessus des parties génitales, sur la gauche. Ici. »

Elle pointa un endroit sur sa robe de chambre. Je me concentrai sur mon carnet de notes.

« Souhaitez-vous la rencontrer ? C'est Priscilla Lawlor, 1209 Fletcher Street.

– Merci, Mrs. Lowinski, mais en fait, j'ai...

– Oh, je sais, je papote, je papote, et vous voulez me demander quelque chose. »

Elle s'assit sur un sofa en face de moi.

« Je dois vous dire, Mr., Mr... ?

– Carpenter. Appelez-moi Gus.

– Bien sûr, le garçon de Bea et Rudy. Comment va votre mère ? Elle venait à notre cabinet, mais elle a arrêté. Elle n'a jamais expliqué pourquoi.

– Elle va bien, merci. Vous disiez que...

– Et vous, vous ne deviez pas vous marier avec la fille Bontrager, celle qui a des formes généreuses, Deborah, ou Deirdre... ?

– Darlene.

– C'est ça, oui. Darlene. C'était il n'y a pas si longtemps.

– Environ quinze ans.

– Eh bien, ce n'est pas si vieux. Ça fait vingt-trois ans que mon mari est mort, et j'ai l'impression que c'était hier. »

Tout mon propre passé commençait aussi à me donner l'impression que c'était hier.

« Je suis désolé, madame. Vous me disiez que vous vouliez... ?

– Oui, oui. Ce que je voulais dire, c'est que je ne suis pas une experte en tatouages. Je n'en ai pas moi-même, mais évidemment en tant qu'infirmière spécialisée en obstétrique et gynécologie, j'en ai vu quelques-uns.

– C'est bien ce que je pensais », dis-je, et nous sourîmes tous deux.

Ma mère avait raison, c'était vraiment un moulin à paroles.

« Bon, dit-elle, êtes-vous intéressé par les genres de tatouages que j'ai vus ? Ou surtout, dirons-nous, par les endroits intéressants où les femmes se font tatouer ? Oh, oh, je me rappelle une femme – Doris, oui, Doris Kellogg –, une femme exceptionnellement large qui avait un énorme et magnifique papillon tatoué exactement là où sa...

– En fait, Mrs. Lowinski, j'ai à l'esprit un tatouage particulier. Nous, hum... nous avons remarqué, dans une collection locale, la photo d'un tatouage que nous essayons d'identifier. Il est très joli, et nous aimerions contacter sa propriétaire.

– Je vous en prie, appelez-moi Gloria. Vous allez me citer à nouveau dans le journal ?

– Ça se pourrait, oui.

– Bien, dit-elle, parce que, si je peux me permettre, cela semble un peu tiré par les cheveux qu'une collection locale de tatouages existe – elle leva un sourcil – mais si vous voulez citer une experte, ou peut-être pas une experte, mais une *observatrice*, alors je peux peut-être vous aider. Si c'est une femme, et si elle est de la région, il y a des chances que j'aie pu la voir elle, et son tatouage.

– Évidemment. Je suis sûr que vous pouvez m'aider.

– Puis-je voir cette photo ?

– Malheureusement non, je ne l'ai pas sur moi.

– Eh bien, à qui est cette collection ? Comment se fait-il qu'ils ne sachent pas à qui appartient ce tatouage ?

– C'est un peu compliqué, Gloria. »

J'improvisais aussi vite que je pouvais.

« Je n'ai pas toute liberté pour le dire.

– Vous êtes sûr que ce tatouage appartient à quelqu'un d'ici ?

– Quasi certain. »

Je décrivis le tatouage que j'avais vu sur les films de Blackburn. Même si j'avais pensé, à première vue, qu'il s'agissait d'un trèfle à quatre feuilles, j'en avais eu différents aperçus dans les autres films, dont un gros plan fugitif, et j'avais conclu qu'il ressemblait plutôt à une étoile avec quelque chose dedans. Gloria m'écoutait. J'arrachai une page de mon carnet pour en dessiner une version rudimentaire. Elle le regarda et me fit un petit sourire espiègle.

« Vous ne me racontez pas d'histoires, n'est-ce pas ? dit-elle.

– Je vous demande pardon ? »

Elle se pencha plus près.

« Vous êtes un petit monstre. Êtes-vous en train de faire une farce ? Est-ce que c'est l'anniversaire d'une certaine personne ?

– Euh, non. Je ne comprends pas bien ce que...

– Allons, Gus. Il n'y a qu'une personne en ville qui a un tatouage ressemblant même vaguement à ça, et vous savez fichtrement bien qui c'est. »

Je ne voulais pas énoncer son nom.

« Pourquoi vous n'essayez pas de deviner ?

– Je ne préfère pas, Gloria. Deviner ne rapporte que des problèmes aux journalistes.

– Vraiment ? dit-elle en riant. Petit monstre. Vous venez me charmer avec une possibilité de passer à nouveau dans votre journal, mais en fait vous avez un autre plan secret. OK, je suis bonne joueuse. Ce ne sera pas la première fois qu'un homme m'aura embobinée.

– Donc, dis-je, plus du tout sûr de moi, vous pouvez me le dire ? »

Elle fit non de la tête, en riant encore.

« Passez-moi un de ces magazines, n'importe lequel », dit-elle en désignant la pile de *People* posée sur la table basse.

Je lui en tendis un. Elle le feuilleta, s'arrêta et me montra une photo.

« Voilà un indice », dit-elle d'un air taquin.

Sur la photo, une jeune actrice que je ne reconnaissais pas se penchait pour admirer son étoile fraîchement gravée sur le célèbre trottoir des stars d'Hollywood Boulevard.

Je relevai le nez vers la souriante Gloria Lowinski.

« C'est à ça qu'il ressemble, votre tatouage, n'est-ce pas ? dit-elle. C'est logique, non ? Où, ailleurs qu'à Hollywood, est-ce que notre chère reine de beauté aurait-elle bien pu se faire tatouer un tel motif ?

– Exact », dis-je.

Gloria se leva.

« Vous n'allez pas me citer dans votre journal, mais on s'est bien amusés. Et quelle coïncidence ! Elle était justement ici l'autre jour, assise sur cette même bergère. »

Je n'avais pas besoin de plus ample confirmation. Mais une fois dans mon pick-up, je parcourus les notes que j'avais prises dans mon état de semi-stupeur, la nuit précédente. Je voulais voir si j'avais écrit la marque de la bouteille de whisky posée sur l'étagère à l'arrière-plan. Je l'avais bien fait. Ma note, à peine lisible, disait : « gntlmn jac ». Ou plutôt, comme Soupy l'avait dit cette nuit-là sur son escalier, « le putain de Gentleman Jack », la marque que buvait l'ancienne et unique reine de beauté de Starvation Lake, Tillie Spaulding.

26

Certaines choses commençaient à prendre un sens douloureux. Je comprenais maintenant pourquoi Tillie s'était comportée étrangement, pourquoi elle avait toujours été si précautionneuse avec les dossiers photo, pourquoi Soupy n'avait jamais voulu qu'on se voie au *Pilot*. Blackburn avait planqué ses films au journal pour que Tillie – enfin une star de cinéma, esclave de son metteur en scène – puisse veiller dessus.

J'étais content de voir qu'elle n'était pas encore arrivée quand je revins au *Pilot*. J'étais un peu énervé et très mal à l'aise, et j'aurais pu la virer sur-le-champ, ce qui aurait été idiot, en fait. Il valait bien mieux qu'elle ignore ce que je savais, du moins pour l'instant, même si elle pouvait avoir des soupçons si jamais elle avait remarqué la disparition des films.

Joanie était assise, les pieds sur son bureau, en train de lire *Newsweek*. D'habitude, le fatras qui couvrait sa table de travail ne permettait pas d'y poser les pieds, mais aujourd'hui elle avait apparemment dégagé toute la surface en direction du plancher. Je m'approchai et restai silencieux, contemplant la pagaille.

« Au cas où tu te poses la question, ce sont mes notes pour les sujets que nous sommes censés couvrir, dit-elle, sans lever le nez de son magazine.

– Joli. Pourquoi ne pas tout flanquer carrément à la poubelle ?

– J'y songe. »

Elle tourna une page.

« À propos, il y a une coupure de presse dans la pile à propos d'une banque quelconque de New York qui rachète plein de petites banques par ici. Ça m'a l'air d'être un sujet juste assez insipide pour nous. »

Le journal de ce matin était posé sur mon bureau. En travers de l'article de Tillie sur le catch, Joanie avait écrit, à l'encre rouge : « Pulitzer ? » Plus haut sur la une, la vieille photo de Blackburn avec ses cheveux ramenés en arrière qui semblait me regarder. La légende disait : « JACK BLACKBURN, 19 janvier 1934-13 mars 1988. » Quelque chose m'ennuyait dans ce portrait.

Sur mon téléphone, la lumière indiquant que j'avais des messages clignotait. Je fis le numéro pour les consulter. Kerasopoulos avait appelé à 7 h 14, disant : « S'il vous plaît, rappelez-moi à la minute où vous arrivez. » Je revins vers le bureau de Joanie. Je ne pouvais pas la blâmer de se sentir comme ça. Mais j'avais besoin qu'elle dépasse ses états d'âme.

« Hé, dis-je, j'ai obtenu une interview de Campbell en taule.

– Génial. Tu vas pouvoir l'ajouter à la pile. »

Elle continuait à lire. Je me penchai pour regarder les papiers au sol. Sept ou huit carnets, une demi-douzaine de classeurs, un tas de feuilles volantes et autres documents. L'un était la photocopie d'un imprimé fiscal qui ne pouvait provenir que du bureau du greffe du comté. Je le ramassai.

« C'est en rapport avec l'ancienne propriété de Blackburn ?

– Si ça vient de cette Richards Company, ouais.

– Bon sang. Sa valeur est estimée à presque 500 000 dollars. »

Mes yeux arrivèrent à la ligne identifiant l'acquéreur.

« En fait, c'est Richard Limited, pas Richards », dis-je.

Il y avait une adresse à Springfield, Virginie.
– Qu'est-ce qu'on s'en tape... »
Je laissai retomber la feuille sur le tas au sol.
« Alors, qu'est-ce que tu fais, aujourd'hui ?
– Mmmmmh... d'abord, je voudrais finir de lire cette enquête sur comment tout le monde va devenir riche en vendant des pull-overs pour caniches sur Internet. Ensuite, je pensais peut-être aller chez Audrey's me prendre un bon brunch bien tranquillement, ou alors aller directement chez Enright's me taper un double Bloody Mary. Peut-être que Dingus se joindra à moi et que je pourrai enfin lui dire tout ce que je sais.
– Ça me fait penser à... » dis-je.
Je m'emparai du téléphone de Joanie et composai le numéro du bureau du greffe, espérant que ce serait Vicky qui répondrait. C'était mon jour de chance.
« C'est Gus Carpenter, dis-je, comment ça va ?
– Marre de la neige, dit Vicky.
– Moi aussi. Écoute... tu te souviens de ces minutes de 1988 que je voulais l'autre jour ? Est-ce que tu as su, finalement, qui les avait emportées ? »
J'avais imaginé que c'était Dingus.
« Bon Dieu, il faut que je les récupère avant que ma mère ne m'assassine, dit-elle. C'est Dave, de l'hôtel de ville qui les a, et il ne répond pas à mes appels.
– Dave ?
– Dave, tu sais, le barman ? »
Elle voulait parler de Loob. Il travaillait à mi-temps pour le contrôleur des impôts. Mais pourquoi diable Loob aurait-il eu besoin de ces minutes ?
« Si tu le vois, peux-tu lui demander de me rapporter ce dossier ?
– Bien sûr. »
Je raccrochai.
« Dis-moi, fit Joanie, pourquoi est-ce que tu continues à faire tout ça ?

– Quoi, tout ça ?

– Tout ça. Être journaliste. Poursuivre cette enquête. Pourquoi tu te fatigues comme ça ? De toute façon, personne ici ne veut savoir la vérité. Ils se foutent éperdument de ce qu'on a à dire, sauf si c'est pour leur indiquer où aura lieu le déjeuner du Rotary, ou le programme du cinéma, ou qui a pêché le plus gros poisson. Je veux dire, excuse-moi, mais c'est râpé pour toi, non ? Tu as eu la plus grande chance de ta vie dans la grande ville et tu l'as foirée. Maintenant, tu es dans ce petit Starvation Lake de rien du tout, capitale mondiale du déni. Pourquoi est-ce que tu continues ? »

C'était une bonne question. Mon ancien entraîneur était un pédophile. Ma réceptionniste était son esclave. Mon ami le plus proche et peut-être d'autres garçons que je connaissais étaient leurs victimes. Ma mère savait des choses que j'ignorais. J'avais été aveugle à tout ça. Pendant des années, je m'étais baladé au beau milieu de la vérité, et je ne pouvais pas la voir. Bon, je n'étais encore qu'un gamin à l'époque, mais, même maintenant, je ne percevais que les contours flous de cette vérité. Et mille questions jaillissaient. Joanie avait raison. Même si je répondais à chaque question, aucun avenir meilleur ne m'attendait, pas avec ce que j'avais choisi de faire de ma vie jusqu'ici. Il n'y avait que l'envie de savoir. Quelque part, je gardais l'espoir que savoir rendrait les choses un peu meilleures. Je ne me battais plus pour des scoops, des prix, des augmentations ou l'admiration de mes pairs. Il n'existait plus que le savoir. Et ce n'était même pas savoir le qui, quoi, où, quand, pourquoi de la vie et de la mort de Blackburn. Je voulais savoir pourquoi je désirais tant savoir.

« Je n'en sais rien, dis-je. Ça paye les factures. Mais, merci de me le demander. »

Je pensais ce que je disais.

« Il faut que j'appelle Kera-grosculmerdo-poulos. »

Je regagnai mon bureau pour téléphoner. Sa secrétaire répondit et me mit en attente. Je griffonnai « Richard Ltd. » sur mon carnet. Il décrocha.

« Gus Carpenter, Jim, dis-je.

– Excusez-moi, dit-il, je vais fermer la porte. »

Il posa son téléphone, puis le reprit quelques secondes plus tard.

« J'ai passé une très mauvaise nuit, Gus.

– Ce matin n'est pas mal non plus. Nous avions un scoop d'enfer en une, que quelqu'un a apparemment sabré. »

Du coin de l'œil je remarquai que Joanie avait posé son magazine.

« Bien sûr qu'on l'a sabré, dit Kerasopoulos. Je croyais qu'on avait eu une discussion – deux discussions – sur certains sujets. Je croyais que nous nous étions compris.

– C'était vrai. Je devais vous tenir au courant quand nous avions quelque chose qui sortait de l'ordinaire. Hier soir, c'était le cas, et je vous ai mis au courant.

– Par message vocal ? C'est pas suffisant. Ni même proche du pas suffisant. Je ne veux pas apprendre par votre secrétaire l'histoire la plus incendiaire du journal.

– Je vais la virer. »

Joanie fit rouler son fauteuil pour s'approcher de mon bureau. Je pointai l'index vers le comptoir de devant. Elle fit non de la tête. Tillie n'était pas encore arrivée.

« Essayons de rester calmes, dit Kerasopoulos.

– N'essayons pas. Mon job, c'est de mettre des nouvelles dans le journal. Nous avions des informations légitimes qui avaient une portée directe sur quelque chose d'énorme qui se passe par ici. Nous l'avons vérifié, et nous avons décidé de le passer. C'est ce que font les reporters et les rédacteurs en chef. En revanche, n'importe qui est capable de sabrer un article. »

Je savais que je dépassais la ligne blanche, mais désormais, je m'en foutais.

« Attention, Gus, dit Kerasopoulos. Il ne suffit pas de citer une personne qui est à des milliers de kilomètres, que nous n'avons jamais vue, dont la crédibilité n'a pas été...

– D'autres l'ont corroboré.

– Vraiment ? La police locale, par exemple ou autre, et la police montée aussi peut-être ? Est-ce que ce type a pensé un jour à leur parler de ses... hum... ses rencontres, si elles ont même existé ? À quoi ça sert de déterrer tout ça maintenant ?

– Si Blackburn abusait de mineurs, cela pourrait suggérer un mobile. La personne accusée de son meurtre jouait pour Blackburn.

– Vous jouiez aussi pour lui vous-même, pas vrai, Gus ?

– C'est vrai.

– Exactement. Alors, je voudrais vous demander, et vous n'avez visiblement pas la réponse, mais est-ce que votre entraîneur vous a jamais fait quelque chose, *à vous*, qui suggérait qu'il puisse, vous savez, être un peu déviant ? Est-ce qu'il vous a fait des avances ?

– Non.

– Alors, excusez-moi, Gus, mais vous étiez là-bas. Si vous n'avez rien vu, pourquoi êtes-vous si persuadé que ça a eu lieu ? Quelle preuve réelle relie ce type du Canada – et encore une fois, nous ne savons pas quelle hache il peut bien vouloir aiguiser – à une tragédie qui aurait pu frapper Blackburn ? Aucune. »

J'en avais marre de ce branleur. Peut-être étais-je en train de foirer la chance de devenir directeur de la rédaction du *Pilot*. Mais dans ma carrière, j'avais commis des erreurs bien pires.

« Une hache à aiguiser ? fis-je. Vous plaisantez, j'espère. Laissez-moi vous dire, Jim... »

En prononçant ces mots, je coupai soudain la communication. S'interrompre soi-même était un vieux truc de salle de rédaction. Vous vous en serviez pour vous débarrasser des cinglés nocturnes qui affirmaient qu'ils avaient croisé Elvis Presley au Burger King.

« Tu lui as raccroché au nez ? fit Joanie d'un air incrédule.

– Qu'il aille se faire foutre. On ferait mieux de se tirer d'ici avant qu'il rappelle. »

Je pris un carnet neuf et deux stylos-billes.

« Je vais à la prison. »

D'Alessio nous laissa entrer, Flapp et moi, dans la pièce sans fenêtre où Soupy attendait assis devant une petite table en acier.

« Je serai dehors si vous avez besoin de moi », dit l'adjoint.

La première chose que je remarquai, c'était la tête de Soupy. On lui avait rasé le crâne.

« Qu'est-ce qui est arrivé à tes cheveux ? demandai-je.

– Les flics les ont tondus, dit-il. Ils pensaient sûrement que j'allais m'en servir pour me pendre, un truc comme ça. »

Flapp tira une chaise près de Soupy et s'assit. Je m'installai en face d'eux. La pièce sentait vaguement la peinture. Je me souvenais d'une brève dans le *Pilot* sur le comté qui mettait de l'argent de côté pour repeindre la prison. Puis je me souvins que c'était Tillie qui l'avait écrite. Des aiguilles brûlantes me piquaient la nuque.

« Comment ça va ? lui demandai-je.

– Flapp et Trap, dit Soupy, en souriant. Ma tête me fait mal, mais à part ça, je vais bien. »

Il portait une combinaison orange, des tennis blanches, des menottes aux poignets et des chaînes aux chevilles. Des pansements couvraient ses deux mains. Il avait l'air OK pour un type qui, la nuit précédente, s'était échappé de justesse d'une baraque en flammes.

« Tu te souviens d'hier soir ? dis-je. Tu étais plutôt en vrac.

– Tu sais, je ne voulais pas vraiment mettre le feu à toutes ces baraques. Juste à celle-là.

– Excusez-moi, dit Flapp, mais pourrions-nous décider de quelques règles importantes ?

– Relax, Flappy, répliqua Soupy. Ça concerne pas l'affaire. C'est personnel. J'ai juste quelques trucs à lui dire.

– Splendide, dit Flapp, les muscles de sa mâchoire crispés comme s'il grinçait des dents, mais vous voulez que tout le comté écoute votre conversation personnelle ?

– Gus et moi, on s'en sortira.

– Une fois que c'est dans le journal, c'est la foire...

– Écoutez, dis-je, on peut faire ça en *off*, et s'il y a quelque chose que je veux vraiment utiliser, je passerai par vous d'abord, Terence. »

Flapp regarda Soupy.

« Très bien.

– Génial, dit Soupy. On se voit dans un moment, Flappy.

– Vous voulez que je sorte ? » fit Flapp.

Il avait l'air horrifié.

« C'est hors de question. Je ne peux pas conseiller ça à mon client.

– OK, tu ne l'as pas fait, dit Soupy. Je veux parler avec mon pote seul à seul. »

L'avocat ramassa sa serviette et sortit, en secouant la tête.

Soupy s'enfonça un peu sur sa chaise et regarda le plafond où des ampoules brillaient dans de petites cages.

« Les choses sont plutôt niquées, Trapézoïde.

– Ouais.

– Comment est Boynton ?

– Pas mort.

– Ce salaud l'avait cherché.

– Ouais », dis-je.

Soupy m'observait pendant que je sortais stylo et carnet.

« Et Coach, Soup ? Est-ce que Coach l'avait cherché ?

– Tu parles comme Dingus. Putain, vieux, il me lâche pas. »

Je commençais à douter que Dingus puisse vraiment croire que Soupy ait tué Blackburn. C'était plutôt comme s'il avait arrêté Soupy pour le secouer un peu.

Mais j'allais lui demander quand même.

« Est-ce que tu as tué Coach, Soupy ? »

Il éclata de rire.

« Bon Dieu, Trap, c'est *moi* qui ai demandé que tu viennes ici.

– Tu l'as fait, ou pas ? »

En général, je ne commençais pas par poser les questions les plus importantes, mais j'avais déjà gaspillé assez de temps avec Soupy et ses manigances.

« Trap, dit-il, ne le fais pas. N'essaye même pas.

– N'essaye pas quoi ?

– De me sauver. »

Je savais ce qu'il voulait dire.

« Je n'essaye pas de te sauver, dis-je, tu peux sauver tout seul ton pauvre cul désespéré.

– Très bien, dit-il. Alors, écoute, soit je n'ai pas besoin d'être sauvé, soit je suis bien au-delà de tout sauvetage. Donc, contente-toi d'oublier tout ça. Je t'ai demandé de venir parce que je veux te dire quelque chose.

– Et pourquoi tu ne me dis pas tout simplement la putain de vérité ? »

Soupy posa doucement sur la table ses mains menottées et bandées.

« Non, dit-il. D'accord ? Je n'ai pas tué Blackburn. Mais je vais te dire un truc, je regrette de ne pas l'avoir fait. J'aurais dû le faire.

– Donc, c'était Leo ?

– Non, non. Leo me protégeait. Leo... »

Soupy pencha soudain la tête en avant. Il essayait de se reprendre. Je décidai de changer de sujet.

« Boynton t'a fait chanter, pas vrai ? » dis-je.

Soupy secoua la tête, embarrassé.

« L'enculé, dit-il. J'aurais dû le laisser faire. Peut-être qu'il roupillerait dans mon propre lit maintenant.

– C'était pour ça tout le truc de l'autre soir, non ? Quand tu es venu chez moi complètement défait ?

– Trap, c'est pas pour tout ça que je t'ai demandé de venir. Mais puisque tu le demandes, souviens-toi comment Boynton et moi on se cherchait l'autre nuit chez Enright's ? Le dimanche matin, il débarque chez moi. Rappelle-toi bien que tout ça, c'est à propos de cette putain de marina. Il dit, écoute, faut qu'on arrive à régler ça, blablabla...

– Je sais. Il devait te donner une minuscule part du gâteau, et tu devais aller dire au bureau de l'aménagement d'entériner la nouvelle marina.

– Comment t'as su ?

– Aucune importance. Donc, Boynton débarque le dimanche matin...

– Il apporte des petits pains de chez Audrey, bon sang de Dieu. Il veut du café, mais tout ce que j'ai c'est de la Blue Ribbon, donc on en boit deux, trois avec les petits pains et il me dit que je devrais reconsidérer les choses et je lui dis, en gros, d'aller se faire voir. Je sais que je ne suis pas si balaise dans la gestion de la marina, mais c'est tout ce que je possède. Et Boynton dit : eh bien, tu devrais reconsidérer certaines nouvelles infos. »

Je calculais mentalement à toute vitesse. À ce moment, Joanie avait parlé avec Boynton, et Boynton avait parlé avec Darlene, ou essayé. Une sorte de chambre d'écho au service du chantage. Je dis à Soupy :

« Il t'a dit que le *Pilot* allait sortir quelque chose de grave à propos de Coach.

– Ouais. Sur... »

Il s'arrêta net.

« Je ne veux pas parler de ça. »

Je n'avais pas besoin qu'il en parle juste à cet instant.

« Donc, tu lui as dit, en gros, que tu acceptais le deal, non ? Tu étais censé aller au bureau de l'aménagement et leur dire que sa marina était parfaite et épatante.

– Quelque chose comme ça, oui.

– Est-ce que tu as dit autre chose à Boynton ?

– Sur quoi ?

– Sur n'importe quoi, Soupy. Sur Blackburn et Leo, n'importe quoi qui s'était passé dans ces putains de cabanes que t'as voulu incendier.

– Je me rappelle pas.

– Va te faire foutre ! Tu n'as pas entendu la proc dire qu'elle avait un témoignage de quelqu'un avec qui tu avais parlé très récemment ? Mais qui tu penses que c'est, bordel ?

– Désolé.

– Pourquoi tu n'es pas venu à la réunion du bureau de l'aménagement ?

– J'avais prévu de le faire, vraiment. Mais je vais faire affûter les lames de mes patins, comme je fais toujours, et Leo n'est plus là. Le hangar de la Zamboni est complètement nettoyé. Je me dis qu'il a filé parce que Boynton est allé raconter aux flics ce... Ce qu'il savait. Donc, je vais voir Boynton et je pète un câble. Il me jure qu'il n'a pas parlé, mais il ajoute que je ferais mieux de ramener mon cul à la réunion, sinon il va y aller seul. Mais à ce moment, je me dis qu'il aille se faire enculer, tout est foutu, donc je ne vais pas au bureau de l'aménagement. Et après... »

Tout son sang quitta soudain son visage.

« Enfoiré de Leo, mec.

– Soup, dis-je, Leo était mon ami aussi. Je hais ce qui lui est arrivé. Mais crois-tu que ce soit possible, même de très loin, qu'il ait tué Blackburn ? Est-ce que c'est pour ça qu'il s'est suicidé ? Tu disais qu'il te protégeait. De quoi ? Qu'est-ce que Teddy savait ? Pourquoi est-ce que tu l'as laissé payer ta caution ?

– Pour que je puisse aller incendier cette putain de cabane.

– Soupy. »

Je tendis le bras au-dessus de la table pour serrer son épaule. Puis je parlai aussi lentement et calmement que je pouvais.

« Je sais, OK ? dis-je. Je sais ce qui se passait dans les "planques". Je sais tout sur Coach et Tillie et ce que tu voulais dire l'autre soir à propos du bourbon.

– Quel bourbon ?

– Gentleman Jack.

– Oh, putain, dit Soupy en reculant brusquement son épaule.

– Tout va bien, Soup. Tu n'étais qu'un gamin. »

Il fixa le vide pendant un moment. Puis il s'essuya le visage avec sa manche et posa ses coudes sur la table.

« Très bien, dit-il, pose ton stylo une minute.

– Pourquoi ?

– Pose ton stylo, je te dis. »

J'obéis. Et Soupy me raconta ce qu'il avait vu cette nuit-là, avec Blackburn et Leo dans les bois entre les deux lacs, Starvation et Walleye.

27

Cette nuit de mars 1988, le pistolet était froid dans la paume de Soupy. Il le tenait sans le serrer, malgré sa nervosité, au fond de sa poche de manteau quand il émergea des arbres à la lisière de la clairière.

« Salut », dit-il.

Jack Blackburn et Leo Redpath l'entendirent à peine à cause du crépitement du feu dans le vieux couvercle de bidon d'huile. La lueur des flammes jouait sur leurs visages là où ils étaient assis sur leurs motoneiges.

« Regarde qui est là, dit Blackburn. Ce bon vieux Cygne.

– Le soldat revient au bercail, dit Leo en levant une bouteille plate et transparente. Bienvenue à la maison, Mr. Campbell. Venez trinquer aux ides de mars. Nous les célébrons très tôt cette année. »

La neige qui lui arrivait aux genoux collait comme de la boue lorsque Soupy s'approcha des deux hommes. Il transpirait. Il avait pris du courage chez Enright's.

« Quoi de neuf, Jack ? » dit-il.

« Quoi de neuf, Jack ? dis-je à Soupy. Tu as un flingue dans la poche et tu dis : "Quoi de neuf, Jack ?"

– Essaye de comprendre, me dit Soupy. Putain, je savais absolument pas ce que je faisais. J'ai failli péter un boulon d'entrée de jeu.

– Failli ? »

Il balança la tête.

« Qu'il aille se faire enculer, Trap. J'espère qu'il grille en enfer. »

« Jack ? » dit Blackburn.

Il souriait et il leva sa propre bouteille pour la porter à ses lèvres. Ses cheveux étaient aplatis d'avoir porté son bonnet de laine et le casque qu'il tenait sur ses genoux.

« Comment a été la saison, mon Cygne ? Toujours à Harrisburg.

– Hershey », répondit Soupy.

Sa dernière saison de junior. L'alcool tournait et brûlait dans son ventre. Il tremblait tellement qu'il lâcha la crosse du pistolet et laissa sa main dans sa poche.

« J'ai été blessé. »

Blackburn émit un grognement.

« Je l'aurais parié. Tu n'étais jamais très attentif à ta condition physique. Tout ce que tu voulais, c'était jouer. »

Il but une autre gorgée.

« Tu voulais juste frimer devant les filles, hein ? »

Leo et lui se mirent à rire.

Soupy sentit la colère monter et il reprit le flingue en main, son index posé sur la détente.

« Champy m'a dit de te saluer, Jack, dit-il.

– Pardon ? »

Soupy entendit un bruit dans les buissons derrière lui. Il regarda, gardant la main dans la poche, mais ne vit rien.

« C'est juste un daim qui veut une bière, dit Blackburn. Il te fera pas de mal, mon Cygne.

– Tu ne te souviens pas de Champy, Jack ?

– Qu'est-ce qui t'a énervé comme ça ? dit Blackburn. Qui ?

– Champy, Jack. Il jouait avec les Rats. Tu l'avais viré, tu te souviens ? Mais, c'est devenu un vrai joueur.

Bonnes jambes. Des mains incroyables. Meilleures que les miennes. »

Blackburn posa sa bouteille sur son genou.

« J'avais un tas de joueurs, ici et là-haut aussi. Je ne me souviens pas de tout le monde. Mais personne n'avait des mains meilleures que les tiennes.

– Il avait l'étoffe pour devenir un grand, Jack, dit Soupy. Mais il est fini, maintenant. Comme moi. Il était déjà bien entamé quand il est arrivé à Hershey cette année. Tu sais, Jack, quand nous avions trois jours de break entre les matchs, Champy pouvait s'envoyer un tas de coke plus gros que ta tête.

– Je suis navré d'entendre ça. Mais où veux-tu en venir ?

– Quand Champy est arrivé à Hershey, je ne l'avais pas revu depuis des années. On a beaucoup parlé, Jack. Beaucoup parlé de toi. »

Blackburn fit passer la bouteille sur son autre genou.

« T'es inquiet ? fit Soupy. Tu peux très facilement imaginer de quoi on a parlé, hein, Jack ? Tu pensais probablement que personne n'en parlerait jamais. Tu te gourais. »

Leo se redressa. Blackburn le regarda, puis ses yeux revinrent vers Soupy. Il dit :

« T'as passé la soirée chez Enright's, hein, mon Cygne ?

– Putain, ne m'appelle plus jamais comme ça !

– Soupy, dit Leo, qu'est-ce qu'il y a ?

– Du calme, Leo, dit Soupy. Joue pas au con avec moi, Jack. T'étais resté très proche de Champy, pas vrai ? Très, très proche. Ses parents ont dû adorer que tu l'aides à grimper jusqu'à l'équipe nationale du Michigan. Je me demande ce qu'ils auraient pensé des visites que tu lui faisais de temps en temps. Tu crois qu'ils auraient été heureux de savoir que tu baisais leur fils ? Hein, Jack ?

– Jack ? » fit Leo.

Blackburn revissa le bouchon de sa bouteille.

« Allons-y, Leo. Ce gamin a trop picolé.

– Non », dit Soupy en faisant un pas en avant.

Il sortit le flingue et le braqua sur Blackburn.

« Bordel de merde ! » fit Blackburn.

Leo fit un pas vers Soupy.

« Mon Dieu, fiston... »

Soupy lui fit signe de reculer d'un mouvement de son arme.

« Assieds-toi, Leo. T'as rien à voir avec ça. Il s'agit seulement de Jack. Et de Champy. Et de moi.

– Qu'est-ce que tu veux ? demanda Blackburn.

– Ah, fit Soupy, quoi que je puisse vouloir, Jack, putain, c'est trop tard pour que tu me le donnes. Ou que tu me le rendes.

– Tu sais quoi ? Je pense que t'es bourré, hein ? Je pense que t'en as ras le bol de ta petite carrière de merde, et que tu aimerais en rendre quelqu'un coupable. Tu ferais mieux de te regarder dans une glace, non ? Quant à ton ami, Champy ou autre, je ne vois pas de quoi tu parles. »

Des larmes avaient commencé à briller dans les yeux de Soupy. Il baissa le flingue pour le braquer sur l'entrejambe de Blackburn.

« C'est quoi, son nom, Jack ?

– Range ce flingue, mon Cygne.

– Je vais te faire sauter la bite, Jack. »

Blackburn baissa la voix.

« Espèce de petite merde. Je n'ai jamais rien fait contre ton gré.

– Jack ? fit Leo.

– C'est quoi, son nom ? répéta Soupy.

– Jeff, dit Blackburn, Jeff Champagne, ça te va ?

– Va te faire enculer, Jack. »

Le coup partit en même temps que Blackburn faisait une culbute en arrière dans la neige. La balle le manqua et s'enfonça dans la motoneige. Soupy visa pour tirer à nouveau, mais Leo avait bondi vers lui en criant : « Soupy, bon Dieu ! » Blackburn se releva derrière sa motoneige et balança sa bouteille à la tête de Soupy. Soupy se baissa à l'instant même où quelque chose le frappait fort derrière l'oreille gauche et il tomba. En une seconde, Blackburn était sur lui, le flingue à la main. Il saisit Soupy par le col de son manteau tout en lui braquant le flingue sur la figure.

« Espèce de petite merde », dit-il.

Il enfonça le canon du pistolet dans la bouche de Soupy. Le métal cogna contre ses dents.

« Suce ça », dit Blackburn.

Soupy ferma les yeux. Il entendit une autre voix crier, peut-être celle de Leo, il n'en était pas sûr.

« Lâche ce gamin ! »

Et ensuite une autre voix – pas celle de Leo, ni celle de Blackburn, une voix qu'il ne parvint pas à reconnaître, dans l'hébétude de son ivresse –, cette voix dit :

« Tu as été trop loin, Jack, putain. Beaucoup trop loin. »

Puis Blackburn poussa un cri et il cessa de peser sur la poitrine de Soupy. Soupy entrouvrit les yeux, vit Leo debout, le flingue à la main et Blackburn assis dans la neige, se frottant l'arrière de la tête.

« Relève-toi, Soupy », dit Leo.

Soupy se remit difficilement debout. Du sang coulait de son oreille gauche. Leo pointa le flingue vers Blackburn. Il tremblait dans sa main.

« Tu m'as menti, Jack, dit Leo. Tu n'as pas arrêté.

– Leo, bon Dieu, tu m'as frappé, grogna Blackburn.

– Tu avais dit que tu arrêterais.

– C'est pas ma faute si sa vie est complètement merdique.

– Ça suffit », dit Leo.

Avec le canon du flingue, il flanqua un coup dans l'œil de Blackburn, bizarrement, comme s'il ne voulait pas lui faire vraiment mal. Blackburn grogna et tomba dans les pommes, son sang tachant la neige de rouge. Leo se tourna vers Soupy.

« Fous le camp d'ici.

– Qu'est-ce que tu vas faire ? dit Soupy.

– Va-t'en, c'est tout. »

« J'ai couru comme un dingue, me dit Soupy. Il a fallu que je gerbe avant d'atteindre mon pick-up.

– Tu as entendu quoi que ce soit ? »

Il marqua un temps d'arrêt. Puis il dit :

« Un coup de feu.

– Un seul ? Tu ne t'es pas retourné ?

– Pas question. Je ne me suis même pas arrêté.

– Juste un ?

– Ouais. »

Cela faisait deux balles seulement, comme la police l'avait conclu : une dans la motoneige, une dans la tête de Blackburn. La balle que Perlmutter avait soi-disant trouvée enfoncée dans un arbre n'entrait pas en ligne de compte. Y avait-il deux balles ou trois ? Trois personnes, ou quatre comme Perlmutter l'affirmait ?

« Comment ça se fait que personne d'autre n'ait entendu les coups de feu ? demandai-je.

– Quelle différence ça fait ? Plein de connards bourrés passent leur temps à tirer dans les bois, par ici.

– Et les deux seules personnes sur place, c'était Blackburn et Leo ?

– Les seules que j'ai vues. J'ai peut-être entendu quelqu'un d'autre, mais j'en suis pas certain.

– Tu n'as pas entendu quelqu'un d'autre partir en courant ? »

Il fit non de la tête.

Même si je n'avais jamais entendu cette histoire, ni jamais imaginé quelque chose d'approchant, elle était si logique, en un sens, que j'en avais une très étrange impression de déjà-vu, comme si j'avais été là-bas moi-même, voyant tout depuis la lisière des bois.

La porte s'ouvrit. D'Alessio passa la tête.

« Carpenter, dit-il.

– On a encore du temps.

– Viens une minute. »

Dans le couloir, il regarda autour de nous pour s'assurer que personne n'écoutait.

« On a reçu un appel de la police d'État, dit-il d'une voix irritée. Ils réclament notre assistance au cas où ils devraient procéder à une arrestation.

– Ah ouais ?

– Ils voulaient savoir où tu résidais, Gus. »

Superior Motors. Voilà ce que pouvait faire une firme qui vendait à la police d'État un tas de voitures au rabais. Ma montre indiquait que j'avais encore plus d'une heure avant de balancer le nom de ma source.

« OK, dis-je.

– Je ne sais pas dans quel bordel tu t'es mis avec les mecs de l'État, ni pourquoi le shérif s'en soucie, mais il m'a dit de te le dire. Maintenant, tu le sais. »

Je revins m'asseoir avec Soupy.

« Et ce pacte de suicide que Blackburn et Leo auraient soi-disant conclu ? » dis-je.

Soupy secoua la tête.

« C'est des conneries. Pourquoi est-ce que Leo aurait fait un pacte comme ça ? Il n'avait aucun rôle dans la merde qui avait lieu dans les "planques".

– Tu es sûr qu'il ne tenait pas la caméra ? »

C'était sorti tout seul.

« Quelle caméra ? fit Soupy.

– Merde », dis-je.

Je lui racontai ce que j'avais vu.

« Je les ai trouvés complètement par hasard.

– Et tu les as regardés par hasard aussi ? dit Soupy.

– Soup, personne d'autre ne les a vus, à ce que je sais. Blackburn si, forcément, mais il est mort.

– Putain, mec, t'en fais pas pour ça. »

Soupy recula sa chaise.

« Tout le monde a probablement vu ces trucs.

– Qui ça tout le monde ?

– Tous ces putains de pervers tordus qui bandent pour ce genre de merde.

– Comment ?

– Blackburn. Cet enculé les vendait, il se faisait du fric avec. »

Ainsi, Soupy savait tout depuis toujours.

« Non ! dis-je.

– Comment tu crois qu'il pouvait se payer toutes ces baraques, Trap ? Bordel, c'était juste un mec qui installait l'air conditionné ! Il vendait ces films. À qui veut acheter ce genre de merde.

– Comment tu le sais ?

– Leo. Jack l'avait branché quand il a commencé. Tu connais Leo ; il a suivi. C'était un mec génial, mais cette merde porno lui a tourné la tête, mec, il s'est mis à adorer ça, comme une drogue. Finalement, il a été voir un psy. Ça lui a pris un moment, mais il allait mieux. Il a essayé de soigner Jack aussi, mais Jack faisait juste semblant d'aller mieux. C'était un malade de la baise, incurable. Il continuait à déconner avec Champy, pendant que Leo pensait que tout était fini. Et alors, cette nuit-là, près du feu, quand Leo s'en est aperçu, ils ont pété un câble tous les deux. Leo ne m'a jamais raconté ce qui s'est passé après que je m'étais tiré en courant. Mais ces deux dernières années, il essayait de m'aider à retrouver ces films.

– Comment ?

– La technologie moderne, mec. La Toile.

– Internet ? Tu peux projeter ces films sur Internet ?

– Nan, mais ils peuvent en extraire des images. Et bien évidemment, toutes les ordures qui adorent cette merde peuvent communiquer très vite et très facilement sans laisser beaucoup de traces. Bref, Leo pensait qu'on pourrait peut-être retrouver mes films, ou les mecs qui les avaient, et peut-être les racheter. C'était plutôt stupide. Comme si on allait racheter tous les petits morceaux de moi qui traînaient sur la Toile. On n'en a jamais trouvé un. Mais il y avait plein de porno. Des petits garçons. Des petites filles. Des chats. Des chiens. Des canards. Des cochons. Des putains de cochons, mec. Le monde entier est devenu un putain de show porno de monstres. »

Il s'arrêta et réfléchit un instant.

« Leo s'est à nouveau retrouvé accro à cette merde. Il disait que c'était pas un problème. Mais c'était un gros problème. Je regrette. J'aurais dû balancer son putain d'ordinateur dans le lac avec Blackburn. »

Ainsi, toutes ces maximes accrochées au-dessus de l'établi de Leo n'avaient rien à voir avec l'alcool, mais avec la pornographie. Peut-être avait-il effectivement tenu la caméra dans les « planques ». Peut-être qu'il s'était attendu à ce que tout ce qu'il avait dans son ordinateur atterrisse au tribunal. Peut-être qu'il s'était suicidé simplement parce qu'il étouffait de honte pure.

« Leo ne t'a jamais raconté ce qui s'est passé ?

– Jamais.

– Allons...

– Non. On n'a jamais dit un mot, ni l'un ni l'autre. Même quand on partait en chasse avec son ordinateur, on faisait comme si cette nuit-là n'avait jamais eu lieu.

– Donc, tu savais depuis toujours que l'accident de motoneige était une connerie ?

– Ouais. Et ça te fait bien chier, hein, Trap ? Désolé, mec. T'as ton boulot, j'ai le mien. Leo m'a sauvé ma putain de vie. Je ne pouvais pas risquer de lui attirer des ennuis. Et en fait, finalement, je l'ai fait quand même. »

J'enrageais de ne pas avoir d'autre choix que de tenter de comprendre.

« Et cette autre voix que tu as entendue cette nuit-là ? C'était Leo ?

– Je sais pas. Peut-être. J'étais complètement pété.

– Donc, il y aurait pu y avoir quelqu'un d'autre là-bas ? C'est ça que tu penses ?

– J'en sais rien. Pourquoi t'arrêtes pas de me demander ça ?

– Quelqu'un... J'ai entendu dire qu'il y avait peut-être quelqu'un d'autre.

– Par qui ? Par Boynton ?

– Non.

– Eh ben, alors, putain, Trap, peut-être que c'était Boynton là-bas. Sans doute qu'il était en retard pour apporter les marshmallows à griller sur le feu !

– Tu sais, dis-je, peut-être que c'était lui, oui. Il a vraiment l'air d'en savoir un paquet sur toute cette histoire. Assez pour te faire chanter et mettre Leo dans la merde avec les flics. Je me demande si c'est lui qui les a renseignés sur l'ordinateur. Tu crois qu'il aurait pu être au courant de ça ?

– Oh, putain, mec, dit Soupy. Écoute... »

La nuit précédant la fameuse finale, Blackburn demanda à Soupy et Teddy de quitter le reste de l'équipe et de venir dans sa maison. En buvant un chocolat chaud dans la cuisine, ils discutèrent de la manière dont ils allaient marquer Billy Hooper. Soupy faisait valoir qu'il était assez rapide pour coller à Hooper. Coach disait qu'il pensait que Teddy pouvait le faire. Teddy restait assis là, souriant, laissant Coach parler pour lui.

Coach dit qu'il y réfléchirait, que la nuit portait conseil. Il dit à Soupy de regagner les cabanes et d'aller se coucher, que Teddy le rejoindrait bientôt.

Soupy finit par s'endormir juste au moment où Teddy rentrait.

Le matin suivant, Teddy s'installa juste à côté de Soupy dans le bus qui partait pour la patinoire. Soupy regardait par la fenêtre. Teddy se pencha et lui chuchota : « Devine ce que j'ai regardé, hier soir ? »

« Donc, il savait tout ?

– Presque tout. Et il adorait ça. Il m'a dit que si jamais je l'emmerdais, il le raconterait à la Terre entière. »

Les films repassaient dans ma tête.

« Blackburn devait avoir dit le même genre de truc à Boynton, Soup », dis-je.

Il ricana amèrement.

« Peut-être que j'étais jaloux, tout simplement.

– Pourquoi tu ne l'as pas dit à quelqu'un ?

– Pourquoi je l'ai pas dit, pauvre con ? Tu crois que j'en étais fier ?

– Ce n'était pas ta faute, Soupy. Pourquoi ne pas le raconter à quelqu'un ?

– Je l'ai dit à mon putain de père, OK ? Et, comme tu peux facilement l'imaginer, il s'est montré tellement compréhensif... D'abord, il a tout voulu savoir sur les nichons de Tillie, puis il m'a dit d'arrêter d'inventer des trucs. Je n'ai jamais remis ça sur le tapis.

– Et ta mère ? »

Il secoua la tête.

« Tu n'as jamais parlé de tout ça à personne ?

– Non.

– Même pas à Flapp ?

– Si peu.

– Mais à quoi tu penses, bordel, Soup ? Tu crois que tu dois aller en taule pour Leo ? Leo est mort, et tu ne le ramèneras pas.

– Tu sais, dit-il, tout ça n'a rien à voir avec ce qui t'amène ici. Je voulais te parler de quelque chose d'autre. Alors ferme-la un peu, putain. »

Il essaya de se lever, mais la chaîne et les anneaux qu'il avait aux chevilles rendaient ses mouvements difficiles.

« Tu sais, dit-il, ce mec était mon coach. Je faisais ce qu'il disait. Tu faisais ce qu'il disait aussi, Trap. Tu vénérais ce mec et tu aurais très bien pu te retrouver sur cette table à ma place. Je le vénérais aussi. Il m'a fait me sentir comme si j'étais une putain de célébrité par ici, tu vois ce que je veux dire ? J'étais le meilleur. Va voir chez Enright's une fois, et compte qui a le plus de photos sur les murs.

– C'est ça que tu voulais me dire ?

– Non. »

Il laissa échapper un long soupir triste.

« Ah, bon Dieu, Trap.

– Quoi ?

– Tu te souviens du tir façon la crosse ?

– Pendant la finale ?

– Ouais. Je l'ai loupé, mec.

– Je sais. Tu as touché la transversale.

– Non, mec. J'aurais pu faire ce coup mille fois les yeux bandés. Une fois, j'en ai fait cent de suite dans mon garage. Mais j'en avais ras le bol du monde entier. J'ai visé la transversale. »

J'entendis encore le cliquetis du palet sur la barre tandis que mes jambes me faisaient me lever de ma chaise, toutes seules. Je revis le palet tomber sur la glace devant moi. Je revis l'œil mort de Hooper, je me sentis paralysé, vis le palet rouler dans la cage, entendis le rugissement écœurant de la foule.

« Tu l'as loupé exprès ?
– Désolé, mec.
– Tu ne me l'avais jamais dit.
– Je te le dis maintenant.
– Merci, dis-je en remettant mon carnet dans ma poche. Je suis sacrément désolé pour tout ce qui t'est arrivé, Soup. Bonne chance. »

Une fois dans mon pick-up, je regardai fixement mon volant. Je me mis à hurler aussi fort et aussi longtemps que je pouvais. Juste une fois. Personne ne pouvait m'entendre, enfermé dans l'habitacle de mon véhicule et avec le vent qui soufflait dehors.

J'allai me garer près d'une grosse benne à ordures verte derrière le supermarché. Je sortis et j'ouvris le couvercle, puis je me penchai sur le plateau arrière et j'ouvris la fermeture Éclair de mon sac de hockey. Je pris chaque élément de mon équipement raidi par le gel – jambières, cuirasse protectrice pour la poitrine, protège-bras, masque, pantalons larges, patins, mitaine – et je les flanquai tous, un par un, dans la benne puante. Eggo arriva en dernier. Un morceau d'adhésif noir brillant était resté collé au pouce, là où la mère de Darlene l'avait recousu. Je passai ma main dans le gant et le tendis devant moi, pliai mes doigts à l'intérieur, le tournai d'avant en arrière comme je l'aurais fait pendant les échauffements avant un match. J'ouvris la portière de mon pick-up et jetai ma « gaufre » sur le plancher. Puis j'attrapai mon sac de hockey vide et le balançai dans la poubelle avant de claquer le couvercle et de m'en aller.

28

Quand j'entrai au *Pilot*, Tillie était debout devant mon bureau. Elle portait une robe turquoise pâle qui descendait jusqu'à ses genoux, une écharpe de soie blanche, et des bottes en caoutchouc encore luisantes de neige fondue. Elle était légèrement voûtée, les épaules ramenées vers sa poitrine. Je me forçai à la regarder. Elle n'était ni plus ni moins l'instrument de Blackburn que Soupy ou Teddy. Elle avait monté la garde pour les films. Elle avait appelé Kerasopoulos pour arrêter l'article de Joanie. Peut-être avait-elle aimé Blackburn, aussi.

« Bonjour, dis-je.

– Tes amis de la grande ville n'arrêtent pas d'appeler, dit-elle, en me tendant deux feuilles roses *En votre absence*. Ça, c'est Chicago encore, et ça, c'est ce Mr. Trenton. Et Jim Kerasopoulos. Il a dit qu'il avait été coupé.

– J'ai vu que ton article sur le catch a fait la une.

– Je n'ai pas encore ouvert le journal.

– On dirait que quelqu'un à Traverse City a sabré l'article de Joanie.

– Eh bien, peut-être que ce quelqu'un avait un peu de bon sens, l'a lu et a décidé qu'il ne convenait pas dans un journal familial. »

Je me dirigeai vers mon bureau. Après ma précédente conversation avec Kerasopoulos, je me disais que je n'en avais plus pour longtemps au *Pilot*. Peut-être un jour ou deux encore pour essayer de faire passer un peu de vérité dans le journal. Starvation Lake devait l'entendre. Comment Blackburn était réellement mort. Ce qui se passait dans ses « planques ». Comment la nouvelle marina, si Boynton prévoyait vraiment d'en construire une, serait ancrée dans un passé sordide. Certains diraient qu'il était inutile de révéler ces secrets. Je me demandais si quelques-unes de ces personnes les connaissaient déjà, ou les soupçonnaient au moins. Je les blâmais à la fois pour ne pas savoir et, s'ils étaient au courant, pour ne pas y avoir mis un terme il y a des années. Je supposais que j'étais également à blâmer. Kerasopoulos avait dit une chose juste : j'étais là à l'époque. Pourquoi n'avais-je rien vu par moi-même ? En quelques jours, tous ces gens que je croyais connaître – Coach, Leo, Tillie et même Soupy – s'étaient transformés. Je voyais maintenant des étrangers traverser ma mémoire. Peut-être qu'ils étaient là depuis longtemps et que j'avais refusé de le voir. Ça suffit, me dis-je.

J'avais un problème, pourtant. La police de l'État était prête à me tomber dessus si je ne révélais pas le nom de ma source. Je ne pourrais jamais faire passer l'enquête sur Blackburn dans le *Pilot* depuis la prison. Mais je ne savais pas encore si je pouvais me résoudre à balancer ce nom. J'étais dans ce pétrin parce que j'avais enfreint les règles de mon métier. Et maintenant, il fallait que j'en enfreigne une autre pour m'en sortir ? Dans ma tête, je ressassais ce que Soupy m'avait raconté. Tout commençait à suivre sa propre logique perverse et dégueulasse. Mais est-ce que tout était vraiment tel quel ? Soupy me disait-il toute la vérité ? Il m'avait caché cette histoire pendant des années et il pouvait très bien omettre encore des choses. Ou il ne savait peut-être pas l'entière vérité.

Il me restait vingt-trois minutes pour décider quoi faire. Je regardai le message du *Chicago Tribune* et me demandai une fois de plus si cette bonne femme appelait à propos de mes problèmes de Detroit. Peut-être qu'elle pourrait m'aider. Je composai son numéro. Pendant que son téléphone sonnait, je fixais sans le voir ce que j'avais griffonné sur mon buvard plus tôt ce matin : « Richard Ltd. »

« *Chicago Tribune*. Sheryl Scully.

– Bonjour. C'est Gus Carpenter, du *Pine County Pilot*. »

Richard, pensai-je. Un nom français. Canadien français.

« Merci de me rappeler, dit Sheryl Scully. Je vous ai appelé pour vous poser quelques questions sur une de vos journalistes : Mrs. Joan McCarthy ?

– Joanie », dis-je.

Mais je pensais encore à Richard. Comme les grands Canadiens de Montréal, Maurice « The Rocket » Richard, et Henri « The Pocket Rocket » Richard.

« Êtes-vous son supérieur direct ?

– Je suis son unique supérieur, répondis-je, mais j'écoutais à peine, je me disais que Blackburn avait appelé son bâtard Pocket, d'après le surnom d'Henri Richard, son joueur favori de la NHL.

– Je vois, dit Sheryl Scully. Nous avons une place dans l'un de nos bureaux de la banlieue, que nous envisagions de lui proposer. Qu'est-ce que vous pouvez me dire d'elle ? »

Une image du chien apparut soudain dans mon crâne. Je le vis assis sur notre banc en train de nous regarder nous entraîner, sa tête tournant d'un côté à l'autre en suivant les mouvements du palet.

« Mr. Carpenter ?

– Oh, excusez-moi. Est-ce que vous allez l'engager ?

– Elle est sur notre liste. Ses articles semblent prometteurs. »

Joanie allait vraiment partir. J'aurais dû ressentir de l'envie à ce moment. Mais, dans ma tête, l'image de Pocket bondissait en aboyant. Richard, songeai-je. Comme le bâtard de Blackburn, comme son joueur favori, comme Richard Ltd., la compagnie de Virginie qui possédait la propriété de Blackburn.

« Oh, putain de Dieu ! m'exclamai-je.

– Je suis désolée, dit Sheryl Scully, nous ne sommes pas vraiment en train de voler vos journalistes, Mr. Carpenter. Est-ce que c'est... Est-ce que c'est une approbation ?

– Mrs... euh... je vous demande pardon ?

– Scully.

– Mrs. Scully, il va falloir que je vous rappelle. Je suis en plein bouclage. »

Je me rendis près du bureau de Joanie pour fouiller dans le tas de papiers sur le sol. Je trouvai celui qui parlait de Richard Ltd., avec une adresse et un numéro de téléphone à Springfield, Virginie. Je revins à mon bureau pour appeler le numéro.

La ligne était coupée.

Je m'emparai de la première page du *Pilot* et je regardai à nouveau les dates qui m'avaient ennuyé sous la photo de Blackburn. « 19 janvier », me dis-je. Sa date de naissance. Je fouillai le fatras sur mon bureau et finis par retrouver la note de téléphone avec tous ces appels longue distance. Je fis courir mon doigt sur la liste. L'appel que je cherchais avait été passé dans une ville baptisée Fairfax, Virginie. Code téléphonique de la zone : 703. Il y en avait eu pour 57,28 dollars. Cent soixante-seize minutes de communication. La date : 19 janvier.

Je voulais appeler le numéro en Virginie immédiatement, mais la pendule marquait 11 h 51. Je composai le numéro de Trenton. Je ne pouvais pas me faire arrêter maintenant.

« Faut toujours que t'exagères, pas vrai ? » dit-il.

Tillie apparut.

« Ne quitte pas, dis-je à Trenton. Quoi ?

– Joanie te fait dire qu'elle est chez Audrey's, dit Tillie.

– OK », dis-je.

Je la regardai sortir de la pièce.

« Scott ? »

Il était 11 h 52.

« Tu voulais un nom ? Le voilà.

– Attends, dit-il. Je sais ce que je t'ai conseillé, mais tu es bien sûr ?

– Quel choix ai-je ?

– Tu dis que ça va te coûter ta carrière.

– Aller en taule ne va pas m'aider beaucoup non plus. »

Plus que sept minutes.

« Tu as un crayon ?

– Ouais.

– OK, dis-je. Le nom – j'hésitai juste une seconde –, c'est Durnan. D comme Darlene, U comme Ursula, R comme Robert, N comme négatif, A comme arrestation, N comme Nada.

– Prénom ?

– William. Écrit normalement.

– Initiale intermédiaire ?

– Aucune idée.

– Son statut ?

– Le deal, c'était pour son nom.

– Très bien. J'ai à peu près trois minutes pour appeler Superior Motors. Serre les fesses. Tu as fait ce qu'il fallait, Gus. Ce mec est une ordure.

– Fais-moi une faveur, dis-je. Dis aux Hanover que je souhaite qu'ils s'en sortent le mieux possible. Dis-leur que tout ce qu'il y avait dans mes articles était vrai, et que je viendrai témoigner s'ils le souhaitent.

– Je le ferai.

– Et dis-leur que je suis navré.

– Pour quoi ?

– Pour ce qu'ils ont perdu, Scott. »

Je ne voulais pas que Tillie entende, je montai donc à mon appartement pour appeler la Virginie. La sonnerie retentit une fois, puis j'entendis une partie d'une annonce enregistrée.

« ... située juste au bord de la route 50 à Fairfax. Pour un itinéraire, appuyez sur 1. Pour la boutique pro... »

J'appuyai sur 0. Cela sonna encore quatre fois avant que j'entende la voix indifférente d'un ado.

« Fairfax, brailla-t-il.

– Bonjour, dis-je. C'est quoi, Fairfax ?

– Pardon ?

– Excusez-moi, mais c'est quoi, cet endroit où j'appelle ?

– Fairfax Ice House.

– Vous voulez dire que c'est une patinoire ?

– Euh, ouais. Je peux vous aider ?

– Comme une arène de hockey sur glace ? »

Il hésita, se disant probablement que le mec au bout du fil était complètement con.

« Ouais, une patinoire de hockey.

– Vous êtes ouverts quand ?

– Nous sommes ouverts maintenant.

– Non, je veux dire à quelle heure vous ouvrez ?

– À 7 heures la semaine, à 6 heures, les samedis et les dimanches.

– Donc, demain, vous ouvrez à 7 heures ?

– Ouais. »

Je raccrochai, fis le numéro de ma mère et tombai sur son répondeur. Bien sûr, j'arrivai à peine à suivre son message, mais j'en entendis assez pour me souvenir que c'était son jour de bowling. Après le bip, je dis : « Maman, il faut que je fasse un petit voyage. Tu entendras peut-être dire des choses sur moi, mais ne t'inquiète pas, OK ? Je t'aime. »

De retour dans la salle de rédaction, je pris mon manteau et passai en coup de vent devant Tillie, exactement comme si elle n'était pas là ; et je sortis. Après avoir fermé la porte derrière moi, je tapotai la poche contenant la photo de Perlmutter. J'étais empli d'un étrange mélange d'excitation et de peur. Leo avait dit à ma mère qu'il avait fait une chose terrible, cette nuit-là, en 1988. C'était terrible, effectivement. Pire que s'il s'était contenté de coller cette balle dans la tête de Blackburn. Mais cette balle n'avait jamais été tirée.

En traversant Main Street, je vis deux voitures bleu et or de la police d'État garées tête-bêche près de la marina. Les officiers avaient baissé leurs vitres et ils discutaient. Instinctivement, je rentrai la tête dans mes épaules.

Chez Audrey's, Joanie était au comptoir, picorant dans un gruyère suisse fondu-pain de seigle. Derrière elle était accrochée la vieille photo du grand Gordie Howe. Je m'installai à côté d'elle et chuchotai : « Je quitte la ville. »

Elle arrêta de mâcher.

« Maintenant ? Pour aller où ?

– Parle doucement s'il te plaît. »

Elvis Bontrager était assis à sa table habituelle, pas loin de nous.

« Juste deux jours, mumurai-je. J'ai un truc très urgent à faire.

– Pour notre enquête ? »

Je ne pouvais rien lui expliquer encore, et certainement pas chez Audrey's.

« En quelque sorte, dis-je. Je te mettrai au courant plus tard. Hé, Audrey ? »

Audrey sortit la tête de sa cuisine.

« Salut, Gussie.

– Vous pourriez me faire deux sandwichs thon-pain complet à emporter ?

– Toastés ?

– Non, merci. »

Joanie me prit le bras.

« Tu ferais mieux de ne pas aller à Detroit. Tu ne dois pas donner ta source.

– Non. Mais il faut que tu prennes le relais pour l'instant. Je me suis arrangé pour que Traverse City édite nos papiers, mais j'ai besoin que tu me fasses un article complet sur Blackburn. Il ne passera probablement pas demain, mais samedi, c'est certain.

– Gus...

– Ton meilleur papier, Joanie. Tout ce que tu sais. Mets tout dedans. Envoie-le directement à Traverse. Ensuite, je veux que tu appelles Kerasopoulos directement, et que tu lui dises ce que tu as envoyé. Assure-toi de bien l'avoir en personne au téléphone.

– Pas question que je parle à ce balourd.

– Fais ce que je te dis. Ce qui me fait penser à... »

Je me penchai plus près d'elle.

« Vois si tu peux retrouver un type nommé Jeff Champagne. Il vivait ici dans le temps. Il jouait avec moi pour Blackburn.

– Champagne ? Comme le truc pétillant ? Où il est ?

– Comme le truc pétillant. Et je n'ai pas la moindre idée d'où il peut être.

– En quoi ça me concerne ?

– Pense Brendan Blake.

– Non ?

– Si. Et le sujet sur Perlmutter, rédige-le.

– On ne lui avait pas promis de...

– Rien du tout. Rédige-le.

– Et les avocats ?

– Qu'ils aillent se faire mettre. Même s'il ne passe pas, tu pourras le montrer au *Chicago Tribune*. Une bonne femme de chez eux m'a appelé aujourd'hui. Je l'appellerai dès mon retour, et je dirai des bonnes choses sur toi. »

Joanie rougit.

« Hum, merci.

– Encore une chose. Je crois que je sais ce que Perlmutter essayait de nous dire.

– Laisse-moi deviner : c'est Bigfoot qui a tué Blackburn ? ironisa-t-elle.

– Il n'y avait que deux balles.

– Je sais ça, Gus.

– Non, tu ne le sais pas. Il n'y avait que deux balles – celle de la motoneige, et celle qu'il a trouvée dans le tronc d'arbre.

– Et la tête de Blackburn alors ? »

Je me levai.

« Écris tes papiers. Tu auras de mes nouvelles.

– Vaudrait mieux. »

La tempête qui s'approchait avait changé l'après-midi en crépuscule. Les voitures de la police d'État étaient désormais garées à chaque extrémité de Main Street. Alors que je traversais, de la fumée s'échappa du pot d'échappement de l'une d'elles. Ne te dépêche pas, pas encore, me dis-je.

Les clochettes de la porte tintèrent quand j'entrai au *Pilot*. Tillie était sortie. Je me retournai, tendis la main et arrachai d'un seul coup les agrafes qui tenaient les clochettes. Je les mis dans ma poche. Je m'arrêtai devant mon bureau pour prendre un carnet neuf et deux stylos. Tillie m'avait laissé un autre message de Trenton.

Il disait juste : URGENT. Je le balançai dans une poubelle près de la porte de derrière.

Dehors, la neige avait recommencé de tomber. Je nouai les clochettes à l'antenne de radio de mon pick-up, sautai à bord, et tournai par South Street en direction du lac. Je jetai un œil dans le rétro. Pas de flics de l'État. Pas encore. Je souris quand mon camion passa dans un trou et que les clochettes tintèrent. Je repensai à la photo de Gordie Howe chez Audrey's. Il levait sa crosse en arrière pour tirer sur un gardien des Canadiens de Montréal. Ce gardien était le meilleur de tous. Dans les années 1940, il avait remporté deux Stanley Cups, et participé au NHL All Stars six fois. Une fois, il était resté trois cent neuf minutes, y compris quatre matchs entiers, sans encaisser un seul but. Il s'appelait William « Bill » Durnan.

Au bord du lac, je pris à gauche sur Beach Drive. Je circulai entre deux murs de neige. Je mis les phares. J'espérais avoir une heure d'avance, le temps que Superior Motors comprenne que j'avais balancé un faux nom pour ma source. Mais lorsque la route arriva en haut de la colline, juste avant la maison jaune de ma mère, des phares lointains apparurent dans mon rétro. Ce n'étaient que des points lumineux au loin, probablement à 1,5 kilomètre, mais ils gagnaient du terrain. En passant devant chez ma mère, j'eus une terrible envie de me garer pour me rendre. Au lieu de quoi je klaxonnai deux fois.

Les phares dans mon rétro n'étaient plus qu'à 800 mètres quand j'en repérai une seconde paire derrière eux. Sans ralentir, je virai à gauche dans Jitters Trail. L'arrière du pick-up chassa dans la neige, et je mis un coup d'accélérateur pour le remettre droit. La route plongeait et tournait à droite, et je dus ralentir pour ne pas rater l'étroite ouverture entre les arbres.

Le chemin se creusait sous une voûte de pins couverts de neige. Comme je ralentissais pour tourner, je vis les deux groupes de phares serpenter vers moi d'une manière très erratique. Le premier alluma ses gyrophares rouge et bleu. Le second l'imita. Comme les sirènes commençaient à geindre, je sentis une poussée d'adrénaline comme j'en avais senti mille fois quand un attaquant fonçait vers moi, tout seul dans ma cage.

Mon pick-up dégringolait vers Jitters Creek, ses essieux frappant le sol, ma tête cognant au plafond de la cabine quand je rebondissais. Les sirènes se faisaient plus fortes. Juste avant le bord de la crique, j'écrasai les freins, mis le pick-up au point mort, et le laissai tourner. L'eau de Jitters Creek coulait trop vite pour que la glace soit épaisse. À cet endroit, pas loin de là où le vélo de Darlene était parti en flottant, la rivière était assez profonde pour engloutir un pick-up.

J'ouvris la boîte à gants pour prendre le rouleau d'adhésif de hockey que je gardais toujours en réserve. Le moteur gronda quand je scotchai la pédale d'accélérateur le plus bas possible. Je ne savais pas vraiment ce que je faisais ; j'avais vu ça à la télé. Les rugissements du moteur masquèrent les sirènes pendant quelques secondes, puis je les entendis à nouveau, encore plus près. Les flics devaient avoir du mal à se frayer un passage dans ce chemin enneigé. J'espérais qu'ils auraient encore plus de mal à le remonter.

J'aurais dû me sentir complètement désespéré. J'aurais dû avoir peur. Au lieu de quoi, je me sentais calme et maître de moi. C'était comme mes meilleurs moments dans les buts, quand tout n'était plus que chaos autour de moi, des tireurs volant en tous sens devant moi, le palet filant dans toutes les directions. En ces instants, j'avais comme la faculté de mettre tout au ralenti, jusqu'à ce que les joueurs aient l'air de patiner sous l'eau, et que le palet devienne gros comme un Frisbee.

Alors peu importait où je regardais à travers l'enchevêtrement de jambes, de bras et de torses devant moi, j'arrivais toujours à le retrouver et à le stopper. Je saisis les sandwichs sur le tableau de bord et pris le sac marin que j'avais mis sur le plateau arrière. Je n'avais jamais imaginé que je quitterais Starvation Lake comme ça. J'allais remettre le pick-up sur « drive » quand j'aperçus Eggo sur le siège du passager. Le bouclier et sa « gaufre » entrèrent tout juste dans mon sac marin.

Les clochettes tintèrent une dernière fois quand mon pick-up plongea vers Jitters Creek. J'entendis les flics crier depuis le haut de la colline. « Ne bougez plus ! Vous êtes en état d'arrestation ! » Mon camion glissa sur le flanc et commença à couler, dans un murmure. Les clochettes se détachèrent et dérivèrent au loin. Un flic cria : « Oh, bon Dieu, il est dans la rivière », mais j'étais déjà en train de longer la rivière, mon sac sous le bras, courbé sous les branches de pin pour me cacher. Je suivis la rive jusqu'à ce qu'elle tourne à droite. Je pris à gauche et je m'allongeai quasiment à flanc de colline, grimpant de côté aussi vite que je pouvais dans la neige. J'atteignis une crête qui surmontait un champ couvert de congères immaculées. Il fallait que j'aille de l'autre côté du champ et je ne serais plus très loin de ma destination. Les flics ne connaissaient probablement pas ces bois aussi bien que moi, mais je ne pouvais prendre aucun risque. Donc, au lieu de traverser le champ, je fis le tour pour rester dans les bois. Une fois de l'autre côté, je me cachai derrière un chêne pour regarder là d'où je venais. Il n'y avait pas un flic en vue, mais j'apercevais les lueurs de leurs gyrophares clignotant dans le ciel.

Sur le toit du garage de papa, la maison dans l'arbre était invisible sous la neige. En m'approchant de la porte latérale, je mis instinctivement la main à ma poche pour prendre mes clés. Mais elles n'étaient pas là. Elles étaient sur le contact de mon pick-up au fond de Jitters Creek. Je saisis la poignée de porte, sachant parfaitement que je l'avais verrouillée quand j'étais venu démarrer la voiture dimanche. Elle refusa de tourner. « Connerie de merde », dis-je à voix haute, et pour la première fois de l'après-midi, je sentis la peur me tirailler. Je refis le tour du garage en courant pour regarder là d'où je venais. Toujours rien, seulement les arbres et la neige qui tombait. « OK », me dis-je. Je cassai une branche d'un arbre mort et m'en servis pour briser le coin gauche de la fenêtre. J'ôtai délicatement les éclats de verre, puis tendis la main et déverrouillai la porte.

Je relevai la grande porte du garage et grimpai dans la Bonneville. Elle démarra facilement. Dans le rétroviseur, je vis que le chemin que j'avais emprunté était enterré sous 30 centimètres de neige. Comment la Bonnie allait-elle pouvoir traverser ça ? Je n'avais pas le temps de dégager l'accès en entier, mais j'espérais enlever assez de neige pour donner une chance à la Bonnie. Je pris une pelle à neige accrochée à une patère, et je creusai deux sillons parallèles sur une bonne dizaine de mètres. Il faudrait faire avec ça.

Je posai le sac marin sur le siège arrière et m'installai au volant. Il fallait que je prenne assez de vitesse avant d'atteindre la pente pour que la bonne grosse Bonnie puisse ensuite descendre jusqu'à la route dégagée en contrebas. Et il fallait que je le fasse en marche arrière. Au moins, les roues motrices descendraient en premier. Je remis la voiture en marche et fis sortir les roues arrière du garage. Je me tordis le dos pour regarder les tranchées creusées dans la neige et j'écrasai l'accélérateur.

La Bonnie bondit, prenant de la vitesse. Papa m'avait toujours dit qu'elle était très puissante, mais je ne le comprenais vraiment que maintenant. Je m'accrochais au volant pour maintenir la voiture dans les sillons que j'avais creusés avant qu'elle ne s'enfonce dans la neige plus épaisse. Le chemin atteignit la descente et la Bonnie plongea avec, expédiant de la neige à gauche et à droite, le toit frottant sous les branches de pin. « Allez, chérie, tu peux le faire », criai-je. Je relâchai un peu l'accélérateur, puis je rappuyai sur la pédale, avant de lever à nouveau le pied, essayant de faire avancer la voiture sans que les roues patinent dans la neige. Par la vitre arrière, je voyais Horvath Road. Là, les chasse-neige du comté avaient dégagé un passage où la neige était réduite à quelques centimètres d'épaisseur. Si j'arrivais à l'atteindre, je serais tiré d'affaire.

« Allez ! » criai-je.

Il me restait moins de 10 mètres à faire quand je sentis le pneu arrière s'enfoncer, puis reprendre et patiner dans la neige. Je perdis le contrôle de la Bonnie qui tourna à gauche jusqu'à se retrouver perpendiculaire au chemin invisible. Je donnai un coup de frein, me remis sur la position « *drive* » et écrasai l'accélérateur en tournant le volant vers la droite. La Bonnie avança un peu et s'arrêta, la roue arrière gauche vrombissant.

J'étais coincé.

Laissant tourner le moteur, je sortis pour regarder des deux côtés d'Horvath Road, à peine à 4 mètres de moi. Rien. Mais les flics n'allaient pas tarder.

Les roues avant de la Bonnie avaient atteint une neige moins épaisse, mais la roue arrière gauche s'enfonça complètement quand je donnai un coup d'accélérateur. La roue arrière droite était sur une bosse qui lui donnait un peu d'appui. Je m'étais déjà retrouvé coincé comme ça, et je m'en étais sorti en faisant passer plusieurs fois la voiture de « *drive* » à marche arrière. Une bonne poussée m'aurait permis de repartir. Mais il n'y avait personne pour m'aider. Je m'accroupis près du pneu arrière gauche. Si j'avais quelque chose de solide à coller en dessous, cela pourrait me donner assez de prise pour me dégager. À quatre pattes j'enlevai le plus de neige possible sous le pneu coincé.

Je retirai Eggo de mon sac marin. Au nom du bon vieux temps, j'enfilai mon gant et fis jouer ses doigts comme tant de fois. Puis je le fourrai sous le pneu, jusqu'à ce que le bouclier soit bien coincé entre le caoutchouc et la neige tassée.

« Désolé, mon vieux copain, dis-je. Sauve-moi encore une fois, OK ? »

Quand la Bonnie déboula sur Horvath Road, je vis mon gant voler en l'air derrière la voiture, en lambeaux. Je me dis que j'allais m'arrêter pour le récupérer. Mais cette pensée ne dura qu'une seconde. La neige tombait dru. La route était glissante. Je me calai à 50 et m'accrochai. À chaque fois que la Bonnie commençait à chasser, je diminuais un peu la vitesse avec des tout petits coups de frein en priant pour ne pas finir dans un fossé.

Le chemin le plus rapide pour quitter le Michigan, c'était l'autoroute 75, mais les flics d'État allaient m'y attendre. Je décidai de prendre la bonne vieille Old US 27 aussi loin vers le Sud que je pourrais, puis de la quitter. À voir comment sifflait le blizzard, j'aurais de la chance si j'arrivais dans l'Ohio avant 19 heures. Il fallait d'abord que j'atteigne la Old 27. Je ne pouvais pas tenter la route 816, parce que les flics allaient m'attendre là aussi, donc je me dis que j'allais faire des zigzags en empruntant des routes secondaires qu'ils ne connaissaient probablement pas. La neige qui tombait m'enveloppait dans un cocon blanc. Je mis la bande de Bob Seger dans le lecteur et poussai le volume. *« Go ahead and call me yellow/Two plus two is on my mind...*[1] »

La neige cessa au sud de Clare. Je roulai toute la nuit, ne m'arrêtant que pour faire le plein d'essence et boire du café. Un peu après 5 heures, le matin suivant, j'arrêtai la Bonnie sur un parking sans neige derrière la Fairfax Ice House. Les arbres de Virginie étaient encore nus, mais l'herbe commençait à virer au vert. Je m'allongeai sur l'énorme banquette avant de la voiture de rêve de mon père et m'endormis instantanément.

1. « Allez-y et traitez-moi de lâche, dans ma tête deux et deux font quatre. » *(N.d.T.)*

29

La lumière du jour me réveilla un peu après 7 heures. Le plancher de la Bonnie était un foutoir de gobelets en polyester et d'emballages en cellophane. Je m'assis, me frottai les yeux et jetai un œil à mon visage dans le rétroviseur. Je ne pouvais pas avoir l'air pire que qui que ce soit se rendant à une patinoire à cette heure-là.

Le hall d'entrée de la Fairfax Ice House était comme la plupart de ceux que je connaissais. Tapis de sol en caoutchouc noir. Longs bancs attendant que des jeunes s'assoient pour attacher leurs patins. Odeur persistante de pop-corn. Sur ma droite, il y avait un magasin d'équipement de hockey et de location de patins, fermé pour le moment, sur ma gauche, un groupe de distributeurs automatiques, jeux vidéo et appareils téléphoniques à pièces. En face de moi, deux jeux de doubles portes menant à la patinoire. Entre ces portes se dressaient deux rangées de casiers cadenassés, et au-dessus de ces casiers, sur le mur de parpaings, étaient accrochées cinq photos noir et blanc de gens identifiés par des étiquettes. Don Peacock dirigeait la patinoire et Margie Peacock enseignait le patinage artistique, avec Kitty Perreault et Jeff Bender. Le patinage de vitesse était enseigné par Al Power. Tous portaient des cols roulés blancs sous des blousons de nylon sombre.

Aucune photo n'accompagnait le nom de la sixième étiquette sur le mur. Je lus : « Richard Blackstone.

Entraîneur des techniques de hockey ». Je l'écrivis dans mon carnet. Sur le mur, près de la boutique de location de patins était affiché, un programme des activités de cette semaine : Séances publiques de patinage, classes de patinage artistique, ligues de hockey. Pour ce jeudi, je vis que Richard Blackstone était prévu pour une classe de hockey de gamins de 5 à 7 ans à 11 h 45, et une autre pour les 8-12 ans à 15 h 45. J'écrivis ça aussi.

Sur une route très encombrée baptisée route 50, je dégotai un vieux restaurant délabré sous un panneau qui disait simplement : MANGER. Il n'y avait pas de tarte aux œufs, et quand je demandai des pommes de terre sautées, la serveuse, une femme rondelette portant un tablier jaune sale avec « Shirley » écrit dessus, me dit : « Tu veux pas du gruau de maïs, chéri ? » J'en mangeai avec une omelette au fromage et je lus le *Washington Post* jusqu'à 9 heures. Je me disais que, à cette heure-là, le bureau du greffe de Fairfax County serait ouvert.

Les routes tournaient et se tortillaient et revenaient sur leurs pas en une incroyable spirale d'asphalte. Partout où je tournais, tout se ressemblait, des grappes de maisons coincées entre des rangées de centres commerciaux, de fast-foods et de magasins de voitures. Un endroit parfait pour disparaître.

Au bureau du greffe, je payai pour avoir des photocopies de chaque document contenant le nom Richard Blackstone. Je les examinai ligne par ligne, assis dans ma voiture sur le parking. Un document le liait à Richard Ltd. La compagnie qui possédait la propriété de Jack Blackburn près de Starvation Lake. L'employé me donna des indications pour me rendre dans un magasin d'électronique proche. Là, j'achetai un appareil photo autofocus, une caméra vidéo avec un trépied et un zoom, et un enregistreur audio qui tenait dans ma poche de chemise. Je fourrai tout ça dans mon sac marin et repris la direction de la patinoire, remarquant un bureau de Fedex en chemin. Dans une station Mobil, je fis le plein de la Bonnie. À l'intérieur, j'achetai une casquette ornée du logo des Washington Capitals, l'équipe locale de hockey professionnel. Un petit vieux desséché portant un sweat-shirt taché d'huile me changea 5 dollars en pièces de 25 cents.

Je fis marche arrière à la pompe à essence et me garai près d'une cabine téléphonique.

« Le *Pilot*. McCarthy.

– C'est moi, dis-je.

– Oh, la vache ! »

Joanie baissa la voix.

« Où es-tu ? Quand je suis revenu de chez Audrey hier, il y avait quatre flics qui attendaient. Tu n'as pas donné le nom de ta source, pas vrai ?

– Nan. Qu'est-ce que t'as dit aux flics ?

– Je leur ai dit d'appeler Keraso-cé-quoi-son-nom-déjà. Quel tocard. Il vient de m'appeler pour me dire qu'il sabrerait tout article comportant le nom de "Blackburn".

– Continue à écrire.

– D'abord, je dois faire un truc sur cette histoire de banque. Le tocard m'a balancé un tas de noms d'oiseaux pour ne pas avoir publié quoi que ce soit dessus dans le journal d'aujourd'hui. Et Tillie s'est barrée.

– Quel truc de banque ?

– Je t'en ai parlé, cette banque de New York qui rachète les banques d'ici ? Je crois que l'un des potes de golf du tocard est banquier.

– Fais ça court. Qu'est-ce qu'elle a, Tillie ?

– Elle s'est taillée. Elle est revenue cinq minutes après ton départ et elle s'est barrée. Elle ne m'a pas adressé la parole. »

Les dossiers manquants qui contenaient les films avaient dû lui flanquer une trouille de tous les diables. Ou alors, c'était mon départ soudain. Ça m'inquiéta. Avait-elle deviné où j'allais ?

« Quoi d'autre ?

– L'Associated Press a passé un communiqué comme quoi les flics te recherchaient. L'enterrement de Redpath, c'est demain. La réunion du bureau d'aménagement d'hier a été reportée pour cause de tempête de neige. Et la fille du bureau du greffe a déposé une grosse enveloppe pour toi. »

Les minutes du conseil municipal de 1988.

« Vicky ? demandai-je.

– Ouais. Elle a dit qu'elle était désolée mais qu'elle avait dû les récupérer chez ce barman...

– Loob. Tu peux l'ouvrir ?

– C'est déjà fait. Je ne vois pas grand-chose. Mais je parie que tu voulais savoir le résultat du vote pour le dragage. »

Elle était bonne, et devenait encore meilleure.

« Ouais. »

Je l'entendis farfouiller dans des papiers.

« Ils ont voté cette décision lors de la réunion du 13 avril de cette année-là. Pour quelqu'un sans cervelle comme moi il me semble que... euh... c'était le seul moyen de retrouver un corps ? Mais le shérif, ce Spardell, s'inquiétait pour son budget.

– Ouais. Il voulait un bateau.

– J'y viendrai. Bref, d'abord, ils ont voté trois contre deux pour draguer le lac. Mais le shérif a fait tout un foin et alors le maire – excuse-moi, celui qui avait le mandat du maire parce que le maire n'était pas là – a demandé un huis clos du conseil. Quand ils en sont sortis, ils avaient voté trois contre deux, mais cette fois pour *ne pas* draguer le lac.

– Qui a demandé le huis clos ?

– Le remplaçant du maire. A. Campbell.

– Le père de Soupy ? Merde, c'est vrai, il était au conseil. Et qui a fait balancer le vote ?

– Tu vas adorer ça, dit Joanie. X. Perlmutter.

– Hein ? Le frère de Clayton ?

– Oh, non, c'est Clayton. Son prénom, en fait, c'est Xavier. »

Je n'avais jamais su que Clayton était au conseil. Mais à l'époque, j'étais à Detroit.

« Et le bateau, alors ?

– La dernière chose qu'ils ont décidée, c'était d'autoriser 25 000 dollars pour ça, avec l'abstention de Campbell puisque c'était à lui qu'ils achetaient le bateau.

– Quel type incroyable. Quel genre de bateau ?

– Ça ne le dit pas. Juste un... "approprié au travail de police sur le lac et ses rives". Pourquoi la ville achète un bateau pour le shérif du comté, de toute manière ? »

Une voix enregistrée me disait qu'il fallait que je remette des pièces.

« Écoute, dis-je, va dans mon bureau, deuxième tiroir sur la droite. Vers le haut, tu trouveras la photocopie d'un reçu de la marina. Va le chercher. Vite. »

J'attendis. Elle revint en ligne.

« Je l'ai. Un reçu de la marina de Starvation Lake pour la somme de 25 000 dollars. Ça ne peut être que pour le bateau, non ?

– Quelle date y a-t-il dessus ?

– Voyons... Le 12 avril.

– Mais la réunion était le 13, non ? Comment la ville a-t-elle pu donner l'argent à Angus Campbell avant le vote du conseil ?

– C'est une bonne question. Et qu'est-ce que ça a à voir avec tout le reste ?

– Je ne sais pas », dis-je.

Et je ne le savais vraiment pas.

La voix enregistrée dit que l'appel allait être interrompu.

« Hé, ça me rappelle quelque chose, dit-elle. Dans le papier sur Perlmutter, je relisais certains des trucs sur ses subventions et...

– Faut que j'y aille, la coupai-je. Je vais t'envoyer un texte ce soir. Surveille son arrivée. Et fais-moi une faveur, appelle ma mère et dis-lui que je suis OK.

– Gus, écoute, un des noms sur... »

La tonalité lui coupa la parole.

La Zamboni effectua son circuit final avant le cours de technique de hockey de 11 h 45. En haut des gradins, j'installai la caméra vidéo sur son trépied, passai l'appareil photo autour de mon cou, sortis mon carnet et mon stylo. Douze petits patineurs déboulèrent sur la glace en grosses chaussettes pendantes et pantalons trop larges, leurs visages casqués obscurcis par des grilles. Ils déviérent à droite, et commencèrent à patiner dans le sens contraire des aiguilles d'une montre. Je m'assurai que la caméra enregistrait bien.

Derrière les petits patineurs, la porte de leur vestiaire s'ouvrit et leur professeur émergea. Je baissai ma casquette des Caps plus bas encore. Richard Blackstone portait ses cheveux argentés soigneusement ramenés de la gauche sur la droite, puis en arrière. Je crus que mon cœur allait s'arrêter. Jack Blackburn ne s'était jamais coiffé comme ça. Blackstone semblait plus petit et plus ventripotent que Blackburn et son visage était masqué par une barbe argentée. Non, pensai-je. Est-ce vraiment lui ? Je fis zoomer la caméra sur ses yeux. Ils étaient baissés, fixés sur ses pieds. Bien sûr. Blackburn n'avait qu'une seule superstition. L'avait-il laissée à Starvation Lake ? Juste avant d'atteindre le seuil, Richard Blackstone prit un peu d'élan et fit un petit bond pour régler son pas avant de sortir, de manière à ce que la lame de son patin gauche atteigne la glace avant la droite. Un frisson me traversa de haut en bas. Je fermai les yeux.

Quand je les rouvris, il tournait derrière le filet du goal et se dirigeait vers moi, remontant les bordures. Je pris une grande inspiration et regardai dans l'œilleton de la caméra. J'eus un très bref aperçu de son visage, de plus près, mais il passa très vite. Je relevai la tête pour le regarder pendant qu'il refaisait un tour. Son survêtement noir ne faisait rien pour cacher l'embonpoint de sa taille. Son pas était encore souple, mais ses jambes devaient pédaler plus durement pour le faire avancer. Comme il tournait vers moi, je me penchai sur la caméra et fis le point sur son visage. Ses dents semblaient plus blanches et plus proéminentes, elles étaient probablement fausses. Il avait des joues flasques et des cernes autour de ses yeux profondément enfoncés. Je l'imaginais chez lui le soir, en train de boire à la lueur ingrate de son téléviseur. Cela me faisait du bien de l'imaginer solitaire et pathétique, un vieil homme desséché, anonyme et sans amour. Il refit un tour et alors qu'il virait dans ma direction pour la troisième fois, il se tourna vers moi et regarda droit dans la caméra. Ça me fit sursauter. Je me racontais peut-être des histoires, mais je crus voir une esquisse de sourire entendu passer sur ses lèvres avant qu'il ne disparaisse à nouveau. M'avait-il reconnu ? Tillie l'avait-elle prévenu ? Je ne m'étais pas attendu à ce que ce soit si dur de revoir ces yeux comme je les avais vus tant de fois à l'autre bout de la table lors des repas du dimanche.

Trois mamans étaient debout en contrebas de moi devant les bordures, bavardant sans prêter beaucoup d'attention à ce qui se passait sur la glace. Comme l'entraîneur rassemblait les garçons autour de lui, j'eus une envie presque irrépressible de descendre voir ces mamans pour leur dire tout ce que je savais. Je m'imaginais en train de parler et de pointer le doigt, et les yeux de ces mères passant de moi à la glace, l'incrédulité sur leurs visages, suivie par l'effroi, face à la vérité, ou du moins face aux horreurs que je venais de leur raconter. Par deux fois, je baissai ma casquette et relevai le col de mon manteau plus haut avant de m'aventurer en bas, au bord de la glace, d'où je pouvais faire de meilleurs clichés de son visage. Je les pris avec mon appareil photo et dès qu'il me tournait le dos, je notais tout ce que je voyais.

Il leur faisait faire les mêmes exercices que ceux qu'avaient exécutés les River Rats. Il prenait les garçons par les épaules et les dirigeait vers des endroits précis sur la glace, et il leur montrait où aller chercher le palet et comment positionner les palettes de leurs crosses. Il disposait de petites piles de palets autour de la glace, et les gamins devaient passer entre et autour d'elles sans jamais les toucher avec leurs crosses. Mais je n'arrivais pas à entendre s'il leur disait qu'il fallait qu'ils meurent d'envie de manger ces biscuits. Vers la fin du cours, il rassembla les garçons autour de lui au centre de la glace. Dans le viseur de la caméra, je les vis hocher leurs têtes casquées à l'unisson quand il se tournait d'un côté ou de l'autre, leur disant qu'ils avaient bien travaillé, tapotant chacun d'eux doucement sur l'épaule. Je les entendis rire. Je les entendis crier : « Ouais ! » Je me souvenais avoir été comme eux, le regardant tendre la main vers les autres Rats, attendant que sa main me touche.

Je sentis qu'on me tirait par la manche. Une des trois mamans était à côté de moi, arborant un sourire nerveux.

« Excusez-moi, dit-elle, puis-je vous demander qui vous êtes ?

– Oh, fis-je, surpris une seconde fois. Une minute. »

Je repositionnai la caméra pour qu'elle cadre la porte des vestiaires.

« Voilà, dis-je. Je suis... euh... je travaille pour un journal.

– Je vois », dit-elle.

Je vis ses amies qui nous observaient.

« Vous écrivez un article ?

– Oui, madame.

– Vous êtes au *Post* ?

– J'aimerais bien. Je ne travaille que pour un petit journal.

– Vraiment ? Lequel ? »

Bien évidemment, je n'avais aucune idée des noms des canards locaux.

« Le *Pilot*, dis-je.

– Le *Pirate* ?

– Le *Pilot*, madame.

– Le *Pilot*, répéta-t-elle. Je ne l'ai jamais lu, celui-là. Mais il y a tant de petits journaux par ici, certains jours, on en a quatre ou cinq différents dans notre allée. Comment pourrai-je avoir une copie de votre article ?

– Eh bien, je peux vous en envoyer une. Tenez. »

Je lui tendis mon stylo et mon bloc.

« Notez-moi votre adresse.

– Je ne savais pas que les journaux faisaient des vidéos.

– En général, ils ne le font pas, mais c'est un bon apport visuel. Je ne prends pas toujours de très bonnes notes. »

Les gamins quittaient la glace.

« Mmh », fit la dame.

Elle me rendit mon carnet et mon stylo, et me tendit une main gantée.

« Eh bien, je m'appelle Miriam Belzer. Si vous voulez une interview – elle fit un mouvement de tête vers ses amies, nous serions ravies de vous aider. Comment vous vous appelez ?

– A.J.

– A.J. comment ? »

L'entraîneur avait les yeux fixés sur nous.

« Oups, cette caméra déconne, fis-je en faisant mine d'essayer de la régler. Excusez-moi, madame.

– Oh, je suis désolée, dit-elle. Nous guetterons votre article. »

Elle redescendit. Je me dépêchai de remettre une nouvelle cassette dans la caméra. La première n'était pas vraiment finie, mais il allait m'en falloir deux. Je refis le point au moment où l'entraîneur suivait les garçons sur la glace pour regagner le vestiaire. Devant la porte, il s'arrêta, se retourna et regarda à nouveau vers moi. Je sentis un frisson de peur quand je zoomai droit sur son visage, ce visage dur et déterminé que les habitants de Starvation Lake ne pourraient que reconnaître, et peu importait à quel point ils avaient désiré le contraire. Il soutint le regard de la caméra pendant deux pleines secondes avant de se retourner. Je me demandai encore s'il m'avait reconnu. Mais cette fois, je me délectai à la pensée qu'il avait pu s'arrêter pour se demander, même pendant une fraction de seconde, si son passé n'allait pas le rattraper dans un futur très proche.

30

Je m'arrêtai dans une autre station-service avec cabine téléphonique et insérai le reste de mes pièces. À Traverse City, dans les bureaux de Channel Eight, un homme me répondit. Je lui dis que Gus Carpenter voulait parler à Tawny Jane Reese. Cinq secondes plus tard, une femme décrocha.

« Ici, T.J., dit-elle.

– Je voudrais parler à miss Reese.

– C'est moi.

– T.J. », répétai-je.

J'aimais bien.

« Vous savez que vous êtes plutôt célèbre par ici. »

Sa voix était aussi rassurante au téléphone qu'à la télé.

« Où êtes-vous actuellement ?

– Suis-je en direct, T.J. ?

– Non.

– Bien. Je n'ai pas beaucoup de temps, donc, écoutez-moi attentivement : je vais vous envoyer un paquet par Fedex. Vous l'aurez demain matin. Mais il faut me promettre que vous ne le diffuserez pas avant 8 heures du matin, samedi. »

Pendant qu'elle y réfléchissait, je l'imaginais fronçant les sourcils comme elle le faisait quand elle parlait à ses téléspectateurs d'un bombardement au Kosovo ou d'une inondation à Des Moines. L'image m'émouvait, à la fois si banale et si séduisante.

« En général, je ne fais pas de deal, dit-elle.

– Vraiment ? Donc, vous commentiez un match de hockey au beau milieu de la nuit quand les flics sont arrivés pour arrêter quelqu'un soupçonné de meurtre ?

– Ah ! Eh bien, on fait tous des exceptions, Gus, comme vous devez le savoir. »

Touché, pensai-je.

« Croyez-moi, vous allez vouloir faire une exception pour ça. Ça concerne Jack Blackburn.

– OK. Bon, et vous, maintenant ?

– Il y a autre chose que vous devez savoir. Après avoir reçu ce paquet et quand vous préparerez votre reportage, vous devrez appeler un type pour avoir ses commentaires. Il s'appelle Kerasopoulos. C'est l'avocat de la compagnie qui possède le *Pilot*.

– Je connais ce vantard. Pourquoi dois-je l'appeler ? »

Je l'aimais de plus en plus.

« Pour commencer, dis-je, pour découvrir ce qui est arrivé à Gus Carpenter. »

C'était en partie vrai. En réalité, je voulais qu'elle fasse comprendre à Kerasopoulos que Channel Eight bossait sur ce sujet, pour qu'il soit obligé de passer l'article de Joanie, sauf s'il voulait perdre le scoop des nouvelles les plus explosives qui avaient jamais frappé Starvation Lake.

« Le reste vous paraîtra évident une fois que vous aurez vu ce que je vous envoie.

– Vous n'êtes qu'une voix au téléphone.

– Non, je suis un paquet Fedex devant votre porte demain matin.

– OK, OK, c'est d'accord. Mais laissez-moi vous demander si nous pouvons passer un *teaser* la veille ?

– Non. Pas de *teaser*. 8 heures. Samedi.

– Très bien, mais écoutez, nous avons une annonce d'une minute des principaux titres du journal à 7 h 30 le matin. Laissez-moi juste le mentionner. Quelle différence ça fera, une demi-heure ? Le *Pilot* sera déjà sorti. C'est ça qui vous tracasse, non ? »

Tawny Jane Reese avait raison. Et oui, je voulais m'assurer qu'Elvis Bontrager lirait le papier dans le *Pilot* avant de voir le sujet à la télé.

« OK », dis-je.

Je m'achetai un Coca et un paquet de crackers au fromage que je mangeai en roulant jusqu'au bureau Fedex. Je me garai, sortis mon carnet et retranscrivis mes griffonnages en quelque chose de lisible. Puis j'entrai et fis une copie des mêmes notes sur d'autres pages. Je glissai les notes recopiées, les cassettes vidéo et les rouleaux de photos non développées dans deux boîtes Fedex distinctes, en envoyai une à l'appartement de Joanie, et l'autre à T.J. à Channel Eight.

À l'origine, j'avais prévu de retourner à la patinoire pour filmer le cours de Richard Blackmore de 15 h 45 avec les 8-12 ans, mais je décidai que cela pourrait l'effrayer. À la place, je garai la Bonnie sur le parking de la patinoire. Le soleil descendait quand Blackburn sortit de la patinoire un peu après 5 heures. Il portait le sac de palets, deux crosses de hockey et sa boîte de matériel et de premiers secours. Un homme et un garçon marchaient à ses côtés. L'homme portait une crosse de hockey. Le garçon, ses cheveux noirs collés de sueur, avait une paire de protections passée sur une épaule et une crosse à la main. Il levait les yeux vers l'entraîneur et l'homme qui discutaient. Le coach se baissa, mit un genou à terre et posa une main sur l'épaule du gamin pour lui parler. L'homme considérait son fils et l'entraîneur avec un sourire plein de fierté. Le garçon hochait la tête.

Je laissai la colère m'envahir pour qu'elle étouffe ma tristesse.

Je suivis la Toyota dans laquelle Blackburn était monté, restant à une centaine de mètres derrière. On atterrit dans un quartier de bungalows de briques rouges avec des jardins dont des parcelles d'herbe laissaient voir que l'hiver tirait à sa fin, de grands chênes, et des garages pour une seule voiture. Les rues étaient toutes en courbes. À un stop, un camion UPS vint se placer entre la Toyota et moi. Trois maisons plus loin, le camion s'arrêta brusquement, en travers de la route, et le conducteur bondit dehors avec un paquet sous le bras. Comme il y avait des voitures garées des deux côtés de la rue, je ne pouvais pas passer.

« Fils de pute », dis-je en flanquant une claque au volant tandis que la Toyota disparaissait dans le prochain virage.

Je fouillai dans mes notes pour retrouver l'adresse que j'avais écrite au bureau du greffe et, après avoir fait une fois demi-tour, je finis par localiser la maison de Blackburn. Je roulai jusqu'au carrefour suivant et me garai le long du trottoir. Je décidai d'attendre que la nuit tombe. Je me demandais s'il m'avait vu. Peut-être qu'il était en train d'appeler la police pendant que je restais assis là, et qu'on allait m'emmener avant que je puisse convaincre qui que ce soit de quoi que ce soit. Cela n'avait guère d'importance. Ce quartier, où je n'avais jamais mis les pieds et où je ne les remettrais probablement jamais, était exactement l'endroit où j'étais censé être. Quand les réverbères s'allumèrent, je mis ma casquette dans la poche de mon manteau et poussai le bouton d'enregistrement de mon magnétophone miniature. « Maison de Jack Blackburn, dictai-je, 214 East Luray, banlieue de Washington DC, jeudi 5 mars, 17 h 45. » Je glissai l'enregistreur dans ma poche de chemise et sortis de la voiture.

Quatre pins hérissés masquaient le devant de sa maison, rendant impossible toute vue de l'intérieur. Au-dessus du porche en béton il y avait une lampe, éteinte.

Je grimpai sur le perron et frappai à la porte, me tenant à l'écart du judas. La dernière fois que j'avais vu Jack Blackburn de si près, c'était sur le trottoir, devant la boutique de bricolage Kepsel's Ace l'été d'avant sa disparition. On s'était dit « salut » et rien d'autre.

J'appuyai mon oreille contre la porte, mais je n'entendis rien. Je frappai à nouveau. Toujours pas de réponse. Je fis le tour vers le jardin à l'arrière. L'allée latérale était vide. Peut-être qu'il ne s'était pas arrêté chez lui. Peut-être qu'il avait remarqué ma filature et décidé de me perdre dans le labyrinthe de son quartier. J'essayai de regarder dans le garage, mais je ne voyais rien au travers des vitres teintées. Du grillage encerclait le jardin. J'ouvris un loquet et m'avançai sur un demi-cercle de dalles turquoise pour atteindre la porte de derrière. Posant une oreille contre la porte, je n'entendis que le tic-tac d'une pendule de cuisine. Je regardai les ombres autour de moi, pensant que j'avais peut-être été idiot de venir de nuit. J'observai le bouton rond de la double porte. Voulais-je vraiment ajouter une entrée avec effraction à la liste de mes crimes ? J'essayai la porte moustiquaire et elle s'ouvrit. La porte intérieure également. Je l'entrouvris de 10 centimètres et appelai doucement : « Il y a quelqu'un ? Mr. Blackstone ? »

J'entrai dans un vestibule sombre. Un balai était posé contre le mur, sous une tapette à mouche pendue à un crochet. Sur ma droite, il y avait une porte coulissante, sur ma gauche, deux marches montaient vers la cuisine qui sentait les produits d'entretien. Dans la poche de ma chemise, la lumière rouge de l'enregistreur luisait. Je penchai la tête et chuchotai : « Maintenant, à l'intérieur. »

La pièce était immaculée. Elle était faite d'un comptoir en formica blanc, carrelée de blanc au sol, avec des éviers blancs et des placards crème. Sur le comptoir, un séchoir à vaisselle contenait une assiette propre, une tasse, une fourchette et un couteau à steak. À côté se dressaient deux bouteilles de Jim Beam, l'une presque vide et l'autre pas encore ouverte. Instinctivement, j'ouvris la porte d'un placard. Il n'y avait pas d'autocollant des River Rats à l'intérieur.

Je traversai la cuisine pour entrer dans un petit salon. Les rideaux de la fenêtre donnant sur le devant de la maison étaient tirés. Les murs beiges étaient nus. Un lampadaire éteint se dressait au-dessus d'un fauteuil inclinable, qui faisait face à un téléviseur installé dans un coin. Une télécommande était posée sur un exemplaire de *Business Week*, sur une petite table pliante près du fauteuil. Le long du mur, sur ma droite, il y avait une table de jeu de hockey, du genre avec couvercle en plastique transparent comme j'en avais vu dans des bars. Derrière elle, dans le coin, une poubelle était pleine à ras bord de boîtes de Coca et de Mountain Dew vides.

« Mr. Blackstone ? »

De l'autre côté du salon, une porte entrouverte donnait sur un couloir obscur. Je ressentais une envie irrépressible de quitter les lieux. Je pouvais retourner à ma Bonnie et surveiller sa maison jusqu'à son retour. Mais s'il ne revenait pas ? S'il m'avait reconnu et s'il était maintenant en cavale ? Je ne pourrais plus jamais le retrouver. Je ne pouvais pas retourner voir Dingus et le reste de la ville, et leur affirmer que Jack Blackburn était vivant sans être capable de leur dire que je l'avais affronté en chair et en os. Ils pourraient ne pas me croire. Ils pourraient ne pas vouloir me croire.

Je traversai le salon et m'engageai dans le couloir, m'arrêtant pour que mes yeux accommodent. J'entendais encore la pendule de la cuisine. Il y avait une porte close sur ma gauche, une autre à droite et une dernière face à moi au bout du petit corridor. Deux chambres et une salle de bains, me figurai-je. En tendant la main vers le bouton de porte sur ma gauche, ma mémoire m'emporta vers l'école où Soupy et moi étions entrés quand nous étions gamins. Pendant un instant, je pus presque sentir l'odeur de moisi et de poussière. J'ouvris la porte. La chambre, de la taille d'une chambre d'enfant, avait été convertie en bureau. Un écran d'ordinateur et un clavier étaient posés sur une table face à moi. Une pile de *Wall Street Journal* était posée contre. À côté de l'ordinateur se trouvait une boîte contenant des cassettes vidéo qui devaient être vierges, un téléphone relié à l'ordinateur et deux marqueurs noirs. À droite du bureau se trouvait un petit téléviseur équipé d'un magnétoscope intégré. La télé était tournée de manière à ce que la personne assise devant l'ordinateur puisse la regarder tout en travaillant.

Contre le mur du fond se dressait une bibliothèque avec cinq rangées de cassettes vidéo. Des étiquettes indiquaient qu'elles traitaient de hockey : *La Défense pour débutants. Tirer pour marquer. Dryden sur son métier de goal*. Certaines n'avaient pas de titre. Beaucoup avaient de fines étiquettes blanches portant de minuscules annotations. Je me penchai pour en lire une, et un frisson me parcourut la colonne vertébrale : LP/0293/FX.

Blackburn avait adopté le système de classement de Delbert Riddle. Les numéros du milieu, comme chez Delbert, signifiaient une date. Virtuellement, toutes les boîtes étaient marquées FX, ce qui, imaginai-je, voulait dire Fairfax. Je me demandai si les deux premières lettres pouvaient être les initiales de quelqu'un. D'un garçon ? Une boîte vide était posée près de l'ordinateur. Je la pris. « JJ/1297/FX », disait l'étiquette. Je me demandai pourquoi il n'avait pas emporté ses vieux films des River Rats quand il s'était enfui en Virginie. Peut-être n'avait-il pas eu le temps. Tillie aurait pu les lui envoyer, bien sûr, mais il m'apparut soudain qu'ils constituaient sa dernière emprise sur Blackburn, la chose qui le maintenait dans sa vie, quelle que fût la distance.

J'étais à la fois horrifié par ce que j'avais découvert et euphorique à l'idée de ce que je pourrais maintenant raconter à tout le monde. Il y avait tant de films ici, et il devait y en avoir encore d'autres dans l'ordinateur de Blackburn, et même dans sa caméra vidéo. S'il s'était échappé, tant pis ; il en avait laissé beaucoup trop derrière lui. J'ouvris mon carnet. Au moment où je posais mon stylo sur le papier, je sentis quelque chose sur mon épaule.

Une main.

« Quoi ? » criai-je.

La main se fit plus lourde, mais je pivotai, trébuchai et tombai en avant contre le mur, me retrouvant nez à nez avec Jack Blackburn.

Il portait un pantalon de survêtement en nylon noir, des chaussons et un tee-shirt gris passé de Fairfax Hockey sorti de son pantalon, certainement pour cacher son embonpoint. Il avait l'air de sourire, mais c'était difficile d'en avoir la certitude parce que ses dents du haut étiraient sa bouche d'une manière artificielle, comme celles d'un clown. Dans une main, il tenait un verre de ce que je devinais être du bourbon. L'autre main, il me la tendait. Je la pris sans réfléchir.

« Bonsoir, Gus, dit-il. Tu fouilles dans mes affaires ? gloussa-t-il. Dois-je appeler la police ?

– Fais ce que tu dois faire.

– J'ai entendu dire que des flics seraient à ta recherche, Gus. »

Il regarda la vidéo que je tenais encore à la main.

« Un peu tard dans ta vie pour potasser ton hockey, non ? »

Je posai la cassette.

« Ce ne sont pas des films de hockey, Jack.

– Jack ? dit-il. Je m'appelle Richard. Ou Rich, si tu préfères. »

Il se mit à rire, comme si c'était drôle.

« C'est agréable de revoir le gros bateau de ton père. »
Il avait reconnu la Bonnie.

« Elle a l'air en bon état pour ses, quoi, 30 ans ? Même si elle se voit comme le nez au milieu de la figure par ici. C'est la capitale de la nation. Personne ne roule en américaine. »

Il gloussa à nouveau.

« Alors, qu'est-ce que tu fais ici ? Un article ? C'est ça qui te donne le droit d'entrer comme ça chez quelqu'un ?

– Je sais ce que tu as fait. »

Cela ne sembla pas le toucher.

« Est-ce que c'est un de ces articles "Que sont-ils devenus" ? dit-il. Attends... tu n'es pas revenu travailler dans ce canard de seconde division de Starvation, si ? »

Il but une lampée dans son verre et secoua la tête.

« Tu te souviens de ce que je disais toujours : "Perdre, c'est bon pour gagner" ? Eh bien, sans vouloir te vexer, Gus, je pense que tu es peut-être la seule exception. Perdre n'a pas très bien fonctionné pour toi, pas vrai ? Tu as juste continué à perdre. L'andouille de la ville. Le fameux journaliste qui laisse le grand sujet lui filer entre les doigts. Et maintenant tu en es réduit à fouiller la maison d'un vieil homme, à la recherche de Dieu sait quoi.

– J'ai trouvé ce que je cherchais, Jack.

– Rich, s'il te plaît. Et, je t'en prie, interroge-moi si je peux t'aider à écrire ton article. J'adorerais entendre tes questions. »

Il leva son verre et fit tinter les glaçons.

« Un bourbon ?

– Non, merci.

– Je vais me resservir. »

J'attendis dans le living-room pendant que Blackburn se rendait à la cuisine. Il était soit parfaitement à l'aise, soit excellent comédien. J'entendis la glace tomber dans le verre, puis le bouchon d'une bouteille qu'on dévissait. Il revint avec un verre plein, un second verre et une des bouteilles de Jim Beam. Il me fit signe de m'asseoir. Je restai debout. Il posa les verres et le bourbon sur la table, près du fauteuil inclinable. Puis il se tint debout, me regardant de la tête aux pieds.

« Je te dois des excuses, dit-il. Regarde comme ton corps a une certaine aisance bien à lui, comment tes épaules coulent si facilement dans tes bras, les bras si joliment le long de tes flancs et de tes hanches, et tes hanches dans tes jambes ? Tout ce beau tonus musculaire, toute cette merveilleuse vigueur, même après toutes ces années. »

Je n'allais pas le laisser me flanquer la nausée.

« Je te tiens, dis-je. Je sais tout ce que tu as fait. »

Blackburn s'installa dans son fauteuil.

« La première fois que je t'ai vu, dit-il, il y a très, très longtemps, j'ai immédiatement pensé que tu serais adepte du style "papillon" parce que, tu sais, tu n'as jamais été très grand et que les goals qui restent debout ont tendance à être plus grands. Bien sûr, aujourd'hui, ils font tous le "papillon", c'est comme ça. Mais plus je te regardais, plus j'étais convaincu que tu étais bâti pour rester debout. Un avorton, mais un avorton nerveux. Je me figurais que tu avais la force, tu sais, le genre de... – comment on appelle ça – de stature qui fait un goal imbattable. »

Il marqua une pause pour lécher le bord de son verre.

« Mais tu n'y es pas arrivé, pas vrai, Gus ? Tu étais faible. Tu es toujours un faible, n'est-ce pas ? »

Je m'assis et me penchai en avant, les coudes sur les genoux.

« Je sais ce que tu as fait avec Soupy, dis-je.

– Tu as toujours ce gant ? Bordel, comment est-ce que tu l'appelais ? Vous les gamins, avec vos superstitions idiotes...

– Et toi et tes films, hein ? »

Je sortis mon stylo et mon carnet. Il pointa son verre vers moi.

« Pas de notes. Sinon, j'appelle les flics. Tu peux éteindre ton magnétophone aussi. »

Il n'allait pas plus appeler les flics que moi, mais ça n'avait plus d'importance. J'éteignis l'enregistreur, et rangeai stylo et carnet, pendant qu'il vidait son verre presque en une seule gorgée, avant de le remplir à nouveau. Mon coach. Le héros de Starvation Lake, mort depuis si longtemps, vivait maintenant tout seul dans une maison sombre, dans un endroit où les gens connaissaient très peu le sport qu'il était censé adorer. Il avait une Toyota, une bouteille et une télécommande, et une bibliothèque pleine de films de garçons nus.

« Je suis peut-être un raté, Jack, mais je suis ce que je suis, dis-je. Tu te prétends entraîneur, mais tu n'es pas vraiment un coach. Tu fais seulement semblant de l'être. Tu es un pédophile. Tu baises des petits garçons. Tu baises leurs cerveaux. Et ensuite tu baises leurs corps. »

Il éclata de rire encore une fois.

« Je sais pour les "planques", dis-je. Je sais pour Soupy, Tillie et Jeff Champagne. C'était plutôt habile de réintégrer Champy dans l'équipe pour pouvoir le baiser. Je suppose qu'il était faible, lui aussi, non ? Je sais pour Brendan Blake aussi. Tu te souviens de lui ? »

Soudain je vis son sourire de défi décliner et un de ses sourcils tressauta une fois sur son front, puis une seconde fois, comme un insecte changeant de position.

« Je sais tout sur tes films dégueulasses et comment tu les vendais, et comment tu as utilisé l'argent pour acheter tes terrains et faire construire les cabanes et – bon Dieu, Jack – toutes ces heures de patinoire que tu as payées de ta poche. Quel mec super, il paye la note pour les parents. Je suis faible ? Peut-être, oui. Mais je ne suis pas un vieil homme dégueulasse et tordu qui prétend être quelqu'un pour pouvoir s'envoyer des gamins. »

Il reprit la bouteille de bourbon.

« Et, repris-je, je ne suis pas quelqu'un qui pousserait son meilleur ami au suicide. »

Il finit de se servir puis se renfonça dans son fauteuil, but une gorgée, et fit claquer ses lèvres.

« Tu sais que dalle, putain, dit-il.

– Je sais tout. J'ai tes vieux films, avec toi dedans. Et il y a d'autres personnes prêtes à parler.

– Que ce soit bien clair, dit-il, j'ai *forcé* ton pathétique ivrogne et moins que rien d'ami le Cygne à avoir des relations sexuelles avec une femme plus âgée qui, je crois qu'on sera d'accord, était un beau brin de fille à l'époque. Non ? Le sexe avec des femmes sexy plus âgées, c'est quelque chose qu'un garçon de 16 ans ne ferait jamais ? C'est ça ?

– C'est Soupy, et pas le Cygne, et je crois que...

– Quant à mon vieil ami Leo, quand je suis arrivé en ville, il travaillait dans l'arrière-boutique d'un pressing, ou un truc dans le genre. Il n'était rien. Je l'ai pris par la main et, en cinq minutes, il faisait quasiment tourner la patinoire et il ouvrait la porte à l'une des meilleures putains d'équipes de hockey du Michigan. C'était devenu une célébrité à Starvation Lake. Un putain de conducteur de Zamboni. »

Pendant qu'il parlait, je répétais ses mots pour qu'ils s'impriment dans mon crâne comme de l'encre sur du papier.

« Et ce soir-là, ma dernière nuit à Starvation Lake, il était là à agiter un flingue au-dessus de ma tête, à me dire : "Je tire un trait, Jack, je tire un trait ici." C'est lui qui tirait un trait ? Quelle blague ! Allons, Gus. Leo n'a pas vraiment appuyé sur la détente pour se tuer. Il ne pouvait pas. Il n'en avait pas les couilles.

– Il est mort, Jack.

– Paix à son âme. Il savait poser une sacrée bonne couche de glace, hein ? Le meilleur conducteur de Zamboni que j'aie jamais vu. Mais il a commencé à me gonfler. Toutes ces conneries sur la guérison. À un moment, il est le roi du porno de Pine County et à la seconde suivante, il me sort toute cette merde religieuse et il m'agite un putain de flingue sous le nez. Qu'est-ce que j'étais censé faire ? Il aurait pu me descendre et le Cygne et lui auraient dit aux flics que c'était de la légitime défense. Donc, je me suis retrouvé ici, Gus. Voilà.

– Je croyais que Leo n'aurait pas eu le courage d'appuyer sur la détente.

– Il ne l'avait pas.

– Alors, pourquoi tu t'es enfui ? »

Il hésita. Puis haussa les épaules.

« Je n'avais pas le choix.

– Y avait-il quelqu'un d'autre là-bas ? Quelqu'un qui *aurait pu* appuyer sur la détente ? Ce n'était pas Soupy, il est parti en courant avant que tu ne le fasses.

– Non.

– Tu mens.

– Non. Personne d'autre. »

Il fixa l'intérieur de son verre. Un sourire amer apparut sur son visage.

« Regarde autour de toi. Je loue ici. 1 100 dollars par mois. Tu le crois ? Avec 1 100 dollars, à Starvation, j'aurais un manoir avec vue sur le lac. »

Encore une fois, il avala le reste de son verre d'un trait, avant de le remplir à nouveau, versant le bourbon avec soin, comme s'il ne pouvait pas se permettre d'en perdre une goutte.

« Laisse-moi te demander une chose, Gus, est-ce que tu *réfléchis* à ces choses que tu penses savoir ? Je sais que tu crois que je suis le méchant dans cette histoire, le mec qui a fait toutes ces horreurs. Mais tu crois vraiment que tous ces trucs que je suis supposé avoir faits, je les ai faits tout seul ?

– Tu étais la star des films. Je t'ai vu dedans.

– Tu sais pourquoi tu es un raté si pathétique ? Prends aujourd'hui par exemple. D'abord, tu te montres à moi à la patinoire, puis tu parles à cette jeune maman si serviable, puis tu me laisses t'amener ici et te sauter dessus. Tu n'as pas capté le tableau dans son ensemble. Tout ce que tu voyais, c'était toi et ton petit carnet et ton petit journal et tes petites idées sur ce qui est bien et ce qui est mal. Et maintenant, tu rates encore une fois le tableau dans son ensemble. Tout ce que tu vois, c'est ton vieux coach, qui t'a abandonné – pauvre Gus – parce qu'il te rendait responsable de la défaite lors du seul match qui ait jamais compté dans la putain d'histoire de ta ville natale. Ce que tu as fait, fiston. Tu as perdu ce match. Grandis et endosse tes responsabilités. »

Je ne pus pas m'empêcher de répliquer.

« J'ai tenu bon tout du long. Sans moi, on aurait attaqué le second tiers-temps avec cinq buts dans la tronche. »

Il écarta mes arguments d'un mouvement de la main.

« Ouais, les Fitters avaient plein d'occasions, mais ils te tiraient droit dans la corbeille à pain – il tapota sa poitrine –, tu ne sauvais jamais vraiment les buts. Tire un enseignement du vieux Billy Hooper, Gus. Tu te souviens ? “Tu l'vois pas, tu l'chopes pas” ? Avec un seul œil, il voyait les choses plus clairement que toi. Désolé, mais tous les sales trucs qui sont arrivés à Starvation Lake ne viennent pas tous de moi. Il y a un énorme tas de merde là-bas, et je ne suis qu'une petite mouche qui bourdonne au-dessus. Je veux dire, est-ce que tu as jamais *réfléchi* à la raison pour laquelle le shérif ne voulait pas draguer le lac alors que j'étais supposé m'être noyé dedans ? Ça paraissait logique, non ? Mais qu'est-ce qu'ils ont fait ? Rien. Pourquoi ? On pourrait penser que certaines personnes le savaient.

– Comme qui ?

– Comme ce putain d'Angus Campbell peut-être ? Tiens, en voilà un fils de pute astucieux. Il s'était pas passé deux jours après ma supposée noyade qu'Angus avait tout pigé et s'était adressé à la b... aux bonnes personnes. Et en deux minutes, il s'est retrouvé avec deux gros chèques, un de la ville pour le bateau de Jerry, un de... – il hésita –, putain, ça n'a plus aucune importance. Jerry a eu son bateau. Angus a eu son fric, personne n'a jamais rien dit. »

Je frémis.

« Le bateau de Jerry ?

– Spardell. Le shérif, il voulait son bateau, mon garçon. »

Jerry's boat. Comment avais-je pu être aussi stupide ? Le griffonnage en bas du reçu que Dingus m'avait montré n'était pas « Ferry boat ». C'était « *Jerryboat* ». Celui qui l'avait écrit – peut-être le père de Soupy ? – avait fait son J comme un F. C'est moi qui l'avais lu de travers. Et, comme Joanie me l'avait dit, ce reçu correspondait à un chèque fait le 12 avril 1988 – la veille du jour où le conseil municipal avait accordé 25 000 dollars pour un nouveau bateau –, donc il ne pouvait pas provenir de la municipalité. Angus Campbell avait ce chèque en main le lendemain quand, en tant que remplaçant du maire, il avait demandé le huis clos durant lequel Clayton Perlmutter avait modifié son vote, et le conseil décidé de ne pas draguer le lac. Très vite, Angus se retrouvait avec un second chèque de 25 000 dollars. Un, fait par la ville de Starvation Lake, payait le bateau de Jerry. L'autre achetait le silence d'Angus. Qui l'avait signé ? Et qu'avait obtenu Perlmutter pour modifier son vote ?

« Comment Angus Campbell aurait-il pu savoir quoi que ce soit ? demandai-je.

– Demande à son bon à rien de fils.

– Donc, c'était de l'argent pour acheter son silence.

– Appelle ça comme tu voudras. Ils se foutent de *comment*, Gus, ce qui compte pour eux, c'est *combien.* »

Une fois encore, il contempla l'intérieur de son verre. Il réfléchissait.

« Je vais te poser une question, dit-il. Est-ce que tu sais ce que ça fait d'être mort aux yeux de tous tes amis ? D'être mort pour tous les gens que tu connais et que tu aimes ? Je sais, tu me crois incapable de sentiments comme ça, mais est-ce que tu peux au moins essayer de l'imaginer ? »

Je pensais que je le pouvais, en fait, mais je dis :

« Je m'en fous.

– J'ai quitté Starvation Lake. Est-ce que ce n'est pas suffisant ? J'avais la belle vie. J'étais un bon coach. J'ai fait de vous tous de bien meilleurs joueurs de hockey. J'ai mis cette putain de ville sur les cartes. Ici, où une petite cahute de merde comme celle-ci se loue 1 000 dollars par mois, t'as tout un tas de mecs riches de Boston et New York qui pensent que leurs gamins vont être le prochain Wayne Gretzky. Il n'y a pas de Cygne ici. Pas de River Rats. Pas de titre d'État. Et moi, je ne suis personne, à patiner en rond avec une bande de trépieds. J'apprends même à des filles à jouer au hockey, bon Dieu de merde !

– Et les petits garçons, Jack ?

– Espèce de petite merde ingrate, dit-il, en brandissant si fort son verre dans ma direction qu'un peu de bourbon m'éclaboussa. J'ai fait de toi un gardien. Tu n'aurais même jamais débuté avec les Rats – putain, tu n'aurais même jamais été foutu de poser ton cul sur un banc – si j'avais pas été là. J'étais comme un père pour toi. Il fallait que je sois un putain de saint, en plus ?

– J'avais un père. Tu n'étais pas mon père.

– Oh, écoute, fiston, mon père à moi s'est fait écrabouiller par un train quand j'avais 6 ans. Il titubait dans le noir, ivre mort, et le train est arrivé de nulle part et l'a emporté jusqu'en Nouvelle-Écosse. Amen. Toutes les bonnes choses ont une fin. »

Il avala une longue gorgée de bourbon.

« Je suis content que tu ramènes ton papa sur le tapis, d'ailleurs, comme tu as l'air de tout savoir, je suis certain que tu es au courant des nuits de poker du vendredi aussi, non ?

– Je sais...

– Tu sais que dalle. Pour ton information, ces parties avaient lieu depuis sacrément longtemps avant que j'arrive en ville. Et c'était pas tout à fait du poker, non plus. L'attraction principale, c'était ton cher vieux papa – feu Rudy Carpenter, et feu son vieux projecteur de films. Parfois, je faisais même du pop-corn. C'étaient pas des nuits de poker. C'étaient des nuits de *porno*. Tu piges ? »

Il brandit son index en l'air.

« C'était une sacrée petite équipe – le vieux Lenny Ziolkowski, Angus, Jerry. Et ton vieux. Son projecteur faisait un raffut du diable, mais les films étaient – il regarda le plafond comme s'il cherchait l'inspiration – exquis. »

Il s'arrêta pour me regarder, savourant mon malaise, puis prit la bouteille de bourbon, remplit le second verre à moitié et le poussa sur la table dans ma direction.

« Désolé, fils, dit-il. Ce business de films marchait vraiment très bien quand je suis arrivé à Starvation. Ils avaient un bon petit circuit de distribution dans tout l'État, certains venant du Sud, et même de l'Iowa. Un joli petit marché. Mais c'étaient surtout des trucs ordinaires, tu sais, des mecs et des nanas, des nanas avec des chiens, toujours pareil. Ça devenait difficile de... – comment ils disent dans le *Wall Street Journal* ? – différencier le produit. J'ai vu une opportunité et j'ai été capable, comme ils disent, de l'élever vers un créneau du marché nettement plus profitable. Car, que ça te plaise ou pas, il y a une énorme demande partout pour ces trucs. Énorme.

– C'est de la pornographie pédophile. C'est pervers et illégal.

– Illégal si tu te fais prendre. Quant au reste, eh bien, en réalité, ce n'est ni à toi ni à moi d'en juger. Tu sais, au hockey, tu joues le palet là où il va, pas où tu penses qu'il devrait aller. Le business n'est pas différent de ça. Où il y a de la demande, il va y avoir de l'offre, donc tu ferais aussi bien d'offrir, parce que les gens vont l'avoir de toute façon, d'une manière ou d'une autre, exactement comme ils se procurent leurs flingues, leurs clopes, leur héroïne et – il fit tourner son verre – ça. Bien sûr, mon business d'air conditionné et de chauffage, c'était de la merde, parce que tout le monde là-bas vendait des chaudières. Trop d'offre. Donc, j'ai trouvé quelque chose avec beaucoup de demande et peu d'offre, du moins à l'époque. Mais rappelle-toi bien, Gus, qu'il faut une équipe pour réussir. Un type seul peut tout faire foirer – tu dois bien le savoir, pas vrai ? – mais il faut un groupe de gens qui bossent ensemble pour réussir. J'avais une bonne idée, mais je n'avais pas de fric. Et peu importe que ton idée soit bonne, si tu n'as pas de fric, tu n'arrives à rien. Ce qui nous ramène à ton papa.

– Mon père n'avait aucun intérêt dans ton business dégueulasse.

– Tu sais, c'est vraiment dommage que ce bon vieux Rudy ne soit plus dans le coin, parce que maintenant nous avons Internet. L'offre est nettement plus efficace. Et la demande est illimitée. Illimitée, Gus. Et ça ne s'arrêtera jamais.

– Tu mens.

– Je ne sais pas d'où il a sorti le fric d'ailleurs. Mais ton père était visiblement un type plutôt déterminé. »

Il se pencha en avant dans son fauteuil. Il souriait.

« Tu ne tiens pas beaucoup de lui, pas vrai, Gus ? »

Mon père avait toujours voulu une Cadillac, ne serait-ce que pour aller se promener le dimanche jusqu'au lac Michigan. Il avait économisé pendant des années pour s'en payer une. Mais quand il avait enfin fini par avoir assez d'argent, il avait choisi, à la place, de s'acheter une Bonneville d'occasion pour pouvoir placer le reste de l'argent dans un investissement. Quel investissement ? Un fond de retraite ? Mon entrée à l'université ? N'importe quoi, espérai-je, sauf « l'opportunité » de Blackburn. Pas mon père. Même s'il avait menti à ma mère sur l'endroit où il bossait tous ces samedis soir, c'était seulement à cause de la sentence de mort du cancer suspendue au-dessus de sa tête, et du sens du devoir qu'il ressentait, afin que maman et moi fussions à l'abri du besoin.

« Tu n'es qu'un putain de menteur.

– Tu n'es pas obligé de me croire, dit Blackburn en se rasseyant avant de porter son verre à ses lèvres. Demande à ta mère.

– Putain de menteur ! »

Je bondis de ma chaise, renversant la table basse et envoyant valser le verre que je n'avais pas touché. D'une gifle, je lui virai son verre des mains et il alla éclater contre la table de jeu de hockey.

« Il s'agit pas de ma mère et de mon père, hurlai-je, il s'agit de toi et de tous les enfants que tu as foutus en l'air. Tu vas aller en taule, ou alors je peux te démolir ici tout de suite. »

J'étais penché au-dessus de lui, le souffle court, le cœur à 100 à l'heure, les poings serrés. J'avais envie de lui arracher le visage.

Il ne bougeait pas.

« Me démolir ? dit-il. Starvation ne te suffit pas comme prison ? Qu'est-ce que tu vas faire vraiment, Gus ? Tu veux me frapper ? Vas-y. On verra la différence que ça fera dans ta vie ou dans la mienne.

– C'est terminé. C'est terminé, maintenant.

– Exact ! » cria-t-il, et avant que je puisse réagir, il se redressa sur son siège, saisit mon col de chemise et me tira à nouveau vers le bas, tout contre lui.

Je bataillai pour me libérer tandis que ses phalanges poilues serraient mon cou, et que son haleine pleine de bourbon me piquait le nez.

« C'est ça, garçon, ricana-t-il. C'est terminé... Maintenant ! »

D'un seul mouvement, il se releva du fauteuil et avec un grognement il me balança contre le mur. Je me redressai et me préparai à encaisser sa charge, mais il se contenta de rester planté là à me regarder en cherchant son souffle. Il se pencha, ramassa la bouteille, dévissa le bouchon et but une grande gorgée à même le goulot. Quand il eut fini, il s'essuya les lèvres d'un revers de main, et laissa la bouteille retomber le long de son flanc.

« Tu sais, dit-il, ça aurait pu être toi. Ça aurait pu être toi et pas les autres. Tu ne m'as pas vu chez le Cygne lui apprendre à jouer quand il n'était qu'un morveux, pas vrai ? Mais c'était comme ça que tu voulais les choses, ou que ta mère les voulait, et maintenant nous sommes là. Tu t'es échappé. Je me suis échappé. »

Il prit une autre gorgée à la bouteille.

« Maintenant, rentre chez toi. Personne ne sait que tu es venu ici. Rentre chez ta maman. Laisse ton père reposer en paix.

– Mon père te cracherait au visage.

– Ah ouais ? Eh bien, on en a fini, ici. J'appelle les flics. »

Il emporta la bouteille dans son bureau. J'entendis qu'il composait un numéro sur son téléphone.

Je traversai la pelouse de Blackburn au pas de course, puis me hâtai sur le trottoir jusqu'à la Bonnie, soulagé d'être sous le couvert de la nuit. Je gardai mes phares éteints jusqu'à ce que je sois sorti de son quartier, et là je m'arrêtai sur le parking d'un petit centre commercial, me garai et écrivis tout ce que je parvenais à me rappeler.

Les gyrophares des flics apparurent dans mon rétroviseur à environ une heure du nord-ouest de Pittsburgh. Une dépanneuse emporta la Bonnie pendant que deux adjoints du shérif de Lawrence County me conduisaient jusqu'à la frontière de l'Ohio par le ferry. Là ils s'arrêtèrent, me firent sortir de leur voiture et me poussèrent sur le siège arrière d'un van du shérif de Mahoning County. Aucun des flics ne parlait beaucoup. Toutes les heures, à peu près, nous nous arrêtions et j'étais transféré dans une voiture différente, passant d'un shérif de comté à un autre, puis un autre, jusqu'à ce que nous soyons arrivés à la frontière sud du Michigan. Par le pare-brise, je vis deux voitures de police de Monroe County, une de Pine County, et un énorme officier portant une casquette à rebords fumant un mince cigare brun.

« Tu connais un tas de shérifs », dis-je.

Ça faisait une demi-heure que nous roulions dans le Michigan, Dingus au volant et moi à l'arrière. Il était près de 3 heures du matin, nous étions vendredi.

« C'était ça, ou laisser les types de l'État te tomber dessus, dit-il. J'ai un petit bout de papier du juge Gallagher qui affirme que tu es à moi jusqu'à 6 heures ce soir. Ensuite, il faudra que je te remette à la police d'État, mais ça dépend.

– Ça dépend de quoi ?

– De ce que tu me diras. »

Bien sûr, je mourais d'envie de dire ce que je savais à quelqu'un, et plus j'attendais, plus Blackburn gagnait du temps pour filer. Mais je n'avais aucune idée de ce que Dingus allait faire de moi. Je ne serais pas très à même d'aider beaucoup Joanie avec la livraison de Fedex si j'étais en taule. Et où Blackburn pouvait-il bien aller, de toute manière ? Une fois que le monde entier saurait qu'il était en vie, il ne serait pas difficile à retrouver.

Je pensais aussi à mon père et à ce qu'il avait ou n'avait pas fait. Je me disais que Blackburn mentait, qu'il essayait juste de me manipuler encore et encore. Mais s'il disait vrai ? Quelle honte pouvait retomber sur la tombe de mon père et, inévitablement, sur ma mère ?

« Ce n'est pas mon boulot de t'aider à faire ton boulot, dis-je.

– Ah, vraiment ? »

Dingus chercha mes yeux dans le rétro.

« Est-ce que tu crois vraiment que tu m'as blousé quand tu es parti sur toutes ces petites routes ? »

Je ne répondis pas.

« Pour ton information, nous t'avons localisé à chaque carrefour jusqu'à ce que tu atteignes la Old 27. C'est pas très dur de repérer une bagnole de la taille d'un cuirassé.

– Attends, tu veux dire que vous m'avez laissé partir ? »

Il alluma un autre de ses Tiparillos.

« Le shérif Aho ne fera pas de commentaire.

– Tu es un drôle de mec, Dingus. »

La voiture s'emplit de l'odeur de cerise sucrée de son fin cigarillo. On roula quelques instants en silence.

« Donc, finit-il par dire, les yeux braqués sur moi dans son rétro, est-ce que tu es prêt à me dire ce que tu as appris pendant ton petit voyage ? »

31

Le bruit métallique d'une porte de cellule me sortit du sommeil.

« Tu es réveillé », dit Darlene.

Je regardai autour de moi, clignant des yeux sous la lumière des ampoules. Un peu avant l'aube, Dingus m'avait collé dans une partie de la prison que je n'avais jamais vue encore, loin de Soupy et des autres détenus. Il y avait un lavabo, des toilettes et, au lieu d'un lit de camp, une plaque de béton sur laquelle je m'étais endormi.

« Je crois bien, oui, dis-je.

– Tu as des visiteurs. »

Elle fit un geste vers le couloir. Catledge apparut avec ma mère et Joanie.

« Oh, fis-je, maman. »

Elle avait les yeux rougis. Joanie avait passé un bras autour des épaules de ma mère. Deux jours auparavant, elles ne se connaissaient pas. Joanie était vraiment une excellente journaliste.

« Skip, tu peux aller nous chercher deux chaises ? dit Darlene. Attendez, Bea. » Catledge partit chercher des sièges, Darlene s'avança dans la cellule et me tendit une enveloppe.

« Tiens », dit-elle.

Elle avait déjà été ouverte au coupe-papier. Je la pris et en sortis un mot écrit au stylo sur une feuille de bloc-notes.

Gus,

Tout à fait navré d'entendre que tu as des ennuis. Si tu as besoin d'un avocat, n'hésite pas à demander à la police de me contacter.

Sincèrement, Francis J. Dufresne

P.-S. Il y aura un service à la mémoire de notre ami Leo cet après-midi. Je transmettrai tes condoléances.

Je posai l'enveloppe sur le bord du lavabo et Catledge revint avec les chaises. Maman et Joanie s'installèrent en face de moi.

« Quelle heure est-il ? demandai-je.

– Où étais-tu, Gussie ? dit ma mère. Pourquoi es-tu parti comme ça sans me le dire ? Pourquoi ne m'as-tu pas dit que la police te recherchait ? Pourquoi est-ce que tu me caches des choses ? Qu'est-ce qui ne va pas, mon garçon ?

– Tout va bien, dis-je. Je vais bien.

– Tu ne vas pas bien. Dingus dit qu'ils vont t'emmener en prison à Detroit ce soir. Il dit qu'il essaye de t'aider, mais que tu refuses de coopérer.

– Il dit ça ? » m'étonnai-je.

Dingus avait poursuivi son interrogatoire tout le long de la route nous ramenant à Starvation. Chaque fois que je commençais à piquer du nez, il me réveillait avec une autre salve de questions. Je lui avais raconté certaines choses, mais apparemment pas autant qu'il en voulait. Entendre que Blackburn était vivant n'avait pas eu l'air de le surprendre beaucoup ; il ne cessait de me demander qui d'autre était impliqué, qui était le cerveau derrière Blackburn. C'était comme s'il avait entendu Blackburn quand il m'avait dit qu'il ne pouvait pas avoir été le seul dans ce trafic. Je pensais à mon père, alors j'avais fermé ma gueule. Et Dingus m'avait enfermé dans cette cellule.

« Gus, dit ma mère, il est temps de grandir enfin.

– Je suis désolé que tu penses ça, dis-je, mais je ne suis pas le seul qui ait gardé des secrets, n'est-ce pas ? »

Des larmes apparurent dans les yeux de ma mère.

« Tout va bien, Bea, dit Joanie, puis elle me regarda. Ta mère a des choses à te dire.

– Oui.

– Parlez-lui de Leo. »

Ma mère sortit un paquet de mouchoirs en papier de la poche de son manteau et en prit un pour s'essuyer les yeux.

« Je crois que je t'ai dit, commença-t-elle, que la nuit de l'accident de Jack, Leo avait essayé de me dire qu'il avait fait quelque chose de terrible.

« C'est vrai.

– Je n'en suis pas fière, fils. Comme je te disais, je ne voulais pas que Leo me précise de quoi il s'agissait. Il était hystérique, maudissant Jack pendant une minute, puis au bord des larmes la minute qui suivait. Ce qu'il disait n'avait ni queue ni tête. Mais je savais, je veux dire, je ne voulais pas avoir à l'entendre. Puis la police est arrivée. Leo a dû avoir peur. Mais je ne suis pas si stupide. Je voyais bien qu'il n'était pas mouillé.

– Qu'est-ce que tu dis ?

– Je dis – elle s'arrêta pour se reprendre –, je disais que je savais ce que Leo essayait de dire. Je ne l'ai compris que plus tard, beaucoup plus tard, à un moment où je pensais que cela n'avait plus d'importance.

– Et qu'est-ce que c'était, maman ?

– Il voulait dire qu'il avait laissé partir Jack.

– Et pourquoi est-ce que Leo pensait que c'était si terrible ? demanda Joanie.

– Je ne sais pas vraiment. Mais je pensais que quelque chose – quelque chose de pas bien – se passait dans ces petites maisons où Jack logeait les gamins qui n'étaient pas de la ville. J'étais chez lui, un soir, après avoir été à un spectacle. J'avais l'impression que... »

Elle s'arrêta.

« C'était un homme étrange. Un homme très étrange. Il faut me croire, Gussie, dit-elle. Je ne savais pas vraiment ce qui se passait là-bas. Et, oui, peut-être que je ne voulais pas le savoir. Mais au moins, je t'en ai tenu à l'écart. Je suis si heureuse d'avoir fait ça. Joanie m'a parlé de ce jeune homme au Canada.

– Est-ce que tu as raconté tout ça à Dingus ? demandai-je.

– Je lui ai dit que je ne parlerai pas avant d'avoir discuté avec toi.

– Rien d'autre ? »

D'une poche de son sweat, ma mère sortit un morceau de papier plié. Elle le posa sur ses genoux.

« Ton père, dit-elle. Je sais que tu cherches des réponses depuis longtemps. Maintenant – elle jeta un coup d'œil vers Joanie –, peut-être que tu sais des choses. »

Je regardai Joanie.

« Le colis n'est pas encore arrivé, dit-elle. Tempête de neige... »

Merde, pensai-je. Je me tournai à nouveau vers ma mère.

« Je sais que papa a fait des espèces d'investissements dans quelque chose qui avait à voir avec les affaires de Blackburn.

– Non, dit ma mère. Pas avec Jack.

– Maman, il a fait un investissement. Je le savais, même à l'époque.

– Quoi qu'il ait fait, il l'a fait pour nous. Pour toi.

– On ne pourrait pas arrêter ces conneries, s'il te plaît ? Papa est mort. Si tu as quelque chose à me dire, dis-le, c'est tout. Qu'est-ce que c'était que ce deuxième boulot qu'il avait le samedi soir ? C'était quoi, ce bon Dieu d'investissement ?

– Calme-toi », dit Joanie.

Ma mère continua comme si elle ne m'avait pas entendu.

« Le vendredi soir, il allait à ces parties de poker et...

– Chez Blackburn ?

– Parfois. Souviens-toi que Jack n'est arrivé qu'un an ou deux avant la mort de ton père. Ils jouaient au poker depuis bien plus longtemps que ça.

– Très bien.

– Ces nuits-là, au bout de quelque temps, ton père a commencé à emporter en douce le vieux projecteur. Celui que tu as emporté l'autre jour, le même. Il pensait que je ne m'en étais pas aperçue. Je voulais me convaincre que ce n'était que des peccadilles sans danger, entre hommes. Mais Rudy n'était pas vraiment du genre à faire des coups en douce.

– Et alors ?

– Cela ne ressemblait pas à ton père.

– Et les *samedis*, maman ? Son boulot de nuit ?

– Il voulait juste se faire de l'argent en plus. On commençait à économiser pour te payer l'université. Et il y avait cette Cadillac dont il rêvait. Il n'y avait pas de quoi en faire tout un plat.

– Ça ne te faisait rien qu'il travaille dans un bar à nichons ?

– Surveille ton langage », dit-elle.

Je jetai un coup d'œil à Darlene, debout à l'extérieur de la cellule, et elle détourna les yeux.

« Je ne savais pas ça. Du moins, pas encore. Il traversait une drôle de période après la mort de son cousin Eddie. Bref, ça payait très bien. Et il n'a pas travaillé longtemps là-bas.

– Assez longtemps pour se retrouver embringué avec les mauvaises personnes ? »

Elle ignora ma réplique et déplia la feuille de papier.

« Ton père rêvait de cette Cadillac. Quand les médecins ont découvert sa maladie, je voulais qu'il se l'achète. Mais il a insisté pour acheter l'autre voiture, pour pouvoir mettre 1 000 dollars dans une affaire. J'ai essayé de le convaincre du contraire, mais tu connais ton père...

– Quelle affaire ?

– Tu ne vas pas aimer ça, fils...

– Quoi ?

– Rudy ne me l'a jamais dit. Il ne m'a jamais rien expliqué sur notre argent. C'était comme ça, à l'époque. Il disait juste que ça payerait. Il n'aurait jamais fait quoi que ce soit qui aurait pu faire du mal à quelqu'un. Ton père était un homme bien.

– Tu disais qu'il n'avait pas donné l'argent à Blackburn...

– Non. C'est à Francis qu'il l'a donné. »

Je me sentis soudain complètement abasourdi.

« Francis ? Dufresne ? Mais qu'est-ce qu'il a à voir avec Blackburn ?

– Ils ne travaillaient pas ensemble sur des projets immobiliers ?

– Si, après la mort de papa. Papa avait investi dans l'immobilier ?

– Je t'ai déjà dit que je ne sais pas. Tout ce que je sais, c'est que, après la mort de ton père, quand j'ai eu des ennuis pour payer ma taxe d'habitation, Francis est venu à la rescousse. »

Elle me tendit le papier :

« C'est celui de l'année dernière.

– Tu ne m'as jamais parlé de tes problèmes pour payer tes taxes.

– Tu n'étais pas là, Gus. Tu étais à Detroit. »

Le papier en question était une photocopie d'un reçu du bureau du Trésor de Pine County, et d'un chèque tiré sur la First Detroit Bank. Le reçu confirmait un paiement de 542,61 dollars de taxes sur la propriété de Beatrice Carpenter, le 5 décembre 1997. Le chèque du même montant portait la signature de Francis J. Dufresne. Ainsi, mon père avait donné ces 1 000 dollars à Francis pour Dieu sait quoi, et des années plus tard, Francis lui renvoyait l'ascenseur en aidant ma mère à payer ses impôts ? C'était ça, le retour sur investissement ?

« À propos, dit Joanie, j'essayais de te dire quelque chose au téléphone, l'autre jour, quand on a été coupés. Dans mes notes sur Bigfoot, j'ai remarqué quelque chose que je n'avais pas vu avant. Dufresne présidait un genre de petite commission d'État qui a donné à Perlmutter une partie de l'argent dont il s'est servi pour son truc sur le Sasquatch. »

Je fixais la signature de Dufresne. Elle avait quelque chose d'étrangement familier. Je saisis l'enveloppe posée sur le lavabo et regardai à nouveau la note manuscrite de Francis.

« Joanie, dis-je, est-ce que tu as écrit ton sujet sur cette banque ?

– Mais qu'est-ce que ça a à voir là-dedans ? fit ma mère.

– Pourquoi ? demanda Joanie.

– Tu l'as fait ?

– Ouais. Un feuillet et demi.

– Quelle banque a racheté quelle autre ?

– Pourquoi ?

– Laquelle, s'il te plaît ?

– Attention, c'est du lourd. La City quelque chose de New York a racheté la First Detroit. Et alors ?

– Et la First Detroit possède ou possédait quoi ? Est-ce que Kerasopoulos n'avait pas un copain qui était haut placé dans l'une des banques qui ont été rachetées ?

– Si. Ça s'appelle juste First Detroit maintenant, mais ça s'appelait...
– La First Fisherman's Bank of Charlevoix.
– Ouais, et alors ? »
Il me fallut m'accrocher au banc de béton pour ne pas m'effondrer. Le papier tomba sur le sol.
« Gus, fit ma mère, tu es tout pâle. »
La porte de la cellule grinça en s'ouvrant.
« C'est l'heure », dit Darlene.
Ma mère se retourna d'un coup.
« Darlene Bontrager, dit-elle en utilisant son nom de jeune fille.
– Bon, deux minutes », dit Darlene.
Ma mère se leva pour s'asseoir à côté de moi et passer un bras autour de mes épaules.
« Gussy, dit-elle, qu'est-ce qu'il y a ?
– Pourquoi est-ce que tu ne m'as pas expliqué ces choses ? Je t'avais demandé, pour Leo. Pourquoi tu ne m'as jamais rien dit sur papa, son boulot, son projecteur de films et son investissement ?
– Tu veux vraiment le savoir ?
– Oui.
– Très bien. »
Elle me jeta un regard que je n'avais pas vu depuis le jour où elle m'avait dit que papa était mort.
« C'est simple, en fait. Tu n'avais pas réellement besoin de le savoir, mais même si tu le voulais – même quand tu me l'as demandé –, tu n'étais pas prêt à savoir. Tu étais trop jeune.
– Trop jeune, à 34 ans ?
– 34, 25, 14. Quelle différence ça fait ? Vous, les garçons, toi, Soupy et le reste de la bande, vous étiez sortis du lycée et vous aviez une chance de grandir, mais vous avez choisi de rester des gamins pour toujours, jouant à vos petits jeux comme si c'était tout ce qui comptait. »
Je fixais le sol.

« Je sais qu'ils ne sont pas importants, maman.

– Non, tu ne le sais pas. Tu te comportes encore comme un gamin. À courir partout au lieu de t'installer et de faire face aux réalités de ta vie. Tu as quitté cet endroit, un endroit que tu adorais, à cause d'une stupide petite erreur que tu as faite dans un stupide petit match. Au lieu des gens que tu aimais – elle n'eut pas besoin de regarder Darlene –, tu as mis ta confiance dans des prix idiots et des superstitions encore plus idiotes, dans... dans... je suis désolée, dans ce gant idiot que tu portais, comme si ces choses pouvaient faire de toi plus que ce que tu n'es. »

Elle remit les mouchoirs dans sa poche.

« Je t'aime, mon fils. Mais j'avais peur que, en te disant tout ça, tu ne t'éloignes encore plus de moi. Tu étais déjà bien assez loin de moi. »

Je laissai ses mots me pénétrer quelques instants.

« Merci beaucoup, dis-je.

– Je suis navrée.

– Pourquoi es-tu venue ici ?

– Je suis venue ici pour toi.

– Putain, arrête tes conneries.

– Gus, fit Joanie.

– C'était *ma* faute si tu gardais ces secrets ? Conneries. Je parie que tu en sais encore plus que ce que Joanie a été capable d'obtenir de toi en te consolant. Et tu as su tout ça pendant des années et des années, mais le vieux Spardell t'avait dit de ne pas parler, et donc tu n'as pas parlé, même pas à ton propre fils. C'était ça, la bonne chose à faire ? La fermer et continuer à encaisser les chèques ? Pourquoi tu ne vas pas voir Francis ? Il a payé tes putains d'impôts. »

Joanie se leva et tendit la main vers ma mère.

« Ça suffit », dit-elle.

J'avais l'impression que mes nerfs étaient à vif. Que pouvais-je leur dire qui les aurait tous rendus heureux ?

Que savais-je réellement qu'ils ne savaient pas déjà ? Rien n'avait changé depuis que Dingus m'avait enfermé dans cette cellule. Sauf peut-être ce truc sur Dufresne. Je n'arrivais pas à m'ôter cette signature – Francis J. Dufresne – de la tête.

« Tu perds ton temps, dis-je. Désolé.

– Arrête d'être tout le temps désolé, dit ma mère. Tout le monde en a marre. »

Darlene tenait la porte ouverte pour ma mère. Joanie restait assise.

« Tu te souviens de ce prêtre quand j'étais au collège ? dit-elle.

– Quel prêtre ? Quel rapport avec tout ça ?

– Tiens. »

Elle sortit une feuille de papier de sa poche de veste et la posa sur la chaise.

« Remarque, ça n'a plus d'importance désormais, dit-elle.

– Mais de quoi diable parles-tu ? » dis-je, mais Darlene prit Joanie par la manche et l'entraîna dans le couloir avec ma mère.

Je me rallongeai sur le banc et fermai les yeux, mais je n'arrivais pas à dormir. Bientôt, Joanie et Tawnie Jane allaient ouvrir les colis Fedex. Je me demandais si Tawny Jane allait venir à la prison pour essayer de m'interviewer. Peut-être que je serais déjà parti pour Detroit d'ici là.

Je me rassis et pris le papier que Joanie avait laissé. C'était la photocopie d'un article paru dans le *Daily Press* d'Escanaba, Michigan, trois mois plus tôt :

UN DÉLINQUANT SEXUEL
MIS EN ACCUSATION
AUJOURD'HUI

Un membre de la communauté locale doit être mis en accusation aujourd'hui au tribunal de Delta County, dans une affaire de soupçon d'abus sexuel impliquant un mineur.

Selon le bureau du shérif, Jeffrey Donald Champagne, 33 ans, a été arrêté hier par la police d'Escanaba, dans le bungalow qu'il louait dans les faubourgs d'Escanaba.

La police a fourni peu de détails sur la présomption d'abus sexuel qui implique un garçon de 12 ans dont Champagne avait fait la connaissance alors qu'il enseignait l'éducation physique à l'école élémentaire Gauntlett d'Escanaba. La police n'a pas révélé le nom du garçon.

Champagne était professeur à mi-temps et assistant entraîneur de base-ball à l'école depuis l'automne 1996. La police affirme qu'il avait déjà été accusé d'abus sexuels par un garçon à Calumet, mais ces charges avaient été abandonnées après que les parents du garçon avaient refusé qu'il témoigne.

Champagne est originaire de Starvation Lake, une petite ville au nord de la basse péninsule.

« C'est une bien triste histoire », a déclaré l'adjoint du shérif de Delta County, William Hooper. « D'après le peu que nous savons de lui, le suspect a apparemment beaucoup erré pendant plusieurs années avant de se fixer ici. Nous sommes toujours très attentifs à savoir si des délinquants sexuels emménagent dans notre région, mais malheureusement le suspect en question n'avait jamais été condamné auparavant. »

Champagne est actuellement détenu dans la prison de Delta County.

« Pas possible, dis-je.

– Quoi ? fit Darlene, de l'extérieur de la cellule.

– Rien. »

Je comprenais que le suspect était bien le même Jeff Champagne qui avait joué avec les River Rats. Je n'arrivais pas à croire que le flic était Billy Hooper. Il devait tout de même bien y avoir plusieurs William Hooper dans le Michigan.

Darlene ouvrit la porte et entra.

« Viens, Gus, dit-elle. Tu n'as pas vraiment envie de retourner à Detroit.

– Rappelez la meute d'État, alors.

– Ce n'est pas à nous de décider, c'est à toi.

– J'ai fait ce que je pouvais. Tu verras. Quelle heure est-il au fait ? »

Elle regarda sa montre.

« L'heure d'y aller.

– Aller où ?

– À l'enterrement de Leo.

– C'est vrai. Dis bonjour à tout le monde de ma part. Et dis-leur de guetter le *Pilot* demain matin.

– Tu pourras le leur dire toi-même. Allons-y. »

Elle parlait sérieusement.

« Dingus m'a autorisé à y aller ? »

Elle s'approcha et me tira par le coude.

« Au diable, Dingus », dit-elle.

Dans la voiture du bureau du shérif, Darlene prit la route 16 et tourna plein nord sur Ladensack Road. J'étais assis à l'arrière et je regardais par la fenêtre. Darlene m'avait fait sortir de la prison en catimini, et avait pris un parka de la police pour moi dans une autre voiture. Quand on passa devant le motel Jungle of the North, je me souvins d'avoir tourné là pour aller chez Perlmutter, et je me demandai où on allait. Darlene ne faisait pas grand-chose d'autre que me surveiller. Un bon kilomètre plus loin, elle s'arrêta sur le bas-côté et coupa le contact. Sept ou huit autres voitures et pick-up étaient garés là, y compris la Jeep de ma mère.

Darlene sortit, et fit le tour de la voiture pour m'ouvrir la portière.

« Tu vas m'attirer un tas d'ennuis, dis-je.
– Pas si tu fais tout correctement. »
Elle m'aida à sortir et me dit d'attendre là.
« Darlene, dis-je, qu'est-ce qui se passe ? »
Mais elle m'ignora une fois de plus, se réinstalla au volant et alluma sa radio. Je ne pouvais pas entendre ce qu'elle disait, je la voyais simplement secouer ou hocher la tête. Elle raccrocha, sortit et revint vers moi, une clé à la main.
– Je vais t'enlever les menottes pour l'instant, dit-elle. Ne foire pas tout.
– Mais pourquoi tu fais tout ça ?
– Peut-être que je te laisse une toute dernière chance. »

Nous traversâmes la route à travers bois pour prendre un sentier marqué de traces de pas toutes fraîches. On émergea dans une clairière où une douzaine de personnes se tenaient en cercle autour d'une tache de terre brune gelée dont la neige avait été ôtée. Au centre de cette tache se trouvait un récipient grossier, rouge et blanc, dont je devais apprendre plus tard qu'il avait été façonné avec un morceau de fer du pare-chocs d'Ethel, la Zamboni de Leo. Cette urne improvisée contenait les cendres de Leo Redpath.

Lors de leur perquisition chez Leo, les flics avaient trouvé une autre note tapée à la machine, dans laquelle il demandait que ses cendres soient répandues à l'endroit où Blackburn et lui tenaient leurs feux de minuit. Leo n'était pas quelqu'un d'ironique, et je ne parvenais pas à imaginer maintenant que sa nostalgie pour ces nuits-là ait pu être autre chose qu'une douce amertume. Mais Blackburn avait été son meilleur ami, après tout. Donc nous étions là : Wilf, Zilchy, Tatch, Elvis Bontrager et Floyd Kepsel et leurs épouses, Francis Dufresne, le juge Gallagher, et ma mère, appuyée sur Joanie. Darlene me guida vers le côté du cercle faisant face à

Elvis et Dufresne. Chacun d'entre eux me fixait des yeux.

« Désolée, dit Darlene. Continuez, je vous en prie.

– Pas de problème, ma belle », dit Elvis.

Il me regarda, tout en prenant une bible qu'il tenait sous le bras.

« Nous commencions tout juste. »

Si Leo avait réclamé un service, ç'aurait été celui de l'église des accros repentis. Il avait insisté pour qu'aucun clergé n'officie lors de ses funérailles, et que le service soit limité à la lecture d'un unique passage de la Bible.

« Bénis soient les simples d'esprit, car le royaume des cieux est pour eux... »

La lecture achevée, Elvis fit quelques remarques. Il parla de Leo comme d'un « pilier de la communauté » pour les nombreux services qu'il avait rendus, et dit que sa mort marquait « un changement d'ère », « les derniers jours de gloire de Starvation ». Floyd Kepsel exprima combien la gentillesse naturelle de Leo avait complété l'intensité compétitive de Jack Blackburn, et remercia Blackburn d'avoir su reconnaître que Leo pouvait « apporter plus à nos garçons que le simple désir de gagner ». Ni Elvis, ni Kepsel ne firent allusion aux circonstances de la mort de Leo, au fait que Leo s'était collé un flingue sur la tempe et avait appuyé sur la détente. C'était comme si Leo était mort dans son sommeil.

Francis Dufresne s'avança. Il joignit ses mains au-dessus de son ventre en parlant avec son accent de circonstance.

« Voici venu un autre jour terrible pour notre grande ville, dit-il. Un bon ami – un homme bien – est tombé. Je dis "tombé" parce que nous connaissons tous, bien sûr, les malheureux détails de la mort de Leo, combien cela nous a tous choqués, combien cela nous a peinés au plus profond de nous-mêmes. Dans une ville comme celle-ci, tout le monde connaît le conducteur de Zamboni, pas vrai ? »

Quelques têtes acquiescèrent silencieusement.

« Mais apparemment, mes amis, aucun de nous ne connaissait suffisamment bien Leo Redpath. Et pour cela, nous ne pouvons blâmer que nous-mêmes. Je sais que je m'en veux personnellement. »

Un sanglot essayait de monter du fond de ma poitrine, mais je l'obligeai à redescendre, et braquai mes yeux sur l'urne de fortune. Je ne pensais pas à Leo, pourtant. Je pensais à Jeff Champagne, désormais en prison. Je pensais à ce gamin de 12 ans d'Escanaba. Je me demandais s'il jouait au hockey, comme Champy, quand il n'était qu'un ailier maigrelet de Starvation Lake essayant d'obtenir la dernière place dans l'équipe des River Rats. J'essayais d'imaginer si ce gamin regardait son prof d'éducation physique avec le même regard que celui que Champy avait eu pour Blackburn.

Mais bien évidemment, c'était le même regard.

« C'est il y a dix ans, presque ce même jour, disait Dufresne, que nous avons perdu notre très cher ami Jack Blackburn – un autre type bien – dans une situation différente, mais tout aussi tragique. Avec tout le respect que je vous dois à tous et aux disparus, je voudrais tout de même vous dire, chers amis, que nous ne serions pas ici aujourd'hui si nous avions mieux pris soin de notre ami Leo, à la suite du décès de Jack. »

Il marqua une pause pour regarder la petite assemblée.

« Toute la semaine passée, nous avons entendu nombre de théories et de spéculations sur ce qui était arrivé à Jack et Leo durant ces lointaines années – théories et spéculations fallacieuses, à mon sens. Maintenant, j'ai bien réfléchi à tout ça, comme Augustus ici présent peut vous le dire, et tout en appréciant le fait qu'il a un boulot à faire, et que toi, Darlene et ton patron avez aussi un boulot à faire, je n'arrive vraiment pas à voir ce que cela nous apporte de bon de remuer et de faire remonter ainsi le passé. En vérité, je dirais que cela ne nous a apporté que du chagrin. J'irais même jusqu'à dire que nous ne serions pas ici aujourd'hui, avec Leo réduit en cendres, Augustus comme ça, le fils Campbell en prison et Theodore à l'hôpital, si nous avions juste laissé ce passé tranquille.

– Amen », dit Elvis.

Que savait Elvis ? Rien. Que savait vraiment qui que ce soit à Starvation Lake ? Je ne pouvais pas blâmer les gens de ma ville natale, pas plus que je ne pouvais me blâmer moi-même. La plupart d'entre eux n'étaient coupables de rien, sauf d'ignorance. Ils voulaient continuer leurs petites vies en espérant des jours meilleurs. Est-ce que mon père savait à quoi allaient servir ses 1 000 dollars ? Peut-être. Et peut-être pas. Mais je ne pouvais plus le sauver.

Dufresne desserra ses mains et les leva devant lui.

« Maintenant, mes amis, je vous implore vous, et tous les gens de notre bonne ville de Starvation Lake, d'honorer la mémoire de Jack Blackburn et Leo Redpath, en les laissant reposer en paix. Ils ont vécu leurs vies, c'étaient des types bien – pas parfaits, je vous le concède, mais des types bien – et maintenant ils sont partis. »

Il regarda, tour à tour, le juge Gallagher, Darlene, puis moi.

« Où qu'ils soient, je suis certain qu'ils vous demanderaient la même faveur toute simple. Enterrons-les aujourd'hui, une bonne fois pour toutes. »

Je fis un pas en avant.

« Où qu'ils soient », avait-il dit. Je savais où était Leo. À cet instant, je ne savais absolument pas ce qu'il était advenu de Blackburn. Il existait une vérité que j'avais égoïstement tenté de nier : Blackburn était encore là, quelque part, et il ne serait jamais dissuadé d'arrêter, parce qu'il n'avait pas le pouvoir de se dissuader lui-même, il y avait trop de gens qui continueraient à l'aider dans sa mission, et les terreurs qu'il provoquait allaient se répéter encore et encore, et créer de plus en plus de garçons brisés comme Champy, et Teddy, et Soupy.

« Non, dis-je.

– Non, mais ! fit Elvis. Adjointe, pouvez-vous contrôler votre prisonnier ?

– Parfois, répondit Darlene.

– Non, non, je vous en prie, laissez-le parler, dit Dufresne. Augustus connaissait bien ces deux hommes. S'il vous plaît. Fiston ? »

Il me tendit la main, projetant une ombre sur l'urne de Leo. Je ne pris pas sa main. Il savait où était Blackburn. Il l'avait su il y a dix ans.

Je regardai Dufresne droit dans les yeux.

« Ce qui est arrivé à Leo n'était pas notre faute, dis-je. Ce n'était pas la faute de cette ville. Tu sais ça.

– Eh bien, fiston, je suppose qu'on sera tous d'accord pour te contredire.

– Non. Ce n'est pas une question d'opinion. Tu le sais.

– Qu'est-ce que je sais ?

– Tu sais que Jack Blackburn n'était pas un type bien.

– Mais qu'est-ce que c'est que ce bordel ? coupa Elvis.

– Silence, oncle El, dit Darlene.

– Gus Carpenter déteste Jack depuis...

– Ferme ta grande gueule, Elvis Bontrager, dit ma mère. Tu m'entends ?

– Augustus, dit Dufresne, je croyais que nous étions amis. J'ai essayé de t'aider du mieux que je pouvais, pas vrai ?

– Bien sûr. Comme lorsque tu m'as dit d'aller vérifier les minutes de la réunion du conseil municipal décidant de ne pas draguer le lac pour retrouver le corps de Coach. Et que, ensuite, tu as envoyé ton barman – Loob, bon Dieu – prendre ces minutes pour que je ne puisse pas les voir. Je crois que tu penses que je suis plutôt stupide, non ?

– Pas du tout, Augustus.

– Et ce vieux calendrier dans ton bureau ?

– Un calendrier ? Mon Dieu, et alors ?

– Tu l'avais reçu de ta banque, la First Fisherman's of Charlevoix. Puis ils ont été rachetés par la First Detroit. Et tu es resté avec eux, pas vrai ?

– Mais c'est insensé ? Nous sommes à des funérailles. C'est pas un endroit pour parler business ! »

Le juge Gallagher intervint.

« Pourquoi ne réponds-tu pas à la question, Francis ? »

Dufresne se tourna vers lui, incapable de masquer sa surprise.

« Ah, dit-il, eh bien, oui, bien sûr que je suis resté dans cette banque, et pourquoi ne l'aurais-je pas fait ?

– Tu as signé un chèque sur ce compte en avril 1988, juste quelques semaines après – j'hésitai – l'accident de Coach. Le 12 avril, pour être précis. Un chèque de 25 000 dollars. À Angus Campbell.

– J'ai signé un tas de chèques à un tas de gens.

– Pas de 25 000 dollars de pot-de-vin. »

Dufresne croisa les bras.

« Pardon ? »

Au loin, une sirène se mit à hurler.

« Je vais te montrer, dis-je. Joanie, quelque part dans ton sac à dos, je parie que tu as une copie de ce reçu de la marina dont nous avons parlé.

– Bien sûr », dit-elle.

Il lui fallut une bonne minute, mais elle le trouva et me le tendit.

Je montrai le reçu à Dufresne.

« Tu vois ? dis-je, ça dit « payé intégralement », chèque 5261 de la First Detroit Bank. C'est ton écriture, Francis, pas celle d'Angus Campbell. Je crois que tu ne lui faisais pas confiance. »

Il gloussa.

« Si c'est ma signature, je mange ce reçu !

– La signature est noircie, dis-je, mais regarde ici. »

Je m'approchai plus près de Dufresne et pointai l'index sur le reçu.

« Je parie que tu ne pensais pas qu'un mot comme "Jerryboat" causerait ta perte. »

Cela m'était venu en cellule, quand ma mère m'avait montré la copie des chèques signés par Francis J. Dufresne. Le J de la signature de Dufresne ressemblait à un F. Il avait une petite queue en haut, comme un hameçon.

« Désolé, dit Dufresne, mais là, je ne te suis pas du tout.

– Oh que si. »

La sirène se rapprochait de nous maintenant, elle était juste derrière les arbres encerclant la clairière.

« Et parlons un peu de ton copain Clayton Perlmutter. Tu l'as aidé à obtenir un paquet de fric de l'État pour qu'il se taise aussi, pas vrai, Francis ? Tu as payé pas mal de gens pour qu'ils la ferment.

– Clayton Perlmutter ? De toute ma vie, je n'ai pas parlé plus de cinq minutes avec ce vieil ermite. »

Il regarda Darlene.

« Je crois que ces idioties ont assez...

– Tu étais là-bas, je veux dire *ici* – je pointai le doigt vers la terre –, tu étais *ici*, cette nuit-là, près du feu de camp. »

Certaines des personnes présentes en restèrent bouche bée.

« Il y avait Blackburn et Leo et Soupy et toi. Tu étais *ici* la nuit où Jack Blackburn est censé être mort.

– Censé ? fit Elvis.

– Tu as attendu dans les bois jusqu'à ce que Soupy s'enfuie. Puis tu as obligé Jack Blackbrun à quitter Starvation Lake pour toujours. Tu lui as dit qu'il était allé trop loin, Francis. Il n'est au fond d'aucun lac. Il ne s'est pas suicidé. Tu l'as maintenu en vie. Et il t'a maintenu dans le business du porno.

– Oh, mon Dieu, dit ma mère.

– C'est de la démence pure, dit Dufresne.

– Putain, ça, c'est sûr, dit Elvis. Mais c'est terminé. On dirait bien que tu vas retourner en prison, Gus. »

Tout le monde se retourna et vit Dingus émerger des arbres enneigés, suivi par Catledge et D'Alessio. Le cercle s'écarta et le shérif s'avança au milieu. Il lança un regard à Darlene, puis s'adressa à moi.

« Qu'est-ce que tu fais ici ?

– Dieu merci, Dingus, l'interrompit Dufresne. Augustus doit être devenu dingue en prison, voilà maintenant qu'il déshonore un brave homme – deux braves hommes – avec des paroles complètement démentes.

– Je vois, dit Dingus, en dégrafant une paire de menottes de sa ceinture. Genre quoi ?

– Francis, dis-je, qui contrôle Richard Limited ? Pourquoi cette compagnie a-t-elle toujours payé les taxes foncières sur l'ancienne propriété de Blackburn ?

– Dingus... » commença Dufresne.

Maintenant, j'entendais de la peur dans sa voix. Et cela faisait du bien.

« Où est Blackburn, Francis ? demandai-je.

– Emmenez-le, shérif, par respect pour les morts, dit Dufresne.

– Où est Jack Blackburn ? »

Dufresne fit un pas vers moi. Ses yeux étaient glacés.

« Je ne sais pas où il est. Et toi non plus. Tu ne sais pas un putain de truc, pas vrai, Augustus ? »

Il se tourna vers Dingus.

« Shérif ? »

Dingus se glissa entre nous deux et referma les menottes.

32

Avec Dufresne en détention, le juge Gallagher entreprit quelques démarches judiciaires qui empêchèrent les flics de l'État de m'emmener. Après quelques audiences houleuses et délirantes dans son tribunal, la police et Superior Motors finirent par abandonner les charges contre moi.

Joanie et moi avions écrit des articles en une sur Blackburn et Dufresne chaque jour pendant les trois semaines suivantes. Bientôt les grandes chaînes de télé nationales eurent des camions garés sur Main Street. Des reporters de tout le pays faisaient la queue pour interviewer Dingus et manger des tartes aux œufs chez Audrey's. Mais le sujet appartenait au *Pilot*.

Darlene ne m'avait pas vraiment sorti de prison en cachette ; Dingus était dans le coup depuis le début. Elle avait attentivement écouté ma conversation avec ma mère, et, sur une intuition, avait supplié Dingus de perquisitionner chez Dufresne. Le juge Gallagher l'avait suivie en signant rapidement un mandat. Puis Darlene avait laissé son talkie-walkie allumé pendant que nous étions autour des cendres de Leo. Dingus entendait tout. Dans le coffre de sa voiture, il avait des cartons de photos et vidéos confisquées, avec le même système de marquage cryptique que celui que j'avais vu sur les étagères de Blackburn.

Pendant des années la légende avait couru que Dufresne avait hérité les 5 000 dollars à la fin des années 1960, qu'il avait peu à peu changés en millions en investissant sagement dans l'immobilier. La vérité était qu'il avait pris 1 000 dollars de mon père et de quelques autres investisseurs involontaires et, avec l'aide de Jack Blackburn, avait changé ce fond en un business de pornographie pédophile. Avec l'aide de Dingus, Joanie et moi mîmes au jour un réseau très étendu de pédophiles achetant et vendant films et photos, surtout par Internet. Dufresne était au centre d'un réseau flottant mais sophistiqué de fournisseurs, distributeurs et consommateurs. Le FBI s'empara de lui sous les inculpations de fraude postale, évasion fiscale, possession et trafic de pornographie pédophile.

Des agents trouvèrent Blackburn, le plus fiable des fournisseurs de Dufresne, sur une aire d'autoroute près de Jacksonville, en Floride, assis à une table de pique-nique en train de manger un sachet de frites. Il avait teint ses cheveux et sa barbe en un roux assez voyant. Il dit aux agents qu'il était représentant en camping-cars et qu'il s'appelait James Graham, présentant même des papiers d'identité apparemment authentiques. Une boîte en carton cachée dans le logement de sa roue de secours contenait une demi-douzaine de bandes vidéo et trois enveloppes kraft pleines de photos.

Le jour de la lecture de son acte d'accusation fut déclaré jour de réparation officielle par le conseil municipal. Plus de 500 personnes s'entassèrent dans des autocars scolaires pour faire le trajet de deux heures et demie menant au tribunal fédéral de Grand Rapids. Une heure avant la mise en accusation, la foule s'aligna des deux côtés de l'allée menant à la porte du palais de justice. Tous ces gens restèrent plantés là, dans un silence glacial, tandis que des marshals amenaient Blackburn à l'intérieur, la tête basse, les yeux rivés au sol.

Après être sorti de prison, Soupy s'enferma dans sa marina, chassant les journalistes, trop honteux pour parler. Je le laissai seul. Mais cet été-là, je retournai à Grand Rapids pour prendre des notes quand il fournit un témoignage qui allait aider à envoyer notre ancien entraîneur en prison. Le matin du troisième jour du procès, j'aperçus Dingus et Barbara Lampley, main dans la main, dans un café voisin.

Joanie ignora les offres d'emploi qui pleuvaient pendant qu'elle travaillait sur l'affaire Blackburn. Un soir, après le bouclage, je l'invitai à partager quelques Blue Ribbons et des chips de maïs, et nous décidâmes qu'elle irait au *Chicago Tribune* pour travailler à la rubrique policière.

« Très bien, dit-elle, mais pas tant qu'on n'en a pas fini ici.

– OK, patron », dis-je.

Quelques jours après son départ effectif, je fus nommé directeur de la rédaction du *Pilot*.

Un après-midi, je marchai jusqu'à la vieille maison dans l'arbre de mon père. Sous mon bras, je portais son projecteur Bell & Howell. Dans ma poche, j'avais la clé du placard que je n'avais jamais ouvert.

Les bobines de film, quatorze en tout, étaient dans des boîtes en carton au pied du placard. Je tendis un drap dans le garage et installai le Bell & Howell. Je passai toutes les bobines, ou du moins j'essayai. Deux d'entre elles, pourries, se désintégrèrent dans mes mains. D'autres cassaient en passant dans le projecteur. La plupart étaient des films de Soupy, moi et mes autres potes jouant dans le Jardin de l'Imaginaire. J'avais oublié comment papa courait de haut en bas dans la patinoire, essayant de nous avoir tous dans le cadre ; une fois, il avait glissé et il était tombé sur le nez, ce qui nous avait tous fait éclater de rire. D'autres films montraient des images, avec énormément de grain, de femmes et d'hommes en plein acte sexuel. Mais pas de garçons.

Je mis tous les films, et le projecteur avec, dans un baril de gasoil vide derrière le garage. J'arrosai le tout d'essence, l'allumai, et reculai dans la neige fondue pour le regarder brûler.

« Hé, Gus. »

Je découvris Darlene, debout au coin du garage, en jean et veste par-dessus un sweat à capuche. Elle s'avança et se mit face à moi, de l'autre côté du feu, un sac en papier brun sous le bras.

« Qu'est-ce que tu fais ? demanda-t-elle.

– Pas grand-chose. Un petit nettoyage de printemps. »

Pendant quelques minutes, on ne parla pas. Je sentais qu'elle me regardait. Le Celluloïd sifflait et éclatait en brûlant.

« Je t'ai apporté quelque chose », dit-elle.

Elle fit le tour du feu et me tendit le sac en souriant. Elle ne m'avait pas souri comme ça depuis très longtemps.

« Je suis désolée, dit-elle, même maman n'a pas pu l'arranger cette fois-ci. »

Je regardai dans le sac et je vis les restes déchirés d'Eggo. Darlene devait l'avoir récupéré sur Horvath Road. Je mis la main dans le sac pour toucher le morceau de chatterton noir accroché au pouce. Je regardai Darlene.

« Quoi ? dit-elle.

– Je ne sais pas, Darl. Parfois, je te jure, je me dis qu'on aurait mieux fait de le ramener et de le noyer dans le lac.

– Non, tu ne le penses pas.

– Et puis merde. »

Je pris le sac et le balançai dans le feu.

« Je n'aurai plus besoin de ça.

– Gus. Tu ne peux pas arrêter le hockey.

– Je sais. Mais j'arrête de jouer goal. Il est l'heure de tirer des palets sur la tête des autres pour changer. »

On resta là un petit moment. Le feu se calma et je commençai à entendre des gouttes de neige fondue qui tombaient du toit du garage.

« Tu veux qu'on aille ailleurs ? dis-je.

– Ouais. Je te ramène ? »

*

* *

REMERCIEMENTS

Merci à mes agents, Erin Malone et Shana Kelly, de la William Morris Agency ; mon éditeur, Trish Grader de Touchstone ; son assistante, Meghan Stevenson ; ma correctrice, Amu Ryan ; et mes web designers, Sunuya Hintz et Justin Muggleton. Ils ont tous rendu ce livre meilleur. Pour son livre courageux, *Crossing the Line*, merci à Laura Robinson. Pour leurs conseils et leurs encouragements, merci à John Anderson, Shelly Banjo, Joe Barrett, Valerie Bauerlein, Michael Brown, Helene Cooper, Kimi Crova, Carrie Dolan, Sam Enriquez, les Gruley (Danielle, Kaitlin, Joel, Pamela, David et Terry), Matt Hulsizer, Greg Jaffe, Allan Lengel, Dan Morse, Bruce Orwall, Jonathan Pecarsky, Frank Provenzano, Mike Schroeder, Sean Sherman, Andrew Stoutenburgh, John Wilke, Jeff Zilka, et surtout à Jonathan Eig. Enfin et pas des moindres, merci aux Shamrocks, aux Flames, aux YANKS et à tous les garçons du hockey du jeudi.

Le traducteur tient à remercier la Fédération française de hockey sur glace pour ses très aimables précisions techniques.

RÉALISATION : NORD COMPO À VILLENEUVE-D'ASCQ
CPI BRODARD ET TAUPIN À LA FLÈCHE
DÉPÔT LÉGAL : FÉVRIER 2011. N° 100327 (60388)
IMPRIMÉ EN FRANCE